ADVENTURE

Robert Specht

Tisha

Robert Specht

Anne Hobbs kam 1927 als neunzehnjährige Lehrerin nach Alaska. Alles Neue, Fremdartige und Abenteuerliche, das sie dort erlebte, erzählte sie dem Publizisten *Robert Specht*. Er hat nach ihrem Bericht in elf Jahre langer Arbeit diesen faszinierenden Roman geschrieben.

Tisha

Die Geschichte einer jungen Lehrerin in der Wildnis von Alaska

RAVENSBURGER BUCHVERLAG

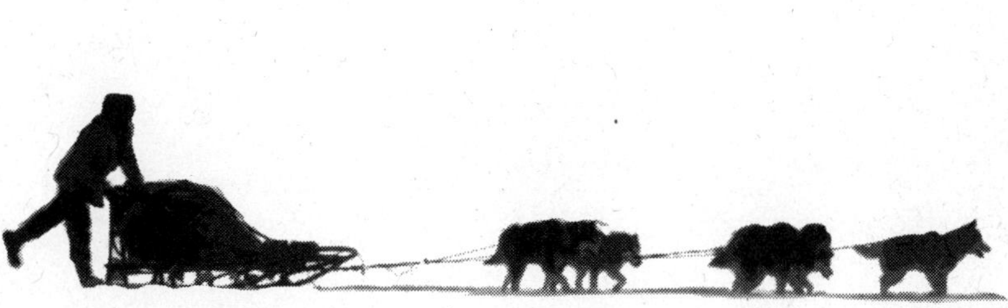

Lizenzausgabe
als Ravensburger Taschenbuch
Band 8032
erschienen 1997
Erstmals in den Ravensburger
Taschenbüchern erschienen 1983
(als RTB 725)

Die Originalausgabe erschien 1976
im Verlag Bantam Books, Inc., New York,
unter dem Titel »Tisha.
The Story of a Young Teacher
in the Alaska Wilderness«

Die deutsche Erstausgabe erschien 1979
im Union Verlag Stuttgart

Umschlagillustration: Jens Schmidt
unter Verwendung eines Fotos
von Henning Alberti

RTB-Reihenkonzeption:
Heinrich Paravicini, Jens Schmidt

**Gesamtherstellung: Ebner Ulm
Printed in Germany**

**Die Schreibweise entspricht den
Regeln der neuen Rechtschreibung.**

6 5 4 3 2 1 02 01 00 99 98 97

ISBN 3-473-58032-5

ADVENTURE

Ich lebe nun schon sehr lang in jenem Landstrich Alaskas, den man Forty Mile nennt, doch noch heute verirre ich mich häufig, wenn ich Steine und Fossilien sammle. Manchmal wandere ich eine ganze Weile umher, bis ich mich wieder orientieren kann. Ähnlich ist es mir anfangs gegangen, als ich den Plan hatte, meine Geschichte zu berichten. Ich war unsicher, welche Richtung ich einschlagen sollte, bis ich endlich einsah, dass es nur eine Möglichkeit gab, nämlich sie so zu erzählen, wie ich es in der Zeit getan hätte, in der ich zum ersten Mal nach Alaska kam.

Diese Zeit liegt nun weit zurück, es war im Jahr 1927. Damals war ich eine wohlerzogene junge Dame von neunzehn Jahren. Schon als junges Mädchen hatte mich die Vorstellung gereizt, in einem Grenzland zu leben, und als mir eine Stellung als Lehrerin in einer Goldgräberniederlassung namens Chicken angeboten wurde, griff ich sofort zu.

Als ich den Namen Chicken* zum ersten Mal hörte, musste ich lachen. Gab es so eine Ansiedlung wirklich? Dann schlug ich die Karte von Alaska auf, und da gab und gibt es tatsächlich einen Ort dieses Namens. Er liegt in der Nähe des Yukon-Flusses.

* Englisch: das Huhn

Als ich aufbrach, war ich unerfahren, aber voll von himmelstürmenden Idealen, und ich empfand mich selbst als ein Licht in der Wildnis. Es wollte mir nicht in den Kopf, dass die Bewohner von Chicken mich nicht so sahen. Im Gegenteil: Bevor mein erstes Jahr als Lehrerin vorbei war, hätte mich die Hälfte der Einwohnerschaft liebend gern hinausgeworfen.

Das liegt nun achtundvierzig Jahre zurück, doch ich erinnere mich noch deutlich, wie aufgeregt ich war, als der Treck von Packpferden und Maultieren nach Chicken aufbrechen sollte. Es war dies der letzte Abschnitt einer langen Reise, und der Treck startete von einem Dorf namens Eagle (Adler) …

4. September 1928

1

Es war kaum acht Uhr, und die Sonne war eben erst aufgegangen, trotzdem hatte sich fast die ganze Bevölkerung von Eagle eingefunden, um dem Aufbruch des Trecks beizuwohnen. Zusammen mit den Indianern, die am Abend vorher aus ihrem Fischercamp zum Tanzen heruntergekommen waren, mochten es an die hundert Personen sein: Goldgräber in hüfthohen Stiefeln, alte Buschläufer mit verbeulten Stetsonhüten, sogar ein paar Frauen und Kinder. Noch ein paar Minuten, und ich würde aufbrechen, in die Wildnis ziehen, und man kann wohl sagen, ich war ziemlich aufgeregt. Auch ein wenig Angst hatte ich, und das sah man mir an, denn Mrs Rooney fragte mich, ob ich mich auch wohl fühle.

»Aber gewiss«, erwiderte ich. »Ich fühle mich ausgezeichnet.«

»Sie kommen mir ein bisschen blass vor. Ich hoffe, Sie haben keine Angst vor der Reise.«

»Nein, durchaus nicht. Ich hatte nur nicht gedacht, dass so viele Leute kämen.«

Mrs Rooney tat das mit einer Handbewegung ab. »Das werden Sie noch lernen: In Alaska muss nicht viel passieren, damit die Menschen zusammenlaufen. Und wegen der Reise ist es unnötig, sich Sorgen zu machen. Es sind nur neunzig Meilen und Sie sind völlig sicher. Mr Strong wird gut auf Sie aufpassen.«

Doch nicht die vielen Menschen bedrückten mich. Kaum einer nahm von mir Notiz. Der Aufbruch des Packzuges war für die Leute nur ein kleines Ereignis, nicht zu vergleichen mit der Ankunft des Flussbootes. Da war wirklich alles in heller Aufregung. Auch vor der Reise fürchtete ich mich nicht. Wohl aber hatte ich Angst vor dem Pferd, das ich in den nächsten vier Tagen reiten sollte. Ich schämte mich, es zuzugeben, doch das Tier machte mich so nervös, dass ich mich kaum auf Mrs Rooneys Worte konzentrieren konnte. Pferde waren mir nicht ganz fremd. Vor acht Jahren, als ich bei meiner Großmutter auf der Farm lebte, ritt ich den alten Tom ohne Sattel. Ich war damals erst elf, und Tom war ein ziemlich großes Pferd, aber so bedächtig und gutmütig, dass man sich auf seinem Rücken hätte hinlegen und sanft einschlafen können, ohne herunterzufallen. Das Pferd in Eagle jedoch war richtig bösartig.
Es hieß Blossom*, doch wie war der Gaul zu diesem Namen gekommen? Falls er vielleicht als Fohlen wie eine Blüte ausgesehen hatte, so war das jetzt gründlich anders geworden. Er war so riesengroß, dass ich nicht einmal, wenn ich mich auf die Zehen stellte, über seinen Sattel hinwegsehen konnte. Er war voll Schrammen und Narben, und er sah wild aus den Augen. Vom ersten Augenblick an, als Mr Strong mir die Zügel in die Hand gedrückt hatte, fürchtete ich mich vor ihm. Und das wusste Blossom natürlich. Er rollte sofort die Augen und versuchte ein paar Mal, mich zu beißen. Als er einmal meinen Jackenärmel erwischte, nahm ich ihn am kurzen Zügel und hielt mich auf Armlänge von seinem Gebiss entfernt. Jedes Mal, wenn ich dachte, er hätte sich beruhigt, warf er den Kopf

* Englisch: die Blüte

herum und riss mir dabei fast den Arm aus dem Gelenk. Aus den Augenwinkeln sah ich Mr Strong. Er ging die Reihe der aneinander gebundenen Pferde und Maultiere entlang und kam auf mich zu.

Wenn ich bloß nicht die einzige Reisende gewesen wäre! Noch eine Minute, und ich musste aufsitzen, und bei der Angst, die ich vor Blossom hatte, würde das ein hübsches Theater geben. Wenn wir schon beim bloßen Nebeneinanderstehen nicht gut miteinander auskamen, bestand keine Hoffnung, dass sich das bessern würde, wenn ich auf seinem Rücken saß.

Die Ladung der Tragtiere bestand so ziemlich aus allem, was es auf der Welt gab: Waschbretter, Säcke mit getrockneten Bohnen, Ballen von Segeltuch, sogar Fensterscheiben. Ein Maultier bockte und versuchte, seine Last aus Schaufeln, Ofenrohren und was sonst noch allem abzuwerfen. Die Last rutschte und wäre heruntergefallen, wenn nicht jemand im letzten Augenblick zugegriffen hätte. Die übrigen Tiere standen geduldig da, während Mr Strong hier einen Strick besser verknüpfte, dort einen Gurt festzog.

»... und wenn Sie irgendwelche Schwierigkeiten haben«, sagte Mrs Rooney, »dann schreiben Sie mir, und ich rate Ihnen gern, so gut ich kann.« Sie spielte mit der Kamee-Brosche am Kleidausschnitt. »Und denken Sie daran, was ich sagte: Die Rute sparen heißt, das Kind verziehen. Zeigen Sie den Kindern von Anfang an klar, dass Sie die Lehrerin sind, und Sie werden keine Schwierigkeiten haben.«

»Ich werde es beherzigen.«

»Und wenn Sie ein paar verprügeln müssen, dann tun Sie es.«

Jemand ging hinüber zu Mr Strongs Pferdestall und begann, die Tore zu schließen. Ich erhaschte einen Blick auf den großen

Schlitten darin. Er war so groß wie ein Heuwagen, und ich überlegte, wie viele Pferde man wohl brauchte, um ihn zu ziehen. Ungefähr zwei Monate später, nach dem ersten ergiebigen Schneefall, würde Mr Strong mir in diesem Schlitten meinen großen Koffer bringen.

Die Tore fielen zu, und der Geruch von Heu und Pferdedung wehte zu uns herüber. Dann stand Mr Strong neben uns und räusperte sich. Obwohl das Wetter angenehm war und die Sonne schien, trug er einen schweren Mantel. Der stand offen, und ich sah unter dem Flanellhemd den obersten Knopf seiner langen Unterhose.

Er war ein großer Mann mit runden Schultern, und seine Manieren waren so ausgesucht, dass er mich an Don Quichotte erinnert hätte, trüge er einen Bart. Als ich ihn tags zuvor kennen gelernt hatte, fand ich seine Manieren so grotesk unpassend in diesem rauen Land, dass ich dachte, es sei Spaß, und beinahe gelacht hätte. Zum Glück hatte ich es nicht getan, denn er kam fast jedermann so entgegen. Ich hatte mehr als zwei Tage auf die Ankunft seines Packzuges gewartet, und als ich fragte, ob er mich nach Chicken bringen könne, sagte er nur: »Ja, Madam, natürlich.«

»Werden Sie bald aufbrechen?«, fragte ich weiter.

»Ja, Madam. Mein Treck startet in jedem Monat am 4., 14. und 24. nach Chicken. Ich breche also morgen auf. Pünktlich um acht.«

»Ich möchte mitkommen«, sagte ich.

»Die Miete für Ihr Pferd beträgt zehn Dollar pro Tag. Darin eingeschlossen ist Ihr Essen und die Nächtigungen. Die Reise dauert vier Tage. Ich hoffe, es ist Ihnen recht.«

Ich erwiderte, es sei mir sehr recht, und damit war die Sache

erledigt. Jetzt sagte er zu mir: »Wenn Sie bereit sind, Madam, dann helfe ich Ihnen aufsteigen.«
Mrs Rooney lächelte zu ihm hinauf. »Sie werden gut auf sie aufpassen, nicht wahr, Mr Strong?«
»Ich werde mein Möglichstes tun.« Neben ihm würde unser einsilbiger Präsident Coolidge wie eine Plaudertasche wirken.
Mrs Rooney warf ihm einen koketten Blick zu und strich mit der Hand über ihr Kleid. Es zeigte eine Menge abgewetzter Stellen, an denen ihr Korsett dagegendrückte. Sie war seit zehn Jahren Witwe, wie sie mir gesagt hatte, und mir schien, sie hätte ihn gern geheiratet, doch er war daran nicht interessiert.
Er nahm mir die Zügel ab und warf sie Blossom über den Kopf, dann bückte er sich mit verschränkten Händen. Ich packte den Sattelknauf und er hob mich hoch. Als ich im Sattel saß, schien mir der Erdboden ziemlich weit unten zu sein. Blossom fing zu tänzeln an, und ein paar Leute lachten. Ich dachte, sie lachten über meine Schwierigkeiten mit dem Pferd, das nicht still stehen wollte, doch als Blossom sich beruhigt hatte, erkannte ich, dass sie über meine Beine lachten. Der Sattel war so groß und breit, dass sie wie Flügel abstanden.
»Du musst was gegen ihre Spreizhölzer tun, Walter«, rief jemand. »Sonst mäht sie noch jeden Baum im Forty Mile nieder.«
Mr Strong verkürzte die Steigbügel, bis ich die Füße hineinstecken konnte, aber meine Beine standen noch immer ziemlich weit ab. Er erhielt weitere praktische Ratschläge von den Umstehenden, zum Beispiel, große Steine an meine Füße zu binden, aber er fand das alles gar nicht komisch.

»Wenn wir heute Abend in meinem Camp in Liberty eintreffen«, sagte er zu mir, »dann gebe ich Ihnen einen kleineren

Sattel.« Er betrachtete voller Skepsis meine Kleider. »Möchten Sie es sich nicht doch überlegen und den Mantel annehmen, den ich Ihnen anbot?« Kurz vorher, als er sah, wie ich gekleidet war, hatte er mir mit dem Bemerken, das Wetter sei sehr veränderlich, einen dicken Mantel angeboten. Doch ich hatte ihm gesagt, ich dächte, es sei nicht nötig.

»Ich fühle mich sehr wohl so«, erklärte ich jetzt wieder. »Es ist doch ein herrlicher Tag.«

Zu Hause in den Staaten wäre ich mir komisch vorgekommen, doch hier in Alaska kümmerte sich niemand darum, wie jemand gekleidet war. Ich trug die Jacke meines rosa Frühlingskostüms, Jungenkniehosen aus Cord, für den Ritt gekauft, Baumwollstrümpfe und alte derbe Sportschuhe. Ich wusste, der mit Blumen besetzte Hut, den ich im Sommer vorher in Portland gekauft hatte, wäre ruiniert, wenn ich ihn zu meinen anderen Sachen auf ein Lasttier packen würde, also trug ich ihn jetzt auf dem Kopf. Ein mit Nickel verzierter Revolver, den mir jemand am Abend zuvor bei der Tanzerei geschenkt hatte, vervollständigte meine Ausrüstung.

Mr Strong war immer noch skeptisch. »Lassen Sie es mich wissen, wenn Sie es sich anders überlegen.«

»Aber Walter«, rief ein alter Pionier aus. »Warum willst du diese nette, junge Schönheit durchaus unter deinem alten Militärmantel verstecken?«

Mr Strong ging zum Kopf des Zuges, und ich blickte um mich, denn jetzt sah ich die Menschenansammlung zum ersten Mal in ihrem ganzen Umfang. Ein paar alte Männer saßen auf dem Geländer der Schulhausveranda und gaben einer Gruppe kleiner Jungen auf einem winzigen Hundeschlitten Anweisungen. An dem Schlitten waren alte Kinderwagenräder befestigt, und die Jungen versuchten, dem jungen Eskimohund, der ihn zog, das Hü und das Hott beizubringen.

Abgesehen von Mr Strongs Stall und den Stallungen einiger anderer Transportunternehmer war hier am Rand des Dorfes das Schulhaus das einzige Gebäude. Mrs Rooney, die Lehrerin, hatte mir das Innere gezeigt, und ich freute mich, darin zu unterrichten, wenn ich sie im nächsten Jahr ablösen würde. Es war ein Blockhaus aus viereckig zugepassten Stämmen, und es war gut und solide gebaut. Ich hoffte nur, das Schulhaus, zu dem ich jetzt aufbrach, würde ebenso ordentlich sein.

Weiter vorn überprüften ein paar Männer einige Lasten und vergewisserten sich, dass die Dinge, die sie ihren Goldgräberpartnern oder Freunden schickten, nicht herunterfallen konnten. Doch die meisten Leute standen nur herum und unterhielten sich.

Die Indianer standen abgesondert von den Weißen, und ich fragte mich, wo sie die Nacht verbracht hatten. Es waren etwa fünfundzwanzig, zumeist Männer. Verglichen mit den Weißen, die lachten und darüber spaßten, wie viel sie getrunken und getanzt hatten, verhielten sich die Indianer sehr ruhig. Sie beobachteten, was vorging, oder machten gelegentlich untereinander eine Bemerkung darüber. Sie schauten alle so ernst drein, und wenn ich nicht am Abend zuvor gesehen hätte, wie gut sie gefeiert hatten, ich hätte gedacht, sie seien ärgerlich oder beleidigt. So hatte ich auch geurteilt, als ich sie anfangs in White Horse und Dawson herumstehen sah, aber jetzt wusste ich es besser. Sie hatten lauter gelacht und geschickter getanzt als fast alle Weißen von Eagle. Und vermutlich hatten sie sich auch besser unterhalten. Sie waren nur eben anders als die Weißen. Wenn sie nichts zu sagen hatten, dann schwiegen sie.

Die Indianerfrauen, besonders die Mädchen, taten mir Leid. Die meisten hatten die Schuhe gewechselt und trugen wieder ihre Mokassins, doch ein paar hatten noch die Schuhe mit den hohen Absätzen an und Tücher in leuchtenden Farben um die Schultern. Mit den Seidenstrümpfen voller Laufmaschen und mit verschmiertem Make-up wirkten sie irgendwie unpassend in der frischen Morgenluft. Die weißen Männer nahmen überhaupt keine Notiz von ihnen. Das war beim Tanz anders gewesen. Die weißen Männer waren sehr offen mit ihnen umgegangen – ein bisschen zu offen. Die Indianerinnen hatten sich nichts daraus gemacht und die Indianer auch nicht, doch den weißen Frauen hatte das überhaupt nicht gefallen. Nur eine oder zwei der weißen Frauen hatten mit einem Indianer getanzt. Die übrigen hatten sie nicht beachtet oder, wie Mrs Rooney, ganz offen ihre Abneigung gezeigt. »Dunkle Gesichter, ganz knochig«, hatte sie sich bei mir beklagt. »Man weiß nie, was sie denken.« Sie hasste die Indianerinnen und erklärte, so wie die es mit den weißen Männern trieben, sei es kein Wunder, dass eine Weiße, die heiraten wollte, keinen Mann fände.
»Wie ist das Wetter dort oben, Teacher?«
»Cabaret« Jacksons Gesicht mit den scharf geschnittenen Zügen lachte zu mir herauf, und sein Adamsapfel sah aus, als wollte er durch die Haut brechen. Eins seiner Augen war zugeschwollen, und an den Nasenlöchern klebte getrocknetes Blut, sonst aber hatte er sich ganz ordentlich herausgeputzt und sah nicht allzu schlimm aus. Ich wünschte, ich könnte ihm eine schlagfertige Antwort geben, aber mir fällt in solchen Augenblicken nie etwas ein. »Das Wetter hier oben ist genau dasselbe wie unten«, sagte ich.
»Finde es schrecklich, dass Sie weggehn«, fuhr er fort. »Viel-

leicht entscheiden Sie sich doch anders wegen dem, was ich Sie gestern Abend gefragt habe?«

»Danke, Cab, aber ich glaube es nicht.«

Er war es, der mir den Revolver gegeben und bemerkt hatte, ich sollte nicht ohne diesen kleinen Schutz in die Wildnis gehen. Bevor er dann zu betrunken und in eine Rauferei verwickelt wurde, hatte er um mich angehalten und mir alles unter der Sonne versprochen. Er war ein richtiger Gentleman, doch sobald er betrunken war, wurde er gemeingefährlich. Bei der Rauferei hatte er seinen Widersacher blutig geschlagen und versucht, dem Mann das Ohr abzubeißen. Mir war richtig übel geworden dabei. Vermutlich war er im Kern ein guter Mensch, doch er war nicht der Typ, mit dem ich mich zusammentun wollte.

»Na schön«, sagte er. »Ich werde nach Chicken trecken, sobald alles ordentlich gefroren ist, und dann frage ich noch mal an.« Er grinste. »Geben Sie Acht auf sich, Teacher.«

»Teacher?« Eine junge Frau mit strähnigem Haar und eng stehenden Augen war mit ihrem Gatten herangekommen. An ihren Namen erinnerte ich mich nicht, aber sie hatte etwas so Reizendes an sich, ein so einnehmendes Lächeln, dass ich sie sofort ins Herz geschlossen hatte. Sie erwartete ein Kind und war offensichtlich über ihren Körperumfang verlegen, weil sie sich immer bückte. »Teacher, würden Sie mir einen Gefallen tun?«

»Ja, sicher.« Mir gefiel es, wie sie mich alle Teacher (Lehrerin) nannten.

»Meine Ma führt das Gasthaus draußen in Chicken, sie heißt Maggie Carew. Sagen Sie ihr, dass es mir gut geht und dass ich Mitte Dezember ein Kind bekomme.«

»Und sagen Sie ihr, dass es ein Junge wird«, fügte ihr Mann hinzu. Er war so jung wie sie, eine lange Bohnenstange. Am Abend zuvor bei der Tanzerei hatte er sie buchstäblich auf den Tanzboden zerren müssen, um mit ihm einen Foxtrott hinzulegen, doch ihr Umfang hatte sie so verlegen gemacht, dass sie geflüchtet war, noch bevor die Musik zu Ende ging.

»Sagen Sie ihr, dass es ein Mädchen wird. Ich weiß es. Ich heiße Jeanette«, fügte sie hinzu. »Jeanette Terwilliger. Und das hier ist Elmer.«

»Maggie Carew«, wiederholte ich. »Mitte Dezember. Ich werde es ausrichten.«

An der Spitze des Zuges war Mr Strong aufgesessen. Er hielt eine eingerollte Bullenpeitsche in der Hand, drehte sein Pferd und schlug einigen Tieren über die Flanke. Die Menge begleitete den Aufbruch mit anfeuernden Rufen, und langsam setzte sich der Treck in Bewegung.

»Verlieben Sie sich ja nicht in einen Goldgräber mit hohen Stiefeln«, hörte ich Cab mir nachrufen. »Die würden Sie nur wegen einer warmen Mahlzeit heiraten.«

»Und kommen Sie nach dem Schuljahr zurück«, rief eine andere Stimme. »Und nehmen Sie den alten Blossom nicht zu scharf ran.« Da war keine Gefahr, denn nach all dem Herumtänzeln rührte der Gaul sich jetzt überhaupt nicht mehr. Ich versuchte, ihm die Absätze in die Rippen zu stoßen, doch meine Füße standen zu sehr ab, sodass er es kaum fühlte. Ich konnte nichts tun als an den Zügeln zu reißen und ihm zuzurufen, dass er sich in Bewegung setzen solle.

Dann gab jemand hinter mir Blossom eins über das Hinterteil, und er machte einen Satz nach vorn, dass ich mich am Sattelknauf festklammern musste. Aus der Menge stiegen anfeuernde Rufe, und ich klammerte mich mit aller Kraft an Blossom, während er die Lastpferde einholte und stetig weiterlief. Ich spürte, wie sich mir der Hut langsam vom Kopf hob und davonflog. Es war mir egal. Ich wollte nichts als im Sattel bleiben. Als wir an Mr Strong vorbeikamen, war ich im Begriff herunterzugleiten und machte mich auf einen Sturz gefasst. Dann wurde Blossom wie durch ein Wunder langsam, und kurz vor dem Wald blieb er stehen.

Zitternd sah ich zu, wie Mr Strong zurückritt und meinen Blumenhut aufhob. Als er mir den Hut reichte, muss ich weiß gewesen sein wie eine Wand und im Begriff, in Tränen auszubrechen. Doch er war ein Gentleman und übersah das alles taktvoll. »Madam«, sagte er liebenswürdig, »da Sie den Weg nicht kennen, ist es besser, Sie erlauben mir, die Führung zu übernehmen.«

Während er vorbeiritt, schaute ich zurück nach Eagle. Ein paar Leute winkten uns nach, darunter Mrs Rooney, und ich wurde traurig. In den vergangenen zwei Wochen war ich mehr gereist und hatte mehr freundliche Leute kennen gelernt als je zuvor in meinem Leben. Die längste Reise, die ich bis dahin gemacht hatte, war von Colorado, wo ich geboren bin, nach Oregon gewesen, wo ich unterrichtete. Nun, in den letzten zwei Wochen war ich nach Seattle gereist, hatte auf einem Schiff den inneren Wasserweg nach Juneau zurückgelegt, war dann durch Orte, von denen ich höchstens gelesen hatte – Skagway, den Chilkootpass, White Horse, Dawson und das Yukon-Territorium – nach Norden gereist, und jetzt war ich hier.

Auf der ganzen Reise hatten die Männer mir überall solche

Aufmerksamkeit geschenkt, dass ich manchmal dachte, ich sei eine andere geworden. Zwar hatte ich gehört, dass es im Norden nicht sehr viele Frauen gab, doch als hinreißende Schönheit behandelt zu werden, das hatte ich nicht erwartet. Genau das aber war der Fall.

Als ich in White Horse und Dawson in einem Hotel abstieg, sagte mir der Empfangschef, es würde mir zu Ehren am Abend ein Tanz stattfinden. Und während der Woche, die ich auf dem Flussboot fuhr, speiste ich Abend für Abend am Tisch des Kapitäns. Ein paar Mal musterte ich mich in der Kabine im Spiegel. Ob ich mich vielleicht irgendwie verändert hatte? Vielleicht war ich hübscher, als ich vorher dachte. Doch nach genauer Prüfung stellte ich immer wieder fest, dass ich immer noch die alte, unscheinbare Anne Hobbs war: dieselben grauen Augen, die halbwegs erträgliche Nase, gute, weiße Zähne, ein Schneidezahn stand ein wenig schief. Also das Beste, das sich über mich sagen ließ: Wenn ich den Mund geschlossen ließ und das Haar lang trug, mochte ich eine schwache Ähnlichkeit mit Mary Pickford haben. Aber sogar hier in Eagle, wo mich das Flussboot abgesetzt hatte, veranstaltete man mir zu Ehren einen Tanzabend.

Das letzte Tragtier zog an mir vorbei, und ich schaute noch einmal zurück auf den Ort. Die Leute zerstreuten sich jetzt, und die Blockhäuser und weißen Fachwerkbauten hinter ihnen wirkten behaglich und gemütlich. Es war ein sehr hübscher Ort, und es tat mir Leid, ihn zu verlassen. Den Kai konnte ich von hier aus nicht sehen, wohl aber die grünen Wasser des Yukon-Flusses, die sich zu beiden Seiten des Ortes meilenweit dahinschlängelten.

Blossom setzte sich in Bewegung und folgte den Tragtieren auf dem Weg mit den tief eingefahrenen Wagenspuren, der sich in der Schneise von Birken verlor. Die Birken sahen wundervoll aus, sie flammten in den Farben des Herbstes und standen zu beiden Seiten so dicht, dass ich die Berge dahinter nicht sehen konnte. Ich wollte neben Mr Strong reiten und stieß Blossom ein wenig in die Seite, doch er nahm das nicht zur Kenntnis. Ich versuchte es noch ein paar Mal, dann gab ich es auf.

Die ersten paar Meilen war leichtes Vorwärtskommen, der Karrenweg schlängelte sich gemächlich durch den Wald, und man hörte nichts als die Glocken der Lasttiere und ihre Tritte. Nach einer Weile begann mich die Sitzfläche zu schmerzen, und die Schultern wurden steif, doch ich achtete nicht darauf. Blossom benahm sich anständig, und es war so warm, dass ich die Jacke aufknöpfte. Kaum zu glauben, dass dies Alaska war. Ich hatte Schnee und Kälte erwartet. Bis jetzt war es, abgesehen von ein paar Tagen und Nächten mit Temperaturen nahe dem Gefrierpunkt, kaum kälter gewesen als daheim in Oregon.

Der Karrenweg endete plötzlich und verwandelte sich in einen Pfad, kaum breit genug für ein Pferd. Von beiden Seiten drängten Bäume und Buschwerk heran. Zweige verfingen sich in meiner Jacke und rissen Fäden heraus. Jetzt wusste ich, warum mir Mr Strong geraten hatte, den Mantel zu tragen. Wäre es möglich gewesen, zu ihm zu reiten, dann hätte ich ihn jetzt darum gebeten, bevor meine Jacke ruiniert war, doch selbst wenn ich Blossom hätte antreiben können, war der Pfad zu schmal, und ich wäre nicht an den Packtieren vorbeigekommen.

Zweimal erspähte ich Mr Strong durch die Bäume und rief laut zu ihm hinüber, doch das Unterholz war so dicht und die Kuhglocken der Mulis machten solchen Lärm, dass er mich nicht hörte. Einmal schien es mir, als sähe er mich, und ich winkte ihm verzweifelt, doch er winkte nur freundlich zurück.

Je weiter wir zogen, desto unebener wurde der Weg, und ich rutschte ständig auf dem Sattel herum. Die Oberschenkelmuskeln taten mir weh, so fest klammerte ich mich an. Nach einer Weile versuchte ich, Blossom zum Halten zu bringen, um abzusteigen, doch so heftig ich auch an den Zügeln riss, er marschierte weiter. Als ich nicht nachgab, drehte er den Kopf zurück und versuchte, mich in den Fuß zu beißen.

Als wir eine Stunde später einen steilen Hang hinaufritten, spürte ich, dass ich nicht viel länger durchhalten konnte. Wir stiegen ungefähr fünfzehn Minuten bergan, und ich hoffte, abspringen zu können, doch Blossom ging sofort daran, die Talseite hinabzusteigen, die so steil war, dass ich fürchtete, über seinen Kopf zu rutschen.

Als wir halbwegs unten waren, schmerzten mich die Hände so schlimm, dass ich mich kaum am Sattelknauf festhalten konnte. Meine Jacke war so gut wie ruiniert, und ich wollte nichts als vor mich hinwimmern. Dann kam alles noch ärger. Die Sonne verschwand ohne Übergang, und alles wurde grau und kalt. Ein paar Minuten später fielen große, fiedrige Schneeflocken, und wir waren mitten im Winter. Als wir endlich die Talsohle erreichten, klapperten mir die Zähne, und meine Hände waren so gefühllos, dass ich die Finger nicht rühren konnte.

Die Lastkarawane blieb stehen und mit ihr Blossom. Mr Strong ritt zu mir und brachte den olivgrauen Militärmantel. Als er sah, wie es mir ging, schüttelte er den Kopf, sagte jedoch nichts.

Wenn er mich nach meinem Befinden gefragt hätte, wäre ich in Tränen ausgebrochen. Er half mir in den Mantel. »Jetzt wird Ihnen wohler sein«, sagte er. »In den Taschen sind Fäustlinge.«

»Können wir hier eine Pause machen?«

»Leider nein, Madam. Ich muss US-Post überbringen, und vor der Dunkelheit müssen wir noch fünfundzwanzig Meilen zurücklegen. Wir werden in Gravel Gulch Pause machen.«

»Wie weit ist das?«

»Sieben oder acht Meilen.«

Ich wusste, dass ich das ohne Pause nicht schaffen würde, und er vermutete das wohl, denn sooft es möglich war, ritt er jetzt zurück zu mir. Es schneite weiter, doch die Flocken schmolzen, wenn sie den Boden berührten. Endlich hörte es auf. Als er einmal wieder zu mir zurückgeritten war, lobte er mich, um wie viel besser ich jetzt säße. »Sie rutschen nicht mehr ständig auf dem Sattel hin und her.«

»Danke schön«, erwiderte ich, »aber das ist nicht mein Verdienst. Der Schnee auf dem Sattel ist geschmolzen, und meine Hose klebt daran.«

Er lächelte zum ersten Mal, seit ich ihn kannte. »Tut es sehr weh?«

»Gewissermaßen ja.«

Ich bin nicht wehleidig, aber zum dritten Mal in diesen drei Stunden war ich kurz davor, in Tränen auszubrechen.

Er überlegte einen Augenblick, dann sagte er: »Beim nächsten Bach halten wir für ungefähr zwanzig Minuten an, dann können Sie die Beine strecken.«

Die zwanzig Minuten vergingen wie ebenso viele Sekunden. Als ich wieder im Sattel saß, versuchte ich mit allen Kräften, Mr Strong nicht mehr in Anspruch zu nehmen oder den Zug aufzuhalten, aber ich hatte einfach nicht die Kraft in den Beinen durchzuhalten, ohne hie und da eine Pause einzulegen. Außerdem hatte mich der Sattel an verschiedenen Stellen aufgerieben. Schließlich fanden wir einen erträglichen Ausweg. Jedes Mal, wenn wir den Gipfel eines Hügels oder Cañons erreichten, nahm Mr Strong Blossoms Zügel und führte ihn, während ich den Hang zu Fuß hinunterstieg oder rutschte. Das ging gut, denn ich kam ungefähr fünfmal schneller vorwärts als die Lasttiere. Wenn ich die Talsohle erreichte, waren meine Schuhe voll Steinchen und Erde, und ich brachte einige Zeit damit zu, Kletten und Dornen aus meinen Strümpfen zu entfernen, aber es machte den Weg leichter für mich.

Als wir von Eagle aufgebrochen waren, hatte ich mich auf den Weg gefreut, auf alles, was es da zu sehen gab, doch lang bevor wir Gravel Gulch erreichten, taten mir meine Knochen so weh, dass meine einzige Sehnsucht war, es bald überstanden zu haben.

Blätter und alles mögliche Zweigwerk war mir den Rücken hinuntergekrochen, Äste und Büsche hatten mich so oft gepeitscht, dass mein Gesicht wund war. Außerdem war ich langsam so hungrig geworden, dass mir der Kopf wehtat. Als Gravel Gulch in Sicht kam, machte es mir nichts aus, dass Blossom schneller wurde, obwohl das wehtat.

Der Ort bestand nur aus ein paar Hütten in einer Schlucht, die Hänge dicht mit Weiden und Tamarack bewachsen, aber mir schien er wundervoll. Bevor wir ihn erreichten, mussten wir ein Stück hässliches, nacktes Erdreich überqueren, das mit aufgeworfenen gelben Erdhügeln übersät war. Ich erfuhr später, dass es sich dabei um die Überbleibsel handelte, nachdem man dem Boden das Gold entnommen hatte. Jetzt aber war mir das völlig egal, und ich wollte nur herunter von Blossom, ehe ich ohnmächtig wurde oder starb.

Wir wurden von vier Männern und einer Frau erwartet. Das Erdziegeldach auf der Hütte, vor der sie standen, muss mindestens einen Fuß dick gewesen sein. Sie hatten auf dem Dach einen Garten angelegt, und da stand immer noch einiges Gemüse. Ich dachte, meine Großmutter Hobbs wäre bestimmt entzückt gewesen, hoch oben in der Luft einen Garten zu sehen. Die Männer freuten sich über unser Kommen, doch als sie mich sahen, wurden sie ein wenig schüchtern und gingen gleich zu den Packtieren, anstatt mich zu begrüßen. Die Frau dagegen war nicht schüchtern. Sie hieß Mrs Ross, war klein und dick, mit lustigen roten Wangen, sie trug einen Lumberjack und Jeans mit aufgerollten Beinen. Sie kam sofort zu mir, betrachtete den Blumenhut und das, was darunter zu sehen war, und rief entsetzt aus: »Großer Gott, was hat man denn mit Ihnen gemacht?«

Eine Antwort erwartete sie nicht, und ich gab ihr auch keine. »Nehmt doch einer von euch Burschen das arme Ding da herunter«, sagte sie. Ein Mann kam heran und hob mich aus dem Sattel, als wäre ich ein Spielzeug. Als er mich abstellte, knickten meine Knie ein, und die Frau schleppte mich buchstäblich in die Hütte.

Sie setzte mich neben den Kochherd, auf dem alles Mögliche zum Wärmen stand, nahm mir den Mantel und die Jacke ab und riet mir, mich nicht zu bewegen. Das hätte ich auch ohne ihren Rat nicht getan. Wenn sie mich hätte umbringen wollen, dann wäre ich nicht imstande gewesen, dagegen einen Finger zu rühren. Sie betupfte mir eben Hände und Arme mit einem Waschlappen, als jemand hereinkam. Wer es auch war, er schloss die Tür wortlos wieder von außen, als Mrs Ross ihm zurief, er möge draußen bleiben, bis ich wieder zum Leben erwacht sei.

Während ich mich abtrocknete, nannte ich meinen Namen, und sie fragte, wohin ich reiste.

»Nach Chicken«, sagte ich. »Ich bin die neue Lehrerin.«

»Chicken! Herzchen, so wie du aussiehst, kommst du nicht mal bis Liberty.«

Sie war so herzlich und unmittelbar, dass mir sofort besser wurde. Hätte sie eine Hemdbluse und einen langen Rock getragen, dann wäre ich an Miss Ivy erinnert worden, meine Lehrerin an der High-School, die ich so gern gemocht hatte. Sie ließ die Männer erst herein, als sie überzeugt war, ich würde weder ohnmächtig werden noch weinen, dann setzte sie uns einen köstlichen Lunch aus heißer Bärensuppe, heißem Sauerteigbrot und gedünstetem Elchbraten vor.

Die Männer am Tisch hatten nicht viel zu sagen, sie redeten ein wenig mit Mr Strong über ihre Ausbeute an Gold aus dem Boden und besprachen die Art Winter, die ihnen wohl bevorstand. Ich merkte, dass sie sich gern mit mir unterhalten hätten, doch sie waren höflich und ließen mich essen. Ich war ausgehungert und vertilgte so viel, dass ich mich hinterher kaum rühren konnte.

Als die Männer mit Essen fertig waren, scheuchte Mrs Ross sie hinaus, damit ich mich ein Weilchen niederlegen konnte. Als es eine halbe Stunde später Zeit zum Aufstehen wurde, war ich froh, dass die Männer nicht im Raum waren. Meine Schenkel waren innen so wund gerieben, dass ich die ersten Minuten wie eine Ente watschelte. Bevor ich Blossom wieder bestieg, gab Mrs Ross mir ein altes, fleckiges Kissen zum Draufsetzen.

Es machte es schwieriger, im Gleichgewicht zu bleiben, doch sonst half es.

~

Als wir Gravel Gulch hinter uns hatten, wurde das Vorwärtskommen leichter. Das Land bestand aus einer Reihe sanfter Hügel, und ich wünschte, nicht auf dem Pferd sitzen zu müssen, damit ich es genießen könnte. Von manchen Hügelkämmen sah man in jede Richtung über viele Meilen, und ich war gleichzeitig erwartungsvoll und von Angst erfüllt. Alles war so weit und groß, dass man den Eindruck gewann, etwas Besonderes müsse sich ereignen, und alles war dabei so still und verlassen, dass ich mich wie verloren fühlte. Doch so weit und einsam das Land auch war, immer, wenn wir bei einem Bach hielten, um die Pferde zu tränken und selbst den Durst zu löschen, stand da ein alter Blechbecher zwischen den Steinen oder hing am Nagel in einem Baum in der Nähe.

Nach einer langen Dämmerung kam die Dunkelheit langsam, doch seitdem die Sonne untergegangen war, war es schnell kalt geworden. Erst nach acht Uhr erreichten wir Liberty, und ich war so durch und durch müde, dass ich kaum merkte, was um mich vorging. Doch selbst wenn ich aufgepasst hätte, wäre nicht mehr zu sehen gewesen als eine alte, halb in den Boden versunkene Hütte und ein übel riechender Stall daneben.

Ich wollte nichts als mich in ein Bett legen und nie mehr aufwachen, und als Mr Strong mir sagte, wir würden essen, sobald die Pferde entladen und in den Stall gebracht seien, bat ich ihn, mir nur zu zeigen, wo ich schlafen würde. Ein alter Mann, der Mr Strongs Stall versorgte, humpelte mir voraus zu einer Hütte, die aus einem einzigen Raum bestand, der ungelüftet war und nach Schweiß stank. Von einem Wandbrett nahm er drei Schlafsäcke und breitete sie aus, dann legte er ein paar Pferdedecken darüber. Bevor er ging, riet er mir noch, nahe beim Ofen zu bleiben, dort sei es am behaglichsten. Über dem selbst gemachten Tisch hing eine Petroleumlampe, auf dem kleinen Ofen stand warmes Wasser, doch ich dachte nicht einmal daran, die Lampe klein zu drehen oder mich zu waschen und Zähne zu putzen. Ich legte mich nur auf die Schlafsäcke, zog die Decken über mich und versuchte zu schlafen.

Es wurde ein unruhiger Schlaf. Ich war zu erschöpft, um ganz aufzuwachen und zu wund und zerschlagen, um in tiefen Schlaf zu fallen. Ich spürte, wie sich die Bodenbretter unter mir bewegten, als Mr Strong und der alte Mann hereinkamen und sich niederlegten, und in der Nacht hörte ich einen der beiden schnarchen. Ein Traum kehrte immer wieder: Ich saß auf Blossom, und er trug mich zurück nach Eagle. Gleichgültig, was ich tat, ich konnte ihn nicht hindern. Als wir ankamen, fühlte ich mich schrecklich. Ich war zwei Tage geritten und wieder da, wo ich angefangen hatte.

2

Als Mr Strong mich am nächsten Morgen wachrüttelte, war es dunkel und kalt. »Auf dem Ofen steht heißes Wasser, Madam«, sagte er. »Sie haben zwanzig Minuten Zeit zum Waschen und Fertigmachen. Dann gibt es Frühstück, und wir reiten weiter.«

Für gewöhnlich stehe ich gern früh auf, doch als Mr Strong hinausgegangen war, hatte ich Mühe, mich zu rühren.
Ich brauchte fünf Minuten, um auf die Beine zu kommen. Ich hatte in beiden Beinen einen starken Muskelkater und hätte nicht sagen können, welcher Körperteil mir am meisten wehtat. Auf dem Kanonenofen stand ein Kessel mit Wasser. Ich hinkte damit zu einem hölzernen Ständer, goss etwas heißes Wasser in ein Waschbecken und dazu etwas kaltes aus einem großen Fass. Das Wasser sah nicht besonders sauber aus, also verzichtete ich aufs Zähneputzen.
Als wir mit dem Frühstück fertig und zum Aufbruch bereit waren, wurde es eben hell. Mr Strong schob wieder seine Hände zusammen, um mir beim Aufsitzen zu helfen. Ich war so steif, dass ich den Fuß nicht heben konnte. Erst gemeinsam mit dem alten Mann schaffte er es, mich in den Sattel zu heben. Mr Strong teilte mir mit, Steel Creek, vierundzwanzig Meilen entfernt, wäre unser nächstes Nachtquartier. »In Dome Creek machen wir Lunchpause«, fügte er hinzu. »Hier in Alaska scheint jeder an einem Creek (Bach) oder an einem Fluss zu wohnen«, sagte ich.
Meine Beobachtungsgabe beeindruckte ihn weiter nicht. »Das ist natürlich, Madam. Wenn sie das nicht täten, hätten sie kein Wasser.« Ich war versucht zu sagen, sie könnten doch einen Brunnen graben, doch ich hielt den Mund.
Er gab mir wie versprochen einen kleineren Sattel, und das war anfangs sehr angenehm, denn er rieb nicht dort, wo ich wund war, doch nach einer Weile wurde ich an anderen Stellen wund. Gestern hatte ich gefunden, Blossom sei boshaft, doch heute war er noch schlimmer. Ich hatte gehofft, mit dem kleineren Sattel würde ich ihm eher beikommen, stattdessen zeigte er

mir von Anfang an, wer hier der Herr war. Wann immer er Lust auf ein paar späte Grashalme oder noch grüne Blätter bekam, blieb er stehen und fraß sie ab. Dann rannte er den Lasttieren hinterher und holte die verlorene Zeit ein. Sein schwerfälliger Trab schüttelte mir jeden Knochen im Leib. Ich berichtete Mr Strong, wie er sich verhielt, und er gab mir eine kleine Schachtel Pralinen. »Geben Sie ihm von Zeit zu Zeit eine, das hält ihn bei guter Laune.«

Bei Laune hielt es ihn, doch es war keine gute Laune. Er war genauso gerissen wie boshaft. Als ich ihm die erste Praline gegeben hatte, wandte er alle paar Minuten den Kopf, wieherte und machte schreckliche, kehlige Geräusche, bis ich nachgab. Zwanzig Minuten später gab ich ihm die letzte Praline, zeigte ihm die leere Schachtel und warf sie weg, damit er wusste, es gäbe nichts mehr. Nun wurde es mit ihm ärger denn je. Ich konnte machen, was ich wollte, er gehorchte nicht, und schließlich wurde es mir egal. Ich ritt zusammengesunken, sah nur die Bäche, durch die Blossom watete, und einmal bemerkte ich, dass seine Beine blau wurden, weil wir durch ein Gestrüpp mit späten Blaubeeren ritten.

Manchmal waren wir fast eine Viertelmeile hinter den Packtieren zurück.

Ungefähr eine Stunde, nachdem wir Liberty verlassen hatten, hob ich den Kopf und sah, dass Mr Strong mit dem Treck auf mich wartete. Vor uns lag etwas, das wie ein Baumwollfeld aussah. Ein leichter Wind spielte über die Oberfläche, und es war so wunderschön, dass es mich meinen elenden Zustand vergessen ließ.

»Was ist das?«, fragte ich Mr Strong.

»Tundra.«
»Ich meine, das Weiße.« Es konnte unmöglich Baumwolle sein, war es aber trotzdem.
»Alaska-Baumwolle«, erklärte Mr Strong. »Von jetzt an, Madam, müssen Sie sehr aufpassen, wohin Sie reiten. Wir müssen durch all das hindurch.«
»Ich werde das schon schaffen«, gab ich zurück.
Er sah mich nachdenklich an. »Haben Sie so etwas je probiert?«
»Nein ...«
Er wendete sein Pferd, und der Zug bewegte sich weiter.

Ich merkte bald, was er gemeint hatte. Zuerst gefiel es mir. Wir ritten durch riesige Felder von silbrigen Kapseln, deren lange seidene Fäden wie Zierrat von den schlanken Stengeln wehten. Dann trafen wir auf Sumpf. Aus dem erhoben sich Erdhügel mit verfilztem Gras, das aussah wie riesige Scheuerbesen. Sie standen immer näher beisammen, und ich dachte daran, abzusteigen und auf ihnen zu gehen. Für Blossom und die Packtiere war es ein schwieriges Vorwärtskommen. Der Sumpf saugte an ihren Hufen, und sie glitten aus und rutschten und stolperten über verborgene Wurzeln. Ich blieb weit zurück.
Ich war so damit beschäftigt, mich im Sattel zu halten, dass ich die Rentierherde erst sah, als wir sie fast erreicht hatten. Zuerst hörte ich ihre merkwürdigen, hustenden Geräusche. Dann, wie vom Himmel gefallen, standen sie ein paar hundert Meter vor uns auf festem Boden. Sie weideten, fraßen ein weißliches Moos, und über ihnen stand ein ganzer Wald aus Geweihen. Um die Schultern hatten sie etwas Weißes, das aussah wie ein Schal. Die uns am nächsten waren, hoben den Kopf und starr-

ten uns neugierig mit ihren großen Augen an. Dann fraßen sie weiter, als hätten sie nichts gesehen.

Was sich dann ereignete, ging so schnell vor sich, dass es vorbei war, bevor ich es richtig gesehen hatte. Wir ritten ungefähr vierzig Fuß entfernt von einer Rentiermutter mit ihrem Kalb. Zuerst sah ich nur, dass sich etwas sehr schnell bewegte – eine bucklige Gestalt kam auf das Kalb zu, und im nächsten Moment warf sie sich auch schon über das junge Tier.

Es war ein riesiger Grisli, und er landete mit einem entsetzlichen Geräusch von brechenden Knochen auf dem Kalb. Es versuchte, unter dem Bären hervor- und wegzugelangen, doch da war alle Hoffnung vergebens. Ich sah schreckerfüllt zu, wie der fauchende, wütende Bär das sich windende Kalb mit einer Pfote niederhielt. Dann drehte er den Kopf des Tieres zurück und brach ihm das Genick.

Blossom stieg, und ich fiel in den Sumpf und konnte nur hoffen, dass er nicht auf mich fallen würde. Mit viel Mühe gelang es ihm, nicht zu stürzen, und sobald er sicheren Stand hatte, galoppierte er davon. Gleichzeitig kam die ganze Herde in Bewegung, die Tiere stießen mit krachenden Geweihen aneinander und drängten sich in Panik zur Flucht. Ein paar stolperten und stürzten, waren aber sofort wieder auf den Beinen. Dann donnerte die ganze Herde davon.

Nur das Muttertier blieb und beobachtete den Grisli, der ein großes Stück Fleisch aus dem zuckenden Körper riss. Ich wollte davonlaufen, doch ich muss mich wohl zu schnell bewegt haben, denn der Grisli ließ seine Beute fallen und fauchte mich mit blutigem Maul an.

Ich hatte zu viel Angst, mich wieder zu rühren, bevor er an seiner Mahlzeit interessierter war als an mir. Dann wich ich lang-

sam zurück. Die sumpfige Erde saugte meine Schuhe an. Endlich machte ich kehrt und taumelte davon.
Als ich dachte, ich befände mich in sicherer Entfernung, wandte ich mich um. Mein Herz blieb fast stehen – ich starrte in zwei Augen. Die Rentiermutter war mir gefolgt. Sie war höchstens zehn Fuß entfernt und sah jetzt, da ich zu Fuß war, riesengroß aus. Sie stieß einen jammernden Klagelaut aus, der mir noch mehr Angst einflößte, und ich schrie sie hysterisch an: »Geh weg! Hörst du? Geh weg!« Dann brach ich in Tränen aus.
Sie machte kehrt und lief davon. Ein paar Sekunden später sah ich, warum. Mr Strong ritt heran und brachte mir Blossom. Ich war von Kopf bis Fuß mit Schlamm bedeckt, und alles tat mir weh. Die Tränen rannen unaufhaltsam. Mr Strong stieg ab, und ich warf mich ihm an den Hals. Er stand kerzengerade wie eine Statue, klopfte mir nur ein- oder zweimal leicht auf die Schulter. »Nun, Madam«, sagte er nach ein paar Minuten, »Sie dürfen sich das nicht so zu Herzen nehmen. Was auch geschehen ist, Sie scheinen es überstanden zu haben.«
Endlich war ich imstande, die ganze Geschichte herauszusprudeln.
»An solche Dinge müssen Sie sich in diesem Land gewöhnen«, sagte er dann. »Wir werden ein trockenes Fleckchen suchen, und wenn Sie die Kleider gewechselt haben, werden Sie sich wohler fühlen. Können Sie jetzt reiten?«
»Ich denke schon.«
»Madam, wo ist Ihr Hut?«
»Irgendwo auf dem Weg. Mir liegt nichts mehr an ihm.«
Er ritt ziemlich weit zurück, ehe er ihn fand. Als er damit zurückkam und ich sah, in welchem Zustand er war, bat ich ihn, das Ding wegzuwerfen. Er wollte das jedoch nicht.

»Er steht Ihnen so gut. Vielleicht können wir beim nächsten Wasserlauf den Schlamm abwaschen.«
Der Revolver drückte gegen meine Hüfte. Ich hatte nicht einmal daran gedacht, ihn zu benutzen! Das sagte ich Mr Strong.
»Ein Glück, dass Sie es nicht taten. Der Grisli hätte Sie in Stücke gerissen.«

Sobald wir auf trockenes Gelände kamen, entlud er das Pferd, das meine Sachen trug und drehte mir dann den Rücken zu, damit ich mich umziehen konnte. Zum Glück hatte ich in Eagle ein zweites Paar Hosen gekauft, doch als ich zwangsläufig in ein Paar fast neuer Pumps schlüpfen musste, wünschte ich heftig, ich hätte mir stattdessen Stiefel gekauft. Das hatte Mr Strong mir geraten, doch mir war es leid ums Geld gewesen. Bevor wir wieder aufstiegen, sagte er: »Von jetzt an möchte ich, dass Sie mit den Lasttieren Schritt halten.«
»Das täte ich nur zu gern, aber ich bringe Blossom auf keine Art zum Gehorchen.«
Das machte ihn ärgerlich. Wortlos ging er hinüber zu einem Baum und brach einen Zweig ab. Den ließ er ein paar Mal durch die Luft pfeifen, dann packte er Blossoms Zügel. Zuerst riss er den Kopf des Pferdes nach rechts und links, sodass ihm das Gebiss im Maul wehtun musste, dann stieß er es zurück, dass es fast stürzte. Blossom war verschreckt und wollte steigen, Mr Strong jedoch hielt die Zügel fest. Dann bearbeitete er den Hals des Gauls mit der Gerte und hielt immer noch den

Zügel eisern fest. Blossom schnaubte und wieherte voll panischer Angst, doch Mr Strong gab nicht nach. Ringsum war alles mit Erdklumpen und Steinen übersät. Wie er dieses riesige

Tier so festhalten konnte, war mir schleierhaft. Er musste Blossom mindestens zwanzigmal auf Kopf und Hals geschlagen haben. Als er aufhörte, zitterte das Tier so stark, dass es mir Leid tat. Mr Strongs Hut war heruntergefallen, ich hob ihn auf und gab ihn ihm, als er mir die Gerte reichte. Er schwitzte, und so ohne Hut auf dem kahlen Kopf wirkte er lange nicht so imposant. »Wenn er wieder Mätzchen macht, ziehen Sie ihm eins über den Hals. Dann wird er gehorchen.« Es war nicht nötig. Von nun an brauchte ich ihn nur von Zeit zu Zeit leicht anzurühren, und er tat, was er tun sollte.

Von diesem Augenblick an wurde Mr Strong freundlicher. Bisher hatte ich den Eindruck gehabt, er mochte mich nicht, doch nun fragte er mich nach einer Weile sogar, woher ich käme und warum ich in Alaska sei.

Ich berichtete, dass ich in Forest Grove, Oregon, in der Grundschule unterrichtet hatte, als im vergangenen Jahr ein Bezirksschulinspektor die Schule besuchte. »Er hielt in der Festhalle einen Vortrag über die Lehrtätigkeit hier oben, und das klang so reizvoll, dass ich mich bewarb. Und jetzt bin ich hier.«

»Wo sind Sie aufgewachsen?«

»In Colorado. Mein Vater war im Bergbau tätig.« Ich fand, das klang besser, als wenn ich gesagt hätte, er sei nur ein einfacher Kumpel gewesen.

»Sie wirken ein bisschen jung, um allein hier heraufzukommen.«

»Ich bin fast zwanzig.«

»Das sieht man Ihnen nicht an.«

Diese Antwort hatte ich vorausgesehen. Kurz bevor ich Forest Grove verließ, war ich zum Frisör gegangen und hatte mir das Haar ganz kurz schneiden lassen. Ich dachte nämlich, wenn ich in der Wildnis arbeiten würde, könnte ich leichter damit umgehen, wenn ich es so schneiden ließ. Bis dahin war ich immer für älter gehalten worden, doch nun behaupteten alle, ich sähe aus wie ein kleines Mädchen.

»Ich wollte Ihnen nicht zu nahe treten, Madam«, fuhr er fort.

»Ich selbst war erst zwölf, als ich mein Elternhaus verließ, und es hat mir nicht geschadet.«

»Da war ich im Verhältnis zu Ihnen ja eine alte Frau! Als ich Colorado verließ, um in Forest Grove zu unterrichten, war ich sechzehn.« Beim Weiterreiten erzählte er mir einiges über sich selbst, von seiner unglücklichen Kindheit in Nordkarolina und wie er dann davonlief nach Kalifornien. Als er nach Alaska kam, um Gold zu suchen, war er Ende Zwanzig, und nun lebte er schon einundzwanzig Jahre im Forty Mile. Er war im Stadtrat und gehörte zum Schulausschuss von Eagle.

Es gab uns eine gewisse Gemeinsamkeit, dass wir beide das Elternhaus so früh verlassen hatten. Er nannte mich zwar nach wie vor »Madam«, doch ich spürte, dass er mir gegenüber jetzt väterlich empfand. Wenn er merkte, wie schlecht ich beisammen war, half er mir für den Rest des Tages immer beim Absteigen, und wenn wir einen steilen Hang hinunterritten, ließ er mich eine Zeit zu Fuß gehen. Ich wusste das zu schätzen, denn es bedeutete, dass der ganze Packtreck langsamer werden musste.

Es wurde langsam dunkel, und ich dachte schon, wir würden Steel Creek nie erreichen, als wir den Fuß des steilsten Pfades von allen bisherigen erreichten. Das Buschwerk rechts und links war so dicht und hoch, dass es einen Tunnel bildete. Der Pfad wäre für die Tiere sogar ohne Lasten schwierig zu erklimmen gewesen, aber jetzt, am Ende des Tages und müde, wie sie waren, streikten sie, und ich konnte ihnen das nachfühlen. Es waren ohnehin nicht die kräftigsten Tiere – ich hatte schon stärkere Pferde vor Gemüsekarren gesehen –, und sie waren überladen. Außerdem waren die meisten Lasten nicht ordentlich gepackt, und die Hälfte der Tiere hatte blutige, eitrige Wunden, von der Last aufgescheuert. Ein Maultier, dessen Rücken besonders schlimm aussah, versuchte bei jedem Baum, an dem es vorbeikam, seine Last abzustreifen. Ich teilte das Mr Strong mit, doch er sagte, das sei schon in Ordnung.

Jetzt traktierte er die Leittiere mit der Peitsche, aber das nützte nicht. Sie waren ganz einfach erschöpft. Ich hatte ihn schon für verrückt gehalten, als er Blossom am Vormittag so mit der Gerte geschlagen hatte, doch jetzt steigerte er sich in Raserei. Er sprang vom Pferd, suchte im Buschwerk herum, bis er einen langen, abgestorbenen Ast von der Stärke eines Kinderarms fand. Dann schlug er damit den ersten Tieren unter heftigem Fluchen und Brüllen über die Flanken. Ich dachte, er hätte den Verstand verloren und würde sie umbringen, doch sie gingen vorwärts. Eines nach dem anderen verschwand im Gestrüpptunnel unter einem Hagel von Erdklumpen und Steinen. Als Mr Strong mich erreichte, warf er den Ast fort und nahm Blossoms Zügel. Er führte ihn zu seinem eigenen Pferd und saß auf.

»Das wird ein harter Aufstieg, Madam. Halten Sie sich gut fest.«

Bevor ich antworten konnte, gab er seinem Tier die Sporen, riss Blossom an den Zügeln mit, und ich ritt hinter ihnen her den Tunnel hinauf. Der Weg war so steil, dass es mir unmöglich schien, auf den Hügel hinaufzukommen. Da die Lasttiere sehr viel Staub aufwirbelten, konnte ich kaum etwas sehen, und die Zweige des Buschwerks versperrten mir die Sicht. Es dauerte volle fünf Minuten, ehe wir den Tunnel passiert hatten. Als es so weit war, tropfte der Schweiß der Pferde und Maultiere auf den Boden, und ihr Atem ging so schwer, dass es klang wie Blasebälge. Meine Sitzfläche war aufgescheuert, und ich hätte mich am liebsten zu Boden gleiten lassen und einfach aufgegeben, doch als ich Mr Strong fragte, ob ich absteigen könne, schüttelte er nur den Kopf, zu atemlos, um zu reden. Es dauerte eine volle Minute, ehe er wieder sprechen konnte: »Nehmen Sie Ihr Pferd dort hinüber.« Er deutete auf eine Stelle ungefähr hundert Meter entfernt, und ich ließ Blossom hinübergehen. Ich wusste nicht, was mich dort erwartete, doch was ich sah, ließ mich Schmerzen und Erschöpfung vergessen. Die Sonne war hinter den entfernten Bergen untergegangen, und über dem Land dazwischen lag ein seltsamer, grauer Schleier. Kiefern und Fichten wuchsen auf dem Hang unter mir, und überall war so viel Weite, alles war mit Fichten und Tamarack bewachsen, dass ich mich wie ein Staubkörnchen fühlte, das fürchten muss, vom nächsten Windhauch weggeblasen zu werden. So weit ich sehen konnte, schlängelte sich der Forty-Mile-Fluss durch die Landschaft. Und direkt unter mir, es wirkte fast unwirklich, lagen etwa zwanzig Morgen gepflügten Ackerlandes. An der einen Seite stand eine große, rote Scheune und daneben ein Blockhaus, ganz von Blumenbeeten umgeben. Hinter diesem Gebäude sah man etwa einen halben Morgen mit grünem Gemüse in sauberen Reihen.

»Steel Creek«, sagte Mr Strong, der herangeritten kam. »Dort drüben ist der Bach, er mündet hier in den Fluss. Und das ist das Prentiss-Rasthaus.«

Es war kein Problem, die Tiere hinunter zum Fluss zu bringen. Sobald diese gesehen hatten, was sie unten erwartete, wurden sie lebendig, denn sie wussten, dort gab es Futter und einen warmen Stall. Sie drängten so sehr hin, dass Mr Strong das Leitpferd zurückhalten musste, weil er fürchtete, die anderen würden sich nicht bremsen lassen, und wenn eines der Tiere fiel, würden wohl auch die anderen zu Boden gehen. Ich konnte es den Tieren nachfühlen. Mir ging es selbst nicht schnell genug hinunter. Mr Strong hatte mir mitgeteilt, ich könnte dort unten ein heißes Bad nehmen.

Während wir hinuntermarschierten und dem Fluss immer näher kamen, fragte ich mich, wie wir ihn überqueren würden. Das Wasser schien nicht tief, aber sehr schnell zu sein. Als wir sein Ufer erreichten, sah ich zu meiner Erleichterung, dass ein dickes Kabel zum anderen Ufer gespannt war. Hier war es an einem Felsblock verankert, drüben an einem großen eisernen Dreifuß. Am jenseitigen Ufer war ein Floß mit einem Tau an dem Kabel befestigt.

Wir hatten kaum den Fluss erreicht, als am anderen Ufer ein halbes Dutzend Leute auftauchte. Abgesehen von einem Mädchen in einer Latzhose waren es lauter Männer. Einer von ihnen rief »Hallo« und eine Frage herüber, doch das Geräusch des fließenden Wassers und das Scharren der Tiere war so laut, dass ich nichts verstand. Mr Strong jedoch verstand scheinbar, worum es ging. Er schüttelte heftig den Kopf und unterstrich mit Handbewegungen, dass er dazu nein sagen wollte.

Sofort als wir den Fluss erreichten, wurde Blossom zum ersten Mal an diesem Tag wieder ungebärdig. Er drängte zum Wasser, und jedes Mal, wenn ich ihn daran hinderte, versuchte er es wieder. Er war den ganzen Tag so folgsam gewesen, dass ich die

Gerte schon lange fortgeworfen hatte. Jetzt wünschte ich, ich hätte sie noch.

Mr Strong saß ab, und ich dachte, er würde Blossom halten und mir herunterhelfen. Stattdessen ging er daran, die aneinander gebundenen Pferde loszumachen. Sobald eines frei war, watete es ins hüfttiefe Wasser. Als das dritte Pferd im Fluss stand, wurde Blossom so wütend, dass er wieder versuchte, mich in den Fuß zu beißen. Er fletschte wild die Zähne.

»Mr Strong, können Sie mir helfen? Ich kann Blossom nicht zügeln.«

»Lassen Sie ihn gewähren, Madam. Er weiß, was er tun muss.«

»Sie meinen, ich soll ihn in den Fluss waten lassen?«

»Genau das.«

»Können wir nicht das Floß benützen?«

»Wir brauchen es nicht. Seien Sie versichert, Madam, es ist nicht nötig. Ich mache das seit Jahren so.«

Sie mögen es getan haben, aber ich nicht, dachte ich und wünschte, ich hätte genügend Courage, ihm das zu sagen. Die Leittiere hatten die Flussmitte erreicht. Das Wasser reichte ihnen fast bis zur Hinterhand, und sie hatten Mühe, der starken Strömung standzuhalten. Ich konnte nicht schwimmen, doch selbst wenn ich wie die Meisterschwimmerin Gertrude Ederle imstande gewesen wäre, den Ärmelkanal zu durchschwimmen, hier wäre ich nicht allzu glücklich gewesen, mit Blossom hinüberzureiten. Aber ich holte tief Luft, ließ die Zügel locker und gab Blossom den Weg frei. Hungrig und schlecht gelaunt wie er war, stürmte er sofort los.

40 Zu meinem Erstaunen ging es leicht. Sobald ich es nicht mehr scheute, angespritzt zu werden, machte mir die Sache sogar Spaß. Ich hatte im Film gesehen, wie Cowboys viel tiefere Ge-

wässer überqueren, und ich kam mir so großartig vor, dass ich den Leuten am jenseitigen Ufer zuwinkte.

Da rutschte Blossom aus.

Seine Hinterbeine knickten ein, und ich wäre fast heruntergefallen. Während er halb im Wasser lag, traf uns die Strömung mit solcher Gewalt in die Seite, dass wir fast weggerissen worden wären. Blossom blieb auf den Beinen, doch er verlor an Boden. Die Strömung drückte uns in tieferes Wasser, und Blossom konnte, so sehr er sich auch anstrengte, nicht standhalten. Wieder rutschte er, und ich spürte das eisige Wasser bis zu meinen Hüften steigen. Ich bekam Angst. Wenn Blossom sich auf dem glitschigen Boden nicht halten konnte, ließ sich an den Fingern ausrechnen, wie schnell wir weggerissen würden.

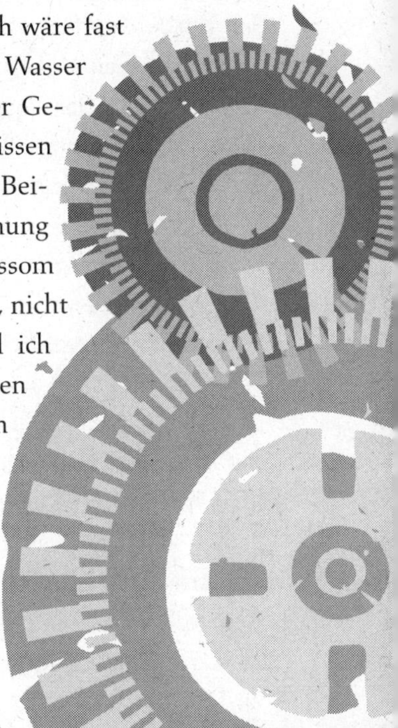

Er wusste, dass wir in Gefahr waren und kämpfte noch verzweifelter darum, das jenseitige Ufer zu erreichen. Wäre ich nicht ganz und gar damit beschäftigt gewesen, mich auf seinem Rücken zu halten, hätte ich vielleicht den Verstand gehabt, ihn in die Strömung zu drehen und so langsam zum gegenüberliegenden Ufer zu bringen. Aber ich war viel zu verschreckt, um zu denken. Plötzlich stolperte er, knickte mit den Vorderbeinen ein, ich fiel nach vorn, sein Kopf wurde gleichzeitig zurückgerissen und schlug heftig gegen den meinen. Von da an war ich halb betäubt und wusste kaum mehr, was vorging. Mir blieb nur eines bewusst: Ich musste mich festhalten und durfte nicht ohnmächtig werden.

Ich packte eine Hand voll Mähne und hatte plötzlich den Eindruck, die Leute auf dem jenseitigen Ufer würden von uns fortgewirbelt. Dann waren sie verschwunden. Vor meinen Augen erschien ein großer, blutroter Fleck. Ich hörte Blossom schnauben und prusten, und einmal wurden wir beide in die Tiefe gezogen, tauchten jedoch sofort wieder auf.

Unmöglich zu sagen, wie lang es dauerte, bis ich begriff, dass Blossom sich beruhigt hatte. Der rote Fleck vor meinen Augen war verschwunden, ich hatte starke Kopfschmerzen, doch ich saß noch im Sattel. Blossom schwamm. Er schwamm ganz ruhig auf das Ufer zu. Ich spürte, wie er festen Boden unter die Füße bekam, und ein paar Sekunden später planschte er aus dem Wasser. Sobald wir auf dem Trockenen standen, schüttelte er sich so heftig, dass ich mich beim besten Willen nicht länger im Sattel halten konnte. Ich landete ziemlich unsanft auf dem Boden.

Es dauerte eine Minute, bis ich mir sagte, es wäre besser, aufzustehen. Ich zitterte vor Kälte, hatte aber nicht die Kraft, mich zu rühren.

Als es mir endlich gelungen war, zum Sitzen zu kommen, lief jemand zu mir heran. Ein Mädchen. Atemlos vom Laufen bückte sie sich zu mir, und einer ihrer Zöpfe tanzte vor meinen Augen.

»Alles in Ordnung, Ma'am?«

Es gelang mir zu nicken.

»Können Sie gehen, wenn ich Ihnen helfe?«

Sie half mir auf die Beine, und wir gingen am Ufer entlang, als

Mr Strong uns zu Pferd entgegenkam. Er wollte mich auf sein Pferd setzen, doch ich wehrte mich. Für den Augenblick hatte ich von Pferden wirklich genug. Sie nahmen mich in die Mitte und brachten mich gemeinsam bis zum Prentiss-Rasthaus.
Dort nahm mich eine stämmige Frau mit grauem Haar und herrischen Manieren sofort in Beschlag. Sie hielt mich von sich ab, um nicht nass zu werden, befahl dem Mädchen, die Segeltuchwanne aufzustellen, und schob mich dann in ein anderes Zimmer. Dort befahl sie mir, die nassen Sachen auszuziehen, mich trockenzureiben und in den alten Bademantel zu schlüpfen, den sie mir brachte. Dann führte sie mich in ein Badezimmer und half mir in eine tragbare Badewanne, die mit dampfendem Wasser gefüllt war. Es tat an den aufgescheuerten Stellen weh, doch an allen anderen Stellen war es wunderbar. Die Frau war wütend auf Mr Strong. »Dieser dreckige, alte Geizhals«, sagte sie, während ich mich an den hölzernen Rand der Wanne lehnte. »Er ist schuld daran, dass Sie im Fluss landeten. Es wäre nicht geschehen, wenn er das Floß hätte hinüberschicken lassen. Aber da tat's ihm ums Geld Leid.«
Das Mädchen kam mit einem großen Kupferkessel herein. »Das ist meine Tochter Nancy«, sagte die Frau. »Und ich bin Mrs Prentiss. So was ist nicht zum ersten Mal passiert.« Sie wandte sich zur Tochter. »Erinnerst du dich, wie er damals zwei Maultiere mit Paketpost verlor?«
»Ja, Ma'am.« Das Mädchen ließ das warme Wasser langsam in die Wanne rinnen.
»Du bleibst hier bei ihr. Ich muss das Abendessen kochen und möchte nicht, dass sie hier einschläft. Wäre eine verteufelte Sache, wenn sie nach allem, was sie durchgemacht hat, hier ertrinken würde.«

Sie ging. Nancy goss den Rest des Wassers ein und setzte sich auf einen Stuhl, der sicher nicht aus der Fabrik kam. Ich glitt auf der weichen Gummiauskleidung weiter hinunter und lehnte den Kopf an den Rand.

Ich wäre lieber allein geblieben, doch diese Mrs Prentiss war nicht der Mensch, dem man widersprach. Nancy fühlte sich sichtlich unbehaglich. Ihre grünen Augen wanderten im Zimmer umher und sahen auf alles, nur nicht auf mich.

»Danke, dass Sie mir geholfen haben«, sagte ich.

Sie deutete mit einer Kopfbewegung an, das sei eine Kleinigkeit gewesen, dann blickte sie wieder auf ihre im Schoß verschränkten Finger. Unter der Latzhose trug sie eine Matrosenbluse, und ihre Fingernägel waren ganz abgekaut. Wenn sie die Lippen nicht so fest zusammengekniffen hätte, wäre sie hübsch gewesen.

»Wir dachten nicht, dass Sie es schaffen.«

»Ich auch nicht.«

»Jeder glaubte, jetzt wird Chicken noch ein Jahr ohne Lehrerin sein.« Als sie mich lächeln sah, brachte sie ein Schmunzeln zuwege, bei dem sie versuchte, die Löcher in ihren Vorderzähnen zu verbergen. Ich sagte ihr, sie brauche nicht bei mir zu wachen.

»Ich schlafe bestimmt nicht ein.«

»Ganz sicher nicht?«

»Aber ja, ganz sicher. Dazu ist es viel zu angenehm hier.«

Ich blieb noch eine ganze Stunde in der Wanne, bis Mrs Prentiss mich holen kam und zurück ins Zimmer brachte. Sie hatte auf einem oberen Stockwerkbett schon Verbände zurechtgelegt und hieß mich auf dem unteren auf den Bauch legen, und obwohl ich ihr sagte, ich könne das gut allein tun, bestand sie darauf, mir alle aufgeriebenen Stellen zu verbinden. »Ich habe acht Kinder großgezogen«, erklärte sie mir. »Ich kenne das. Sie haben nichts, was die nicht auch schon hatten. Bis Chicken sind es noch zwei Tagesritte, und mit einem wund gescheuerten Hintern schaffen Sie das nie.«

Sie war nicht sehr sanft, doch sie war gründlich. Als sie fertig war, reichte sie mir eine lange wollene Jungenunterhose. »Die kratzt zwar«, sagte sie, »doch sie ist warm.«

Sie befahl mir wach zu bleiben, bis sie mir zu essen brächte. Ich fand später heraus, dass das Fleisch von einem Bärenjungen stammte, doch es schmeckte wie Schweinefleisch, und es war köstlich. Sobald ich aufgegessen hatte, schlief ich ein.

Das Frühstück am nächsten Morgen war eine feierliche Angelegenheit. Der große Wohnraum des Rasthauses war hell und sauber, die Bodenbretter fast weiß gebleicht, und auf den Fensterbrettern standen Blumenkisten. Der ganze Raum wirkte auf mich wie aus dem Nähkästchen, dass ich es schon wieder unbehaglich fand, aber immer noch weniger unbehaglich als die Familie Prentiss selbst. Alle zehn, darunter auch Nancy, saßen so mürrisch an dem langen Tisch, als hätte jemand sie betrogen und sie seien wütend darüber. Ich wünschte Mr Strong herbei, doch er hatte schon gegessen und belud jetzt die Tiere. Mrs Prentiss stellte mich allen vor, und dann sagte keiner mehr ein Wort. Sie schien ihre Sprösslinge zu beherrschen wie ein Löwenbändiger seine Raubkatzen. Als die Stille ein paar Minuten gedauert hatte, betrachtete sie ihre Kinder mit kalten, grauen Augen. »Haben Sie je eine bessere Nachkommenschaft gesehen?«, fragte sie voll Hohn. »Reden, dass einem die Ohren gellen, he? Meine neun Maultiere – glücklich wie ein sonniger Tag, die ganze Gesellschaft … Wie lang unterrichten Sie schon?«, fragte sie kurz darauf.

»Zwei Jahre.«

»Da müssen Sie angefangen haben, als Sie noch in den Windeln lagen.«

»Ich bin älter als ich aussehe.«

»Was halten Sie von jemandem, der lange in die Schule gegangen ist und immer noch nicht lesen kann?«

»Das kann ich nicht sagen. Da können eine Menge Gründe mitspielen.«

Nachdem Mr Prentiss sein Frühstück beendet hatte und aufstand, verschwanden auch die Übrigen. Ich dachte zuerst, keiner von ihnen wollte mit ihr allein zurückbleiben, doch sobald alle gegangen waren, merkte ich, die Frau wollte mit mir allein sprechen, und das hatten die anderen gewusst.

»Ich habe eine Bitte an Sie«, begann sie. »Ich möchte Ihnen meine Nancy nach Chicken schicken.«

Ich war zu verblüfft, um zu antworten.

»Verstehen Sie mich recht, ich werde dafür bezahlen«, fuhr sie fort, als nähme sie mir damit jede Möglichkeit, abzulehnen. »Ich will nichts geschenkt haben.«

»Aber Sie und ich, wir kennen uns doch kaum, Mrs Prentiss.«

Das tat sie mit einer Handbewegung ab. »Ist doch egal. Meine Nancy kann nicht gut lesen, und ich glaube, Sie könnten ihr helfen.«

»Aber ich weiß doch nicht einmal, ob ich für sie Platz habe! Ich war noch nie in Chicken.«

»Bestimmt ist Platz. Und wenn nicht, dann schläft sie auf dem Fußboden.« Als ich schwieg, fiel ihr noch etwas anderes ein.

»Schauen Sie, Teacher, Sie sind ein Greenhorn. Sie haben keine Ahnung von dem Land hier. Nancy wäre Ihnen eine große Hilfe.«

»Ich werd mir's überlegen«, sagte ich, denn ich wollte das Gespräch beenden.

Mrs Prentiss änderte die Taktik. Sie hörte auf, mich zu drängen. »Ich will offen sein, Teacher. Ich kenne Sie nicht, das stimmt. Ich weiß nichts von Ihnen, aber ich glaube, Sie würden Nancy gut tun. Ich spreche mit Ihnen, weil Nancy mich darum gebeten hat. Natürlich könnte ich sie nach Eagle in die Schule schicken, aber sie mag diese Mrs Rooney nicht und sagt, die interessiert sich mehr für Männer als für die Schule. Außerdem nennen die Kinder dort Nancy einen Schafskopf, weil sie nicht lesen kann.« Die Tür zur Küche stand offen, und ich hatte das Gefühl, dass Nancy dahinter stand und horchte. Ich stand auf.

»Lassen Sie es mich überlegen«, sagte ich noch einmal.

Der Pferdestall neben dem Rasthaus war fast so blitzsauber wie das Haus. Es gab viel frisches Heu und einen reinlichen Stall für eine Kuh. Mr Strong war fast so weit, dass er die Tiere hinauslassen konnte. Als ich ihm von dem Gespräch erzählte, schien er sich weiter nicht zu wundern. »Eine gute Idee«, meinte er.

»Aber wir sind uns doch völlig fremd!«

»Das hat nichts zu sagen, Madam«, erwiderter er. »Wenn ich Sie wäre, würde ich sie mitnehmen.«

»Warum?«

»Sie sind ein Neuling in diesem Land. Sie werden sehr allein sein. Das Leben in der Wildnis ist für niemanden leicht und ganz besonders nicht für jemanden wie Sie. Nancy kann Ihnen eine Menge beibringen.«

»Aber wenn wir nicht miteinander auskommen?«
»Dann können Sie sie immer noch nach Haus schicken.«
Ich blieb im Stall und versuchte, einen Entschluss zu fassen. Ich dachte an Miss Ivy. Ich wusste, sie würde in meiner Lage keine Sekunde zögern, sondern Nancy aufnehmen. Sie war meine Lehrerin in der High-School gewesen, und ohne sie wäre ich wahrscheinlich nicht Lehrerin geworden. Als mein Elternhaus auseinander brach und meine Mutter mich nicht mehr ernähren konnte, nahm Miss Ivy mich auf und behandelte mich wie ihre eigene Tochter. Sie hatte davon auch nicht viel Wesens gemacht, sondern mich einfach aufgenommen und behalten, bis ich mit der High-School fertig war, als sei das nichts Besonderes, sondern ganz selbstverständlich.
Wenn ich daran dachte, schien mir, es sei durchaus nichts Besonderes, Nancy zu mir zu nehmen. Überhaupt war es wohl richtig, was Mr Strong sagte. Ich hatte ja wirklich keine Ahnung vom Leben in der Wildnis. Neben jemandem wie Nancy würde alles viel leichter sein. Ich würde ihr helfen und sie mir.
Bevor der Packzug aufbrach, sagte ich Mrs Prentiss, die Sache sei in Ordnung und sie könne mir Nancy irgendwann in den nächsten Wochen mit Mr Strong schicken.
Nancy war nicht mehr zu sehen gewesen, doch als wir aufbrachen, erschien sie um die Ecke des Rasthauses. »Morgen, Teacher«, rief sie. »Guten Morgen, und auf Wiedersehen.« Ich lächelte ihr zu. Sie erwiderte mein Lächeln nicht.

3

Ab Steel Creek war die Reise leichter. Gleich von Anfang an fühlte ich mich wohler. Die Luft war frisch, aber ich war gut verpackt. Außer den langen Unterhosen trug ich noch die Latzhose, der einer der Prentiss-Söhne entwachsen war, ein Paar seiner Stiefel und ein Flanellhemd. Wenn ich dann noch Mr Strongs Mantel darüber ziehen konnte, brauchte ich sicher nicht zu frieren.

Mein Blumenhut war in einem solch schlechten Zustand, dass ich ihn Blossom schenkte. Mit zwei Löchern für seine Ohren gab ihm der Hut einen verwegenen Ausdruck. Ich trug stattdessen einen alten Wollhut, den ich über die Ohren ziehen konnte. Mir ging es so gut, dass ich anfing, das Land ringsum zu betrachten.

Während der langen Fahrt den Yukon hinunter hatte ich mich gefragt, woran es lag, dass dieses Land so anders aussah als alles, was ich kannte. Ich dachte erst, es sei die ungeheure Weite, aber das war nicht alles. Es war die Rauheit. Unten in Oregon wirkten um diese Jahreszeit die Bäume voll und wie überschäumend. Hier waren sie windverblasen, mager und viel zäher, und die großen Fichten sahen aus wie Riesen, zum Abbruch bereit. So ähnlich sah alles aus, auch die Hölzer des großen Weidendickichts, die ein Tier angenagt und von denen es zum Teil die Rinde abgezogen hatte. Doch sie wuchsen trotzdem weiter und schienen nicht umzubringen zu sein. So-

gar die Wolken über mir schienen rascher zu ziehen. Die Luft war mit Spannung geladen, als müsste jeden Moment etwas geschehen.
Die Kuhglocken machten solchen Lärm, dass ich dachte, wir würden keine wilden Tiere sehen, aber das Gegenteil trat ein. Der Lärm machte sie neugierig, und sooft ich danach sah, merkte ich, dass wir beobachtet wurden. Einmal war es ein ganzes Rudel Füchse. Sie spielten auf einer Bodenschwelle, als wir sie überraschten – zwei Blaufüchse, ein paar schwarze und ein geschecktes. Sie hörten auf zu spielen und starrten zu uns herüber, dann nahmen sie ihr Spiel wieder auf.
Ich hatte immer gedacht, Wölfe jagen in Rudeln, bis ich einen einzelnen Wolf vielleicht hundert Meter vom Pfad entfernt sah. Ich hatte noch nie einen gesehen, aber ich war mir gleich ganz sicher, das konnte nur ein Wolf sein. Er sah größer und heimtückischer aus, als ich mir vorgestellt hatte. Seine Schnauze war spitz, er hatte dichtes, flauschiges Nackenhaar und die berechnenden Augen eines Teufels. Er lief fast eine Meile weit neben uns her, manchmal voraus, und ich hätte geschworen, dass er genauso logisch denken konnte wie ich.
»Natürlich tut er das«, sagte Mr Strong. »Er riecht die Pferde und hofft, dass eines von ihnen tot umfällt.«
Endlich gab der Wolf die Hoffnung auf und verschwand.

Ein paar Stunden nach Steel Creek sahen wir in der Ferne eine Siedlung, ungefähr fünfzehn Hütten, ein Stück vom Forty-Mile-Fluss entfernt. Ein paar kleine Boote waren ans Ufer gezogen, und hinter den Hütten standen ein paar Proviantspeicher auf Pfählen.

»Ein Indianerdorf«, erklärte mir Mr Strong. »Wir halten hier an.« Ich hatte vom Flussboot aus ein paar Indianerdörfer gesehen, doch immer nur aus der Entfernung. Zuvor hatte ich nicht einmal gewusst, dass es in Alaska Indianer gibt. Ich dachte, hier würden Eskimos leben. Das Dorf wirkte so malerisch, dass ich kaum erwarten konnte, hinzukommen.

Doch als wir es aus der Nähe sahen, war ich entsetzt. Es war ein Barackendorf, ärger als die Elendsviertel, die ich aus den Bergwerksdistrikten kannte. Es gab vielleicht drei oder vier Behausungen, die ganz ordentlich aussahen, die übrigen waren halb zusammengefallene Schuppen, schiefe, in die Erde gesunkene winzige Hütten, deren Wände und Dach mit allem geflickt waren, worauf der Eigentümer nur die Hand legen konnte: Dachpappe, verfaulte Bretter, altes Blech, sogar alte Tierhäute. Die Siedlung sah aus, als hätte man alle Abfälle von Eagle hierhergebracht. Der Boden war übersät mit verrosteten Konservenbüchsen, Lumpen, Papier, Fellstücken, Flaschen und Fischgräten. Es war völlig windstill, und der Gestank, der über allem hing, verursachte starken Brechreiz. Ich war froh, dass es so kalt war. Bei Hitze wäre es unerträglich gewesen.

Als wir hineinritten, starrten die Bewohner uns aus den Türen an. Ich hatte schon gedacht, die Indianer in Eagle seien arm, doch diese hier besaßen überhaupt nichts. Sie erinnerten mich an Bilder, die ich einmal im Stereoskop von verhungernden Schwarzen gesehen hatte. Nur dass diese Gesichter hier irgendwie orientalisch aussahen. Doch die Kleidung war ganz ähnlich: abgetragene Sachen, die an den Frauen hingen wie Säcke, vielfach geflickte, ausgebeulte Arbeitsanzüge bei den Männern. An einem Mann, an dem wir vorbeikamen, sah ich die zerlumpte Jacke eines Flussbootkapitäns.

Räudige Hunde, halb verhungert und angekettet, bellten uns an und versuchten, uns trotz der Ketten anzuspringen. Sie taumelten jedes Mal zurück und landeten in ihrem eigenen Unrat. Ein paar Kinder liefen mit uns, hielten sich aber in großem Abstand von den Pferden. Sie schienen sich trotz rinnender Nasen, und obwohl sie barfuß liefen und in Lumpen, ganz wohl zu fühlen. Ein kleiner Junge, der den Kopf voll offener, eiternder Wunden hatte, fiel über einen Hund und wäre um ein Haar gebissen worden. Ein anderer Junge hatte die gleichen Wunden hinten am Hals. Wie ich später erfuhr, waren das die Folgen von Tuberkulose.

Wir hielten vor einem Fachwerkhaus, an dem überall die Farbe abblätterte. Ich dachte, dies sei vielleicht die Wohnung des Häuptlings, weil davor eine Menge Indianer versammelt war. Mr Strong schien alle und jeden zu kennen und begrüßte ein paar Leute mit Vornamen.

»Betty, wie geht's dem kleinen Charles Lindbergh?«, fragte er eine mahagonibraune Frau, die ein winziges Baby hielt. Überall im Dorf machten die Hunde solchen Lärm, dass er fast brüllen musste, um sich verständlich zu machen.

»Er gut«, schrie sie zurück und hob das Baby hoch, um es ihm zu zeigen. »Stark wie Bär.«

»Ist Skooltrai da?«, fragte Mr Strong.

Die Frau nickte, und im selben Augenblick öffnete sich die Haustür. Ein Indianer und ein weißes Mädchen kamen heraus, und einen größeren Gegensatz als zwischen den beiden kann man sich nicht denken. Vielleicht erschien mir der Indianer nur deshalb als der hässlichste Mann, den ich je gesehen hatte, weil das Mädchen ungewöhnlich schön war. Der Mann war groß und sehr mager, die Haut über seinen Wangenknochen spannte so sehr, dass sie glänzte, und die Augen waren klein und standen weit auseinander. Sein Hemd war am Hals offen, und sein Hals war so sehr mit Narben bedeckt, als hätte jemand einmal Stacheldraht darum gewunden.

Hinter ihnen kam ein kleiner Junge heraus. Er musste ungefähr acht Jahre alt sein und war deutlich ein Mischling. Auch er war wie die anderen Kinder dünn wie ein Zwirnsfaden.

»Guten Tag, Miss Winters«, rief Mr Strong dem Mädchen zu. Bis jetzt war er freundlich gewesen und hatte allen zugelächelt, so wie man es mit Kindern tut. Doch jetzt sah er gar nicht mehr freundlich aus. »Diese junge Dame reist nach Chicken«, fuhr er fort. »Und sie müsste sich ein bisschen ausruhen. Ich wäre Ihnen dankbar, wenn sie das bei Ihnen tun könnte.«

Das Mädchen war ebenso unfreundlich zu ihm wie er zu ihr, aber sie kam sofort zu mir herüber.

»Warten Sie, ich helfe Ihnen«, sagte sie und reichte mir die Hand hinauf.

Sie war wirklich reizend mit ihren strahlend blauen Augen und dem langen schwarzen Haar, das mit einem roten Stirnband zurückgebunden war. Sie trug Mokassins, war aber trotzdem größer als ich. »Ich heiße Cathy Winters«, sagte sie, sobald ich sicher auf dem Boden stand.

»Sehr erfreut«, erwiderte ich. »Mein Name ist Anne Hobbs.«

Sie deutete auf den großen Indianer neben sich. »Das ist Titus Paul.«

Ich teilte auch ihm mit, ich sei erfreut, ihn kennen zu lernen, doch er erwiderte das Kompliment nicht.

Sie bat den kleinen Jungen, ihre Post entgegenzunehmen, und brachte mich ins Haus. Es war innen höchstens halb so groß, als ich vom Äußeren her angenommen hätte, es enthielt nur

ein schäbiges Zimmer mit gesprungenem, braunem Linoleum auf dem Fußboden und ein winziges Schlafzimmer. Sie half mir aus dem Mantel, und ich ließ mich auf ein stark abgenutztes Sofa fallen.
»Hoffentlich mache ich Ihnen keine Mühe.«
In der Mitte des Zimmers stand ein kleiner Tisch mit den Resten einer Mahlzeit, und ich verspürte den köstlichen Geruch von gebratenem Fisch.
»Aber durchaus nicht. Titus und ich waren eben mit dem Essen fertig. Wir hatten eine Pfanne Äschen, die er heute früh gefangen hat. Wenn Sie hungrig sind – wir haben noch eine Menge übrig.«
»Danke. Ich möchte nur ein bisschen ausruhen.«
»Und sich vielleicht ein wenig waschen?«
»Das wäre herrlich.«
Sie holte ein Waschbecken und einen Waschlappen, und ich lehnte mich zurück und sah ihr dabei zu. Ihr Kleid war ebenso zauberhaft wie ihre Gestalt, eine Art Handgewebe, am Saum und an den halblangen Ärmeln mit indianischer Stickerei geschmückt. Um die Mitte trug sie einen dünnen Ledergürtel. Sie wirkte so elegant und gepflegt, dass mich der Neid erfüllt hätte, auch wenn ich weniger verschwitzt und verdreckt gewesen wäre.
Der kleine Junge kam herein und legte die Post auf den Tisch.
»Das ist Chuck«, sagte Cathy, nahm einen kleinen Krug und tauchte ihn in eine Wassertonne. »Er wird Ihnen auf dem letzten Stück des Wegs Gesellschaft leisten. Chuck, komm her und begrüße Miss Hobbs.«
Er war zu schüchtern, mich auch nur anzusehen.
Cathy goss den Inhalt des Kruges in das Waschbecken. »Komm,

hab dich nicht so«, sagte sie zu ihm. »Habe ich dich so grüßen gelehrt? Also los!«, trieb sie ihn an. »Sie wird dich nicht beißen. Sie ist Lehrerin, genau wie ich.«

»Erfreut ... Sie ... kennen zu lernen«, sagte er ernst.

»Ich freue mich auch, dich kennen zu lernen«, erwiderte ich.

Sie sagte ihm, er könne jetzt gehen, und er verließ sichtlich erleichtert das Zimmer.

Als ich mich ein bisschen gewaschen hatte, fühlte ich mich wohler, und bei einer Tasse Kaffee fand ich heraus, warum das Haus so wenig Wohnfläche hatte. Sie war die Lehrerin in diesem Ort, und dies hier war ihre Privatwohnung. Der andere Teil des Hauses war das Schulhaus. Ich bewunderte sie. Sie hatte wenig Platz, doch sie hatte alles so gut wie möglich eingerichtet. Überall sah ich Bücher, und an den Wänden hingen alle möglichen Indianerdinge: ein Köcher mit Pfeilen, Bogen, ein paar hölzerne Zeremonienmasken und viele andere Dinge. Ein bunter, gerahmter Druck von Jesus an einer Wand wirkte deplatziert.

»Sind Sie ganz allein hier?«, fragte ich.

»Natürlich.« Sie muss meine Gedanken erraten haben, denn sic fuhr fort: »Ich weiß, wie Ihnen das alles vorkommt. Mir ist es anfangs genauso gegangen. Aber hier gibt es nichts, vor dem man sich fürchten müsste. Wenn es Sie interessiert, führe ich Sie herum. Sie sollten ohnehin ein bisschen zu Fuß gehen, um den Muskelkater loszuwerden.« Draußen hatte Mr Strong die verrutschte Last auf dem Rücken eines Tiers losgebunden und auf dem Boden ausgebreitet. Zusammen mit den Indianern, die bei ihm Waren bestellt hatten, beugte er sich darüber. Sie hielten ihr Geld schon bereit, als er ihnen das Bestellte übergab: dem einen eine Bratpfanne, eine Petroleumlampe dem anderen, Kondensmilch, eine Teekanne. Die anderen Indianer waren nur Zuschauer.

Als ich mit Cathy herauskam, machten uns die Zuschauer Platz, und Cathy stellte mich in der Indianersprache vor. Als sie erklärte, wer ich war, fing ich die Wörter *Skooltrai* und Chicken auf. Dann sagte sie für mich die Namen der Indianer her, und sie stammten fast alle aus der Bibel: David Salomon, Paul Joe, Ruth James, Isaias John. Die älteren Leute nickten freundlich, die jüngeren, besonders die Mädchen, waren sichtlich schüchtern und kicherten, als sie vorgestellt wurden.

Wer ein Baby hatte, trug es in einem Tuch auf dem Rücken. Wie die meisten Männer wirkten auch die älteren Frauen apathisch und müde, gut die Hälfte von ihnen hatte gerötete Wangen und glitzernde Augen. Cathy erklärte mir später, dass sie an Tuberkulose litten. Das halbe Dorf war davon befallen. Sie sagte mir auch, dass die Wunden der Kinder von Drüsentuberkulose stammten.

»Hast du Kaugummi?«, fragte eine Frau mit flachem Gesicht, die auf dem Boden hockte und mir von Cathy als Mary Magdalene vorgestellt worden war.

»Mary, wo sind deine Manieren?«, fragte Cathy.

»Pah«, erwiderte Mary. »Ich brauche keine Manieren. Ich brauche Kaugummi.«

Cathy führte mich durchs ganze Dorf. Viel zu sehen gab es nicht, doch je mehr sie mir zeigte, umso elender fühlte ich mich. Ich hatte mir die Indianer, die in der Wildnis leben, als kräftige, stolze Menschen vorgestellt, die imstande sind, von dem zu leben, was die Natur zu bieten hat – und hier lebten sieben oder acht Menschen im einzigen Raum einer winzigen Hütte zusammengedrängt. Einige Türen standen offen, und ich sah drinnen nicht mehr als roh gezimmerte Stockbetten, einen Ofen, ein paar Stühle und Kisten. Die Nahrungsmittelspeicher, die hinter den meisten Hütten auf Pfählen befestigt waren, hätten mit getrocknetem Fleisch und Fisch vollgefüllt sein sollen, doch wie Cathy mir sagte, enthielten die meisten zum Erbarmen wenig. »Aber leer sein werden sie im Winter trotzdem nicht«, bemerkte Cathy bitter. »Wir werden sie dazu verwenden, die Toten aufzubewahren, bis sie im Frühling begraben werden können.« Sie sah mir ins Gesicht. »Entschuldigung«, sagte sie. »Ich rege mich so schnell auf. Und Sie haben Ihre eigenen Sorgen.«

Ich verstand das alles nicht. »Warum müssen sie so leben?«

»Das ist nicht leicht zu beantworten. Es würde zu weit führen, das jetzt alles erklären zu wollen. Hauptsache ist, dass Sie das, was Sie hier sehen, nicht mit dem Maßstab der Weißen beurteilen. Die meisten dieser Menschen sind erst vor dreißig oder vierzig Jahren mit Weißen in Berührung gekommen. Bis dahin lebten sie in der Steinzeit.«

»Was sind das hier für Indianer?«

»Athapascanen. Das ist der allgemeine Name für alle Indianer hier oben, und die zerfallen wieder in Stämme. Die Leute hier im Dorf sind Kutchins – Takhud Kutchins.«

Auf dem Rückweg kamen wir an einem riesigen Kessel vorbei, der über einem offenen Feuer hing. Was immer darin kochte, es verbreitete einen scheußlichen Geruch. Eine verschrumpelte Greisin, deren spindeldürre Beine so stark gekrümmt waren, dass ich dachte, sie müssten abbrechen, versuchte mit einem Holzlöffel etwas herauszufischen. Aber sie war zu klein und konnte den Inhalt nicht erreichen, ohne Gefahr zu laufen, vielleicht selbst hineinzufallen. Cathy sagte etwas auf Indianisch zu ihr, nahm ihr den Löffel und einen emaillierten Blechteller ab und fischte ein paar Stücke Lachs heraus. Die alte Frau nahm den Teller dankbar entgegen. Sie hatte kaum mehr Zähne im Mund, und aus beiden Mundwinkeln lief ihr der Tabaksaft.

»Was kocht sie denn da?«, fragte ich.

»Fischköpfe, Tiereingeweide, Reis. Das ist das Hundefressen. Für die dort.« Sie deutete mit der Hand auf einen Hund. Die alte Frau setzte sich auf den Boden und begann zu essen. »Das ist die Lahme Sarah. Der kleine Junge, der mit Ihnen reisen wird, hat bei ihr gelebt. Wie Sie gesehen haben, wurde er nicht mit Steaks und Kartoffeln gefüttert. Sie kann kaum für sich selbst sorgen. Gott sei Dank, dass er hier wegkommt.«

Als wir bereit waren weiterzuziehen, stand die alte Frau mit Chuck bei einem Maultier, das einen alten, arg mitgenommenen Sattel trug. Sie knöpfte Chucks dicken Mantel zu. Als sie damit fertig war, umarmte sie den Jungen und murmelte zärtliche Worte. Doch er hörte nur mit halbem Ohr zu. Seine Augen lagen auf dem Maultier, und er machte ein besorgtes Gesicht. Es erhob sich ebenso turmhoch über ihm wie Blossom über mir, und ich konnte seinen Gemütszustand ohne Mühe erraten. Die alte Frau ließ ihn los.

»Los geht's, Chuck«, sagte Cathy zu ihm und versuchte, ihn in den Sattel zu heben, doch er entzog sich ihr. »Nein!«, schrie er gellend. Er hatte Angst, und das machte ich ihm nicht zum Vorwurf. Ein paar Kinder sahen der Szene halb verschreckt, halb neiderfüllt zu. Cathy kniete vor dem Jungen nieder.

»Chuck, wenn du zu deiner Mutter willst, musst du auf diesem Maultier reiten.«

Mr Strong kam herüber und fragte, was hier vorginge.

»Er hat ein bisschen Angst aufzusteigen«, erklärte ich ihm.
»Stimmt das?«, fragte er, und ohne ein Wort zu sagen, packte er von hinten Chucks Mantel, hob ihn hoch und setzte ihn energisch auf den Rücken des Maultiers. »Dass du da oben bleibst!«, schärfte er ihm ein. »Hast du verstanden?«
So vergewaltigt brachte Chuck kein Wort heraus, doch er machte ein Gesicht, als wolle er in Tränen ausbrechen.
»Das hätten Sie nicht tun müssen«, sagte Cathy zu Mr Strong.
Ich schwieg, doch ich war ganz ihrer Ansicht. Mr Strong tat, als hätte er sie nicht gehört.
»Wir sind zum Aufbruch bereit, Madam«, sagte er zu mir. Dann warf er einen Blick auf Cathys Füße. »Sind Sie zu arm, um Schuhe zu kaufen, Miss Winters?«
Bevor wir das Haus verlassen hatten, war sie in schwarze Gummigaloschen geschlüpft, die sie über die Mokassins gezogen hatte. Ich hatte bemerkt, dass auch einige Indianer solche Überschuhe trugen.
»Warum fragen Sie das?« Ihre Stimme war eisig.
»Ich weiß, dass die Indianer an solche Fußbekleidungen gewöhnt sind, doch habe ich nie eine anständige weiße Frau so etwas tragen sehen. Weiße ziehen Schuhe vor. Von hinten könnte man Sie für eine Squaw halten.«
»Es hat Sie niemand gebeten, mich von hinten anzusehen.«
Er wurde rot, und auch mir wollte das Blut ins Gesicht steigen. Mir wäre nie in den Sinn gekommen, so mit jemandem zu sprechen, der älter war als ich. Dabei war sie weder frech noch respektlos gewesen, sie hatte es ihm nur mit gleicher Münze heimgezahlt. Doch ich an ihrer Stelle hätte geschwiegen.

»Fertig, Madam?«, fragte er mich.
Als er mir beim Aufsteigen geholfen hatte, schritt er die Reihe

der Lasttiere nochmals ab, um eine letzte Überprüfung vorzunehmen.

»Tun Sie mir bitte einen Gefallen, Anne«, sagte Cathy und deutete mit dem Kopf gegen Mr Strong. »Für den dort ist Chuck nichts als ein Stück Ladung, vielleicht nicht einmal das. Würden Sie sich um ihn kümmern? Er ist bis jetzt kaum mehr als ein paar Meilen über das Dorf hinausgekommen, und er wird eine Todesangst haben.«

»Ich werde mich um ihn kümmern.«

Cathy sagte ihm etwas auf Indianisch und deutete dabei ein paar Mal auf mich. Dann fuhr sie englisch fort: »Denk daran, von nun an musst du Englisch sprechen, wenn du etwas willst. Wenn du Angst bekommst oder auf die Toilette musst, dann sagst du es der Lehrerin hier. Hast du verstanden?«

»*Aha*«, erwiderte er.

»Kein *aha* mehr«, verbesserte ihn Cathy. »Von nun an heißt es *yes*. Ist das klar?«

Er nickte.

»Ich sagen *yiss** und ich sagen zu *Tisha***.«

Sie reichte mir ihre Hand hinauf. »Viel Glück.«

»Auch Ihnen viel Glück, Cathy. Ich hätte mich gern länger mit Ihnen unterhalten.«

»Sie können mir ja von Chicken schreiben, wenn Ihnen danach zumute ist.«

Ich sagte, das würde ich tun.

Dann brach der Treck auf. Wir folgten dem Flusslauf, und das Letzte, was ich von dem Indianerdorf sah, bevor es hinter uns außer Sicht kam, war das weiße Kreuz auf der Kirche. Dann ver-

* yiss – falsche Aussprache für englisch: yes (ja)
** Tisha – falsche Aussprache für englisch: Teacher (Lehrer, Lehrerin)

schwand auch das hinter den Baumwipfeln. Und ich war froh darüber. Der ganze Ort war grauenhaft, und ich sah durchaus keinen Grund, warum man ihn nicht säubern und in Ordnung bringen konnte. Ich hatte das Cathy nicht sagen wollen, doch ich hätte nicht einmal für fünf Minuten dort bleiben wollen.

Mr Strong verlangsamte den Gang seines Pferdes und ließ die Lasttiere vorüberziehen. »Ich hoffe, Sie fühlen sich viel besser, Madam«, sagte er.

»Oh ja.«

»Ausgezeichnet. Ich würde gern etwas von der verlorenen Zeit zurückgewinnen.«

»Von mir aus gern, aber ich weiß nicht, wie das mit Chuck gehen wird.«

Chuck saß immer noch ganz steif und hielt sich nur mit Mühe im Sattel.

»Machen Sie sich keine Gedanken wegen ihm. Diese Indianer sind zäh … Was halten Sie von der jungen Dame im Dorf?«

»Sie hat mir gefallen.«

Er war noch immer aufgebracht, und ich dachte schon, er würde etwas über sie sagen, doch er änderte das Gesprächsthema. »In zwei Stunden machen wir eine Lunchpause, dann reiten wir bis zum Einbruch der Dunkelheit weiter. Die Nacht verbringen wir im O'Shaughnessy-Rasthaus. Ich hoffe, das wird Ihnen nicht zu viel.«

Mir nicht, aber bei Chuck war ich nicht ganz sicher. Er mochte ein Indianer sein, doch er war schließlich nur ein kleiner Junge, und er brauchte auf einem so langen Ritt mehrere Pausen.

Er hielt sich gut, solange wir am Flussufer entlangritten, doch als wir ausscherten und in hügelige Landschaft kamen, sah er aus, als würde ihm übel werden.

»Möchtest du anhalten, Chuck?«, fragte ich ihn. Er war blass und schwitzte, und offenbar fühlte er sich zu elend, um zu antworten.
Gleich darauf sprang das Maultier über einen umgestürzten Baum, und Chuck fiel herunter. Er landete auf Händen und Knien und stand nicht auf, sondern erbrach sich heftig. Es dauerte einige Zeit, bis ich Blossom anhalten konnte.
Chuck weinte, und ich führte ihn zu dem Baum, setzte mich neben ihn und legte den Arm um ihn.
Ein paar Minuten später kam Mr Strong mit Blossom und dem Maultier zu uns zurück.
»Er ist heruntergefallen«, erklärte ich ihm.
Mr Strong war durchaus nicht beglückt. »Hat er sich verletzt?«
»Nein. Er hat nur einen tüchtigen Schock.«
Mr Strong wartete, bis Chuck zu weinen aufhörte, dann sagte er: »Chuck, willst du nicht lieber nach Haus gehen? Ich gebe dir deine Sachen, und du gehst nach Hause.«
Chuck machte ein entsetztes Gesicht. »Der nicht mich wollen?«
»Du fällst vom Maultier. Du kannst nicht reiten. Wir müssen heute noch weit reiten, und wir schlafen weit entfernt von hier, und morgen müssen wir noch weiter reiten. Das ist zu schwer für dich.«
»Ich reiten«, versprach Chuck. »Du mich nehmen, ich nicht mehr fallen.«
Mr Strong hob den Zeigefinger. »Wenn du noch einmal fällst, gehst du nach Hause, hast du verstanden?«
Er versuchte es mit allen seinen Kräften, und das Herz ging mir vor Mitleid über, aber er stand auf verlorenem Posten. Im-

merhin gelang es ihm, eine ganze Meile lang im Sattel zu bleiben, doch dann landete er wieder auf dem Boden. Ich zuckte zusammen, doch er kam sofort wieder auf die Füße, lief dem Maultier nach und versuchte, es zum Stehen zu bringen. Das gelang ihm nicht, und Tränen des Zorns liefen ihm über sein Gesicht. »Drecksau Muli!«, rief er dem Tier nach. »Dreckige schwarze Drecksau, weiße Muli!« Ich hielt Blossom an. Mr Strong konnte jeden Augenblick zurückkommen.

»Chuck, würdest du von hier aus zurückfinden?«

»Yiss«, sagte er.

»Vielleicht versuchst du es noch einmal, wenn Mr Strong wieder durch euer Dorf kommt.«

Er rang die Hände. »Tisha«, sagte er ernst. »Du reden Mista St'ong von mich. Sag ihm, er mich wieder auf verdammtes Muli setzen, dann bleibe ich oben. Ich oben bleiben, Tisha, ich oben bleiben.«

»Ich werde es ihm gern sagen, nur glaube ich nicht, dass er auf mich hören wird.«

Wieder rang er die Hände, schaute voraus auf den Pfad und ließ dann die Arme in Verzweiflung sinken. Er tat mir schrecklich Leid. Ein Stück weiter lag ein Felsbrocken. Ich dirigierte Blossom hin und hielt ihn dort an.

»Chuck, versuch aufzusteigen und mit mir weiterzureiten.«

Er kletterte herauf, und irgendwie schafften wir es, dass er sich hinter mich setzte. So ritten wir weiter, seine Arme umklammerten meine Taille. Jetzt kam Mr Strong in Sicht. Er blickte mich fragend an.

»Er hat mich gefragt, ob er ein Stück mit mir reiten kann«, sagte ich. »Ich habe mich jetzt an das Pferd gewöhnt, und es macht mir nichts aus.«

Ob er mir glaubte oder nicht, er wendete sein Pferd und ritt wortlos davon. Chucks Kopf lag an meinem Rücken.
»Tisha?«
»Ja?«
»Du verdammt gut weiße Frau«, sagte er und klammerte sich noch fester an mich. Ich fühlte mich sehr gut dabei.
Wir schafften es bis zur Mittagsrast – ich weiß nicht wie, aber wir schafften es. Diesmal war es eine halb verrottete Hütte, die ungefähr einen Fuß tief in die Erde gesunken war. Als ich durch die Tür gehen wollte, musste ich mich bücken. Drinnen war es dunkel und verwahrlost, der halbe Fußboden mit Brettern belegt, der andere Teil bestand aus gestampfter Erde. Die Hütte gehörte einem Ehepaar, und so wie sie sich benahmen, konnte man vermuten, sie hätten ein Schweigegelübde abgelegt. Der Mann fragte Mr Strong, wie die Reise gewesen war, und danach sagte keiner von beiden mehr ein Wort. Der Mann gab Mr Strong und mir etwas Wasser zum Waschen, während die Frau das Eintopfgericht vom Herd zum Tisch brachte. Als Mr Strong sich gewaschen hatte, goss der Mann das Wasser vor die Hütte. Chuck gab er kein Waschwasser. Ich sagte zu ihm, das Kind würde sich wohl auch gern waschen, doch er tat, als hörte er mich nicht. Mr Strong setzte sich an den Tisch und wies mir das zweite Gedeck an. »Setzen Sie sich, Madam.«
»Bekommt Chuck nichts zu essen?« Er hatte sich neben dem Herd auf den Boden gesetzt und lehnte sich an die Wand.
»Bist du hungrig, Chuck?«, fragte ich ihn. Er nickte mehrmals heftig. Mr Strong erklärte mir: »Die Reise ist für ihn nicht bezahlt worden, ich tue es aus Barmherzigkeit. Seien Sie versichert, er kann für sich selbst sorgen.«
»Ich bezahle seine Mahlzeit gern«, sagte ich. »Geht das?«,

fragte ich die Frau. Sie blickte Mr Strong an, und er nickte. Da holte sie einen Napf für Chuck, füllte ihn, schnitt ein Stück Brot ab und brachte ihm alles dorthin, wo er saß. Er vertilgte es bis zum letzten Krümel.

Wir hatten eine halbe Stunde, bevor aufgebrochen werden sollte, und die verbrachte ich teilweise damit, Chuck eine kleine Reitstunde zu geben. »Wenn du stehen bleiben willst, sagst du brr! Und wenn es weitergehen soll, sagst du hü und stößt das Maultier mit der Ferse an.« Es brauchte einige Zeit, bis er das begriffen hatte. Doch als ihm klar war, wie er das Tier zum Gehorchen bringen konnte, verlor er seine Angst. Als es zum Aufbruch ging, machte ihm die Sache schon Spaß. »Hü, Muli«, sagte er, und los ging's.

Je länger wir ritten, umso mehr gefiel mir der Junge. Falls er wund gescheuert war – und das war er sicher –, dann trug er es ohne zu klagen. Stattdessen sprang er alle Augenblicke herunter und führte das Maultier. Zu Fuß zu gehen machte ihm nichts aus. Manchmal, wenn der Weg für die Pferde schwierig war, eilte er uns sogar voraus. Wenn wir ihm nachgekommen waren, führte er das Maultier zu einem Felsbrocken und kroch ohne Hilfe wieder in den Sattel.

»Ich habe es Ihnen gesagt«, meinte Mr Strong zu mir, als er Chuck zum ersten Mal dabei beobachtete. »Diese Indianerkinder sind zäh.« Unser nächstes Nachtquartier war das O'Shaughnessy-Rasthaus. Es wurde von einem freundlichen Iren, der mit starkem Akzent sprach, geführt. Da ich eine Frau war, überließ er mir das Schlafzimmer, und ich teilte das Bett mit seiner Frau, einer rundlichen Indianerin, die dafür sorgte, dass Chuck genügend zu essen bekam und einen warmen Schlafsack in unserem Zimmer erhielt. Ich deckte ihn zu und

wollte schon hinausgehen, als er mich rief: »Tisha … du mit mir reden?«
Er fühlte sich einsam und fürchtete sich an dem fremden Ort. Ich setzte mich auf seinen Schlafsack. »Du freust dich sicher schon auf deine Mutter«, sagte ich.
»Oh, yiss!«
»Sie muss sehr nett sein.«
»Sie wunderschön, Tisha – wie du.«
»Na sicher. Ist dein Vater auch in Chicken?«
»Yiss.«
»Was ist er denn für einer?«
»Großer Mann. Hat viele Gewehre, viele Sachen. Hat große Glasaugen zum Weitsehen.« Er hielt die hohlen Hände vor die Augen, um ein Fernglas anzudeuten. »Ich ihn nicht mögen mag«, fügte er hinzu.
»Warum denn nicht?«
»Er nicht mögen mag mich und Ethel.«
»Ist Ethel deine Schwester?«
»Mhm … Du haben schöne Schule?«, fragte er schläfrig.
»Das weiß ich nicht. Ich habe sie noch nicht gesehen.«
»Du mich kommen erlauben?«
»Aber sicher. Gehst du gern in die Schule?«
»Schrecklich gern«, erklärte er begeistert. »Schule viel warm. Groß. Miss Wintuh macht guten Koch für Kinder. Machst du auch gutes Koch deiner Schule?«
»Ich habe es noch nie probiert, vielleicht kann ich es aber. Was isst du denn gern?«
Er gab mir keine Antwort. Er war eingeschlafen.

4

Am nächsten Morgen standen wir um fünf Uhr auf und zogen eine Stunde später nach einem kräftigen Frühstück weiter.

Von Anfang an war Chuck lebhaft wie ein Eichhörnchen, er ritt sein Maultier, als hätte er das sein Leben lang getan. Ein paar Mal erschreckte er mich ordentlich, als er dem Maultier eins überzog, dass es stieg, und er um ein Haar heruntergefallen wäre.

Bei mir fühlte er sich sichtlich wohl, doch nicht bei Mr Strong. Die ganze Reise über hörte ich ihn nicht ein Wort sagen, wenn Mr Strong in Hörweite war. Sehr viel sprach er auch mit mir nicht. Abgesehen von dem Gespräch am Abend zuvor, ging die einzige richtige Unterhaltung, die wir hatten, über George Washington.

»Du kennen Scho'sch Wash'ton?«, fragte er mich.

»Ich habe von ihm gehört.«

Er brach in Gelächter aus. »Er Ki'schbaum umhauen.«

»Was ist daran so komisch?«

»Ki'schbaum! Koomisch.« Er lachte immer noch.

»Warum ist das komisch?«

»Ki'schen auf Baum! Ich nicht glauben.«

»Aber das stimmt trotzdem.«

»Du das sehen?«

»Aber ja.«

»Auch Äpfelbäume?«

»Natürlich. Viele.«

Da musste er wieder laut lachen. »Wie kommen Äpfel auf Baum?«

»Sie wachsen eben dort. Orangen, Birnen, die wachsen alle auf Bäumen.«

Er schüttelte den Kopf. Das ging ihm nicht ein. »Ka'toffel?«, fragte er spitzbübisch.

»Nein, Kartoffeln nicht.«

»Salat?«

»Nein, Salat wächst aus der Erde. Das weißt du doch?«

Er lachte so herzlich, dass er mich ansteckte. Wenn man die Sache von seinem Gesichtspunkt aus sah, dann müssten sehr große Früchte an Fichten oder Birken hängen, und das konnte man wirklich komisch finden.

Gegen Mittag hielt Mr Strong den Lasttreck an, als wir durch einen dichten Wald kamen. Die Kuhglocken, die alle geläutet hatten, wurden plötzlich still, und ich hörte nichts mehr als das rauschende Wasser des Baches, der sich durch die Gegend schlängelte und den wir schon mehrfach überquert hatten.

»Dort ist es, Madam«, sagte Mr Strong. »Dort liegt Chicken.«

Ich konnte es durch die Bäume kaum ausmachen – eine Siedlung, ungefähr eine Meile entfernt und von uns aus gesehen etwas tiefer gelegen. Zu weit, um sie deutlich zu sehen.

»Wenn es Ihnen nichts ausmacht, Mr Strong, möchte ich mich gern umziehen.«

»Warum genügt Ihnen nicht, was Sie anhaben?«

Miss Ivy hatte mir immer eingeschärft, dass der erste Eindruck entscheidend ist. »Sieh zu, dass du immer so gut ausschaust wie möglich«, hatte sie mir einmal gesagt. »Egal, wo du bist, versuche immer, eine Dame zu sein.«

»Ich würde mich sicherer fühlen, wenn ich ordentlich gekleidet wäre.«

Mr Strong stieg ab. »Wollen Sie sich auch waschen?«

»Oh ja, gerne.«

Er tat sein Bestes, schnallte den Koffer ab, den ich wünschte, und brachte ihn an den Rand des Baches.

»Wir hier Camp machen?«, fragte Chuck.

»Nein«, gab ich zurück. »Ich wasche mich nur und ziehe mich um.« Ich schlüpfte aus dem Militärmantel. Chuck betrachtete mich interessiert. Ich bat ihn, sich umzudrehen, bevor ich Hemd und Hose auszog. »Und schau bitte erst, wenn ich es dir sage.«

»Warum das, Tisha?«, fragte er, mit dem Rücken zu mir.

»Das ist nicht so wichtig. Bleib nur so, bis ich dir sage, du kannst dich wieder umdrehen.« Es wäre zu schwierig gewesen, ihm das alles zu erklären. Er hatte überhaupt kein Schamgefühl, er ließ sein Wasser dahin, wo er gerade stand, und ohne jede Verlegenheit entleerte er seine Eingeweide, sodass jedermann zusehen konnte.

Als ich fertig war, zog ich den Militärmantel wieder an und brachte den Koffer zurück. Ich trug jetzt einen langen, schwarzen Rock, Baumwollstrümpfe und eine weiße Bluse. »Sie sehen recht nett aus, Madam«, sagte Mr Strong galant.

Er lud meinen Koffer wieder auf und überprüfte dann noch einmal die Befestigung aller Lasten. »Wenn wir aus diesen Bäumen kommen«, erklärte er mir, »nehmen die Tiere ordentlich Tempo auf.«

Wir hatten nicht mehr so viele Packtiere wie zu Anfang, nur

noch ungefähr zehn. Die übrigen waren an den verschiedenen Stationen zurückgeblieben.
Ich schaute immer wieder zu der Siedlung hinüber und hatte ein seltsames Gefühl im Magen. Das ist es also, dachte ich. Ich bin fast angelangt. Ich bin weit gereist, genau wie Großmutter Hobbs mir prophezeit hatte.
In Colorado, als kleines Mädchen, waren mir die Orte, an denen ich leben musste, verhasst: Blazing Rag, Big Four, Laveta, Evansville. Bergwerkssiedlungen aus hässlichen Baracken. Ich war überzeugt, ich würde immer da leben müssen, doch meine Großmutter widersprach, und nun zeigte sich, dass sie Recht gehabt hatte.
»Werde Lehrerin, Annie«, pflegte sie zu sagen. »Dann steht dir die ganze Welt offen.«
Als ich jetzt an sie dachte, sah ich sie so deutlich, als stünde sie vor mir. Ich hatte immer so sein wollen wie sie. Sie war ganz anders als die anderen in unserer Familie. Wir hatten eine helle Haut und blaue Augen – oder graue wie ich –, und wir waren meistens ernste Leute. Anders die Großmutter. Sie war eine reinblütige Kentucky-Indianerin, ihr Gesicht war braun und breit, und sie hatte wunderschöne schwarze Augen, die meistens funkelten und lachten. Was wäre wohl aus mir geworden, wenn ich sie nicht gehabt hätte! Vermutlich würde ich irgendwo herumsitzen und vor Selbstmitleid überfließen – genau das, was sie mir nie gestattet hatte.
Mein Vater hat sich nie etwas aus mir gemacht, meine Mutter auch nicht, Großmutter aber liebte mich abgöttisch. Jedes Mal

wenn mein Vater arbeitslos wurde oder das Haus verließ, wurde ich zu ihr geschickt, und ich konnte es kaum erwarten, bis ich dort war. Ich saß dann im Nachtzug, das Pappdeckelköfferchen neben mir, und konnte vor Glück nicht schlafen. Sie hatte eine kleine Farm in Deepwater im Bundesstaat Missouri, und da war kaum etwas, das man Haus nennen konnte, nur eine kleine elende Hütte halb in der Wildnis, aber ich fand alles himmlisch. Sogar jetzt muss ich lächeln, wenn ich daran denke. In der Hütte gab es nur ein einziges winziges Schlafzimmer. Es lag drei Fuß höher als die Küche, doch eine Treppe führte nicht hinauf. Wenn wir zu Bett gingen, mussten wir uns hinaufhangeln. Großmutter mag beim letzten Mal, als ich bei ihr wohnte, siebzig gewesen sein, doch sie kletterte fast so schnell hinauf wie ich.

Bei ihr zu leben war wie mit einem anderen kleinen Mädchen zu leben, nur dass sie älter und gewitzter war als ich. Es gab kaum etwas, das sie nicht tun konnte, vielleicht pflügen. Zu Hause ließ mein Vater mich nie helfen, weil er sagte, ich mache es doch nicht richtig. Großmutter ließ mich bei allem helfen – die Kuh melken, die Hühner betreuen, kochen und backen. Sie ließ mich sogar den Gemüsegarten bepflanzen, auch so eine Sache, die Vater mich nie hätte tun lassen. Er sagte immer, ich könne keine geraden Reihen machen. Großmutter sagte, sie gäbe keinen Pfennig für gerade Reihen. Die Kartoffeln, die ich in ihrem Garten steckte, blieben durchaus nicht, wo sie sein sollten, sie wuchsen manchmal durch den Spinat, der um die Tomaten herum wuchs. Es war weniger ein Garten als ein lebendiger Salat, aber wenn alles aufging und wuchs, sagte Großmutter, sie könne kaum fassen, welches Wunder ich da vollbracht hatte.

Das letzte Mal war ich ein ganzes Jahr bei ihr, und ich werde nie vergessen, wie schrecklich ich es empfand, als meine Mutter schrieb, ich möge nach Haus kommen, der Vater habe wieder Arbeit. Großmutter konnte nicht lesen, also dachte ich sogar daran, ihr nicht zu sagen, was in dem Brief stand, doch ich brachte es nicht fertig, sie anzulügen. Ihr war ebenso schlimm zumute wie mir, aber es ließ sich nichts gegen den Beschluss meiner Mutter tun.

Am letzten Abend, den wir miteinander verbrachten, versuchten wir so zu tun, als sei es ein ganz gewöhnlicher Abend. Wie immer gingen wir gleich nach dem Abendessen zu Bett, und ich las ihr eine Weile aus der Bibel vor. Ich wählte das Buch der Psalmen, weil sie das besonders liebte. Großmutter hatte entschieden, dass sie nach dem Tod des Großvaters kein Bett mehr vertragen konnte, also lagen wir auf dicken Steppdecken auf dem Boden. Es war warm genug, sodass man keine Decke brauchte, und sie ringelte sich neben mir zusammen, die Knie unter dem baumwollenen Nachthemd hatte sie hochgezogen, das Haar zu einem langen Zopf geflochten, der ihr bis zur Taille reichte. Sie hielt die Augen geschlossen, und als ich schließlich dachte, sie schlafe, legte ich die Bibel weg.

Bevor ich hinüberlangte, um die Öllampe abzudrehen, sah ich in ihr Gesicht, das von tiefen Furchen durchzogen war. Es war so dunkel, und es sah so echt indianisch aus, dass ich mir fast vorstellen konnte, sie lebe in einem Indianerzelt, nähe Häute und führe ganz und gar das Leben einer Indianerin. Doch sie schlief nicht. Sie riss die Augen auf und lächelte mir zu. Sie war sehr klein, hatte schmale Schultern und breite Hüften. Ich war erst elf und doch schon größer als sie.

»Du hast mich betrogen«, sagte ich vorwurfsvoll.

Dieses Spiel spielten wir manchmal. Wenn sie nämlich einschlief, während ich las, brauchte ich mir am nächsten Morgen weder Hände noch Gesicht zu waschen. Wenn sie mich hinge-

gen erwischte, blieb auch Hals und Ohren das Wasser nicht erspart.
»Nein, ich war schon eingenickt. Wirklich.«
Sie nahm meine Hand und drückte sie, dass ich die Schwielen an der ihren spürte. »Wirst mir fehlen, Annie.«
Bis zu diesem Augenblick hatte ich mit aller Kraft versucht, nicht zu jammern oder zu weinen, doch jetzt ging das nicht mehr. Es gelang mir gerade noch, hervorzustoßen: »Großmutter, ich möchte nie mehr nach Haus, ich will einfach nicht. Bitte, lass mich bleiben.« Dann begann ich so laut und heftig zu heulen, dass mir schien, ich könne nie mehr aufhören. Großmama setzte sich auf und nahm mich in die Arme. Sie sagte kein Wort, bis sie wusste, dass meine Tränen versiegt waren.
»Annie …«
»Ja.«
»Du weißt, dass ich dich nicht gehen lassen möchte …«
»Ja.«
»Und du weißt, dass ich dich noch nie angelogen habe.«
»Ich weiß.«
»Wenn ich dir jetzt sage, du hast Glück, dann ist das die Wahrheit.«
»Wieso kann ich Glück haben?«
»Weil eine Menge Leute nichts daran ändern können, wenn sie Pech haben und unglücklich sind. Aber du kannst es, denn du bist klug. Du hast Köpfchen. Und wenn jemand Köpfchen hat, dann hat er eine Fahrkarte überallhin auf der ganzen Welt, wohin er will.«

»Was für eine Fahrkarte?«
Sie tippte auf ihre Schläfe. »Eine Fahrkarte da drinnen. Hast

du mir nicht erzählt, wenn du wirklich fleißig lernst, kannst du mit sechzehn Lehrerin sein?«

»Das hat meine Lehrerin gesagt.«

»Dann halte dich dran, werde Lehrerin. Schau, dass du aus diesen grässlichen Bergwerksorten herauskommst.«

»Das wird mir nie gelingen, Großmutter, nie.« Ich war im Begriff, wieder in Tränen auszubrechen, doch die Großmutter befahl mir, sofort damit aufzuhören. »Und hör, was ich dir sage, denn noch einmal sag ich es nicht.«

Ich musste mich aufsetzen. »Du wirst was Großes leisten später mal, Annie – was richtig Großes. Aber man kann nichts Großes fertig bringen, wenn man herumsitzt und sich selbst bemitleidet.« Sie hielt kurz inne, und ihr Gesicht wurde traurig. »Dein Pa ist mein Sohn, Kind. Er ist kein einfacher Mensch, aber ein schlechter ist er deshalb noch lange nicht. Was du auch von ihm hältst, vergiss nie, dass er immer auf seinen zwei Beinen stand, und dir hat er dasselbe beigebracht. Und er hat nie Schulden gemacht. So sind die Hobbs, alle sind sie so. Er und deine Ma haben dich vielleicht nicht besonders gut verstanden, aber sie haben dir ordentlich zu essen und ein Dach überm Kopf gegeben, und das ist mehr, als viele haben …«

»Aber sie wollen mich im Grunde genommen gar nicht haben, Großmutter.«

»Doch, sie wollen dich. Sie können's nur nicht zeigen. Ist ja auch nicht so wichtig. Es ist herrlich, wenn auf der ganzen Welt wenigstens ein einziger Mensch ist, der dich gern hat, siehst du das nicht ein? Ich liebe dich, und ich glaube an dich. Wenn du also manchmal denkst, du schaffst es nicht oder bringst etwas um deiner selbst willen nicht fertig, dann tu es um meinetwillen. Ja?«

»Ja.«
»Versprichst du's?«
»Ich versprech's.«
»Das wollte ich hören. Du wirst schon sehen, Annie. Eines Tages gehst du auf und davon in ein neues Land, genau wie ein Pionier – genau wie dein Großvater und ich es getan haben. Weil du von dieser Art bist. Und das sind die Leute, die in ein neues Land gehen.«
»Aber es gibt keine neuen Länder mehr, Großmutter.«
»Lächerlich, Kind. Neue Länder wird es immer geben.«
»Wo?«
»Nun, vielleicht in Kalifornien, ich kann's nicht sagen. Oder Alaska … siehst du, das ist ein neues Land, Alaska.«
Ich fragte sie, was sie davon wüsste, aber sie wurde langsam schläfrig und ich auch. Ein paar Minuten später waren wir beide eingeschlafen.

»Madam?« Mr Strong hatte bei allen Tieren die Ladung nachgesehen und saß wieder im Sattel. »Ich fragte Sie, ob Sie bereit sind!«
»Ja«, sagte ich. »Ich bin bereit.«
Während wir weiterritten, dachte ich an jenen letzten Morgen, den ich mit der Großmutter verbracht hatte. Als die Zeit für meinen Zug herankam, war eine Nachbarin mit einem Pferdewagen vorgefahren. Die Großmutter begleitete mich bis zur Landstraße, dann umarmten wir uns und sagten Lebwohl. Sie hatte sich in meinen Armen wie ein fester, kleiner Vogel angefühlt.
Als der Wagen weiterfuhr und ich mich umwandte, um sie

winken zu sehen, musste ich gegen die Tränen ankämpfen.

»Nicht traurig sein«, sagte die Nachbarin. »Eines Tages bist du wieder hier.«

Ich gab ihr keine Antwort, weil ich ihr nicht erklären konnte, dass ich nicht wegen des Abschieds weinte, sondern weil die Großmutter so klein und verlassen gewirkt hatte, wie sie in der Mitte der Straße stand und mir nachwinkte.

Ich habe sie nicht wieder gesehen. Sie starb im ersten Jahr, als ich unterrichtete. Ich erfuhr erst drei Wochen später davon. Meine Mutter schrieb mir, sie sei im Schlaf gestorben und habe mir eine Erbschaft hinterlassen.

Das hatte sie, weiß Gott, doch nicht jene Erbschaft, von der Mutter schrieb. Sie hatte sie mir schon vor langer Zeit gegeben, als ich ihrer am meisten bedurfte. Deshalb werde ich sie nie vergessen.

»Halten Sie den Zügel kurz, Madam«, sagte Mr Strong zu mir. Und wie er vorausgesagt hatte, legten sowohl die Lasttiere als auch Blossom ordentlich Tempo vor, sobald wir in freies Land kamen. Ich hielt das Pferd also zurück.

Wir waren in ein kleines, ebenes Tal hinabgestiegen. Ungefähr eine Viertelmeile vor uns waren fünfundzwanzig oder dreißig Gebäude an der zu uns gelegenen Seite des Flusses aufgereiht, sodass wir den Fluss nicht mehr zu überqueren brauchten.

»Das ist alles?«

»So ungefähr.« Ich hatte mir den Ort ähnlich wie Eagle gedacht – eine Art Kleinstadt –, aber dies hier sah aus der Entfernung eher aus wie das Indianerdorf, bei dem wir angehalten hatten. Doch die Lage war sehr klug ausgewählt. Geschützt auf der Talsohle, von niedrigen Hügeln umgeben, die weit entfernt zu blau verschleierten hohen Bergen anstiegen. Der Fluss war

hier tief und schmal, er kam vom Hang hinter uns herab, wurde zusehends breiter, und genau in der Mitte des Ortes wurde er vom hölzernen Bogen einer Brücke überspannt.
Blossom lechzte danach, einen Galopp vorzulegen, und ich hatte Mühe, ihn im Schritt zu halten. Es hatte hier wohl kürzlich geregnet, denn wir mussten tiefen Löchern ausweichen, die mit schmutzigem Wasser gefüllt waren.
»Nehmen Sie sich vor diesen Löchern in Acht, Madam«, warnte Mr Strong mich scharf, als Blossom einem zu nahe kam. »Sie können sehr tief sein. Wenn Sie da hineinfallen, kommen Sie unter Umständen nicht mehr heraus.«
Ich gab die Warnung an Chuck weiter und fragte dann Mr Strong, was das für Löcher seien.
»Goldgräberlöcher. Manche davon sind vierzig Fuß tief. Diese Goldgräber machen sich nicht die Mühe, sie wieder anzufüllen, wenn sie fertig sind.«
Der Erdboden war zusehends mit diesen kraterartigen Löchern wie mit Pockennarben übersät und wurde immer schlammiger.
»Sieht so aus, als würden uns alle erwarten«, sagte ich. Vor einer winzigen Hütte war eine Menge Leute versammelt, vielleicht zwanzig oder dreißig. Da von der Hütte die amerikanische Flagge wehte, nahm ich an, sie sei das Postamt.
»Sie haben ja nicht viel anderes zu tun. Es ist ein großer Tag für sie. Die Frauen drehen sich das Haar ein, alle machen sich so schön wie möglich. Einige nehmen sogar ein Bad.«
Ich wusste nicht, ob das sarkastisch gemeint war oder nicht, auf jeden Fall musste ich schmunzeln. Der angenehme Duft von Holzfeuer wehte bis zu uns, und ich fühlte mich so stolz, dass ich fast aus der Haut geplatzt wäre. Ich habe es fertig gebracht, dachte ich, ich habe es wirklich geschafft! Ich war durch

die Wildnis gezogen, genau wie Großmutter Hobbs. Jetzt ritt ich hier auf eine Grenzsiedlung zu, als wäre das die einfachste Sache der Welt. Mr Strong sah den Ausdruck auf meinem Gesicht und lächelte.

»Wie gefällt es Ihnen?«

»Großartig.«

Es war ganz anders als das Indianerdorf. Die Straße zwischen dem Fluss und den Häusern war breit, hier und da ein paar Flächen mit spätem Gras, weder Konservenbüchsen noch sonstiger Abfall lagen herum. Hinter einigen Hütten erkannte ich neben Hundezwingern und gebündeltem Brennholz kleine Gemüsegärten. Als wir in ihre Nähe kamen, fingen die Leute an zu rufen und zu winken. Dazu heulten Schlittenhunde, und alles zusammen ergab einen Lärm, wie ich ihn nur von zu Haus an unserem Nationalfeiertag, dem 4. Juli, gewohnt war. Der ganze Ort war ungefähr so lang wie drei Häuserblocks in der Stadt. Das Postamt lag genau in der Mitte, gegenüber der hölzernen Brücke. Die ersten paar Hütten enttäuschten mich. Sie waren in schlechtem Zustand, eine wirkte wie ein verrottetes Skelett ohne Dach, und das Unkraut wuchs aus der Tür heraus. Soweit ich es erkennen konnte, waren mehrere Hütten nicht mehr bewohnt. Doch diejenigen, die noch im Gebrauch standen, waren solide und gut erhalten, und auf Pfählen und Querbalken hingen Fallen, Zaumzeug, Waschzuber und noch so alles Mögliche. An einer Hütte lehnte sogar ein Hundeschlitten.

Als wir die ersten Hütten hinter uns gelassen hatten, setzte Blossom sich in Trab, und ich konnte ihn nicht zurückhalten. Wir schlitterten an einer Hütte vorbei, aus deren Rasenziegeldach eine junge Birke wuchs. Fast wären wir in ein halbes Ren gelaufen, das von einem Dreifuß herabhing. Blossom lief geradewegs zu seinem Stall, der am Flussufer lag, jenseits der Menschenansammlung. Doch jemand kam ihm zuvor. Ein Mann in knielangen Hosen wollte ihm schreiend und einen abgenutzten Hut schwingend den Weg abschneiden. Da gab Blossom auf. Um seitlich auszubrechen, war es ihm zu schlammig, also wurde er langsamer und ging gemütlich im Schritt zu der Menschenansammlung hinüber, als sei sie von jeher sein Ziel gewesen.

Ein kleiner alter Mann packte seine Zügel. »Nu, nu, nur schön langsam.« Er lächelte unter seiner Matrosenmütze zu mir herauf, und ich blickte hinunter auf sein verschrumpeltes, stupsnasiges Gesicht mit Zähnen, die vom Tabaksaft braun waren. »So, da sind Sie jetzt«, sagte er. »Haben sicher den Hafen erreicht. Springen Sie nur runter.«

»Verdammter Narr«, fuhr ein anderer alter Mann ihn an. »Siehst nicht, dass sie das allein nicht kann? Warte, ich hole eine Kiste.«

Alle, die nicht bei den Lasttieren waren und Mr Strong beim Abladen halfen, standen jetzt um mich herum und starrten mich an. Wäre ich nicht schon ein paar Wochen in Alaska gewesen, dann hätte ich nicht erkannt, dass die meisten Leute ihre Sonntagskleider trugen. Inzwischen jedoch wusste ich, wie schäbig und altmodisch die Leute für gewöhnlich herumliefen, also war mir klar, dass die ungebügelten Männerhemden, deren ursprüngliche Farbe sich kaum mehr erkennen ließ, mit Hilfe von Krawatten zu Staatsgewändern gemacht worden waren.

Ich sah, dass Chuck seine Mutter gefunden hatte – eine schlanke, dunkle Indianerin mit einem kleinen Mädchen an der Hand. Das wenige, das ich von ihr sah, als sie niederkniete und Chuck umarmte, zeigte mir, dass sie tatsächlich eine Schönheit war. Ich lächelte und lächelte, und die Leute gaben mir das Lächeln zurück. Eine untersetzte Indianerin, die ein Umhängetuch trug, lächelte breit und winkte mir zu. Sie hatte ein kleines Mädchen bei sich, so viel ich sah ein Mischling. Noch ein paar andere Kinder waren zu sehen, und ein kleiner Junge mit grauer Schirmmütze und Kniehosen sah weg, als ich ihm zulächelte. Ich versuchte zu raten, welches das Schulhaus war, bis mir einfiel, es müsse jenes große Fachwerkhaus mit der derb geschnitzten Fahnenstange vor dem Eingang sein. Es stand ein Stückchen entfernt, gegenüber vom Stall. Mr Strong hatte es mir beschrieben, und ich wusste, dass ich darin auch wohnen würde. Ich sah mit Freude, dass es größer war als Cathys Schulhaus.

Inzwischen war der alte Mann mit einer Kiste herbeigekommen und stellte sie direkt neben Blossom nieder. »So, jetzt geht's, Missis.« Er hatte fast einen Buckel, so gebeugt ging er, und der Bart wehte von seinem Gesicht wie die Zweige einer Trauerweide.

Ich hätte von dem vielen Missgeschick dieser Reise gewarnt sein und lieber erwarten sollen, dass von einem würdevollen Debüt keine Rede sein konnte.

Ich tastete mit einem Fuß hinunter, und der Bärtige versuchte, mich zu halten. Sobald sich mein Gewicht auf die Kiste verlagerte, brach sie zusammen, und schon saß ich im schlammigen Erdreich, und alle starrten mich an. Ein paar Kinder kicherten, und ich wurde so verlegen, dass ich am liebsten auf der Stelle verschwunden wäre.

Die beiden Alten halfen mir auf und bemühten sich, die nasse

Erde von meinen Kleidern zu klopfen, bis eine große, stämmige Frau sie beiseite schob.
»Genug, genug schon, um Himmels willen. Lasst sie los, bevor ihr sie umgebracht habt. Ich heiße Angela Barrett«, teilte sie mir mit. »Ich nehme an, Sie sind das neue Schulfräulein. Wie heißen Sie denn?«
Ich sagte es ihr, und sie führte mich zu einer anderen Frau, die einen langen, marineblauen, bis zum Hals zugeknöpften Mantel trug. Sie hatte eine gebrochene Nase. »Stimmt schon, sie ist die neue Schulma'm«, teilte Angela dieser Frau mit.
»Ich heiße Maggie Carew«, sagte die andere. »Und wie heißen Sie, Schätzchen?«
»Anne Hobbs.« Hinten klebte mir der Rock am Leib, und ich spürte, wie mir kaltes Wasser an den Beinen hinunterlief. Hoffentlich sah ich nicht zu lächerlich aus!
»Gehen wir hinüber ins Schulhaus.«
Ich hatte richtig geraten, welches Gebäude die Schule war. Als wir auf die vorgebaute Veranda stiegen, wandte Angela sich zu der näheren der beiden Türen. »Dies hier ist das Klassenzimmer!« Sie öffnete die Tür. »Die andere Tür führt in Ihre Wohnung. Passen Sie auf die Nägel auf.«
Ich folgte ihr mit sinkendem Mut. Der Raum war groß, sah aber ganz anders aus als alle Klassenräume, die ich kannte, und er war völlig verwahrlost. In einer Ecke waren Tische und Stühle unterschiedlicher Größe gestapelt, und ein paar Kisten in einer anderen Ecke enthielten alte Bücher und Zeitungen. Überall lag Staub und Schmutz, und auf einigen vergilbten Zeitungen, die auf dem Boden verstreut lagen, sah ich Mäusedreck. Der Bretterboden war bucklig und abgenutzt, in der Mitte höher als an den Wänden. Tische und Stühle waren so

schief, dass ich vom bloßen Hinsehen seekrank wurde. Durch die verrußten und schmutzigen Fenster kam ein wenig Licht herein.

»Müsste ein bisschen aufgeräumt werden«, gab Maggie zu. »Ich werden Ihnen dabei helfen.« Durch die gebrochene Nase wirkte sie grob, doch ich hatte das Gefühl, sie sei nett und hilfsbereit. Sie musste ungefähr vierzig sein.

Der andere Raum sah besser aus. Er war ebenso groß wie das Klassenzimmer, doch abgesehen von einem Messingbett ohne Matratze, zwei Stühlen und einem großen, dickbauchigen Ofen war er leer.

»Na, wie gefällt's Ihnen?«, fragte Angela Barrett. Sie muss mindestens zweihundert Pfund gewogen haben, und sie überragte mich wie ein Turm. Ihre Stimme war rau, und auf der Nase und rings herum hatte sie einen roten Ausschlag. Ich versuchte, ihr eine Nettigkeit zu sagen: »Es ist ein gutes, großes Zimmer.«

»Freut mich, dass Sie es mögen. Schließlich müssen Sie drin wohnen.«

»Glauben Sie, es wird noch lange dauern, bis es hergerichtet ist?«

»Wieso hergerichtet? Es ist hergerichtet!«

Die beiden Frauen starrten mich an, als wäre bei mir eine Schraube locker. Ich hatte fast Angst, die nächste Frage zu stellen: »Sollte ich nicht eine Matratze haben? Und Decken und einen Tisch?«

Es dauerte einen Augenblick, ehe sie einsahen, dass ich damit

Recht hatte.

»Wo zum Teufel ist das Zeug hingekommen?«, fragte Angela, als hätte jemand, während sie kurz den Rücken gewandt hatte, alles fortgetragen. »Das ist deine Schuld, Maggie, du sorgst für die Schule. Es liegt in deiner Verantwortung.«

»Wenn keine Schule ist, kann man dafür auch nicht sorgen«, gab Maggie spitz zurück. »Und hier war seit mehr als einem Jahr keine Schule.«

»Na, und was tun wir jetzt?«, fragte Angela.

Maggie überlegte lang. Dann sagte sie: »Kommt mit.«

Ich folgte ihr mit Angela hinaus. Vor der Post waren inzwischen fast alle Tiere entladen, und alles was die Leute bestellt hatten, lag auf dem Boden: Schachteln mit Kerzen und Taschenlampenbatterien, Mehlsäcke, mehrere Kanister mit Benzin und Petroleum, umschnürte Bündel von Trockenfisch und mehrere Bündel Paketpost.

»Was ist mit meinen Cornflakes?«, fragte der bärtige Alte, der mir hatte helfen wollen, Mr Strong. »Ich habe ein Dutzend Schachteln Cornflakes bestellt, und Sie haben sie nicht gebracht.«

»Sie werden schon ankommen, Mr Spratt.«

»Das haben Sie mir schon die letzten drei Mal gesagt. Ich habe diese Cornflakes mit der Paketpost vor vier Monaten bestellt, sie sollten längst hier sein. Die haben Sie wohl in Ihrem Speicher in Eagle verstaut, he?«

Einige Leute begannen zu murren und gaben dem alten Mann Recht, und Mr Strong wurde wütend. »Sie haben doch gehört, was ich sagte, Mr Spratt.«

»Ja, ich hab's gehört. Und ich weiß, Sie haben sie nicht gebracht, weil es für Sie kein Geschäft ist, sie mit der anderen Paketpost zu bringen – nimmt Ihnen zu viel Platz auf Ihren kostbaren Pferden weg. Sie werden sie aber verdammich das nächste Mal bringen, sonst schreib ich nach Washington und beschwere mich. In Ihrem Kontrakt steht, Sie müssen alle Post bringen, nicht nur, was Ihnen so in den Kram passt.«

»Onkel Arthur, sei eine Minute still, wenn's geht«, unterbrach Maggie ihn. »Wir haben ein Problem, das jeden angeht … Dies ist Anne Hobbs, die neue Lehrerin«, teilte sie der Menge mit.

»Lehrerin mag sie sein«, sagte eine gelassene Stimme. »Aber neu sieht sie nicht aus.« Ein paar Leute lachten, doch Maggie brachte sie zum Schweigen.

»Miss Hobbs braucht Hilfe«, fuhr sie fort. »Irgendwelche Dummköpfe unter euch haben sich alles ausgeborgt, was in der Lehrerwohnung war. Da ist einfach nichts mehr drin, und wenn ich *nichts* sage, dann meine ich *nichts*. Ich werde nicht verraten, wer was genommen hat, aber alles und jedes Stück hat zackzack wieder im Schulhaus zu sein. Das arme Mädchen sitzt ganz ohne alles da.«

»Was brauchen Sie denn, Miss?«, fragte ein hoch gewachsener, gut aussehender Mann, der eben eine schwere, mit Schaffell gefütterte Jacke anprobierte.

»So ziemlich alles.«

»Ich habe ein paar gute Hudson-Bay-Decken, die ich entbehren kann.«

Angela Barrett schnaubte. »Das ist echt Joe. Heute gibt er Ihnen ein paar Decken und morgen versucht er, selbst drunterzukriechen.«

»Na, und was ist mit den anderen?«, fragte Maggie.

»Wir haben eine Reihe guter Blechteller, die wir ihr leihen könnten«, sagte ein ungefähr zehnjähriges Mädchen. Sie stand bei zwei älteren Mädchen, die aussahen wie Zwillinge, beide stämmig und mit starken Knochen. »Geht das, Pa?«, fragte sie. Der rothaarige Mann neben ihr nickte.

Nun kamen die Angebote reichlich und schnell: Besen und Kehrschaufel, ein Schaukelstuhl, ein Topf zum Wäschekochen und ein Dutzend anderer Dinge. Ein Mann sagte, er hätte den Schrank genommen und würde ihn wiederbringen. Alle waren jetzt vom Geist der Hilfsbereitschaft erfasst und sagten immer wieder, ich solle mir keine Sorgen machen, sie würden sich schon um mich kümmern. Das stärkte mein seelisches Wohlbefinden so, dass ich auf Maggies Aufforderung, ein paar Worte zu sagen, nur herausbrachte, dass ich allen sehr dankbar sei und mich freue, hier zu sein.

Alle hielten ihr Wort. Während ich den Rest des Tages damit beschäftigt war, das Haus zu säubern und zu scheuern, kamen der Reihe nach die versprochenen Gaben an. Nach ein paar Stunden hatte ich nicht nur einen fest gestopften Strohsack für das Bett, sondern auch eine Decke, ein Kissen, einen Tisch und ein paar Stühle. Jemand kam sogar auf den Gedanken, eine kleine Wassertonne anzuschleppen. Doch mein kostbarstes Besitztum war ein mit Holz zu heizender, transportabler Herd. Vier Männer waren nötig, um ihn hereinzuschleppen. Er war bildschön. Schwarzes Schmiedeeisen mit glänzender Nickelverzierung und kaum gebraucht. Wenn ich jetzt noch ein Ofenrohr bekam, konnte ich kochen.

Die beiden Alten, die mir vom Pferd geholfen hatten, brachten Geschenke. »Onkel Arthur« Spratt, der kleine, gebückte Mann, der so wütend wegen seiner Cornflakes gewesen war, kam mit ein paar Gläsern Preiselbeermarmelade, die er selbst eingekocht hatte. Der Mann mit der Matrosenmütze schenkte mir eine Büchse mit Bärenfett. »Ist süßer als das Fett, das Sie gewohnt sind«, erklärte er mir. »Aber wenn Sie ein bisschen Salz dazugeben, schmeckt's genauso gut.«

Ich dachte, Großmutter wusste wirklich, wovon sie sprach: Leute, die in ein neues Land gehen, sind große Leute, hilfsbereit und großzügig.
Nicht einmal das Saubermachen brauchte ich allein zu tun. Zuerst tauchten die drei Vaughn-Mädchen auf – Elvira, die den Vater wegen der Blechteller gefragt hatte, und ihre älteren Zwillingsschwestern, Evelyn und Eleanor. Dann kamen Maggie Carews zwei Kinder herüber. Sie alle legten sich so tüchtig ins Zeug, dass am späten Nachmittag die Fenster blitzten und der ganze Raum sauber aussah und sauber roch. Während wir arbeiteten, kam der Mann vorbei, der mir die Decken versprochen hatte. »Ich heiße Joe Temple«, sagte er. Die beiden Decken, die er brachte, waren fast neu. Ich wollte sie ihm bezahlen, doch davon wollte er nichts hören. »Gebrauchen Sie sie so lang wie nötig.«
Er sah gut aus und wusste das auch. Für mich war er zu alt – ich schätzte, er müsste zweiunddreißig oder dreiunddreißig sein –, aber ein halbes Dutzend Lehrerinnen in Forest Grove hätten ihn mit Handkuss genommen. »An Arbeit wird's Ihnen hier nicht fehlen«, sagte er und sah sich im Zimmer um. Er trug noch die Reitgerte in der Hand und schlug damit ein paar Mal gegen seine Stiefel. Ich hatte alle Kleider ausgepackt und sie an allen möglichen Stellen aufgehängt. Er musterte sie und sagte: »Ich bin nun schon ein paar Jahre nicht draußen gewesen, doch ich war der Meinung, man geht jetzt viel kürzer.«
»Das stimmt. Ich bin eben ziemlich konservativ.«
»Nicht in allem, hoffe ich.« Ich wusste nicht, wie das gemeint war, also schwieg ich. »Sie müssen mir erlauben, Sie einmal zum Dinner auszuführen«, fuhr er fort.
»Ich habe nirgends ein Restaurant gesehen.«

»Gleich über der Straße – Maggies Gasthaus. Sie ist die beste Köchin von Chicken.«
»Vielleicht, wenn ich mich hier ein bisschen eingelebt habe.«
»Eingelebt oder nicht, essen müssen Sie. Wie wär's mit morgen Abend? Ich werde Sie bestimmt nicht beißen.«
»Gut also, ich nehme an.«
Er schlug wieder mit der Gerte gegen den Stiefel. »Ich hole Sie um sechs ab«, sagte er im Gehen. »Jetzt werde ich bei Maggie reinschauen und es ihr sagen.«
Hm, dachte ich, hier scheint Tempo zu herrschen. Nun bin ich erst ein paar Stunden in Chicken und habe schon eine Verabredung.
Kurz vor Dunkelwerden kam Maggie herüber und schickte die Kinder nach Haus. »Sieht schon viel besser aus«, meinte sie anerkennend.
»Dank Ihnen. Wenn Sie wüssten, wie ich Ihre Hilfe schätze.«
»Gern geschehen. Temple sagte mir, Sie kommen morgen Abend mit ihm ins Gasthaus. Das ist ein fixer Arbeiter, muss schon sagen.« Es klang bewundernd.
»Was macht er eigentlich?«
»Er ist Goldgräber wie alle Männer hier. Ein verdammt guter dazu. Außerdem ist er akademisch gebildet. Wird ihm gut tun, zur Abwechslung mal mit einer weißen Frau auszugehen. Sind Sie hungrig?«
»Halb verhungert!«
»Kommen Sie ins Gasthaus, wenn Sie fertig sind, und ich richte Ihnen ein Abendbrot. Das ist eine Einladung!«
»Vielen Dank, aber Mr Strong sagte, er käme noch mal mit ein paar Lebensmitteln vorbei, und ich muss auf ihn warten.«
Maggie ging durchs Zimmer und öffnete die Tür, die in den

kleinen Vorratsraum führte – das Depot, in Alaska allgemein Cache genannt.

»Da haben Sie eine Menge Platz für Ihre Reserven«, sagte sie.

»Reserven?«

»Die Lebensmittel für den Winter. Mehl, Zucker und so weiter.«

»Ich habe nichts dergleichen.«

»Hat man Ihnen, als man Sie anstellte, nicht gesagt, Sie müssen Vorräte für den Winter mitbringen?«

»Nein.«

Erst jetzt wurde mir bewusst, dass ich überhaupt nichts zu essen hatte.

»Na, so was. Aber machen Sie sich keine Sorgen, Sie werden nicht verhungern. Wenn der Frost kommt, wird Walter Strong Ihnen bringen, was Sie brauchen. Wird ein bisschen teurer kommen, aber so schlimm ist das nicht. Inzwischen helfen wir Ihnen aus. Na, jetzt muss ich aber Abendessen kochen gehen. Kommen Sie später bei mir vorbei, wenn Sie Lust haben.«

Jetzt erst fiel mir ihre Tochter ein. Als ich ihr Jeanettes Worte wiederholte, leuchtete ihr Gesicht auf. »Also sie denkt, es wird ein Mädchen? Das hoffe ich auch. Wenn es Jennie auch nur ein bisschen ähnlich ist, dann habe ich zwei gute Dinge im Leben.«

Als sie ging, fragte ich sie, was die Nägel in der Tür bedeuteten.

»Bär«, antwortete sie. »Die letzte Lehrerin, die wir hier hatten, fiel in Ohnmacht, als einer mal an ihrer Tür schnüffelte. An Ihrer Stelle würde ich sie platt schlagen. Sonst verletzen sich noch die Kinder dran.«

Als ich allein war, setzte ich mich aufs Bett und sah mich im Zimmer um. Da war noch eine Menge zu tun. Der Fußboden

war genauso schlecht wie der im Klassenzimmer. An manchen Stellen waren die Bretter unter die Mauern abgesunken, und man konnte ins Freie sehen. Auch die Wände sahen schlimm aus. Sie bestanden aus rohen Brettern, über die Sackleinen wie eine Tapete gezogen war, und das Leinen hing an manchen Stellen herunter. Nun, das war mir egal. Denn endlich hatte ich eine Wohnung für mich allein! Im Augenblick wirkte das Zimmer mit den durcheinander gestapelten Sachen wie eine Trödlerbude, doch es würde hübsch aussehen, wenn ich es erst aufgeräumt hätte. Hübscher als Cathy Winters Wohnung.
Es wurde kühl, und es zog aus den freien Stellen unter den Mauern. Ich sah nach dem dickbauchigen Ofen. Maggie Carews Sohn Jimmy hatte eingeheizt, um die Feuchtigkeit zu vertreiben, doch ich hatte vergessen nachzulegen. Ich öffnete die Ofentür und sah, dass das Holz zu Asche verbrannt war. Ich wollte noch einmal einheizen, hatte jedoch keine Späne. Wasser war auch keines mehr da, also nahm ich einen Eimer und ging hinaus.
Nebenan in der Hütte der Vaughns klapperten Töpfe und Schüsseln, die Mädchen waren wohl dabei, das Abendessen zu bereiten. Man hörte auch Stimmen, doch ich verstand nichts. Wie ich da vor der Hütte stand und um mich die Dunkelheit herabsank, fühlte ich mich plötzlich einsam. Abgesehen von den Stimmen und Geräuschen aus ein paar Hütten war alles still. Chicken hatte nicht so viele Einwohner, wie ich gedacht hatte. Auf meiner Seite der Straße waren, außer meiner, vielleicht noch sechs Hütten bewohnt, nämlich die der Vaughns nebenan, das Carew-Gasthaus, Angela Barretts Hütte und ein paar Hütten ganz am Ende.
Die einzige Hütte, die außer diesen noch bewohnt war, lag am

anderen Ufer des Flusses. Die leer stehenden Hütten waren wie die leeren Schalen einer Behausung – ohne Fenster, ohne Türen. Sonst gab es nur mehr Schuppen, Aborte, Ställe und Ähnliches. Die meisten Leute, die beim Postamt gewartet hatten, lebten wohl irgendwo in der Umgebung an einem Bach oder Fluss.

Ich fühlte mich ein wenig wie in einer Geisterstadt. Vor zwanzig oder dreißig Jahren war dies eine blühende Siedlung gewesen, Männer waren herbeigeströmt, um Gold zu suchen, sie bauten diese Hütten und träumten von großen Funden. Jetzt waren sie fast alle verschwunden, und die meisten, die heute hier wohnten, waren so wie ich erst nach den Jahren des Goldrausches gekommen.

Die Sonne war untergegangen und hatte nur noch ein schwaches, gelbrotes Glühen auf dem dunklen Himmel hinterlassen. Ich füllte den Eimer mit Wasser und ging daran, ihn zurückzuschleppen, doch auf halbem Wege musste ich eine Ruhepause einlegen. Es war so dunkel, dass ich nicht durch meine Fenster sehen konnte. Mir wurde ein bisschen gruselig zumute, vielleicht, weil alles so roh gezimmert und so nackt war – ich weiß es nicht. Auf einmal wirkte alles nicht mehr freundlich und entgegenkommend. Unten in Oregon, wo ich bis vergangenen Juni unterrichtet hatte, waren die Nächte für erholsame Spaziergänge oder eine Erfrischung im Drugstore gemacht. Hier aber gab es nur Wildnis. Wenn es dunkel wurde, verkroch sich alles. Ich nahm den Eimer wieder auf und eilte zurück in meine Wohnung. Drinnen war es so dunkel, dass man kaum etwas erkannte. Flüchtig fuhr mir der Gedanke durch den Kopf, nach nebenan zu den Vaughns zu gehen und zu bitten, dass ich bei ihnen auf Mr Strong warten dürfe, doch ich wollte sie nicht

behelligen. Und überhaupt, wenn ich mich daran gewöhnen sollte, allein und selbstständig zu sein, dann konnte ich genauso gut gleich damit anfangen.
Mir schien, ich hätte irgendwo ein paar Kerzenstummel gesehen. Ich hatte Glück. Ich fand sie sofort, dazu eine Schachtel Zündhölzer. Beides steckte in einer Obstkiste, die über einem tischartigen Gestell an die Wand genagelt war. Ich zündete zwei Kerzen an, stellte eine auf das Gestell und die andere auf meinen Tisch. Dann setzte ich mich und wartete.
Allzu viel Licht gaben die Kerzen nicht. An den Wänden ließen sie seltsame Schatten durch den Raum huschen.
Nach einer Weile wurde mir kalt, also stand ich auf, ging auf und ab und blieb von Zeit zu Zeit stehen, um nach Mr Strong zu lauschen. Doch draußen war alles still. Wie ich fand, zu still. Es war buchstäblich kein Laut zu hören.
Eine leichte Brise rüttelte an der Tür, und aus irgendeinem Grund dachte ich sofort an den Grisli, der das Renkalb gerissen hatte. Ich erwischte mich dabei, dass ich nach dem Geräusch weicher Pfoten lauschte.
Die Tür zum Klassenzimmer stand offen, und das sah aus wie ein großes, dunkles Loch, also schloss ich sie. Auf dem Bretterboden klangen meine Schritte hohl, und plötzlich wurde mir bewusst, dass ich hier überhaupt keinen Schutz hatte. Zwischen mir und der Wildnis draußen gab es nichts als ein paar Bretterwände. Die Türen hatten keine Schlösser. Jeder, dem danach zumute war, konnte einfach ins Klassenzimmer oder in mein Wohnzimmer hineinspazieren. Auch durch den Cache konnte jeder hereinkommen, da von dort eine Tür ins Freie führte. Ich versuchte, die Türen mit Stuhllehnen zu blockieren, doch die Türknäufe saßen zu hoch.

In einer Schachtel neben meinem Bett lag noch mein mit Nickel verzierter Revolver. Ich band ihn mir um und fühlte mich sicherer.
Eine halbe Stunde verging, und Mr Strong war noch immer nicht gekommen. Ein Kerzenrest war ausgebrannt, und vom anderen waren vielleicht noch drei Finger hoch übrig. Wenn er auch ausgehen würde, säße ich in völliger Finsternis. Eine Benzinlampe hing von der Decke, doch ich hatte kein Benzin. Und selbst wenn ich etwas gehabt hätte, wäre ich doch unfähig gewesen, sie in Gang zu setzen.
Dann hörte ich draußen Schritte.
Ich wusste, es konnten keinesfalls Mr Strongs Schritte sein, denn er hatte Waren zu weitab liegenden Hütten gebracht, und ich hätte seine Pferde hören müssen. Auch von einem Nachbarn konnten sie nicht stammen, weil sie aus dem Buschwerk hinter meinem Schuppen kamen. Das Geräusch der Schritte näherte sich, kam um die Hausecke herum. Ich wartete und hoffte, das Geräusch würde sich entfernen, doch irgendetwas sagte mir, was es auch ist, es gilt mir. Ich hatte Recht. Das Geräusch der Schritte verstummte vor meiner Veranda. Ich sprang auf und überlegte, ob ich durch den Cache hinausschlüpfen und zu den Nachbarn laufen sollte. Eine Sekunde später fuhr ich heftig zusammen, denn im Fenster erschien der gespenstische Umriss eines Gesichts und war auch schon wieder verschwunden. Dann klopfte es leise an der Tür.
Ich nahm den Revolver aus seiner Hülle und versuchte, mucksmäuschenstill zu sein. Ich hoffte, wer immer das war, er würde wieder gehen. Dann klopfte es ein zweites Mal, und mir fiel ein, dass der da draußen einfach hereinkommen konnte, wenn er den Türknauf drehte. Wenn ich ihn bat, hereinzukommen,

würde er sich vielleicht freundlicher verhalten. Der Revolver war mir für eine Hand zu schwer, also nahm ich ihn in beide und richtete ihn auf die Tür. »Herein!«, rief ich. »Aber seien Sie vorsichtig.« Der Stuhl, den ich an der Tür gelassen hatte, rutschte zurück, und ich konnte einen dunklen Mann mit dichtem schwarzen Haar erkennen, der mich vom Türpfosten her anstarrte. Sobald er mein Schießeisen bemerkte, hob er die Hände. Er war nervös, doch er lächelte. Er war dunkler als ein Spanier, und seine Zähne funkelten blendend weiß.

»Passen Sie lieber auf«, sagte ich. »Mit dem Ding da habe ich einen Bären umgelegt.« Ich war derart verängstigt, dass ich nicht wusste, was ich sagte.

Sein Lächeln erlosch. »Das glaube ich gern«, gab er zurück.

»Wollten Sie mich aufsuchen?«, fragte ich.

Ich hoffte, er würde Nein sagen und er habe in der Dunkelheit die falsche Hütte erwischt, doch es kam anders. Er sagte: »Ja.«

»Nun, dann kommen Sie herein, wenn Sie wollen, aber mir wäre es lieber, Sie blieben draußen.« Gott, wie dumm das klang!

Er blieb auf der Schwelle stehen und hatte noch immer die Hände erhoben. »Ich wollte nur mit Ihnen sprechen«, erklärte er.

»Worüber denn?«

»Meine Mutter hat mich geschickt. Ob Sie mit uns zu Abend essen wollen?«

Als ich das hörte, wurde mir erst bewusst, wie albern ich mich aufgeführt hatte. Er war kaum älter als ich, wie ich jetzt bemerkte, und er war ebenso verlegen wie ich.

»Kann ich die Hände herunternehmen?«

Ich nickte.

»Ich komme bestimmt nicht herein«, fuhr er fort. »Könnten Sie vielleicht den Revolver aus der Hand legen?«

»Natürlich. Entschuldigen Sie bitte, und kommen Sie herein, wenn Sie Lust haben.« Diesmal meinte ich es wirklich so.

»Schon gut. Es tut mir Leid, dass ich Sie erschreckt habe. Mein Vater hat gesagt, Sie sind heute mit dem Treck gekommen, und meine Mutter dachte, Sie könnten an Ihrem ersten Abend bestimmt nicht kochen, und da meinte sie, vielleicht möchten Sie mit uns essen.«

»Ach so«, sagte ich. »Das ist furchtbar nett von ihr, nur glaube ich, es ist besser, ich komme nicht. Mr Strong muss bald zurück sein, und er bringt mir mein Essen.«

Er fühlte sich sichtlich unbehaglich. »Nun, Mutter sagte, ich sollte Ihnen ausrichten, dass Sie sich an uns wenden sollen, wenn Sie irgendwelche Hilfe brauchen.« Er sah sich im Zimmer um, und es fiel ihm offenbar nicht ein, was er noch sagen könnte.

»Leben Sie hier in Chicken?«, fragte ich schließlich.

»Nein, ein bisschen außerhalb, am Chicken Creek.«

Ich kramte in meinem Kopf nach Möglichkeiten, das Gespräch fortzusetzen, doch es fiel mir um keinen Preis der Welt etwas ein.

»Es ist wohl besser, ich gehe jetzt«, brachte er schließlich heraus.

Ich war enttäuscht. Ich hätte jetzt, da ich mich nicht mehr vor ihm fürchtete, ihn sehr gern zur Gesellschaft dabehalten, bis Mr Strong kam. Doch er verabschiedete sich und schloss die Tür, bevor ich auch nur nach seinem Namen fragen konnte.

»Das war der junge Fred Purdy«, erklärte mir Mr Strong, als er endlich zurückkam. Er schien erfreut, dass ich die Einladung

nicht angenommen hatte. Später, als wir gemeinsam das kalte Huhn fast aufgegessen hatten und ich ihm erzählte, wie ich den Revolver auf Fred gerichtet hatte, lachte er.
»Bei ihm wären Sie mehr als sicher gewesen. Aus Fred wird zwar nie etwas werden, aber er ist trotzdem ein netter junger Bursche.«
»Warum wird nie etwas aus ihm werden?«
Mr Strong nagte das letzte bisschen Fleisch von der Hühnerkeule und legte sie befriedigt auf den Teller.
»Haben Sie es nicht bemerkt? Er ist ein Mischling.« Er wischte sich die Hände sauber. »Die Mutter ist eine Eskimo, der Vater ist weiß.«
»Er scheint sehr nett zu sein.«
»Ist er auch. Und gescheit. Gescheiter als die meisten Mischlinge. Die ganze Familie ist eigentlich in Ordnung.«
»Und wieso kann dann nichts aus ihm werden?«
Er stand auf und stellte die Teller zusammen. »Wie ich Ihnen sagte«, begann er, »ist er ein Mischling. Und wenn man zwei Rassen mischt, ist es immer das Gleiche: Ich habe es mein Leben lang gesehen, im Süden und hier, die Kinder müssen dafür büßen.«
Es klang, als meine er, jemand, der nicht rein weiß war, hätte eine Art Krankheit. Das enttäuschte mich an ihm ein bisschen. Was würde er wohl von mir denken, wenn er wüsste, dass meine Großmutter Indianerin war?
»Was ist denn Chucks Vater für einer?«, fragte ich, um das Thema zu wechseln.
»Joe? Guter Goldgräber, guter Fallensteller. Sie können Ihren letzten Dollar wetten, dass er bereut, sich jemals mit einer Eingeborenen eingelassen zu haben.«

»Joe Temple ist Chucks Vater?«
»Warum sind Sie so erstaunt?«
»Er will mich morgen zum Abendessen ausführen.«
»Nun, darüber brauchen Sie sich keine Gedanken zu machen. Mr Temple ist ein Gentleman, und er wird Sie wie eine Dame behandeln.«
»Aber er ist verheiratet!«
»Nein, das ist er nicht, und ich bin sicher, dass er Gott dafür dankt.« Verheiratet oder nicht, der Gedanke, mit ihm auszugehen, beunruhigte mich trotzdem.
Als Mr Strong ging, wusste ich fast alles über jeden hier in Chicken. Was die Purdys anbelangte, achtete er Mr Purdy, obwohl er der Ansicht war, er hätte sich durch die Heirat mit einer Eskimo herabgesetzt. Er riet mir, mich der Familie gegenüber so zu verhalten, wie er selbst es tat: »So wie man sich zu jemandem verhält, der die Gesetze achtet, egal, welche Hautfarbe er hat … Sie wissen, was ich meine, so wie man sich Niggern gegenüber verhält.«

5

Als Mr Strong gegangen war, konnte ich die Augen vor Müdigkeit kaum offen halten. Ich ließ die Benzinlampe klein brennen, legte mich mit den Kleidern auf die nackte Matratze und zog ein paar Decken über mich. Doch ich konnte nicht schlafen. Draußen war es so still, dass das Rauschen des Flusses klang, als flösse er mitten durchs Zimmer. Der kleinste Lufthauch rüttelte an den Türen. Auch war es draußen kalt, und ich spürte, wie die Kälte durch alle Ritzen und Fugen drang. Dann raschelte ein kleines Tier neben dem Haus, und jedes Mal, wenn ich die Augen schloss, bildete ich mir ein, etwas oder jemand würde ins Haus eindringen und sich auf mich stürzen. Schließlich stand ich auf, pumpte das Licht der Lampe höher und holte meine Bibel. Doch ich konnte mich nicht darauf konzentrieren. Immer, wenn die Pferde im Stall mit den Füßen scharrten oder gegen die Boxenwände stießen, spitzte ich die Ohren. Wäre ich an Blossoms Stelle gewesen! Er hatte wenigstens einen Querbalken vor der Tür und eine Menge Gesellschaft.

Ich begann über die nächsten Tage nachzudenken. Abgesehen vom Aufräumen dieses Zimmers hatte ich im Klassenzimmer eine Menge Arbeit, bevor der Unterricht beginnen konnte. Es gab kaum Hilfsmittel, keine Tafel, keine Hefte und nur ein paar Bücher. Als ich das am Nachmittag Maggie Carew gegenüber erwähnt hatte, ließ sie das kalt. »Sie werden damit schon zurechtkommen«, erklärte sie.

Das war fast wörtlich dasselbe, was Lester Henderson mir gesagt hatte, als ich bei ihm in Juneau zu einem Gespräch geladen gewesen war. Er war der Bezirksschulinspektor für das ganze Territorium, und als ich ihm beichtete, ich machte mir Sorgen, weil ich nie in einer einklassigen Schule unterrichtet hatte, beruhigte er mich.

»Zerbrechen Sie sich darüber nicht den Kopf, es wird ausgezeichnet gehen.« Er war ein stämmiger, breitschultriger Mann und so gutmütig wie ein Bernhardiner.

Ich weiß noch, dass ich aus dem Fenster seines Büros schaute und die Schiffe betrachtete, die im Gastineau-Kanal vor Anker lagen. Darunter war auch die »Dorothy Alexander«, die mich nach Skagway bringen sollte.

»Es ist viel leichter, als Sie denken«, war er fortgefahren. »Ich zweifle, dass Sie mehr als zehn Schüler haben werden, und ich weiß, dass Sie mit ihnen zurechtkommen. Was mich ein bisschen besorgt macht, ist Ihr Alter. Darf ich offen sprechen?«

»Natürlich.«

»Sie sind eine der jüngsten Lehrerinnen, die ich je in die Wildnis geschickt habe. Normalerweise hätte ich Sie zuerst hier nach Juneau oder in einen anderen nicht so einsamen Ort gegeben. Der einzige Grund, warum ich das nicht tat, ist, dass man nicht leicht gute Kräfte findet, die in den Busch gehen wollen. Erstaunt Sie das?«

»Ja.« Ich war wirklich verblüfft. »Als Sie mit mir in meiner Schule sprachen, schien mir, Sie würden mit Ersuchen überlaufen.«

»Nun, das stimmt nicht. Ich hoffe, das tut Ihrer Begeisterung keinen Abbruch.«

»Durchaus nicht.«

»Gut. Sehen Sie, es war für mich sehr schwierig, diese Schulen im Territorium Alaska durchzusetzen. Ich hatte schwer zu kämpfen, aber ich nahm den Kampf auf, weil es mein Glaube ist, dass selbst dort, wo nur *ein* Kind eine Schule braucht und nicht zehn, wie das Gesetz es vorschreibt, es diese Schule für das Kind geben muss. Bildung ist für mich etwas so Wichtiges, dass ich trotz einer gewissen Angst, ein neunzehnjähriges Tschitschako in den Busch zu schicken, Sie nach Chicken gehen lasse.«

»Ein Tschitschako ist ein Greenhorn, nicht wahr?«

»Das grünste vom grünen. Doch ich sehe, Sie haben einiges über Alaska gelesen.« Er schwieg, dann fuhr er fort: »Bevor Sie mein Büro verlassen, möchte ich Ihnen noch einen Rat geben. Mir scheint, Sie sind eine ziemlich tolerante junge Dame, jung genug, um für neue Ideen offen zu sein. Dort, wohin Sie gehen, werden Sie feststellen müssen, dass die meisten Leute nicht so sind. Sie haben ihre eigenen Erfahrungen und lehnen die Leute ab, die gegen ihre Erfahrungen handeln oder sie zu verändern suchen. Kurz und gut, ich hoffe, Sie bringen für Ihre Arbeit nicht ... nun, wie soll ich sagen, missionarischen Eifer mit!«

»Ich glaube nicht«, sagte ich, doch ich war blutrot geworden. Mehr als einmal hatte ich mich als die neue Florence Nightingale gesehen. Ich hatte mir sogar ausgemalt, wie die knochigen Hinterwäldlergesichter lächeln würden, wenn ihre Kinder aus meiner Blockhausschule kämen, überquellend von Bildung, die ich ihnen beigebracht hatte. »Ich werde mich danach richten«, erwiderte ich würdevoll. Wir unterhielten uns noch eine Weile, und als ich ging, schüttelte er mir herzlich die Hand. »Ich möchte von Ihnen hören«, sagte er. »Und damit meine ich nicht nur Ihre monatlichen Berichte. Schreiben Sie mir jederzeit, wenn Sie Rat oder Hilfe brauchen. Alaska ist zwar groß, doch im Grund ist es nicht anders als die Kleinstadt, in der Sie bis jetzt unterrichtet haben. Hier kennt jeder jeden, und wir kümmern uns umeinander. Wenn ich etwas für Sie tun kann, lassen Sie es mich sofort wissen.«

Ich spürte, wie ehrlich das gemeint war, und es gab mir ein gutes Gefühl, das auch jetzt noch anhielt. Ich nahm mir vor, ihm morgen, bevor Mr Strong aufbrach, wegen der Bücher und dem übrigen Schulbedarf zu schreiben. Doch fühlte ich mich jetzt, an Ort und Stelle, noch hilfloser denn je und wusste nicht, ob ich der Arbeit gewachsen war. Als ich in Forest Grove unterrichtet hatte, war mir alles auf dem Servierbrett gereicht worden: Dort gab es ein System, festgesetzte Zeiten für den Unterricht, für Pausen, für das Essen, für Schulferien, mit einem Wort: für alles. Es herrschte Ordnung, und jeder wusste, was er zu tun hatte. Hier, das wurde mir jetzt erst bewusst, gab es nicht einmal Klassenbücher oder Schülerbeurteilungsbögen. Wie sollte ich mich verhalten, wenn die Kinder außer Rand und Band gerieten? Wenn sie mich nicht mochten oder es ablehnten, mir zuzuhören?

Je mehr ich darüber nachdachte, desto unsicherer fühlte ich mich. Ich hatte außer der High-School keinerlei Vorbildung. In den Grundfächern fühlte ich mich sicher genug, doch was tun, falls ein paar Kinder in manchen Dingen mehr wussten als ich? Ich hatte nicht einmal eine Bibliothek zur Hand, um einer Sache gründlicher nachgehen zu können. Plötzlich schien mir meine Idee, hier unterrichten zu wollen, ein einziger, riesengroßer Irrtum zu sein. Ich würde mich unsterblich blamieren – ja, sicher würde ich das …

Als ich aufwachte, schien die Sonne hell durch die Fenster, aber das Zimmer war so kalt und feucht, dass mein Atem dampfte. Es war vom Vortag noch ein bisschen Wasser übrig geblieben, und Mr Strong hatte Kaffee gebracht, also ging ich ans Feuermachen. Fünf Minuten später war das Zimmer so voll Rauch, dass ich auf die Veranda gehen musste.

Draußen schien die Sonne auf die vom Raureif bedeckten Hügel. Das ganze Tal glitzerte und funkelte vom Widerschein der

Herbstfarben, als hätte es über Nacht Millionen von Diamanten geregnet. Mr Strongs Stall auf der anderen Straßenseite stand offen, und ich hörte, wie er darin umherging und halblaut mit seinen Tieren sprach. Ein paar Minuten später führte er vier davon heraus, blieb jedoch stehen, als er sah, dass aus meiner Tür Rauchschwaden kamen.

»Das ist nur der Ofen«, teilte ich ihm mit. Er nickte und führte der Reihe nach seine Pferde zu einem der großen Krater, wie die Goldgräber sie für ihre Arbeit anlegen mussten. Dieser war mit Regenwasser gefüllt. Er durchbrach an mehreren Stellen die dünne Eisschicht und ließ die Tiere trinken, dann ging er an mir vorbei ins Schulhaus. Ein paar Augenblicke später rauchte es nicht mehr.

Nachdem er bei mir eingeheizt hatte, führte er mich hinüber zu seinem Laden, eine kleine Blockhütte, fünf Hütten von der meinen entfernt.

Der Laden war derart mit Dingen aller Art vollgestopft, dass man kaum einen Schritt machen konnte. Es gab nur einen schmalen Durchgang zum Ladentisch und etwas Raum neben einem Kanonenofen, der aus einem alten Ölfässchen gemacht war.

Parkas aus Segeltuch, Schneereifen, Tierfallen und alle nur möglichen anderen Gegenstände hingen von der Decke. Überall herrschten starke, verschiedene Gerüche: Es roch nach Wolle und Baumwolle von den Hosen, die auf dem Ladentisch lagen, von Schlosseranzügen und langen Unterhosen, nach Pelzen und von der Decke hängenden Speckseiten. Vor dem Ofen verbreitete eine tiefe Schüssel mit gelbem Wasser den scharfen Geruch von Zigarettenstummeln und Tabaksaft.

Als ich meinen Blick über die Regale schweifen ließ, wurde mir gleich wohler. Hier gab es wirklich alles, sogar Butter in Dosen. Mr Strong und ich hatten gemeinsam zwei Säcke mit Konservendosen aufgeladen, mit Nahrungsmitteln, Mehl, Zucker und anderem Dauerhaftem. Schnell hatte ich für uns auf dem Ofen eine Portion Speck mit Eiern sowie Kaffee gemacht, und er zollte mir das erste Lob. »Es ist erfrischend zu wissen, Madam, dass es immer noch Mädchen gibt, die ein herzhaftes Frühstück bereiten können.« Er gab mir den Schlüssel zum Laden (den hatte er noch nie jemandem anvertraut, sagte er), und ich sollte nehmen, was ich brauchte, und das würden wir einmal im Monat abrechnen. Als Gegenleistung versprach ich ihm, Leuten, die während seiner Abwesenheit etwas kaufen wollten, dies auszugeben und auf ihre Rechnung zu setzen.

Als der Vormittag halb vergangen war, hatte ich die Möbel in meinem Zimmer hübsch gestellt. Ich machte mich dann über das Klassenzimmer her, als ich auf der Veranda Schritte hörte. Es waren Fred Purdy und zwei seiner jüngeren Schwestern. So dachte ich zunächst, doch es stellte sich heraus, dass nur die eine seine Schwester war, die andere hingegen seine Mutter. Sie konnte nicht mehr als neunzig Pfund wiegen, sie war sogar noch kleiner und zarter als Großmutter Hobbs, und sie war reizend. Kein Zweifel, dass sie eine Eskimo war – rundliches, dunkles Gesicht, großer Mund und kräftige, zum Teil schief gewachsene Zähne. Als sie mich sah, strahlte sie direkt, und mein Herz flog ihr sofort zu.

»Aha, das ist Tisha«, rief sie. »Ich bin so froh, Sie kennen zu lernen. Ich bin Mrs Purdy, und das ist meine Tochter Isabelle.« Sie streckte mir die Hand entgegen. Die war klein, und man spürte, wie gut sie zuzugreifen verstand. »Mein Sohn Fraid mir sagen, wie schön Sie sein«, fuhr sie fort, als auch ich mich vorgestellt hatte. »Bis jetzt er nur vom Luchs sagen. Jetzt ich selbst sehen. Wirklich, Sie sind sehr schön.«

Sie war wie eine kleine Königin, aber sie gab sich keine Mühe darum. Auch war sie sehr schön gekleidet, in eine Tuchparka, die ohne weiteres aus einem exquisiten Geschäft der Fifth Avenue hätte stammen können. Sie hatte einen weichen Pelzhut auf dem Kopf.

Als ich sie hereinbat, lobte sie, wie viel ich an der Hütte schon getan hatte. Wir setzten uns alle und tranken Tee und plauderten eine Weile. Bevor es mir bewusst wurde, erzählte ich ihnen von dem Herritt auf Blossom, doch es wirkte nicht so, wie es wirklich gewesen war, sondern sehr komisch, besonders die Szene, als ich vor dem Postamt im Schlamm gelandet war. Ich hatte noch nie jemanden so lachen gehört wie Fred, es klang so froh und echt, dass ich selbst lachen musste. Als ich so weit war, zu erzählen, wie ich hier ins Haus trat und kaum ein einziges Möbelstück vorfand, wanden wir uns alle vor Lachen.

»Wirklich, Ahnne«, meinte Mrs Purdy und wischte sich die Lachtränen vom Gesicht. »Hier ist viel zu tun in diesem Haus.« Sie wurde ernst. »Sie können nicht wohnen unter solch … solchen …«

Fred half ihr mit dem richtigen Wort aus: »Unter solchen Bedingungen.«

»Bedingungen, ja, danke, Fraid.«

»Finden Sie es wirklich so schlimm?«

»Es ist nicht entsetzlich, aber auch nicht gut. Hier viele Sachen müssen gemacht werden.« Sie schickte Isabelle hinaus zum Spielen, ging dann im Zimmer umher und schüttelte den Kopf.

»Wenn Sie hier wollen wohnen, Sie müssen haben Wohnung warm und gemütlich.« Sie deutete auf die Stellen unten an den Wänden, durch die das Licht hereinfiel. »Das muss repariert werden, sonst erfrieren Sie im Winter. Nein, so geht das nicht.« Sie zählte emsig alles auf, was sonst noch gerichtet werden müsste: eingebrochener Fußboden mit losen Brettern, schief hängende Regale, kaputte Tische im Klassenzimmer. »Du hier arbeiten wirst«, sagte sie zu Fred. »Und Vater wird zu Haus deine Arbeit machen.«

Fred grinste. »Ja, Chef.«

»Wie lang das wird dauern, glaubst du?«

»Oh … zwei Monate vielleicht.«

Sie lächelte. »Wann Sie wollen mit Schule anfangen, Ahnne?«

»Wenn möglich in ein paar Tagen.«

»Du wirst machen es in ein paar Tage, Fraid, nicht wahr?«

»Ich werde es tun, Chef, ja.«

Bevor sie gingen, fragte Mrs Purdy, ob ich an diesem Abend zum Essen kommen wolle. Das ging nicht, weil Joe Temple mich ins Gasthaus eingeladen hatte, also einigten wir uns auf den Abend darauf.

Wenige Stunden später kam Fred auf einem langen, schmalen Leiterwagen zurück. Darauf lagen eine Menge Bretter und ein großer Werkzeugkasten.

Zuerst waren wir beide ein wenig schüchtern, doch als wir ein Weilchen gemeinsam gearbeitet hatten, redeten wir von allem, was unter der Sonne vorging, von den amerikanischen Marinesoldaten in Nicaragua bis zu Lindberghs Ozeanflug. Ich sagte ihm, wie überrascht ich sei, dass er von allem, was in der Welt vorging, ebenso gut unterrichtet war wie ich.

»Es gibt etwas, das hier jeder reichlich tut«, gab er zurück,

»und das ist lesen. Sonst kann man am Abend nicht viel anderes machen.«
Zu Mittag hatte er bereits am Kochherd ein Ofenrohr angebracht und es durch das Dach geführt. Als wir im Herd eingeheizt hatten, bereitete ich für uns beide ein Essen – Dosenschinken und Süßkartoffeln. »Es muss doch für die Menschen hier an den Abenden noch anderes zu tun geben als lesen«, sagte ich, während wir aßen.
»Jeden zweiten Freitag wird getanzt. Bis jetzt im Gasthaus, doch sobald das Klassenzimmer in Ordnung ist, tanzen wir hier.«
»Wann wird das zum ersten Mal sein?«
»Sie müssen dazu einladen. Sie sind die Lehrerin.«
Wir einigten uns auf Freitag in einer Woche.
Während wir arbeiteten, kamen immer wieder Leute vorbei und brachten mir Dinge, die mir ihrer Ansicht nach fehlten: ein Wasserkessel, Löffel und Messer, sogar eine alte Enzyklopädie. Ich sagte zu Fred, ich hätte wohl gehört, wie gastfreundlich die Leute in Alaska sind, doch an solche Hilfsbereitschaft hätte ich nie gedacht.
»Jeder will sein Möglichstes tun, damit Sie nur ja bleiben.« Er lächelte.
»Warum sollte ich fort wollen?«
»Aus demselben Grund, weshalb die Lehrerin vor Ihnen fort wollte. Das hier ist ein unbarmherziges Land, besonders für einen Tschitschako.«
»Wann höre ich auf, ein Tschitschako zu sein und werde ein echter Bewohner Alaskas?«
»Vielleicht um die Zeit, wenn der Fluss im Frühjahr Hochwasser führt.«

»Was meinen Sie mit vielleicht?«
Er blickte mich fast so an wie Mr Strong damals, als er zurückgeritten war, um mir seinen Militärmantel zu geben, als wäre ich ein Ausländer. Nur war Freds Blick ein bisschen anders. Das Einzige, womit ich ihn vergleichen konnte, war die Art, wie ein wildes Tier ein anderes ansieht, um herauszufinden, ob es seinesgleichen sei. Falls nicht, ist das weiter nicht schlimm. Dann läuft das Tier eben davon.
Jedenfalls hatte ich ein ganz merkwürdiges Gefühl bei seinem Blick.
»Nun ja«, meinte er schließlich, »manche Leute gehören niemals wirklich nach Alaska. Sie lieben das Land nie so, wie es ist, sie tolerieren es eben nur.«
»Ich weiß nicht, wie Sie das meinen.«
»Es ist schwer zu erklären, vielleicht weil es eine reine Gefühlssache ist. Alle diese alten Knaben hier in der Gegend, die letzten Pioniere, die sind wirkliche Alasker. Sie kamen hierher, lang bevor ich geboren wurde, als hier nichts war als Ödland. Sie kämpften gegen die Kälte und die Flüsse, sie bauten Hütten und konnten sich kaum am Leben erhalten. Sie waren einsam und hungerten oft, sie erfroren sich Füße und Hände und holten kaum genug Gold aus der Erde, um sich zu essen zu kaufen, aber sie hielten durch.«
»Und Sie glauben, ich werde durchhalten?«
»Warum eigentlich nicht? Sorgen Sie nur für ordentliche Schuhe und warme Kleidung – und nehmen Sie die Ratschläge der Leute an.«

»Wenn sie einem welche geben, meinen Sie wohl. Bis jetzt musste ich jede Kleinigkeit selbst herausfinden.« Ich erzählte ihm, wie Mr Strong mir in Eagle seinen alten Militärmantel angeboten hatte. »Als ich ablehnte, versuchte er nicht, mich zu überzeugen, dass ich ihn brauchen würde.«

»Ja, so sind die Leute hier. Wenn Ihnen jemand einen Rat gibt, dann müssen Sie ihn aufs erste Mal befolgen. Niemand wird etwas zweimal sagen, sondern Sie es selbst herausfinden lassen.«

»Was halten Sie von Mr Strong? Ist er ein Alasker?«

»Na selbstverständlich. Er geht manchmal ein bisschen scharf ran und nimmt die Pferde vielleicht zu sehr her, aber er ist ein echter, er hat Mut. Die Leute hier in der Gegend mögen ihn nicht sehr, weil er von Zeit zu Zeit Post oder sonst was in den Fluss fallen lässt.«

»Sonst was wie mich, meinen Sie wohl?«

Das brachte ihn zum Lachen. »Ja, davon habe ich gehört«, meinte er. Dann fuhr er fort, als wäre das etwas Alltägliches. »Was sich die meisten Leute nicht vor Augen halten: Er macht diese Nachschubtransporte seit mehr als zwanzig Jahren, egal, wie das Wetter und die Umstände sind, ob es eine Überschwemmung gibt oder alles hart gefroren ist, und wenn er irgend kann, kommt er pünktlich hier an. Er ist in jedem Monat vierundzwanzig Tage lang und ganz allein unterwegs, und zumeist ist er wie ein Uhrwerk, kommt am Achten, Achtzehnten und Achtundzwanzigsten hier an. Doch wenn er hin und wieder einen Tag zu spät dran ist, oder wenn etwas mit der Post nicht stimmt, dann regen sich die Leute schrecklich auf, und es hagelt Briefe nach Washington, man müsse ihm die Erlaubnis für die Postbeförderung entziehen. Nun, er hat sie immer noch – einfach, weil niemand es besser machen kann. Sie werden eher verstehen, was ich meine, wenn erst der Frost gekommen ist.«

Ob er wusste, wie Mr Strong über ihn und seine Familie dachte? Mir schien, er war sich darüber im Klaren.
Wir arbeiteten den ganzen Tag, und er ging erst nach Haus kurz bevor Joe mich abholte.

X

Joe trug die mit Lammfell gefütterte Jacke, die er anprobiert hatte, als wir nach Chicken kamen, und er hatte eine Krawatte umgebunden.
Er stellte erstaunt fest, dass ich schon fertig sei.
»Ich bin seit einer Stunde fertig«, teilte ich ihm mit.
»Sie leben noch immer nach mittelamerikanischer Zeit«, sagte er, als er mir in den Mantel half. »Sie müssen sich an die Alaska-Zeit gewöhnen.«
»Was ist denn das?«
»Eine Stunde oder zwei zu früh oder eine Stunde oder zwei zu spät. Vielleicht auch mehr – das hängt vom Wetter ab. Wenn jemand überhaupt nicht aufkreuzt, dann wissen Sie, dass es ein ernstes Hindernis gab und dass der Betreffende am nächsten oder übernächsten Tag kommen wird.«
»Hoffentlich gilt das nicht auch für die Schule!«
Das Gasthaus war vom Schulhaus aus gesehen ungefähr fünf Hütten weiter unten an der Straße. Innen erinnerte es mich an ein Postkutschenrasthaus aus der Pionierzeit, das ich einmal gesehen hatte: ungehobelter Bretterfußboden, die Decke schwarz vom Holzrauch, zwei lange, mit Linoleum bedeckte Tische und hinten ein Raum mit Stockbetten und der Stall.

Ich hätte das alte Pianino in der Ecke gern gehabt. Ich hätte es in der Schule zur Einführung in die Musik und für Gesangstunden gut gebrauchen können, und ich machte mir im Geist eine Notiz, Maggie zu bitten, ob ich die Schüler gelegentlich herüberbringen dürfe.

Wir waren die einzigen Gäste, also hatten wir abgesehen von Maggie und ihrer Familie das Lokal ganz für uns. Maggie brachte uns zu einem kleinen Tisch an der Hinterwand. Jenseits der Wand befand sich der Stall, und es dauerte ein bisschen, bis ich mich daran gewöhnte, während des Essens die Pferde schnauben und scharren zu hören.

Sie hatte eine Elchzunge gekocht, die köstlich schmeckte, und beim Essen bekam ich heraus, dass Joe an der Washington State University studiert hatte. Nach Alaska war er 1920 gekommen, unmittelbar nach seiner Entlassung aus der Armee.

Als wir fertig gegessen hatten, setzte Maggie sich mit ihrem Mann zu uns, und ihre beiden kleinen Jungen blieben an einem großen Tisch und hörten zu.

»Ich habe gehört, Sie haben Cathy Winters auf dem Weg besucht«, meinte Maggie. »Haben Sie den Indianerkerl gesehen, mit dem sie lebt?«

»Ich war in ihrer Wohnung, aber die sah nicht so aus, als lebte sie mit jemandem.«

»Ich meinte nicht, dass sie zusammen wohnen«, sagte Maggie ungeduldig. »Ich meinte, dass sie Dinge miteinander tun, die sie nicht tun dürften.« Die beiden kleinen Jungen, Jimmy und Willard, spitzten die Ohren. »Er ist groß und mager, hässlich wie die Sünde und hat lauter Narben am Hals. Wie heißt er nur?«, fragte sie ihren Mann etwas lauter, denn er hörte schlecht.

»Titus Paul.« Mr Carew war klein und eifrig. Seine falschen Zähne passten schlecht, und er klapperte und knirschte ständig damit.

»Ich sah ihn nur einen Augenblick«, erwiderte ich. »Ich war nur ganz kurz dort.«

»Na, ich wette einen Stetson-Hut gegen eine alte Kartoffel, dass sie mit ihm lebt«, erklärte Mr Carew. »Führt sich nicht auf wie die weißen Mädchen, die ich gekannt habe. Verwöhnt den ekelhaften roten Kerl!«

»Sie ist so eine Kommunistin«, schloss Maggie sich an. »Glaubt an freie Liebe und was nicht noch alles. Aber sie wird nicht mehr lang dort sein. Wenn der Frühling kommt, werden sie sie fortschicken. Mit dem ersten Wasser über den Yukon. Wie macht sich der junge Purdy? Arbeitet er ordentlich bei Ihnen?«

»Sehr ordentlich. Das Haus wird nicht wieder zu erkennen sein, wenn er fertig ist.«

»Für einen Mischling ist er gar nicht so schlecht«, gab sie zu. »Mr Strong hält nicht viel von ihm, und von seiner Familie auch nicht.«

»Mr Strong ist ein bisschen altväterlich«, warf Joe ein. »Wissen Sie, er erzählt viele solche Sachen wie ›die Verantwortung des weißen Mannes‹ und ähnlich dummes Zeug. Neulich habe ich gehört, dass er im Gemeinderat von Eagle ein Gesetz durchzubringen versuchte, nach dem die Indianer den Ort bei Sonnenuntergang verlassen sollten.«

»Und wer sagt, dass das eine schlechte Idee ist?«, gab Mr Carew hitzig zurück. »Ich bin auch nicht wilder auf die Sai-wash als er. Und auf Mischlinge auch nicht, was das anbelangt.«

Während wir sprachen, kam Mr Vaughn herein. Er war mein Nachbar und war ein paar Mal vorbeigekommen, während Fred und ich arbeiteten. Jedes Mal blieb er ungefähr eine Stunde, verteilte guten Rat und wies Fred an, wie das und jenes getan werden sollte, doch selbst rührte er keinen Finger, uns zu helfen. Wie er mir sagte, war er Witwer und hatte seine drei Töchter praktisch allein aufgezogen. Ich hatte ein paar Mal gehört, wie er mit ihnen herumschrie, und kurz bevor Joe mich abgeholt hatte, war ich Ohrenzeuge gewesen, wie er eines der Zwillingsmädchen geschlagen hatte, weil ihr etwas aus der Hand gefallen und zerbrochen war.

Mrs Carew goss ihm eine Tasse Kaffee ein, und er saß eine Zeit lang bloß da und hörte zu. Schließlich fragte er mich, in welcher Art ich den Unterricht anpacken wolle. »Werden Sie neumodisch sein und eine Menge Firlefanz lehren, oder bleiben Sie beim guten alten Rechnen, Schreiben, Lesen?« Die Art, wie er das sagte, trieb mich in Verteidigungsstellung.

»Ich werde so unterrichten, wie es mir am besten scheint. Natürlich sind Rechnen und Lesen wichtig, doch es gibt daneben auch noch anderes.«

»Was zum Beispiel?«, fragte Mr Vaughn. An einer Seite seines Halses hing ihm ein Kropf so groß wie eine Orange herunter, und ich musste mich sehr bemühen, nicht dauernd darauf zu starren.

»Literatur und Dichtkunst, Bürgerkunde, Musik.«

»Klingt mir sehr nach Firlefanz«, warf Mr Carew ein.

»Mir auch«, stimmte Mr Vaughn zu.

»He, gebt ihr doch erst eine Chance«, sagte nun Joe. »Sie hat doch nicht mal angefangen«.

»Na und – dürfen wir uns denn nicht dafür interessieren?«, rief Mr Vaughn. »Schließlich haben wir deswegen einen Schulaufsichtsrat gegründet.«

»Ich bin froh, dass es einen gibt«, sagte ich. »Tritt der Aufsichtsrat oft zusammen?«

»Wenn wir es für nötig halten«, gab Mr Vaughn zurück. »Wir

werden Sie wissen lassen, wenn wir es das nächste Mal für nötig finden.« Ein bisschen später begleitete Joe mich zurück zum Schulhaus. Als wir zum Gasthaus gegangen waren, war der Himmel klar gewesen, doch jetzt war es so neblig, dass man kaum drei Hütten weit sah.

»Was ist ein Sai-wash?«, fragte ich ihn.

»Ein Sai-wash? Ein Indianer.«

»Ich dachte es mir. Ist das ein indianisches Wort?«

»Ein französisches. Sauvage. Die Pioniere hielten es mit der Aussprache nicht so genau.«

Er kam mit mir herein und machte im Ofen Feuer. Ich dankte für das Essen.

»Es war mir ein Vergnügen«, erwiderte er. »Wir müssen das bald wiederholen.«

»Vielleicht, wenn ich mit dem Schulhaus fertig bin.«

»Bevor das Fallenstellen anfängt, habe ich viel Zeit. Sie brauchen nur den Tag zu nennen.«

»Um ehrlich zu sein, Joe, ich habe ein wenig Hemmungen, mit Ihnen auszugehen.«

»Warum?« Er merkte, dass ich verlegen war. »Ach so … wegen Mary Angus?«

»Ja.«

»Das braucht Sie nicht zu bedrücken. Wir sind schon seit einer Weile von Tisch und Bett getrennt.«

Wir ließen das Thema fallen, und kurz darauf ging er.

Als ich am nächsten Morgen wieder mit Fred arbeitete, fragte ich ihn nach Joe und Mary.

»Das ist eine ziemlich alte Geschichte«, erwiderte er. »Mary lebte im Indianerdorf und Joe schürfte in der Nähe nach Gold. Sie verliebten sich ineinander und gründeten einen gemeinsamen Haushalt. Lange Zeit hindurch lebten sie wie Mann und Frau, bis sie vor ungefähr einem Jahr auseinander gingen. Nun kam Mary vor ein paar Monaten hierher, um wieder mit ihm zu leben. Ich glaube nicht, dass ihm noch an ihr liegt, aber sie liebt ihn anscheinend immer noch.«

»Wo wohnt sie?«

»Ungefähr eine halbe Meile von hier, auf dem Weg zu uns.«

Als Fred mich dann mit zu sich nach Haus nahm, besuchten wir sie auf dem Weg. Es war ein wunderschöner Spaziergang in die untergehende Sonne hinein, die hinter den Bergen in einem Meer aus Gold schwamm. Die Wälder standen schweigend, nur ein paar Vögel hüpften noch in den Bäumen herum und stritten sich. Der Pfad führte am Chicken Creek entlang und bog dann nach Norden ab.

Mary Angus' Hütte lag ein Stückchen abseits des Weges, und sie war so dicht von Buschwerk und Weidendickicht umwachsen, dass ich sie erst sah, als Fred mich darauf aufmerksam machte. Er hatte mir erklärt, es sei nichts als eine ehemalige Trapperhütte, wie die Fallensteller sie zum bloßen Übernachten errichteten, wenn sie ihre Fallen abgingen, also erwartete ich mir nicht viel. Aber was ich sah, war noch schrecklicher: eine alte, von Wind und Wetter mitgenommene elende Behausung, die aussah, als würde der nächste Windhauch sie wegblasen. Aus dem Dach ragte ein Ofenrohr, und in die wenigen zerbrochenen Fensterscheiben waren Lumpen gestopft. Das Ganze erinnerte mich an die schauerliche Hütte des Lumpensammlers in meiner Kindheit in Evansville.

Mary Angus war vor der Hütte mit Holzsägen beschäftigt,

und als sie sich umdrehte, hatte ich Mühe, in ihr die Frau zu erkennen, die ich vor ein paar Tagen beim Postamt gesehen hatte. Damals hatte ich den Eindruck, sie sei schön. Und früher einmal musste sie das auch gewesen sein mit dem regelmäßig geschnittenen, ovalen Gesicht und den dunklen Augen, die ein wenig schief standen. Sie mochte nicht älter sein als Mitte Zwanzig, doch sie wirkte alt und verbraucht. Ihr Gesicht war von Blatternnarben übersät, und unter den Augen lagen dunkle Ringe. Von der Arbeit, die sie da verrichtete, war sie rot im Gesicht und schwitzte. Als Fred uns miteinander bekannt machte, lächelte sie, und mir wurde noch elender zumute. Sie hatte kaum mehr einen Backenzahn. »Ich … bin … glücklich … Sie … kennen zu lernen«, sagte sie mit leiser, piepsiger Stimme. Es klang, wie wenn ein kleines Mädchen ein Gedicht aufsagt. Fred hatte mich gewarnt, ihr Englisch sei eher dürftig, also sprach ich langsam. »Auch ich freue mich, Sie kennen zu lernen«, gab ich zurück. »Ist Chuck hier?«

»In Hütte. Er krank.«

»Kann ich ihm Guten Tag sagen?«

Sie warf Fred einen schnellen, fragenden Blick zu, und er nickte kaum merklich. Als ich ihn später deshalb befragte, erklärte er mir, dass Weiße für gewöhnlich Indianerhütten nicht betreten, vor allem nicht weiße Frauen.

Drinnen war der Gestank so fürchterlich, dass ich fast erstickte. Es war wie eine winzige, faulende Hölle. Der Fußboden war schmutzig, und Chuck lag auf einer Art Pelzgewand, mit ein paar dreckigen Decken zugedeckt. Der kleine Yukon-Ofen gab ein Maximum an Hitze ab, und auf dem Ofen brodelte in einer Kaffeebüchse irgendein grauer Eintopf. Eine Öllampe auf einem Wandbrett verbreitete schwaches Licht. Die Mi-

schung von Gestank und mörderischer Hitze war so entsetzlich, dass ich durch den Mund atmen musste. Chuck hatte eine Erkältung. Ich hockte mich neben ihn.
»Wie geht es dir?«
»Schlimm krank«, murmelte er.
Und so sah er auch aus. Wenn es möglich gewesen wäre, hätte ich ihn auf der Stelle zu mir nach Haus genommen. Er brauchte ein sauberes Bett, nahrhaftes Essen und ein gut gelüftetes Zimmer.
Ich hörte einen schwachen Seufzer. Er kam von seiner Schwester. Sie lag in den Kleidern auf einer Art hölzernem Rahmen, der mit Ledergurten zusammengehalten war. Sie schlief.
»Pass gut auf dich auf, Chuck«, sagte ich. »Wenn dir besser ist, sehen wir uns in der Schule.«
Er gab keine Antwort. Er war so schlecht beisammen, dass er sich weder für die Schule noch für mich noch für sonst etwas interessierte. Als ich hinausging, war ich so wütend auf Joe Temple, dass ich hätte schreien mögen.
»Wie kann er sie so leben lassen?«, fragte ich Fred, als wir weitergingen. »Kann er sie nicht ein bisschen unterstützen?«
»Ich nehme an, er würde es tun, wenn Mary zurück ins Indianerdorf ginge.«
»Könnte er sie nicht wenigstens in einer leeren Hütte im Ort unterbringen? Ein paar dort sind in einem zehnmal besseren Zustand als diese Bruchbude.«
»Die Leute im Ort wollen sie nicht haben.«
»Fred, das ist unmenschlich. Joe hat mit dieser Frau gelebt. Es sind seine Kinder. Es ist fürchterlich.«
»Da kann niemand etwas tun.«
»Doch, da muss man etwas tun.«

»Was Joe tut, ist seine Angelegenheit – seine und die von Mary. So ist es eben.«

Er schien nicht aufgelegt, darüber zu sprechen, also sagte ich nichts mehr, doch ich war über seine Haltung ein wenig enttäuscht.

Sein Zuhause war wunderschön, eine große Blockhütte auf einem kleinen Hügel. Ein paar Wirtschaftsgebäude lagen darum herum, und hinten waren ein paar kleinere Hütten angebaut. Das hatte ich schon bei anderen Hütten gesehen. Ich fragte ihn, warum man so baue.

»Die einzige Zeit, in der man bauen kann, ist der Sommer, und der dauert ungefähr vier Monate. Also baut man zunächst die Wohnhütte, und an die fügt man jedes Jahr etwas an.«

Gleich als ich die Hütte betrat, verstand ich, warum seine Mutter mein Zimmer so schrecklich gefunden hatte. Sie besaß ein entzückendes Heim. Alles glänzte vor Freundlichkeit und heiterem Entgegenkommen. Topfgewächse und Gewürzkräuter säumten die Fensterbretter, und auf dem zu Hochglanz gebohnerten Boden lagen drei geflochtene Teppiche. Ich kam aus dem Staunen nicht heraus, besonders weil die Purdys alles und jedes Stück in ihrem Heim selbst gemacht hatten, von den Küchenschränken mit den Glastüren bis zu den fröhlichen Gardinen aus Mehlsäcken.

Es wurde ein netter Abend, alle waren gesprächig und bei guter Laune, und es gab ein köstliches Essen. Der Einzige, der nicht viel zu sagen wusste, war Freds Vater. Nachdem ich mit ihm bekannt gemacht worden war, verschwand er in einem Hinterzimmer, und während des Abendessens hatte ich fast den Eindruck, er hätte lieber allein gegessen. Das Einzige, worüber er sprach, war, als ich ihn fragte, woher er stamme. »Aus Neu-England.« Dann, und es schien mir, um weiteren Fragen meinerseits zuvorzukommen, stellte er mir die gleiche Frage. Ich sagte es ihm, und damit war das Gespräch zwischen uns zu Ende. Gleich nach dem Essen entschuldigte er sich und ging aus dem Zimmer, und für den Rest der Zeit sah ich ihn durch den Vorhang, der die Tür bildete, an einem Detektor-Radio arbeiten.

Bevor ich ging, fragte Fred mich, ob ich je Gold in rohem Zustand gesehen hätte. Ich verneinte. Er nahm ein Einmachglas von einem Regal und gab es mir. Wir lachten beide, als ich es fast hätte fallen lassen. Es war zehnmal schwerer, als ich angenommen hatte, und es enthielt mattgelbe Körnchen mit schwarzem Pulver vermischt. »Das ist Staubgold«, erklärte mir Fred. Dann brachte er ein anderes Glas mit Nuggets, deren Größe vom Stecknadelkopf bis zum kleinen Kiesel variierte.

Die beiden Einmachgläser enthielten das ganze Resultat ihrer Arbeit dieser Saison. Es waren ungefähr zweitausend Dollar in Gold.

Das war als Lebensunterhalt für eine Familie nicht viel, doch Fred erklärte, im nächsten Jahr würde es besser werden. Während des Winters wollten sie ein Terrain untersuchen, das ihnen ertragreich zu sein schien.

Am nächsten Nachmittag sah ich etwas von der Praxis der Goldgewinnung. Fred ging mit mir hinüber nach Lost Chicken Hill, wo Onkel Arthur und Mert Atwood zum letzten Mal in diesem Jahr Gold wuschen. »Sie sind nicht besonders gut eingerichtet«, sagte er zu mir auf dem Weg. »Aber Sie werden wenigstens sehen, wie es vor sich geht.«

»Wie kommt es, dass sie die Einzigen sind, die noch Gold waschen?«

»Weil sie ein bisschen Wasser haben, sonst hat das niemand mehr. Kein Wasser, kein Gold.«

»Was soll das heißen: kein Wasser, kein Gold?«

»Man muss das Erdreich tonnenweise waschen, um ein paar Gramm Gold zu gewinnen. Der reichste Claim der Welt ist ohne fließendes Wasser keinen Cent wert. Jetzt sind alle Wasserläufe ausgetrocknet. Erst wenn der Winter vorüber ist und der Schnee schmilzt, kann man wieder Gold waschen.«

»Wie ist das mit Baden? Ich habe schon gemerkt, dass auch der Bach vor dem Schulhaus nicht mehr viel Wasser hat. Was ist, wenn er ganz versiegt?«

»Der Frost kommt, bevor das so weit ist.«

»Und was tun wir dann?«

»Eis heraushacken oder aufs Bad verzichten.«

»Ich werde Sie wissen lassen, wofür ich mich entschließe.«

»Oh, keine Angst, das erfahre ich ohnehin.« Er lachte. »Alle werden es wissen.«

Wir brauchten eine halbe Stunde, und der Weg führte durch ein paar Cañons, über ein Stück Tundra und über einen Hang, auf dem das rote Feuerkraut glühte.

Die beiden Männer warteten auf uns und hatten ihr Waschgerät schon auf einem Hang aufgestellt. Es war eine ungefähr zehn Fuß lange, an beiden Enden offene Kiste, die aussah wie eine kleine Gangway. Daneben lag ein hoher Erdhaufen, den sie mit Axt und Schaufel herausgeholt hatten. Es müssen ungefähr zwei Tonnen Erde gewesen sein.

Ich hatte Angst, im Weg zu sein, doch die beiden taten ihr Möglichstes, mir zu zeigen, dass ich ihnen willkommen sei. Mir gefiel Mert am besten. Das war der Alte, der mir das Bärenschmalz gebracht hatte. Der Mann mit dem kräftigen, runden Brustkorb war so schüchtern, dass er anfangs, jedes Mal wenn er eine meiner Fragen beantwortete, die Matrosenmütze abnahm. Sie hatten ein Rinnsal weiter oben auf dem Hang aufgestaut, und wie er mir erklärte, von dort einen Graben bis zum oberen Ende des Waschgeräts gegraben. Er sagte, er würde, sobald ich bereit sei, hinaufgehen und den Damm durchstechen.

»Du wurmzerfressenes Greenhorn«, knurrte Onkel Arthur. »Weshalb glaubst du, ist sie hergekommen? Um sich mit dir zu vergnügen?«

Mert murmelte Entschuldigungen und machte sich daran, den Abhang zu ersteigen. »Da stimmt was nicht mit seiner Birne«, klagte Onkel Arthur. »Ist zu lang ohne Hut gegangen. Hat sich's Gehirn erfroren.« Er legte eine Hand auf das Waschgerät. Sie wirkte wie eine Klaue. Der kleine Finger und der Ringfinger fehlten, und das Übrige sah aus wie nach einer schweren Verbrennung. Später erzählte Fred mir, er habe sich die Hand erfroren.

Mert blieb gute zehn Minuten weg. Kaum war er wieder unten, begann das Wasser durch den Graben zu sickern, und bald darauf stürzte es herab wie ein Wildbach und lief ziemlich rasch durch das Waschgerät. Sobald es, wie Onkel Arthur es nannte, »ein ordentliches Köpfchen« hatte, begannen die beiden Männer, die goldhaltige Erde in die Kiste zu schaufeln.

Das Wasser riss sie schnell hindurch, und sogar faustgroße Steine klapperten munter wieder heraus. Der Sinn des Ganzen bestand, wie Fred mir erklärte, einzig darin, dass das in der

Erde enthaltene Gold ausfiel, sich absetzte und in den hölzernen Rillen des Waschgeräts hängen blieb. Erdreich und Steine wurden hindurchgespült und landeten am Fuß des Abhangs, wo schon einige Erdhaufen aus den Sommermonaten lagen. Jetzt verstand ich, was Fred gemeint hatte: ohne Wasser kein Gold.

Nach ungefähr zwanzig Minuten versiegte das Wasser, und Mert und Onkel Arthur lehnten sich an die Kiste. Die verschwitzten Hemden klebten ihnen an den Rücken. Beide starrten in den Schlamm am Grund des Geräts. Dort lag der letzte Verdienst dieses Sommers. Vier Monate Schwerarbeit mit Hacke und Schaufel waren vorüber.

Ich dankte ihnen für den Anschauungsunterricht, dann gingen wir wieder. Auf dem Rückweg fragte ich Fred, ob er wisse, wie viel sie herausgeholt hätten.

»Nicht allzu viel«, meinte er. »Das tun sie nie.«

»Nie?«

Er schüttelte den Kopf.

»Warum bleiben sie dann dabei?«

»Es ist besser, als irgendwo für Lohn zu arbeiten.«

Wenn man die Sache so betrachtete, mochte er Recht haben. Mein Vater hatte sein ganzes Leben im Bergwerk gearbeitet, sechs Tage in der Woche, und ihm war nichts geblieben. Mert und Onkel Arthur mochten wenig besitzen, aber sie waren wenigstens ihre eigenen Herren.

»Wenn jetzt alle mit dem Goldgraben aufhören, was tun sie dann?«

»Sich auf den Winter vorbereiten. Das Fallenstellen beginnt Anfang November.«

»Warum warten sie damit so lang?«

Darüber musste er lachen.
»Weshalb lachen Sie? War das eine dumme Frage?«
Er sagte »nein«, doch er war ebenso belustigt wie Chuck, als er nicht glauben wollte, dass Früchte auf Bäumen wachsen.
»Sehen Sie«, erklärte er mir, »wenn man Fallen aufstellen will, muss man Fallen, Proviant und alles Nötige hinausbringen, und manchmal ziemlich weit. Dann muss man die Pelze wieder zurückbringen. Für das alles braucht man einen Schlitten.«
»Und für einen Schlitten braucht man Schnee.«
Es war wirklich eine dumme Frage gewesen. Wir versuchten beide, ernst zu bleiben – vergeblich. Wir warfen einander nur einen Blick zu und brachen in Gelächter aus.
Später fragte ich ihn, warum die Stelle Lost Chicken (verlorenes Huhn) hieß.
»Jemand hat den Platz einmal gefunden, dann wieder verloren. Als man es dann wieder fand, nannte man es Lost Chicken.«
»Diese ersten Goldgräber müssen eine Menge Stellen verloren haben.«
Außer Lost Chicken hatte ich auch von Lost Delta und Lost Fork gehört.

Wir arbeiteten noch zwei Tage im Schulhaus, dann war auch das Klassenzimmer fertig. Jetzt sah man den Unterschied. Fred hatte das Segelleinen, das von den Wänden hing, wo es die schlimmsten Stellen verdecken sollte, wieder angeklebt, er hatte die Tische und Stühle in Ordnung gebracht, und ich besaß sogar eine »Tafel«: zwei grüne Fensterläden, an einem soliden Brett befestigt. Für meine Wohnung hatte er mir noch aus drei Kisten eine Couch gemacht. Maggie Carew gab mir eine

Matratze als Auflage, darüber kam eine Decke, und mit einem Sofakissen drauf sah das Ganze prächtig aus. Fred blieb zum Abendessen, und bevor er ging, feierten wir noch mit Kakao und Plätzchen.

»Ich bin Ihnen wirklich dankbar«, sagte ich ihm. »Was hätte ich getan, wenn Sie nicht so geholfen hätten?« Das war ehrlich gemeint. Eine Menge Leute hatten mir Sachen geliehen und sogar dann und wann mit angepackt, doch die wirkliche Arbeit hatte er fast allein gemacht.

»Reden wir nicht mehr davon«, erwiderte er. »Ich bin froh, dass ich Ihnen helfen konnte. Vielleicht schaue ich morgen nach der Schule herein, dann können Sie erzählen, wie es gegangen ist.«

»Kommen Sie wirklich?« Ich hatte ihm meine Angst anvertraut.

»Aber gewiss.«

Wir unterhielten uns noch eine Weile. Er hatte keine Lust zu gehen, und ich wollte auch, dass er noch bliebe, worüber ich mich selbst wunderte. Für gewöhnlich wusste ich nie, was ich mit jungen Männern reden sollte, wenn ich mit ihnen allein war, doch bei ihm war es gerade das Gegenteil. Nun waren wir drei volle Tage zusammen gewesen, und ich hatte dennoch das Gefühl, ich könnte auch noch die ganze Nacht mit ihm plaudern. Ein Mann wie er war mir noch nie begegnet. Er sagte, er sei nur sechs Jahre zur Schule gegangen, doch er las alles, was ihm in die Hände fiel, und alles interessierte ihn – Geschichte, Zeitgeschichte, Motoren, sogar Metallurgie. Er hatte mich zu einem Spaziergang aufgefordert, um mir die Umgebung zu zeigen, und hatte mich auf alle möglichen Steine und Mineralien aufmerksam gemacht, weißer Quarz mit Pyriteinschlüs-

sen, Magneteisenstein, Feldspat. Von den meisten hatte ich nicht einmal gehört. Er hatte ein Buch über Mineralogie, und als ich ihn bat, es mir zu leihen, damit meine Schüler eine Gesteinsammlung anlegen konnten, versprach er es mir freudig.
Er war schon im Gehen, als es an der Tür klopfte. Es war Mr Vaughn. »Ich habe Ihnen die Fahne gebracht«, sagte er.
Die Fahne war für die Stange vor dem Schulhaus. Er hatte sie mir von einer seiner Töchter waschen lassen.
»Vielen Dank«, sagte ich. »Aber es hätte genügt, wenn die Mädchen sie morgen gebracht hätten.«
»War ganz einfach«, erklärte er.
Er stand immer noch auf der Schwelle. »Ist das Klassenzimmer ganz fertig?«
»Fertig, es wartet nur noch auf die Schüler. Wollen Sie es sehen?«
»Ja, gern.«
Er trat ein und nickte Fred zu. Fred grüßte und meinte dann, er müsse jetzt gehen.
»Erst wenn wir Mr Vaughn das Resultat Ihrer Arbeit gezeigt haben.«
Ich holte die Öllampe, und wir gingen alle drei hinein. Ich zeigte ihm die Tafel und die Regale, die Fred gemacht hatte. Er hatte sogar für die zwei ganz kleinen Schüler zwei niedrig angebrachte Wandbretter angefertigt. Mr Vaughn warf nur einen flüchtigen Blick in die Runde. Es schien, er war nicht besonders interessiert. »Ganz nett«, sagte er.
Ich war ziemlich enttäuscht. Er hätte doch wenigstens ein paar Lobesworte zu Fred über seine gute Arbeit sagen können, aber alles, was er sich abrang, war: »Na, jetzt kannst du wenigstens wieder zurück zu deiner eigenen Arbeit.«

Da wurde mir bewusst, dass er nur gekommen war, um uns, wenn möglich, zu überraschen. Das machte mich verlegen, und auch Fred fühlte sich deutlich unbehaglich. Er ging sofort nach Mr Vaughn. »Ich freue mich, Sie morgen zu sehen«, rief ich ihm nach.

Vor dem Schlafengehen trat ich noch einmal in das Klassenzimmer. Ich stellte mich hinter meinen Tisch und sah im Geist die Kinder vor mir sitzen. Das machte mich ganz aufgeregt. Der Raum sah großartig aus. Ich hatte den Yukon-Ofen so poliert, dass er fast wie neu aussah, und darin Späne und Holzscheite zum Feuermachen vorbereitet. Auf dem Regal stand eine ganze Reihe Bücher – einige Lesebücher, ein Wörterbuch, das ich mitgebracht hatte, und die alte Enzyklopädie. Auf dem Spaziergang hatte Fred mir ein paar Mineralien ausgesucht, die lagen jetzt auf dem anderen Wandbrett.

Ich dachte, jetzt ist das nur ein großer, leerer Raum mit nackten Wänden, doch in ein paar Wochen, wenn die Kinder Zeichnungen und Basteleien hergestellt haben, wird er schon mehr wie ein Klassenzimmer aussehen. Während ich auf die leeren Tische und Bänke starrte, fiel mir so viel ein, was ich meinen Schülern sagen wollte, dass ich zurück in meine Wohnung ging und Verschiedenes aufschrieb. Es waren Dinge etwa wie: dass wir hier genauso ein Teil von Amerika waren wie die Leute in den anderen achtundvierzig Staaten und wie wichtig es für alle ist, tüchtige, gebildete Staatsbürger zu sein. Als ich zu Bett ging, war ich so in Fahrt, dass es mir schwer fiel einzuschlafen.

6

Der Unterricht sollte um neun anfangen, doch schon eine Viertelstunde vorher standen alle Schüler draußen, also ging ich mit der zusammengefalteten Fahne hinaus.

Mit Hilfe des ältesten Jungen zog ich sie auf, und dann sprachen wir gemeinsam das Treuegelöbnis. Mir war deutlich bewusst, dass ich jetzt nichts von dem, was ich hatte sagen wollen, vorbringen konnte. Es würde nur überspannt und falsch klingen. Außerdem brachte ich, als wir im Klassenzimmer standen, überhaupt kein Wort heraus. Eine ganze Minute lang starrte mich die Klasse schweigend an, und ich starrte mit gelähmter Zunge zurück. Man hörte nichts als unsere Atemzüge und das Knacken der Fußbodenbretter.

»Wie gefällt euch das Klassenzimmer?«, gelang es mir schließlich heiser herauszubringen.

»Es ist prima«, erklärte Jimmy Carew. Er, sein kleiner Bruder und die Vaughn-Mädchen hatten es schon gesehen, und Isabelle ebenfalls. Robert Merriweather und Joan Simpson dagegen nicht. Alle sahen um sich und murmelten Anerkennung. Ich war wirklich stolz. Fred hatte ganze Arbeit geleistet. Alle Tische waren mit Wachstuch bezogen, und er hatte die Wände mit hellgrüner Farbe angemalt, die wir in Mr Strongs Laden gefunden hatten. Die Farbe war ein bisschen unregelmäßig aufgetragen, aber sie ließ den Raum freundlicher und größer erscheinen.

»Es riecht gut«, bemerkte Joan Simpson. Sie war sechs Jahre alt, mit blauen Augen und blondem Haar. Ihr und Willard Carew musste ich das Lesen ganz von Anfang an beibringen.
Nachdem wir für alle einen Sitzplatz gefunden hatten, schrieb ich meinen Namen auf den einen Fensterladen und sagte, ich freue mich, hier zu sein. Dann schüttelte es mich vor Kälte.
»Bevor wir weitermachen«, sagte ich, »würde ich gern wissen, ob jemand diesen Ofen heizen kann?«
Das Klassenzimmer war so eisig, dass alle den Mantel oder die Parka anhatten. Ich hatte versucht, den Yukon-Ofen zu heizen, ein niederes, schwarzes Metallding, kaum größer als eine Orangenkiste, doch ich hatte beim besten Willen kein Feuer zusammengebracht.
Aus den vielen Freiwilligen, die jetzt die Hände in die Höhe reckten, wählte ich Robert Merriweather aus. Er war zwölf, der älteste meiner drei Jungen, und groß für sein Alter.
Er zeigte mir sofort, warum der Ofen nicht zog. Ich hatte zu wenig Späne verwendet. »Außerdem haben Sie die Zugklappe nicht weit genug geöffnet. Wenn es zu brennen anfängt, braucht das Feuer reichlich Zug.« Er füllte also den Ofen mit mehr Spänen, legte ein paar dünne Scheite darauf und auf diese zwei dicke, lange. »Sehen Sie«, erklärte er mir, »diese Art Ofen ist für lange Scheite gedacht, dann braucht man nicht so oft nachzulegen.«
»Wieso weißt du das alles?«, fragte ich. »Ich dachte, ein Ofen ist wie der andere.«
»Oh nein«, widersprachen ein paar Kinder.

»In manche darf man nur Kleinholz geben, zum Beispiel in einen Kochherd, in andere große, dicke wie in den hier«, bemerkte Elvira Vaughn.

»Das hier ist ein wirklich guter Ofen«, lobte Jimmy Carew.
Es gefiel ihnen außerordentlich, dass ich ihre Lehrerin war und doch einiges nicht wusste.
Ich hatte mir vorgenommen, den Vormittag dazu zu verwenden, mich mit den Kindern bekannt zu machen, und ich hatte mir Verschiedenes zurechtgelegt, was ich sie fragen wollte, doch das war nicht nötig. Da sie mir schon etwas beigebracht hatten, hatten sie keinerlei Hemmungen, auch mich Verschiedenes zu fragen.
»Wie gibt's das, dass Sie nichts von Öfen verstehen«, fragte der sechsjährige Willard Carew. »Jeder weiß doch, wie man einen Ofen heizt.«
»Nun, da wo ich herkomme, kennt man Holzöfen kaum.«
»Wie kochen denn da die Leute?«
»Kann einer von euch das Willard erklären?«
Robert Merriweather hob die Hand. »Das kann ich. Man kocht mit Gas. Bevor wir nach Alaska kamen, hatten wir so einen Gasherd.«
»Was ist ein Gasherd?«, fragte Willard weiter.
Robert warf mir einen Blick zu, ob ich ihn weiter erklären ließe. Er schien mir zu den Jungen zu gehören, die immer unter Kontrolle gehalten werden, und er war schüchtern. Ich nickte ihm zu.
»Man dreht einen Hahn auf und hält ein brennendes Zündholz zum Brenner, und der geht sofort an. Es ist zehntausendmal besser als ein Holzofen.«
Dann sprachen wir über Dauerbrandöfen, Zentralheizungen und offene Kamine.

»Mein Vater sagt, ein offener Kamin ist die größte Holzverschwendung, die es gibt«, behauptete Eleanor Vaughn. Sie drehte sich zu ihrer Schwester Evelyn um, die ebenso ungelenk war wie sie.

»Hab ich nicht Recht?«

»Ja.«

»Aha, und dein Vater weiß alles«, rief Jimmy Carew voll Ironie dazwischen.

Nachdem wir ausgesucht hatten, welche Stühle und welche Tische für welche Kinder am bequemsten waren und wer neben wem sitzen wollte, fragte ich sie, was wohl der Grund sei, dass sie zur Schule kämen.

»Weil wir müssen«, rief Jimmy. Allgemeines Gelächter.

»Schön, das ist ein Grund. Wie viele von euch *wollen* überhaupt kommen?«

Alle Hände fuhren hoch.

»Herrlich. Und warum?«

Wieder fuhren die Hände hoch. Ich rief Jimmys Bruder Willard auf. »Weil man sonst ohnehin nichts tun kann«, erklärte er mit der ungebrochenen Aufrichtigkeit eines Sechsjährigen.

»Wer weiß noch einen Grund? Der Nächste, bitte.«

»Damit wir lesen, schreiben und rechnen lernen«, erklärte Eleanor Vaughn. Die Zwillingsschwestern sahen dem Vater unglaublich ähnlich – die gleichen großen Zähne und die gerunzelte Stirn.

»Sehr gut«, sagte ich. »Noch ein Grund?«

Schweigen.

»Nichts sonst? Kann jemand von euch Akkordeon spielen?«

»Ich!«, rief Robert.

»Möchte es jemand lernen?«

»Ich!«, rief Jimmy.

»Schön, dann wirst du's lernen.«

»Hier in der Schule?«
»Natürlich! Deshalb ist ja die Schule da – dass man lernt, was man gern können möchte.«
»Ich möchte nähen lernen«, sagte Elvira Vaughn.
»Ich auch«, erwiderte ich. »Ich bin darin ganz schlecht. Ist jemand hier, der gut nähen kann?«
Isabelle Purdy hob die Hand.
»Glaubst du, du könntest es Elvira beibringen?«
»Aber ja«, antwortete sie.
»Damit ist die Sache mit dem Nähen also unter Dach und Fach gebracht. Versteht ihr, jeder kann lernen, was er will, solange er die eigentlichen Fächer nicht vernachlässigt. Und jetzt könnten wir einander ein bisschen kennen lernen, indem wir zum Beispiel sagen, woher wir stammen.«
Die Purdys waren aus Kanada gekommen, die Carews aus Pennsylvanien. Das gab mir die Möglichkeit, eins der wenigen Lehrmittel zu benützen, die ich besaß, nämlich eine große Karte von den USA und Kanada. Sie war mein Stolz und meine Freude, da wollte ich eine solche Gelegenheit nicht vorübergehen lassen.
»Woher kommen Sie, Teacher?«, fragte Elvira Vaughn. Auch ihr Name begann wie der ihrer beiden Schwestern mit E, damit endete aber die Ähnlichkeit. Sie war schlank und zurückhaltend, nicht so selbstsicher wie die Zwillinge, doch wissbegieriger.
»Ich bin in Colorado aufgewachsen.«
»Wo ist denn das?«
»Wer kann es uns auf der Karte zeigen?«
Isabelle Purdy hob die Hand, ging zur Karte und deutete auf Colorado.

»Wie würdest du das nennen, wo es liegt?«
»Bitte?«
»In welchem Teil der Vereinigten Staaten – im Norden? Süden? Westen?«
Ein paar Hände fuchtelten aufgeregt in der Luft. Sie starrte auf die Karte, zuckte dann die Achseln und lächelte mir zu.
»Ich weiß es, Teacher, ich weiß«, schrie Jimmy Carew.
»Haben Sie in einer Großstadt gewohnt?«, fragte Elvira.
»Nein. Meine Familie hat immer in Bergwerksorten gelebt. Dort, wo man Kohle aus der Erde holt.«
»Macht man das genauso wie beim Gold?«
»Nein. Wenn man Kohle herausholen will, muss man tief in die Erde hinein einen Tunnel graben.«
»Das tun die Prospektoren hier auch manchmal«, erklärte Robert Merriweather.
»Die Schule, in die Sie gegangen sind, war die auch so wie unsere?«, wollte Isabelle Purdy wissen. Sie war von der gleichen Heiterkeit wie Fred und ihre Mutter, immer zu einem Lächeln bereit. Und sie war auch so makellos gekleidet wie ihre Mutter. Ihre schneeweiße Matrosenbluse hob sie aus den anderen Kindern heraus, die zumeist in denselben derben Latzhosen und Hemden zur Schule gekommen waren, die sie jeden Tag trugen, auch die Mädchen. Eine der Vaughn-Zwillinge hatte einen Schmutzrand, der halb über den Hals reichte. Da ist ein wenig Hygieneunterricht fällig, dachte ich.
»Ein bisschen ähnlich«, erwiderte ich. »Nur hatte jede Schulstufe ein eigenes Klassenzimmer.«

»Können Sie Ihre Zähne ausspucken?«, wollte Jimmys kleiner Bruder Willard wissen.
»Nein, das kann ich nicht. Kannst du es?«

»Mein Vater kann's«, teilte Willard mir stolz mit. »Er kann sie Ihnen auf der Zunge reichen.« Er deutete mir an, wie das vor sich ging.

»Mein Vater hat einen Kropf so groß wie ein Baseball«, prahlte Eleanor und wandte sich wieder zu ihrer Zwillingsschwester.

»Das stimmt«, nahm Evelyn sofort das Stichwort auf. Sie erinnerten mich an ein Komikerpaar in einer Show in Vaudeville.

Vor der Lunchpause gab ich meinen sechs älteren Schülern eine Probearbeit in Mathematik, und während sie daran arbeiteten, beschäftigte ich Willard und Joan damit, Figuren auszuschneiden und aufzukleben.

Nach der Pause ernannten wir Schüler für die verschiedenen Arbeiten – den Ofen betreuen, die Tafellappen säubern, das Klassenzimmer und den Abort fegen und die Fahne hissen und einholen.

Als wir mitten drin waren, bekamen wir einen unerwarteten Besuch. Onkel Arthur spazierte herein. Er trug einen langen, grauen Mantel, der vorn fast den Boden fegte, und er sagte, wir sollten fortfahren und uns nicht um ihn kümmern. Er blieb bei der Tür stehen und sah mit auf dem Rücken verschränkten Händen zu, während wir weitermachten.

»Haben Sie vielleicht einen übrigen Stuhl, Missis?«, fragte er schließlich.

Die Kinder schienen seine Anwesenheit ganz natürlich zu finden, und ich brachte es nicht über mich, ihn zu bitten, er möge gehen, also schickte ich ein Kind in meine Wohnung, um eine Sitzgelegenheit für ihn zu holen. Er setzte sich, faltete die Arme unter seinem Bart und sah eine Zeit lang zu. Er sagte nichts, bis ich ein paar Kinder hatte laut lesen lassen, dann fragte er: »Wann machen Sie Schönschreiben, Missis?«

»Vielleicht in zwei oder drei Tagen«, meinte ich.
»Ich könnte Ihnen eine Menge Verse zum Diktieren geben. Kann sie Ihnen gleich zeigen, wenn Sie wollen.«
»Ja, bitte, Teacher!«, rief Jimmy. »Die sind sehr lustig.«
Schönschreiben war nie meine Lieblingsbeschäftigung, vielleicht weil ich selbst keine schöne Handschrift hatte. Falls er dieses lästige Fach amüsant machen konnte, war ich durchaus dafür. Ich bat ihn also, gleich anzufangen.
Er öffnete ein Notizbuch. Dann schrieb er ein großes N auf die Tafel und rezitierte dabei im Singsang: »Mach eine Schlinge und geh hinunter, klettere dann wieder ganz hinauf, dann geh hinunter bis zum Boden und hör auf.« Er sprach noch ein paar andere Verslein für andere Buchstaben, und die Kinder waren begeistert. »Sehen Sie, das bringt den Schülern bei, schön zu schreiben.«
»Im Augenblick haben wir keine Zeit dafür«, sagte ich. »Aber ich wäre froh, wenn Sie mir die Verslein beibringen könnten.«
Er versprach, mir alle aufzuschreiben, dann ging er. Ich lobte die Klasse, weil sie während seiner Anwesenheit so brav gewesen war.
»Er und die anderen alten Knaben schauen immer mal rein«, teilte mir Jimmy mit. »Das macht ihnen Spaß. Sie verstehen – sie sind ein bisschen allein.«
Etwas später ging mir auf, dass ich vorsichtig sein musste, wie ich etwas erklärte. Jimmy fragte mich, warum alle zur selben Zeit zur Schule kommen und zur selben Zeit essen müssten. »Kann man es nicht dann tun, wenn man Lust dazu hat?«

»Wenn man das täte, dann wäre das Ganze eine Arena fürs Freistilringen«, sagte ich unbedacht.
»Was ist denn das?«, fragte Elvira.

Ich erklärte ihr, dass das ein Ringkampf auf einem Jahrmarkt sei, mit dem Erfolg, dass sie wissen wollten, was ein Jahrmarkt ist. Ich versuchte das zu erklären, aber ich fürchte, am Ende wusste niemand etwas, weder vom Freistilringen noch vom Jahrmarkt. Sie hatten das alles noch nicht gesehen, auch keinen Zirkus, den ich auch zu den Erklärungen herbeizog, sie kannten keine Clowns, keine Dschungeltiere, keine Akrobaten. Sie wussten nicht das Geringste von den Dingen, die den Kindern in Forest Grove selbstverständlich waren – sie kannten keine Radioprogramme, keine Flugvorstellungen, weder Kinos noch Automobile. Wenn ich anhand von Beispielen etwas erklären wollte, dann musste ich auf Dinge zurückgreifen, die ihnen vertraut waren, auf Goldwaschen und Fallenstellen, Schlittenhunde und die Jagd. Es interessierte sie überhaupt nicht, wenn ich über die Zukunft der Fliegerei oder des Radios sprach, außer ich erzählte ihnen, eines Tages würden Flugzeuge die Post bringen und in einem oder zwei Jahren könne man wohl auch hier in Chicken all das im Radio hören, worüber sich die Leute draußen unterhielten.

Noch etwas erkannte ich: dass ich mir keine Sorgen zu machen brauchte, ihre Aufmerksamkeit zu fesseln. Ihnen war alles neu, und sie hungerten danach zu lernen.

Ihr größtes Problem war das Lesen. Isabelle Purdy war das einzige Kind, das gut lesen konnte. Die übrige Klasse hatte Schwierigkeiten, aus dem Lesebuch für die dritte Klasse laut zu lesen. Die Vaughn-Zwillinge waren dreizehn, doch ihre drei Jahre jüngere Schwester las besser als die beiden. Einige Kinder waren mit der Mathematik der fünften und sechsten Klasse auf dem Laufenden – Robert Merriweather sogar mit dem Stoff der siebenten Klasse – die Lesefähigkeit jedoch war einfach katastrophal.

In Chicken war fast eineinhalb Jahre kein Lehrer gewesen, und abgesehen von Robert und Isabelle hatte keines der Kinder eine Ahnung von Geschichte und Geografie und Bürgerkunde. Ich musste irgendeinen Anknüpfungspunkt finden, mit dessen Hilfe ich sie für diese Gegenstände so interessieren konnte, dass sie sich dabei nicht langweilten. Doch ehe ich so weit kam, musste ich ihnen das Gefühl geben, eine Gemeinschaft zu sein und nicht nur ein Haufen Kinder, die zufällig im selben Zimmer saßen. Sie waren es nicht gewohnt, miteinander viel zu sprechen, jedenfalls nicht über Dinge außerhalb der Goldwäscherei, dem Fallenstellen und örtlichem Tratsch. Sie brauchten etwas, das sie zusammenschweißte und ihnen zeigte, was eine Gemeinschaft vermag.

Um drei Uhr dreißig, als der Unterricht vorüber war, hatte niemand Lust nach Haus zu gehen, und mir war das nur recht. Ich lud sie alle in meine Wohnung zu heißem Kakao und Plätzchen ein. Mit dem Kochherd kam ich noch immer nicht gut zurande. Die ständige Aufmerksamkeit, die er brauchte, das ständige Nachlegen, um eine gleichmäßige Temperatur zu erhalten, machte mich verrückt. Die Plätzchen jedoch waren recht gut gelungen.

»Oh, schaut nur das an!«, rief Elvira und bewunderte meinen Mantel. Er war aus Wildleder mit Schafwollfutter und Kragen und Manschetten aus Mufflon. Sie strich mit dem Finger den Ärmel hinab. »Fühlt sich gut an.«

Ihre Schwester Evelyn prüfte das Material fachmännisch zwischen Daumen und Zeigefinger und schüttelte den Kopf. »Das werden Sie hier nicht lang tragen können.«

»Warum nicht?« Der Mantel hatte 35 Dollar gekostet und war mein bestes Stück.

»Wenn der Winter kommt, wird er nicht warm genug sein.«

»Sie hat Recht«, stimmte Eleanor zu.

»Na und?«, fragte Elvira. »Deswegen ist er doch schön.«

Der Kakao war eben fertig, und ich begann ihn einzugießen, als Jimmy Carew rief: »Gehört der Ihnen, Teacher?«

Mir blieb fast das Herz stehen. Er hatte den nickelverzierten Revolver gefunden und zeigte ihn Robert und dem kleinen Willard.

Ich nahm ihn ihm aus der Hand, legte ihn im Cache auf das höchste Regal und schob ihn ganz nach hinten, sodass man ihn nicht sah.

Dann war der erste Schultag vorüber.

Eine Weile nachdem die Kinder gegangen waren, schaute Fred herein und fragte mich, wie es meiner Meinung nach gegangen war. Ich erwiderte, zuerst hätte ich schreckliche Angst gehabt, doch jetzt sei ich ganz optimistisch.

»Nur eines weiß ich nicht recht, nämlich wie ich aus ihnen eine Gemeinschaft machen soll.«

»Wie meinen Sie das?«

»Ich möchte ihnen das Gefühl geben, dass sie alle gemeinsam lernen, möchte irgendeine Aufgabe finden, an der sie alle zusammen arbeiten können. In den Staaten war das einfach. Da gingen wir ins Museum oder in eine Fabrik, und hinterher sprach man darüber, und die Kinder schrieben Aufsätze. Außerdem waren alle in derselben Schulstufe und hatten von vornherein viel Gemeinsames. Was ich brauche, ist, was wir Projekt nennen, etwas, woran sie alle gemeinsam arbeiten können, aber etwas aus ihrer Umwelt. Ich werde mit ihnen

Wanderungen in die Umgebung machen, doch das genügt nicht.«
»Sie könnten sie zu den alten Pionieren bringen.«
»Glauben Sie, das würde ihnen Spaß machen?«
»Den Kindern? Sie wären begeistert. Und die alten Männer auch.«
»Keine schlechte Idee. Ich muss dabei nur aufpassen, dass ich mich nicht verirre. Ich finde mich hier noch immer nicht zurecht.«
Er lachte. »Dann zeichnen Sie sich eine Landkarte.«
»Sagten Sie eine Landkarte?!«
»Mhm.«
Ich wäre ihm am liebsten um den Hals gefallen. »Damit haben Sie für mich ein Projekt gefunden.«
Ich wollte es ihm eben näher erklären, als es an der Tür klopfte. Es war Eleanor Vaughn. Dachte ich wenigstens. Sie sah Evelyn so gleich, dass ich sie noch nicht auseinander halten konnte. »Tut mir Leid, wenn ich störe, Teacher«, sagte sie. »Ich habe nämlich einen Fäustling verloren. Vielleicht liegt er im Schulzimmer.«
Wir suchten, doch da war nichts.
Erst später, als mir einfiel, wie ihr Vater am Abend zuvor zufällig hereingeschaut hatte, fiel mir die Sache auf. Beide Male war Fred bei mir gewesen. Es konnte natürlich Zufall sein, doch ich hatte das unbehagliche Gefühl, dass es keiner war. Ich versuchte mich zu erinnern, was die Zwillinge angehabt hatten, als sie zur Schule kamen. Sie wohnten direkt nebenan, und als ich eine Weile nachgedacht hatte, erinnerte ich mich, dass sie nur Sweater getragen hatten und keine von ihnen Fäustlinge.

7

Wenn etwas eine Klasse zu tüchtiger Arbeit anregt, dann ist es heller, lauter Gesang, bevor der Unterricht beginnt. Das hatte ich oft festgestellt, und auch diese Klasse bildete keine Ausnahme. Nachdem wir den Yankee Doodle und noch ein paar andere Lieder gesungen hatten, gab ich meinen beiden Anfängern entsprechende Aufgaben und einigen älteren Schülern Aufgaben zum Leseverständnis. Währenddessen übte ich mit Isabelle und Elvira das Dividieren mit Dezimalen.

Mittendrin fand Willard seine Arbeit plötzlich langweilig und erzählte der kleinen Joan Schaudergeschichten: dass sie nächstes Mal, wenn sie den Abort aufsuchte, von einem Bären gefressen werden würde, also musste ich die beiden vorübergehend auseinander setzen.

In der Mitte des Vormittags tauchte Mert Atwood auf. Er war noch stiller als Onkel Arthur und senkte jedes Mal, wenn ich zufällig in seine Richtung schaute, schüchtern den Blick. Er beobachtete Elvira, die an der Tafel eine Division mit Dezimalen ausführte, und als dann Robert, der älteste Junge, eine Aufgabe löste, hob er die Hand.

»Ja, Mr Atwood?«

»Mert.« Er rutschte verlegen herum.

»Also, Mert?«

»Warum ist das nicht aufgegangen?«, fragte er und deutete auf die Tafel.

»Das ist eine Division mit einem Rest«, erklärte ich ihm. »Da bleibt ein Bruch über.«

Er blieb bis zur Mittagspause. Das Beispiel stand noch immer auf der Tafel, und er ging hin und besah es aus der Nähe. »Ist das leicht zu lernen?«, fragte er mich.

»Ein Kinderspiel.«

»Hab mir immer gewünscht, das zu können. Immerzu, aber nie Gelegenheit gehabt.«

»Kommen Sie einmal nach der Schule, dann zeig ich's Ihnen.«

»Kann sein, dass ich komme. Kann leicht sein.«

»Sie könnten mir auch einen Gefallen tun.«

»Was für einen?«

»Könnten Sie mir eine einfache Landkarte von Chicken und Umgebung zeichnen? Hier an der Tafel – und dort dicke Punkte machen, wo die Kinder der Klasse wohnen?«

Er machte sich sofort daran. Er zeichnete Chicken Creek ein und auch die beiden anderen Bäche, an denen Joan und Robert wohnten. Nach dem Lunch erzählte ich der Klasse von dem Projekt, das mir vorschwebte.

»Daran können wir alle gemeinsam arbeiten«, sagte ich. »Wir werden eine Landkarte von Chicken anfertigen, ähnlich wie diese da, nur viel größer. Wir werden zusammen eine ganze Wand damit bedecken. Ihr könnt alle eine Zeichnung von eurer Hütte machen, die kleben wir dann an der richtigen Stelle darauf.«

Die Idee, ihre Wohnung und ihren Namen an der Wand anzubringen, wo jeder sie sehen konnte, gefiel ihnen. »Aber das ist nur ein Teil des Projekts«, fuhr ich fort. »Wir werden versuchen, alles über Chicken herauszubekommen – seine Geografie, seine Geschichte, was hier wächst, was hier hergestellt wird, mit einem Wort, alles. Später machen wir dann dasselbe mit anderen Orten.«

»Aber über Chicken gibt es nichts zu sagen«, warf Jimmy ein.

»Oh, es gibt ein Dutzend Dinge, die ich gern wüsste. Zum Beispiel, weiß jemand von euch, wo der Name herkommt?«

Niemand wusste es, also wies ich Robert Merriweather an, im Ort herumzufragen und darüber einen Bericht zu schreiben. Ja, er würde es tun, sagte er. Dann beschlossen wir, am nächsten Tag mit der Feldarbeit zu beginnen und Blätter und Steine und andere interessante Dinge zu sammeln.

Als die Kinder nach der Schule nach Haus gingen, wartete eine rundliche Indianerin auf der Veranda. Sie war in einen hellblauen, aus einer Decke gearbeiteten Mantel gehüllt, und sie hatte ein kleines Mädchen bei sich. »Wie geht, Tisha?«, sagte sie. »Ich heiße Rebekah Harrin'ton. Ich Sie sprechen möchte.«

»Ich freue mich, Sie kennen zu lernen«, sagte ich. »Kommen Sie herein.«

»Dies ist mein Kind«, sagte sie, als wir im Zimmer waren. »Lily, Lily, sag schön wie geht.«

Lily lugte unter einem spitzen Hut aus Wolfspelz hervor, der so in die Stirn gezogen war, dass ich kaum ihre Augen sehen konnte.

»Wie geht«, sagte sie. Sie war reizend.

Mrs Harrington legte eine Papiertüte auf den Tisch und nahm ein paar Pfund getrockneten Lachses heraus. »Für Sie. Geschenk.«

»Danke vielmals. Ich wollte eben Tee machen. Möchten Sie auch welchen?«

»Ich mag, ja.« Ich nahm ihr den Mantel ab. Sie setzte sich hin und lupfte den Rock ein wenig. Darunter kamen noch ein paar

Röcke zum Vorschein. »Eine schöne Wohnung haben Sie«, lobte sie.

»Das ist Fred Purdys Verdienst.«

»Ja, Fred guter Junge, Sie können sicher sein. Ganze Purdy-Familie gut. Alle mögen sie.«

Es dauerte ein paar Minuten, bis sie zum Zweck ihres Besuchs kam. Es war genau das, was ich gehofft hatte. Sie wollte Lily in die Schule einschreiben. »Haben Sie dann nicht zu viele Kinder?«

»Aber nein. Ich habe zu wenige. Wie alt ist Lily?«

»Vier. Er fünf im Jan'ar.«

Als sie »er« sagte, warf ich wieder einen Blick auf Lily, um mich zu vergewissern, dass sie ein kleines Mädchen war. Sie war ein Mädchen.

»Sie ist noch ein wenig jung«, sagte ich. »Aber ich hoffe, es wird gehen.«

»Oh, er ist ein kluges Kind, Lily«, versicherte sie mir. »Lernt wie Teufel. Schreibt schon A, B, F, P, viele Alphabete. Mein Mann Jake bringt es ihr bei.« Plötzlich wurde sie traurig. »Nur eine Sache, Tisha. Lily hat Angst, allein Schule gehen. Braucht immer Mama.«

»Dann setzen Sie sich zu ihr, bis sie sich eingewöhnt hat.«

»Ehrlich?«

»Ehrlich.« Wo dauernd alte Männer herumsaßen, konnte doch niemand etwas gegen eine Mutter in der Schulbank finden?

Sie lachte über das ganze Gesicht. »Du teufelverdammte gute Kerl, Tisha. Morgen ich kommen mit Lily.«

Am nächsten Morgen waren sie unter den Ersten, die zur Schule kamen. Nach dem Treueschwur zur Fahne teilte ich der Klasse mit, dass Lily ihre neue Mitschülerin sei. »Sie ist ein bisschen schüchtern«, fügte ich hinzu. »Ich möchte also, dass ihr zu ihr besonders nett seid!«

»Und was ist mir ihr?«, rief Jimmy Carew und zeigte auf Rebekah. »Geht sie auch in die Schule?«

»Ja, aber nur bis Lily sich eingewöhnt hat und den Weg allein machen kann.«

Einige kicherten.

»Passt euch etwas nicht?«, fragte ich, doch niemand sagte etwas. Ich dachte nicht weiter darüber nach, und sobald wir mit der Arbeit begannen, richtete auch die Klasse ihre Aufmerksamkeit auf andere Dinge. Doch am nächsten Tag richtete Evelyn Vaughn mir von ihrem Vater aus, der Schulrat wünsche eine Sitzung gleich nach dem Unterricht.

Die drei kamen mit ernsten Gesichtern in meine Wohnung: Maggie Carew, Angela Barrett und Mr Vaughn. Es erstaunte mich, Angela im Rat zu sehen, da sie keine Kinder hatte. Ich fragte sie, ob sie Tee oder Kaffee wollten, doch sie lehnten beides ab. Also saßen wir vier um den Tisch, und Mr Vaughn klopfte mit den Fingerknöcheln darauf. »Die Sitzung beginnt.« Sie stellten mir einige Fragen zu dem, was ich bis jetzt getan hätte, und ich erzählte ihnen von dem Projekt. Es schien sie nicht besonders zu beeindrucken. Mr Vaughn kam sofort zur Sache. »Wie ist das möglich, dass Sie diese Indianerin in die Schule kommen lassen?«

»Mrs Harrington? Sie sitzt nur bei Lily.«

»Hat sie Ihnen das gesagt?«

»Sie meinte, Lily fürchte sich allein zu kommen, also sagte ich, sie dürfe neben ihr sitzen, bis die Kleine sich daran gewöhnt hat.«

»Nun, uns ist das nicht recht«, erklärte Angela scharf.

»Sie stört die Klasse überhaupt nicht«, erwiderte ich. »Sie ist still wie ein Mäuschen.«

»Wir wollen, dass Sie sie hinausschmeißen«, erklärte Angela noch schärfer.

»Und den Fratzen auch«, fügte Mr Vaughn hinzu.

Ich war fassungslos. »Lily? Aber warum?«

»Sie ist zu jung. Kinder müssen über fünf und unter sechzehn sein, wenn sie in diese Schule gehen wollen. Das wissen Sie doch.«

»Ja, ich weiß, aber ist das wirklich so wichtig?«

»Uns ist es wichtig«, erklärte Mr Vaughn. »Sie haben genug zu tun, unsere eigenen Kinder ordentlich zu unterrichten, statt Ihre Zeit auf eine kleine Sai-wash zu verschwenden, die nicht hierher gehört.«

»Ich glaube nicht, dass es schaden kann, wenn sie zur Schule kommt«, sagte ich zu Maggie Carew. Sie hatte bis jetzt kein Wort verlauten lassen, und mir schien, sie sei empfänglicher als die beiden anderen. »Sie ist ein gescheites kleines Ding, und ganz davon abgesehen – wir haben nicht die erforderliche Anzahl Schüler. Es müssten mindestens zehn sein, und wir haben nur acht.«

»Das Gesetz sagt, diese Schule ist für Kinder von fünf bis sechzehn«, fiel Mr Vaughn ein, bevor Maggie antworten konnte. »Und Gesetz ist Gesetz. Stimmen wir darüber ab. Ich erkläre, dass Lily Harrington, weil sie zu jung ist, aus der Schule gewiesen wird. Welche Meinung habt ihr beiden?«

»Ich stimme auch dafür«, sagte Angela.

»Maggie?«

»Sie haben ohnehin schon die Mehrheit«, sagte Maggie. »Was brauchen Sie da noch meine Stimme?«

»Ich hätte gern Einstimmigkeit.«
»Ich bin durchaus dafür, dass man Rebekah hinauswirft«, sagte sie, »aber das Kind ist mir egal.«
»Also enthalten Sie sich der Stimme?«
»Ja.« Sie schien sich bei der ganzen Sache nicht wohl zu fühlen. »Sie haben Ihre Weisungen empfangen«, sagte Mr Vaughn zu mir. »Sehen Sie zu, dass sie ausgeführt werden.«
Als sie gegangen waren, saß ich noch lange da und dachte über die Sache nach. Kaum zu glauben, dass Menschen sich so verhalten können. Nur weil jemand Indianer war. Ich schämte mich für sie. Und ich schämte mich auch meinetwegen. Wenn ich ein bisschen Zivilcourage hätte, wäre ich nicht still gewesen, sondern hätte ihnen gesagt, was ich von ihnen hielt. Aber ich hatte geschwiegen und mich in die Enge treiben lassen, weil ich neu war und mich vor ihnen fürchtete. Jetzt musste ich Mrs Harrington beibringen, dass ihr kleines Mädchen nicht zur Schule kommen dürfe.
Am nächsten Tag bat ich sie, nach der Schule dazubleiben, und sagte es ihr. Als ich den Ausdruck ihres Gesichts sah, wünschte ich mich tausend Meilen weit weg. Sie wusste genauso gut wie ich, warum der Schulrat Lily nicht zu Schule kommen lassen wollte, doch sie sagte nur: »Er so sehr gern zur Schule gegangen, mein Lily.«
»Ich weiß. Und ich werde dem Bezirksschulinspektor deswegen schreiben, Mrs Harrington. Ich werde ihn fragen, ob er in Lilys Fall nicht eine Ausnahme machen kann. Ich bin überzeugt, er wird. Inzwischen können Sie, wenn Sie wollen, Lily ein paar Mal in der Woche nach der Schule zu mir bringen, dann gebe ich ihr Stunden.«
»Das werden Sie tun?«

»Und gern auch noch dazu. Sagen wir immer Montag und Donnerstag nach der Schule. Auch Sie selbst können mitlernen.«

Sie lächelte. »Tisha, Sie machen mich groß und sehr glücklich. Wir kommen werden.« Als sie ging, strahlte sie.

Damit war die Sache jedoch noch nicht erledigt.

Am nächsten Morgen, als wir mit Singen fertig waren, kamen Rebekah und Lily wieder, und mit ihnen kam ein großer derber Mann, Rebekahs Gatte Jake, und ich sah auf den ersten Blick, dass das Barometer auf Sturm stand. Doch er war so nett wie möglich, nahm den Stetson-Hut ab und erklärte, er freue sich, mich kennen zu lernen. Dann fragte er, welches verdammte Wildschwein gesagt habe, sein kleines Mädchen dürfe nicht zur Schule gehen.

Ich führte ihn in meine Wohnung und erklärte ihm alles.

»Aha, der Schulrat … Nun, kleines Fräulein, ich glaube nicht, dass Sie etwas dagegen haben, mein kleines Mädchen etwas lernen zu lassen.«

»Aber nicht das Geringste.«

»Dann bleiben Sie jetzt ruhig hier, und ich werde mich ein bisschen mit dem Schulrat unterhalten.«

Er stapfte aus meiner Wohnung und ging geradewegs ins Nebenhaus zu Mr Vaughn. Vom Klassenzimmer aus konnten wir alles hören, was vor sich ging. Er hämmerte mit den Fäusten an die Tür, und was dann folgte, war vermutlich die gewaltigste Schimpforgie, die ich hörte, seit ich ein kleines Mädchen in Blazing Rag war. Sie begann damit, dass er Mr Vaughn einen räudigen, von Würmern zerfressenen Bastard von Speichellecker nannte. Von Satz zu Satz wurde er deftiger und einfallsreicher. Die ganze Zeit über verhielt sich die Klasse mucksmäuschenstill. Wir konnten nichts tun, als ihn bewundern. Manchmal legte er dazwischen eine kleine Pause ein, doch im Großen und Ganzen ging die Schimpfkanonade fünf Minuten lang weiter, ohne dass er ein einziges Wort wiederholte. »Also, du schmerbäuchiger, kläffender, schielender Sohn einer Hündin«, schloss er schließlich. »Geht mein kleines Mädchen jetzt in die Schule oder nicht?«

Mr Vaughns Antwort hörten wir nicht, doch keine zehn Sekunden später stolzierte Mr Harrington, rot wie der geräucherte Lachs, den Mrs Harrington mir gebracht hatte, wieder herein.

»Kleines Fräulein«, sagte er zu mir. »Mr Vaughn hat gesagt, wenn Sie nichts dagegen haben, wird es dem Schulrat eine Freude sein, Lily in Ihrer Schule zu haben.«

Er hatte sogar daran gedacht, den Hut abzunehmen.

»Es ist mir eine Freude, Mr Harrington.«

»Na, und was ist mit dir?«, fragte er Rebekah. »Hilfst du mir, die Schleuse zu entleeren, oder hockst du noch eine Weile hier?«

»Ich kommen dir helfen, Jake«, erklärte sie stolz.

»Schön, dann mach dich auf, meine Gute. Wir haben viel Arbeit.«

Wäre ich allein gewesen, ich hätte ein paar Luftsprünge gemacht. Es hätte nicht besser kommen können, wenn ich es geplant hätte. Lily war in der Schule, Mr Vaughn hatte seinen Teil abgekriegt, und ich hatte einen Rückhalt gegenüber dem Schulrat.

Die nächsten Tage lief alles glatt. Die Idee mit der Landkarte von Chicken gefiel der Klasse. Es gab uns Gelegenheit, über alle möglichen Landkarten zu sprechen, Karten von vergrabe-

nen Schätzen, Weltkarten, Wetterkarten und Karten von Bodenschätzen. Wir kamen zu dem Schluss, da wir ja eine ganze Wand zur Verfügung hatten, nicht nur aufzuzeigen, wo jeder wohnte, sondern auch einige Dinge mit an der Wand anzubringen, die wir bei unseren Gängen durch die Landschaft gefunden hatten. Wir pflegten von unseren Ausflügen beladen mit Schätzen zurückzukommen: Blätter von Birken und vom Baumwollbaum, von Weiden und Erlen und viele Steine. Elvira Vaughn hatte sogar ein Stück schwarzen Siliziums mit einer versteinerten Muschel darin gefunden. Aus den Dingen, die wir nicht auf der Karte zur Schau stellten, würden wir Bücher machen. Bücher über Blätter, über Pelze, solche mit Tierbildern und andere über Nahrungsmittel. Das Projekt begann Gestalt zu gewinnen. Wir kamen überein, sobald es fertig war, ganz Chicken einzuladen, es zu besehen. Die Klasse war so begeistert davon, dass es mir schwer fiel, die Kinder wieder zur normalen Arbeit zurückzubekommen.
Robert Merriweathers Bericht war bestens gelungen, und ich heftete ihn an die Wand.

Wie Chicken zu seinem Namen kam

Chicken erhielt seinen Namen von den ersten Prospektoren in dieser Gegend. Es gab hier eine Menge Schneehühner, und die Goldgräber dankten Gott dafür, denn sie litten Hunger. So dankbar waren sie, dass sie den Ort mit dem englischen Namen für Schneehuhn, Ptarmigan, benennen wollten, doch sie wussten nicht, wie man das schreibt. Also wählten sie das Wort dafür, das ihnen aus Amerika am bekanntesten war, nämlich Chi-

cken. So sagte jedenfalls Onkel Arthur, Mert Atwood behauptet, das stimmt nicht, sondern Chicken hat seiner Meinung nach seinen Namen deshalb, weil man hier Goldkörner so groß wie Hühnermais fand.
Ich denke, die ganze Wahrheit wird man nie herausbekommen.

Innerhalb weniger Tage war aus der Klasse eine Gemeinschaft geworden, und das Schulzimmer sah anders aus: Bilder und Aufsätze an der Wand, die Gesteinsammlung auf einem Regal und auf einem Fensterbrett in alten Konservendosen ein kleines Kräutergärtlein. Natürlich gab es auch verschiedene Schwierigkeiten. Da so viele Gruppen im selben Raum verschiedene Dinge taten, musste es natürlich zu Streitereien kommen. Wenn meine drei Anfänger unruhig waren, erregten sie überall Anstoß. Willard neckte dann die anderen Kinder oder er jagte Lily und Joan Angst ein, indem er ihnen einredete, in der Nacht würde ein Wolf in ihre Hütte kommen und sie fressen. Dann fingen sie zu weinen an, störten die anderen, und ich musste irgendeine amüsante Beschäftigung für sie finden, sie etwas ausmalen lassen zum Beispiel, oder ich schickte Willard für ein Weilchen nach Haus.
Ein weiteres Problem waren die ständigen Unterbrechungen. Jeder im Ort oder in der Umgebung war der Ansicht, die Schule sei jederzeit der Öffentlichkeit zugänglich. Mr Strong hatte im Ort herumgesagt, dass ich den Schlüssel zum Laden habe, also kamen alle Augenblicke Leute herein, die etwas kaufen wollten. Wenn es jemand wie Angela war, der im Ort lebte, konnte ich bitten, nach der Schule wieder zu kommen, doch ein paar Mal kamen Leute von ziemlich weit her, Joe zum Bei-

spiel, und ich musste die Kinder allein lassen. Schließlich heftete ich einen Anschlag an die Schultür, der besagte, dass während der Schulstunden nichts im Laden geholt werden konnte.

❋

Am Freitag kam wieder einmal einer der alten Knaben. Er hieß Ben Norvall und hatte mit dem herabhängenden Schnurrbart das verrunzelte Gesicht eines alten Basset-Hundes. Er war der wortgewandteste Mann, den ich je getroffen hatte. Er konnte seitenweise Shakespeare hersagen und erbot sich, uns die gesammelten Werke des Dichters zu leihen, wenn wir versprächen, gut darauf aufzupassen. Er erzählte den Kindern sogar die Geschichte von Macbeth, und sie lauschten wie verzaubert. Das einzig Unangenehme an ihm war, dass er höchst ungepflegt aussah und entsetzlich roch. Ich sprach mit Maggie Carew über ihn, und sie riet mir, ihn nicht mehr hineinzulassen. »Wenn Sie es trotzdem tun, machen Sie für uns andere alles kaputt. Niemand lässt ihn ins Haus, bis er die Kleider, die er anhat, verbrennt und ein Bad nimmt. Und das wird er nie tun, solang er noch irgendwo hineingelassen wird!«
Als die erste Woche um war, hatte ich ich ein recht gutes Gefühl. Soweit ich es beurteilen konnte, waren die Kinder an ihrer Arbeit wirklich interessiert, und sie kamen gern in die Schule. Die einzige Schwierigkeit, die ich sah, war, wie ich Robert in Mathematik unterrichten sollte. Er war darin ziemlich gut, und ich würde mich ordentlich anstrengen und selbst lernen müssen, damit er meine Kenntnisse nicht überflügelte.

Abgesehen davon fühlte ich mich ziemlich optimistisch.
Ich hätte es nicht sein sollen, denn schon am Montag gab es wieder Schwierigkeiten mit dem Schulrat. Diesmal wegen

Chuck. Er tauchte Montagmorgen ungefähr eine Viertelstunde vor Schulbeginn auf. Robert hatte schon im Ofen Feuer angezündet, und ich war in meiner Wohnung und machte das Bett. Jimmy Carew ließ auf der Veranda einen Ball springen und unterhielt sich dabei mit den Vaughn-Mädchen. Plötzlich hielt er inne, und es herrschte völlige Stille, bis Jimmy sagte: »Woher kommst denn *du*?«

»Aus der Läusestadt«, sagte Evelyn Vaughn.

»Wer ist er denn?«, fragte Jimmy Evelyn.

»Das Kind von Mary Angus.«

»Sprichst du Englisch?«, fragte Jimmy ihn.

»Yiss.« Das war Chucks Stimme.

»Was suchst du denn hier?«

»Komm in Schule.«

»Hölle und Teufel, nein!«, rief Evelyn. »Dies ist eine weiße Schule.«

»Ich hier kommen.«

»Wer sagt das?«

»Tisha, sie sagen, ich kommen.«

»Tisha? Wer zum Teufel ist Tisha?«

»Er meint Teacher.«

Ich ging hinaus. »Guten Morgen allerseits«, rief ich. »Hallo, Chuck, nett, dass du endlich kommst. Wie geht es dir?«

Er senkte den Kopf und murmelte: »Gut.«

Er sah alles andere als gut aus. Er wirkte magerer denn je, und seine Lippen waren aufgesprungen. Auch die Kleidung verbesserte den Eindruck nicht. Sein dicker Mantel war so klein geworden, dass die Handgelenke hervorsahen, und die langen Hosen waren so groß, dass die Hosenbeine vom Nachschleppen auf dem Boden zerfetzt waren.

Da es draußen so kalt war, dass sich am Rand des Flusses Eis gebildet hatte, sprachen wir den Treueschwur zur Fahne im Schulzimmer. Nach dem Singen stellte ich Chuck vor, wies ihm einen Platz an und teilte allen eine Arbeit zu. Sobald alle beschäftigt waren, nahm ich mir Chuck beiseite und ließ ihn aus einem Lesebuch für die zweite Klasse vorlesen. Das ging nicht allzu gut, wurde jedoch sofort besser, als ich ihm stattdessen ein Lesebuch für die erste Klasse gab. Auch seine Rechenkünste waren nicht schlecht.

An diesem Vormittag war die Klasse sehr unruhig. Die meisten Kinder warfen einander ständig Chucks wegen Blicke zu. Ein paar Mal traf ihn ein zusammengedrehtes Papierkügelchen, doch ich sah nie, wer der Täter war.

Während der Pause wollten die älteren Kinder »Mit dem Ball abschießen« spielen. Wir zeigten Chuck, wie das geht, dann nahm ich meine drei Kleinen ein wenig zur Seite und spielte mit ihnen. Schon nach ein paar Minuten endete das Ballspiel in einem Chaos. Ich merkte es erst, als es zu spät war. Chucks Nase blutete, und er weinte. Sie hatten ihn zum Opfer des Abschießens gemacht. Ich nahm ihn in meine Wohnung, und als das Bluten aufgehört und ich ihn gesäubert hatte, rief ich alle herein. »Wer hat angefangen, so grob zu sein?«, fragte ich Robert.

»Niemand«, gab er zurück. »Wir haben es alle getan.«

»Ich wundere mich über dich. Du hättest einen Riegel vorschieben müssen.«

»Ich kann nichts dafür. Sie wollen ihn nicht.«

»Wer sind ›sie‹?«

Er gab keine Antwort.

»Ich werde euch etwas sagen – euch allen. Wer auch immer

diese ›sie‹ sind, wenn ›sie‹ es noch einmal tun, dann bekommen ›sie‹ es mit mir zu tun. Verstanden?«

Als ich mit den älteren Kindern Wortschatzübungen machte, gab ich Evelyn Vaughn die Aufgabe, das Wort »intelligent« in einem Satz zu verwenden.

»Sai-washes sind nicht sehr intelligent«, gab sie prompt zur Antwort. Einige ältere Kinder kicherten.

»Kannst du mir sagen, was das Wort ›Sai-wash‹ bedeutet?«

»Natürlich. Das ist ein dreckiger, verwahrloster, verlauster Indianer.«

Erneutes Kichern. Ich hätte sie erwürgen mögen. »Es gibt gewisse Wörter«, sagte ich, »die ich in diesem Schulzimmer nicht hören möchte, und dazu gehört auch Sai-wash.«

»Was ist daran so schlecht?«, fragte Jimmy. »Das sagen doch alle.«

»Es ist ein gemeines Wort – wie Nigger oder Dreckjude und noch ein paar andere. So, Eleanor«, fuhr ich fort, »mach du mir jetzt einen anderen Satz mit ›intelligent‹.«

»Kann ich sagen, Indianer sind nicht sehr intelligent?«

»Glaubst du das wirklich?«

»Natürlich.«

»Alle Indianer?«

Sie nickte.

»Und was ist mit den Leuten, die teilweise Indianerblut haben?«

»Sie meinen die Bastarde? Die sicher auch nicht.«

»Dann muss ich dir sagen, dass meine eigene Großmutter Indianerin war. Also bin ich auch ein Bastard. Findest du, dass mir die Intelligenz fehlt?«

Eleanor rutschte unruhig herum. »Nein.«

»Stimmt das wirklich, Teacher?«, fragte Jimmy.
»Ja, natürlich.«
»Welche Art Indianerin war sie?«, wollte Elvira wissen.
»Eine Kentuck.«
»Nie gehört.«
»Sie sind genau wie alle anderen Stämme auch – Komanchen oder Sioux, ein Indianerstamm.«
»Na ja«, warf Jimmy ein. »Die sind amerikanische Indianer. Und die sind ganz anders als unsere hier.«
»Warum?«
»Es ist eben so.«
»Wenn sie verschieden sind, dann nur unbedeutend. Indianer sind Indianer, sie sind alle von einer Rasse.«
»War Ihre Großmutter wie die Indianer hier?«
»Ich werde euch die Wahrheit sagen. Wenn ihr sie hier in einem Indianerdorf sehen würdet, ihr würdet sie für eine von ihnen halten.«
»Wie gibt's das denn, dass Sie nicht indianisch aussehen?«
»Wohl, weil ich meinem Großvater nachgeraten bin. Er war ein Weißer.«
»Deshalb also sind Sie so gescheit, dass Sie Lehrerin sein können.«
»Nicht unbedingt. Meine Großmutter war sehr gescheit. Viele Leute haben sogar gesagt, sie sei gescheiter als mein Großvater.«
Bis dahin hatte Robert Merriweather geschwiegen. Jetzt hob er die Hand. »Wenn Ihre Großmutter eine Indianerin war«, folgerte er, »dann war Ihr Vater ein Mischling.«
»Du hast Recht. Aber soll ich dir etwas sagen? Da, wo ich herkomme, kümmerte sich niemand darum. Im Gegenteil, wenn

jemand hörte, ich hätte indianisches Blut, dann fand er das höchst interessant … So, aber jetzt an die Arbeit. Aber vergesst bitte nicht, es ist egal, welcher Rasse jemand angehört, ob er Indianer oder Ire oder Neger oder sonst etwas ist. Es sind alles Menschen.«

Als die Schule aus war, drückte Chuck sich noch eine Weile herum. »Du Wahrheit sagen, Tisha?«, fragte er mich. »Du Indianerin?«

»Teilweise, ja.«

»Du machen Mokassins?«

»Nein, das kann ich nicht.«

»Fisch zerschneiden?«

»Kann ich nur ganz schlecht.«

»Fallen stellen?«

»Das kann ich überhaupt nicht.«

Er überlegte das eine Weile. »Komische Indianerin«, murmelte er. Elvira Vaughn klopfte an diesem Abend gleich nach dem Abendessen an die Tür. Sie war schrecklich verlegen. »Ich soll Ihnen von meinem Vater ausrichten, dass ich und meine Schwestern morgen nicht in die Schule kommen«, stammelte sie.

»Warum?«

»Mein Vater sagt, Sie werden schon wissen, warum.«

In dieser Nacht schlief ich nicht allzu gut, und am nächsten Morgen stand ich um fünf Uhr auf. Ich wusch ein paar Sachen, nur um mich zu beschäftigen, und brachte Holz herein. Als Robert um halb neun kam, um einzuheizen, war ich im Klassenzimmer, schrieb Aufgaben an die Tafel und lauschte auf

Schritte. Um viertel vor neun kamen Isabelle Purdy und Joan Simpson an, gerade als ich zum ersten Mal läuten wollte. Ein paar Minuten später brachte Mrs Harrington ihre Lily, und gleich darauf kam Chuck. Die Vaughn-Mädchen kamen tatsächlich nicht, ebenso wenig Willard und Jimmy. Um neun ging ich hinaus und läutete die Glocke für Nachzügler, doch es war niemand in Sicht. Im Ort herrschte völlige Ruhe.

In der Pause sah ich Willard und Jimmy beim Gasthaus spielen. Ich beschloss, hinüberzugehen und mit ihnen zu sprechen, doch als ich einen Schritt in ihre Richtung machte, verschwanden beide im Haus. Ich versuchte, alles so fortzuführen, als wäre es ein ganz normaler Tag, doch ich brauchte nur auf die fünf leeren Stühle zu schauen und fühlte mich elend. Nach der Schule saß ich wohl eine Stunde beim Tee und überlegte, was ich tun sollte. Endlich zog ich einen Sweater über und ging hinüber zu den Vaughns. Mr Vaughn öffnete die Tür. »Könnte ich ein paar Minuten mit Ihnen sprechen?«, fragte ich.

»Worüber?«

»Dass die Mädchen heute nicht in der Schule waren.«

»Na und?«

»Nun, dass sie nicht krank sind, weiß ich. Also möchte ich wissen, warum sie fehlten.«

»Ich habe sie zu Haus behalten.«

»Werden sie morgen zur Schule kommen?«

»Mal sehen«, erwiderte er. Dann schloss er die Tür.

Ich stand da vor der verschlossenen Tür und fühlte mich wie ein kleines Mädchen, das etwas Fürchterliches angestellt hat.

Ich machte ein paar Schritte zum Gasthaus hinüber, überlegte es mir dann. Ich hatte einfach nicht den Mut, wieder in ein Gesicht zu blicken, das mich ansah, als wäre ich ein Stein. Also ging ich zurück in meine Wohnung und starrte eine Stunde lang die Wände an.

Ich hatte nichts verbrochen, und trotzdem fühlte ich mich schuldig. Dabei waren die anderen die Schuldigen – Maggie und Angela und Mr Vaughn. Sie hatten ganz und gar Unrecht. Sie hatten ganz einfach nicht das Recht, Chuck oder Lily oder sonst ein Kind von der Schule fern zu halten, nur weil sie so ein Kind für den letzten Dreck hielten. Eine ganze Menge Leute hatten mich für Dreck gehalten, als ich ein Kind war. Ich erinnerte mich gut an eine Lehrerin, die jene Kinder vorzog, die schön gekleidet zur Schule kamen. Die rief sie immer auf und lächelte ihnen zu, während sie die armseligen, wie ich eins war, sozusagen mit gerümpfter Nase betrachtete. Sie hängte mir sogar einmal, als bei der schulärztlichen Untersuchung Läuse auf meinem Kopf gefunden worden waren, eine Tafel um, auf der »Schmutzig« geschrieben stand und verbannte mich den ganzen Tag in eine Ecke. Dabei hatte ich mir das Ungeziefer von Nachbarskindern geholt, mit denen ich gespielt hatte, und vorher war mein Kopf immer rein gewesen. Aber diese Behandlung vergesse ich mein Leben lang nicht. Auch nicht diese Lehrerin. Von da an hasste ich sie.

Ich versuchte, mir vorzustellen, was Miss Ivy jetzt tun würde, aber dabei kam nichts heraus. Sie war nicht der Mensch, dem man so mitspielen konnte. Sie wäre sofort zu Mr Vaughn und Mrs Carew gegangen und hätte ihnen klipp und klar gesagt, sie wünsche die Kinder am nächsten Tag in der Schule zu sehen, Punktum, und damit wäre die Sache erledigt gewesen. Als es Zeit fürs Abendessen wurde, konnte ich ans Essen nicht einmal denken. Ich beschloss, nach der Essenszeit zu Maggie zu gehen und mit ihr zu sprechen. Der Gedanke, noch einen Tag

oder vielleicht sogar mehrere mit nur der Hälfte der Schüler durchzustehen, war mir unerträglich.
Doch Maggie ersparte mir die Mühe. Kurz vor sechs klopfte Jimmy an die Tür. »Meine Mutter lässt fragen, ob es in Ordnung geht, wenn der Schulrat nach dem Essen herüberkommt?«
»Natürlich. Sag ihr, halb acht wäre ausgezeichnet.«
Bevor halb acht herankam, probte ich ein halbes Dutzend Gespräche mit dem Schulrat, und wenn ich imstande gewesen wäre, auch nur die Hälfte der Dinge zu sagen, die ich mir ausgedacht hatte, würde ich einen Rednerpreis kriegen. Ich warf ihnen Zitate aus der Unabhängigkeitserklärung, aus den Menschenrechten und den Zehn Geboten an den Kopf, und endete mit ein paar wunderschönen Sätzen über das eingeborene Recht aller Amerikaner auf Bildung. Doch als die drei hereinkamen, war meine Zunge ebenso gelähmt wie am ersten Schultag. Ihre Gesichter waren finster. Sie lehnten ab, als ich Tee anbot.
Ich hatte besonders warm eingeheizt, damit sie sich nur ja behaglich fühlen sollten. Angela Barrett zog sofort den Sweater aus, und mir fielen fast die Augen aus dem Kopf. Ihre Arme waren so tätowiert, dass sie aussahen wie eine Gemäldegalerie.
»Ich habe das Protokoll von der letzten Versammlung vorbereitet«, sagte Mr Vaughn und öffnete ein Schulheft. »Ich werde es verlesen.«
»Überflüssig«, sagte Maggie.
»Es ist Vorschrift, dass das Protokoll verlesen wird«, erklärte Mr Vaughn.
»Wozu?«, fragte Maggie. »Wir wissen ohnehin, was wir gesagt haben.«

»Bringen Sie einen Antrag ein, dass wir darauf verzichten?«
»Verzichten darauf oder kochen oder braten wir es, mir ist's egal. Kommen wir zur Sache.«
Mr Vaughn räusperte sich.
»Wir wollen wissen, mit welcher Berechtigung Sie Joe Temples Bastard in die Schule aufgenommen haben.«
»Mit genau derselben Berechtigung wie jedes andere Kind, Mr Vaughn.«
»Er gehört nicht hierher. Wenn Sie nicht so ein Tschitschako wären, wüssten Sie das. Er gehört in die Schule im Indianerdorf.«
»Zufällig lebt er jetzt nicht im Indianerdorf.«
»Das hat damit nichts zu tun. Er gehört nicht in dieselbe Schule wie unsere Kinder.«
»Ich möchte mit Ihnen nicht streiten, aber ich sehe nicht ein, mit welcher Berechtigung Sie ihn fern halten wollen.«
»Dem Gesetz zufolge ist diese Schule offen für – ich zitiere – ›weiße Kinder und Kinder gemischten Blutes, die ein zivilisiertes Leben führen‹. Ich nehme an, Sie kennen das Gesetz.«
»Aber natürlich«, log ich.
»Dann wissen Sie also, dass hier die Berechtigung liegt: ›Kinder gemischten Blutes, die ein zivilisiertes Leben führen‹. Dieser Junge ist nicht zivilisiert. Kein Indianer aus diesem Dorf ist es.«
Jetzt, wo ich allen dreien gegenüberstand, fühlte ich mich lange nicht so mutig, wie ich mir vorgenommen hatte.
»Na?«, fragte Mr Vaughn.
»Ist das nicht allein Ihre Interpretation, Mr Vaughn? Chuck kann lesen und schreiben, und soweit ich es beurteilen kann, ist er genau wie jeder andere Junge, der …«

Maggie fiel mir ins Wort. »Mein Kleiner sagt, er kann nicht einmal anständig reden.«
»Daran habe ich nicht einmal gedacht«, rief Mr Vaughn.
»Ich sehe keine Möglichkeit, zu tun, was Sie von mir verlangen«, erklärte ich.
»Ach so, aha«, schnaubte Mr Vaughn.
»Nein. Ich kann diesem kleinen Jungen nicht sagen – ohne jeden Grund sagen –, er darf nicht mehr in die Schule kommen.«
Und Sie würden das auch nicht von mir verlangen, dachte ich, wenn Chuck einen Vater hätte, der Ihnen eine Schimpftirade von einer Viertelstunde hinlegte.
»Sie haben den Grund gehört. Wir wiederholen es: Wir führen nicht eine Schule für unzivilisierte Sai-washes. Darin gibt uns das Gesetz Recht. Werden Sie es ihm also sagen oder muss ich es selbst tun?«
»Ich tue es nicht.«
»Dann werde ich Ihnen die Mühe abnehmen. Es ist besser, wir stimmen darüber ab, damit alles streng nach dem Gesetz geht. Ich bringe also den Antrag ein, dass das Mischlingskind mit Namen Charles Temple aus der Schule ausgeschlossen wird, weil es kein zivilisiertes Leben führt. Welcher Meinung seid Ihr beiden?«
Maggie und Angela schlossen sich dem Antrag an.
»Erledigt also«, sagte Mr Vaughn.
Für die drei war es vielleicht erledigt, aber gewiss nicht für mich. Ich war so wütend, dass ich ihnen hätte den Ofen an den Kopf werfen können.

»Sie dürfen nicht böse sein«, sagte Maggie versöhnlich. »Wir wollen Ihnen nur zeigen, was das Beste ist. Sie sind ja noch neu hier.«

»Ich weiß.«
»Ich würde jetzt gern den Tee haben, wenn das Angebot noch gilt.« Ich goss ihr und Angela eine Tasse ein. Mr Vaughn lehnte ab. »Möchte Ihnen sagen, dass meine Kinder finden, Sie sind eine gute Lehrerin«, sagte Maggie und nahm einen Schluck.
»Wenn weiter nichts zu besprechen ist«, fiel Mr Vaughn ein, »dann können wir die Sitzung schließen.«
Da war ich anderer Meinung. Ohne auch nur zu denken, hörte ich mich sagen: »Wirklich ärgerlich, dass ich die weite Reise umsonst gemacht habe.«
»Was heißt das?«, fragte Mr Vaughn.
»Ich werde die Schule schließen müssen.«
Maggie, die eben wieder einen Schluck nehmen wollte, ließ ein prustendes Geräusch hören und stellte die Tasse ab. »Sie – was?«
»Ich werde die Schule schließen müssen«, wiederholte ich.
Mr Vaughn machte schmale Augen. »Wovon reden Sie da?«
»Ich habe nicht genug Schüler«, sagte ich. Ich musste meine Hände, die im Schoß lagen, fest umeinander verkrampfen, so zitterten sie. »Sie haben genügend Schüler«, widersprach Maggie.
»Leider nein«, erwiderte ich, bemüht, meine Stimme nicht schwanken zu lassen. Mir schien, sie klang piepsig. »Dem Gesetz nach muss ich zehn Schüler haben.«
»Sie haben meine beiden Jungen, seine drei Mädchen, den Merriweather-Jungen, Simpsons Kleine, Isabelle und Lily.«
»Das sind nur neun.«
»Ich hörte, dass Nancy Prentiss herkommt. Dann wären es zehn.«
»*Falls* sie kommt. Jetzt jedenfalls sind's nur neun.«

»Na und?«, rief Maggie. »Das ist nur eine Formsache. Eine Menge Schulen haben nicht die volle Schülerzahl.« Sie blies verächtlich durch die Nase. »Wenn man immer darauf bestehen würde, gäbe es überhaupt keine Schule im Busch.«
»Darüber weiß ich nichts«, gab ich zurück. »Aber dies ist meine erste Stelle als Lehrerin in Alaska, und ich möchte nicht damit anfangen, dass ich das Gesetz breche.« Meine Hände schwitzten, und das Herz schlug mir so laut, dass ich meinte, alle müssten es hören können.
Als Maggie richtig begriffen hatte, starrte sie mich lange an. Wütend und voll Abscheu zog sie einen Mundwinkel hinunter. »Sie wollen also sagen, Sie werden von hier verschwinden?«
»Ich werde wohl müssen, Mrs Carew.«
»Sie bluffen«, rief Mr Vaughn.
»Durchaus nicht. Sie haben ja selbst gesagt – Gesetz ist Gesetz.«
Er war so wütend, dass ich schon dachte, er würde mich schlagen. »Sie dreckige kleine Rotznase«, fauchte er. »Wie können Sie es wagen, uns ein Ultimatum zu stellen!«
»Beruhige dich, Arnold«, sagte Maggie.
»Ich denke nicht dran!« Die Adern auf seinem Kopf waren angeschwollen. »So etwas hab ich in meinem Leben nicht gehört.«
»Könnte mir jemand sagen, was hier vorgeht?«, schrie Angela.
»Wir werden erpresst, das geht hier vor. Wir haben uns eine zweite Cathy Winters auf den Hals geladen – wieder jemand, der Indianer liebt. Ich habe gehört, dass Sie ein Viertel-Saiwash sind«, sagte er zu mir. »Und jetzt glaube ich das auch. Was mich betrifft, so können Sie gern auf der Stelle verschwinden. Und was mich betrifft, ist die Sitzung beendet.«
Ohne ein weiteres Wort marschierte er hinaus.

Angela hatte die Arme vor der Brust gekreuzt. Sie schwieg, doch ihr Gesicht sprach Bände. Der pure Hass.
»Angela, geh zurück ins Gasthaus«, bat Maggie. »Ich komme in ein paar Minuten nach.«
Als sie gegangen war, sagte Maggie: »Ich nehme an, Sie wollen nächstes Jahr in Eagle unterrichten?«
»Ja.«
»Das geht nicht gut – nicht, wenn Sie den kleinen Mischlingsjungen in der Schule behalten. Auch in Eagle gibt es einen Schulrat. Wenn der gegen Sie ist, bekommen Sie die Stelle nicht. Und wenn der das von hier hört, wird er gegen Sie sein.«
»Dagegen kann ich nicht viel tun.«
Sie stand auf. »Sie sind störrisch, noch störrischer als ein Maulesel. Sie sind ein lieber Kerl, und ich mag Sie, aber ich muss Ihnen geradewegs ins Gesicht sagen, gehen Sie nicht zu weit, sonst werden Sie nie in Eagle unterrichten oder sonst wo in Alaska. Die Leute werden über das hier an die Behörde schreiben – mehr Leute, als Sie glauben. Meine Liebe, Sie sind an Sai-washes mehr interessiert, als für Sie gut ist.«
»Ich möchte keinen Verdruss hervorrufen, Mrs Carew, aber dieser kleine Junge hat ein Recht …«
»Egal, worauf er ein Recht hat. Sie wollen vielleicht keinen Verdruss, aber jedenfalls haben Sie jetzt hübsch viel davon.«
»Daran bin ich nicht schuld.«
Sie knöpfte ihren Mantel zu. »Trotzdem haben Sie ihn. Ich rate Ihnen dringend, passen Sie auf, was Sie tun. Ich selbst werde in dieser Angelegenheit wegschauen. Andere werden das nicht tun. Das werden Sie schon merken.«
Ohne einen Abschiedsgruß ging sie hinaus.

8

Am nächsten Morgen konnte ich die Ankunft der Kinder nicht erwarten. Würden alle kommen? Wenn nicht, dann wusste ich nicht, was ich tun würde. Um Viertel vor neun war ich außer mir, und ich betete zu Gott, falls alle kämen, würde ich von allen Erdenbürgern den wenigsten Ärger bereiten. Tatsächlich kamen alle, sogar die Vaughn-Mädchen. Als wir das Morgenlied sangen, war meine Stimme bestimmt bis nach Steel Creek zu hören, so glücklich war ich.

Aber ich fand sehr schnell heraus, was Maggie damit gemeint hatte, dass nicht alle Leute wegschauen würden. Das Ehepaar Dowles lebte in zwei getrennten Hütten ziemlich am Ende der Niederlassung. Sie waren zwar verheiratet, hatten aber seit Jahren kein Wort miteinander gesprochen. Die Frau war ein kleines, vogelähnliches Geschöpf, und sie hatte mir am ersten Tag einen Wäschekochtopf geliehen. An diesem Vormittag nun wieselte sie herbei und wollte ihn zurückhaben. Ich hatte ihn mit Wäsche auf dem Herd stehen, also sagte ich, sie könne ihn nach der Schule haben, wenn ihr das genüge. Um halb zwölf kam ein alter Knabe, der ganz allein am anderen Flussufer lebte, und erbat sich die zwei Stühle zurück, die er mir geborgt hatte – er bekäme Besuch, behauptete er. Dann verschwanden meine Teller, Elvira kam vor der Lunchpause zu mir. »Mein Vater fragt, ob Sie den Satz Teller zurückgeben könnten, den wir Ihnen geborgt haben? Wir brauchen sie jetzt selbst.« Sie

war verlegen, und sie tat mir Leid. Elvira war die netteste aus der Familie, aber immer, wenn etwas Unangenehmes durchzuführen war, schickte der Vater sie.
Ich versuchte, mir das alles nicht zu Herzen zu nehmen, aber ganz glückte mir das nicht. Ich wollte mit allen gut auskommen, und ich wollte, dass sie mich mochten. Und nun war ich erst zehn Tage in diesem Ort, und schon hatte ich die Leute gegen mich aufgebracht, noch dazu wegen etwas, das ich hier im vorgeschobenen Grenzland nie für möglich gehalten hätte – wegen Vorurteilen.
Nicht alle Leute natürlich. Zusätzlich zu einigen anderen standen Onkel Arthur und Mert Atwood auf meiner Seite. Onkel Arthur erklärte, das alles sei nicht so wichtig, Mert hingegen war springgiftig. Er war im Schulzimmer, als Elvira die Teller mitnahm, und er bestand darauf, mit mir in Mr Strongs Laden zu gehen, wo er mir einen ganz neuen Satz kaufte. Mir war das nicht recht, denn ich wusste, er hatte nicht viel Geld. Keiner dieser alten Knaben hatte viel Geld. Sie holten in einer Saison vielleicht Gold für fünf- oder sechshundert Dollar aus dem Boden, und damit kamen sie gerade aus. Mert jedoch blieb eisern.
Ein paar Abende nach dem Vorfall luden mich Joan Simpsons Eltern zum Essen ein. Sie fanden das Ganze nur komisch. Dieses junge Paar, das von Idaho kam, hatte sich eine feste kleine Hütte, am Forty-Five Pup gebaut. Ein Pup ist ein Rinnsal, das von einem Bach abzweigt, und Forty-Five, fünfundvierzig, hieß es, weil es in einem Winkel von fünfundvierzig Grad abzweigte. Die beiden machten sich ein schönes Leben zusammen. Er war Tischler und seine Frau Elisabeth Näherin, also konnten sie das meiste selbst machen. Ich verbrachte einen reizenden Abend bei ihnen.

»Kümmern Sie sich nicht darum«, riet mir Tom Simpson. »Dieser Vaughn ist nichts als ein Angeber. Ich habe gehört, dass er damals, als er in Fort Yukon lebte, eine Zweigstelle des Ku-Klux-Klan gründen wollte. Nur hat er niemanden gefunden, der mitgemacht hat.«

Die Person, die mich überraschte, war Mrs Purdy. »Sie haben sich viel Verdruss geschaffen, Ahnne«, sagte sie, als ich eines Abends bei ihr saß. »Viele Leute nicht mögen, was Sie getan haben.«

»Das ist sehr schonend ausgedrückt«, sagte Fred und lachte. »Ich könnte Ihnen in einem einzigen Wort sagen, was sie denken …«

Mrs Purdy runzelte die Stirn. »Das ist kein Spaß, Fraid. Es ist schlecht für Indianerjungen, in Schule zu sein.«

»Aber warum denn, Mrs Purdy?«

»Können Sie nicht sehen, Ahnne? Er ist schmutzig, weiß nichts. Ist, was man nennt, ein … ein …«

Sie suchte nach dem passenden Wort und fuchtelte mit der Hand in der Luft herum.

Fred lehnte die Wange an die Faust. »Ein schlechtes Beispiel«, sagte er.

»Ja. Danke. Es wäre anders, Ahnne, wenn Chuck sauber ist, gut in der Kleidung. Er ist es nicht. Er ist schmutzig, und er riecht schlecht.«

»Das ist einfach«, meinte Fred zu mir. »Sagen Sie ihm, er soll ein Bad nehmen.«

»Daran habe ich auch schon gedacht.«

»Mary muss das Wasser von ziemlich weit hertragen«, er-

klärte mir Fred. »Aber selbst wenn sie es in der Nähe hätte, würde sie ihn nicht zwingen, falls er es ablehnt. Indianer lassen ihren Kindern freie Hand.«
»Glauben Sie, es würde ihr etwas ausmachen, wenn ich ihn badete?«
»Ganz bestimmt nicht. Aber ihm würde es wohl etwas ausmachen.« Mrs Purdy schüttelte den Kopf. »Wäre besser, Ahnne, wenn Sie lassen diesen Jungen Chuck in Frieden. Leute sehen ihn an und denken, alle eingeborenen Kinder sind so.«
Fred stöhnte. »Ach, Ma …«
»Ach, Ma, du sagst. Ich sagen, mir ist recht, wenn Mary Angus zurückgehen in Indianerdorf und Kinder mitnehmen.«
»Ho«, sagte Fred trocken. »Du wünschst so sehr, dass sie zurückgeht, dass du die Erste warst, die sagte, man sollte ihr Holz bringen. Morgen gehe ich also hinüber und hole unser Holz zurück.«
Mrs Purdy fand das gar nicht lustig. »Wir müssen denen helfen, die unsere Hilfe brauchen. Wir können sie nicht frieren lassen. Aber sie gehört nicht hierher, und der Junge gehört nicht in diese Schule. Es war dasselbe, als Rebekah Harrington in die Schule gekommen ist. Das war nicht gut«, sagte sie zu mir.
»Und was ist mit den alten Pionieren? Sie kommen in die Schule, wann immer es ihnen passt. Wenn sie das tun können, warum nicht Mrs Harrington?«
»Mit Rebekah ist das anders. Die Leute haben keinen Respekt vor ihr.«
»Wenn sie keinen haben, dann ist es trotzdem egal, was sie tut,

ob sie in die Schule kommt oder nicht? Was mich betrifft, hat sie, solang sie nicht stört, genauso viel Recht, im Klassenzimmer zu sitzen, wie jeder andere.«

Mrs Purdy schüttelte den Kopf. »Ahnne, Sie sind jung. Sie wissen nicht, was ist im Herzen von den Leuten hier. Ich weiß es. Meine Kinder wissen es auch. Sie müssen vorsichtig sein.«

Sie war wirklich außer sich, und das ließ mich etwas klar sehen. Sie wollte sich anpassen, so sein wie alle, und jeder Eingeborene, der das nicht tat, war ein Spiegelbild ihrer selbst. Und plötzlich wurde mir auch bewusst, warum Mr Purdy sich so verhielt, kein Wort sagte, wenn ich da war, und einfach verschwand. Auch heute hatte er sich so verhalten. Er schämte sich für seine Frau, schämte sich, weil sie eine Eskimo war, und Mrs Purdy wusste das. Es war kaum zu glauben, doch tief im Herzen wusste ich, dass es sich so verhielt, und er tat mir Leid.

Später begleitete Fred mich nach Haus. Der Boden war hart wie Beton und rutschig wegen der Blätter. Die Bäume waren jetzt so kahl, dass man bei Tag die Wildwechsel im Wald sehen konnte. Ich zog mir die Kapuze meiner Parka tief ins Gesicht.

»Ihre Mutter macht sich Sorgen, was die Leute von ihr denken, nicht wahr?«, fragte ich Fred.

»Nun, es hat sehr lang gedauert, bis sie hier Freunde gefunden hat.«

»Ich mache mir Gedanken, dass ich ihr widersprochen habe.«

»Sie haben nichts Falsches gesagt.«

Ich glitt auf ein paar Blättern aus, und er hielt mich fest. Als er mich wieder losließ, waren wir beide ein bisschen verlegen. Auf dem letzten Stück des Weges versuchten wir, nicht aneinander zu stoßen. Als wir das Schulhaus erreichten, gingen wir in einem Meter Abstand voneinander.

»Ist im Schulhaus noch etwas zu machen?«, fragte er mich.
»Sie haben so viel gemacht, dass ich Sie nicht wieder bitten möchte.«
»Ich habe jetzt, bevor die Fangzeit beginnt, reichlich Zeit.«
Ich sagte ihm, ich hätte gern ein paar Fächer, wohin die Kinder ihre Sachen legen könnten, und er erwiderte, er würde irgendwann in den nächsten Tagen vorbeikommen.
Chuck blieb in der Schule.
Ich weiß nicht, wie er die Art ertrug, mit der die Kinder ihn behandelten, jedenfalls blieb er. Sie machten ihm das Leben zur Hölle. Das Einzige, was ich den Kindern nicht übel nehmen konnte, war, dass sie nicht neben ihm sitzen wollten. Er roch weiß Gott fürchterlich. Das war zum Teil mein Fehler, denn weil ihn jeder so schlecht behandelte, brachte ich es nicht über mich, ihm zu sagen, er röche ebenso penetrant wie Ben Norvall. Wenn die Kinder überhaupt mit ihm sprachen, dann nur, um ihn zum Narren zu halten. Sie machten seine Aussprache nach und nannten ihn den alten ›Yiss‹. »Bist du Halb-Brot oder Halb-Blut?«, fragten sie ihn. »Du hast eine Sai-wash-Hure zur Mutter, und einen Vater, der nicht mal deinen Namen kennt.«
»Geh zurück in die Läuseburg«, riefen sie ihm zu. »Dort gehörst du hin.«
Es wäre nicht so schlimm gewesen, wenn er ihnen hätte Kontra geben können, doch wenn sie ihn so wütend machten, konnte er nicht schnell genug auf Englisch denken, um sich mit Worten zu wehren. Er stand dann bloß da, wurde vor Zorn immer röter im Gesicht und stapfte schließlich davon.
Egal wie oft ich mir die Kinder deshalb vornahm, es nützte nichts. Einmal lauerten sie ihm nach der Schule auf, bewarfen ihn mit Steinen und jagten ihn so bis zu seiner Hütte vor sich

her. Als ich dies Mr Vaughn und Maggie Carew gegenüber erwähnte, sagten sie, da könnten sie nichts dagegen tun.
Mr Vaughn hasste den kleinen Jungen so sehr, dass ich manchmal den Verdacht hatte, er hetzte die Kinder zu der einen oder anderen Übeltat gegen ihn auf.

Eines Nachmittags, nachdem Chuck das Klassenzimmer verlassen hatte, schleppte Mr Vaughn ihn am Kragen wieder zurück zur Tür hinein.
Chuck zitterte vor Angst. Seine Hosen waren offen, und er versuchte gleichzeitig, sie hochzuhalten und zu verhindern, dass er darüber stolperte.
»Da haben Sie Ihren Musterschüler«, sagte Mr Vaughn. »Er ist so zivilisiert, dass er nicht einmal weiß, wie man einen Abort benützt. Ich habe ihn erwischt, als er sich draußen niederhockte.«
Er ging und ließ Chuck vor der Klasse stehen, mit hängenden Hosen, die von seinem Kot beschmutzt waren. Es war ein solches Bild des Elends, dass ich nicht wusste, sollte ich in Tränen ausbrechen oder Mr Vaughn nachlaufen und ihm meine Meinung sagen. Ich brachte Chuck in meine Wohnung und säuberte ihn, so gut ich konnte, doch er roch entsetzlich – noch ärger als vorher. Ich sagte ihm also, er sollte in meinem Zimmer bleiben, und als die Schule aus war, tat ich, was ich gleich zu Anfang hätte tun sollen. Ich suchte alle meine Töpfe zusammen, füllte sie mit Wasser und stellte sie auf den Ofen. Dann

ging ich mit ihm hinüber in den Laden. Dort suchten wir zwei gute warme Flanellhemden für ihn aus, zwei Latzhosen und diverse Paar Socken. Er war begeistert, doch als ich ihm sagte, er müsse baden, bevor er die neuen Sachen anziehen könne, machte er ein langes Gesicht.

»Au nein, Tisha.«

»Du möchtest die neuen Kleider anziehen?«

»Yiss.«

»Du möchtest in die Schule gehen?«

»Yiss.«

»Dann musst du auch ein Bad nehmen.«

Hinein mit ihm also, und während er in der Wanne lag, ging ich noch einmal in den Laden und holte zwei lange Unterhosen. Die, die er anhatte, waren voll gemacht.

Als er fertig und neu eingekleidet war, erkannte ich ihn nicht wieder. Ich ließ ihn sich selbst in meinem Spiegel besehen. »Gefällst du dir?« Ich hatte ihm auch die Haare gewaschen und gekämmt.

Er lächelte. »Schaut sehr viel gut aus.«

»Das werden wir jede Woche einmal machen«, erklärte ich ihm. Trotz allem Reiben war es uns nicht möglich gewesen, allen Schmutz zu entfernen, an manchen Stellen saß er einfach zu tief. Das Wasser im Zuber war schwarz und schäumte. Nachdem er mir geholfen hatte, es hinter dem Haus auszugießen, setzten wir uns und aßen etwas.

»Was Bastid, Tisha?«

»Meinst du Bastard?«

»Yiss.«

Ich suchte nach einer Möglichkeit, es ihm zu erklären, ohne ihn zu verletzen, doch endlich musste ich mit der Sprache heraus. »Nun, ein Bastard ist jemand, dessen Mutter nicht verheiratet ist. Da ist nichts Schlechtes daran. Eine Menge berühmter Leute waren Bastarde.«

Das war nicht ganz, was ich hatte sagen wollen, doch Chuck nahm es hin.

»Evelyn und Jimmy sie mich nennen Bastid. Sagen, ich hab kein Foda hab.«

»Natürlich hast du einen Vater. Jeder Mensch hat einen Vater.«

»Warum diese Kinder sie mich nicht mögen?«, fragte er.

»Sie kennen dich noch nicht, Chuck. Kinder sind eben manchmal so. Gib ihnen Zeit, dass sie sich an dich gewöhnen. Wenn sie dich näher kennen und sehen, was für ein netter Junge du bist, dann werden sie dich gern haben.«

»Du mich kennen, Tisha?«

»Ich denke schon.«

»Ich warten. Vielleicht die Kinder bald mich kennen.«

Als die Kinder ihn tags darauf sahen, erkannten sie ihn kaum. Doch sie verhielten sich dadurch nicht freundlicher zu ihm. Als sie herausbekamen, dass ich ihn gebadet und ihm neue Kleider gekauft hatte, nannten sie ihn prompt »Lehrerins Schoßkind«.

Doch er kam weiterhin zur Schule. Was er da auch ausstehen musste, es war für ihn immer noch besser, als in seiner elenden Hütte herumzulungern. Ich hatte immer gedacht, ich sei als Kind arm gewesen, er jedoch hatte überhaupt nichts. So etwas wie das Mittagessen, das er mitbrachte, hatte ich noch nie gesehen – fasriges Wildkaninchen halb roh oder gebratene Bannocks, die kaum mehr als Mehl und Wasser waren. Als ich mir das ein paar Tage lang angesehen hatte, fing ich an, ihm Brote zurechtzumachen.

Zugegeben, ich mochte das Kerlchen, ob ich wollte oder nicht. Er hatte etwas an sich, das so gut und fest war, dass es mich wütend machte, wenn die Kinder ihn quälten.

Er kam mich am Samstag besuchen und brachte seine kleine Schwester mit. Sie war ein entzückendes kleines Ding mit langem, schwarzem Haar, einem zarten Näschen und großen braunen, fragenden Augen.

»Sie Name E'tel«, teilte Chuck mir mit. Er versuchte sie dazu zu bringen, dass sie mich begrüßte, doch sie war zu verschreckt, so sehr, dass sie sich hinter ihm versteckte. »Sie mag, wenn du viel sehr Brot geben.«

Ich schnitt eine Scheibe von dem Brot, das ich am Morgen gebacken hatte, bestrich es mit Butter und Honig und gab es ihr. Sie verschlang es so schnell, dass ich fürchtete, es würde wieder heraufkommen. Zwei weitere Scheiben nahmen denselben Weg.

Chuck führte sie ins Klassenzimmer und zeigte ihr etwas von seinen Arbeiten, seine Blättersammlung, ein paar gute Diktate und das Bild einer Maus, das er gezeichnet hatte.

Bevor die beiden gingen, fragte ich ihn, wo es ihm besser gefiel, im Indianerdorf oder hier.

»Indianerdorf«, sagte er sofort. »Kinder nicht mit mir spielen hier.«

»Du musst ihnen eben noch mehr Zeit geben.«

»Weiß nich, Tisha. Ich warten und warten und warten, diese Kinder mich kennen. Sie mich nie kennen.«

»Früher oder später werden sie es aber.«

Er seufzte. »Ich hoffen, du hast Recht. Ich zu lang warten, dann alter Mann sein wie Onkel Arthur.«

9

»Ist es jetzt so weit, Teacher?«

Ich schaute auf meine Uhr. Es war eine Minute vor zwölf.

»Beinahe. Haben alle ihre Bücher und Hefte aufgeräumt?«

Alle antworteten mit Ja, alle fieberten danach, hinauszukommen. Der Lasttreck sollte irgendwann nach dem Lunch ankommen, und diesmal hatte ich den Kindern gesagt, sie könnten den Nachmittag freihaben.

Als Mr Strong das erste Mal während meiner Lehrtätigkeit kam, hatte ich den Unterricht bis zur letzten Minute beibehalten, damit der Schulrat mir nicht Pflichtvergessenheit vorwerfen konnte. Doch das hatte nicht viel Sinn gehabt. Die Kinder hatten nur die Zeit verschwendet. Mr Strong hatte vollkommen Recht gehabt, als er sagte, es sei immer ein großer Tag für die Siedlung, wenn er mit seinen Lasttieren ankam.

Es war die einzige Verbindung mit der Außenwelt, durch Zeitungen und Zeitschriften, die er brachte, durch Post von Freunden und Verwandten, die draußen lebten, und Waren, die wir in Eagle bestellt hatten. Alle putzten sich ein bisschen, zogen zwar nicht direkt Sonntagskleider, aber doch die saubersten Werktagskleider an, und die Frauen legten etwas Rouge auf.

Für gewöhnlich war es vor dem Schulhaus ganz ruhig, höchstens dass jemand Holz sägte oder hämmerte, oder es gab einen Hund, der bellte. Wenn jedoch der Lasttreck fällig war, dann trafen ab elf Uhr die Goldwäscher von nah und fern ein, und da die Hunde des Orts von jedem Ankömmling Kenntnis nehmen mussten und einander zu überheulen versuchten, gab es einen Riesenlärm. Die ganze Siedlung wurde lebendig, und meine Schüler waren zu aufgeregt, um zu lernen. Ich konnte ihnen das nachfühlen, ich war ja selbst ziemlich aufgeregt. Besonders heute, da Nancy kommen sollte. Von jetzt an brauchte ich nicht mehr ganz allein zu Abend zu essen, und ich würde hinterher jemanden haben, mit dem ich sprechen konnte.

Ich fühlte mich mit der Zeit einsam. Nancy war beim ersten Mal, als Mr Strong eintraf, nicht mitgekommen, und ich fürchtete schon, sie oder die Mutter hätten es sich anders überlegt, doch dann sagte mir Mr Strong, sie würde sich beim nächsten Mal anschließen.

»Schule aus«, rief ich, und im Handumdrehen war die Klasse leer.

Der Packzug kam erst ziemlich spät, es war fast drei. Während wir warteten, fing es wieder zu schneien an, und es sah aus, als würde der Schnee diesmal liegen bleiben. Fred war hereingekommen, um für seine Eltern die Post zu holen, und er spielte mit einigen Kindern Schlagball. Ich spielte auch mit, als plötzlich alle Hunde im Ort zu heulen begannen und in ihren Zwingern einen fürchterlichen Wirbel machten. Das bedeutete, dass Mr Strong schon ganz nahe war. Wir unterhielten uns blendend bei dem Ballspiel, also spielten wir ruhig weiter, während aus dem Gasthaus und den Hütten alles herausstürzte, was Beine hatte. Ich rief Fred zu, mir den Ball herüberzuwerfen, und er warf zu hoch, der Ball flog über meinen Kopf und traf den Windfang von Mr Vaughns Hütte, gerade als Mr Vaughn herauskam. Er hob den Ball auf, und die Kinder riefen ihm zu und winkten, er solle zurückwerfen, doch das tat er nicht. Er

ging damit herüber zu mir und klappte den Kragen seines dicken Wollmantels hoch, sodass man seinen Kropf nicht sehen konnte. »Was tun alle diese Kinder hier? Warum sind sie nicht in der Schule?«, fragte er.
Natürlich wusste er den Grund genauso gut wie ich, doch er konnte es sich nicht verkneifen, mir eins auszuwischen.
»Ich habe ihnen den Nachmittag freigegeben«, sagte ich.
»Wo steht, dass es bei Ihnen liegt, ihnen einen freien Tag zu geben?«
»Tut mir Leid, Mr Vaughn, ich fand nichts dabei.«
»Ich vermute, Sie finden auch nichts dabei, dass Sie wie eine wilde Indianerin mit den Kindern spielen. Ich habe das auch während der Pausen gesehen.« Er wandte sich zu Angela Barret und ein paar anderen, die näher gekommen waren. »Haben Sie je eine Lehrerin gesehen, die sich so aufführt?«
»In keiner Schule, in der ich war«, pflichtete Angela bei.
»Auch in keiner, in die ich gegangen bin«, sagte Mr Vaughn. »Passen Sie lieber auf, was Sie tun.«
Ich wurde dunkelrot und brachte kein Wort heraus. Er konnte mich nicht leiden, und das zeigte er ganz offen. Mert Atwood war auch herangekommen, er hatte die schwarzen Ohrenschützer, die er für seine Matrosenmütze angefertigt hatte, über die Ohren gezogen.
»Warum reiten Sie auf ihr herum?«, fragte er Mr Vaughn.
»Ich versuche sie dazu zu bringen, sich wie eine Lehrerin aufzuführen.«
»Was soll das heißen? Dieses Mädchen ist die beste Lehrerin, die Chicken je gehabt hat.«

»Nächstes Mal wenn Sie freigeben wollen, holen Sie sich die Erlaubnis vom Schulrat ein«, erklärte mir Mr Vaughn.

Mert widersprach ihm noch einmal. »Was reden Sie daher? Seit ich zurückdenken kann, ist am Nachmittag, wenn die Lasttiere kommen, keine Schule.«

»Mischen Sie sich nicht in Dinge, die Sie nichts angehen. Ich lasse jedenfalls nicht zu, dass irgendeine kleine Rotznase hier das große Wort führt. Wir waren hier, lang bevor Sie kamen«, er deutete mit dem Finger auf mich, »und wir werden hier sein, wenn Sie längst fort sind. Sie machen sich gescheiter, als für Sie gut ist.«

»Sie haben kein Recht, so zu mir zu sprechen, Mr Vaughn.«

»Ich werde zu Ihnen sprechen, so wie es mir Gottverdammmich passt.« Er zeigte wieder mit dem Finger auf mich. »Noch ein Wort und ich prügle Ihnen die Gescheitheit heraus … na, sagen Sie was«, forderte er mich heraus. »Zeigen Sie doch, wie frech Sie sein können!«

Er kam richtig in Rage, und mir begannen die Knie zu zittern. Auch war mir das Ganze schrecklich peinlich. Eine Menge Leute standen herum und sahen zu, und immer mehr kamen aus dem Postamt, um zu sehen, was es hier gab. Ich wusste nicht, was ich tun sollte. Mit ihm zu sprechen wagte ich nicht, denn sowie ich den Mund aufmachte, würde er mich schlagen. Ich hatte Angst, mich zu rühren.

Fred legte die Hand auf meinen Arm. »Kommen Sie, Ahnne.« Er zog mich weg, und ich folgte ihm nur zu gern.

»Gut, dass Ihr Schätzchen mehr Grütze im Kopf hat als Sie«, höhnte Mr Vaughn. »Ich wollte sie gerade übers Knie legen.« Er stieß ein höhnisches Kichern aus, und auch Angela Barret lachte.

Das brachte das Fass zum Überlaufen. Fred fuhr herum. »Sie werden sie mit keinem Finger anrühren«, rief er.

Mr Vaughn machte ein Gesicht, als hätte er etwas schier Unglaubliches gehört. »*Was* hast du gesagt?«
Mit blutunterlaufenen Augen kam er zu uns herüber. Fred hielt noch immer das Schlagholz, und er holte wortlos damit aus. Plötzlich wurde mir klar, dass er es auch benutzen würde, wenn es nötig war. Ich hörte Mert sagen: »Braver Junge, Fred«, und ich wusste nicht, ob ich mehr Stolz auf Fred oder Angst vor Mr Vaughn empfand.
»Drohst du mir?«, fragte Mr Vaughn.
»Rühr sie oder mich an, dann kannst du was erleben.«
Fred schaute Mr Vaughn scharf in die Augen, und der wusste, das war keine leere Drohung. Er plusterte sich so auf, dass ich dachte, der Kropf müsste ihm zerspringen.
Er hatte einen grausamen, breiten Mund und Zähne wie diese Fische, die ganz unten in der Tiefsee leben. Er war einen ganzen Kopf größer als Fred, und wenn es möglich gewesen wäre, hätte er ihn mit Haut und Haaren verschlungen. Doch er fürchtete sich vor dem Schlagholz.
»Du schwarzarschiger halbblütiger Hurensohn«, zischte er. »Mir scheint, ich habe dein dreckiges Gesicht in der letzten Zeit ziemlich oft in der Gegend gesehen.« Er hatte noch immer den Ball in den Händen, und plötzlich holte er damit aus und warf ihn. Fred duckte sich, doch das wäre nicht nötig gewesen. Der Ball verfehlte sein Ziel um ein Beträchtliches.
Fred sah ihm ruhig in die Augen. »Geh zum Teufel!«, sagte er.
Nun endlich setzte meine Gehirntätigkeit wieder ein, und meine Zunge funktionierte wieder. »Mr Vaughn, ich dachte nicht, jemand würde etwas dabei finden, wenn ich den Kindern den Nachmittag freigebe«, sagte ich. »Ich bespreche die Sache aber gern mit dem Schulrat, wenn Sie das wünschen.«

Das nahm ihm den Wind aus den Segeln. Er warf Fred einen verächtlichen Blick zu, nur um zu zeigen, dass er ihn nicht wert fand, sich mit ihm abzugeben, dann ging er hinüber zum Postamt. Fred und ich schlenderten mit den anderen ebenfalls hinüber, und ich versuchte zu tun, als wäre nichts gewesen, doch ich war so aus der Fassung gebracht, dass ich kaum ein Wort herauskriegte, während wir auf Mr Strong warteten. Selbst wenn dieser Mr Vaughn mich nicht leiden konnte, hatte er kein Recht, mir solche Dinge zu sagen, noch dazu vor allen Schülern und den übrigen Leuten, und ganz gewiss hatte er kein Recht, so zu Fred zu sprechen.

Als ich Nancy sah, fühlte ich mich ein wenig besser. Sie schien allerdings nicht sehr begeistert zu sein. Mir rief sie nur einen kurzen Gruß zu, doch zu den Leuten, die sie begrüßten, sagte sie gar nichts. Sie murmelte nur etwas Unverständliches und schaute dann weg. Vermutlich fühlte sie sich fremd. Sie würde sicher freundlicher sein, wenn sie sich erst eingewöhnt hatte. In meiner Wohnung ließ ich sie ihre Sachen wegräumen und las inzwischen einen Brief ihrer Mutter, den Mr Strong mir übergeben hatte. Unter anderem stand darin, dass Nancy ungewöhnlich vernünftig sei. »Aber behalten Sie sie im Auge. Lassen Sie sie nicht allein zu den Goldgräbern gehen. Sie neigt zu Faulheit und Trotz. Zeigen Sie ihr, dass Sie der Herr sind. Ich habe ihr eingeschärft, gehorsam zu sein und mitzuhelfen, wo es nur geht, sonst würden Sie sie nach Haus schicken und ich würde ihr eine tüchtige Tracht Prügel verpassen.« Sie hatte sich offensichtlich auch die Sache mit der angebotenen Bezahlung überlegt. »Ich hörte, dass Sie keine Vorräte mitgebracht haben«, endete der Brief. »Wenn Nancys Unterbringung schon nichts kostet, können wir vielleicht ausrechnen, wie viele und welche Lebensmittel ich Ihnen für ihren Unterhalt schicken soll.«

Ich steckte den Brief in den Ofen und dachte mir nichts weiter dabei. Ich hatte einmal einen kleinen Jungen in meiner Klasse, dessen Vater mir geschrieben hatte, er sei ein Lügner und Dieb, und dann wurde der Junge zu einem meiner besten und aufgewecktesten Schüler. Also hütete ich mich in Zukunft, jemanden nach dem zu beurteilen, was ein anderer von ihm sagte.

Viel hatte sie nicht mitgebracht, gerade einige Latzhosen und verwaschene Kleider, die ebenso altmodisch waren wie die in Mr Strongs Laden. Als wir alles untergebracht hatten, sagte ich ihr, wie ich mich auf sie gefreut hatte. Sie nahm das wortlos zur Kenntnis. Ich sagte weiter, dass die Schule so viel meiner Zeit in Anspruch nehme und ich dadurch mit den häuslichen Arbeiten nicht zurande käme. »Vermutlich wäre es nicht so schlimm«, erklärte ich ihr, »wenn hier fließendes Wasser wäre. Erst seit ich jeden Tropfen vom Bach heraufschleppen muss, merke ich, wie viel Wasser ein Mensch braucht – zum Wäsche- und Kleiderwaschen, um sich selbst zu waschen, zu kochen und um Geschirr zu spülen. Mir scheint, ich tue den ganzen Tag nichts anderes, als Wasser heraufzuschleppen und es auszugießen.« Ich musste lachen, als ich ihr von dem ersten Bad erzählte, das ich genommen hatte. Abgesehen von einem Zwanziglitertopf, den ich mir von Maggie Carew ausborgte, war die Platte des Herdes mit allen meinen Töpfen besetzt. Doch als ich alles heiße Wasser in den Waschzuber goss, stand es nur ungefähr fünf Zoll hoch. Ich fühlte mich nach dem Baden schmutziger als vorher. Außerdem war es eine fürchterliche Arbeit, das viele Wasser wieder hinter dem Haus auszugießen. »Seitdem nehme ich hauptsächlich Sitzbäder.«

Sie fand das überhaupt nicht komisch, also fragte ich sie nach ihrer Schulbildung. »Wie viele Klassen hast du besucht?«

»Acht.«

»Ohne lesen zu können?«

»Ein bisschen lesen kann ich.«

Ich gab ihr das nächstbeste Buch, ein Lesebuch für die Fünfte. Sie schlug es auf und starrte so lange hinein, dass ich dachte, sie würde überhaupt nicht lesen. Als sie es endlich tat, spuckte sie die Wörter aus wie Obstkerne, doch sie las recht gut.

»Das geht ja prächtig«, sagte ich. »Ich sehe nicht ein, wozu du mich brauchst.«

»Ich kenne die meisten Wörter«, erwiderte sie.

»Das sage ich ja. Du liest recht gut.«

»Sie verstehen mich nicht«, sagte sie. »Dieses Buch kann ich, weil meine Ma es mit mir geübt hat.«

»Wie lange ist das her?«

»Zwei Jahre.«

Sie merkte, dass ich sie immer noch nicht verstand.

»Ich kann nur lesen, wenn es mir jemand zuerst vorliest und mir die Wörter zeigt. Verstehen Sie jetzt? Meine Ma hat mir dieses Buch vorgelesen.«

»Aber vor zwei Jahren! Das ist eine lange Zeit.«

»Ich habe mit diesem Buch ein ganzes Jahr lang gelernt. Geben Sie mir ein anderes.«

Ich zeigte ihr ein Märchenbuch. »Hast du das je gelesen?«

Sie schüttelte den Kopf. Ich öffnete das Buch beim Anfang eines Märchens. Sie studierte die Seite eine volle Minute lang, ehe sie zu lesen begann. Später merkte ich, dass sie bei den ersten paar Wörtern geraten hatte. »Es … war … einmal … «

Sie hielt inne, bevor sie fortfuhr, und was sie dann von sich gab, war ein richtiges Kauderwelsch: »Sie … hat … war … thlein … Schnid … « Ich schaute ihr über die Schulter. Es hieß: »Es war ein kleiner Schneider.«

Sie fuhr fort, genauso sinnlos, bis sie schließlich aufgab. »Ich weiß nicht, was ich lese«, sagte sie. Ich ließ sie noch einmal probieren, doch es war immer das Gleiche. Sie verwechselte Buchstaben, las l für t, b für d. Als ich sie ein bisschen befragte, stellte sich heraus, dass sie nicht nur nicht wusste, was ein Mitlaut und was ein Selbstlaut ist, sondern sie hatte auch nie das Alphabet auswendig gelernt. Ein Wort war für sie nur eine Folge von Buchstaben, in einer bestimmten Ordnung aneinander gereiht. Sie wusste nicht, dass es so etwas gab wie Silben, und dass jede Silbe einen Laut gibt. Jetzt verstand ich, was sie meinte: Sie könne nur lesen, wenn jemand es ihr erst vorher vorgelesen habe. Sie war fähig, die Schlüsselwörter im Gedächtnis zu behalten, und das Übrige erriet sie dann. Ich hatte so etwas noch nie erlebt. Ihre Lehrer hatten sie bis in die achte Klasse aufsteigen lassen, vermutlich weil sie dachten, schaden könne das nicht und es würde ihr Selbstgefühl heben. Weiter ging es allerdings nicht, denn dazu hätte sie die Bezirksschulprüfung ablegen müssen, und ohne lesen zu können, war das unmöglich. Ich stellte ihr eine Reihe von Fragen und sah, dass sie den übrigen Lernstoff recht gut beherrschte. Kein Zweifel, dumm war sie nicht.

»Morgen schreiben wir dich in die Schule ein«, sagte ich.

»Ich möchte nicht eingeschrieben werden«, erwiderte sie mürrisch. Ich musste lange bohren, bis sie mir den Grund sagte: Ihr schien, sie müsse schon ganz aus der Schule sein, und sie konnte es auch nicht ertragen, wieder zu versagen. Sie regte sich derart auf, dass ich ihr versprach, sie nicht einzuschreiben, obwohl sie mit den anderen dem Unterricht folgen würde. Ich versprach ihr, wenn nötig, ihr am Abend Nachhilfestunden zu geben.

Während der ersten Woche pries ich Mr Strong, dass er mir geraten hatte, sie aufzunehmen. Meine Hausarbeit, Reinemachen, Waschen und Bügeln, war arg liegen geblieben, doch Nancy warf sich mit solchem Eifer darauf, dass schon nach ein paar Tagen alles vor Sauberkeit blitzte. Sie übernahm auch meistens das Kochen und sogar die lästige Arbeit, den Ofen immer in Gang zu halten. Ich wusste nicht, was ich ohne sie getan hätte, besonders was die Sache mit dem Wasser anging. Der Schnee, der gefallen war, seit Nancy hier war, lag jetzt ungefähr zwei Fuß hoch, und auf dem Bach bildete sich Treibeis. Dann fiel die Temperatur plötzlich auf minus 30 Grad, und der Bach fror völlig zu. Nancy ließ sich davon nicht überrumpeln, sie hatte schon einen hohen Schneehaufen neben der Tür aufgehäuft, und daher bezogen wir nun unser Wasser. Ich fand den Geschmack unangenehm und flau, doch das besserte sich, als Nancy Hafermehl in die Wassertonne gab.

»Wir müssen jetzt sehr mit Wasser sparen«, schärfte sie mir ein.

»Ich dachte, das tun wir ohnehin«, rief ich.

»Nein, wir müssten noch mehr sparen.« Sie erklärte mir den Trick, Wasser mehrfach zu verwenden – zuerst zur Körperpflege, dann zum Wäschewaschen, dann, wenn nötig, auch zum Bodenwischen. Das schien mir anfangs nicht sehr hygienisch zu sein, aber als ich ein paar Mal Schnee hereingeholt hatte, machte ich mir über Hygiene keine Gedanken mehr. Sie bekam auch heraus, dass Maggie Carew mir nicht nur zu wenig Holz lieferte (es war ihre Pflicht, die Schule und meine

Wohnung zu beheizen), sondern dass noch dazu die Hälfte davon grün war. »Deshalb raucht der Ofen zu sehr.«

Schon bald nach der ersten Woche begannen sich zwischen uns Probleme zu bilden. Ich hatte ihr gesagt, bevor sie lesen lernen könne, müsse sie erst die Buchstaben kennen, und zwar in Schrift und Druck, und sie müsse wissen, für welche Laute sie stehen. Sie ging zuerst fleißig an die Arbeit, lernte die Buchstaben im Handumdrehen und fing sogar an, einfache Wörter mit drei Buchstaben zu schreiben. Doch als einige der älteren Schüler das beobachteten, verspotteten sie sie. Nun war Schluss damit. Sie erklärte mir, im Klassenzimmer würde sie nicht mehr arbeiten, zumindest nicht lesen und schreiben. Ich ließ sie dies also in meiner Wohnung üben, verlangte jedoch, sie müsse an Diskussionen, Mathematik, Feldarbeit und was es sonst noch gab, teilnehmen. Sie saß also im Klassenzimmer, machte jedoch den Mund nur auf, wenn ich sie rief. Sie langweilte sich. Sehr bald arbeitete sie auch nicht mehr an ihren Lese- und Schreibaufgaben, machte sie überhaupt nicht oder sehr nachlässig. Als ich sie nach dem Grund fragte, erwiderte sie, sie wisse nicht, wozu diese Übungen gut seien. Sie wolle lesen und schreiben lernen, und ihr schien, darin käme sie nicht weiter. Ich sagte ihr, sie müsse am Anfang beginnen.

»Ich weiß, dass du jetzt das Gefühl hast, es geht nicht weiter, aber wenn es einmal gefunkt hat, kannst du im Handumdrehen lesen.«

Es nutzte nichts. Sie wollte ganz einfach nicht auf die Art lernen, wie ich sie unterrichtete. Wenn ich sie fragte, warum sie eine Aufgabe nicht fertig gemacht habe, erklärte sie, dass sie die Aufgabe nicht verstanden hätte, und sooft ich sie ihr dann auch erklärte, sie fasste es nicht auf.

Ich dachte schon, sie hegte eine Abneigung gegen mich, doch sie schien auch niemand anderen zu mögen, ganz besonders nicht die alten Knaben. Sie waren mir bei der Arbeit an dem Projekt eine Hilfe gewesen, besonders bei den Feldausflügen. Von ihnen erfuhren wir eine Menge darüber, wie man in den Pioniertagen gelebt hatte. Mert Atwood zeigte uns sogar, wie man damals Butter machte. Er brachte ein Rengeweih, das er in ungefähr fußlange Stücke zersägt hatte. Wir taten sie in einen großen Topf und kochten sie fast drei Tage lang, dann nahmen wir sie heraus und ließen das Wasser kalt werden. Nach ein paar Stunden setzte sich oben ungefähr eine Hand hoch weiße Butter ab. Sie schmeckte ausgesprochen gut.
Aber Nancy mochte die alten Knaben nicht. Der einzige Mensch, der ihr zusagte, war Joe Temple. Einmal ging sie in seine Hütte und blieb ziemlich lang dort. Wenn Onkel Arthur es nicht erwähnt hätte, hätte ich nicht einmal gewusst, dass sie dort war. Ich sprach mit ihr darüber und bat sie, es nicht wieder zu tun. Sie versprach es, doch es ärgerte sie sichtlich.
Eines Tages kam Mert nach der Schule herüber, und als er einige Zeit dagesessen war, nahm er seine Matrosenmütze ab und zog einen Briefumschlag heraus.
»Habe neulich diesen Brief bekommen«, teilte er mir mit. »Kann aber um keinen Preis meine Brille finden, und ohne geht das Lesen nicht. Sind Sie so nett und lesen es mir vor?«
Ich wusste, dass er nicht lesen konnte, das aber nicht zugeben wollte, also sagte ich, natürlich würde ich ihm den Brief gern vorlesen. Als ich fertig war, bedankte er sich und steckte den Brief wieder in den Umschlag.
Ganz ohne böse Absicht fragte er Nancy, wie sie mit dem Lesenlernen weiterkäme.

»Verdammt besser als Sie je mit Ihrem«, gab sie angriffslustig zurück. Das saß, doch Mert lächelte nachsichtig. Ich versuchte, das mit Geplauder vergessen zu machen, doch es half nicht. Nach ein paar Minuten erklärte Mert, er müsse jetzt den Anker lichten und aus dem Hafen dampfen.

»Du hast den alten Mann wirklich verletzt, Nancy«, sagte ich, als er gegangen war.

»Mich hat er auch verletzt.«

»Er wollte doch nur ein Gespräch führen. Er hat sich nichts dabei gedacht.«

»Ich habe ihn nicht gebeten, mit mir ein Gespräch zu führen, ich habe ihn überhaupt nicht gebeten, hierher zu kommen.«

»Niemand hat ihn gebeten. Er kommt, weil er sich einsam fühlt und gern mit uns plaudert.«

»Dann soll er woanders sich einsam fühlen. Er ist genau wie die anderen alten Windbeutel, dreckig und stinkt und prahlt ständig damit, wie reich er einmal sein wird und was er dann mit dem vielen Geld tun wird. Sie verschwenden nur die Zeit mit ihrem Gebabbel, und ich lasse meine Zeit nicht verschwenden.« Sie mochte es auch nicht, wenn ich Chuck badete, und ging mit ihm um, als sei er das letzte Stück Unrat. Beim ersten Mal sagte sie nichts, beim zweiten Mal jedoch sagte sie, er sollte sich doch den Schnee selbst hereinholen.

Ich versuchte, die Sache leichthin abzutun. »Was willst du, er ist doch nur ein kleiner Junge.«

»Man kann hier keinen Schritt tun, ohne über ihn zu stolpern.«

»Er ist eben gern hier.«

»Diese vielen Kinder und er noch dazu in Ihrer Wohnung – das geht ja zu wie in einem Gasthaus.«

Sie mochte es nicht, dass die Kinder bei mir ein und aus gingen. Sogar nach der Schule kamen sie manchmal, um etwas fertig zu machen, was ihnen in der Schule nicht gelungen war, oder sie kamen, um im Klassenzimmer zu spielen. Mir machte das überhaupt nichts aus, aber es war leicht zu sehen, dass es Nancy auf die Nerven ging, also versuchte ich, die Kinder wenigstens nur im Klassenzimmer spielen zu lassen.

Trotzdem wurde das Verhältnis zwischen uns immer unleidlicher. Ich hatte von dem grimmigen Hass gehört, der manchmal Menschen befällt, die längere Zeit eine Hütte oder sonst einen engen Raum miteinander teilen müssen, und ich hatte das eher komisch gefunden – so wie Harry Dowles und seine Frau, die in verschiedenen Hütten wohnten und nie ein Wort miteinander sprachen. Ich hatte herausgefunden, dass auch Onkel Arthur und Mert Atwood eine Hütte geteilt hatten, bis es eines Winters Streit gegeben hatte. Sie hatten alles gleichmäßig geteilt, und was sich nicht teilen ließ, hatten sie in zwei Teile zerlegt – aus bloßem Hass. Sie hatten sogar den Ofen entzweigeschlagen, wie mir Ben Norvall erzählte, worauf sie beide fast erfroren wären. Jetzt verstand ich, wie es so etwas geben kann. Lebt man mit jemandem auf engem Raum und verträgt sich nicht, dann geht einem alles auf die Nerven, was der andere tut. So waren die Dinge nun zwischen Nancy und mir. Schließlich kamen wir so weit, dass sie nicht einmal Guten Morgen sagte, außer ich begrüßte sie zuerst.

Ein paar Wochen nach ihrer Ankunft besuchte mich Mary Angus eines Samstagnachmittags und brachte mir ein paar Mokassins, die sie für mich gemacht hatte. Sie hatte Chuck und

Ethel bei sich. Ich fand, dass sie alles andere als gut aussah. Die Wangen waren glühend rot, und unter den Augen lagen dunkle Ringe. Ich machte sie mit Nancy bekannt, aber Nancy blieb stur am Küchentisch sitzen, trank langsam ihren heißen Kakao und hob kaum den Blick. Mary wollte sich nicht setzen, doch ich gab nicht nach, und während ich die Mokassins probierte, trank sie den Tee, den ich ihr vorgesetzt hatte. Sobald sie die Tasse hob, schoss Nancy in die Höhe und ging hinüber zur Couch.

Die Mokassins waren wunderschön. Es waren Wintermokassins aus gutem, haltbarem Elchfell unterhalb des Knöchels und von da an aus Rentierfell, mit dem Pelz nach außen, bis hinauf zum Knie. Sie hatte sie mit gefärbten Stachelschweinkielen bestickt und den Rand mit Kaninchenfell besetzt. Und sie passten ganz vorzüglich, doch nachdem ich einen Blick auf ihre eigenen, abgetragenen Mokassins geworfen hatte, war mir nicht mehr so gut zumute.

Die drei blieben nicht lang. Während sie bei mir saßen, gab ich Chuck, was er besonders liebte, eine Scheibe meines Brotes mit Butter und Honig. Auch Ethel bekam eine Scheibe.

Sie hatte kaum hineingebissen, als Chuck sie auf Indianisch auszuschimpfen begann. Sie hielt mit vollem Mund inne und starrte ihn aus großen Augen an, während er auf mich deutete. Endlich wandte sie die Augen zu mir und murmelte etwas wie: »Uuh.« Nun streichelte Chuck sie. »Sehr gut. Sie nicht gut Manieren, Tisha. Ich sie lernen sagen danke.«

»Ich bin stolz auf dich, Chuck«, sagte ich, und das war ich auch. Ich hatte versucht, ihm beizubringen, dass er sich bedanken musste, wenn jemand ihm etwas gab oder etwas für ihn tat.

Als sie gegangen waren, meinte Nancy: »Das hätten Sie nicht

tun dürfen, Teacher.« Ich hatte ihr mehrfach gesagt, mich Anne zu nennen, aber das wollte sie nicht.
»Was nicht tun?«, fragte ich.
»Sie am Tisch sitzen lassen.«
»Was ist daran schlecht?«
»Die anderen Leute hier lassen Sai-washes nicht mal ins Haus und schon gar nicht am Tisch sitzen.«
»Dann sollten sich diese anderen Leute schämen.«
Dazu äußerte sie sich nicht, und darüber war ich nur froh. Ich war schon wütend genug, es hätte also gewiss einen Krach gegeben, und unser Verhältnis war ohnehin schon sehr gespannt. Wir hatten beide angefangen zu nörgeln und spitze Bemerkungen zu machen. Es war ihre Aufgabe, dafür zu sorgen, dass immer genug Wasser und Holz im Haus war. Doch nun waren die Vorräte ein paar Mal so sehr zurückgegangen, dass ich sie erinnern musste. Als dies das zweite Mal geschah, meinte sie, vielleicht sollten wir uns bei diesen Arbeiten abwechseln.
»Ich habe es dir überlassen«, sagte ich, »weil ich dachte, du kannst es besser als ich.« Ich hatte auch gedacht, es gliche ein wenig den Extraunterricht aus, den ich ihr jeden Abend gab, aber das erwähnte ich jetzt nicht.
Sie sagte nichts weiter, doch als ich sie noch ein paar Mal hatte erinnern müssen, verstand ich, dass es ihr ernst war. Es endete damit, dass wir abwechselnd die Wäsche wuschen, sauber machten, das Geschirr spülten und so weiter.
So hatte ich es von vornherein keineswegs gemeint. Ich steckte fast den ganzen Tag im Klassenzimmer und arbeitete manchmal nach dem Abendessen noch spät an den Vorbereitungen der Stunden und den Schülerbeschäftigungen. Ich hatte gedacht, Nancy würde mich unterstützen, so wie ich Miss Ivy

unterstützt hatte, doch das war keineswegs der Fall. Ich hatte nun nicht nur genauso viel zu tun wie vorher, sondern musste zusätzlich neben mir jemanden ertragen, den ich von Tag zu Tag weniger ausstehen konnte. Als ich das Gasthaus von Nancys Eltern gesehen hatte, war es sauber wie aus dem Schächtelchen, und Nancy war anfangs bei mir auch so. Doch nach einer Weile ließ sie ihre schmutzigen Sachen an den Nägeln oder über einem Stuhl herumhängen und nahm sich nicht die Mühe, sie zu waschen, ehe sie so durchdringend rochen wie Ben Norvalls Kleider. Wenn ich darüber eine Bemerkung machte, räumte sie alles auf einen Haufen und außer Sicht, aber öfter gewaschen wurden die Sachen deshalb auch nicht.

Als ich eines Tages mit Mr Strong in seinem Laden unsere Rechnung fertigmachte, erzählte ich ihm davon. »Das ist aber sehr schade«, meinte er. »Ich hatte gehofft, es würde besser werden, wenn man sie von der Familie trennt.«

»Was ist denn los mit ihr?«

»Ganz einfach, sie hat zu lang und zu schwer arbeiten müssen, Madam. Sie ist ein braves Mädchen, aber sie hat immer ein Sklavenleben geführt. Seit ich mich erinnern kann, hat die Mutter das Mädchen ständig angetrieben, das war schon nicht mehr schön, sage ich Ihnen.«

»Wenn ich sie wenigstens zum Reden brächte …«

»Aus keinem von der Familie bringt man ein Wort heraus. Ich kann Ihnen nur das eine sagen, sie hat es nicht leicht gehabt. Sie haben das Gasthaus gesehen, das ihre Eltern führen, und wie tadellos gehalten es ist. Nun, das kommt daher, dass sie ihre Kinder pausenlos rennen und springen lassen. Nancy hat praktisch ihre beiden Brüder allein aufgezogen, und wenn sie nicht mit den Kindern zu tun hatte, dann arbeitete sie im Garten oder machte Betten oder sonst etwas – aber, hören Sie, das ist schließlich nicht Ihre Angelegenheit. Schicken Sie sie nach Haus, wenn Sie es nicht mehr aushalten.«

Das wollte ich nur höchst ungern tun, besonders nach allem, was er mir erzählt hatte. Es war mir dadurch klar geworden, warum Lesen lernen für sie so wichtig war und warum sie es immer weiter versuchte, obwohl dabei nichts herauskam. »Ich muss lernen«, hatte sie mir einmal leidenschaftlich versichert. Es war das einzige Mal gewesen, dass sie aus sich herausgegangen war. »Ich muss die Abschlussprüfung der achten Klasse schaffen. Dann hat mir Mutter nämlich versprochen, dass ich nach Fairbanks auf die High-School darf.« Das war die einzige Chance für sie, von der Familie fortzukommen.

Doch ich mochte noch so intensiv mit ihr arbeiten, es zeigte sich kein Erfolg. Ich wurde langsam selbst unzufrieden und mürrisch. Alle Schüler arbeiteten fleißig und es gefiel ihnen, doch es gelang einfach nicht, Nancy an etwas, das wir taten, zu interessieren. Sie blieb ein Außenseiter, sie hob nie die Hand, um eine Antwort zu geben, und wenn ich sie aufrief, war nichts aus ihr herauszuholen. Die anderen Kinder wussten, dass ich mit ihr privat lernte, und sie waren ohnehin schon eifersüchtig, weil sie bei mir wohnte. Sie nannten sie Miss Stummfisch und verspotteten sie, indem sie hinter ihrem Rücken ihr mürrisches Gesicht nachäfften. Als ich einmal Jimmy Carew laut lesen ließ, ahmte er sie gekonnt nach – lümmelte auf seinem Sitz und starrte angespannt in sein Buch, das er umgekehrt in der Hand hielt. Eines Nachmittags kurz vor Schulschluss spitzte sich die Lage bis zur Explosion zu. Nancy stand auf, ging zu Jimmy hinüber und gab ihm eine kräftige Ohrfeige. Dann ging sie in meine Wohnung und schlug die

Tür hinter sich zu. Jimmy betastete völlig verblüfft das schmerzende Ohr und kämpfte mit den Tränen. Dann setzte er jenes mürrische Gesicht auf, das die Kinder immer zum Lachen brachte. Ich befahl der Klasse, ruhig zu bleiben und ging hinüber, um mir Nancy vorzunehmen, doch sie war schon aus dem Haus gegangen und blieb nicht stehen, als ich sie zurückrief.

Sie kam erst lang nach dem Abendessen wieder und ließ, als sie ihre Schuhe säuberte, die Tür einige Sekunden länger offen als nötig. Ich hatte ein Stück Spiegel auf dem Tisch aufgestellt, saß beim Ofen und brannte mein Haar. Am folgenden Abend sollte im Schulzimmer ein Tanzabend stattfinden, und ich wollte gern so hübsch wie möglich aussehen. Ich fragte sie, wo sie gewesen war.

»Bei Joe Temple.«

»Ganz allein?«

»Mhm.«

»Findest du das richtig?«

Sie zuckte die Achseln und fing an, ihre Parka auszuziehen.

»Wir haben fast kein Wasser mehr«, sagte ich. Normalerweise hätte ich es selbst geholt, doch diesmal war ich boshaft.

Sie ging zweimal und ließ beide Male die Tür weit offen, sodass die Kälte hereindrang. Als sie fertig war, setzte sie sich auf die Couch und starrte ins Leere, ihre Augen folgten nur gelegentlich dem Ondulierеisen.

»Ich habe dir doch schon einmal gesagt, Nancy, geh nicht allein in Joes Hütte.«

»Wir haben nur geplaudert.«

»Das glaube ich dir gern. Aber während du hier bist, habe ich die Verantwortung, und wenn ich dich bitte, etwas zu unterlassen, so habe ich einen guten Grund dafür.«

Wir schwiegen eine Weile, dann sagte Nancy: »Für das hat er Mary Angus, falls Ihnen das im Magen liegt.«
»Warum hast du Jimmy geschlagen?«, fragte ich, um das Thema zu wechseln.
»Weil er mich verspottet hat. Schon drei Tage lang.«
»Das hättest du mir sagen müssen, ich hätte es ihm verboten.«
»Brauchen Sie jetzt nicht mehr. Der schneidet nicht wieder Gesichter.«
Ich wollte meinen Entschluss nicht länger hinausschieben. Als ich mit dem Ondulieren fertig war, setzte ich ein Haarnetz auf und versuchte, höfliche Worte für das zu finden, was ich sagen wollte, doch es gelang nicht. »Nancy, ich denke, wir haben uns beide bemüht, so sehr wir konnten, und wir haben nichts erreicht.«
Sie saß regungslos da, nur ihre Augen begegneten flüchtig den meinen, dann senkte sie den Blick zu Boden.
Ich fuhr fort: »Vielleicht wäre es eine gute Idee, wenn du zehn Tage oder so nach Haus gehen würdest, damit wir beide zur Ruhe kommen. Was meinst du dazu?«
Sie gab keine Antwort. Wir wussten beide, wenn sie mich verließ, würde es für immer sein. Eine Stunde später, ich war eben in meine Mathematikaufgaben für die achte Klasse vertieft und versuchte, mit der Division von Brüchen zurande zu kommen, brach sie das Schweigen. »Sie mögen mich wohl überhaupt nicht?«
»Oh, doch«, log ich.
»Warum schicken Sie mich dann nach Haus?«
»Mir scheint, wir tun einander nicht gut.«
»Nur weil ich Jimmy Carew geohrfeigt habe.«
»Nein, das ist nicht der Grund.«

»Na, was denn? Weil ich nicht so viel scheuern und waschen will, wie Sie verlangen?«

»Nancy …«

»Na, deshalb bin ich schließlich nicht hier«, fuhr sie fort. »Tue ich nicht genug zu Haus. Ich bin hier, damit Sie mir das Lesen beibringen, und das gelingt Ihnen nicht.«

»Nein, das gelingt mir nicht«, sagte ich und verlor langsam die Beherrschung. »Und so wie du dich anstellst, wirst du es nie lernen. Du kennst nur deinen Zorn, was anderes hat in deinem Kopf nicht Platz.« Die Worte stürzten nur so aus mir heraus, und Nancy starrte mich mit großen Augen an. »Du hast dein Leben lang in diesem Teil des Landes gelebt, aber wenn Leute zu Besuch kommen, sprichst du kein Wort mit ihnen. Meistens siehst du sie nicht einmal an. Was glaubst du, wie ihnen dabei zumute ist?«

»Was soll ich denn zu ihnen sagen?«

»Irgendwas, was dir eben durch den Kopf geht. Alles ist besser, als sie derart stumm anzustarren. Und wenn dir wirklich nichts einfällt, dann lächle ihnen zu. Wenn du willst, kannst du wunderschön lächeln. Und du hättest auch ein hübsches Gesicht, wenn du dir die Mühe machtest, es ab und zu zu waschen.« Ich hielt inne, und es tat mir Leid, dass ich so viel gesagt hatte. Das wollte ich nicht. Ich fasste mich. »Als du herkamst, Nancy, habe ich mich wirklich gefreut. Ich brauchte deine Hilfe dringend, und du hast mir eine Menge Hilfe gegeben – anfangs. Jetzt willst du nichts mehr tun – du machst das Bett nicht, du trägst kein Wasser, du wechselst nicht einmal die Wäsche, wenn ich es dir nicht ausdrücklich sage. Und wenn ich dich bitte, etwas zu tun, dann schaust du mich an, als wäre ich ein Schuft.«

»Meine Mutter zahlt Ihnen nicht, damit ich koche und sauber mache«, sagte sie steif. »Sie zahlt, damit Sie mich unterrichten.« Jetzt war es an mir, erstaunt zu sein. »Nancy, deine Mutter zahlt mir nichts.«

»Was reden Sie denn da? Ich hab's doch selbst gehört, als Sie damals bei uns durchkamen, dass sie zahlen wird, wenn Sie mich nehmen.«

»Ja, so hieß es damals. Aber am Tag, als du kamst, schickte ich ihr einen Brief und sagte darin, sie brauche mir nichts zu bezahlen.«

Sie wehrte sich dagegen, mir zu glauben, doch als ich es ihr auf Treu und Glauben vesicherte, wurde sie blass.

»Warum haben Sie das getan?« Ihre Stimme schien von weit her zu kommen.

»Ich war froh, Gesellschaft zu haben«, sagte ich aufrichtig. »Ich hatte Angst, hier ganz allein zu sein.« Sie sah so elend aus, dass ich wünschte, ich hätte etwas, das sie tröstete. »Vielleicht hätte ich es dir damals sagen sollen«, schloss ich.

In der Kaffeekanne war Kaffee, und ich fragte sie, ob sie welchen wolle. Sie schüttelte den Kopf. Ich goss mir eine Tasse ein und setzte mich wieder an den Tisch. Mir war scheußlich zumute.

»Nancy, wenn du gern bleiben willst, dann versuchen wir es noch einmal miteinander.«

Sie stand auf und ging zum Fenster. Langsam rieb sie etwas Feuchtigkeit von der Scheibe und starrte hinaus in die Dunkelheit.

Dann weinte sie lange.

10

Von nun an änderte Nancy sich. Sie hatte vor unserer Auseinandersetzung ihre Gefühle nicht eben zur Schau getragen, und auch nachher wurde das nicht viel anders, dennoch war der Unterschied deutlich zu merken. Vorher hatte ich sie in der Frühe buchstäblich aus dem Bett zerren müssen, jetzt stand sie gleichzeitig mit mir und manchmal früher auf. Sie arbeitete wie mit einem Motor, sie putzte und wusch und hielt sich selbst sauber, sie war so fleißig, dass ich ihr mehrfach sagen musste, die Dinge gemächlicher zu nehmen. Doch auf diesem Ohr hörte sie einfach nicht. Sie verhielt sich mir gegenüber, als wäre ich dadurch, dass ich sie ohne Bezahlung bei mir behielt, eine Art Heldin geworden.

Ich lobte sie, so viel ich nur konnte, und sie glühte vor Dankbarkeit. Sie blickte mir kaum jemals offen in die Augen, und sie lächelte nie, damit man die Löcher in ihren Schneidezähnen nicht sah, doch dass sie sich freute, merkte ich trotzdem.

Nach ein paar Tagen sprachen wir längere Zeit miteinander, etwas, das wir noch nie fertig gebracht hatten. Ich sagte ihr, wie sehr ich anerkannte, was sie tat, und dass sie sich nicht überarbeiten dürfe. Sie meinte, deswegen brauchte ich mir keine Sorgen zu machen. »Ich möchte Ihnen beweisen, wie glücklich ich über das bin, was Sie für mich getan haben«, sagte sie und zupfte an losen Fäden in ihren Latzhosen. Ihre Gewohnheit, die Aufmerksamkeit bei einem Gespräch immer auf alles Mögliche andere zu richten, machte mich verrückt. Es wirkte, als wäre ihr egal, was gesprochen wurde. Doch so war es nicht. Sie wusste nur nicht, wie sie ihre Anteilnahme zeigen sollte.

Ich versuchte, ihr verständlich zu machen, dass ich für sie nicht mehr tat, als Miss Ivy für mich getan hatte – sehr viel weniger im Grunde, denn ich brauchte ja ihre Hilfe –, aber davon wollte sie nichts hören.

»Sie haben mehr für mich getan als je ein anderer Mensch«, versicherte sie mir. »Und das vergesse ich nie.«

»Wenn du das ehrlich meinst, wüsste ich wohl einen Weg, wie du es mir zurückzahlen könntest«, sagte ich.

»Na, wie?«

»Indem du zu den Kindern in der Schule ein bisschen freundlicher bist.«

»Nutzt nix. Sie mögen mich nicht.«

»Sie würden dich mögen, wenn du anders zu ihnen wärst. Sie haben Angst vor dir.« Dann erklärte ich ihr, sie könne als meine Helferin arbeiten, als eine Art Assistentin der Lehrerin.

»Eine gute Helferin wäre ich«, sagte sie und zog den Faden heraus, den sie die ganze Zeit in der Arbeit gehabt hatte. »Wo ich doch nicht einmal lesen kann.«

»Nancy, du kannst lesen. Dazu fehlt nichts, als dass du deine verrückte Methode aufgibst. Geh an die Arbeit und lerne, wie man Wörter in Laute zerlegt, und ich garantiere dir, in einem Monat kannst du lesen. Und dann bist du mir in der Schule wirklich eine Hilfe.«

Sie versprach nichts, und ich erwartete auch nicht viel.

Deshalb war ich wirklich erstaunt, dass sie sich nicht nur mit

Eifer an die Arbeit machte, sondern auch zu den anderen Schülern netter zu sein versuchte. Früher hätte sie während des Unterrichts für niemanden einen Finger gerührt, jetzt stand sie auf und schloss die Ofentür, wenn es im Zimmer zu heiß wurde, und öffnete sie, wenn es zu sehr auskühlte. Als einige der »Bücher«, die die Kinder angelegt hatten, zu zerfallen drohten, brachte sie sie in Ordnung. Sie ging damit hinüber ins Gasthaus, nähte die Blätter auf Maggie Carews Maschine zusammen und schob sie den Kindern mürrisch hinüber. »Da hast du's, ich hab's dir gerichtet.« Sie war ausgezeichnet in Mathematik, also bat ich sie eines Vormittags, Jimmy mit dem Einmaleins zu helfen. Sie und Jimmy hatten seit der Ohrfeigengeschichte kein Wort gewechselt, und keiner der beiden schien von meinem Vorschlag begeistert. Ich schickte sie in mein Zimmer, um dort in Ruhe zu arbeiten, und als ich ein paar Minuten später einen Blick durch die Tür warf, unterwies sie ihn, als hätte sie ihr Lebtag nichts anderes getan.

Von da an goss die Klasse viel weniger Hohn über sie aus. Nancy erfand sogar ein Spiel, eine Einmaleins-Uhr, wie sie es nannte. Es war ein Zifferblatt aus Karton mit einem einzigen Zeiger, den sie mit der Hand von einer Zahl zur nächsten bewegte, während die Kinder mit zwei, drei oder fünf multiplizierten. Nach einiger Zeit benützten wir eine Stoppuhr, um festzustellen, wie schnell die Kinder rechneten.

Sie blühte richtiggehend auf. Es brauchte nur wenige Wochen, und die Kinder gingen zu ihr. Wenn es in den Pausen draußen zu kalt für die Kleinen war, ließ ich Nancy die älteren Kinder beaufsichtigen, während die jüngsten im Klassenzimmer spielten. Unter vier Augen bat ich sie, sich ein bisschen um Chuck zu kümmern. Die anderen Kinder quälten ihn nicht mehr so viel wie vorher, doch ab und zu ließen sie ihn merken, dass er nicht so gut war wie sie. Darin taten sich vor allem die Vaughn-Zwillinge hervor.

Sie passte besser auf ihn auf, als ich es konnte. Während einer Pause hörte ich ihn draußen weinen, ging zur Tür und öffnete sie gerade rechtzeitig, um zu sehen, wie Nancy Eleanor einen Stoß gab, dass sie sich schnell in den Schnee setzte. Die Kinder mussten Chucks Gesicht mit Schnee abgerieben haben, denn es war nass und rot. Keiner bemerkte mich, also dachte ich, es sei am besten, die Sache Nancy zu überlassen. Sie konnte ohne weiteres mit beiden gleichzeitig fertig werden.

»Von jetzt an lasst ihr den Kleinen in Ruhe«, sagte sie zu Evelyn und legte Chuck die Hand im Fäustling auf die Schulter.

»Seit wann nimmst du Sai-washes in Schutz?«, fragte Eleanor und rappelte sich hoch.

»Ich nehme sie nicht mehr in Schutz als ich euch in Schutz nehmen würde«, gab Nancy zurück. »Teacher sagt, lasst ihn in Ruhe, also habt ihr ihn in Ruhe zu lassen.«

»Du hast kein Recht, uns was zu befehlen«, fauchte Eleanor.

»Stimmt«, pflichtete Evelyn bei.

»Ich befehle euch nicht, was ihr tun sollt. Ich sage euch nur, wenn ihr zu dem Kleinen da wieder grob werdet, dann schlage ich euch den Kopf ein.«

Von da an ließen sie Chuck in Ruhe.

Ich kann wohl sagen, damals war ich so glücklich wie nie zuvor. Alles war genau so, wie ich es mir erträumt hatte – die Siedlung und das Land ringsum unter einer dicken, weißen Decke begraben, der Schnee so trocken, dass man in Mokassins darauf gehen konnte, ohne nass zu werden. Jetzt erst wurde mir bewusst, wie der Norden wirklich war. Er war für den Winter gemacht, denn im Winter konnte alles vor sich gehen. Man lief Ski und kam doppelt so schnell und mühelos überall hin wie im Sommer. Die Leute holten die Bäume aus dem Wald, die sie im Sommer gefällt und liegen gelassen hatten, bis sie mit Schlitten hereingebracht werden konnten. Es klingt vielleicht merkwürdig, aber das Land erwachte jetzt erst zum Leben. Man hörte jemanden eine halbe Meile entfernt sprechen, man hörte, wenn jemand im Ort einen Topf auf dem Herd klappern ließ. Alles war nun so still und offen und frei, als hätte man ein Gefängnis verlassen. Die Menschen waren guter Laune, und sie sahen ebenso aus wie das Land – sauber und frisch.

Wenn die Lunchpause herankam, schossen die Kinder hinaus wie die Pfeile, und fünfzehn Minuten später hatten sie ihr Essen hinuntergeschlungen und amüsierten sich mit Rodeln und Skifahren. Ich lernte im Handumdrehen Ski fahren. Als Kind hatte ich es ein bisschen probiert, aber nur auf Fassbrettern. Das ist ganz anders als mit richtigen Skiern. Sobald ich auf den Brettern sicher war, drängte es mich genau wie die Klasse hinaus auf die Hänge.

Was ich wirklich gern lernen wollte, war Ski-Jöring – sich von Hunden ziehen lassen –, aber das gelang mir nicht. Fred war darin Meister, und er versuchte es mir ein paar Mal beizubringen, doch immer rissen mich die Hunde um. Schließlich sagte er mir, er würde etwas erfinden, damit ich das Gleichgewicht halten könne. »Halten Sie sich am nächsten Samstagvormittag bereit«, sagte er nur, als ich ihn fragte, wie er das bewerkstelligen wolle. »Ich komme ungefähr um zehn.«

Punkt zehn hörte ich ihn meinen Namen rufen, und als ich die Tür öffnete, wartete er auf Skiern vor dem Schulhaus. Er hatte seinen Lieblingsleithund, Pancake, und zwei andere mitgebracht.

Es war nicht sehr kalt, also zog ich über den warmen Sweater nur eine Segeltuchparka. Auf der offenen Veranda wollte ich die Skier nehmen, doch er sagte, ich brauche sie nicht. Dann sah ich, was er gemacht hatte: Er hatte ein zweites Riemenpaar auf seinen Skiern angebracht, sodass ich hinter ihm stehen konnte.

»Und Sie glauben, das wird funktionieren?«, fragte ich.

»Ich weiß nicht«, gab er zurück. »Ich hab's noch nie versucht.«

Nancy sah uns von der Tür her zu, wie wir uns die Skier anschnallten, und ich konnte ihr kaum zum Abschied winken, da rief Fred schon: »Los!« Und los ging's.

Anfangs fuhren wir nicht sehr schnell, weil die Hunde in dem festgetretenen Schnee rund um die Siedlung nicht richtig Fuß fassen konnten, doch sobald wir auf dem Waldpfad waren, erhöhte sich die Geschwindigkeit. Dann begann Fred den Hunden das alte Volkslied »Sweet Rosie O'Grady« vorzusingen, und daraufhin zogen sie sehr schnell an. Jeder hatte eine andere Methode, die Schlittenhunde anzufeuern. Manche bedienten sich einer Peitsche. Andere, wie Angela Barrett, brüllten die ganze Zeit und traktierten sie mit Flüchen. Ihre Hunde waren daran so gewohnt, dass sie nur liefen, wenn sie ihnen die Flüche zuschrie, so laut, dass man sie über eine halbe Meile hörte. Fred hingegen sang für die seinen, und das liebten sie.

»Nicht singen!«, schrie ich.

»Warum nicht?«

»Es geht zu schnell.«

»Wir haben doch kaum angefangen.«
»Fred, wir stürzen.«
»Nein, wir stürzen nicht.«
Ich hielt mich so fest ich konnte an seiner Parka. Die Skier unter uns knirschten. Die Hunde liefen dreißig Fuß voraus, er hatte ihnen die ganze Länge der Leitleine gegeben. Ich war sicher, wenn sie plötzlich und mit einem Ruck anzögen oder das Tempo verlangsamen würden, dann müssten wir im Schnee landen.
Doch ich klammerte mich weiter fest. Skilaufen war lustig, doch das hier war etwas vollkommen anderes.
Nach einer Weile begann ich, mich selbst zu beglückwünschen. Ich stellte mich ganz geschickt an! In den Kurven ging ich mit seinem Körper mit, und überhaupt konnte ich meine Bewegungen denen Freds anpassen, als führen wir Tandem. Wir müssen ungefähr eine halbe Meile gefahren sein, als mir mein neu erworbenes Können so in den Kopf stieg, dass ich nicht einmal auf den Weg schaute.
Der Pfad machte eine scharfe Wendung. Fred beugte sich nach links, ich zog ihn nach rechts, und schon war's geschehen.
Zum Glück landeten wir in einer Schneewehe. Wir lachten, machten zunächst keine Anstalten aufzustehen, sondern machten es uns da bequem, wo wir lagen: »Nichts passiert?«, fragte Fred.
»Alles in Ordnung! Mir geht's gut. Vielleicht mache ich ein Schläfchen.« Ich richtete mich auf die Ellbogen auf und sah den Hunden zu. Es hatte sie auch erwischt, zwei hatten sich in die Leitleinen verwickelt. Doch sie waren gut abgerichtet und regten sich deswegen nicht auf. Pancake war ein prachtvoller Bursche, ein graues Wolfsgesicht mit einer Maske aus Braun,

darin schief stehende eisblaue Augen. Er kam keuchend zu Fred heran, klemmte den Schwanz zwischen die Beine und bewegte das Hinterteil hin und her.

»Schauen Sie sich den an. Er denkt, er ist schuld«, sagte Fred. Er setzte sich auf und entwirrte die Leine.

»Na, wessen Schuld ist es denn?«

»Ihre.«

»Ich wusste ja, dass alles auf mich geschoben wird.«

»Besser als auf Pancake.« Er rubbelte den Kopf des Hundes. »Er würde schreckliche Gewissensbisse haben.«

»Na und ich?«

»Sie werden es ertragen.«

Ich hob einen Schneeklumpen auf und bewarf ihn damit. Er wich mühelos aus, und der Klumpen zerfiel zu Pulver. Dann hob er einen größeren Klumpen auf und warf ihn hoch in die Luft. Er fiel auf die Kapuze meiner Parka und blieb zum großen Teil darauf liegen.

»Sie sehen aus wie ein Baum«, sagte er.

»Das ist das Netteste, was Sie je zu mir sagten.«

Ich blickte hinauf in den blauen Himmel. Es war noch früh, doch die Sonne stand tief, sie lag fast auf den weit entfernten Bergkämmen und zog blaue Schatten aus den Bäumen hervor. Ich beobachtete Fred, während er die Hundeleinen entwirrte. Er war in der Vorwoche bei den Fallen gewesen, und Sonne und Schnee hatten ihn braun gebrannt wie eine Kaffeebohne. Es hatte mir wirklich gefallen, auf den Skiern so dicht bei ihm zu stehen, und ich hätte gern gewusst, ob er ähnlich empfand. Doch selbst wenn das der Fall war, zeigte er es nicht. So war er immer zu mir. Vorsichtig. Das Einzige, das er bisher gewagt hatte, war, meine Hand zu halten, als wir allein waren. Gesprochen hatten wir nie darüber, doch ich wusste genau, warum er so vorsichtig war. Er hatte von den Leuten schon so viel Blödsinn über Mischlinge hören müssen, dass er sich in sicherer Distanz von mir hielt; als ob er nicht so gut wäre wie jeder andere und ich etwas Besonderes. Gewiss hätte er sich anders verhalten, wenn er rein weiß gewesen wäre.

Wenn es nur einen Weg gegeben hätte, ihm zu zeigen, wie gern ich ihn mochte! Mir fiel nichts ein. Ich hatte schon alles und jedes versucht. Das letzte Mal, als ich bei ihnen zu Haus war, hatte ich ihn beim Schachspiel gewinnen lassen, und als wir politisierten, hatte ich mich überzeugen lassen, dass er Recht hatte, obwohl er für die Demokraten war und ich für die Republikaner. Ich hatte ihm sogar von all den elenden Orten berichtet, in denen ich aufgewachsen war, und dass ich einen Sommer als Magd auf einer Farm gearbeitet hatte, damit er nicht denken sollte, ich wäre ein höheres Wesen, nur weil ich Lehrerin war. Egal, er blieb auf Distanz.

Ich wusste wirklich nicht, was ich noch tun konnte. Als ich bei Miss Ivy lebte, hatte sie mir eingeschärft, dass Jungen es nicht mögen, wenn Mädchen ihnen nachlaufen. Sie sagte, es gäbe Mittel und Wege, einem Jungen zu zeigen, dass man ihn begünstige – nur hatte sie mir nie verraten, worin diese Mittel und Wege bestünden. Mir kam es vor, als habe ich ihm ohnehin jede Ermunterung gegeben, die nur möglich war, nur dass ich es ihm nicht geradewegs ins Gesicht gesagt hatte.

Fred stand auf, bürstete sich den Schnee ab und half mir hoch. Dann ging es weiter.

202 Ein paar Minuten später kam Mary Angus' Hütte in Sicht.

Aus dem Ofenrohr kam Rauch, und das bedeutete, dass es ihr gut ging. Als ich ihr vor zwei Wochen in der Nähe von Freds

Haus begegnet war, hatte ich wirklich Angst gehabt, sie müsse sterben. Sie war ziemlich weit von mir entfernt gewesen, und es war fast schon dunkel. Sie zog einen Handschlitten und hatte ihr Töchterchen bei sich. Vermutlich waren sie auf dem Weg zu ihren Fallen. Wir winkten einander zu, doch bevor sie weiterging, fiel sie mit dem Oberkörper nach vorn und hustete. Als ich gleich darauf an der Stelle vorbeikam, sah ich, dass der Schnee mit Blutstropfen besät war. Und jedes Mal, wenn ich seitdem daran dachte, wurde mir wieder so übel wie damals. Ich hatte an den Pastor von Eagle geschrieben, ob er in seiner Gemeinde Lebensmittel für sie sammeln könne, und er hatte es zugesagt. Die Purdys sorgten dafür, dass sie genug Holz hatte, und sonst konnte man für sie nicht viel tun. Ich überlegte kurz, ob ich hineingehen und nach ihr und dem kleinen Mädchen sehen sollte, ließ es dann aber sein. Sie hätte sich wohl geniert.

Als Fred und ich ein wenig später in der Nähe von Lost Chicken angelangt waren, kehrten wir um. Es wurde schon dunkel, also kürzten wir den Weg durch unberührten Schnee ab und nahmen an, wir würden dicht bei Onkel Arthurs Hütte wieder auf den Pfad kommen. Die Hunde mussten uns den Weg bahnen, sie machten Sätze wie Fische, die die Oberfläche des Wassers durchbrechen, und es war beschwerlich für sie, also gingen wir zu Fuß.

Onkel Arthur fanden wir dabei, wie er etwas tat, das die Goldwäscher »driften« nennen, eine ausgesprochene Schwerarbeit, besonders für einen so alten Mann. Er hatte die Parka ausgezogen, man sah, wie gekrümmt er am ganzen Körper war und wie geschwollen die Gelenke vom Rheuma. Er konnte nicht weit von siebzig gewesen sein, doch das hinderte ihn nicht daran, mit Hacke und Schaufel zu arbeiten. Jedenfalls lagen die Werkzeuge zusammen mit dem Mantel neben dem Loch, das er gegraben hatte.

In dem Loch, das jetzt ungefähr zwei Fuß tief war, hatte er Späne und Holzscheite aufgehäuft. Als wir ihn erreichten, hatte er eben ein Zündholz daran gehalten und kletterte aus dem Loch. Das Feuer würde den gefrorenen Boden auftauen, dann konnte er wieder ein Stück tiefer graben. Mit der Zeit würde er auf goldhaltiges Erdreich stoßen – vielleicht in zwanzig bis vierzig Fuß Tiefe – und wenn es ergiebig genug war, würde er die Umgebung des Lochs im kommenden Sommer bearbeiten. Falls nicht, würde er es woanders versuchen.

»Wie geht's, wie steht's, Missis?«, fragte er mich.

»Gut, Onkel Arthur. Schmecken die Cornflakes?«

»Cornflakes sind mir widerlich«, gab er zurück. »Habe alle Mert Atwood geschenkt. Der blöde Kerl frisst alles.«

Ich wusste, ich würde diese Antwort bekommen und konnte doch nicht widerstehen, die Frage zu stellen. Da Mr Strong jetzt mit dem Hundeschlitten fahren konnte, hatte er endlich die Cornflakes gebracht, die Onkel Arthur bestellt hatte – sechs große Pakete. Nur lag Onkel Arthur gar nichts an den Cornflakes, aber wie eine Menge andere Leute in Chicken auch, fand er, dass Mr Strong aus seiner Postkonzession zu viel verdiente, also bestellten sie mit der Paketpost so viele voluminöse Dinge wie nur möglich. Je mehr Platz die Paketpost beanspruchte, umso weniger Möglichkeit hatte Mr Strong für Privatfracht, die einträglich war. Onkel Arthur hatte mit den Cornflakes ins Schwarze getroffen, sie waren billig, voluminös und so leicht, dass die Postgebühr nicht viel ausmachte, und er hatte die anderen alten Knaben ebenfalls angestiftet, sich Cornflakes schicken zu lassen. Mr Strong jedoch wehrte sich, indem er die Cornflakes erst nach Eintritt des Frosts herausbrachte, wenn er auf dem Schlitten genügend Platz hatte.

Onkel Arthur nahm seinen Mantel vom Schnee und zog ihn an, wobei er den Kopf zurückwarf, damit sich der Bart beim Zuknöpfen nicht in die Knöpfe verfing.

»Haben Sie morgen Schönschreiben?«

»Ja.«

Er konnte davon nicht genug kriegen, und wenn ich einmal an dem Tag, wenn er bei uns auftauchte, kein Schönschreiben hatte, dann murrte er und beklagte sich.

»So seid ihr herausgekommen«, fragte er jetzt, »zu zweit auf einem Paar Ski?«

»Ja.«

»Ist sicher sehr gemütlich, kann ich mir denken, aber ist wohl besser, die Kinder sehen das nicht. Gibt kein gutes Beispiel, wenn ihr wisst, was ich damit sagen will.«

Wenn er das bloß nicht gesagt hätte! Es machte Fred und mich verlegen und gab uns ein unbehagliches Gefühl. Ich durchschaute ihn nicht richtig. Manchmal dachte ich, er könne mich leiden, dann wieder, wie jetzt, war er streitsüchtig und gereizt. Fred unterhielt sich ein paar Minuten mit ihm über die Goldwäscherei, dann verließen wir ihn. Ich wusste, dass Fred noch an dem kaute, was Onkel Arthur gesagt hatte. Anstatt wieder zu zweit Ski-Jöring zu machen, nahm er die Ski auf die Schulter und führte die Hunde an der Leine.

Sobald wir außer Sicht des Alten waren, hängte ich mich bei ihm ein. »Wann machen wir das Schnee-Picknick?« Er hatte es mir schon ein paar Mal versprochen.

»Ich dachte, so in zwei Wochen.«

»Warum erst dann?«
»Muss ein paar Tage nach den Fallen schauen gehen.«
Ich war enttäuscht. Das hieß, er würde eine ganze Woche weg sein. Schlimmer noch, ich wusste, er hasste alles, was mit dem Fallenstellen zusammenhing. Die gefangenen Tiere lebten meist noch, sie fauchten und zischten vor Angst, und er musste sie erschlagen, dann abhäuten, solang der Kadaver noch warm war. Er hatte mir das alles erzählt. Er tat es aus einem einzigen Grund – weil seine Familie das Geld benötigte.
»Mir wäre lieber, Sie brauchten nicht zu gehen«, sagte ich.
»Mir auch. Sie werden mir fehlen.«
»Wirklich?«
»Oh ja.«
»Mir geht es genauso. Sie werden mir auch fehlen.«
Wenn er jetzt nicht begriff, wie viel er mir bedeutete, dann half nichts mehr. Er ließ die Ski in den Schnee fallen, und in mir spannte sich alles an: Würde er mich jetzt küssen? Dass er es gern täte, ließ sich aus seinem ernsten Gesicht schließen. Plötzlich fiel mir ein, was er vom Nachsehen der Fallen gesagt hatte. »Fred, Sie werden doch zum Tanzabend kommen?« Der sollte am Freitag stattfinden, und das war schon in ein paar Tagen. »Keine Angst, natürlich komme ich.«
»Wäre es nicht nett, wenn wir das Mitternachtssouper zusammen essen könnten?«
Onkel Arthur brachte zu den Tanzabenden immer sein uraltes Grammophon mit, und ungefähr um elf Uhr hörten die Volkstänze auf, und alles tanzte zu den zerkratzten Schallplatten, die er auflegte.

Den Walzer »Home sweet home« sparte er immer für ganz zuletzt auf, und niemand wusste, wann er drankam. Erklangen

die ersten Takte, dann stürzte jeder Mann zu der Frau, die er als Partnerin beim Mitternachtssouper im Gasthaus haben wollte. Ich war einmal bei Mert Atwood gelandet und einmal bei Joe Temple, doch niemals bei Fred. Onkel Arthur sorgte immer dafür, dass wir im entscheidenden Augenblick so weit wie möglich auseinander standen.
»Ich werde aufpassen«, versprach Fred. »Aber ich habe nicht viel Hoffnung. Wäre auch nicht gut für Sie, wenn Sie bei einem Halbblut hängen bleiben«.
Es war das erste Mal, dass er etwas Derartiges gesagt hatte.
»Würden Sie es trotzdem versuchen?«
»Ja. Ich weiß sogar die Farbe des Schildchens auf der Platte. Nur ist Onkel Arthur sehr gerissen.«
»Welche Farbe hat das Schildchen?«
»Grün.«
»Sie sind wirklich gerissen. Darauf wäre ich nie gekommen.«
Ich stand so nahe bei ihm, wie ich nur konnte, ohne ihm auf die Füße zu steigen. Wenn er mich küssen wollte, konnte er es nicht bequemer haben. Er blickte mich wieder auf seine ernsthafte Art an, und bevor er die Arme um mich legte, wusste ich, jetzt würde es geschehen. Er hielt immer noch die Hundeleinen in den Händen, und ich dachte, wenn diese Biester jetzt an den Leinen reißen, dann bringe ich sie um. Doch sie blieben ruhig stehen. Und dann lag Freds Mund auf dem meinen. Ich fühlte mich zuerst ungeschickt und nervös, und mein Herz hämmerte wie eine Dampflokomoive, doch dann plötzlich war mir warm und wunderbar zumute, als sei ich jetzt endlich dort, wo ich immer hatte hinkommen wollen. Nachdem er mich geküsst hatte, hielt er mich ein Stückchen von sich ab, und die Art, wie er mich ansah, zeigte mir, dass ich ihm mehr bedeu-

tete, als er mich jemals hatte merken lassen. Sehr viel mehr. Dann lag sein Mund wieder auf dem meinen.

Seine Parka war am Hals offen, und als ich meinen Kopf an seine Schulter legte, fühlte ich die Wärme, die von seinem Körper aufstieg. Er duftete nach Holzrauch. Ich wünschte, wir hätten irgendwo hingehen können, wo wir allein sitzen, uns unterhalten und einander im Arm hätten halten können.

»Das hätte ich nicht tun sollen, Anne.«

»Warum nicht?«

»Du weißt, warum. Wir sind zu verschieden.«

»Heißt das, du willst, dass ich zu den Demokraten übergehe?« Ich weiß nicht, warum ich das sagte, denn für gewöhnlich war ich die Ernsthaftere von uns beiden. Er musste darüber lachen, und er nahm mich in die Arme und küsste mich wieder.

Wir fanden in einem Bachbett einen Felsbrocken, auf dem wir sitzen konnten. Fred schnitt ein paar Fichtenzweige, die wir unterlegten, und wir lehnten uns zurück, ich in seinem Arm. Vor uns wuchs struppiges Gebüsch, also konnte man uns vom Pfad aus nur sehen, wenn man wusste, dass wir hier saßen. Es war ein gemütliches Fleckchen, und wir schmiegten uns aneinander, um uns zu wärmen. Nach einer Weile fragte ich: »Findest du immer noch, du solltest mich nicht küssen?«

»Mmhm.«

»Wieso?«

»Wenn uns jemand sieht, hast du Ärger.«

»Und du?«

»Mir kann niemand was tun.«

Da war ich nicht so sicher. »Damals, als Mr Vaughn mich aufs Korn nahm, war er zum Schluss viel wütender auf dich als auf mich.«

»Kann schon sein«, meinte Fred.

»Macht dir das nichts, wenn sich die Leute so gegen dich stellen?«

»Nein.«

»Mir ist es unangenehm. Es gibt mir das Gefühl, als wäre ich im Gefängnis.«

»Nun ja, manchmal ärgert es mich«, gab er zu. »Wenn es von Leuten kommt wie Mr Strong oder den Carews, aber nicht bei solchen Typen wie diesem Vaughn. Wenn mich jemand nicht kennt, warum soll es mir etwas ausmachen, was er über mich denkt?«

»Damals hatte ich Angst, er würde dich zusammenschlagen.«

»Bestimmt nicht, solang ich den Schläger hielt.«

»Hättest du damit zugeschlagen?«

Er lächelte. »Nicht, wenn ich hätte davonlaufen können.«

»Das heißt, du hättest ihn unter Umständen wirklich benützt?«

»Wenn er mich zu schlagen versucht hätte, ja, dann wohl. Aber … ich weiß nicht.«

Wir sprachen dann von seinen Zukunftsplänen. Er hatte ein paar Mal für Lohn gearbeitet, und es hatte ihm nicht gefallen. Sein Wunsch war, unabhängig zu sein. Mit dem Vater plante er, einen Traktor zu kaufen, denn, wie er sagte, damit könnten sie zehnmal so viel Schürfarbeit leisten wie mit Hacke und Schaufel.

»Wie würdest du ihn denn hierher bekommen?«

»Mit dem Flugzeug, in einzelnen Teilen. Eine teure Sache, doch es würde sich lohnen.« Es gab eine Menge von Dingen, die er gern tun wollte. Reisen zum Beispiel, und falls alles so verlief, wie er es plante, vielleicht sogar Landwirtschaft betreiben. Er war der Ansicht, das ließe sich hier durchführen – alles, was man in den Staaten tat, ließe sich auch hier durchführen. Er liebte Alaska.

»Schau doch nur um dich«, rief er. »Alles ist so weit und herrlich schön, man ist so glücklich, nur weil man leben darf. Ich würde nirgendwo anders leben können.«

Ich hatte einen Jungen seines Alters nie so sprechen hören. Die Jungen, die ich kannte, wollten alle bei großen Firmen arbeiten, sich ein Auto kaufen und vielleicht eines Tages ein Haus. Wir unterhielten uns noch immer, als mich plötzlich ein eisiger Windhauch traf, als wäre eine riesige Kiste mit trockenem Eis auf uns gefallen. Es verschlug mir den Atem.

»Wir schauen jetzt besser, dass wir nach Haus kommen«, sagte Fred. »Die Temperatur fällt.«

Ich begriff nicht, warum er es plötzlich so eilig hatte. Wir waren nicht mehr als eine halbe Stunde von Chicken entfernt. Zehn Minuten später sah ich es ein. Gefrierender Nebel umgab uns, und ich spürte, wie mir die Kälte in den Körper biss wie mit Zähnen und mir die Wärme herauszusaugen versuchte. Nun begriff ich, wie das sein musste, wenn Fred irgendwo in der Wildnis beim Nachsehen der Fallen von solchem Wetter überfallen wurde. Der Eisnebel wurde so dicht, dass wir uns auf die Hunde verlassen mussten, um auf dem Pfad zu bleiben. Allein hätte ich mich gefürchtet, doch mit Fred machte es mir nichts aus. Auf dem ganzen Rückweg hatte ich das Gefühl, ein Teil von ihm zu sein. Sein Körper presste sich gegen den meinen.

Nancy hatte im Ofen kräftig eingeheizt, und trotzdem war auf

den vom Feuer entfernten Wänden Frost. Fred blieb nur so lange, bis er sich aufgewärmt hatte, dann machte er sich auf den Heimweg. »Auf Wiedersehen bis Freitag«, sagte er.

Mir war so herrlich zumute, dass ich am liebsten laut gesungen hätte und im Zimmer herumgetanzt wäre. Ich hatte so viele überschüssige Kräfte, dass ich nicht wusste, was damit anfangen, also machte ich mich über die Wäsche her, sang dabei »Row, row, row, your boat« und schrubbte im Takt auf dem Waschbrett.

»Mensch, sind Sie glücklich«, bemerkte Nancy.

»Glücklich? Natürlich bin ich glücklich. Ich bin immer glücklich.«

»Aber jetzt sind Sie ganz außer sich vor Glück.«

»Der Ausflug mit Fred war sehr nett.«

Fred war ein Thema, dass Nancy nicht berührte, also schwieg sie. Trotzdem merkte ich, dass ihr etwas auf der Seele lag.

Sie kam erst nach dem Abendessen damit heraus.

»Sind Sie böse, wenn ich Ihnen etwas sage, Anne?«, fragte sie mich, während wir das Geschirr spülten.

»Schieß los.«

»Werden Sie auch sicher nicht böse sein?«

»Ist es so schlimm?«

Sie zuckte die Achseln. »Nun … Es wird ziemlich über Sie und Fred geredet.«

»Wie geredet?«

»Na, Sie wissen schon. Dass ihr beide zu viel beieinander seid.«

»Lass sie doch reden.«

»Manches ist ziemlich eindeutig.«

»Zum Beispiel?«

»Ach … Sie wissen, schon, was ich meine.«

»Und wer redet?«

»Mr Vaughn, Angela, Harry Dowles … alle.«

»Die sind mir egal.«

»Sie sind aber nicht die einzigen. Eine ganze Menge Leute mögen das auch nicht. Ein paar haben nach Juneau geschrieben.«

»Da kann ich wohl nicht viel dagegen tun.«

Sie hatte ein und denselben Teller mindestens eine Minute abgewaschen. Endlich tauchte sie ihn in kaltes Wasser und reichte ihn mir zum Abtrocknen.

»Wenn er nur ein bisschen was von einem Mann wäre«, fuhr sie fort, »würde er sich von Ihnen fern halten. Er muss doch wissen, wie die Leute hier in der Gegend denken.«

»Er weiß es auch.«

»Warum kommt er dann dauernd?«

»Weil wir uns gern mögen.«

Sie stützte die Hände auf den Rand des Waschzubers. »Anne«, sagte sie zu mir gewendet. »Sie sind so gut, dass Sie überhaupt nicht begreifen, was Sie tun. Dieser Mann ist ein Halbblut. Und so, wie Sie mit ihm umgehen, glaubt man … nun, dass er für Sie mehr als ein Freund ist.«

»Ist das das Einzige, was du von ihm sagen kannst, Nancy, dass er ein Halbblut ist?«

»Nun, schließlich ist er eines.«

»Ist er dann weniger wert?«

»Darüber habe ich nie viel nachgedacht.«

»Ich mag ihn sehr gern – und er ist mir mehr als nur ein Freund.« Sie griff zu einer Tasse und ging daran, sie abzuwaschen. Ich sah ihr Gesicht nicht, doch ich merkte, dass sie unglücklich war. »Wir können darüber sprechen, wenn du es gern möchtest«, sagte ich.

 »Nein, ist schon gut«, gab sie still zurück.

~

Die nächsten Tage waren so kalt, dass Nancy und ich das Bett mit heißen Steinen aufwärmten, bevor wir uns hineinlegten. Trotzdem spielten wir noch Kopf oder Adler, um zu bestimmen, wer zuerst hineinkriechen musste, und wenn wir am Morgen aufwachten, waren die Decken an der Wand festgefroren. Am Donnerstag fiel das Thermometer auf vierzig Grad minus, und obwohl wir im Klassenzimmer alle Tische ganz nahe an den Ofen rückten, konnten Willard, Joan und Lily nicht arbeiten, weil ihre Füße so kalt waren. Schließlich übersiedelte ich die ganze Gesellschaft in mein Zimmer, und ich ließ die Kleinen auf dem Bett sitzen.

Als Onkel Arthur in der Schule auftauchte, meinte er, wenn es schon im November so kalt sei, könnten wir uns vermutlich auf einen Drei-Hunde-Winter gefasst machen. Ich fragte ihn, was das sei, und er erklärte mir, ein Ein-Hund-Winter sei nichts. Da bleibt man in der Nacht mit einem einzigen Hund im Bett warm. Ein Zwei-Hunde-Winter, der ist schon schlimmer, aber ein Drei-Hunde … »Nun, Missis«, sagte er, »da wird es so kalt, dass der Rauch im Ofenrohr gefriert.«

Das mit dem Rauch war natürlich Übertreibung, aber es kam der Sache ziemlich nahe. Bis jetzt hatte ich nie verstanden, warum Mr Strong einen solchen Vorrat von Abführmitteln auf Lager hatte, aber nun begriff ich es. Niemand hatte Lust, auf den Abort zu gehen, wenn es nicht absolut nötig war. Und wenn es dann unbedingt notwendig war, musste man etwas nachhelfen.

Der Abort bescherte uns am Ende dieser Woche auch eine kleine Tragödie. Als der kleine Willard, zehn Minuten nachdem ich ihm erlaubt hatte hinauszugehen, noch nicht zurück war, schickte ich ihm Nancy nach. Für gewöhnlich hätte ich weiter nichts unternommen, doch diesmal schien es mir besser, mich zu vergewissern, ob etwas los sei, und das war gut, denn Nancy kam sofort wieder zurück, sah beunruhigt aus und versuchte gleichzeitig, das Lachen zurückzuhalten. Willard war am Sitzbrett festgefroren.

Es war nicht so einfach, ihn herunterzubekommen. Wir versuchten, warmes Wasser um ihn herumzugießen, doch das gefror fast im selben Augenblick, als es die Bretter berührte, also musste Mr Carew schließlich das Stemmeisen bringen und die Bretter loslösen. Es war ein Doppelabort mit zwei Sitzlöchern, also sah Willard, als wir ihn in meine Wohnung trugen, aus wie ein Prinz in einer Sänfte. Ihm machte das alles anscheinend nicht viel aus. Wir legten ein Ende des Sitzbretts auf den Ofen und das andere auf einen Stuhl, und da saß er ganz lieb und brav, bis er abgetaut war.

Mr Vaughn lieh uns nun einen Zwanzig-Liter-Petroleumkanister, dem er den Deckel abgeschnitten hatte. Wir legten eine Klo-Brille darauf und stellten das Ganze in den Cache. Da es aber dort fast ebenso kalt war wie im Freien, überzog jemand den Sitz mit Renfell, damit ganz bestimmt niemand daran festfror.

X

Von dem Tanzabend jedoch ließen sich die Leute durch das Wetter nicht abhalten. Mann kann sagen, alle und jeder waren da. Diese Tanzabende waren wirklich eine schöne Sache. Solange noch nicht alle versammelt waren, saßen die alten Knaben bei Cribbage oder Rummy, und Fred holte sein Banjo hervor, damit wir anderen »Die Reise nach Jerusalem« spielen konnten. Um halb neun waren das Schulzimmer und meine

Wohnung so voll wie nur möglich, und es konnte losgehen. Fred spielte Banjo, seine Mutter Akkordeon und Ben Norvall die Fiedel – gleichzeitig rief er die Tänze aus –, und alles stampfte und schwang den Partner so heftig, dass zwischen den Fußbodenbrettern Erde hochspritzte. Auch dieser Freitag bildete keine Ausnahme. Uns wurde so heiß, dass wir nach einer Weile den Ofen nicht mehr brauchten.

Mir machte das Zuschauen ebenso viel Spaß wie das Tanzen, besonders wenn ich Rebekah Harrington tanzen sah. Sie war fast so unförmig wie Angela Barrett, doch sie schwang und drehte sich wie ein junges Mädchen. Wegen des kalten Wetters trug sie ungefähr ein halbes Dutzend Unterröcke, doch beim Tanzen kam sie so ins Schwitzen, dass sie einen nach dem anderen auszog.

Sie kam jetzt wieder ziemlich oft in die Schule, doch ob der Schulrat damit einverstanden war, sagte er mir nicht, also ließ ich sie kommen. Sie lernte wohl zu Haus mit Lily, denn sie kannte die Buchstaben. Wenn ich den Anfängern eine Übung mit Buchstabenkarten gab, sah ich, wie sich immer, wenn ich eine Karte hochhielt, ihre Lippen bewegten. Ich wusste, dass sie lesen lernen wollte, aber bis jetzt hatte ich keinen Versuch gemacht, mit ihr zu lernen, doch ich hatte die Absicht, es zu tun, sobald ich das, ohne Anstoß zu erregen, tun konnte. Auf mich wirkte sie wie der glücklichste Mensch in ganz Chicken. Dass die Frauen im Ort sie über die Schulter ansahen, schien sie nicht zu stören. Das störte übrigens auch Jake nicht. »Verdammt noch mal, Jungens«, sagte er eines Abends im Gasthaus zu einer Gruppe von Goldgräbern. »Wenn ihr nur 'n Funken Verstand hättet, würdet ihr ganz schnell ins Indianerdorf rennen und euch eine Squaw holen.« Als er diese Rede schwang, waren Rebekah und sein Töchterchen Lily anwesend. Er hob Lily hoch und stellte sie auf den Tisch. »Schaut euch diese kleine Schönheit an – schwarz wie das Pik-Ass, aber ich liebe sie! Und das gilt auch für meine Frau. Wenn ihr sie über die Schulter anschauen wollt, dann bitte schön! Sicher ist sie nicht die Miss Welt, aber, verdammt noch mal, ich habe da die dickste, sauberste, fleißigste Frau, an der sich je ein Mann in einer kalten Winternacht aufgewärmt hat.«

»Und den größten Mund im ganzen Norden hast du auch«, hatte Rebekah gemurmelt. Sie hatte kein erfreutes Gesicht dazu gemacht, und ich verstand das, Jake jedoch hatte nur gelacht, sie um den Hals gepackt und ihr einen dicken Schmatz auf die Wange gegeben.

Als die Volkstänze vorüber waren, plumpste sie neben mir und Maggie Carew nieder. Onkel Arthur zog sein Grammophon auf.

»Wie es dir gehen, Tisha?«, fragte sie.

»Gut, Rebekah. Und dir?«

Sie stieß einen langen Seufzer der Befriedigung aus. »Ah, ich so viel gut Spaß haben. Mag verdammich tanzen gern. Wie geht Sie, Miss Carew?«

»Soso«, erwiderte Maggie.

»Sie viel Geld machen heute Abend«, meinte Rebekah. »Alle hungrig sein, wenn Tanzen aus, sie essen Tisch und Stuhl.«

»Sie können sicher sein, dass ich für jeden Cent, den ich verdiene, hart arbeiten muss.«

»Kuckuck ja«, erwiderte Rebekah teilnahmsvoll. »Sie Wahrheit sprechen. Nicht leicht Kochen für so viele Menschen.«

Maggie Carew stand auf. »Ich laufe jetzt lieber. Bereite schon alles vor.«

Rebekah fächelte sich mit der Hand Luft zu. »Puh! Zu viel heiß, ich finden.«

Ich musste lächeln. »Zu viel Tanz, finde ich.«

»Auh, ich gern habe, wenn lustig. Leben kurz. Heute du hier, lachen, tanzen, morgen in Erde, alle schaufeln Grube zu.«

Onkel Arthur hatte einen Walzer aufgelegt, und als Erstes waren die Kinder, die noch nicht schliefen, auf dem Tanzboden. Zwei oder drei von ihnen schliefen mit Rebekahs Lily in meinem Bett. Jimmy Carew tanzte mit Joan Simpson, während eine der Vaughn-Zwillinge versuchte, Mert Atwood im Kreis zu schwenken. Fred tanzte wie gewöhnlich den ersten Walzer mit seiner Mutter, und sie waren ein so graziöses Paar, dass alle einen Kreis bildeten und ihnen zusahen. Er warf mir einen Blick zu, und wir wechselten ein schnelles Lächeln. Ich hatte mir Onkel Arthurs Platten angesehen und mich vergewissert, dass das mit dem grünen Schildchen stimmte.

Während der Abend weiter fortschritt, schaute ich, so oft es möglich war, zu Onkel Arthur hinüber und hoffte, ich würde das Schildchen sehen. Einmal war er dabei, die Platte aufzulegen, und Fred sah das ebenfalls, doch er nahm sie sofort wieder ab, als er bemerkte, dass wir aufeinander zugingen.

Es war fast schon zwei Uhr, als er sie auflegte. Ich unterhielt mich mit Nancy, und schon tupfte mich Joe Temple auf die Schulter und lachte zu mir herunter. Ich hatte, abgesehen von der Art, wie er Mary Angus behandelte, nichts gegen Joe Temple, trotzdem ärgerte ich mich im Augenblick so, dass ich am liebsten zu Fred hinübergegangen wäre und gesagt hätte: »Lassen wir die doch alle ins Gasthaus gehen und bleiben wir hier.« Man muss es mir angesehen haben.

»Schauen Sie nicht so verdrießlich drein«, sagte er, als wir uns im Walzer drehten. »Sie hätten ja auch an den alten Vaughn geraten können.«

Das wäre was gewesen! Seit der letzten Schulratsitzung nickte er mir kaum noch zu.

»Und Sie an Angela Barrett.«

Als der Walzer zu Ende war, holte ich meinen Mantel. Ich begegnete Freds Blick und wir beide zuckten leicht die Achsel, als wollten wir sagen, genau so haben wir's uns gedacht.

Das Gasthaus war so voll, dass es fast eine Stunde dauerte, ehe alle zu essen bekommen hatten. Sogar Willard half beim Servieren.

Joe hatte seine Pfeife hervorgeholt und rauchte, und ich war fast mit Essen fertig, als Maggie zu uns herüberkam. »Wie schmeckt's?«, fragte sie.

Ich konnte ihr nur die Wahrheit sagen: Es schmeckte köstlich. Nancy und ich hatten auch auch ein paar Mal Lachs mit Sauerkraut gekocht, aber was Maggie da auf den Tisch gesetzt hatte, schmeckte einfach unübertrefflich. Sie hatte für Joe und mich den kleinen Tisch an der Wand reserviert und sogar eine Kerze darauf gestellt.

»Es freut mich, euch beiden beisammen zu sehen«, sagte Maggie. »Ihr gebt ein hübsches Paar ab.«

»Welcher Zufall«, erwiderte Joe. »Wir haben eben darüber gesprochen, dass wir heiraten wollen.«

»Würde euch beiden nur gut tun«, meinte sie. »Dann könnt ihr keinen Unsinn machen. Besonders sie«, fügte sie hinzu, bevor sie weiterging.

Ich hätte ihr am liebsten gesagt, dass Joe, falls er jemanden heirate, Mary Angus heiraten müsse. Zu Haus in Evansville hatte einmal ein Bursche ein Mädchen in Schwierigkeiten gebracht, und es gab keine einzige Frau im Ort, die nicht der Meinung gewesen wäre, er müsse sie heiraten. Und das tat er schließlich auch.

Hier hätte man, falls Mary keine Indianerin gewesen wäre, genauso gedacht, aber wie die Dinge lagen, kümmerte sich niemand einen Deut darum, im Gegenteil, was schlimmer war, sie ergriffen Joes Partei. Vielleicht hätte Mary Angus nicht tun dürfen, was sie getan hatte, doch sie war nicht die erste Frau, die je einen solchen Fehler begangen hat, und sie würde auch nicht die letzte sein.

Ich sah hinüber zu Fred und seiner Mutter und wünschte, ich könnte bei ihnen sitzen. Dort unterhielten sich alle blendend mit Geschichten, die sie reihum zum Besten gaben. Eben war Ben Norvall dran. Er kämmte seinen Schnurrbart mit den Fingern, während seine Zuhörer ihm alle möglichen Geschichten vorschlugen, die sie gern wieder von ihm hören wollten.

Als er das zweite Mal in der Schule auftauchte, musste ich Maggies Rat befolgen und ihm sagen, er dürfe nur wieder kommen, wenn er ein Bad genommen hätte. Das Gesicht schwarz von Schmutz, verfilztes Haar, dreckstarrende Hosen, die mit Draht und Bindfaden hochgehalten wurden – er sah aus wie der letzte Höhlenmensch. Doch ich wollte seine Gefühle nicht verletzen und redete um den Brei herum, sagte, ich persönlich fände ja nicht, dass er abstoßend aussehe und röche, doch ich müsse auf die Gesundheit der Kinder achten. Um die Wahrheit zu sagen, ich blieb zwar in möglichst großer Entfernung von ihm und war trotzdem mehrmals einer echten Ohnmacht nahe. Ich hatte ihn in meine Wohnung genommen, um es ihm unter vier Augen zu sagen, und er war sehr verständnisvoll. Sagte, er hätte keine Ahnung gehabt, dass er die Gesundheit der Kinder in Gefahr brächte. Doch jetzt wisse er es und würde Schritte unternehmen, es abzustellen. Als er das nächste Mal kam, war er ein anderer Mensch. Gebadet, in sauberen Kleidern – er glänzte geradezu. Sogar ein Paar neue solide Hosenträger hatte er sich zugelegt. Einen Nachteil gab es allerdings: Seit sein Gesicht gewaschen war, sah man die vielen Mitesser, die wie Kartoffelaugen aus seiner Haut sprossen.

Als Geschichtenerzähler jedenfalls war er hervorragend. Diesmal erzählte er von einem Partner, der ihm mitten im Winter weggestorben war.

»Ich wusste nicht, was ich mit dem armen Wicht anfangen sollte«, erklärte Ben. »Ich hatte keine Ahnung, wann man ihn abholen würde, und er begann ärger zu stinken als ein indianischer Fischeintopf. Draußen lassen konnte ich ihn nicht, weil wir einen Schneesturm hatten, und er würde im Handumdrehen so zugeweht sein, dass ich ihn erst im Frühling wieder gefunden hätte. Ich hatte ein Cache draußen, doch er war verdammich zu schwer, als dass ich ihn hätte hinaufheben können.«

»Was hast du schließlich getan?«

»Hört, ihr werdet's vielleicht nicht glauben, aber ich fress einen Besen, wenn's nicht wahr ist. Ich brachte ihn hinaus und lehnte ihn gegen die Hüttenwand und ließ ihn zwei Stunden dort, bis er ordentlich durchgefroren war, dann hab ich ihn in den Cache gebracht.«

»Sagtest du nicht, du konntest ihn nicht heben, weil er zu schwer war?«

»Zu schwer, um ihn in einem zu heben, habe ich gemeint. Aber gefroren wie er war, brauchte ich ihm nur Arme und Beine abzubrechen und ihn schön der Reihe nach in dem Cache zu verstauen. Als der Beamte ihn holen kam, war er zunächst etwas aufgebracht und wollte mir ein Verfahren anhängen wegen Leichenschändung, aber ich habe ihm alles erklärt, und dann war er ganz verständnisvoll. Ich hörte später, dass der Leichenbestatter seine Arbeit so gut gemacht hat, dass keiner was merkte.«

Nach dieser Geschichte folgten noch ein paar weitere, eine wüster als die andere. Als sie zu Ende waren, fragte ich Joe, ober er Mary kürzlich gesehen habe. Er verneinte.

»Ich möchte nicht die Nase reinstecken, Joe, aber sie braucht wirklich Hilfe. Sie geht Fallen stellen, und das sollte sie nicht.«

»Ich dachte, Sie sagten, Sie wollten Ihre Nase nicht reinstecken.«

»Nein, gewiss nicht, aber ich verstehe einfach nicht, warum Sie sie so behandeln.«

»Ich behandle sie überhaupt nicht. Ich habe sie mehr als einen Monat überhaupt nicht gesehen.«

»Aber das meine ich ja. Machen Sie sich denn überhaupt nichts aus ihr?«

»Warum sollte ich?«

»Weil sie ein Mensch ist.« Weil sie von Ihnen zwei Kinder hat, wollte ich eigentlich sagen.

»Nanu, sind Sie ein Wanderprediger oder eine Lehrerin?«, fragte er sarkastisch.

Nachher sprachen wir nicht mehr viel, und bis zu einem gewissen Grad tat es mir Leid, dass ich überhaupt etwas gesagt hatte. Er war nicht schlecht. Einmal hatte er mir einen Antrag gemacht, doch als er sah, dass ich nicht interessiert war, war er ganz ruhig geblieben.

Ein paar Minuten später gingen wir. Auf dem Weg zu meinem

Haus war er still, also wusste ich, dass er sich über mich ärgerte. Doch wie wütend er war, merkte ich erst, als wir meine Veranda erreichten und ich ihm dankte, dass er mich zum Essen ausgeführt hatte.
»Lassen Sie nur«, sagte er. »Sie haben mir eine Lehre erteilt. Ich wollte Ihnen heute Abend helfen, indem ich Sie und den jungen Purdy trennte. Aber von jetzt an kümmre ich mich um meine eigenen verdammten Angelegenheiten und Sie kümmern sich um die Ihren.« Damit machte er kehrt und ging davon.

11

»Fred!«
»Hallo, Anne.«
»Komm herein, es ist kalt.«
Nancy und ich waren gerade mit einem Mathematikbeispiel fertig geworden, als er klopfte. Ich hatte gehört, dass er vor ein paar Tagen vom Nachsehen der Fallen zurückgekommen war, und wartete darauf, dass er käme. Wenn Nancy nicht da gewesen wäre, hätte ich ihn umarmt, so froh war ich, ihn zu sehen. Von der Anstrengung, dem kargen Essen und dem Schlafen in Unterstandshütten hatte er ein wenig Gewicht verloren, doch er sah prachtvoll aus.
Er blieb nicht lange. Bevor er ging, trat ich mit ihm hinaus auf die Veranda.

»Bist du bereit für ein Schnee-Picknick?«, fragte er mich.

»Natürlich.«

»Wie wär's mit Samstag?«

»Großartig. Wohin willst du gehen?«

»Hinüber nach West Fork. Dorthin braucht man ungefähr zwei Stunden, also hole ich dich gegen neun ab.«

Er wollte mich küssen, warf dann jedoch einen Blick auf die Hütte der Vaughns und hielt sich zurück. »Bis Samstag also«, sagte er.

Noch vor diesem Samstag machte Mrs Purdy mir in der Schule einen Besuch. Als ich die Tür öffnete, konnte ich nicht erstaunter sein. Sie lächelte mir unter einem fantastischen Hut aus Otterpelz zu, in dem sie aussah wie ein Pariser Mannequin. Sie sagte, sie brauche etwas aus Mr Strongs Laden, doch ich hatte das Gefühl, sie wollte mich unter vier Augen sprechen.

Im Laden war es so kalt, dass man die übliche Mischung aus schalen Gerüchen nicht wahrnahm. Sie brauche nur eine Dose Pfefferkörner, sagte sie, denn sie wolle einen Pfefferbraten machen, und der Pfeffer wäre ihr ausgegangen. Sie steckte die Pfefferbüchse in die Tasche ihres Pelzmantels, und als ich es auf die Liste schrieb, sagte sie: »Sie gehen auf Schnee-Picknick mit mein Fraid, er sagen mir.«

»Ja, am Samstag.«

»Er mag Sie sehr gern, Ahnne.«

»Ich ihn auch.«

»Ich verstehe, warum er Sie mögen. Sie sind hübsch. Doch ich nicht verstehen, warum Sie *ihn* mögen. Er ist nur Junge. Er machen kein Geld, haben kein Haus, haben nichts. Ist es nicht so?«

»Darüber habe ich nicht nachgedacht.«

»Ist nicht klug. Sie sind hübsch, Ahnne. Viele Männer mögen Sie heiraten. Eines Tages Sie heiraten Mann mit sehr viel Geld, gibt Ihnen großes Haus, viele Sachen … Fraid, er Ihnen nichts gibt.«

»Mrs Purdy, warum sagen Sie mir nicht, was Sie wirklich auf dem Herzen haben?«

Sie lachte, ein musikalisches Lachen voll echtem Humor. »Ich sehe, warum Sie Tisha, Ahnne. Sie sind …« Sie hielt inne und klopfte auf der Suche nach dem richtigen Wort auf den Ladentisch, »… intelligent«, sagte sie dann und seufzte erleichtert. »Einmal«, fügte sie hinzu, »ich bekomme neue Zunge. Diese hier, ah …« Wir lachten beide über das Gesicht, das sie schnitt. Dann wurde sie wieder ernst.

»Bitte, Ahnne«, sagte sie langsam. »Mögen Sie ihn nicht. Es ist nicht gut … Sie wissen, was ich will sagen?«

»Mrs Purdy, sind Sie der Ansicht, dass Fred und ich etwas Unrechtes getan haben?«

»Nein, ich nicht sagen das. Ich nur sagen, es ist viel Unruhe. Vor drei Tagen Mr Strong er kommt mich besuchen. Er sagen mir von Ihnen und Fraid. Sagen, Fraid mögen Sie zu viel. Leute wissen es, und das ist schlimm. Ich war entsetzt, wie er mir das sagen, Ahnne, ich nicht gewusst. Als Fraid er kommen heim, ich rede mit ihm. Er sagt, es ist wahr, und ich weinen. Leute reden nicht mit Fraid wie früher. Auch nicht mit mir, mit meinem Mann und mit meiner Isabelle.«

»Dann waren diese Leute vielleicht nie wirkliche Freunde.«

Sie schüttelte ungeduldig den Kopf. »Ahnne, Sie sind jung, Sie nicht verstehen. Leute hier mögen nicht sehen weißer Mann und dunkle Frau, aber viel schlimmer weiße Frau und dunkler Mann. Sie mögen meinen Fraid zu viel, Ahnne. Besser schließen Buch darüber. Zu viele Tränen kommen in Ihre Augen, zu viel Schmerz in Ihr Herz ... Ich Sie bitte – ich Fraid sagen, Sie ihn nicht mehr mögen. Ja?«

Ich wollte sie um keinen Preis verletzen. Mrs Purdy ...«

»Ahnne, ich bitte Sie sehr.«

»Es tut mir Leid ...«

Sie wurde böse, doch es dauerte nur ein paar Sekunden, dann hatte sie sich wieder in der Hand.

»Ich sage Gute Nacht zu Ihnen, Ahnne«, sagte sie leise. »Aber erst ich muss etwas sagen, so traurig, dass ich fast weinen muss. Sie dürfen nicht mehr in mein Haus kommen.«

Sie wollte noch etwas sagen, doch stattdessen wandte sie sich um und ging zur Tür.

»Mrs Purdy!«

Sie ging hinaus. Ich drehte die Öllampe ab, die ich angezündet hatte, und versperrte die Tür so schnell ich konnte. Als ich sie draußen sah, war sie schon hinten um das Geschäft herum gegangen und hatte die Abkürzung nach Haus genommen.

Ich rief ihr nach, doch sie wandte sich nicht um. Und angesichts ihrer zarten Gestalt, die sich von mir weg bewegte, fühlte ich fast ebenso wie vor vielen Jahren, als Großmutter Hobbs auf der Straße gestanden und mir nachgewinkt hatte.

Die ganze übrige Woche fürchtete ich jeden Tag, Isabelle würde mir, wenn sie in die Schule kam, mitteilen, Fred habe am Samstag keine Zeit. Ich wusste ja, wie sehr er seine Mutter liebte, und ich wusste auch, er würde sie noch weniger verletzen wollen als ich.

Jedoch am Samstagmorgen war er um Punkt neun mit dem Schlitten vor der Tür. Draußen war es noch dunkel – die Sonne ging erst in zwei Stunden auf –, doch es sah aus, als würde es ein klarer Tag werden.

Gleich als ich aus der Tür trat, bemerkte ich, dass er heute nicht Pancake als Leithund hatte, sondern dass Pancake direkt vor den Schlitten und alle Eskimohunde mit Shakespeare als Leithund vorn eingespannt waren. Fred hatte mir genug über Schlittenhunde gesagt, also erriet ich den Grund. Es hatte vor ein paar Tagen wieder geschneit, und die Hunde würden für einen Teil des Weges Spur machen müssen. Die schweren Hunde wie Pancake würden dabei schneller im Schnee einbrechen und sich mehr plagen müssen. Die leichteren Hunde schafften das Spuren besser.

Shakespeare war ganz wild darauf, sein Können zu zeigen, oder vielleicht wusste er auch, dass Pancake ihn von hinten beobachtete. Sobald ich im Schlitten verstaut war und Fred »Mush!«, schrie, zog die ganze Gruppe an, als gingen sie auf ein Picknick. Sobald wir aus dem Ort waren, stimmte Fred »Oh Susanna« an, und nun legten sich die Hunde noch mehr ins Zeug. In der ersten Stunde kamen wir so schnell vorwärts und es schien so leicht zu sein, dass ich Fred bat, mich fahren zu lassen.

»Könnt ein bisschen schwer sein für dich«, schrie er.

»Aber nein.«

»Wir kommen bald auf Buckeleis, also warte du lieber.«

»Ich wette mit dir, dass ich es kann.«

»Bestimmt?«

»Ganz bestimmt.«
Wir wechselten die Plätze, und zuerst schien es mir so leicht, dass ich mich wunderte, warum er gezögert hatte. Ich begann sofort zu singen, und alle Hunde legten sich so ins Zeug, dass Shakespeare zum ersten Mal nicht Schritt machen konnte. Doch zwischendurch musste ich abspringen, um den Schlitten vor dem Umkippen zu retten, und dann wieder kamen mir die Leinen durcheinander, und das alles zusammen verlangte mehr Kraft, als ich angenommen hatte. Als wir das Buckeleis erreichten, beschloss ich aufzugeben. Es war, als führe man über glitschige Felsbrocken. Ich schwitzte und rang nach Atem und nach einer Weile stieß ich hervor: »Fred, vielleicht solltest jetzt du übernehmen.«
»Meinst du wirklich? Du machst es gar nicht schlecht.«
»Langsam werde ich ein bisschen müde.« Ich konnte die Leinen nur noch mit Mühe in den Händen halten.
»Wir haben nur noch eine Viertelmeile, bis wir den Kamm erreichen, dann geht es bergab.« Er drehte sich nicht zu mir, und ich merkte nicht, dass er mit Mühe das Lachen zurückhielt.
»Ich glaube nicht, dass ich so lang durchhalte.«
»Aber sicher, du kannst.«
»Fred, es ist mein Ernst. Meine Hände tun fürchterlich weh … Hüoh!«, rief ich den Hunden zu. Es war aber nur als Flüstern zu hören, und sie nahmen es nicht zur Kenntnis. »Fred …«
Er versuchte ein ernstes Gesicht zu machen, doch es gelang ihm nicht. Ich fand das alles gar nicht komisch. »Wenn du nicht sofort übernimmst, lasse ich einfach los.«
Er lachte so heftig, dass er den Zuruf für die Hunde kaum herausbrachte. Er taumelte vom Schlitten herunter, versuchte, sich zu beherrschen, doch jedes Mal, wenn er mich ansah, brach

er wieder in Gelächter aus. Schließlich musste ich doch über mich selbst lachen. Er nahm mich in die Arme und drückte mich fest an sich, dann hielt er mich von sich ab. Niemand außer Großmutter Hobbs hatte mich bis jetzt so angesehen, nur war es bei ihm doch anders, und ich empfand es auch anders. Ich musste mich mächtig zurückhalten, ihm nicht auf der Stelle zu gestehen, dass ich ihn liebte. Denn so war es. Vielleicht hatte ich auf dem Gebiet noch nicht viel Erfahrung, aber das war egal. Ich hatte noch nie für jemanden gefühlt wie jetzt für ihn, und ich würde auch nie wieder für jemanden so fühlen. Und ich las in seinen Augen, dass er genauso empfand. Als wir das Buckeleis hinter uns hatten, ging es rasch vorwärts, und endlich erreichten wir den Kamm eines Hügels, von wo aus man den Zusammenfluss von West Fort und dem Forty-Mile-Fluss sah. Vor uns erstreckte sich die Endlosigkeit. Vor Monaten war der Fluss da unter uns so schnell dahingeströmt, so schnell, dass keine Macht der Erde stark genug zu sein schien, ihn aufzuhalten. Jetzt jedoch hielt ihn etwas auf. Etwas hielt ihn in gewaltigem Griff, gefror den West Fork die ganzen fünfzehn Meilen bis zu seiner Quelle, gefror den Forty-Mile die ganze Strecke bis zum Steel Creek und darüber hinaus bis zum Yukon. Die Sonne stieg eben über die Berge – blutrot und kalt. Ich hatte das Gefühl, ich stünde in der gewaltigsten Kathedrale, die je erbaut wurde. Dies hier hatte kein Ende, und es hatte keinen Anfang. Ich konnte nichts tun als schauen und anbeten.

Wir fanden einen Picknickplatz am Fuß einer senkrechten Felswand, und Fred band die Hunde an. Sie waren ziemlich gut abgerichtet, hatten jedoch noch genug Wildheit in sich, um einem Kaninchen nachzusetzen, wenn sich eines zeigte. Nach einer Weile wärmten das Feuer und die Sonne so sehr, dass wir die Parkas ausziehen konnten. Ich machte Tee, den wir aus Blechbechern tranken.

»Glaubst du, es wird uns je gelingen, nach dem Tanzen gemeinsam ins Gasthaus zu gehen?«, fragte ich ihn.

»Nein.«

Er nahm meine Hand und hielt sie in der seinen. Die seine war voll von Narben, die der kalte Stahl der Fallen in die Haut geschnitten hatte. Meine eigenen Hände waren rau und mitgenommen, doch verglichen mit den seinen zart und weich. Seine Nägel waren fast alle abgebrochen.

»Schau dir nur den Unterschied an«, sagte er.

»Wenn du nächstes Mal zu mir kommst, werde ich dich maniküren.«

»Ich meinte, wie hell deine sind und wie dunkel die meinen.«

»Ich mag deine Hände.«

»Du weißt, wovon ich spreche. Wir sollten nicht einmal so gemeinsam hier sein wie jetzt.«

»Was können mir die Leute noch tun? Noch mehr Töpfe und Pfannen zurückholen?«

»Es ist kein Spaß. Manche von diesen Leuten können beinhart sein. Als ich meiner Mutter sagte, wir führen auf dieses Picknick … Nun, du weißt vermutlich, wie ihr zumute war. Sie hat mir gesagt, dass sie bei dir war. Sie ist wirklich außer sich.«

»Und du?«

»Ich mache mir Sorgen. Um dich und meine Mutter.«

»Um mich brauchst du dir keine Sorgen zu machen.«

»Nun, ich mache sie mir trotzdem. Wenn ich nur ein bisschen

Vernunft im Kopf hätte, wäre ich nie mit dir allein hier herausgefahren. Möchtest du schon zurück?«

»Nein.«

Er legte mehr Holz aufs Feuer, dann kroch ich in seine Arme. Nach einer Weile wurde mir ein wenig schlecht.

»Was hast du denn?«, fragte Fred.

»Ich weiß nicht. Vielleicht ist mir schwindlig, weil ich jedes Mal, wenn du mich küsst, den Atem anhalte.«

»Und warum tust du das?«

»Muss man das nicht?«

»Das habe ich nie gehört.«

»Ich habe es immer gedacht.«

»Wenn du ein bisschen durch die Nase atmest, ist es leichter. Versuch's mal.«

Ich versuchte es, und es war wirklich ein enormer Unterschied. Bis dahin hatte ich mich immer gewundert, warum Küssen so anstrengend ist, und jetzt merkte ich, wie viel Vergnügen es bereiten kann. Von da an hätte ich den ganzen Tag weiterküssen können, davon abgesehen, dass meine Lippen nach einer Weile zu brennen anfingen.

»Ich habe gerade etwas gelernt«, sagte ich.

»Was?«

»Warum die Eskimos die Nasen aneinander reiben. Sie haben immer aufgesprungene Lippen.«

»Ich reibe mit niemandem die Nase.«

»Du bist auch nur ein halber Eskimo.«

Darüber lächelte er, dann schweiften seine Augen hinter mich.

 »Wir werden beobachtet.«

Ich versuchte mich aufzusetzen, doch er hielt mich fest. »Dreh nur langsam den Kopf.«

Ich tat es, sah jedoch nichts.
»Dort«, murmelte Fred. »Bei der abgestorbenen Fichte.«
Endlich sah ich es – einen Elch mit zottigem Fell. Er hatte von einer Weide gefressen, doch jetzt stand er still und sah in unsere Richtung herüber. Er war riesengroß, das Geweih ausladender als ich groß war und mit weißem Winterbast bedeckt.

Er schien uns nicht zu sehen.

Der Schlitten stand höchstens zehn Fuß entfernt, Freds Gewehr lag quer darüber. Er ließ mich langsam los.

»Lass ihn laufen, Fred.«

»Anne, das ist frisches Fleisch – achthundert Pfund Frischfleisch. Stell dir das vor! Eingelegte Zunge, geröstete Nieren, Leber, Herz, Steak. Genug für den ganzen Winter.«
»Aber wir hätten kein Picknick.« Er würde das Tier auf der Stelle aufbrechen und zerteilen müssen – Blut und Eingeweide überall. Er überlegte das, dann winkte er dem Elch zu. »Wünsche gut zu speisen«, sagte er. Der Elch sah die Bewegung, senkte den Kopf und trabte davon.
Als wir gegessen hatten, machten wir einen Spaziergang auf dem Fluss. In der Mitte war er glatt gefroren, doch an den Ufern sah man ein Durcheinander von verdrehten Formen, die aussahen, als wäre ein Bildhauer verrückt geworden. Auf dem Rückweg zum Schlitten kamen wir durch dichtes, niedriges Buschwerk, und ganz plötzlich wurden die Büsche lebendig und explodierten. Ich dachte, ein großes, weißes Tier spränge uns an und schrie gellend auf. Die Luft wirbelte von flatternden Flügeln – ich hatte einen ganzen Schwarm Schneehühner aufgestöbert. In Sekundenschnelle waren sie verschwunden.

Als wir wieder beim Schlitten waren, hätte ich am liebsten Feuer gemacht und wäre dort geblieben, doch es war schon dunkel, und Fred meinte, wir müssten zurückfahren.
Wir hatten den ganzen Tag keine Menschenseele gesehen, und auf dem Rückweg stellte ich mir vor, wir würden auch nie wieder eine sehen, wir würden einfach immer weiter durch das Mondlicht fahren, bis wir einen Zauberort erreichten, den wir nie wieder zu verlassen brauchten. Ich lehnte mich im Schlitten zurück und starrte in den Himmel und stellte mir vor, wir führen in ihn hinein, hinauf in die Sterne zu einem Ausflug zur Milchstraße.
Ich kam sehr jäh wieder auf die Erde zurück. Plötzlich krachte es unter dem Schlitten unheilverkündend, gleich darauf bekam die rechte Kufe keinen Boden mehr, der Schlitten stürzte um, und ich wurde herausgeschleudert wie Wasser aus einem Schöpflöffel.
Ich dachte, ich würde weich landen, doch das war nicht der Fall. Unter dem Schnee war Eis, ich brach auch durch das Eis und landete mit Krach auf dem gefrorenen Boden ungefähr einen Fuß darunter. Fred flog auch durch die Luft, doch er kam schnell auf die Beine, watete durch den Schnee, der krachte und unter ihm nachgab wie eine Pastetenkruste, und kümmerte sich um die Hunde. Sie waren auf festem Grund, jedoch zu Boden geschlittert. Sobald sie auf die Beine kamen, fingen sie an, einander anzufauchen und miteinander zu raufen, wobei sie sich in den Leinen verwickelten. Fred musste ein paar Fußtritte verteilen, ehe sie sich beruhigten und wir die Lage überblicken konnten.

Wir hatten Glück gehabt. Zwar waren wir erschrocken, doch hatten wir nur ein paar blaue Flecken davongetragen. Es hätte viel schlimmer sein können. Wir waren durch »Schaleneis« gefallen, das sich über einer flachen Vertiefung gebildet hatte. Vermutlich war die Vertiefung von Regen angefüllt worden, dann war die Oberfläche gefroren, während das Wasser darunter in den Boden gesickert war. Es war eine der Gefahren dieser Fahrt.

Der Schlitten lag auf der Seite, doch er hatte weiter keinen Schaden genommen. Die Beschleunigung der Hunde hatte ihn bis zum Rand der Vertiefung gerissen, und er war nicht eingebrochen. Wir konnten ihn ziemlich leicht wieder aufstellen, sogar ohne die Hunde abzuschirren, und schon fuhren wir weiter.

Als wir die Siedlung erreichten, war es nach sechs Uhr. Fred sagte mir auf der Veranda Gute Nacht. »Auf Wiedersehen also beim Tanzabend am Freitag.«

Ein paar Minuten später war ich in die Haus-Mokassins geschlüpft und bereitete mit Nancy das Abendessen, als sie mir mitteilte, wir würden später noch Besuch bekommen.

»Wen denn?«

»Raten Sie doch.« Sie tat, als müsse ich wissen, wer es sei. »Er ist aus Eagle.«

»Keine Ahnung.«

»Wirklich nicht? Seinem Reden nach zu schließen müsst ihr beide mindestens verlobt sein.«

»Jetzt will ich aber wirklich wissen, wer es ist.«

»Cabaret Jackson.«

12

Ein wenig später stapfte Cab herein, prächtig herausgeputzt in seiner Cowboyausrüstung. Er hatte im Gasthaus ein Bad genommen und das Haar mit Pomade behandelt, sodass er wie ein ganzer Frisörladen roch. Er brachte mir eine große, herzförmige Konfektschachtel, und genau wie Nancy gesagt hatte, er benahm sich, als wären wir beide kurz vor dem Altar und dem Ja-Wort. Er war ebenso laut und angeberisch wie zuletzt in Eagle, doch er war ein so gutherziger, fröhlicher Bursche, dass man ihn ganz einfach gern haben musste.

Er sagte, er müsse morgen wieder weiter und er wolle mich an diesem Abend zum Tanzen mit ins Gasthaus nehmen. Ich erwiderte, ich hätte Kopfschmerzen und fühle mich nicht wohl, worauf er meinte, dann würde er eben noch einen Tag bleiben, mit mir am Sonntag eine Schlittenpartie machen und mich am Abend zum Dinner ausführen. Aus der Schlittenpartie konnte ich mich herausreden, doch beim Dinner blieb er eisern, also sagte ich schließlich, wenn er Nancy auch einlüde, würde ich gehen, womit er sich zufriedengab.

Ich hatte ihm Kaffee angeboten, doch er erklärte, er sei trunken von Liebe und wollte sich nicht ernüchtern. »Cab, ich rieche, dass Sie trunken sind, aber nicht von Liebe, das kann ich Ihnen sagen«, erwiderte ich. Das brachte ihn ganz aus der Fassung. »Ist sie nicht allerhand«, sagte er zu Nancy. »Ist sie nicht wirklich allerhand? Na, komm schon, Teacher, komm hinüber ins Gasthaus – für ein bisschen wenigstens. In meinen Taschen klingelt das Geld, und wozu hab ich's, wenn ich's nicht für das schönste Mädchen im Forty Mile ausgeben kann!«

»Sie müssen eine Goldgrube gefunden haben.«

»Und ob!«, rief er nachdrücklich. »Was ich da auf meinem Schlitten habe, ist kostbarer als Gold oder sonst was.«

»Was haben Sie denn dort?«

»Lassen Sie nur. Ihre zarten Öhrchen brauchen nicht Dinge zu hören, die ihnen wehtun könnten.«

Er schmuggelte Alkohol, verriet mir Nancy, als er gegangen war. »Er bringt ihn nach überall hin im Forty Mile.«

»Hat er keine Angst, dass man ihn erwischt?«

»Der nicht. Er hat das schnellste Hundegespann weit und breit. Der stellvertretende Sicherheitsbeamte ist ihm einmal nach, als er anfing, das Zeug in dem Indianerdorf zu verkaufen, doch nicht einmal das hat ihn aufgehalten. Er wurde so frech, dass er dem Sicherheitsbeamten überall Zettelchen hinterließ, wohin er als Nächstes fuhr. Der Marschall blieb ihm zwei Wochen auf den Fersen, dann gab er's schließlich auf. Cabs Hundegespann war einfach nicht einzuholen.« Am nächsten Tag sah ich das Gespann im Zwinger hinter dem Gasthaus. Es waren bösartige Tiere, aber man sah ihnen die Schnelligkeit an: magere Flanken und breite Schultern. Cab hätte mit ihnen leicht auf ehrliche Art Geld verdienen können. Es gab Leute, die einem Mann, der das Land kannte und ein gutes Hundegespann hatte, gutes Geld zu zahlen bereit waren – Metallurgen oder Geschäftsleute, die aus irgendeinem Grund schnell ins Innere wollten. Cab tat mir Leid. Er wollte eben nicht ordentlich leben, oder vielleicht wusste er nicht, wie er das anfangen sollte. Sein ganzes Interesse galt dem Suff und der Prahlerei, er kannte alle billigen Varietees und Spielhöllen zwischen Dawson und der Beringsee. Ich sagte es ihm mit ungefähr diesen Worten, als er am nächsten Abend Nancy und mich ins Gasthaus einlud.

»Teacher«, erwiderte er, »ein wahreres Wort wurde noch nie gesprochen. Was ich brauche, ist ein gutes Eheweib, das mich an die Strippe nimmt. Jemanden wie Sie.«

»Ich nicht, Cab.«

»Ich lege einen feierlichen Eid ab, dass ich keinen Tropfen von dem Zeug mehr anrühre, und ich würde Ihnen einen ganzen Palast von Hütten bauen.«

Ich bedankte mich und erklärte, ich wollte unbemannt bleiben.

»Ich sage Ihnen, Teacher, wenn Sie Ja sagen würden, das würden Sie nie bereuen.«

Als er uns beide ins Schulhaus zurückbrachte, erklärte er, er gäbe noch nicht auf. Jetzt sei es ein Sport für ihn geworden, und es macht ihm Spaß. Wie er sagte, wollte er am nächsten Tag nach Tanacross fahren, aber rechtzeitig für den Tanzabend am Freitag zurück sein. Dann wolle er sein Glück wieder versuchen.

Wir sagten, er solle nur kommen, denn nächsten Freitag feierten wir das Erntedankfest. Es sollte schon am Nachmittag mit Darbietungen aller Schulkinder anfangen, dann standen Spiele und das Dinner auf dem Programm und anschließend Tanz. Cab erklärte, er würde kommen, und falls meine Antwort dann immer noch Nein hieße, würde er auf Nimmerwiedersehen in der Arktis verschwinden.

»Dann brauchen Sie aber eine bessere Ausrüstung, Cab«, sagte Nancy. »Mit dem Zeug werden Sie nicht weit kommen.«

Die Tanzabende an den Freitagen waren immer lustig, doch das Erntedankfest war der größte Rummel, den wir je veranstaltet hatten. Wir hatten es seit Wochen vorbereitet, und als der Freitag herankam, hatten wir alles bereit. Das Schulzimmer sah fantastisch aus. Die Kinder hatten Truthähne und Kürbisse aus Buntpapier geschnitten und auf alle Fensterscheiben geklebt. Papierschlangen und -ketten hingen von der Decke. »Gottverdammich, Missis«, rief Onkel Arthur, als er es sah. »Sie können mich aufhängen, wenn das nicht das allergrößte Erntedankfest-Zimmer ist, das ich je gesehen habe.«

Um vier Uhr hatten sich so viele Leute versammelt, dass wir kaum einen Ofen brauchten, obwohl bei jedem Öffnen der Tür eisiger Nebel hereindrang. Alle waren gekommen, mit Ausnahme von Freds Mutter, die mit einer Erkältung im Bett lag, und seinem Vater.

Nancy war der Schlager des Abends, dabei hatte sie sich überhaupt nicht zeigen wollen. Wir hatten ihr am Abend vorher das Haar kurz geschnitten und es am Morgen onduliert. Sie trug ein Kleid, das wir ihr genäht hatten, und ich hatte ihr von meinem Lippenstift und Rouge gegeben, gerade so wenig, wie es zu ihr passte, und doch so viel, dass man es merkte. Als sie in den Spiegel sah, musste ich sie mit Gewalt darin hindern, alles abzuwaschen und in ihre alten Latzhosen zu schlüpfen.

»Anne, ich schaue aus wie so ein freches Großstadtmädchen! Alle werden über mich lachen.«

»Du siehst entzückend aus«, erwiderte ich. Das war die Wahrheit. »Das Kleid ist so kurz«, beklagte sie sich.

»Nancy, du hast doch selbst die Bilder im Katalog gesehen. Es ist genau so kurz, wie es die Mädchen deines Alters heute tragen.«

Sie war gleichzeitig verschreckt und hochgestimmt, und das war verständlich. Ich hatte mich genauso gefühlt, als ich mein Examenskleid trug. Sie war sogar noch mehr verschreckt, weil der Unterschied zu ihrem Alltagsanzug himmelschreiend war. Ihre alten Kleider waren fast bis zum Knöchel gegangen. Dieses hier hatte eine ungleiche Länge, die an der längsten Stelle ungefähr eine Handbreit unterm Knie endete. Ich konnte sie nur durch die Drohung, ich würde ebenfalls mein Kleid ausziehen und Latzhosen anziehen, dazu bewegen, das Kleid anzulassen. Dabei hätte ich diese Drohung nie wahr gemacht, besonders da Freds Mutter mir das Kleid genäht hatte und ich es besonders liebte. Es war ein Hemdblusenkleid mit Blumenmuster, der runde, ausgeschlagene Kragen war mit Pelz besetzt, und am Oberteil und am Volant war Spitze in Schiffchenarbeit eingesetzt. Mrs Purdy hatte mir gesagt, es sei ein altes Eskimomodell, doch es sah schicker und moderner aus als alles, was ich je in einem Geschäft gekauft hatte.

Als die ersten Gäste kamen, tat Nancy, als wäre sie am Ofen beschäftigt, und wollte sich durchaus nicht umdrehen. Doch das konnte sie nicht aufrechterhalten, als Kinder kamen. Allen voran Jimmy Carew, der sofort den Schritt verhielt. »Wer sind denn Sie?«, fragte er. Er erkannte sie nicht.

»Na, wer soll ich schon sein«, erwiderte Nancy wütend.

»Heiliger Strohsack!« Er starrte sie mit offenem Mund an. »Nancy, du bist wuuunderschön!« Sie war wirklich ein Schlager. Als Ben Norvall sie sah, rieb er sich vor Erstaunen die Augen und begann Shakespeare zu zitieren, wozu er großartig gestikulierte: »Was ist das Licht, das durch die Fenster scheint? Es ist der Ost, und Julia ist die Sonne.«

Nancy wurde puterrot, doch gleichzeitig mochte sie es gern

hören. »Ach, was reden Sie daher«, murmelte sie und schlug ihn auf den Arm.

Der Einzige, der ihr nichts Nettes sagte, war Mr Vaughn. Er meinte nur, sie sähe aus wie eine Großstadtpflanze, doch niemand nahm das zur Kenntnis. Er war so altmodisch, dass er seinen Töchtern nicht erlaubte, Foxtrott zu tanzen.

Sobald wir Bestandsaufnahme gemacht und festgestellt hatten, dass alle anwesend waren, begann die Klasse mit ihrem Spiel. Es hatte die Landung der Pilgerväter und ihre Leiden während des ersten Winters zum Inhalt.

Anschließend gab es ein frühes Dinner, und alle hauten ordentlich rein. Jeder hatte sich tagsüber mit Essen zurückgehalten, und als jetzt Maggie Carews Bärensuppe auf dem Ofen duftete, hatten wir alle das Gefühl, wir wären am Verhungern. Wir hatten aus Fairbanks nicht nur eine Ladung Äpfel und Orangen sondern auch Speisemaiskolben kommen lassen, und dazu lud sich jeder Dutzende saftiger Elchrippen, eingelegtes Renfleisch und getrockneten Königslachs auf den Teller. Willard Carew saß neben mir. Er hatte noch nie Maiskolben gesehen und aß die Körner mitsamt dem Kolben.

»Finde ich nicht besonders gut«, flüsterte er mir zu. »Mir wird direkt schlecht.«

»Iss nur die gelben Körner«, riet ich ihm. »Die meisten Leute werfen das Übrige weg.« Danach schmeckte es ihm viel besser. Als Nachtisch gab es Pastete aus getrockneten Äpfeln mit Eiscreme, doch das Beste an der Mahlzeit waren die Äpfel und Orangen. Sie hatten uns ein Vermögen an Frachtspesen gekostet, doch sie waren jeden Cent davon wert. Wir hatten seit mehr als zwei Monaten kein Obst gesehen, und wenn auch die Äpfel mehlig und die Orangen nicht erste Qualität waren, so genoss sie doch jeder und schnitt Gesichter, als befände man sich im Himmel. Ich hatte fast schon vergessen, wie Frischobst schmeckt.

Als das Essen vorüber war, trugen wir die Tische aus dem Klassenzimmer, und die Frauen wuschen das Geschirr. Dann griff Fred zum Banjo, und das Volkstanzen begann. Jedermann hatte so viel gegessen, dass es eine Weile dauerte, bis Schwung in die Sache kam, doch nach einer Stunde hatte Rebekah drei Röcke abgelegt, und die Lampions überall im Klassenzimmer schaukelten wie bei einem Erdbeben.

Cab tauchte erst um neun auf, und als er hereinstapfte, hatte er in einer Hand eine Flasche Whisky und in der anderen eine Flasche Gin. Ich bat ihn, beides wieder hinauszubringen, denn erstens verstieß es gegen das Gesetz, und zweitens fand ich es nicht richtig, wenn in einem Klassenzimmer getrunken wurde. Es gab ja eine ganze Menge Leute, denen man anmerkte, dass sie insgeheim aus ihren eigenen Flaschen einen Schluck nahmen, doch sie taten es wenigstens nicht öffentlich.

Cab lachte und brachte die Flaschen hinaus, doch er hatte sie wohl draußen gut in Pelz gewickelt, dass der Inhalt nicht frieren konnte, und irgendwo versteckt, denn im Lauf der Nacht machten die Hälfte der Männer und dazu Angela Barrett immer wieder Witze, wie oft sie heute auf den Abort mussten. Nach einer Weile roch die ganze Gesellschaft wie ein Schnapsladen, und wenn sie tanzten, taumelten sie durch die Gegend und hörten kaum auf die Ansagen des Ausrufers. Cab war der Ärgste.

240 Ununterbrochen prahlte er mit seinem Hundegespann. Er ging zu Joe Temple und sagte, er hätte von Joes gutem Gespann gehört und schlüge ihm ein Wettrennen vor. Joe jedoch er-

kannte sofort, wie betrunken Cab war, und erwiderte, er habe von Cabs Gespann gehört und würde auf eine Zwei-Meilen-Strecke nicht einmal dann eingehen, wenn Cab ihm eine Vorgabe von eineinhalb Meilen gäbe.

»Ganz richtig von dir«, erklärte Cab. »Dein Gespann ist neben meinem wie ein Gespann von asthmatischen Pudeln.«

Nach einiger Zeit wurde er so ungestüm, dass ich nicht mehr mit ihm tanzen wollte.

Der Volkstanz endete um zehn, ein bisschen früher als sonst, weil es ein langer Tag gewesen war. Alle hatten wieder Hunger, also gab es wieder ein Mitternachtssouper drüben im Gasthaus. Als Onkel Arthur und ein paar andere Männer Cab in ein Gespräch über Freds schnelle Hunde verwickelten, hätte ich wissen müssen, dass sich etwas zusammenbraute.

Es war allgemein bekannt, dass Freds Hunde nicht nur gut, sondern die am besten abgerichteten weit und breit waren, also kam mir nicht zu Bewusstsein, dass die Männer etwas einfädelten. Cab hielt Fred an und wollte mit ihm sofort ein Wettrennen austragen. »Sie haben eben fünfzig Meilen hinter sich, doch ich lasse sie auf der Stelle gegen deine antreten.«

Fred lehnte ab. Er habe gehört, dass Cab im vergangenen Jahr beim jährlichen Hunde-Derby in Fairbanks Zweiter geworden war – da könne er nicht mit. Das hätte der Sache ein Ende bereiten sollen, doch so war es nicht. Später hörte ich von Nancy, dass Onkel Arthur und ein paar Kumpane Cab immer wieder zugesetzt hätten, wie gut Freds Hunde seien, und sie vermutete auch, sie hätten Cab einiges über Fred und mich gesteckt, aber ganz sicher war sie nicht. Jedenfalls nahm Cab, bevor der Tanz ganz aus war, Fred wieder in die Zange, doch Fred machte nicht mit.

»Ich nehme jede Entfernung an, die du vorschlägst«, sagte Cab mit schwerer Zunge. »Und über jedes Gelände, das du willst.«
»Danke, Cab, aber ich bin kein Freund von Wettrennen«, lehnte Fred ab.
Cabs Gesicht trug jenen typischen Ausdruck, der besagte, er habe nur eines im Sinn, und das würde er durchsetzen. »Wenn du Angst hast, zu schlecht abzuschneiden, machen wir es fünfzig Meilen, und du kriegst eine Stunde Vorgabe.«
»Ich habe einfach keine Lust, mit dir ein Wettrennen zu fahren.«
»Hölle und Teufel, habe gehört, du hast nur Indianerhunde, sind den Fisch nicht wert, den sie kriegen.«
Fred ließ ihn stehen, doch nachdem ich mit ihm einen Foxtrott getanzt hatte, war Cab wieder da, und es war dieselbe Leier. Nun waren Cabs Augen blutunterlaufen, und er verlor die Beherrschung. Ich hoffte nur, wenn mir der Walzer »Home, sweet home« schon nicht Fred bescherte, dann wenigstens nicht Cab. In nüchternem Zustand war er unberechenbar, betrunken war er unmöglich. Doch als der bewusste Walzer einsetzte, war ich fassungslos. Zum ersten Mal stand Fred direkt neben mir.
Es war der schönste Walzer, den ich je mit jemandem getanzt hatte. Es war das erste Mal in meinem Leben, dass ich etwas nur schön empfand. Allein Freds Art, mich anzusehen, ließ mich im Kreis schweben, als befänden wir uns nicht in einem schäbigen, kleinen Klassenzimmer, sondern im geräumigen Ballsaal eines Schlosses.
Eine ganze Menge Leute ging noch vor dem Ende des Walzers hinüber ins Gasthaus, damit sie ihr Essen vor den anderen bekämen. Nancy hatte Cab als Partner bekommen, und als wir alle gingen, kamen die beiden zu uns herüber. »Hast ja mäch-

tig Glück gehabt, mein Junge«, sagte Cab. »Wie wär's, wollen wir die Partner tauschen? Geht nicht gegen dich, Nancy.«

»Nein, danke, Cab.«

Cab machte ein finsteres Gesicht.

Im Gasthaus bekamen wir Plätze ganz am Ende eines langen Tisches. Ich hätte viel lieber wieder den Tisch für zwei gehabt, aber im Grund machte es mir nichts aus, genug, ich nahm das Mitternachtssouper mit Fred ein. Drüben vom anderen Ende des Raums konnten wir Cab brüllen hören. Er versuchte immer noch, jemanden zu einer Wettfahrt herauszufordern. Dann sagte jemand etwas über Fred, und ein paar Männer lachten.

Nachher passte ich nicht besonders auf und unterhielt mich mit Fred, doch als wir fast mit dem Essen fertig waren, kam Nancy herüber. Sie beugte sich dicht zu mir. »Anne«, flüsterte sie. »An deiner Stelle würde ich mit Fred schleunigst verschwinden. Da braut sich etwas zusammen.«

»Was denn?«

»Etwas Ungutes. Geht, so schnell ihr könnt.«

Ich gab das an Fred weiter. Wir schauten hinüber zum anderen Tisch. Angela Barrett, fast so betrunken wie Cab, starrte mit hasserfüllten Augen zu uns herüber. Man hörte keine lauten Gespräche von diesem Tisch, nur ein Gemurmel, aber etwas lag in der Luft. Wir standen auf, und Fred ging, um das Essen zu bezahlen.

»He da, Teacher! Sie wollen doch nicht schon gehen?«, schrie Cab. »Doch, Cab. Ich bin todmüde.«

Er stand auf und kam zu uns herüber. »Hölle und Teufel, gehn Sie doch nicht schon«, sagte er. Ich beharrte auf meinem Entschluss, doch er hatte etwas im Sinn und hörte mir nicht zu, sondern fragte mich immer wieder dasselbe. Fred brachte mir

den Mantel, und Cab versuchte, ihn an sich zu reißen. »He, gib mir den Mantel, ich kümmre mich schon um sie. Sie darf noch nicht gehen, ist noch viel zu früh.«
»Cab, ich möchte wirklich nach Haus«, wiederholte ich.
Er verstand mich wohl, doch er nahm es nicht zur Kenntnis. Fred hatte meinen Mantel nicht losgelassen, und Cab riss immer wieder daran. »Gib mir das Ding«, knurrte er.
»Lass nur, Cab«, sagte Fred ruhig. »Ich bringe sie nach Haus.«
»Den Teufel wirst du«, sagte Cab zwischen den Zähnen. »Lass das Ding los.« Fred sah mich an, doch ehe er sich entschließen konnte, was er tun sollte, gab Cab ihm einen Stoß. Fred ließ meinen Mantel los und fiel gegen den Schanktisch. »Ich sage, ich bringe sie nach Haus, verdammt noch mal, dann tu ich's auch.«
Jetzt bekam ich Angst. Es war ganz still im Raum geworden, alle starrten auf uns, um zu sehen, wie es weiterging. Doch sie sahen nicht nur zu, sie warteten, wie ein Rudel Wölfe wartet, dass Cab für sie die schmutzige Arbeit verrichtete. Sie wollten das alles, sie hatten es geplant, und jetzt leckten sie sich das Maul. Jetzt wusste ich auch, warum Onkel Arthur die Platte aufgelegt hatte, als Fred neben mir stand. Alles taugte, was Cab noch mehr in Rage brachte. Und Fred wusste es auch. Das erkannte ich an der Art, wie er die Leute musterte. Er war in die Ecke getrieben, zu einer Rauferei mit Cab gezwungen.
»Jetzt verschwinde hier, husch husch, du Halbblut«, sagte Cab zu ihm. Er war aufgezogen wie eine Feder, er wollte unbedingt raufen, das sah man daran, wie sich seine Schultern bewegten, als würde er in Stücke zerfallen, wenn er nicht zuschlagen konnte. Mir wurde übel.
»Hier drinnen wird nicht gerauft«, erklärte Maggie Carew.

»Wenn ihr beide was auszutragen habt, dann hinaus mit euch.«
»Mir recht«, erklärte Cab.
»Cab, ich will nicht mit dir raufen«, versuchte Fred einzulenken.
»Dachte ich mir«, rief Mr Vaughn. »Feig ist der Kerl auch noch.«
»Klar ist er feig«, fiel Angela ein. »Sogar ein Jud aus Arkansas täte jetzt zuschlagen.«
Cab hörte auf niemanden mehr. Seine Augen waren blutunterlaufen, und er rollte ständig die Schultern wie ein Kind, das etwas möchte und es zu bekommen versucht. Fred trat vom Schanktisch zurück. Er war schneeweiß um den Mund und so angespannt, dass ich mich wunderte, wie locker er ging. Er holte seine Parka vom Haken, Cab machte einen Satz zu ihm hinüber und gab ihm wieder einen wütenden Stoß, sodass er in eine Gruppe Männer fiel. Die stießen ihn zurück, sodass er gegen Cab prallte. Der dachte wohl, Fred greife ihn an, denn er schlug Fred mit der Faust gegen den Mund. Es war kein kräftiger Schlag, doch Freds Lippe begann zu bluten und es brachte ihn aus der Fassung. Auch die anderen wurden jetzt unruhig. Mr Carew und ein anderer Mann packten Cab, zwei andere Fred, und sie schoben beide aus der Tür. Ich versuchte, sie zu beruhigen, und ich schrie Cab zu, wenn er wolle, könne er mich nach Haus bringen, aber niemand hörte mich.
Nun war Fred also draußen, mitten im Schnee, die Parka noch über dem Arm, und Cab starrte ihn wild an, er ging leicht in die Hocke und warnte Fred, er solle sich bereithalten. Und alle anderen amüsierten sich prächtig. »Hau ihn in den Dreck, Cab!« – »Dreh ihn durch den Wolf!« – »Gib ihm Saures!« Kein einziger feuerte Fred an.

Ich ging hinüber zu Joe Temple. »Joe, bitte, mach, dass sie aufhören.«
»Dass ich selbst ein paar abbekomme? Nein, danke.«
Fred versuchte immer noch auszusteigen, er ließ die Hände hängen und tat nichts als Cab zu beobachten. »So komm schon, Junge«, rief Cab. »Lass was sehen.«
»Ich sagte dir doch, Cab, ich möchte nicht mit dir raufen.«
Da ging Cab in Angriffstellung, er krümmte sich wie ein Tier, die Fäuste erhoben, als hielte er Wolle zum Abwickeln, und er sah wild aus den Augen. Und ich fürchtete mich, ich fürchtete mich schrecklich. Ich hätte gedacht, auch Fred müsse sich fürchten, und ich hätte das verstanden, doch er hatte keine Angst. Der Ausdruck auf seinem Gesicht ließ mich ihn fast nicht wieder erkennen. Es war der seltsamste Ausdruck, den ich je in einem Gesicht gesehen hatte. So mochte er aussehen auf Fahrt in der Wildnis, allein und in Schwierigkeiten geraten, als Einziger gegen einen mächtigen Feind. In diesem Augenblick kannte ich ihn nicht.
Ich versuchte zu ihm hinüberzugehen, doch Angela Barrett packte mich am Arm. Sie war stark wie ein Ringer.
»Lassen Sie mich gehen, Mrs Barrett.«
»Ruhig, Kleine«, sagte sie mit dicker Zunge. »Sonst ist er nicht der Einzige, dem alle Knochen im Leib zerbrochen werden.«
Was dann geschah, brachte alle in Aufruhr. Es gab eine heftige Explosion, aus den Augenwinkeln sah ich noch eine Flamme, und ich roch den scharfen Geruch verbrannten Pulvers. Es war Rebekahs Mann, Jake Harrington, der da stand und Mr Carews doppelläufigen Schießprügel in der Hand hielt. Alle standen wie erstarrt, und meine Ohren dröhnten so, dass ich kaum hören konnte, was er sagte. Er hatte in die Luft geschossen, aber

jetzt richtete er die Büchse direkt auf Cab. »Geh wieder hinein, Cab«, sagte er ganz ruhig.
Cab war zwar betrunken, aber so betrunken war er wieder nicht, dass ihn die zwei Gewehrläufe, die ihm ins Gesicht starrten, nicht ein wenig ernüchtert hätten.
»Das geht dich einen Dreck an«, sagte er zu Jake.
»Ich will dir nur 'n Gefallen tun, Cab«, gab Jake zurück.
»Nicht ihm tust du 'n Gefallen«, rief Mr Vaughn dazwischen. »Sondern dem Halbblut.« Er stand hinter Cab.
»Doch, ihm«, widersprache Jake. »Denn wenn er den Jungen zusammenschlägt, bring ich ihn um. Also verschwindet ihr besser alle hier.«
Mr Vaughn zog sich tatsächlich zurück und mit ihm alle, die um Cab herumgestanden waren.
»Was meinst du, Cab? Es ist kalt hier draußen.«
Cab erwiderte etwas, das er sonst in der Gegenwart von Damen nicht gesagt hätte, doch man konnte es in dieser Situation entschuldigen. Dann schlurfte er zurück ins Gasthaus, und die anderen gingen ihm nach. Ich befreite mich aus Angelas Griff.
»Komm, Fred«, ich hängte mich bei ihm ein.
»Anne«, rief Nancy mir nach. »Ich bleibe noch ein bisschen.«
Auf dem Weg zum Schulhaus zitterte Fred so heftig, dass ich dachte, er würde fallen. Im Zimmer ließ er sich auf einen Sessel sinken. Ich legte im Ofen Holz nach.
»Hat er dir wehgetan?«
»Nein. Ich versuche nur, das Essen unten zu behalten.«
Nach einer Weile hob er den Kopf. »Ein Aspirin wäre jetzt gut.«
Ich brachte es ihm mit einem Glas Wasser. Sein Kinn war mit Blut verschmiert, die Lippe ein wenig geschwollen. Ich gab

ihm einen feuchten Waschlappen, er ging damit zum Spiegel und kühlte die Wunde. Das alles war zum Teil mein Fehler. Ich hätte mir nie verziehen, wenn er arg verletzt worden wäre. Am meisten setzte mir jedoch zu, dass es allen recht gewesen wäre, wenn Cab ihn zusammengeschlagen hätte.

»Ein Glück, dass er dich nicht schlimmer zugerichtet hat.«

Er lächelte ein wenig. »Ja, wirklich. Wenn ich nur wüsste, wie ich verhindern könnte, dass meine Mutter es erfährt.«

»Sie braucht doch nur einen Blick auf dich zu werfen.«

»Nun, dann soll sie wenigstens nicht wissen, worum es ging.«

»Was wirst du ihr sagen?«

»Ach, nur dass Cab betrunken war und ein bisschen auf mich losging. Dies ist eine schöne Geschichte. Anne ...« Er wollte noch etwas sagen, doch da trat Nancy ein und brachte mir den Mantel.

Als er gehen wollte, begleitete ich ihn hinaus.

»Es tut mir so Leid, Fred.«

»Du kannst ja nichts dafür.«

»Mir scheint, doch.«

Ich erwartete, er würde etwas sagen, doch er schwieg.

»Warum schaust du mich so an?«

»Ach, nur so ...«

»Fred ...«

»Was?«

Ich wollte sagen: Ich liebe dich. Stattdessen brachte ich heraus: »Kannst du mich küssen, oder tut dir der Mund zu weh?«

Er bückte sich, und seine Lippen streiften die meinen nur eben. Dann nahm er mich so fest in die Arme, dass ich keine Luft bekam. Bevor er die Veranda verließ, schaute er mich in einer Art an, die in mir ein schreckliches Gefühl aufsteigen ließ, so, als

stieße er mich weg oder schlösse mich aus. Ich wollte ihn zurückrufen, ihn bitten, noch ein bisschen zu bleiben. Doch ich tat es nicht. Ich blieb nur dort stehen und hielt den Blick auf die Hütten gerichtet, die wie aufgereiht im Schnee standen.
Weit entfernt im Nordwesten sah man ein flackerndes gelbes Glühen. Fred hatte mir erzählt, es käme von einem Torffeuer, das seit dem letzten Sommer in der Tundra glimmte. Der Schnee hatte es teilweise erstickt, doch von Zeit zu Zeit brach wieder eine Flamme empor. Das war eben jetzt der Fall und es sah aus, als hätte jemand eine große Anzahl Kerzen entzündet. Dann erlosch es wieder. Ich begann zu frieren und ging hinein. Nancy zog eben ihr Nachthemd über.
»Danke, dass du uns gewarnt hast«, sagte ich.
Sie murmelte etwas, schlug dann die Decken zurück und kroch mit den Socken ins Bett. Ein bisschen später, als ich mich neben sie legte, nahm sie den Kopf aus den Decken, während ich noch zusammengeringelt lag wie ein Ball und versuchte, warm zu werden.
»Anne?«
»Mm…«
»Jimmy hat mir gesagt, dass Mr Vaughn seinem Vater gesagt hat, du kriegst ein Baby von Fred. Er sagt, im Frühling wirst du dick sein wie ein vergifteter Hund. Ich habe ihm gesagt, das ist eine verdammte Lüge.«
Warum brachte sie das gerade jetzt zur Sprache? Dann fiel mir ein, sie musste gehört haben, als ich Fred fragte, ob er mich küssen könne. Vermutlich hat das sie schockiert. Sie und ich standen jetzt zwar sehr gut miteinander, trotzdem begriff sie nicht, wie mir so viel an Fred liegen konnte. Jetzt wartete sie darauf, dass ich leugnete, was Mr Vaughn gesagt hatte. Plötz-

lich kam mir etwas in den Sinn, worüber ich lächeln musste – ein kleines Viertel-Eskimo-Baby, das genauso aussah wie Fred, tapste im Zimmer herum. Das Bild war so lebendig, dass ich meine Stimme kaum ruhig halten konnte. Ich sagte: »Wenn es dich erleichtert, Nancy – nein, ich kriege kein Baby. Aber ich will dir die Wahrheit sagen: Wenn ich eins kriege, dann müsste es von Fred sein.«

Es tat mir Leid, kaum dass ich es gesagt hatte. Ich hatte kein Recht, sie absichtlich zu schockieren. Die Stille war so dick, dass man sie mit einem Messer hätte schneiden können.

»Nancy ... versuch mich zu verstehen. Ja?«

Es dauerte sehr lang, bis ihre Antwort kam.

»Ich versuche es ja, Anne«, murmelte sie bedrückt. »Ich versuche es wirklich. Aber es ist sehr schwer.«

13

»Fred ist nach Steel Creek gefahren«, teilte Isabelle mir am Montagmorgen mit. Ich hatte sie sofort, als sie zur Schule kam, nach ihm gefragt. Immer, wenn ich an sein Gesicht beim Abschied am Freitag dachte, schnürte es mir das Herz zusammen. Auch jetzt ging es mir so.

»Wann ist er weggefahren?«

»Gestern früh sehr zeitig. Haben Sie gewusst, dass er in eine Rauferei verwickelt war?«

»Ja. Wann kommt er zurück?«
»Wohl sobald er kann.«
Ich fragte sie nach dem Grund seiner Fahrt, doch davon wusste sie nichts. Dann fragte ich Nancy, ob sie eine Ahnung habe, warum er nach Steel Creek gefahren sein könnte, doch auch sie wusste keinen Grund.
Als Mr Strong ein paar Tage später in die Siedlung kam, holte Freds Vater die Post.
»Wie geht's der Familie?«, fragte ich, während wir vor dem Postamt warteten.
»Ausgezeichnet. Alle lassen grüßen.«
»Warum ist Fred nach Steel Creek gefahren?«
»Um mit Leuten dort zu sprechen. Er müsste in ein paar Tagen zurück sein.« Ich hatte das Gefühl, er verschwieg mir etwas, und ich hätte gern ein paar Fragen gestellt, doch ich brachte es nicht über mich, noch mehr zu bohren.

Ich bekam einen Brief von Lester Henderson, dem Bezirksschulinspektor. Er schrieb, er habe den ersten Monatsbericht bekommen, den ich Anfang Oktober abgeschickt hatte, und er sei sehr zufrieden damit. Dann teilte er mit, er habe Briefe von ein paar Leuten aus Chicken erhalten.
»... Im Allgemeinen heißt es darin, dass Sie eine gute Lehrerin sind und dass Ihre Moral tadellos ist. Allerdings habe ich auch Briefe von zwei Eltern erhalten, die sich über Ihre Vertraulichkeit mit einer Indianerin der Siedlung beklagen. In einem Brief heißt es ferner, Sie hätten den Kindern eine Menge über die Indianer erzählt und dass Sie anscheinend Zuneigung zu einem jungen Mann gemischter Herkunft, Fred Purdy, gefasst

haben. (Ich habe von den Purdys gehört, sie sind eine tadelsfreie Familie.)
Ich möchte Sie wissen lassen, dass ich volles Vertrauen in Sie und Ihre Fähigkeiten setze. Ihr Privatleben ist Ihre Sache. Trotzdem möchte ich Ihnen raten, sich so diplomatisch zu verhalten wie nur möglich, besonders wenn Sie den Wunsch haben, nächstes Jahr in Eagle zu unterrichten …«

Sein Brief war vom 6. November, also vor drei Wochen datiert, und er klang so, als hätten ihm eine Menge Leute geschrieben. Sie mussten damit ungefähr Ende September angefangen haben, also zur Zeit, als Mr Vaughn und der Schulrat mich fertig zu machen versuchten. Leicht zu erraten, dass sie seitdem über Rebekah und Fred geschrieben hatten.

In meiner Antwort schrieb ich, ich würde das Bestmögliche tun. Vor allem wolle ich das Vertrauen, das er in mich setzte, rechtfertigen. Ich teilte ihm mit, warum ich Rebekah in die Schule genommen und was sich deswegen ereignet hatte. Wenn er meinte, sie solle nicht im Schulzimmer sitzen, dann würde ich ihr natürlich sagen, sie könne nicht mehr kommen.

In meiner Post war auch ein Brief von Cathy Winters, die mich während der Weihnachtsferien für ein paar Tage zu sich ins Indianerdorf einlud. Sie hatte mir damals, als es die Schwierigkeiten wegen Chucks Schulbesuch gab, sofort geschrieben, und seitdem standen wir in einem lockeren Briefwechsel. Ich antwortete, ich würde schrecklich gern kommen, wenn sich eine Fahrgelegenheit bot. »Wenn es sich machen lässt, komme ich ungefähr am Weihnachtstag. Dann kann ich nämlich mit Mr Strong zurückreisen, wenn er am 27. bei euch durchkommt.«

Die folgenden fünf oder sechs Tage zogen sich dahin. Als es so weit war und Fred zurück sein sollte, glaubte ich jedes Mal, wenn ich draußen Schritte hörte, er sei es, und wenn jemand auf die Veranda trat, ging mir das Herz schneller. Doch jedes Mal war es ein anderer. Eines Nachmittags kam Onkel Arthur gleich nach Einbruch der Dunkelheit herüber. Er wirkte ungewohnt gedämpft, und ich dachte anfangs, das käme daher, dass er wusste, ich hätte ihm noch nicht vergeben. »Mert Atwood hat mich gebeten, würde es Ihnen was ausmachen, mal zu ihm rüberzukommen«, sagte er.

»Wissen Sie, warum?«

»Er muss Sie sprechen, Missis. Er liegt auf der Nase.« Aus der Art, wie er es sagte und aus seiner gedämpften Stimmung wusste ich sofort, da lag etwas im Argen. Mert war schon seit ein paar Tagen krank.

»Soll ich mit Ihnen kommen?«, fragte Nancy.

»Mir scheint, Mert will Sie allein sprechen.«

Ich holte meine Parka, zog unter den Mokassins ein extra Paar Wollsocken an, und wir machten uns auf den Weg. »Steht es sehr schlimm?«, fragte ich ihn.

»Gut nicht.« Wie er mir berichtete, war er vor ein paar Tagen, als er keinen Rauch aus dem Ofenrohr hatte steigen sehen, hinübergegangen. Wäre er nicht gekommen, hätte Mert erfrieren müssen.

»So ein verdammter Narr«, knurrte Onkel Arthur aufgebracht.

»Ich sag ihm immer, er isst falsch. Nichts wie aufgebratene Bannocks, Tag für Tag. Da ist doch keine Kraft drin – nur Mehl und Wasser. Er isst falsch, und er macht alles falsch. Hat nicht mal so viel Grips im Kopf, dass er seine eigene Haustür zumacht. Jeden verdammten Sommer lässt er sie offen, wenn er rausgeht, und dann spaziert ein Bär hinein. Wissen Sie, was er dann tut? Steht herum und flucht und schreit, bis sich das arme Vieh fürchtet herauszukommen. Dann marschiert er herüber zu mir und sagt, ich soll kommen und den Schießprügel mitnehmen. Und ich muss das Vieh dann erschießen. Also, wenn das keine gottverdammte Dummheit ist?«

»Ziemlich nachlässig ist es jedenfalls«, stimmte ich zu. Er machte sich solche Sorgen um Mert, dass er seinem Ärger irgendwie Luft machen musste.

»Nachlässig«, rief Onkel Arthur gereizt. »Nachlässig ist das nicht. Er spinnt, das ist es. Haben Sie mal die Schiffe in seiner Hütte gesehn? Schiffe, nix als Schiffe! Wenn er schon verrückt auf Schiffe ist, warum fährt er dann nicht zur See?«

Er sprach von den Bildern an Merts Wänden – Drucke und Stiche von allem, was auf dem Wasser schwimmt, angefangen von Schonern unter vollen Segeln bis zur Queen Mary.

Er beklagte sich den ganzen Weg über so heftig, dass ich merkte, er hatte Angst, Mert würde sterben. Sie kannten einander fast vierzig Jahre. Sie saßen manchmal stundenlang im Gasthaus und spielten Schach und stritten, wer mehr von der Goldgräberei verstünde oder wo die besten Fischgründe seien, oder wie man ein Stachelschwein kocht und ein Huhn am elegantesten serviert.

Der Boden rings um Merts Hütte glich einem Abfallplatz von

verottenden Schwemmkisten und unbenutztem Bauholz. Wie alle Alten aus der Pionierzeit wollte Mert sich nie von etwas trennen, selbst wenn er es nicht brauchen konnte. Schlittendeichseln und zerbrochene Karrenräder lagen da herum, dazu ein paar Pumpen und eine alte Dampfmaschine, und das alles mit Schnee bedeckt. Schön aufgeschichtet lagen Rohre mit breitem Durchmesser, die Onkel Arthur ihm gar zu gern abgekauft hätte. Doch Mert trennte sich nicht davon, obwohl er die Rohre nicht brauchen konnte. Sie waren ein Teil seines Lebens.

»Ich krieg diese Rohre noch, warten Sie nur ab«, hatte Onkel Arthur mir einmal gesagt. »Sie gehören mir, am Tag, an dem er stirbt. Wir haben nämlich einen Vertrag geschlossen, als wir uns trennten. Wer zuerst stirbt, kriegt die Sachen vom anderen. Und, Missis, ich kann's nicht erwarten, dass der alte Querkopf geht.«

»Das ist doch nicht Ihr Ernst, Onkel Arthur.«

»Nicht mein Ernst! Und wie!«

Wie sehr es sein Ernst war bewies er mir eines Tages, als er mich zu sich zum Essen lud. In einer Ecke des Raumes stand ein Sarg.

»Habe die Bretter selbst zugeschnitten«, erklärte er stolz.

»Wie lange haben Sie daran gearbeitet?«, fragte ich. Der Sarg war über und über mit Schnitzereien bedeckt, die Spaten und Breithacken, Goldwäscherschüsseln und Schwemmkisten darstellten. Er musste Jahre dazu gebraucht haben.

»Viel zu lang«, erwiderte er. »Am Morgen wenn ich aufstehe, ist das Erste, dass ich rausgehe und sehe, ob Rauch aus seinem Ofenrohr kommt. Aber der alte Narr stirbt und stirbt nicht.«

Und jetzt war Mert wirklich krank, und Onkel Arthur war völlig verstört. Er verließ mich ein bisschen entfernt von der Türe. Bevor er fortging, sagte er: »Missis, es tut mir Leid wegen neulich. Lassen Sie's Mert nicht ausbaden. Er hat damit nix zu tun gehabt.« Das wusste ich auch so. Mert war wohl der gutmütigste Mensch weit und breit.

Erst als ich ein paar Mal geklopft hatte, rief mich Mert hinein. Es war schrecklich. Er lag auf seinem Lager mit ein paar schmutzigen Kissen unterm Kopf. Der Ofen brannte auf vollen Touren, und er war nur auf Armeslänge davon entfernt. Als ich ihn grüßte, schüttelte er den Kopf und versuchte, eines Schmerzanfalls Herr zu werden.

Ich fragte ihn, ob ich etwas für ihn tun könne, doch er schüttelte wieder den Kopf. Das Gesicht unter den Tage alten Bartstoppeln war teigig, sein hüftlanges Haar, das er sonst mit einer Schnur zusammenhielt, lag auf dem Kissen und überall um ihn herum. Die blaue Matrosenmütze, ohne die ich ihn noch nie gesehen hatte, lag auf dem Boden unter seinem Lager. Der Unterkiefer fiel ihm immer wieder herunter, und aus der Art, wie er ihn mit der Faust hochschob, ließ sich schließen, dass er keine Kontrolle über seine Gesichtsmuskeln mehr hatte.

Endlich gingen die krampfartigen Schmerzen vorüber, und nach ein paar tiefen Atemzügen sagte er: »Mögen Sie für mich was tun? Schreiben Sie was für mich, wenn Sie wollen. In der obersten Lade sind Bleistift und Papier ... Ich würd's selbst schreiben«, fügte er hinzu, als ich zum Schreibtisch ging, »aber meine Augen sind schlecht.« Er lag im Sterben, doch er schämte sich noch immer zuzugeben, dass er weder lesen noch schreiben konnte. Ich sah den Brief, den er mir vor ein paar Monaten zum Lesen gebracht hatte. Er war mit den paar anderen, die er im Lauf seines Lebens empfangen hatte, an der Wand über dem Schreibtisch befestigt. Manche davon waren so alt, dass die Schrift vergilbt war und das Papier sich auflöste.

Ich holte den Block, und er sagte mir, ich solle hineinsehen. Er enthielt Seite um Seite Divisionen mit großen Zahlen, manche so lang, dass sie die ganze Seite einnahmen. Deswegen war er immer in die Schule gekommen – um solche Divisionen zu lernen. Er sagte mir, es sei in seinem ganzen Leben das Einzige gewesen, das er je hatte lernen wollen – wie man große Zahlen untereinander dividiert.

»Ich hab von allen die Probe gemacht, und sie stimmen alle«, sagte er. »Wie finden Sie das?« Er war so stolz wie nur möglich. »Großartig, Mert.« Ich setzte mich auf den Fuß der Lagerstätte und suchte eine leere Seite. »Was soll ich also schreiben?«

»Wie meine Grabrede sein soll.«

Das war mir wie ein Schlag ins Gesicht. Ich stotterte: »Wozu denn das?«

»Weil ich jetzt sterb.« Eine Handbewegung tat jede Widerrede ab. »Ich werde jetzt sterben, da ist nix dran runterzubeißen. Vielleicht morgen, vielleicht nächste Woche – weiß ich nicht. Aber bald.«

Er sprach die Wahrheit, versuchte sie ein wenig herunterzuspielen, mimte sogar ein wenig den harten Mann, damit ich ihn ja nicht bemitleiden sollte.

»Wenn Sie Tränchen vergießen wollen, gehn Sie lieber raus.«

»Ich werde nicht weinen«, sagte ich, »aber wenn ich fragen darf: Warum wollen Sie das jetzt machen?«

»Weil mir speiübel wird, wie die Leute daherreden, wenn sie einen in die Erde tun – lauter Lügen reden sie daher, und der arme Kerl, den sie reintun, kann kein Wort dagegenreden.«

»Um Ihnen die Wahrheit zu sagen, Mert, ich verstehe nicht das Geringste von Grabreden.«

»Ist alles ganz einfach. Ich werd hier liegen, auf dem Tisch da. Und Sie brauchen nur ein paar Sachen aufschreiben, und Onkel Arthur wird sie sagen. Punktum.«

»Und wie soll es sonst sein?«

»Anständig. Paar ehrliche Worte will ich hören.«

»Ich meine, wie soll die religiöse Feier sein. Möchten Sie einen bestimmten Psalm haben oder …«

»Teufel, nein! Nichts von diesem Orgelgedudel. So was mag ich nicht. Ihnen wird schon was einfallen. Habe mir gedacht, dass Sie die Richtige dafür sind …«

»Aber ich weiß wirklich nicht, wie Sie es wollen, Mert.«

»Nennen Sie was, dann sag ich Ihnen, ob ich's mag.«

»Ich wüsste nicht, was ich für Ihre Grabrede nennen sollte. Wenn Sie einen ehrlichen Nachruf wollen, dann wissen Sie selbst doch am besten, was zu sagen ist.«

Er dachte nach. »Stimmt eigentlich«, sagte er schließlich. »Das ist eine Pfundsidee.« Er schwieg und dachte nach. Ich hielt Bleistift und Schreibblock bereit.

»Sagen Sie ungefähr so was«, begann er. »Sagen Sie, ich war ein guter Goldgräber … sagen Sie, solang ich hier war, hat der Forty Mile mir immer gefallen. Alles war prima und nix war mir zuwider.«

Er hielt inne, und ich schrieb alles nieder, dann dachte er wieder nach.

»Sagen Sie, ich wollte Gold graben, und das hab ich auch getan. Sagen Sie, das Einzige, was ich gern gehabt hätte, war, ordentlich fündig zu werden, nicht nur grad so viel herauswaschen, dass man leben kann.«

Als ich das alles aufgeschrieben hatte, fragte ich ihn, ob sonst noch etwas wäre. Er schüttelte den Kopf.

»Aber ein paar Einzelheiten brauchen wir«, meinte ich. »Wann sind Sie zum Beispiel geboren?«

»Warum wollen Sie das wissen?«

»Nun ja – vielleicht soll es auf Ihren Grabstein gesetzt werden … oder vielleicht verlangen die Behörden es.«

»Brauchen wir nicht. Grabstein krieg ich keinen. Sagen Sie stattdessen so: Als ich hier ins Land kam – 97 war es wohl«, seine Augen leuchteten in der Erinnerung auf, »da war Gold überall – Gold für 'n armen Mann, Gold im Wasser, mit dem man sich gewaschen hat, Gold im Dreck an den Stiefeln …«

Als ich das alles aufgeschrieben hatte, starrte er an mir vorbei ins Leere, sichtlich noch in die Gedanken an die Vergangenheit versunken. Sein Mund stand offen.

»Mert …«

Er klappte den Mund zu und sah mich wieder an. »Wenn Sie wollen, können Sie auch reinnehmen, was ich getan hab, als ich hier war – Goldwaschen, Fischen, Jagen.«

»Finden Sie nicht, dass wenigstens ein bisschen was Religiöses dabei sein sollte?«

»Von mir aus. Tun wir gleich was rein. Schreiben Sie, dass ich nie nicht an Kirche und Pfaffen geglaubt hab. Halte nix von ihnen. Sagen Sie das.«

»So wollen Sie es haben?«

»Ja, so … Wenn ich zu meinem Schöpfer komme, will ich so kommen, wie ich immer war. Allein. Diese Pfaffen, die ihre Nase in alles stecken, haben sich schon viel zu viel dreingemischt.«

Die Schmerzen überfielen ihn wieder, und als der Anfall vorbei war, sah er aus, als hätte sich alles Blut in seinen Adern in Staub verwandelt.

»Sagen Sie noch was … » Er sprach so leise, dass ich ihn kaum verstand. »Sagen Sie, dass alles, was ich habe, an Art – Arthur Spratt – fällt, der all die Jahre mein Freund war … Er soll sich um mein Begräbnis kümmern. Er weiß, was ich will.«

Ich schrieb es nieder, und er setzte sein Zeichen darunter.

Auf dem Rückweg musste ich daran denken, wie tapfer Mert war. Er besaß fast nichts, eine verkommene alte Hütte irgendwo im Ödland, und hatte niemanden, der sich in seinem Alter um ihn kümmerte. Doch er hatte sich nie beklagt, hatte Jahr für Jahr weitergewurstelt. Wieder zurück beim Schulhaus hätte ich fast die Skier übersehen, die auf der Veranda an der Wand lehnten. Ich musste zweimal hinsehen, bevor mir bewusst wurde, wem sie gehörten, bevor ich die Löcher für die zweite Bindung erkannte, die Fred für mich gebastelt hatte. Eine Sekunde lang konnte ich es nicht glauben, doch als ich die Tür öffnete, saß er da – saß auf der Couch bei einer Tasse Kaffee. Wie er sagte, war er vor ein paar Stunden aus Steel Creek gekommen.

»Warum musstest du gerade jetzt kommen?«, rief ich. »Ich sehe fürchterlich aus.«

»Du siehst so hübsch aus wie immer.«

»Kannst du zum Abendessen bleiben?«

»Nein. Ich war noch nicht zu Haus.«

Zu dritt plauderten wir noch eine Weile, dann fragte er, ob ich ein Stückchen spazieren gehen möchte.

»Gern.«

»Wenn da jemand spazieren geht, bin ich es«, warf Nancy ein.

»Sie haben Ihren Spaziergang schon gehabt. Ich verschwinde hinüber ins Gasthaus.«

Beinahe hätte ich sie gebeten zu bleiben. Ich spürte, dass etwas auf mich zukam, etwas, das ich nicht hören wollte. »Mir kommt es vor, als habe ich dich seit Jahren nicht gesehen«, sagte ich, als sie gegangen war.

»Mir kommt's auch so vor«, erwiderte er. Wie angespannt er wirkte, wie nervös …

»Möchtest du noch Kaffee?«

»Ja, bitte.«

»Seit wann bist du so höflich?« Es sollte ein Spaß sein, doch es klang nicht komisch, sondern albern.

Er stand von der Couch auf, und während ich ihm Kaffee eingoss, ging er zum Ofen hinüber. Ich hörte, wie er das Türchen öffnete, ein paar Scheite aus der Holzkiste nahm und sie hineinzwängte.

»Anne …«

Ich stellte seine Tasse auf die Ecke des Kochherdes. Irgendwie ahnte ich, was er sagen würde, und ich wandte mich nicht um. Ich wappnete mich und wartete.

»Ich gehe fort«, sagte er.

»Wohin?«

»Nach Steel Creek. Dort sind ein paar Burschen, die im Winter schürfen, und die können noch zwei Hände brauchen.«

»Wie lang bleibst du?«

»Bis Juni.«

Bis Juni. Dann war ich nicht mehr hier.

Ich wollte mich noch immer nicht umwenden, doch ich nahm seine Tasse und stellte sie auf den Tisch. Ich war so gefühllos, als hätte mich jemand an der Nackenhaut gepackt und schüttelte mich.

»Wann gehst du?«

»Morgen.«

Die Hand in meinem Nacken fasste noch fester zu. Die Gaslampe warf unsere Schatten an die Wand. Ich war fast erstaunt, meinen dort zu sehen. War ich denn nicht in Nichts zerronnen? »Ich will ja nicht gehen, Anne. Ich will überhaupt nicht gehen. Aber ich muss.«

»Warum?«

»Ich möchte nicht zusehen müssen, wie man dir etwas antut.«

»Ich kann mich schon selbst wehren.«

»Nicht, wenn alle diese Leute sich gegen dich kehren, und genau das tun sie. Du bekommst im Frühling nie eine Stelle in Eagle oder sonst wo in Alaska. Sie können dem Bezirksschulinspektor Briefe schreiben, dass dir die Haare zu Berge stehen.«

»Sie haben schon geschrieben. Davor habe ich keine Angst.«

»Aber ich. Nicht meinetwegen. Deinetwegen. Deinetwegen und wegen meiner Mutter und meiner Schwester.«

Ich glaube, ich muss gestöhnt haben, so entsetzlich war mir zumute. »Ach, Fred ...«

Ihm war nicht anders.

»Siehst du's nicht ein, Anne? Es ist das Einzige, was ich tun kann. Ich habe noch und noch darüber nachgedacht. Ich füge dir nichts als Schaden zu. Bei mir stimmt jetzt gar nichts. Ich kann dir nichts bieten. Ich kann nicht für dich sorgen.«

»Das hat mir schon deine Mutter gesagt.«

»Da war eine Krankenschwester in Fort Yukon. Ungefähr vor einem Jahr. Eine Weiße. Sie verliebte sich in einen indianischen Prediger, einen wirklich wertvollen Menschen. Alle hatten ihn gern, doch sobald sie herausbekamen, dass er und die Schwester sich liebten, machten sie das Leben für die beiden so unerträglich, dass sie schließlich Alaska verließ und er vom

Bischof anderswohin versetzt wurde. Verstehst du, was ich dir zu sagen versuche?«

»Nein.« Ich wusste, er tat es für mich, und er tat, was er für richtig hielt, doch er hatte Unrecht. Trotzdem wusste ich nicht, wie ich ihn zur Einsicht bringen sollte.

»Es ist besser, ich gehe jetzt«, sagte er schließlich.

Schon stand ich neben ihm und legte ihm die Arme um den Hals. »Bitte, Fred! Geh nicht!«

»Ich muss.«

»Du musst überhaupt nicht.«

Ich wusste, dass er entschlossen war, und ich überlegte verzweifelt, was ich tun könnte, ihn davon abzubringen. Ich dachte, vielleicht weiß er nicht, wie sehr ich ihn liebe? Vielleicht, wenn er es wusste – wirklich wusste – könnte er nicht fortgehen.

»Halte mich …« Mein Mund suchte den seinen, und ich drückte mich gegen ihn und hoffte, das würde ihm sagen, wie sehr ich ihn liebte, und er würde erkennen, dass ich alles auf der Welt tun würde, damit er blieb. Zuerst dachte ich, er erwiderte meine Umarmung und suchte mich. Dann packte er mich an den Armen und hielt mich von sich ab. »Anne, bitte, versuch zu verstehen!«

»Du musst nicht jetzt schon gehen«, rief ich verzweifelt. »Wir können uns noch eine Weile unterhalten. Bleib wenigstens, bis Nancy zurückkommt.«

Er zögerte. Er wollte ja nicht gehen, und sekundenlang dachte ich er bliebe. Doch dann ließ er meine Arme los und ging zur Tür. Ich wollte nicht betteln, und vielleicht hätte ich mehr Stolz haben sollen, doch in diesem Augenblick war mir aller Stolz und was noch dazu gehört egal. Ich gab keinen Deut um das, was Miss Ivy und andere mir vom richtigen Benehmen eines anständigen Mädchens eingeschärft hatten und was sie für grundfalsch hielten. Mir ginge es nur um eines, um ihn, ihn im Arm zu halten und seinen Körper an meinem zu spüren. Wenn ich ihn jetzt dicht zu mir heranbekäme, so dachte ich, würde er bleiben.

»Bitte Fred«, flehte ich. »Geh nicht. Ich liebe dich so sehr. Es ist nicht gerecht.«

»Anne, bitte, lass uns nicht so miteinander umgehen«, sagte er mit harter Stimme. »Ich gehe jetzt.«

Das ließ mich innehalten, fast als hätte er mich geschlagen. Ich vergab mir etwas. Ich ließ ihn gehen. Bevor er hinausging und die Tür hinter sich schloss, sagte er noch etwas, doch ich hörte nicht darauf. Ich hörte ihn von der Veranda hinunter und ums Haus herum gehen, und ich dachte immer nur: Das ist nicht fair. In meinem ganzen Leben hatte ich noch nie jemanden so geliebt, und jetzt ging er aus den dümmsten Gründen der Welt von mir.

»Das ist nicht gerecht«, rief ich und fing zu weinen an. »Es ist überhaupt nicht gerecht.«

Erst sehr viel später, lang nachdem Nancy nach Haus gekommen war und wir ins Bett gingen, wurde mir bewusst, was er im Weggehen gesagt hatte. Er hatte gesagt: »Ich liebe dich.«

Als mir das zu Bewusstsein kam, fing ich beinahe wieder zu weinen an. Er dachte, er tue etwas Edles und Gutes, dabei tat er nichts als zu zeigen, wie wenig Wert er sich selbst beimaß. Und das machte alles noch viel ungerechter.

14

Am nächsten Morgen waren meine Augen ganz verschwollen und beim Aufwachen schien mir, ich hätte nur ein paar Minuten geschlafen. Wie üblich waren die Decken an der Wand festgefroren. Ich riss sie los und schaute auf die Uhr: halb acht. Ich kroch wieder unter die Decken und versuchte noch ein bisschen zu schlafen, doch das war hoffnungslos.
Nancy saß in einigen dicken Sweatern am Ofen, hatte ein Buch vor sich und lernte Arithmetik. Um mich nicht zu wecken, hatte sie die Öllampe statt der Coleman-Lampe angezündet. Sobald ich die Decken zurückschlug, spürte ich Kälte. Im Ofen brüllte ein Feuer, doch überall an der Wand, wo die Nägel von Frost überzogen waren, sah man weiße Punkte. Nancy nannte sie Frostknöpfchen. Als meine Füße den Boden berührten, riss ich sie gleich wieder hoch. Trotz Socken fühlte er sich eisig an. Nancy stand auf, pumpte die Coleman-Lampe auf, zündete sie an, und das Zimmer wurde strahlend hell.
»Morgen, Anne«, sagte sie.
»Morgen. Wie viel haben wir?«
»Vierundfünfzig.«
Vierundfünfzig Grad unter null. Ich angelte mir Latzhosen und ein Hemd, hängte sie zum Wärmen über den Ofen, zog mich dann schnell an und putzte Zähne. Dann goss ich mir eine Tasse Kaffee ein und ging selbst nach der Temperatur sehen. Nancy hatte in die dicke Eisschicht, die das Fenster be-

deckte, schon ein Loch gerieben. Ich rieb noch ein bisschen und legte das Auge daran. Draußen war es dunkel, aber das Thermometer konnte ich gerade ablesen.

»Es war vierundfünfzig. Jetzt ist es sechsundfünfzig.«

Schweigend wusch ich mich, überlegte wegen eines Frühstücks, verspürte jedoch keinen Appetit.

Ich goss mir noch eine Tasse Kaffee ein, setzte mich kurz auf das ungemachte Bett und versuchte zu überlegen, was ich anschließend tun sollte. Stattdessen dachte ich an Fred – vielleicht würde er herüberkommen und erklären, er habe es sich anders überlegt und er liebe mich, egal, was die Leute redeten oder taten. Immer wieder malte ich mir alle möglichen romantischen Szenen aus, doch tief im Herzen wusste ich, er würde nicht kommen. Er hatte seinen Entschluss gefasst, und ich kannte ihn zu gut, um nicht genau zu wissen, er würde ihn nicht umstoßen. Nur um beschäftigt zu sein, wusch ich Verschiedenes ab, doch das Gefühl, in eine Falle geraten zu sein, verlor sich nicht. Ständig ertappte ich mich bei dem Wunsch, irgendwohin zu gehen, egal wohin, nur weg, und alle fünfzehn Minuten schaute ich auf die Uhr, weil ich hoffte, nun sei wieder eine Stunde vergangen. In wenigen Tagen sollte ich ins Indianerdorf reisen, und der Gedanke daran half mir ein bisschen. Ein Händler, der am Tag zuvor mit zwei großen Ruderbooten und einer Ladung von Rohren auf seinem überdimensionierten Schlitten durchgekommen war, würde mich auf dem Rückweg mitnehmen. Er brachte seine Ladung nach West Fork und wurde erst in zwei Tagen zurückerwartet. Als ich die Wäsche im Schulzimmer zum Trocken aufgehängt hatte, machte ich mich ans Bügeln. Schließlich ertrug ich das Eingesperrtsein nicht länger. Ich begann mich anzuziehen.

»Wohin gehen Sie?«, fragte Nancy.

»Spazieren.«

»Soll ich mitkommen?«

»Nein.«

»Es ist ziemlich kalt draußen.«

»Ich gehe nicht weit.«

Ich ging ohne zu denken einfach drauflos. Ein paar Mal kam es mir in den Sinn, ich könnte mich so weit entfernen, dass ich nicht mehr zurück könnte und erfrieren müsste. Oder vielleicht würde ich in einen Blizzard geraten. Die Kälte war auch so schon grausam, dass es mit dem Erfrieren nicht lang dauern würde. Der Tag war grau und still, und es war so kalt, dass mein Parka weiß überfroren von meinem Atemhauch war.

Nach einer Weile stellte ich fest, ich war bei Mary Angus' Hütte. Sie sah so elend und verlassen aus, dass mir fast die Tränen kamen. Nun verstand ich zum ersten Mal, warum sie hier blieb und warum sie trotz ihrer Krankheit in einem solchen Elendsquartier leben konnte. Wenn man jemanden nur genug liebte, war es überall auszuhalten. Ich ging weiter zur Hütte der Purdys, blieb jedoch so weit weg, dass mich von drinnen niemand sehen konnte. Dabei wünschte ich, ich hätte den Mut, hinzugehen und anzuklopfen. Ich blieb eine Weile in der Nähe, weil ich hoffte, Fred sei noch nicht gegangen und ich könnte ihn sehen und sprechen, doch nach einer Stunde begannen meine Füße zu brennen, und ich machte mich auf den Heimweg.

Am nächsten Tag machte ich einen weiten Spaziergang hinüber zum Forty-Mile-Fluss. Ich war derart von Selbstmitleid erfüllt, dass ich aufs Eis hinausging und eine dünne Stelle zu finden hoffte, an der ich durchbrechen konnte. Doch ich erreichte nichts als ein paar Erfrierungen. Und nicht einmal die merkte ich, bis ich wieder zu Haus war und feststellte, dass ich kein Gefühl in den Zehen hatte. Nancy musste mir helfen, die Füße erst in Schnee und dann in warmem Wasser zu baden. So schlimm waren die Erfrierungen, dass die Schmerzen, ehe die Blutzirkulation wieder einsetzte, unerträglich waren, und ich wusste, so etwas würde ich nicht wieder tun.

Endlich kam der Händler von West Fork zurück, und es war Zeit für den Aufbruch ins Indianerdorf. Nancy kam mit, sie wollte ihre Familie besuchen. Sie tat das nicht mit großer Begeisterung, doch sie hatte keine Lust, allein in Chicken zu bleiben.

Es war eine angenehme Fahrt, bequemer als mit dem Hundeschlitten. Der Doppelschlitten war vierzehn Fuß lang und für die Beförderung von schweren Lasten gebaut. Mit einem Hundeschlitten verglichen war er ein Luxuskreuzer. Wir häuften darin Heu auf, und wenn es zu kalt war, um vorn beim Fahrer zu sitzen, krochen Nancy und ich unter die Zeltplane und bedeckten uns mit den Pelzen. Wir nahmen denselben Weg, den Mr Strong zum Forty-Mile-Fluss zu fahren pflegte, und wir erreichten das Indianerdorf schon nach eineinhalb Tagen.

Als wir hineinfuhren, war es kalt und windig. Die Hütten entlang des gefrorenen Flussufers standen als schwarze Silhouetten gegen die trostlose graue Landschaft. Cache-Türen schlugen im Wind, und leere Fischtrockengestelle ragten wie zitternde Skelette in die Höhe.

Cathy war ebenso froh, mich zu sehen, wie ich sie. Keine von uns beiden hatte seit unserer ersten Begegnung mit einem annähernd gleichaltrigen Mädchen gesprochen. Am ersten Abend blieben wir fast bis drei Uhr morgens auf, und sie erzählte mir, warum sie hier war. Sie schrieb an einer Doktorarbeit über die Athapascan-Indianer des Forty Mile. Sie lebte jetzt im zweiten Jahr hier und würde gern noch ein weiteres bleiben. Doch eine Menge Leute hatten an das Indianerbüro von Alaska geschrieben und sich beklagt, sie »verwöhne« die Indianer, also fürchte sie, dies werde ihr letzter Winter hier sein.

Sie kam aus dem Staat New York und hatte ein abgeschlossenes Studium an der Columbia-Universität hinter sich. Neben ihr fühlte ich mich wie ein Tölpel. Nicht, dass sie sich aufspielte, sie war so natürlich wie nur möglich, doch sie hatte Stücke auf dem Broadway gesehen, alles von Sinclair Lewis gelesen und sogar mit Leuten wie John Barrymore und Katherine Cornell gesprochen.

Dieser erste lange Abend erwies sich dann praktisch als die einzige Chance für ein richtiges Gespräch. Vor einer Woche hatte eine Grippe-Epidemie eingesetzt, und vom nächsten Morgen an hatte Cathy nicht viel Zeit für sich selbst. Sie hatte zwei kleine Mädchen zu sich genommen, deren Eltern krank waren.

Die Sorge für sie, zusätzlich zu allem, was sie ohnehin zu tun hatte, nahm ihre Zeit völlig in Anspruch.

Ich hatte angenommen, das Dorf würde mich nicht wieder so beeindrucken wie beim ersten Mal, doch da irrte ich. Ich war entsetzt, als ich am nächsten Morgen mit Cathy die Runde durch die Hütten machte. In einer Hütte nach der anderen sahen wir die Familien um kleine Öfen gedrängt, die mit grünem

Holz befeuert wurden, das entsetzlich qualmte. Die Kranken lagen in primitiven Stockbetten unter dünnen Decken und zitterten vor Kälte. Überall wurde gehustet, die Augen tränten, die Wangen waren von Schwindsucht gerötet.

In einer Hütte gab es sieben Kinder, das älteste ungefähr elf. Jedes war hohläugig und dringend eines Bades und einer kräftigen Mahlzeit bedürftig. Cathy wechselte den Verband eines kleinen Jungen, der sich verbrannt hatte. Ich musste mich beherrschen, als ich die Brandwunde sah: Am ganzen Unterarm lag das rohe Fleisch bloß. Kindern passierte das oft, erklärte mir Cathy. Sie drängten sich im Schlaf zu nahe an den Ofen, und manchmal fiel ihnen eine Hand oder ein Fuß gegen das heiße Metall. In derselben Hütte wechselte sie den Verband am Hals eines kleinen Mädchens. Der alte Verband starrte von Schmutz, und das lange Haar klebte an den eitrigen Wunden. Cathy setzte dem Vater, Arthur Jack, ordentlich zu. Er saß auf dem untersten Stockbett, hatte glasige Augen und stank nach Whisky, obwohl es erst elf Uhr war. Sie fragte ihn auf Englisch, was er unternehmen wollte, um zu essen und Brennholz zu besorgen.

»Bald. Bald ich holen«, sagte er mit dicker Zunge.

»Wann?«, frage Cathy. »Wenn alle deine Kinder tot sind?«

»Müde jetzt. Krank.«

»Betrunken meinst du wohl.«

»Du nicht so mit mir reden«, drohte er und ballte die Faust. »Du Prügel kriegen.«

In einer Ecke saß eine Frau, eine kleines, gekrümmtes Weiblein, und flickte einen Schneereifen. Sie hatte ein blaues Auge, und eine Wange war verschwollen.

Cathy zuckte nicht mit der Wimper. »Trau dich, mich anzurühren, dann schlägt Titus Paul dich so zusammen, dass du nie wieder Hand an eine Frau legst.«

Er fixierte sie wütend, doch das war alles. Als wir wieder bei ihr zu Haus waren, gestand ich ihr, ich hätte ein paar Sekunden lang Angst gehabt, er würde zuschlagen.

»Das wagt er nicht. Er weiß, was Titus Paul mit ihm täte, wenn er so etwas versucht.«

Titus nahm an diesem Tag den Lunch mit uns ein, und aus der Art, wie Cathy mit ihm umging, war ihre große Zuneigung zu ihm deutlich zu erkennen. Den Grund verstand ich allerdings nicht. Er war ein hartgesottener Bursche. Mit der straff über die Knochen gespannten Gesichtshaut und den durchdringenden Augen erinnerte er mich an eine Eidechse. Die Narben überall an seinem Hals trugen auch nicht zu seiner Verschönerung bei. Sein Englisch war sehr dürftig, und wenn er dann wirklich etwas sagte, klang es, als wenn Moses ein Gebot verkündete. Ungefähr in der Mitte des Lunchs fragte Cathy ihn, ob er bald zu den Fallen ausführe, und er nickte nur ein wenig.

Ich frage ihn, welche Rasse Hunde er habe.

»McKenzie River Husky«, erwiderte er.

Der McKenzie River Husky gilt als der echte Hund des Nordens. Er hat ein Gutteil Wolfsblut, das sieht man an den schmalen, schräg gestellten Augen, der Schnauze und dem derben kurzen Haar. Ich erklärte, Fred zöge den sibirischen Husky und den Malamute vor.

»McKenzie River Husky besser«, sagte er ausdruckslos. »Viel mehr gescheit. Auf Fahrt, nimm Zaumzeug von McKenzie River Husky, er rennen um Holz, zurückkommen erst wenn Fütterzeit. Guter, kräftiger Hund. Du Hunde haben?«

Ich verneinte, worauf er mich keines Blicks mehr würdigte.

Cathy berichtete von ihrem Besuch bei Arthur Jack. »Er hat Minnie wieder geschlagen und er säuft. Kannst du mit ihm sprechen?«

»Warum?«

»Wenn du es nicht tust, sterben ihm der Reihe nach alle Kinder.«

Er sagte nicht ja, und er sagte nicht nein.

Als er gegangen war, fragte ich sie, ob er der Häuptling sei, und sie verneinte. »Aber er hat bei den Indianern eine gewichtige Stimme. Früher bin ich wegen Leuten wie Arthur Jack zum Gemeinderat gegangen. Alles, was sie taten, war, eine Versammlung einzuberufen und den Leuten zu sagen, sie müssten sich bessern, worauf sie natürlich taten, was sie wollten. Titus Paul wird ihm sagen, wenn er sich nicht sofort nach Arbeit umsieht, dreht er ihm den Hals um. Auf Titus hört er, wenigstens eine Zeit lang.«

Wie sie mir sagte, war Titus eine Art inoffizielles Oberhaupt des Dorfes, einer der wenigen Indianer, den die Weißen nicht herumkommandieren konnten. Als Kind wurde er in ein Internat für Indianer in Carcross in Kanada geschickt. Die Schule wurde von Weißen geführt, und man musste sie schließen, als die Behörden merkten, dass man die Kinder hungern ließ. Manche waren sogar zu Tod geprügelt worden. Titus hatte Glück gehabt, er war am Leben geblieben. Die Narben an seinem Hals stammten von Drüsentuberkulose, jenen eiternden Wunden, an denen so viele Kinder im Dorf litten. Seine Narben sahen besonders schlimm aus, weil man sie in der Schule mit bloßem Heftpflaster verklebt hatte. »Eigentlich müsste er die Weißen hassen«, schloss Cathy. »Aber das ist nicht der Fall. Er liebt sie nicht gerade, doch er hasst sie jedenfalls nicht.«

»Wenn ich offen und ehrlich sein soll, Cathy«, sagte ich »ich weiß nicht, wie du es hier ertragen kannst.«
»Jemand muss für sie sorgen.«
»Ich könnte es nicht.«
»Oh doch, du könntest es. Habe ich nicht gehört, dass du ein paar Mal schon ganz schön revoltiert hast?«
»Das war etwas anderes. Was ich nicht könnte, ist für Leute etwas zu tun, die selbst nichts für sich tun wollen.«
Sie erwiderte scharf: »Anne, ich habe dir doch beim ersten Mal, als du hier warst, gesagt, du darfst über diese Menschen nicht nach weißen Maßstäben urteilen.«
Das brachte mein irisches Blut in Wallung.
»Cathy, irgendwelche Maßstäbe *muss* man doch haben! Warum gehen sie nicht hinaus und machen Holz, um es warm zu haben, warum trocknen sie nicht Fleisch für den Winter?«
»Sie tun, was sie können. Sie denken nur nicht nach Art der Weißen an die Zukunft. Schau dir das an.« Sie nahm eine Steinaxt von einem Wandbrett. »Das haben sie benutzt, bevor die Weißen kamen – steinerne Werkzeuge, steinerne Waffen. Und sie haben damit überlebt. Erzähl mir also nicht, dass sie nicht für sich selbst sorgen können.«
»Aber genau das wollte ich ja sagen! Jetzt haben sie viel mehr Äxte und Beile, Messer und Gewehre. Sie haben alles Mögliche – und trotzdem sitzen sie bloß herum und verhungern!«
»Ja, weil sie schwach sind. Diese Leute waren Jäger, bevor die Weißen kamen. Ihre Nahrung bestand fast nur aus Fleisch, und das aßen sie praktisch roh. Das gab ihnen die Kraft zu jagen. Jetzt ernähren sie sich mit den Nahrungsmitteln des weißen Mannes – Mehl, Zucker, Konserven, Kinkerlitzchen. Und sie trinken seinen Alkohol …«

Ich ließ das Thema fallen, doch ich verstand immer noch nicht. Als ich am Morgen mit Cathy durchs Dorf gegangen war, hatte ich zuallererst die leeren Räume neben den meisten Hütten bemerkt, jene Räume, in denen gebündeltes Brennholz hätte liegen sollen. Neben Cathys Hütte, neben der Kirche und ein paar anderen Hütten war Holz sauber aufgestapelt, doch mindestens die Hälfte der Hütten wies keines auf. Trotzdem stahl niemand vom Nachbarn. Ich dachte daran, wie ich als Kind mit meinen Brüdern in der Dunkelheit mit Jutesäcken zu den Bahngleisen geschlichen war und aufgesammelt hatte, was von den Waggons heruntergefallen war. Natürlich war das Diebstahl, aber jeder tat es. Und ich wusste, wenn ich hier gelebt hätte – und nicht nur ich, jeder andere Weiße genauso – und meine Kinder und ich wären vom Erfrierungstod bedroht –, *ich* hätte irgendwo Holz gestohlen. Trotzdem tat das hier niemand. Soweit ich es beurteilen konnte, verübten die Leute praktisch Selbstmord. Es war einfach nicht zu begreifen: Wenn diese Menschen zurechtgekommen waren, bevor die Weißen kamen, wie konnten sie sich jetzt so verhalten, wo sie doch viel mehr Möglichkeiten zur Verfügung hatten?

Eine Antwort bekam ich erst am nächsten Tag, nach dem Tanzabend in der Kirche.

Es war mein letzter Abend, und ich freute mich nicht eben auf den Tanz. Bei so viel Hunger und Krankheit würde sicher nicht viel draus werden. Doch das war ein riesengroßer Irrtum. Die Kirche war voll bis zum Platzen, man hatte die Kirchenbänke auf die Seite geräumt, und ein großer Ofen aus einem alten Ölbehälter strömte so viel Hitze aus, dass alle hätten doppelt geröstet werden können. Die Indianer gerben ihr Leder mit Urin, und bei den vielen Parkas und Mokassins war der Geruch so, dass man sich daran erst gewöhnen musste. Doch sobald der Tanz begann, war so viel Lärm und gute Laune im Saal, dass ich das alles vergaß. Die meinsten Männer trugen Latzhosen und ein Hemd, die Mädchen jedoch hatten sich richtig fein gemacht mit bunten Kämmen im Haar, einer Menge klirrender Armbänder und um den Hals bunte Tücher.

Cathy sah entzückend aus. Sie trug ein Kleid, das ich nie anzuziehen gewagt hätte, doch an ihr wirkte es hinreißend. Es war aus Renleder gemacht, das weich war wie Rehleder, und der Fuchskragen ließ einen Teil ihres Rückens sehen. Es hatte ein bisschen die Fasson einer Parka, nur war es bis zur Hüfte geschlitzt, und der Saum, mit Perlen bestickt und mit Pelz besetzt, endete vorn und hinten in einer Spitze. Das Tanzen war hier weniger lärmend als in Chicken, weil kaum jemand Schuhe oder Stiefel trug. Auch tanzten die Männer besser. In Chicken wurden die Männer manchmal so derb, dass ich Angst bekam, von einem Ellbogen niedergeschlagen zu werden. Hier gab es zwar eine Menge Aufschreie und einiges Gestampfe, doch alles hielt sich in Grenzen. Ich sah nie, dass ein Mann eine Frau in aller Form zum Tanzen aufforderte. Er ging einfach hinüber und führte sie zum Tanz, und das war alles. Die Leute, die an den Figuren des Volkstanzes nicht teilnahmen, standen an den Seiten und klopften mit der Fußspitze im Takt auf den Boden, und manche sangen zu den bekannten Melodien den Text, in ihrer eigenen Sprache.

Ich tanzte die ersten zwei Partien mit Ben Norvall. Er war vor ein paar Wochen aus Chicken hierher gekommen und lebte mit Mary Magdalene. Ihr Gesicht war flach wie ein Teller, unter ihrer Unterlippe steckte immer ein Priem, und sie war kräftig wie ein Fußballer. Wenn sie keinen Priem im Mund hatte, rauchte sie eine stinkende, alte Pfeife. Ben war schließlich auch kein Belami, also passten sie ganz gut zusammen. Nicht nur, dass er ständig übel roch, er steckte auch voll boshafter Einfälle und stiftete Verwirrung, wo er nur konnte. Einmal hatte ich ihm in Mr Strongs Laden einen Kanister Petroleum verkauft, und er ging überall herum und fragte, wie viel mir andere dafür gezahlt hätten, und behauptete dann, von ihm hätte ich zehn Cents weniger verlangt. Das stimmt nicht, doch es lud mir ein paar Kunden auf den Hals, bevor ich die Sache aufgeklärt hatte. Solche Spielchen liebte er, und besonders liebte er es, Leute einander zu Feinden zu machen, indem er ihnen erzählte, was der andere angeblich gesagt hatte. Wo immer er lebte, er ging seiner Umwelt binnen kurzem so auf die Nerven, dass man ihm schließlich drohte, man würde seine Hütte niederbrennen, wenn er nicht schleunigst verschwinde.

In der Pause zwischen zwei Volkstänzen erzählte er mir, er würde mit mir zusammen nach Chicken fahren. »Die Leute hier wissen nicht, was sie an mir haben«, grollte er. »Also trudle ich wieder zurück zu meinen eigenen Leuten.« Wortwörtlich dasselbe hatte er gesagt, als er Chicken verließ. Vermutlich hatte er sich hier besonders rasch unbeliebt gemacht.

Nach dem zweiten Abschnitt von Tänzen setzte ich mich, um auszuruhen, als jemand herüberkam und sich vor mir aufpflanzte. Ich sah hoch, es war Titus Paul. Er sagte kein Wort, hielt mir nur die Hand hin und tippte ständig mit der Fußspitze auf den Boden. Bis dahin hatte ich mich gewundert, was Cathy wohl in ihm sah, obwohl er zu Beginn des Abends, als er

im schönsten Staat von perlgestickter Lederweste und breitkrempigem Lederhut hereinkam, auf seine hässliche Art blendend ausgesehen hatte. Jetzt sah er mich so an, dass ich ihm

automatisch die Hand gab und mich von ihm auf den Tanzboden führen ließ. Er tanzte ebenso gut wie Fred, vielleicht sogar ein wenig besser.
Kaum hatte ich mich nachher wieder gesetzt, als ein anderer Indianer vor mir stand, lächelnd und mit wippender Fußspitze. So ging es den ganzen Abend weiter.
Das Tanzen dauerte bis nach zwei. Ben Norvall und Titus begleiteten Cathy und mich nach Haus, und dabei mussten wir gegen einen Sturm vom gefrorenen Fluss her kämpfen, der uns fast umblies. Der Mond spiegelte sich auf jenen Teilen des Eises, die der Sturm blank geschliffen hatte. Wir saßen in der Parka um den Ofen, bis das Feuer, das Titus angemacht hatte, lustig brannte.
»Wie hast du dich unterhalten?«, fragte mich Cathy.
»Gut … Sie sind ein ausgezeichneter Tänzer, Titus.«
Er erwiderte nichts, sah mich nur mit seinen Reptilienaugen an. Ben lümmelte in einem zu hart gepolsterten Sessel, von dem die Leinwand herunterhing, die Füße gegen die offene Ofentür gestreckt. »Hast du nichts als ein Grunzen zur Antwort, wenn eine Dame dir ein Kompliment macht?«, fragte er Titus.
Langes Schweigen, dann sagte Titus langsam: »Ich danke.«
»Das ist das Kreuz mit euch Indianern«, stichelte Ben. »Ihr redet nicht. Wenn ihr reden würdet, wäre eure Lage besser.«
»Was hat das damit zu tun?«, fragte Cathy.
»Die Weißen mögen es, wenn ein Mensch spricht, wenn er sagt, was er denkt. Auf die Art lernt man ihn kennen. Bei den Indianern ist es umgekehrt. Sie sitzen stumm herum und kriegen so heraus, was in dir ist. Wenn ihnen das nicht zusagt, gehen sie einfach weg. Stimmt's, Titus?«

Titus nickte.
»Und warum ist das falsch?«, fragte Cathy.
»Es wäre ganz richtig, wenn dies eine Indianerwelt wäre, aber das ist es nicht. Es ist eine Welt der Weißen. Leider verstehen das diese Leute nicht. Das ist der eine Grund, warum sie untergehen.«
»Wie Sie sagen, sie gehen unter, aber weil man sie missbraucht hat.«
»Missbraucht! Na, Cathy, wo haben Sie denn diese Ideen her? Ein Indianer kann nur wieder von einem Indianer missbraucht werden. Niederwalzen kann man sie vielleicht, aber nicht missbrauchen. Was meinst du, Titus?«
»Ich hören, was du sagen«, knurrte Titus.
»Seht ihr?«, fragte Ben.
»Ich möchte es auch hören«, warf Cathy ein. »Was meinen Sie mit ›niederwalzen‹?«
»Ich meine, es könnte auch umgekehrt sein. Wenn der weiße Mann diese Leute nicht niedergewalzt hätte, dann hätten sie den weißen Mann niedergewalzt.«
»Auch eine Art, die Dinge zu betrachten«, meinte Cathy.
»Niederwalzen ist sicher nicht die beste Art; aber was tut man, wenn kein Polizist an der Ecke steht und jeder Mann sich selbst schützen muss? Teufel, als ich ins Land kam, da konnte man mit den Kutchins nichts anstellen – mit keinen von ihnen, den Vunta, den Natche, den Tutchonen. Das waren ordentliche zähe Kerle. Sie marschierten dir in die Hütte und sagten, sie wollten mit dir handeln, würden dir so viel für so viel geben.

Neunmal von zehn hat man dabei draufgezahlt, besonders wenn man allein war. Sie haben nicht gedroht, was passiert, wenn man nicht einverstanden ist, aber wenn man da ganz allein sitzt oder höchstens mit einem Partner, dann fordert man das Schicksal nicht heraus. Nein, liebe Leute, das sag ich euch, das waren beinharte Burschen. Gestohlen haben sie nicht, und das tun sie auch jetzt nicht. Wenn sie etwas wollten, dann gingen sie einfach hin und nahmen es. Das war ihre Art.« Er sah zu Titus hinüber. »Sag ihnen, ob ich lüge.«

»Du Wahrheit sagen«, bekräftigte Titus.

»Kannst Gift drauf nehmen, dass es die Wahrheit ist«, fuhr Ben fort. »Und stark waren die Bengel. Man konnte ihnen nicht einen Nagel durch einen Muskel treiben.«

»Und was geschah dann?«, fragte ich.

»Was weiß ich. Wahrscheinlich sind sie verweichlicht, faul geworden. Darüber hab ich nie viel spekuliert. Weißt du es?«, fragte er Titus.

Titus überlegte, dann sagte er: »Nichts.«

»Was soll das heißen: ›nichts‹?«, fragte Cathy.

»Nichts. Wir noch genauso sind wie immer.«

»Aber das stimmt nicht«, protestierte Cathy. »Darüber reden wir ja die ganze Zeit.«

»Wir gleich sind«, beharrte Titus. »Wir wie früher denken. Bevor weißer Mann gekommen.«

»Und was ist das für ein Denken?«, fragte Ben.

»Wie Jäger. Etwas kommen wird. Heute hungrig. Morgen groß Fleisch.«

Cathy verstand nicht und ich auch nicht, doch Ben schien das etwas zu sagen. »Hm«, rief er. »So hab ich's noch nie angesehen. ›Etwas wird auftauchen‹. Ich will verdammt sein, wenn das nicht die Wahrheit ist.«

»Wie wär's, wenn Sie es uns erklärten?«, warf Cathy ein.

»Stellen Sie sich das so vor«, begann Ben. »Bevor wir kamen, lebten diese Menschen in Schwitzhütten. Die sind wie Iglus«, sagte er zu mir gewandt. »Ein hölzerner Rahmen, dick mit Schnee vermauert. Die Indianer waren nie geselliger als sie heute sind, also zogen höchstens zwei oder drei Familien zusammen herum – immer eine Familie in einer Schwitzhütte. Sie wanderten eben von einer Stelle zur anderen. Stellt euch also vor, wie man so in Kälte und Sturm lebt, und nichts steht zwischen euch und dem Hungertod als das Wild, das man erjagt. Die Hälfte der Zeit hungerten sie. Manchmal lag zwischen den Mahlzeiten so lange Zeit, dass sie das Leder ihrer Schneereifen kauten. Sie hatten auch bevor die Weißen kamen ein schweres Leben – besonders die Frauen. Von den Frauen hielt dieses Volk nie viel. Den Frauen ging es so erbärmlich, dass sie manchmal einen weiblichen Säugling umbrachten, um ihm das kommende Elend zu ersparen.«

»Das taten sie wirklich?«, fragte ich Cathy.

Sie nickte.

»Klar taten sie es«, fuhr Ben fort. »Und jetzt fragt euch selbst – wenn diese Burschen ein so schweres Leben hatten, muss es doch etwas gegeben haben, das sie bei der Stange hielt, etwas, das sie dieses Leben ertragen ließ. Und so war's auch. Sie hatten den Glauben.«

»Meinen Sie etwas wie Glauben an Gott?«

»An *ihre* Götter, die Geister. Ist wohl dasselbe. Jedenfalls, sie hatten einen richtigen, starken Glauben: einen Glauben, wie der Wolf ihn hat.«

»Was heißt das?«, fragte Cathy. »Ein Tier hat einen Glauben?«

»Ich meine den Glauben des Jägers. Jede Art Järger, ob Tier oder Mensch. Der Wolf hat ihn. Egal, wie ihm die Rippen herausstehen, er hat den Mut weiterzumachen, den Glauben, dass etwas auftauchen wird. Weiße Männer denken nicht so. Sie denken wie der Biber, legen etwas für morgen beiseite. Der wirkliche Jäger, ob er Mensch ist oder Tier, der tut das nicht. Die Kutchins waren das – Jäger. Es war ihr Wesen. Sie jagten Elche, indem sie ihnen auf Skiern folgten. Die meisten von ihnen konnten den ganzen Tag hinter den Tieren herrennen. Und jetzt versucht mal, solche Menschen um Lohn arbeiten, körperliche Arbeit tun zu lassen – da werden sie versagen. Deshalb denken die Weißen, sie sind faul.«

»Was hat das alles mit dem Glauben zu tun?«, fragte Cathy.

»Hängt ganz eng zusammen. Ihr habt gehört, dass Glaube Berge versetzen kann, na, und das stimmt auch. Er gibt den Menschen Kraft. Auch den Kutchins gab er Kraft. Der Glaube. ›Heute gehe ich so hungrig schlafen, dass ich meinen Hund aufessen könnte‹, dachten sie, ›aber morgen kommt mir ein großes, fettes Ren in die Quere, und wir alle werden ein großes Feuer haben und essen, bis uns übel wird. Etwas wird auftauchen.‹ Und es ist auch wirklich immer was aufgetaucht. Bis dann eines Tages etwas anderes auftauchte – der *Unjyit*, der weiße Mann. Jawoll, der weiße Mann. Und bei Gott, das war die Erfüllung des Gebets eines Jägers. ›Seht nur‹, sagten diese Indianer. ›Schaut euch nur diesen weißen Kerl an, schneit mir nix, dir nix in unser Land herein, und im Handumdrehen baut er sich feste Hütten, zehnmal so groß wie unsere Schwitzhütten. Und das Essen? Großer Geist, sieh dir das an! Er hat es alles fix und fertig in Blechdosen, in Säcken, in Schachteln, und er schießt es ohne viel Mühe.‹ Also ging der Indianer zu dem weißen Mann und sagte: ›Freund, mir gefällt deine Art. Möchte auch so leben wie du. Wie macht man das?‹ – ›Bring mir Pelze‹, sagte der weiße Mann. ›Alle Arten Felle: Luchs,

Moschusratten und Marder, schwarzen Fuchs, roten Fuchs und Wolf. Ich nehme sie alle.‹

›Leicht‹, sagte der Indianer, und er tat es, hörte auf, nach Nahrung zu jagen, und jagte nach Fellen, tauschte Felle für Äxte und Fallen ein, für Gewehre, Mehl und Tee.

Er wanderte nicht mehr durchs Land, sondern ließ sich in der Nähe des weißen Mannes nieder. Eine Zeit lang ging es ihm nicht schlecht. Missionare kamen ins Land und lehrten ihn alles über Jesus Christus, und das gefiel ihm, denn er wollte unbedingt mehr von dem Gott wissen, der diese weißen Kerle so reich und mächtig gemacht hatte. So viel kann ich sagen, für eine hübsche Anzahl von Jahren ging es diesen Indianern wie dem Bären in einem Blaubeerschlag. Er lebte gut, besser als zuvor, und lieferte fleißig Felle ab. Bis dann der Tag kam, als alles kaputt ging. Die Pelzpreise fielen. Hatte vorher ein Stapel Felle, halbwegs bis zum Knie reichend, genügt, um einen Sack Mehl einzutauschen, so musste der Stapel nun bis zur Taille und bald bis zur Schulter reichen. Und eine Zeit lang wollte der weiße Mann überhaupt keine Felle mehr abnehmen. Jetzt saßen die Indianer fest. Von dem sesshaften Leben und der Nahrung der Weißen waren sie schwächlich geworden. Mehl, Zucker, Kekse – das hält alles nicht lang vor. Im Winter braucht man Fleisch, gutes, frisches Fleisch mit viel Fett dran. Aber Fleisch gab es nicht mehr, zum Mindesten nicht mehr in der Nähe. Der weiße Mann hatte es vertrieben, und der Indianer, der kein Jäger mehr war, hatte nicht die Kraft, bei der Jagd dananch große Entfernungen zurückzulegen.

282 Er saß allen Ernstes fest. Jeden Winter wurde es noch schlimmer. Schwach wie er jetzt war, steckte er sich mit allen Krankheiten der Weißen an – Grippe, Keuchhusten, Tuberkulose.

Das Einzige, was ihn vorübergehend glücklich machte, war Alkohol, also soff er sooft er nur genügend Geld dafür hatte. Er wurde schwächer und schwächer, kränker und kränker. Doch egal, wie schwach und krank er war, er hielt immer noch am Glauben fest, der ihm Kraft zum Weiterleben gegeben hatte, als er noch Jäger war: ›Etwas wird auftauchen. Irgendwie komm ich schon durch den Winter.‹ Und das ist es, was die Leute hier im Dorf noch heute aufrecht hält – der Glaube, dass etwas ganz bestimmt auftauchen wird. Das ist das Entsetzliche daran. Dieses Mal sieht es nicht so aus, als würde etwas auftauchen. Die Menschen hier sind auf dem Weg in das große Dorado oben im Himmel. Sie sind auf die untergehende Sonne getroffen, und sie sterben. Alles nur wegen dem Glauben.«

Als er geendet hatte, saßen wir ganz still da.

Titus streckt die Hand aus und berührte Ben am Arm. »Du Geschichte gut erzählen«, sagte er, und als Ben schwieg, zeigte er mit dem Finger auf ihn. »Warum du nicht sagen, ich danke?« Er lächelte über das ganze Gesicht, und wir alle lachten.

Doch ich konnte nicht so schnell vergessen, was Ben gesagt hatte. »Muss es so sein?«, fragte ich ihn. »Kann man denn da gar nichts tun?«

Ben zuckte die Achseln. »Vielleicht mit Schulbildung.«

»Das nützt bis jetzt überhaupt nicht«, widersprach Cathy. »Die meisten Kinder kommen nur zum Unterricht, weil die Schule der wärmste Ort im Dorf ist und weil ich ihnen eine heiße Mahlzeit gebe.«

»Also, was kann man dann wirklich tun?«, fragte ich.

»Diese Siedlung dem Erdboden gleichmachen«, sagte Cathy. »Alles verbrennen und die Bewohner ins Land der Chandalar bringen.«

»Wo ist das?«, wollte ich wissen.
»Nordwestlich von hier«, erklärte Ben. »Dort lebt ein Stamm, der keinen Weißen an sich heranlässt außer einmal im Jahr zum Handeltreiben. Der Stamm hat sich dorthin zurückgezogen, um sich von den Weißen fern zu halten. Und es geht ihnen recht gut dabei.«
Wir schauten alle Titus an. Er schüttelte den Kopf.
»Nein. Wir hier leben. Wir hier bleiben.«
»Und hier sterben«, ergänzte Cathy. »Vielleicht bin ich zu pessimistisch, vielleicht habe ich Unrecht, aber ich kann mir nicht vorstellen, wie dieses Dorf überleben soll. Bis jetzt sind schon zwei Kinder und ein Neugeborenes gestorben, und die schlimmste Zeit des Winters kommt erst. Und wenn der Winter vorüber ist und es Frühling wird, was geschieht dann? Die alten Leute werden mit den Frauen und Kindern ins Fischercamp gehen, und ein paar Männer werden in Eagle Arbeit finden. Sie werden Holz für die Flussdampfer sägen, auf den Schiffen als ungelernte Matrosen arbeiten, und dann werden sie wieder hierher zurückkommen und versuchen, wieder einen Winter zu überleben. Was Sie sagten, ist wahr«, meinte sie zu Ben gewandt. »Hier leben alle wie in der Vergangenheit.«
»Nicht alle, Cathy«, mischte sich Titus ein. »Manche, sie lernen. Kleine Kinder lernen, mit jedem Jahr lernen mehr. Lesen. Schreiben. Wir *lernen*«, erklärte er mit Nachdruck. Dann führte er aus, dass die Indianer es nie leicht gehabt hätten, und in den Norden zu ziehen um zu versuchen, wie früher zu leben, würde nichts besser machen. Ihr Leben müsste hier gelebt werden.
Während ich ihm zuhörte, wie er langsam und zuversichtlich

sprach, und während ich mir dazu überlegte, was Ben gesagt hatte, wurde mir endlich bewusst, was Cathy gemeint hatte, als sie mir vorgehalten hatte, ich dürfe diese Menschen nicht mit weißen Maßstäben messen. Sie taten nach ihren Ansichten alles so gut sie konnten, und das Schlimmste, was man ihnen antun konnte, war, sie zu verachten. Sie hatten Courage.

Als Mr Strong am Tag darauf erst Nancy und dann mich abholte, freute ich mich beinahe darauf, zurück nach Chicken zu kommen. Als ich dort wegging, hoffte ich, den Ort nie wieder zu sehen, aber der Aufenthalt bei Cathy hatte mir die Augen dafür geöffnet, wie klein meine Sorgen im Grund waren. Als wir Abschied nahmen und ich ihr für die Zeit bei ihr dankte, war das ehrlich gemeint. Ich hatte eine Menge gelernt.

15

Wir kamen am Silvesterabend zurück nach Chicken, und Maggie lud uns zur Feier ins Gasthaus. Mir war gar nicht danach zumute. Ich blieb zu Haus und schrieb an Fred. Ich schrieb ihm, wie es in mir aussah. Er fehle mir schrecklich, schrieb ich, ich hätte nie gewusst, dass jemand einem so fehlen kann, und ich täte nichts als an ihn denken. Ich schrieb ihm auch, dass ich wütend sei – wütend, weil er unrecht gehandelt hätte. »Du magst sagen, du hättest es für mich getan«, schrieb ich, »aber da habe ich meine Zweifel. Vielleicht hast du mit meinen Gefühlen nur gespielt, und wenn man der Sache auf den Grund geht, hast du eben den Weg des geringsten Widerstands gesucht. Wenn das der Fall ist, dann bitte ich dich, mir das mitzuteilen. Ich werde mit allem fertig, solang es die Wahrheit ist …«

Als der Brief beendet war, fühlte ich mich wohler. Ich steckte ihn in einen Umschlag, adressierte ihn und klebte eine Marke darauf, damit ich mir nicht wieder überlegte, ob ich ihn wirklich abschicken sollte. Nachher las ich eine Zeit lang. Ab und zu hörte ich vom Gasthaus her Jauchzen und Lachen und Musik, doch ich hatte überhaupt keine Lust hinüberzugehen. Nancy hatte versucht, mich zu überreden, doch ich erklärte ihr, es sei niemand drüben, den ich gern sehen wollte. Ich hasste die Leute nicht. Jetzt nicht mehr. Einige Tage lang hatte ich sie aus ganzem Herzen gehasst. Was ich ihnen gegenüber jetzt fühlte, war vermutlich Gleichgültigkeit. Ich hatte nur den Wunsch, die Schule möge wieder beginnen, damit ich viel zu tun und keine Zeit zum Nachdenken hätte.

Ich war noch auf, als es zwölf wurde und alle Hurra riefen und pfiffen und auf Topfdeckel schlugen. Dann stimmten sie »Auld Lang Syne« an, und da hätte ich beinahe losgeheult. Ich fühlte mich so verlassen. Kurz bevor das Lied zu Ende war, kam jemand zum Schulhaus herübergelaufen. Es war Nancy. Sie stürzte ins Zimmer, die Augen voll Tränen, »Anne«, rief sie, »ich wollte nur kommen und Ihnen … Ihnen ein gutes …« Weiter kam sie nicht. Sie lief zu mir herüber, warf mir die Arme um den Hals, und wir fingen beide zu heulen an. Immer wieder versicherte sie mir, wie Leid ich ihr täte, und ich versi-

cherte ihr immer wieder, das sei nicht nötig, und wir weinten beide so herzzerbrechend, dass es schwer zu sagen war, wer wen tröstete. Das Weinen tat uns so gut, dass wir beide lächelten, als es vorrüber war. »Bitte, kommen Sie mit hinüber, Anne«, bat sie. »Alle fragen nach Ihnen – Onkel Arthur und Joe und Maggie Carew, alle.«
Ich sagte Nein, ich sei zu müde. Und das war ich auch, müde geweint und leer. »Geh nur wieder hinüber und unterhalte dich«, sagte ich. »Du verdienst es.«
Und das stimmte. Sie hatte in der letzten Zeit müde ausgesehen, und ich machte mir Sorgen, dass ich sie in der Schule zu sehr hernahm. Als sie gegangen war, nahm ich mir den Brief an Fred noch einmal vor und überlegte doch, ob ich ihn abschicken oder in den Ofen stecken sollte. Ich hätte ihn beinahe hineingeworfen, doch dann entschloss ich mich, ihn abzuschicken. Ich fasste einen Neujahrsentschluss: Von jetzt an wollte ich an nichts als ans Unterrichten und meine Pflicht denken, denn schließlich hatte ich den schönsten Beruf, den ich mir denken konnte. Da fühlte ich mich gleich wohler.

Als die Schule wieder anfing, spürte ich fast vom ersten Tag, dass ich mich geändert hatte. Nicht, dass ich die Kinder angeschnauzt hätte oder etwas Derartiges – wir sangen immer noch am Morgen und hatten genauso viel Spaß wie vorher –, aber ich packte sie bei der Arbeit härter an. Vermutlich würden sie überhaupt nur bis Juni die Möglichkeit haben, etwas zu lernen, und das sollten sie denn auch. Das galt auch für Rebekah. Bisher hatte ich sie ganz sanft angefasst, wollte sie nicht direkt als Schülerin behandeln, damit die Leute nicht reden konnten. Sie durchschaute das, stellte nie eine Frage und griff nur auf, was sie konnte, aber sie brannte danach, etwas zu lernen. Von nun an behandelte ich sie wie die Kinder, rief sie auf, wenn ich eine Frage gestellt hatte, gab ihr Aufgaben und ließ sie wissen, ich erwarte von ihr so viel Fleiß wie nur möglich. Genau das hatte sie erhofft, und jetzt war sie glücklich.

Aber kein Mensch sagte darüber etwas zu mir.

Die Leute merkten wohl, dass ich mich verändert hatte, denn sie kamen mir anders entgegen, so, als sei ich kein Kind mehr und auch kein Tschitschako. Sie stellten mir keine solchen Fragen mehr wie: ob es mir jetzt kalt genug sei, oder: was ich werden wollte, wenn ich groß sei. Als Onkel Arthur und Ben Norvall ein paar Tage nach Schulanfang in die Klasse kamen, fingen sie mit den üblichen Dummheiten an. Früher hatte ich ihnen das durchgehen lassen, diesmal jedoch bat ich sie, damit bis zur Pause zu warten, dann könnten wir alle vergnügt sein. Sie fügten sich und schienen es mir nicht einmal nachzutragen. Dabei tat Onkel Arthur mir Leid, denn Mert Atwood war tags zuvor gestorben, und ihm war wohl recht elend zumute. Jedenfalls blieben beide sitzen, und um Onkel Arthur eine Freude zu machen, veranstaltete ich einen Schönschreibwettbewerb.

Ich konnte nicht genau sagen, was es war, doch ich fühlte mich anders – anders als in meinem ganzen Leben. Da hatte ich immer versucht, so zu sein wie meine Eltern oder Mr Strong oder die Leute hier in Chicken mich haben wollten. Jetzt würde ich endlich ich selbst sein. Ich würde nicht ruppig sein oder jemandem mit Willen etwas Hässliches sagen, doch von jetzt an würden mich die Leute nehmen müssen, wie ich war. So war es auch Cathy Winters gegangen, wurde mir bewusst. Jetzt verstand ich, warum sie Mr Strong damals so geantwortet hatte. Ich könnte ihm immer noch nicht so antworten, doch ich würde mich jetzt genauso wenig wie sie nach dem richten, was er dachte. Es war, als wäre ich plötzlich erwachsen geworden. Vorher war ich ein Mädchen gewesen, und das war ich jetzt nicht mehr.

Vierzehn Tage nach Schulbeginn bekam ich einen Brief von Fred. Er schrieb, er habe keinesfalls mit meinen Gefühlen gespielt. Ich läge ihm mehr am Herzen als irgendein anderer Mensch auf der Welt.

»Anne, ich tat, was ich für richtig hielt, und nicht, weil ich jemanden fürchtete. Ich kann dir nicht schildern, wie entsetzlich mir war, hierher zu übersiedeln, doch ich tat es, weil ich dich so liebe und weil ich sonst nichts tun konnte.

Gott, wie ich wünschte, ich wäre unabhängig und könnte tun, was ich wollte! Das ist es, was am meisten wehtut, dass ich dich so liebe und dass ich nichts an den Umständen ändern kann. Immer wieder denke ich, dass das vielleicht eines Tages doch der Fall sein wird, doch dann denke ich auch, du wirst, wenn dieser Tag kommt, wahrscheinlich mit jemand anderem verheiratet sein, der dich genauso sehr liebt wie ich.

Falls ich es durchstehe, bleibe ich bis zum Sommer hier, also werde ich dich sehr lang nicht sehen. Vielleicht nie mehr. Ich weiß es nicht. Ich möchte dich nur wissen lassen, dass ich dich innig liebe, aber ich will deine Zeit nicht länger in Anspruch nehmen. Im nächsten Sommer wirst du in Eagle unterrichten, dann hast du mich wohl schon vergessen. Und das ist vielleicht das Beste.«

Ich las den Brief immer wieder, und jedes Mal, wenn ich zu den

Worten »falls ich es durchstehe« kam, zuckte ich zusammen. Auf dem Rückweg vom Indianerdorf hatte ich Nancy gefragt, wie es Fred in Steel Creek gehe, und sie hatte erwidert, er sei einsam. »Die anderen Goldgräber sind nicht nett zu ihm«, sagte sie. »Sie arbeiten nicht gern mit Eingeborenen oder Mischlingen zusammen. Sie lassen ihn nicht mal in ihrer Baracke schlafen.«

Wo wohnt er denn dann?«

»Ma und Pa haben ihm den Schuppen hinterm Rasthaus vermietet.« Sie war verlegen. »Der ist nicht so schlimm, Anne. Es ist eine ganz gute Unterkunft. Nicht so was wie Mary Angus' Hütte. Er hat einen Bretterboden, und er ist sauber.«

Jedes Mal, wenn ich daran dachte, bekam ich Lust, jemanden umzubringen. Fred wohnte allein in einem Schuppen, wo er doch hier das schönste Heim von allen hatte und dazu eine Familie, die ihn liebte. Und alles war mein Fehler. Er hasste es, abhängig zu sein und für Lohn zu arbeiten, und zu allem anderen musste er mit Männern arbeiten, die ihn ablehnten. Er musste sich hundserbärmlich fühlen, doch alles, was er sagte, war »falls ich es durchstehe«.

Ich schrieb ihm, ich sei der Meinung, er solle zurückkommen. Ich schloss: »Wir brauchen einander ja nicht zu sehen. Ich verspreche dir, dich nicht einmal zu grüßen, falls ich dich treffe. Ich werde so tun, als würde ich dich nicht kennen. Ich weiß jetzt, wie du fühlst, und ich werde deine Güte respektieren, also bitte, bleib nicht meinetwegen dort.«

Ich unterschrieb: »Deine Freundin (und nur das) Anne.«

In vieler Hinsicht war dies die seltsamste Zeit, die ich je erlebt hatte. Ich hatte mich im Leben nie einsamer gefühlt, doch gleichzeitig fühlte ich mich mehr denn je als eine Persönlichkeit. Ich schien niemanden zu brauchen, es war, als wäre eine schützende Schale um mich gewachsen, die mich so selbstsicher machte, dass ich nichts Falsches tun oder sagen konnte. Woher es kam, weiß ich nicht, aber ich wurde einfach mit allem fertig. An dem Abend zum Beispiel, als Nancy endlich ihr heiß ersehntes Ziel erreichte, war ich so gefasst, dass ich mich kaum selbst erkannte.

An diesem Abend saßen wir nur so herum und taten nichts Besonderes. Nancy blätterte in einem Lesebuch für die dritte Klasse, und ich übte auf dem Akkordeon. Da ich noch kein Klavier hatte, fand ich, es müsse ein Musikinstrument her, wenn wir Musik für Spiele oder Begleitung für Lieder brauchen, also hatte ich gleichzeitig mit Jimmy Akkordeon zu spielen begonnen. Während der Zeit, als ich mit Nancy nicht gut stand, hatte sie immer verlangt, ich dürfe nicht spielen, wenn sie lernte. Jetzt schien es ihr nichts auszumachen. Ich spielte eben »Home on the Range« – es ging schon recht gut –, als ich sie hörte: »Anne?«

Ich schaute zu ihr hinüber, und das strahlende Lächeln auf ihrem Gesicht war einfach unbeschreiblich. Noch ehe sie ein Wort sagte, wusste ich, was los war.

»Ich kann lesen«, sagte sie.

»Bestimmt?«

Sie nickte.

»Dann lies mal.«

»Es war ein-einmal eine Krabbe-die-verließ-das-Meer-und-ging-auf-den-Strand-um-sich-in-der-Sonne-zu-wärmen ...«

Sie fuhr fort und betonte jedes Wort, wie es ein Kind in der ersten Klasse tut. Ein paar Mal wäre sie fast hängen geblieben, doch dann fing sie sich wieder. Dies war das erste Mal, dass sie etwas ohne meine Hilfe las, und sie machte es ausgezeichnet. Ich wusste damals nichts von psychologischen Blockierungen, und ich wusste nicht, dass, wenn dies bis jetzt die Hemmung gebildet hatte, es jetzt verschwunden war. Als sie fertig gelesen hatte, strahlte sie.

»War das Lesen?«

»Ja, das war Lesen.«

Um ganz sicher zu sein, stellten wir sie mit einer Zeitung auf die Probe, und es klappte. Sie war so glücklich, dass sie beinahe weinte. Vor ein paar Monaten hätte ich nicht nur mit ihr geweint, ich hätte auch hinausstürzen und die Nachricht durch den ganzen Ort schreien wollen. Nicht, dass ich jetzt weniger glücklich war als sie. Ich war mit ihr glücklich, und wir blieben noch lange auf und machten Pläne für ihre Zukunft. Nur war ich nicht erstaunt darüber. Mir war, als hätte ich längst gewusst, wie es kommen würde, als hätte ich es erwartet. Sie war zu aufgeregt, um zu schlafen, und saß noch lange, als ich zu Bett gegangen war, über einem Buch. Sie sei bis zwei Uhr aufgeblieben, erzählte sie mir am nächsten Morgen. Und sie war kein bisschen müde. Sie konnte kaum erwarten, dass die Kinder kamen, um es ihnen zu berichten, und noch vor Ablauf des Tages wusste jeder in Chicken, dass sie lesen konnte.

Um das zu feiern, lud Maggie Carew uns beide ins Gasthaus zum Abendessen. Dies war für mich seit langem das erste Mal, und sie wollte damit das Kriegsbeil begraben. Seit Fred weg war, war sie freundlicher gegen mich, oder vielleicht bereute sie sogar, was sich ereignet hatte. Ich konnte das nicht so genau sagen, und es war mir auch egal, ich mochte sie einfach leiden. Sie war wenigstens aufrichtig und geradeheraus, sie war fast die Einzige im Ort gewesen, die ausgesprochen hatte, was sie dachte, und sie hatte nie um den Brei herum geredet.

Nach dem Essen fragte sie mich, ob ich mich freue, nächstes Jahr in Eagle zu unterrichten.

»Ich weiß nicht, ob ich das tun werde«, sagte ich.

»Was soll das heißen: Sie wissen's nicht. Sie haben doch einen Vertrag, oder?«

»Ja, das schon, aber ich habe gehört, dass der Schulrat seine Zweifel wegen meiner Person hat.«

»Na, dabei hab ich wohl auch ein Wörtchen mitzureden. Ende nächsten Frühlings übersiedeln wir hin. Ich hab das Gasthaus neben dem Kai gekauft. Ich werd ein gutes Wort für Sie einlegen – außer natürlich, Sie haben andere Pläne.«

»Nein, ich habe keine.«

Und ich hatte wirklich keine.

Ich hatte seit langem ein Notizbuch, in das ich mir Gedichte einschrieb, die ich gern immer wieder lesen wollte. Mein Lieblingsgedicht war »Warten« von John Burrough. Als ich es in diesen Tagen wieder las, schien es wie für mich geschrieben zu sein.

Gelassen falt ich die Hände und warte
Und kümmre mich nicht um Wind, Gezeiten und Meer.
Ich wüte nicht länger gegen Zeit und Schicksal,
Denn oh! Mein Liebster kommt zu mir her.

Das drückte genau aus, was ich fühlte. Ich wartete – worauf, hätte ich nicht sagen können. Auf Etwas. In mir war alles leerer Raum, doch ich konnte nicht sagen, was ihn ausfüllen würde. Als der Februar kam, war ich fast im Zweifel, ob ich überhaupt in Alaska unterrichten wollte, so widerlich wurde das Wetter. Als hätte Gott diesen Teil der Welt verlassen. Tag für Tag blieb der Himmel so dunkel, dass man Tag und Nacht nicht unterscheiden konnte. Das Thermometer fiel fast für eine ganze Woche auf fünfzig Grad und noch tiefer und sogar, wenn wir kein Thermometer gehabt hätten, hätten wir gewusst, wie kalt es war: Jedes bisschen Feuchtigkeit war aus der Luft verschwunden, und jedermann war ständig durstig. Egal, wie viel Wasser oder Tee man trank, man fühlte sich immer gleich ausgetrocknet.

Und die Menschen begannen ebenso gemein zu werden wie das Wetter. Nach den Feiertagen bekamen alle Hüttenkoller – vom Sitzen in den engen Hütten hatten sich Aggressionen aufgestaut –, und jeder begann mit jedem über alles zu streiten. Onkel Arthur schwor, Ben Norvall hätte ihm eine Hacke gestohlen, und aus purer Rachsucht ging er hinaus und ließ alle Fallen Bens zuschnappen. Angela Barrett goss während eines Wutanfalls und im Suff einen Topf kochenden Wassers über ihren einen Hund, weil er zu viel gebellt hatte. Maggie Carews Mann musste das arme Tier mit einer Kugel von seinen Leiden erlösen. Wenn ich meine Schüler nicht gehabt hätte, die mich im Trab hielten, hätte ich vielleicht auch Verbitterung und Wut gefühlt. Ich ertappte mich manchmal dabei, dass ich wegen Kleinigkeiten gereizt wurde, aber die meiste Zeit war ich ruhig – nicht hart und kalt oder etwas Derartiges –, einfach unbeteiligt, als wartete ich immer noch, dass etwas geschehen würde.

*

Und als es schließlich geschah – den Tag werde ich nie vergessen. Es war kurz nach dem Mittagessen der Kinder. An diesem Tag zeigte das Thermometer sechzig Grad unter Null, und die kleinen Kinder waren wieder auf meinem Bett gesessen. Mir schien mit der Zeit, das Bett sei das wichtigste Stück meiner Einrichtung. Nicht nur, dass die Kleinen es benutzten, wenn der Fußboden zu kalt war, wir bewahrten auch den Kartoffelsack darin auf, weil das die einzige Stelle war, wo die Kartoffeln sicher nicht erfroren.
Ich räumte eben hinterher meine Wohnung auf, als ich Evelyn Vaughn drüben Rebekah aufziehen hörte. »He, Rebekah, wie viel sein zwei und zwei?«
»Vie'.«
»Wie viel sein eins und zwei?«
»D'ei.«
»Wie viel d'ei und zwei?«, machte sie Rebekah nach.
»Fün'.«
»Rebekah, mich denken, du viel verdammt kluge Frau.«
»Stimmt's, Eleanor?«
»Stimmt.«
Anfangs hatte ich immer eingegriffen, wenn jemand sich über sie lustig machte, doch jetzt konnte sie sich schon selbst wehren. »Oh nein«, sagte sie zu Evelyn, als ich ins Zimmer trat. »Du nicht denken, Rebekah klug, kleine Dame. Du denken, du sehr viel klug. Du denken, Rebekah nicht merken, dass du schlecht Englisch sprechen tun.« Evelyn machte ein Gesicht, als reue sie das Ganze schon, aber Rebekah ließ sie nicht so leicht davonkommen. Sie konnte ebenso hart im Geben und Nehmen sein wie Evelyn, und sie war bei weitem raffinierter. Jetzt riss sie die Augen auf und zeigte mit dem Finger auf sie:

»Wenn du nicht nett, ich mache böse Medizin. Schicke dir Strauchmann bei Nacht.«
»Wer ist der Strauchmann?«, fragte Evelyn unsicher. Rebekahs Gesichtsausdruck deutete etwas derart Schreckliches an, dass die ganze Klasse fasziniert war.
»Du nicht kennen Strauchmann?«
»Nein.«
»Er überall wohnen – in Baum, in Strauch, in Loch – kommen heraus, wenn dunkel.«
»Das glaube ich nicht.« Evelyn fürchtete sich im Dunkeln, und jedermann wusste das.
»Aaaooh!«, schrie Rebekah. Der Laut war ebenso Furcht erregend wie ihr Gesichtsausdruck. »Du so sagen, und Strauchmann dich ganz sicher holen! Du wissen, wenn kleine blaue Lichter im Gebüsch brennen?« Ich hatte das einmal selbst gelesen, es war statische Elektrizität. »Das dir sagen, Strauchmann ist nahe. Aber du ihn erst sehen, wenn er dich packen. Dann du ihn sehen – oh ja, hahaha!«
»Wie sieht er denn aus?«, fragte Evelyn. Sie versuchte zu tun, als sei ihr das egal, doch sie war beunruhigt.
Rebekah ließ Evelyn nicht aus den Augen. Sie hob die Hände über den Kopf und fletschte die Zähne. »Zehn Fuß groß?«, sagte sie hohl. »Vielleicht mehr. Viel Haare. Gesicht ganz schwarz von Frost und lange Zähne wie Grisli. Augen gelb wie faules Holz. Mein Vater, groß Medizinmann, mir sagen, wie Strauchmann rufen. Du noch machen Spott mit mir«, rief sie warnend, »ich schicken Strauchmann zu dir.«

Im Schweigen, das darauf folgte, hörten wir aus der Entfernung drei Gewehrschüsse dicht hintereinander. Wir wussten alle, was das bedeutete. Jemand rief um Hilfe. Ich wies die

Klasse an, ruhig sitzen zu bleiben, während Nancy den Mantel anzog und hinausging, um nachzuschauen, ob jemand wusste, woher die Schüsse gekommen waren. Ein paar Minuten später kam sie zurück. »Die Carews glauben, es wurde in der Gegend der Purdys geschossen«, berichtete sie, dann sagte sie zu Jimmy: »Deine Eltern gehen hin, und sie sagen, wenn du mit Willard mitkommen willst, dürft ihr es.«

Danach war es unmöglich, den Rest der Klasse zurückzuhalten. Ich ließ also alle laufen und behielt nur Joan Simpson bei mir. Als alle hinausrannten, hörte man weitere drei Schüsse.

»Ich denken, sie kommen vielleicht von Mary Angus, Tisha«, meinte Rebekah.

»Möchtest du hingehen?«, fragte ich Nancy.

»Wenn Sie nichts dagegen haben.«

Als ich auch hinaustrat, gefror mir trotz des Schals vor dem Gesicht der erste Atemzug in der Kehle. Bevor wir zu Mary Angus gingen, mussten wir erst Joan Simpson nach Haus bringen. Sie war zu klein, um allein zu gehen. Bei den ersten Schritten rutschten unsere warmen Mokassins auf dem Schnee, doch dann setzte sich der Schnee an den Sohlen fest, und wir konnten ausschreiten.

Joan wohnte entgegengesetzt der Richtung, die wir einschlagen mussten, und wir brauchten fünfzehn Minuten bis zu ihrer Hütte, dann machten wir uns auf zu Mary Angus. Über allem lag grauschwarzer Nebel, und die Kälte machte es unmöglich zu sprechen, also gingen wir schweigend des Wegs, schnell genug, um warm zu bleiben, aber nicht so schnell, dass wir ins Schwitzen kamen.

Als wir die Hütte erreichten spielten die Kinder davor. Ein paar saßen in Marys Rodelschlitten. Robert Merriweather zog ihn,

und Jimmy schob von hinten an. Als sie Nancy und mich sahen, liefen sie uns entgegen.
»Mary ist tot, Teacher«, schrie Jimmy.
»Tot wie ein Sargnagel«, pflichtete Willard bei.
»Und drin ist alles voll Blut. Sie lassen uns nicht rein. Fragen Sie, ob wir rein dürfen, Teacher, ja? Wir möchten es sehen.«
Jake Harrington stand mit Rebekah vor der Tür.
»Ist es wahr?«, fragte ich die beiden.
Jake nickte. Ich stieß die Tür auf. Drin waren eine Menge Leute, aber nur eine flackernde Kerze gab Licht, ich erkannte zunächst nur Angela, die Carews und Joe Temple. »Mach die verdammte Tür zu, bevor die Kerze ausgeht«, brüllte Angela.
Ich schloss die Tür.
»Aha, unsere kleine Lehrerin«, sagte sie ironisch. Sie war betrunken, und ihr Lächeln besagte deutlich, dass sie mich hier für unerwünscht hielt. In den vergangenen Wochen hatte sie mehr getrunken denn je, und ihr Zustand wurde von Tag zu Tag ärger. Als Ben Norvall vor ein paar Tagen im Gasthaus etwas gesagt hatte, das ihr nicht gefiel, hatte sie sich auf ihn gestürzt und ihm ein paar tüchtige Fausthiebe versetzt, bevor sich jemand dazwischenwerfen konnte. Ben stand jetzt mit Chuck in einer Ecke, und die beiden beugten sich über etwas, das wohl Marys Leiche war. Ben bedeckte den Körper eben mit einem Wolfsfell.
»Was ist denn geschehen?«, fragte ich Maggie.
»Sie muss einen Blutsturz gehabt haben«, erwiderte Maggie. »Wenn sie einmal so weit sind, dann geht es schnell.«

Auch Mr Vaughn war da. »Schaut sie nur an«, rief er und deutete mit dem Daumen in die Ecke. »Schaut, wie die Mutter von einem guten Bastard aussieht.«

»Brauchst jetzt nicht so daherzureden, Arnold«, wies Maggie ihn zurecht. Zu mir sagte sie: »Wir versuchen, zu einem Entschluss zu kommen. Joe wird seinen Schlitten holen und sie zu uns hinüberbringen. Wir tun sie in den Reserve-Cache, bis Strong sie ins Indianerdorf bringen kann. Aber was mit den Kinder geschehen soll, das wissen wir nicht.«

Meine Augen hatten sicht jetzt der Dunkelheit angepasst, und ich sah Ethel. Sie saß auf einer Kiste, und niemand nahm Notiz von ihr. In all dem Durcheinander waren ihre Augen groß und voller Angst. Ich ging zu ihr hinüber.

»Was ist Joe«, sagte Angela. »Nimmst du die Bälger?«

»Und was soll ich mit ihnen tun?«

»Nur nötig, dass du sie eine Woche oder so behältst«, meinte Maggie. »Dann bringt Strong sie weg.«

»Ich weiß nicht, wie man mit Kindern umgeht«, wehrte sich Joe.

»Das sagen sie alle«, fiel Angela ein. »Kinder machen können sie, aber für sie sorgen können sie nicht.«

Ben und Chuck standen von der Leiche auf. Ich war froh, dass Ben sie mit dem Fell bedeckt hatte. Ich wollte sie nicht sehen. Am Rand der Matratze war Blut, und auf dem schwarz gefrorenen Lehmboden stand eine große Lache. Chuck hatte einen Schock erlitten. Ich legte den Arm um ihn, und er ließ ihn dort und gab keinen Laut von sich. »Diese hier hat's am schlimmsten erwischt«, sagte Ben und legte Ethel die Hand auf den Kopf. »Ich ging vorbei und sah keinen Rauch aus dem Ofenrohr kommen. Ging hinein, da saß sie neben Mary.« Er streichelte ihr den Kopf: »Wenn der alte Ben nicht zufällig vorbeigekommen wär, hättest du leicht erfrieren können.«

»Wäre vielleicht besser für sie gewesen«, murmelte Maggie.

»Das ist verdammich wahr«, rief Angela. »Das Indianerdorf ist keine schöne Aussicht für sie.« Sie zog eine flache Flasche heraus und genehmigte sich ein paar Schlucke.

Mr Carew sagte entschieden: »Wir können nicht den ganzen Tag herumstehen und quatschen. Wir müssen einen Entschluss fassen, was mit den Kindern geschieht.«

Chuck lehnte schlaff an mir. Ich legte ihm die Hand auf die Schulter.

Wieder rief Angela: »Ich bin dafür, dass Joe sie nimmt. Ist ihm eine gute Lehre.«

»Das ist kein Anlass für Witze. Ich habe euch doch gesagt, ich könnte nicht für sie sorgen.«

»Und was ist mit dir, Maggie? Du hast doch die Baracke.«

»Ich muss mich um meine eigenen Kinder kümmern.«

»Ich werde sie nehmen«, sagte ich zu Joe.

»Sie wollen sie nehmen?«, rief Angela.

»Ja.«

»Wie wollen Sie sich um sie kümmern und gleichzeitig unterrichten?«, fragte Mr Vaughn.

»Ich werde schon zurechtkommen.«

»Ich bin sehr froh darüber«, sagte Joe erleichtert. »Danke, Anne.«

»Ich finde das nicht richtig«, erklärte Mr Vaughn.

»Ich bin auch dieser Meinung,«, stimme Maggie zu. Sie ist selbst kaum mehr als ein Kind.«

»Warum nimmst du sie dann nicht?«, fuhr Joe sie an.

Sie sah aus, als zöge sie es in Betracht, und ich hielt die Luft an.

Ich wollte die Kinder haben. Wollte sie ganz dringend haben.

»Ich habe meine eigenen«, wiederholte sie.

»Nehmen Sie sie«, sagte Joe zu mir.

Ich hob Ethel auf. »Nimm Chuck«, sagte ich zu Nancy.
»Ja, sicher.« Sie war etwas verblüfft.
Niemand machte uns Platz. Alle starrten mich an wie ein Zirkuspferd.
»Will sie jemand haben?«, fragte ich.
Niemand antwortete.
»Wenn also niemand etwas dagegen hat, bringen wir diese Kinder jetzt heim.«

16

Bis wir die Tür erreichten, war Ethel still. Dann begriff sie, dass ich sie forttrug, und sie begann aus vollem Hals zu brüllen. Als wir das Freie erreicht hatten, kämpfte sie schon mit mir wie eine kleine Wildkatze, kratzte und biss, und ich musste sie absetzen. Auch jetzt konnte ich sie nur mit Mühe daran hindern, in die Hütte zurückzulaufen. Sie war noch zu klein und begriff nicht, dass die Mutter tot war.
Ich weiß nicht, wie wir sie ohne Ben Norvall nach Haus gebracht hätten. Er nahm den größeren Kindern Marys Rodelschlitten weg, half mir dann, Ethel in eine Decke zu wickeln und auf dem Schlitten festzubinden. Es war die einzige Art, sie wegzubekommen. Sie hörte nicht einmal zu, wenn Chuck etwas zu ihr sagte.
Ich spannte mich vor den Schlitten und begann zu ziehen, doch

schon nach zwanzig oder dreißig Schritten fühlten sich meine Lungen an, als atmete ich pures Feuer. Ich war so durcheinander, dass ich vergessen hatte, mir einen Schal über den Mund zu binden.
Das Ziehen war mühsam, der Schnee so trocken, dass die Kufen darin wie in Sand mahlten. Nach zehn Minuten löste Nancy mich ab. Und während des ganzen Weges brüllte Ethel und versuchte, sich freizumachen. Beim ersten Mal, als sie den Kopf zurückwarf und ich ihr Gesicht sah, dachte ich, mit ihr müsse etwas Schreckliches geschehen sein, bis mir bewusst wurde, dass das, was ich sah, ihre Tränen waren. Sie waren rings um die Augen gefroren.
Als wir endlich in meiner Wohnung standen, sah ich, dass Nancys Wangen und ihre Nase weiß geworden waren. Und so gefühllos, wie die meinen sich anfühlten, mussten sie wohl ebenfalls sein. Ethel schoss sofort unter den Tisch und hockte heulend dort. Und Chuck war kaum im Zimmer, als er ebenfalls zu weinen begann.
Während ich ihn zu trösten versuchte, stellte Nancy den Teekessel aufs Feuer. Es dauerte eine Weile, ehe Chuck sich beruhigte, und dann wollte er wissen, wann die Mutter aufwachen würde. Ich musste ihm sagen, sie würde nie wieder wach werden, sie sei tot. Er kannte zwar das Wort und seine Bedeutung, doch er wollte es nicht hinnehmen, er wollte nicht verstehen, dass er sie nie wieder sehen würde.
»Wer jetzt für mich sorgen?«, fragte er mich.
»Ich werde das tun.«

»Wann mein Mudda kommen?«
»Sie kommt nicht mehr, Chuck. Du bleibst jetzt hier bei Nancy und mir, Chuck.« Er sah drein, als würden die Tränen gleich

wieder zu fließen beginnen. »Chuck, ich brauche deine Hilfe. Kannst du mir helfen? Zuallererst müssen wir Ethel klarmachen, dass sie sich hier vor nichts zu fürchten braucht. Sie versteht ja noch nicht, was geschehen ist. Das wirst du ihr sagen müssen. Wirst du das tun?«
Er ging zum Tisch und kniete neben der Schwester nieder. Sie schluckte noch immer, doch sie hörte ihm zu. Einmal fing sie beinahe wieder zu weinen an, doch es gelang ihm, sie zu beruhigen. Sie wechselten ein paar Worte, und als das geschehen war, saß sie ganz verloren da. Dann ließ sie es geschehen, dass Chuck sie unterm Tisch herausführte. Bis dahin war mein Geruchssinn eingefroren gewesen, doch als Ethel aufstand, kam er mit Macht zurück. Der scheußlichste Gestank der Welt drang mir in die Nase. Ihre Parka war mit Fett und Essensresten übersät, doch das war nicht die Quelle des Geruchs.
Nancy rümpfte die Nase. »Sie muss in die Hosen gemacht haben.«
»Wir werden sie baden müssen.«
»Je schneller, desto besser«, stimmte Nancy zu. »Pfui Teufel.«
Als das Wasser auf dem Herd erhitzt wurde, klopfte es an die Tür. Es waren Maggie und ihr Mann, die Chucks und Ethels Sachen brachten. Mokassins und Kleider, ein Gewehr und zwei Paar Kinderschneereifen. Als im Waschzuber genug heißes Wasser war, zog ich Ethel die Parka aus, doch als ich sie aus den Kleidern schälen wollte, riss sie sich los und begann wieder zu weinen. Ich fragte Chuck, was ich falsch gemacht hatte.
»Sie nicht mögen Kleider ausziehen. Sie nie nicht ausziehen.«
»Sie *muss* gebadet werden.«
Das erklärte Chuck ihr auf Indianisch und deutete auf den Waschzuber. Sie schüttelte den Kopf. Nein.

»Sag ihr nur, es muss sein, da gibt es keine Sperenzchen.«

Das brachte das Fass zum Überlaufen. Er erklärte es ihr, sie warf einen Blick auf Nancy und einen auf mich, und schon war sie unter dem Bett verschwunden. Da gab es nur eines, nämlich ihr nachzukriechen, und das taten wir denn auch. Bevor wir sie hervorzerren konnten, biss sie mich in die Hand, und Nancy versetzte sie einen kräftigen Fußtritt. Sie schrie wie am Spieß. Chuck steckte sich die Finger in die Ohren, und ich zog ihr die Kleider herunter, während Nancy sie hielt. Sie trug Mokassins, die bis zum Knie reichten, eine leichte Jacke und ein Kalikokleid, unter dem noch ein Baumwollkleid war. Als ich bis zu ihrer Unterwäsche vorgedrungen war, wusste ich mir keinen Rat. Sie lag eng an wie ein Ballett-Trikot, und sie hatte hinten eine Klappe, doch keine Knöpfe an der Vorderseite.

»Was ist denn das?«, fragte ich Nancy.

»Indianische Unterwäsche. Im Oktober nähen die Mütter ihre Kinder darin ein, und so bleibt es bis April.«

»Wie kriege ich sie da heraus?«

»Schneiden Sie's auf.«

Ich holte eine Schere, und Nancy hielt sie fest, doch sobald ich zu schneiden anfing, wurde Ethel von panischer Angst überfallen. Sie wehrte sich und schrie so gellend, dass mir die Ohren schmerzten. Chuck bekam auch Angst und begann aus Mitgefühl ebenfalls zu heulen. Ich hielt inne und war ratlos.

»Sie muss gebadet werden«, sagte Nancy.

Das war mir klar, und trotzdem fühlte ich mich wie ein Schurke. Wäre es nicht am besten, Chuck hinauszubefördern, damit er nicht zuzuschauen brauchte?

»Puh«, sagte Nancy voll Abscheu und hielt Ethel von sich ab. Ich konnte ihr das nicht verdenken. Die Hosenklappe war braun, quatschig und stank zum Speien. Noch dazu hatte ich etwas von dem Zeug abbekommen.

»Chuck, bist du hungrig?«

Er bejahte es, und sobald er zu weinen aufhörte, zog ich ihm die Parka an und brachte ihn hinüber ins Gasthaus. Ich erklärte Maggie, was bei mir vorging, und sie sagte, sie würde ihm zu essen geben und ihn bei sich behalten, bis ich ihn holte.

Als ich ins Schulhaus zurückkam, war die Lage bei Nancy und Ethel unverändert. Ethel vergoss noch immer Tränen. Sobald ich mich ihr wieder mit der Schere näherte, packte sie solches Entsetzen, dass sie versuchte, auf Nancy hinaufzuklettern.

»Vielleicht würde sie sich beruhigen, wenn wir ihr erst etwas zu essen gäben«, sagte ich. »Sie liebt Butterbrot mit Honig.«

»Kommen Sie, Anne. Wir müssen es tun. Wenn sie jetzt was zu essen kriegt, bricht sie es sofort heraus.«

»Aber wenn sie womöglich einen Herzanfall oder so was kriegt?«

»Wenn jemand einen Herzanfall kriegt, dann wir beide. Los, fangen Sie an!«

»Soll ich sie lieber halten?«

»Gern, falls Sie es fertig bringen. Das ist ja eine richtige Wildkatze. Nein, ich halte, Sie schneiden.« Sie nahm Ethel fest in den Griff. »Anfangen zu schneiden!«, überschrie sie Ethels Gebrüll.

Ich fing an, schnitt erst beide Ärmel bis zum Hals auf, dann schnitt und riss ich das Zeug bis zu den Knöcheln hinunter und schälte ihr das Wäschestück nach und nach ab. Endlich lag es auf dem Boden. Mit dem verfilzten Haar, dem Körper, über und über mit dem Dreck und Exkrementen bedeckt, sah die nackte, brüllende Ethel mehr wie ein Tier aus denn wie ein

Mensch. Nancy hob sie auf, und gemeinsam trugen wir sie zum Zuber. Ich prüfte das Wasser. Es war gerade recht. Wir hoben sie hinein. Nun brach wieder die Hölle los. Sie fürchtete sich jetzt noch viel mehr, sie war buchstäblich von Sinnen vor Angst. Ich hätte nie gedacht, dass ein kleines Kind solche Kräfte entwickeln kann. Sie bekam einen regelrechten Tobsuchtsanfall. Der Schrei, den sie ausstieß, hätte nicht gellender sein können, wenn wir sie in eiskaltes Wasser getaucht hätten, dann schlug sie mit Armen und Beinen um sich, ging auf uns beide los, und bevor wir sie bändigen konnten, ergoss sich das Wasser nach allen Richtungen, und sie war aus dem Zuber heraus. Es gelang mir, ihre Handgelenke zu fassen, und schon spürte ich ihre Zähne im Fleisch. Wenn in diesem Augenblick jemand hereingekommen wäre, hätte er gedacht, ein paar tollwütige Weiße seien im Begriff, ein kleines Indianermädchen umzubringen und zu kochen. Vermutlich war es genau das, was Ethel dachte, denn sie rannte wie verrückt im Zimmer herum, versuchte uns zu entwischen, warf Stühle um und kreischte die ganze Zeit in höchster Angst. Ich fiel beinahe selbst in den Zuber, und Nancy hätte fast ein blaues Auge davongetragen, doch dann erwischten wir sie. Wieder hinein in den Zuber mit ihr, obwohl sie sich wie ein Berserker wehrte und mit Klauen und Zähnen kämpfte. Sie zu waschen versuchten wir gar nicht erst, wir hatten genug zu tun, sie im Wasser zu halten. Ohnehin war höchstens noch die Hälfte des Wasser im Zuber. Was Nancy und ich nicht abbekommen hatten, lief über den Fußboden und war an der Wand teilweise schon gefroren. Ethel kämpfte immer noch darum herauszugelangen, sie schlug um sich und ging uns so wild an, dass ich kurz davor war aufzugeben. Dann lehnte sie sich plötzlich zurück, erstickte das Schluchzen, und der Kampfgeist hatte sie auf einmal völlig verlassen. Nancy und ich schauten einander voll Erleichterung an. Wie ich aussah, weiß ich nicht, doch wenn mein Zustand auch nur halb so schlimm war wie der Nancys, dann war ich in völliger Auflösung.

Nun gingen wir daran, Ethel zu waschen, und sie ließ es zu. Sie hatte getan, was sie konnte, und jetzt war der Krieg aus. Sie wimmerte und sprach auf Indianisch mit sich selbst, sie versuchte sogar, uns einiges mitzuteilen, doch sie hob nicht einmal abwehrend die Hand, als wir sie mit dem Waschlappen behandelten. Als ich nach ungefähr zehn Minuten noch etwas heißes Wasser zugoss, war sie ein wenig verängstigt, aber das ging nur so weit, dass sie mich mit sanften, feuchten Augen in schweigender Bitte ansah, ihr nicht wehzutun. Als wir mit dem Waschen anfingen, war sie ein übler Anblick, doch als wir ihr das Gesicht und die Haare gewaschen hatten, war sogar Nancy von ihr eingenommen. »Nein so was, Anne, wenn man nicht wüsste, dass sie kein Englisch spricht, würde man meinen, sie ist ein Kind wie alle anderen. Sie sieht ja süß aus.«

Und das tat sie tatsächlich, sie hatte Pfirsichhaut und glänzendes, schwarzes Haar. Als wir so weit waren, sie herauszunehmen, spielte sie bereits mit dem Wasser und versuchte, durch die Schaumschicht Löcher zu bohren. Als wir aufstanden, um sie abzutrocknen, wirkte sie so zart und hilflos, dass ich viel dafür gegeben hätte, ihr versichern zu können, sie sei in Sicherheit, und wir hätten nicht die Absicht, ihr wehzutun.

Damit sie warm blieb, steckten wir sie ins Bett und durchsuchten dann den Haufen, den Maggie gebracht hatte, doch Kleider für Ethel waren nicht dabei. Was ihr gehörte, hatte sie am Leib getragen.

»Da muss ich wohl hinüber in den Laden gehen, vielleicht finde ich dort etwas«, sagte ich zu Nancy. Ethel hatte sich unter die Decken verkrochen und war ganz bis zum Bettfuß gekrochen, dort, wo der Kartoffelsack lag.

»Das klingt ja, als hätten wir ein Erdhörnchen drinnen«, meinte ich zu Nancy. »Kann man Kartoffeln roh essen?«

»Weiß ich nicht. Hab ich nie versucht.«

Für alle Fälle zog ich die Decken weg. Tatsächlich, sie hatte den Sack aufgemacht und nagte an einer Kartoffel. Ich nahm sie ihr weg, und sie bedachte mich mit einigen, sicherlich saftigen Flüchen, ehe sie wieder unter den Decken verschwand.

Im Laden fand ich für ihre Größe nicht viel Brauchbares, gerade eine Latzhose, die ein wenig zu groß war, lange Unterwäsche, Socken und ein Kordsamthemd. Doch sie hatte dann wenigstens saubere Kleider.

Auf dem Rückweg holte ich Chuck im Gasthaus ab. Er sah wortlos zu, während Nancy und ich die Kleine anzogen. Die Hose mussten wir unten hinaufrollen, und in dem Hemd verschwand sie fast, trotzdem sah sie immer noch süß aus. Das fand sogar Chuck.

»Jesus Chris«, sagte er, »sie mächtig hübsch Mädchen find ich.« Er ging zu ihr hinüber und musterte sie eingehend, dann roch er an ihr. »Auch riechen gut, Tisha«, fügte er hinzu.

»Vielleicht solltest du ihr sagen, wer wir sind«, meinte ich.

»Das Tisha«, sagte er und zeigte mit dem Finger auf mich. »Tisha. Un' das Nancy.« Dann sagte er ihr etwas auf Indianisch und zeigte wieder auf uns, doch Ethel schwieg. Chuck gab ihr einen ungeduldigen Rippenstoß. »Tisha … Nancy«, wiederholte er drohend.

»Sie hat ein bisschen Angst, Chuck. Gib ihr Zeit.«

»Nein, nein. Sie sagen müssen.« Wieder etwas auf Indianisch und wieder der Zeigefinger. Diesmal zeigte er nur auf mich. »Tisha.«

»Tisha«, murmelte sie.

»Un' Nancy.«

»Nassy«, brachte sie heraus.

Wir applaudierten. »Großartig! Wirklich ein kluges Kind, Chuck.«

»Ja klug. Ich ihr sagen, wenn nicht sagen, ich sie haue fürchterlich.« Mit einer Sache hatten wir nicht die geringsten Schwierigkeiten, nämlich, sie zum Essen zu bringen. Zum Abendessen aß sie zwei dicke Schnitten Brot und eine hübsche Portion gebratenen Elch mit grünen Bohnen. Doch als ich ihr hinterher Mund und Hände sauber wischte, war ihr das zuwider, und sie weinte.

Gleich nach dem Essen kam Maggie Carew. »Joe hat die Mutter herübergebracht«, sagte sie und musterte Ethel bewundernd. »Das kleine Ding schaut jetzt nicht mal so übel aus. Kommen Sie mit ihr zurecht?«

»Aber natürlich.«

Sie stellte einen Papiersack auf den Tisch. »Paar alte Sachen von Willard. Passen vielleicht dem Mädchen.«

Ich dankte ihr, und bevor sie ging, sagte sie noch: »Wenn sie alle zwei zu viel für Sie sind, dann könnte ich die Kleine in die Baracke nehmen.«

»Sie sind mir überhaupt nicht zu viel, Mrs Carew.«

»Nett von Ihnen, sie aufzunehmen.«

»Ich tue es gern.«

Willards Sachen kamen uns sehr zupass. In dem Sack war ein kleines Flanellnachthemd und sogar einige Windeln und

Gummihosen. Allerdings machte Ethel wieder ein Riesentheater, als es Zeit zum Schlafengehen war und wir ihr die Sachen anziehen wollten. Wir baten Chuck, ihr zu erklären, was Nachtwäsche ist, doch dies war ihm selbst nicht klar. Er und Ethel hatten immer in den Kleidern geschlafen. Doch wenigstens die Windeln musste sie unbedingt haben, weil sie zwischen Nancy und mir schlafen sollte.

»Vielleicht hilft es, wenn sie sieht, dass du Nachtzeug anziehst«, meinte ich zu Chuck. Er sagte, ihm sei das recht, also ging ich wieder in den Laden und holte Pyjamas für ihn. Er war begeistert davon, sie gefielen, ihm »viel sehr«, Ethel jedoch ließ sich trotzdem nicht überreden, also einigten wir uns auf einen Kompromiß – Windeln unter der Tageskleidung. Bevor wir ihr die Windeln anlegten, musste sie in den Cache auf die Toilette gehen. Sie fürchtete sich jedoch vor dem Loch im Sitzbrett, also gaben wir schließlich nach und ließen sie ihr Geschäft auf der Zeitung verrichten.

Damit Ethel keine Angst bekam, legten wir zunächst beide Kinder in das große Bett. Wenn wir dann schlafen gingen, würden wir Chuck auf die Couch legen. Wir hatten im Schulzimmer ordentlich eingeheizt, damit wir dort arbeiten und die Kinder in Ruhe schlafen konnten, doch als wir die Tür hinter uns schließen wollten, fragte Chuck sofort, wohin wir gingen. Ich sagte, nur nach nebenan ins Klassenzimmer, doch er rief, wenn wir das täten, würde er sich fürchten, also blieben wir. Ich gab Nancy eine Übung zum Leseverständnis, während ich die Umrisse von Handpuppen zeichnete, die die Kinder machen wollten. Chuck und Ethel waren eine Zeit lang sehr unruhig und sprachen gedämpft miteinander, dann wurden sie ruhig. Ich dachte, beide schliefen, doch Chuck war wach. Er rief mich, und ich ging zu ihm hinüber. Er kämpfte immer noch damit, zu verstehen, was geschehen war.

»Meine Mudda, sie bekommt tot«, sagte er.

»Ja.«

»Sie ganz allein in Hütte. Zu viel allein, ich finden.«

»Man hat sie schon weggebracht.«

»Wohin sie gebracht?«

»Man hat sie in den Cache gebracht – hinterm Gasthaus.« Ich versuchte, meine Stimme ruhig zu halten, doch das war schwierig.

»Dort auch viel allein.« Er wollte aufstehen. »Vielleicht ich gehen sehen. Dann sie nicht allein.«

»Es geht ihr gut, Chuck. Sie schläft. Und sie ist sehr glücklich.«

»Wirklich?«

»Ja, wirklich, ich weiß es. Sie wird nie mehr frieren oder hungern oder traurig sein.«

»Du nicht mir lügen? Sie nie mehr Hunger und frieren?«

»Nie mehr. Das ist die Wahrheit. Ihr Geist ist jetzt im Himmel. Sie ist sehr glücklich.«

»Sie hat groß Koch?«

»Was ist das ›groß Koch‹?«

»Schießen dick fett Elch. Dann groß Koch haben. Essen.«

»Ja, natürlich. Dort hat sie alles.«

»Das viel gut. Sie mir viel gut Mudda. Du auch gut Mudda, Tisha. Du für mich sorgen wie Mudda.«

»Du bist ein guter Junge, für den sorgt man gern. Aber jetzt musst du schlafen. Gute Nacht.«

»Nacht.«

In meinen Augen war so viel Wasser, dass ich kaum sehen konnte, als ich mich setzte. Ich schaute zu Nancy hinüber. Sie schnitt alle möglichen Grimassen und tat ihr Bestes, die Tränen zurückzuhalten. Endlich sprang sie auf und lief ins Schulzimmer. Ich lief ihr nach, und da standen wir beide wie Narren und weinten ganz leise, damit Chuck uns nicht hörte.

Später trugen wir ihn auf die Couch und legten uns rechts und links von Ethel ins Bett. Die Öllampe ließen wir brennen, damit die beiden keine Angst bekamen, wenn sie mitten in der Nacht erwachten. Ethel schlief ganz tief, mit einer langen, schwarzen Locke im Gesicht. Ich schob die Locke zurück. Die Kleine sah entzückend aus.

Draußen hatte sich der Wind erhoben, und kalte Luft drang in Schüben durch die Ritzen. Ich dachte an Mary, die kalt und einsam in dem dunklen Cache lag. Es gab jetzt niemanden, der sich um Chuck und Ethel gekümmert hätte. Keinen Menschen. Sie standen ganz allein in der Welt. Heute in der elenden Hütte, als alle herumstanden und überlegten, was mit den Kinder geschehen sollte, da hatte ich sie sofort haben wollen. Ich wollte sie um so dringender, je länger die ganze Gesellschaft über die Kinder geredet hatte, als wären sie nichts als ein bisschen Dreck. Vielleicht kam es daher, dass auch mich niemand gewollte hatte – niemand außer Großmutter. Die Kinder brauchten jemanden, der für sie sorgte, und das konnte ich.

»Bist du wach, Nancy?«

»Mmmm.«

»Was würdest du sagen, wenn wir Chuck und Ethel hier behielten?«

»Auf wie lange?«

»Keine Ahnung. Aber ich möchte sie nicht in das Indianerdorf schicken. Jedenfalls nicht jetzt.«

»Wie lange wollen Sie sie dann behalten?«

»So lang ich kann.«

»Ja, aber wie lange ist das?«

»Rate mal.«

Als ihr endlich klar wurde, was ich im Sinn hatte, konnte sie es einfach nicht glauben.

»Anne – heißt das, Sie wollen sie als eigene Kinder annehmen?«

»Ja.« Bis dahin hatte ich Zweifel an meinem eigenen Mut gehabt, doch die schwanden, als ich es aussprach. »Was hältst du davon?«

»Ich weiß nicht … Das ist Ihre Angelegenheit«, murmelte sie.

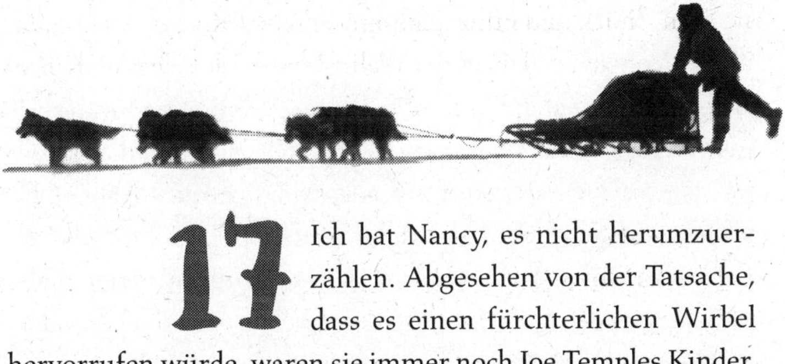

17

Ich bat Nancy, es nicht herumzuerzählen. Abgesehen von der Tatsache, dass es einen fürchterlichen Wirbel hervorrufen würde, waren sie immer noch Joe Temples Kinder, und ich musste mit ihm sprechen, bevor ich endgültige Schritte unternehmen konnte. Wenn er Nein sagte, war nichts zu machen. Doch ich wollte die beiden haben, dessen war ich jetzt ganz sicher.

In den ersten Tagen ließ Ethel ihren Bruder nicht aus den Augen. Für sie war alles neu, und sie war verschreckt, aber das hätte man aus ihrem Benehmen nicht erraten. Nicht, dass sie nicht weinte. Sie weinte sogar bei der geringsten Gelegenheit, zum Beispiel, wenn Chuck aus dem Zimmer ging oder wenn die Schule aus war und die Kinder nach Haus gingen, und bei ähnlichen Anlässen. Davon abgesehen besaß sie so viel Selbstbeherrschung wie kaum ein anderes Mädchen in ihrem Alter. Sie war schüchtern, doch das konnte man ihr nicht verargen. Sie verstand ja kein Wort von der Sprache, die ihr ständig um den Kopf surrte.

Es half, dass die Kinder sehr nett zu ihr waren – viel netter als je zu Chuck. Das kam teilweise daher, dass die Kleine keine Konkurrenz für sie war und teilweise, weil sie wussten, dass sie eine Waise war. Sie verspotteten sie nicht und trieben nicht die üblen Späße mit ihr wie seinerzeit mit Chuck. Im Gegenteil, sie gaben sich riesige Mühe, sie für etwas zu interessieren.

Von Anfang an bestand zwischen ihr und Willard Zuneigung. Als sie am ersten Tag hereinkam, verlangte er, sie müsse an seinem Tisch sitzen. Sie setzte sich tatsächlich neben ihn, und er begann sofort, ihr alles Mögliche zu erzählen, bis ich ihn zum Schweigen ermahnen musste. Schon am Nachmittag hatte er sie so weit gebracht, dass sie mit Buntstiften malte und Papierketten machte. Allerdings ließ er sie auch den Kleister essen und das Fenster ablecken. Ersteres nahm ich nicht so tragisch, das zweite jedoch war eine gefährliche Sache. Es war Willards Lieblingssport, die Zunge gerade lang genug an die Scheibe zu legen, dass er sie leicht wieder wegziehen konnte, bevor sie festfror. Bei diesem Spiel hatte er einmal ein Stück seiner Zunge eingebüßt, und ringsum war alles voll Blut gewesen. Also stellte ich diese Beschäftigung jetzt ganz schnell ab.

Ethel war die meiste Zeit so still und gefasst, dass man den Eindruck hatte, sie wäre völlig ohne jede Sorge, doch das stimmte nicht. Nach ein paar Tagen fanden wir überall Stückchen von Essbarem. Einmal fand ich in meinem Socken ein Stück Brot. Chuck erklärte ihr, dass es hier immer genug zu essen geben würde, doch das setzte der Sache kein Ende. Immer wieder versteckte sie Fleischstückchen und Ähnliches an den unmöglichsten Stellen.

Ich hatte immer Mütter klagen gehört, wie schwierig es sei, Kinder zum Essen zu bringen, doch dieses Problem hatten wir mit Chuck und Ethel ganz gewiß nicht. Das einzige Mal, dass Ehtel keinen Appetit hatte, war am ersten Tag beim Abendessen. Sie starrte nur in ihren Teller, bis wir anderen fertig gegessen hatten, dann erbrach sie kleine harte Stückchen in allen Regenbogenfarben. Es waren Reste von Buntstiften, mit denen sie gemalt hatte.

Es half ihr viel, dass die Kinder den ganzen Tag hier waren, und schon nach wenigen Tagen ging sie herum und wiederholte alle möglichen Wörter – Buch, Butterbrot, essen, Schüssel. Sie war übrigens sehr gewählt in ihrem Benehmen. Chuck schlang sein Essen so schnell hinunter, dass ich ihn immer wieder zum Langsamessen mahnen musste, Ethel jedoch speiste wie eine kleine Prinzessin. Eines Abends, als wir mit dem Essen fertig waren, streckte sie mir die Hände hin und sagte: »Hello?«

»Hello, Ethel«, erwiderte ich. Es war dies das erste Mal, dass sie von sich aus ein Wort sagte.

Sie schaute Nancy an und wiederholte es, also rief ihr auch Nancy »Hello!« zu. Sie schüttelte den Kopf, rutschte vom Stuhl, ging hinüber zur Anrichte und zeigte darauf. »Hello?«, piepste sie. Ich ging hinüber und schaute hinein. Endlich wurde mir bewusst, dass sie Jello, eine Art Gelee für Zitterpudding, haben wollte.

In der vierten Nacht wachte sie laut schreiend auf, warf mir die Arme um den Hals und umklammerte mich, als wäre der Teufel hinter ihr her. Selbst als Nancy die Gaslampe angezündet hatte, war sie noch so von panischer Angst erfüllt, dass sie nicht wieder einschlafen und mich nicht loslassen wollte, also stand ich auf und setzte mich mit ihr in den Schaukelstuhl, bis sie endlich, nach einer Stunde, eingeschlafen war.

Ich ließ fast eine ganze Woche verstreichen, ehe ich wegen der beiden Kinder mit Joe Temple sprach. Ich schreckte vor diesem Gespräch zurück, doch schließlich, zwei Tage bevor Mr Strong kommen würde, zwang mich etwas, das Chuck tat, zu handeln. Den ganzen Tag über war er lästig gewesen, er hatte die anderen Jungen auf der Eisbahn gestoßen, während des Unterrichts gesprochen und sogar eine Zeichnung Isabelles absichtlich zerrissen. Das alles sah ihm gar nicht ähnlich. Als ich versuchte, aus ihm herauszukriegen, was er hatte, antwortete er nur: »Nichts.« Kurz bevor die Schule aus war, warf er einen Bleistift auf Evelyn Vaughn. Ich schickte ihn hinaus in meine Wohnung, und er trampelte durch die Tür und warf jeden möglichen Stuhl um.

Ich folgte ihm. Als er mich sah, lief er ohne Kopfbedeckung und Mantel hinaus und geradewegs auf den Abort. Ich folgte ihm nicht, denn ich dachte, es würde ihm dort bald zu kalt werden, doch als er nach zehn Minuten noch immer nicht zum Vorschein gekommen war, warf ich eine Jacke über und ging ihm nach.

Draußen war es noch dunkel. Die Luft war wie ein fahlgraues Leichentuch, das sogar die nahen Hügel verdeckte. Ich stieß die Tür auf, doch sie öffnete sich nur eine Handbreit. Chuck hatte den Fuß dagegen gestemmt. Er weinte.

»Chuck?«
Keine Antwort. Mr Carew rief vom Gasthaus herüber.
»Wieder jemand festgefroren?«
Er hielt Brennholz im Arm.
»Nein, alles in Ordnung. Danke«, rief ich zurück, dann dämpfte ich die Stimme. »Chuck, ich möchte, dass du herauskommst.«
Wieder keine Antwort. Ich wartete, bis ich die Gasthaustür zufallen hörte, dann sagte ich wieder: »Chuck!«
»Geh weg.«
»Da drinnen muss es ja schrecklich kalt sein ... möchtest du nicht herauskommen?«
»Ich nie mehr herauskommen. Ich kriegen tot, du mich nie mehr sehen.«
»Das wäre schrecklich für mich.«
»Oh nein. Dir egal. Du dann glücklich.« Ich hörte durch die Tür seine Zähne klappern.
»Chuck, ich wüsste nicht, was ich täte, wenn dir etwas zustößt. Ich habe dich sehr lieb.«
Er war wütend. »Du lügen. Du Hurenbock – weiße Frau, sagen große Lügen.«
»Du bist ja schrecklich bös auf mich ... womit habe ich dich denn angelogen?«
»Du sagen, du für mich sorgen. Du nicht sorgen für mich. Du mich schicken Indianerdorf.« Er zitterte so vor Kälte, dass er kaum sprechen konnte.
»Chuck, ich habe dich nicht belogen. Ich möchte, dass du bei mir bleibst. Weißt du denn das nicht?«
»Evelyn, er sagt, wenn Mr St'ong kommen mich mitnehmen.«
»Kann ich hineinkommen, Chuck? Bitte!«
Langes Schweigen, dann bewegte sich die Tür. Ich stieß gegen

sie, und sie stieß gegen Chuck. Er lag in sich zusammengesunken in der Ecke auf dem Boden. Ich setzte mich zwischen den Löchern aufs Brett. Im Dämmerlicht sah ich nichts als seinen Haarschopf, um den sein Atem wie ein leichter Nebel stand.
»Könntest du nicht aufstehen und dich neben mich setzen?«
Er rührte sich nicht.
»Bitte, Chuck. Ich möchte dir etwas sagen.«
Das Aufstehen fiel ihm schwer, seine Beine waren wohl ganz verkrampft. Dann setzte er sich zitternd neben mich, und ich legte den Arm um ihn. Auch ein Ort für ein Gespräch mit jemandem, den man ins Herz geschlossen hat, dachte ich – in einem Abort zu sitzen und zu frieren. Ein Trost nur, dass es zu kalt war, um zu riechen.
»Was Evelyn dir gesagt hat, ist nicht wahr. Ich schicke dich nicht weg – außer ich werde dazu gezwungen. Ich möchte dich und Ethel ganz behalten, aber ich muss darüber erst mit deinem Vater sprechen.«
Er entspannte sich ein wenig. »Warum sprechen mit mein Fodda?«
»Weil er darüber zu entscheiden hat.«
Er schaute zu mir auf und lächelte beinahe. »Mein Fodda das egal, Tisha. Er sagen Ja. Ich wissen, er sagen Ja.«
»Ob es ihm egal ist oder nicht, sprechen muss ich trotzdem mit ihm. Ich werde ihm sagen, was für ein guter Junge du bist und dass ich dich bei mir behalten möchte. Das möchte ich nämlich sehr, sehr gern. Glaubst du mir?«
Er schlang die Arme um mich und drückte mich mit aller Kraft. »Ich glauben, Tisha. Oh, ich dir glauben viel sehr.« Glücklich richtete er sich auf. »Ich gehen sagen, dass Evelyn er lügen.«

»Sag ihr nichts. Noch nicht. Lass mich zuerst mit deinem Vater sprechen, ja? Kein Wort. Und jetzt gehen wir um Himmels willen hier raus.«

Nach dem Abendessen nahm ich die Skier und machte mich auf zu Joe. Ich war noch nie bei ihm gewesen, doch es war nicht schwierig, ihn zu finden. Er wohnte ungefähr eine Meile von der Siedlung entfernt am Stonehouse Creek. Ich brauchte nur der Schlittenspur zu folgen, bis ich den Creek erreichte, und dann dem Wasserlauf den Hügel hinauf nachzugehen.

Wie oft ich auch schon in der Nacht allein unterwegs gewesen war, ich hatte immer noch ein wenig Angst. Es war windstill, und ein heller Halbmond stand am Himmel. Alles war so still und ruhig, dass man sich in einem großen Wachsmuseum glauben konnte. Nichts rührte sich. Jeder Zweig, jeder Busch, die aus dem Schnee ragten, alles hob sich in dem blassen Mondlicht deutlich von dem weißen Hintergrund ab. Als ich den Stonhouse Creek erreicht, die Skier auf die Schultern genommen und den Aufstieg begonnen hatte, war mir fast, als wäre ich nicht eine, sondern zwei Personen – eine, die keuchend atmete und alle möglichen Geräusche verursachte, und eine andere, die der einen zusah, die in dieser unermüdlichen See von Weiß nur ein Pünktchen war.

Der Hügel war steiler als man ihm ansah, und noch ehe ich ihn halbwegs erklommen hatte, verwünschte ich die Skier. Sie wogen eine Tonne.

Bevor ich die Höhe erreichte, begannen Joes Hunde zu heulen und sich wie rasend zu gebärden. Er kam heraus, um nachzusehen, was der Grund war, und ich winkte ihm zu.

»Tee oder Kaffee?«, rief er mir zu.

»Tee!«

Er verschwand in der Hütte und kam in dem Augenblick wieder heraus, als ich oben war. Der Krach aus dem Hundezwinger machte jede Verständigung unmöglich, also sagte er nichts, bis wir in der Hütte waren.

»Keine Anstandsdame dabei?«

»Der Hügel war ihr zu steil.«

Er streckte mir die Hände hin. »Geben Sie mir Ihre Sachen.«

Ich schlüpfte aus der Parka und ließ mich in einen Sessel fallen. Sein Heim war nett und genau so, wie ich es mir vorgestellt hatte. An den Wänden hingen ein paar Gewehre – ein sehr starkes mit einem Zielfernrohr, ein normales – und auch ein Revolver –, alle tadellos gehalten und von Öl glänzend. Er hielt seine Sachen genauso gut instand wie sich selbst. Für die Küchenecke hatte er in die Arbeitsplatte ein Becken eingebaut und darüber lagen auf einem Regal in tadelloser Ordnung alle seine Toilettensachen – Haarbürste und Kamm, Rasierpinsel und Gefäß dafür, Rasierwasser und ein Rasiermesser. So nett und sauber war der ganze Raum, dass ich mich als eine höchst unordentliche Person fühlte, wenn ich an meine Wohnung dachte. Bei den vielen Kindern, die ständig aus und ein liefen, herrschte dort ein richtes Tohuwabohu.

Er hatte auch eine gute Bibliothek. Ein paar gestrichene, an die Wand genagelte Kisten enthielten eine Menge Bücher: Dickens, Sinclair Lewis, Fitzgerald, Milton. Eine Dose Tabak und ein paar Pfeifen lagen auf einer Kiste neben einem Schaukelstuhl. Das Bett war ordentlich wie nach Militärart gemacht und stand an der Wand. Ein paar gute Pelze hingen an hölzernen Haken. Ich erkannte sie nicht alle, doch war der eine das seidig rostgraue, fast topasfarbene Fell eines Luchses, und zwei weiche, glänzende Felle waren die eines Silber- und eines Schwarzfuchses.

Das Einzige, was mir nicht gefiel, war der scharfe Geruch der Pelze, die auf Zeitungspapier ausgebreitet waren. Genau genommen stanken sie abscheulich. Schade, dass die Frauen, die sie tragen würden, nicht all die Ekel erregenden Vorgänge des Fallenstellens, Tötens und Abhäutens sehen konnten. Sie würden nie wieder Pelz tragen.

An der Tür standen ein paar Jutesäcke randvoll mit Pelzen.

»Eine gute Fangsaison«, bemerkte ich.

»Die Hälfte davon stammt vom vergangenen Jahr.« Er reichte mir eine Tasse mit dampfendem Tee. »Damals standen sie ziemlich niedrig, da habe ich sie zurückgehalten.«

»Sehr klug.«

»Jeder würde es tun, wenn er es sich leisten könnte, aber die meisten alten Knaben können das nicht. Das ist die Art, wie man in diesem Land Geld macht – wenn man genug Geld hat, um auf den richtigen Preis zu warten.«

Die Teetasse fühlte sich angenehm warm an. Joe goss sich Kaffee ein und holte eine Flasche mit kanadischem Whisky vom Wandbrett.

»Stört Sie das?«

»Nein, tun Sie sich keinen Zwang an.«

Er bot mir aus purer Höflichkeit welchen an. Ich dankte, und er goss etwas in seine Tasse.

»Skol«, sagte er und nippte daran.

»Joe …«

»Sagen Sie nichts. Ich möchte wissen, ob ich den Zweck Ihres Besuchs erraten kann. Sicher nicht, um in meiner Gesellschaft zu sein. Auch nicht wegen eines Abendessens – dazu ist es zu spät. Nein, ich gebe auf.«

»Es geht um Chuck und Ethel.«

»Was ist mit ihnen?«

»Kann ich sie haben?«

»Ist das Ihr Ernst?«

»Natürlich.«

Er lachte. »Weshalb wollen Sie sie haben?«

»Spielt das eine Rolle?«

»Sie bitten mich um etwas, da möchte ich wissen, was Ihre Gründe sind.«

»Joe, ich möchte sie eben haben.«

»Genügt. Nehmen Sie sie.«

Ich hatte erwartet, er würde Nein sagen, und hatte mir ein Dutzend Gründe zurechtgelegt. Jetzt wusste ich kaum, was ich sagen sollte. »Meinen Sie das ernst?«, fragte ich.

»Klar. Aber Sie wissen ja, dass die Leute alle über Sie herfallen werden?«

»Kann schon sein.«

»Und sagt Ihnen das nichts?«

»Was zum Beispiel?«

»Zum Beispiel, dass Sie, seit Sie hier sind, die Leute ständig dazu gebracht haben, über Sie herzufallen.«

»Ist das meine Schuld?«

»Wessen denn? Sie haben ein Talent dafür, ins Fettnäpfchen zu treten.«

»Ich weiß nicht, wovon Sie reden.«

»Ja, erscheint es Ihnen wirklich nicht merkwürdig, wenn ein junges Mädchen plötzlich beschließt Mutter zu spielen, noch dazu, wenn sie weiß, dass die Allgemeinheit die Sprösslinge nicht eben liebt, mit denen sie Mutter spielen will.«

»Ich spiele überhaupt nicht.«

»Warum gehen Sie dann nicht lieber dem Kladderadatsch aus dem Weg und schicken die Kinder ins Indianerdorf, wohin sie gehören?«

»Joe, Sie wissen, wie es im Indianerdorf aussieht. Nicht einmal einen Hund würde ich dorthin schicken, geschweige denn Kinder. Bedeuten sie Ihnen überhaupt nichts?«

»Nein.«

»Und Mary – hat sie Ihnen etwas bedeutet?«

»Was hat sie damit zu tun?«

»Sie stellen mir Fragen. Darf ich Ihnen nicht auch welche stellen?«

»Mary und ich sind vor mehr als einem Jahr auseinander gegangen. Ich habe sie nicht gebeten, hierher zu kommen, das war allein ihre Idee. Ich versuchte über ein halbes Dutzend Mal sie dazu zu bringen, dass sie zurückgeht. Ich sagte ihr, ich würde ihr genug Geld geben, damit sie dort durch den Winter käme, aber sie lehnte es ab.«

»Sie muss Sie sehr geliebt haben.«

»Das war ihr Pech.«

Er wusste, wie grausam das klang, doch er milderte es nicht ab. Mit einem langen Schluck trank er seinen Kaffee aus, dann stand er auf. »Warum sind Sie in dieses Land gekommen?«, fragte er mich, während er sich eine zweite Tasse eingoss.

»Um es zu sehen.«

»Kein Wunder, dass Sie herumspazieren wie ein neugieriges kleines Mädchen. Als Sie kamen, haben alle Leute Wetten abgeschlossen. Die Hälfte wettete, Sie würden spätestens einen

Monat nach Winterbeginn abziehen, die andere wettete, Sie würden bleiben und erfrieren.«

»Tut mir Leid, dass ich alle enttäuscht habe.« Ich stand auf.

»Seien Sie nicht so empfindlich.« Er deutete mir, mich wieder zu setzen, und goss sich Whisky in seine zweite Tasse Kaffee. »Es ist höchste Zeit, dass jemand Ihnen ein paar Wahrheiten sagt. Erstens: Es wäre eine gute Idee, wenn Sie die Nase nicht so hoch hielten und nicht dauernd über die Leute hier Urteile fällten. Sie sind vielleicht hierher gekommen, weil die Sache Ihnen Spaß macht, aber niemand sonst ist aus diesem Grund hier. Man kam her, um auf eine reiche Ader zu treffen, und dann nichts wie raus hier, denn für was anderes taugt dieses Land nicht.«

»Das klingt ja, als gefiele es Ihnen hier nicht.«

»Langsam kommen Sie der Wahrheit näher.«

»Warum bleiben Sie dann?«

»Aus dem gleichen Grund, aus dem alle bleiben. Weil ich es mir nicht leisten kann wegzugehen. Hier leben zwei Sorten Leute – solche, die Geld investiert haben und deshalb bleiben müssen, wie ich, und solche, die nicht genug Geld haben einzupacken und zu verschwinden, wie zum Beispiel diese alten Knaben, die immer noch hoffen, sie würden eines Tages so viel Gold finden, dass ihr Glück gemacht ist. Deshalb schuften sie weiter, obwohl ihnen jeder Knochen im Leib wehtut und sie nichts lieber täten, als ganz schnell nach Kalifornien abzuhauen und das Land hier aus ihrem Gedächtnis auszuradieren.«

Der Whisky hatte ihm die Zunge gelöst, oder vielleicht hatte er bloß das Bedürfnis zu sprechen. Er hielt nur so lange inne, um tief Luft zu schöpfen.

»Es gefällt Ihnen vielleicht nicht, wie ich Mary behandelte, aber was wissen Sie schon von ihr und mir? Sie wusste, was sie tat. Ich habe ihr nie die Ehe versprochen, obwohl es Zeiten gab, in denen ich daran dachte. Aber schließlich musste ich an mich selbst denken, an das, was sein würde, wenn ich zurück in die Welt ging – wenn wir beide in die Welt gingen. Was sollte ich den Leuten sagen, wenn ich sie mit ihnen bekannt machte! Hier, liebe Leute, ist meine Frau. Sie weiß alles über Felle gerben, Fleisch und Fisch trocknen, Holz hacken und Fäustlinge nähen, was man nur wissen kann, aber redet um Himmels willen mit ihr nicht über Politik, Literatur, was heute in der Zeitung steht, Kunst, Hypotheken oder sonst so was.«

Ich versuchte, ihn zu unterbrechen, doch er redete mich einfach nieder.

»Nun, das Problem stellte sich nie, weil wir uns trennten. Ich wollte nicht, dass sie hierher kam, aber sie war entschlossen, und da war nichts zu machen. Ich gab ihr gerade so viel Geld, dass sie sich über Wasser halten konnte, und hoffte, sie würde zurück ins Indianerdorf gehen. Sie dachte nicht mal daran. Also gab ich ihr gar nichts, damit sie gezwungen wäre, zurückzugehen. Nun, es ist anders gekommen. Sie hatte sich entschlossen zu bleiben, und wenn ein Indianer sich etwas in den Kopf setzt, bringt man es nicht wieder heraus.«

Ich stand auf und bat ihn um meine Parka.

»Ich habe noch einiges zu sagen«, fuhr er fort. »Dann, wenn Sie wollen, begleite ich Sie nach Haus.«

»Ich kann gut allein gehen«, gab ich zurück.

Er nahm meine Parka vom Haken und reichte sie mir. »Ganz wie Sie wollen«, sagte er. »Sie sind einer Menge Leute auf die Zehen getreten, seit Sie hier sind, und wenn Sie nicht so ein nettes Mädchen wären, hätte man Ihnen das nicht durchgehen lassen. Oder vielleicht ist es, weil Sie nichts als ein kleines Mädchen sind, da haben die Leute eben ein Auge zugedrückt. Wenn jemand keine Indianer mag, dann mag er sie eben nicht, und damit Punktum. Das ist eine Privatangelegenheit. Ich persönlich habe nichts gegen Indianer, aber ich gehe nicht herum und predige anderen Leuten, wie das bei ihnen sein soll, und das gilt auch für Mischlinge. Fred Purdy hat Ihnen den größten Gefallen der Welt getan, dass er hier verschwunden ist, nur haben Sie nicht den Verstand, das einzusehen. Dies hier ist seine Heimat, in diesem Land muss er leben, und er wird sich das nicht erschweren, indem er sich mit einem weißen Mädchen einlässt. Er hat auch Ihnen gegenüber ganz richtig gehandelt. Sie sollten ihm dankbar sein. Stattdessen müssen Sie wieder mit dem Kopf durch die Wand und treten wieder mit dem ganzen Fuß ins Fettnäpfchen und nehmen diese Kinder zu sich. Ich kann Ihnen nur sagen, da machen Sie eine Riesendummheit.«

»Sind Sie jetzt fertig?«

»Ja, fertig.«

»Sie haben mich vorhin gefragt, warum ich nach Alaska gekommen bin. Ich werde Ihnen die Warheit sagen. Ich dachte, ich würde hier etwas Wundervolles finden, etwas, wovon ich immer geträumt habe. Das war vielleicht dumm, aber so war es eben. Nun, eine Sache habe ich herausgefunden. Die Leute hier sind auch nicht anders als die in den Staaten. Der einzige Unterschied ist, dass sie sich hier aufführen können, wie sie wollen, und das heißt, sie können genauso gemein und selbstsüchtig sein.«

»Brauchen Sie eine Rednertribüne?«

»Ich sage Ihnen nur, was ich fühle.«

»Ach, um Himmels willen, Anne, legen Sie Rouge und Lippenstift auf, unterhalten Sie sich und lassen Sie das Herzweh über die armen Unterprivilegierten fahren.«

Er wirkte so überlegen und hochmütig, dass mir danach zumute war, die Zähne zu fletschen. »Weiß Gott, Joe, ich würde Sie am liebsten in den Magen boxen. Bisher haben Sie mir nur gesagt, dass Sie dieses Land nicht lieben und dass die Leute hier die Indianer nicht mögen. Nun,wenn ich zufällig beides mag, dann ist das mein gutes Recht, und es steht mir bis zum Hals, wenn die Leute mich deshalb anschauen, als ob ich aus einem Narrenhaus entsprungen wäre.«

Er lächelte. »Jedenfalls haben Sie sich bis jetzt nicht davon beeinflussen lassen. Los, nehmen Sie die Kinder. Tun Sie mit ihnen, wozu Sie Lust haben. Nur vergessen Sie nicht, dass sie Halbwilde sind.«

»*Die* Hälfte der Kinder, die wild ist, stammt jedenfalls von Ihnen.« Ich dachte, er würde mir wegen dieser Feststellung an den Hals springen, doch das war nicht der Fall. »Entschuldigen Sie«, sagte ich.

»Nicht der Rede wert.«

Ich wandte mich zum Gehen. »Kann ich sie trotzdem haben?«

»Mit Haut und Haar … Warten Sie einen Augenblick.«

Er ging zu einem Jutesack hinüber und riss ihn auf, schaute hinein und holte dann erst einen und schließlich einen zweiten schwarzen Fuchspelz heraus. Sie waren tadellose Gegenstücke und eine Menge Geld wert. Er schüttelte sie aus, klammerte dann die Schnauzen aneinander und legte sie mir um den Hals. »Friedensangebot«, sagte er.

Sein Lächeln stimmte mich traurig. Seine Hütte war nett eingerichtet, und es ging ihm gewiss nicht schlecht, doch wenn man es aus der Nähe besah, hatte er schließlich nichts als eine bequeme Behausung, um darin einsam zu sein.
»Danke, Joe«, sagte ich. »Würden Sie mir einen Gefallen tun? Verraten Sie niemandem ein Wort. Die Leute brauchen es erst zu wissen, wenn Mr Strong kommt.«
Er versprach es.
Als ich an den Hügelrand trat und hinunterschaute, verließ mich der Mut. Wie, wenn ich in einen Baum führe!
»Was ist denn los?«, fragte Joe.
»Hier ist es ziemlich steil.«
»Stimmt haarscharf.«
Ich stellte die Skier nebeneinander und setzte mich darauf. »Lachen Sie nicht«, bat ich ihn. »Schubsen Sie mich an.«
Er tat es. An der Hälfte des Hangs nahm ein Ski eine andere Richtung, und ich schlug einen Purzelbaum. Die Skier fuhren ohne mich zu Tal.
Ich hörte Joe lachen. »Sind Sie noch ganz?«, rief er. Eigentlich brauchte er gar nicht zu rufen, die klare Luft trug jeden Laut weit.
»Ganz und sehr zufrieden.« Ich machte ein paar schnelle Tanzschritte, was ihn noch mehr zum Lachen brachte, dann sammelte ich die Skistöcke und die beiden Pelze ein und stieg und rutschte das letzte Stück des Hangs hinunter. Als ich unten war und die Skier anschnallte, war er immer noch guter Laune.
»Sie finden also, wir sind alle Scheusale, he?«

»Manchmal schon. Aber nicht immer.« Es war seltsam, so mit ihm zu sprechen, als säßen wir beide im selben Zimmer und wären nicht eine Viertelmeile voneinander entfernt. »Und wie steht das bei Ihnen? Finden Sie wirklich, das ist so ein abscheuliches Land?«

»Manchmal schon. Aber nicht immer … Manchmal stehe ich hier oben und schaue weit übers Land, und dann habe ich das Gefühl, das alles gehört mir. Alles. Ich brauche es nicht zu kaufen, ich brauch keine Steuern dafür zu zahlen oder mir darüber den Kopf zu zerbrechen. Es gehört mir.« Er schwieg ein paar Sekunden, und ich dachte schon, er sei hineingegangen. Doch dann hörte ich ihn sagen: »Na, Gute Nacht, kleines Mädchen.«

»Gute Nacht, Joe.«

X

Während des ganzen Heimwegs hatte ich ein gutes Gefühl. Ethel schlief schon, aber Chuck war noch wach. Als ich ihm die Neuigkeit mitteilte, ließ er einen Juchzer hören und umarmte mich. »Ich wissen, du ihn machen sagen Ja. Tisha, ich ganz fest wissen.«

Er war so aufgeregt, dass er erst nach zehn Uhr einschlief.

»Was wird wohl Mr Strong sagen?«, fragte ich Nancy später. Er sollte ja zusammen mit Marys Leiche die beiden Kinder zurück ins Indianerdorf bringen.

»Er wird sprachlos sein«, meinte Nancy.

»Ich würde es begrüßen, wenn auch die anderen alle sprachlos wären.«

»Keine Angst, die werden schon reden.«

18

An den Tagen, an denen Mr Strong in die Siedlung kam, gab ich den Kindern immer ungefähr fünfzehn Minuten vor seiner Ankunft frei. Meistens waren an diesen Tagen mindestens ein oder zwei Hundegespanne aus der Umgebung beim Gasthaus angebunden. Sie gehörten Goldgräbern oder Fallenstellern, die entweder bestellte Ware abholen oder etwas mit Mr Strong mitschicken wollten. Die Hunde lagen ruhig im Schnee und schliefen, doch plötzlich hoben sie den Kopf, standen auf und streckten sich, und im nächsten Augenblick brach bei ihnen und den einheimischen Hunden die Hölle los – es wurde lauter und immer noch lauter gebellt, bis die Besitzer und Fahrer dem Krach ein Ende bereiteten. Aber – wenn nicht ein Tier oder ein Fremder den Alarm ausgelöst hatte, konnte man sich darauf verlassen, dass fünfzehn Minuten später Mr Strongs Pferdeschlitten in die Siedlung einfuhr. Niemand konnte sagen, woher die Hunde das gewusst hatten, doch man konnte sich darauf verlassen.

An diesem Tag begannen sie schon gleich nach dem Lunch zu bellen. Als die Kinder es hörten, sahen sie von ihrer Arbeit auf, spitzten die Ohren und versuchten herauszukriegen, ob es der richtige Alarm war. Der Zeitpunkt war zwar richtig, dennoch gab es keine Garantie, dass es wirklich Mr Strong war. Es gab nicht einmal eine Garantie, dass er an dem vorbestimmten Tag kam. Zu vieles konnte ihn aufhalten. Schwere Schneeverwehungen, ein plötzlicher Sturm oder ein Unfall. Jetzt im Februar war das Wetter besonders tückisch. In den letzten paar Tagen hatte man nicht einmal die Wäsche hinaushängen können. Kaum hatte man sie an der Leine befestigt, war sie auch schon gefroren, und dann schlug der Wind sie einem so heftig um den Kopf, dass es richtig wehtat.

Also saßen wir ruhig da und hörten, wie das Bellen immer aufgeregter wurde. Endlich schrie jemand beim Gasthaus mit aller Kraft, was wir hatten hören wollen: »Uhuuu! Die Hunde sagen, er kommt!«

Als ich die Klasse weggeschickt hatte, warf ich mir einen Sweater um die Schultern und ging hinaus. In der Luft wirbelte es weiß, und es war kälter als sonst, wenn es schneite. Ich lief über die Straße, um nach dem Feuer im Stall zu sehen. Seine Pferde hatten nach der langen, mühevollen Reise wenigstens das Recht auf einen warmen Stall. Ich legte noch ein Scheit nach, füllte die Futtersäcke und lief dann hinüber in meine Wohnung. Beim Gasthaus sah ich mehr Hundegespanne als sonst angebunden. Es ging nämlich das Gerücht, dass die Preise beim Seattle-Pelzaufkauf jetzt am höchsten standen, also wollten alle ihre Fänge hinschicken.

Fünfzehn Minuten später warteten alle, auch ich, beim Postamt und traten von einem Fuß auf den anderen, um warm zu bleiben.

Jimmy war mit den andern Kindern dabei, am Eingang des Ortes einen Schneewall zu errichten, sie taten das immer, wenn Mr Strong erwartet wurde, weil es ihnen solchen Spaß machte, wenn die Pferde ihn niedertraten.

Chuck und Ethel waren mit dabei und halfen fleißig mit. Sobald wir in der Entfernung das Geklingel der Schlittenglocken

hörten, kamen die Kinder zu uns herübergelaufen. Ben Norwall beugte sich zu Chuck. »Hat's dir bei Teacher gefallen?«
Chuck erwiderte : »Yiss. Tisha mir kochen gut Essen.«
»Ja, damit gewinnt man eines Mannes Herz«, sagte Ben. Sein Schnurrbart war weiß von Schneeflocken. »Tut dir jetzt sicher Leid, dass du jetzt wieder ins Indianerdorf musst, nehme ich an.«
»Ich nicht hingehen. Ich hier bleiben.«
»Stimmt das?« Ben schaute mich fragend an, doch ich tat, als hätte ich nicht zugehört.
An meiner anderen Seite stand Onkel Arthur.
»War höllisch nett von Ihnen, Missis, die kleinen Bälger zu nehmen. Wenn ich nicht geschworen hätt, ich heirat nie, dann tät ich jetzt um Ihre Hand anhalten, und die beiden nähm ich als Draufgabe.«
Ich hörte, wie Angela zu jemandem sagte: »Dann könnten sie allesamt ins Indianderdorf gehen und dort leben bis an ihr seliges Ende.« Jake Harrington kam mit Rebekah und Lily herüber. »Tag, Teacher.«
»Guten Tag, Mr Harrington.«
»Ist meine Frau brav in der Schule?«
»Sehr brav.«
»Gut so.« Er lächelte. »Zu Haus macht sie überhaupt nichts mehr, immer nur lernen, lernen. Ich seh's schon kommen, dass sie noch aufs College will.«
Wir hörten jetzt die Glocken ganz nahe, und alles schwieg. Ein paar Minuten später tauchte der Schlitten auf und kam holpernd, knirschend und klingelnd auf uns zu.
Mr Strong lenkte ihn aufrecht stehend, er sah aus wie ein großer Bär, in Pelz gehüllt von Kopf bis Fuß, und trieb die beiden

Pferde an. Das war zwar nicht notwendig, die wollten genauso gern wie er endlich in der Siedlung sein, doch es machte einen guten Eindruck und bewies, wie tüchtig er seinen Posten ausfüllte. Sobald die Pferde den Schneewall, den die Kinder errichtet hatten, niedergetreten hatten, versuchten sie zum Stall zu gelangen, doch Jake Harrington lief ihnen mit ein paar Männern entgegen und trieb sie zum Postamt. Man sah ihnen an, wie anstrengend die Fahrt gewesen war. Ihre Mäuler bluteten an den Stellen, an denen das gefrorene Gebiss sie eingerissen hatte, und ihre Decken waren über und über mit Eiszapfen behängt. Die beiden Tiere waren eine einzige Dampfwolke.

Jemand saß neben Mr Strong auf dem Kutschersitz. Er sprang herunter, sobald der Schlitten hielt, und schrie den Männern zu, die herandrängten: »He, wartet doch ein bisschen! Lasst meine Frau und mein Kind herunter!«

Es war Elmer, Maggie Carews Schwiegersohn. Er ging zum hinteren Ende des Schlittens, wo jemand schon die Plane hochhob. Er schlug sie zurück, und da saß Jeannette, ganz in Pelze gehüllt. Sie wollte Elmer ein kleines, in Decken gewickeltes Bündel reichen, doch Maggie kam ihm zuvor und sagte: »Gib sie mir.«

Während er Jeanette herunterhalf, drängten sich alle Frauen um Maggie und wollten einen Blick auf das Baby erhaschen, doch das ließ sie nicht zu. Sie trug es schnell zum Gasthaus hinüber und schaute nicht einmal selbst in das Bündel. Wer es sehen wollte, konnte später herüberkommen, erklärte sie. Sie wollte nicht schuld sein, wenn es sich hier in der Kälte den Tod holte.

Ich bekam meine Post und ging dann mit Nancy und den Kindern zurück ins Schulhaus. Es war auch ein Brief von Lester

Henderson dabei, doch sonderlich erfreulich war er nicht. Mit meiner Arbeit war er zwar zufrieden. »Ihre Berichte sind gründlich, und Ihre Schüler scheinen gute Fortschritte zu machen«, schrieb er. »Ich persönlich bin mit Ihrer Arbeit mehr als zufrieden, besonders wenn man in Betracht zieht, dass dies Ihr erstes Jahr hier ist. Trotzdem bestehen möglicherweise Schwierigkeiten, Ihnen im nächsten Jahr die Anstellung in Eagle zu geben. Ich kann das noch nicht mit Bestimmtheit sagen. Und bitte, lassen Sie sich davon nicht bedrücken. Es sind genügend Stellen an anderen Schulen frei, und Sie können sicher sein, dass ich Sie überall voll Stolz empfehlen werde …«

Ich begriff. Die Leute hatten ihm über mich geschrieben, und es war sehr leicht möglich, dass der Schulrat in Eagle mich ablehnte. Ich versuchte, es nicht so tragisch zu nehmen, doch das gelang mir nicht. Ich wollte am liebsten in Eagle unterrichten. Es war nahe bei Chicken, und ich kannte es. Außerdem würde Maggie Carew dorthin übersiedeln, und wenn sie auch nicht gerade verrückt nach mir war, so war sie doch jemand, den ich kannte. Die Vorstellung, irgendwo ganz fremd wieder von vorn anzufangen, erfreute mich ganz und gar nicht.

Nach dem Abendessen machte Nancy sich fein, um ins Gasthaus zu gehen. Da so viele Leute aus der Umgebung gekommen waren, um ihr Pelzwerk abzuliefern, würde es ein besonders festlicher Abend werden. Ich musste in Mr Strongs Laden hinüber, mit ihm die Abrechnung durchgehen und ihm die Summe übergeben, die ich eingenommen hatte, doch ich schob das hinaus, bis Nancy ganz fertig war. Länger ging es nicht.

»Ich komme bald zurück«, sagte ich zu ihr.

Als ich am Gasthaus vorbeikam, hämmerte Joe Temple ins Klavier, und alles sang, »Yes, Sir! That's my Baby«. Ich hoffte, der

Laden würde leer sein, doch Mr Vaughn, Harry Dowles und noch ein paar andere saßen um den Ofen. Es war erstickend heiß und die Luft dick von Tabakrauch. Harry Dowles schob seinen Priem in die andere Wange und fragte, ob ich ins Gasthaus käme.

»Ich glaube nicht.« Ich wollte gerade an diesem Abend Ethel und Chuck nicht dorthin mitnehmen.

»Furchtbar schade.« Er spuckte in den großen Blechbehälter neben dem Ofen. »Fred Purdy wird nämlich kommen.« Harrys Frau war es, die mir den Wäschekochtopf weggenommen hatte, als ich zu gehen drohte, wenn Chuck nicht in der Schule bleiben dürfe. Da das Ehepaar nicht miteinander sprach, verlangten sie immer von anderen Leuten, dem anderen weiterzusagen, was er hören sollte. Einmal hatten sie mich zwischen sich in die Enge getrieben und machten mich mehr als eine Viertelstunde lang verrückt, als ich die Dinge wiederholen musste, die sie sich in einem Drittel der Zeit hätten direkt sagen können. Sie waren beides sonderbare Typen, und ich wurde nervös, wenn ich in ihrer Nähe war. Er ging mir noch mehr auf die Nerven als sie. Mit dem blassen, verquollenen Gesicht, in dem einige Vorderzähne fehlten, und den Augen, die wie Stückchen schwarzer Kohle aussahen, wirkte er wie ein heimtückischer Schneemann. Er tat immer, als wüsste er etwas, das man selbst nicht wusste, und so dachte ich auch jetzt, es wäre seine übliche Angeberei und hörte nicht weiter auf ihn. Doch dann sagte er: »Ich sag's Ihnen, wie's ist, nicht wahr, Walt?«

Mr Strong stand über den Ladentisch gebückt und ging verschiedene Rechnungen durch. Jetzt fixierte er eine davon mit dem Bleistift und schaute mich über die Brille an. »Fred ist mit mir gekommen«, sagte er.

»Wieso habe ich ihn dann nicht gesehen?«

»Er ist beim Stonehouse Creek abgesprungen und direkt nach Haus gelaufen.«

Harry Dowles kicherte. Während ich mit Mr Strong die Rechnungen durchging, spürte ich direkt, wie sie einander hinter meinem Rücken wissende Blicke zuwarfen, doch ich tat, als ginge mich das alles nicht mehr an als der Schnee draußen. Die Genugtuung sollten sie nicht bekommen! Ich hoffte nur, sie würden gehen, ehe ich mit Mr Strong über Chuck und Ethel sprach, doch sie rührten sich nicht von der Stelle. Ich wollte, als wir mit den Rechnungen fertig waren, eben davon anfangen, doch Mr Strong kam mir zuvor.

»Schlimm, die Sache mit Mary Angus«, meinte er.

»Ja, schrecklich.«

»Wir müssen alle mal in die ewigen Jagdgründe«, bemerkte jemand. »Das ist wahr«, pflichtete Dowles bei.

»Ich nehme die Leiche mit«, erklärte Mr Strong. »Zwar bezahlt mir das niemand, aber es ist meine Pflicht. Ein schöner Zug von Ihnen, Miss Hobbs, dass Sie sich der beiden Kinder annahmen.«

»Es hat mir Freude gemacht.«

»Wenn Sie es wünschen, dann bringen Sie sie schon heute Abend herüber. Ich kann ihnen Schlafsäcke geben. Oder wenn es Ihnen nichts ausmacht, dann hole ich sie morgen ab, bevor ich aufbreche.«

»Sie brauchen keines von beiden zu tun«, erwiderte ich. »Ich behalte sie bei mir.«

Wieder sah er mich über die Brille an. »Ich verstehe nicht.«

»Ich behalte sie noch eine Weile. Meiner Meinung nach sollten sie nicht gerade jetzt ins Indianerdorf gebracht werden.«

Mr Vaughn schnaubte durch die Nase, und Harry Dowles spuckte aus. Er musste den Blechnapf verfehlt haben, denn ich hörte die Spucke am Ofen verzischen. »Haben Sie nicht ohnehin schon genug zu tun, Teacher?«, fragte er.
Mr Strong warf ihm einen strengen Blick zu. »Ich führe mit dieser Dame ein Gespräch, Mr Dowles. Ich wäre Ihnen dankbar, wenn Sie sich nicht einmischten.« Er wandte sich wieder mir zu. »Madam, ich bin überzeugt, Ihre Absichten sind die besten, doch diese Kinder gehören zu ihren eigenen Leuten.«

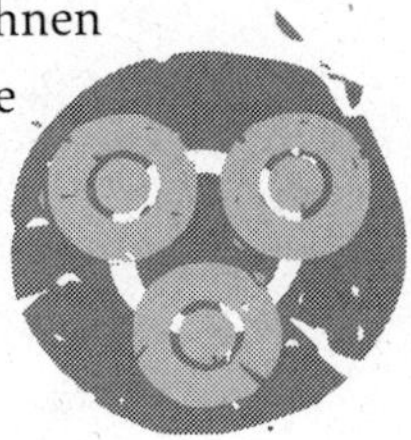

»Ich möchte sie aber bei mir behalten, Mr Strong.«
»So viel ich weiß, sind Sie erst neunzehn Jahre alt …«
»Nein, inzwischen bin ich zwanzig geworden.«
»Jedenfalls sind Sie noch nicht mündig, und in diesem Falle, scheint mir, steht es Ihnen nicht zu, die Obhut für die Kinder zu übernehmen, die nicht Ihre eigenen sind.«
»Ich habe mit Joe Temple schon darüber gesprochen. Er hat nichts dagegen.«
»Für welche Zeitspanne beabsichtigen Sie, die Kinder zu behalten?«
»Einige Zeit.«
»Ich fragte Sie eine einfache Frage, weil ich fürchte, Sie sind im Begriff, einen folgenschweren Irrtum zu begehen. Wie lang beabsichtigen Sie, die Kinder zu behalten?«
»Ziemlich lange.«
»Ziemlich lange«, äffte Mr Vaughn mich nach. »Herr, du meine Güte.« Ohne ein weiteres Wort stand er auf, nahm seine Parka von der Wand und ging hinaus. Wahrscheinlich marschierte er geradewegs ins Gasthaus, um die Neuigkeit zu verkünden. Die anderen blieben sitzen.

»Ich schlage vor, Madam, Sie bringen mir die Kinder noch heute herüber.«

»Ich bin, wie ich sagte, entschlossen, sie bei mir zu behalten.«

»Ich würde Ihnen einen guten Dienst tun, wenn ich auf der Stelle zu Ihnen hinüberginge und die Kinder mit Gewalt herausholte.«

»Ich helfe Ihnen dabei«, erklärte Mr Dowles.

»Ich traue Ihnen so etwas nicht zu, Mr Strong«, sagte ich. Ich war nun doch ziemlich aufgeregt und hatte Angst, er könne es tun. Er schüttelte leicht den Kopf und presste die Lippen zusammen.

»Gute Nacht, Madam«, sagte er schließlich.

Zitternd ging ich hinaus. Ich hatte ins Gasthaus gehen und mir Maggies Enkelin ansehen wollen, doch nun hatte ich die Lust verloren. Mr Vaughn war sicher drin und verbreitete die frohe Botschaft von Chuck und Ethel.

Nancy fragte mich sofort, wie es verlaufen war, und ich berichtete ihr alles.

»Na, wenn er wirklich herüberkommen will, kriegt er genug Helfer. Soll ich hier bleiben?«

»Nein. Geh du nur und unterhalte dich gut. Ich mache mir keine Sorgen«, log ich.

Von Fred sagte ich nichts.

Als sie gegangen war, spielte ich mit Chuck Mühle, und als er und Ethel im Bett waren, setzte ich mich hin und schrieb an Mr Henderson. Ich schrieb, wenn er es so einrichten könne, würde ich am liebsten in Eagle unterrichten, doch wenn sich das nicht machen ließe, sei mir jede andere Schule auch recht.

Ich berichtete auch von Chuck und Ethel und wer sie waren. »Ich behalte sie mindestens bis Juni bei mir«, schrieb ich. »Und ich habe das Gefühl, Sie werden über diese Angelegenheit von einigen Leuten Briefe bekommen.« Ich spielte das Ganze etwas herunter, um der Sache die Schärfe zu nehmen.

»Ethel, das kleine Mädchen, schläft zwischen Nancy und mir, also kann ich, wenn ich zu uns dreien noch den Kartoffelsack zähle, mit Recht sagen, ich habe das überfüllteste Bett im Forty Mile. Doch wird es von Tag zu Tag leerer. Unsere Kartoffelvorräte schwinden zusehends.«

Während ich die Adresse schrieb, hörte ich auf der Veranda schnelle Schritte, und die Tür wurde aufgerissen. Mir wurde vor Angst eiskalt, denn ich dachte, es seien Leute aus dem Gasthaus, die mir die Kinder nehmen wollten, doch es war Nancy. Sie hatte Tränen in den Augen und auf der einen Wange eine große, rote, anschwellende Stelle. Dicht hinter ihr kam Maggie Carew. Sie war springgiftig, so sehr, dass sie nicht einmal einen Schal umgenommen hatte. »Was zum Teufel haben Sie jetzt wieder angerichtet«, schrie sie mich an, bevor ich die Möglichkeit hatte, ein Wort zu sagen.

»Was ist denn geschehen?«

»Na, das sehen Sie doch wohl«, fuhr Maggie mich an. »Wegen Ihnen hat man ihr ordentlich Saures gegeben. Sie war frech zu Angela, da hat Angela ihr eine geschmiert, und das ist alles nur Ihre Schuld.«

»Es ist überhaupt nicht ihre Schuld«, fiel ihr Nancy ins Wort. »Niemand hat von Angela verlangt, mich zu schlagen, und wenn ihr mich bloß in Ruhe gelassen hättet …«

»Sie hätte es dir ordentlich gegeben, also halt den Mund.« Dann, zu mir: »Behalten Sie diese Bälger?«

»Ja, Mrs Carew.«

»Ich will Ihr Gebabbel nicht hören. Alles, was ich wissen will, ist, ob die Kinder von hier verschwinden. Wenn nicht, dann können Sie sich auf was gefasst machen.«

»Mrs Carew …«

Sie ließ mich nicht zu Wort kommen. »Wissen Sie überhaupt, was Sie tun? Die Hälfte der Leute hier hält Sie für verrückt, und die andere Hälfte täte Sie gern lynchen.«

Nun ließ sie mich endlich reden. »Mrs Carew, ich tue nur, was ich für richtig halte. Wären das zwei weiße Kinder, dann würde niemand das Geringste dabei finden …«

»Wenn sie weiß wären, wären sie nicht hier! Schaun Sie, ich will Ihnen nur in Ihrem eigenen Interesse was sagen. Behalten Sie die Kinder, dann können Sie was erleben. Es war schon schlimm genug, dass Sie wegen dem Halbblut den Kopf verloren haben. Das aber bringt das Fass endgültig zum Überlaufen. Ist Ihnen klar, dass Sie damit Ihre ganze Zukunft aufs Spiel setzen?«

»Das kümmert mich nicht.«

»Sollte Sie aber kümmern. Überhaupt sollte eine ganze Menge Dinge Sie kümmern. Die drüben im Gasthaus reden davon, dass sie herkommen und die Kinder herausholen wollen.«

Nun hatte ich aber genug. Ich sah rot. So wütend war ich, dass ich am liebsten einen Blitzstrahl ins Gasthaus geschleudert hätte.

Ich ging in den Cache und schob eine Kiste zur Wand, stieg hinauf und tastete nach dem nickelverzierten Revolver. Endlich hatte ich das Halfter berührt. Alles war eisig kalt, und wäre ich nicht so wütend gewesen, hätte ich vorausgesehen, dass mir ein Schock bevorstand.

»Was wollen Sie denn mit dem?«, fragte Maggie, als ich damit ins Zimmer spazierte.
»Ihn gebrauchen, wenn es nötig ist.« Ich nahm den Revolver aus dem Halfter. »Ich lasse ihn hier liegen, bis ich abends schlafen gehe, und wenn ich schlafen gehe, lege ich ihn unter mein Kopfkissen. Bitte, tun Sie mir einen Gefallen. Sagen Sie allen und jedem im Gasthaus, wenn jemand hier eindringt und mir die Kinder wegholt, dann schieße ich, so wahr mir Gott helfe. Ich schieße ihn tot.«
»Verrückt genug sind Sie dazu.«
»Damit haben Sie völlig Recht.«
»Ich werde es drüben sagen. Aber Ihnen möchte ich was sagen. Vielleicht wissen Sie's nicht, aber ich hab Ihnen immer die Stange gehalten. Wie Sie wissen, geh ich im Frühling hier weg und kaufe den Adkins das Gasthaus ab. Diese Adkins ist im Schulrat und hat mir geschrieben und mich gefragt, ob Sie wirklich so verrückt sind, wie es heißt. Ich hab ihr geantwortet, Sie sind nur ein Tschitschako und haben keine Ahnung von Tuten und Blasen, aber Sie sind eine verdammt gute Lehrerin, und sie sollte sich dahinter setzen, dass der Schulrat Sie nicht ablehnt. Sie hat geantwortet, ja, das würde sie tun. So, und ich sage Ihnen jetzt, dass ich inzwischen anders denken gelernt habe. Sie sind so verrückt wie nur möglich, und im Vergleich zu Ihnen ist diese Mrs Rooney die reine Heilige. Also: verschwinden die Kinder morgen von hier oder nicht?«
»Sie bleiben bei mir.«
»Dann ist das der Tropfen, der das Fass zum Überlaufen bringt. Ich will mit der Sache nichts mehr zu tun haben. Aber eines sage ich Ihnen noch, mein Fräulein: Diese Sache ist noch nicht ausgestanden. Bei weitem nicht. Und du, Dummkopf«, rief sie

Nancy zu, »du gehst Angela besser aus dem Weg.«
Sobald sie aus der Tür war, stieß ich den Schmerzensschrei aus, den ich nur mit Mühe zurückgehalten hatte. Ich stürzte zum Ofen, riss die Tür auf und schob den Revolver hinein, so weit es ging, ohne mir die Hand zu verbrennen.
Nancy riss die Augen auf, »Was ist denn?«
»Er ist an meiner Hand festgefroren.«
Ich hüpfte die ganze Zeit vor dem Ofen auf und ab, als müsste ich auf die Toilette. Ein paar Sekunden später hatte sich das Metall genügend erwärmt. Mit einem Seufzer der Erleichterung ließ ich den Revolver auf den Tisch fallen und pustete mir auf die Hand.
»Warum haben Sie ihn denn in der Hand behalten?«, fragte Nancy.
»Damit es wirksamer ist.«
Meiner Hand war nichts passiert, nur ein paar Blasen, das war alles. Ich befragte Nancy, was zwischen ihr und Angela vorgefallen war. »Ah«, rief sie höhnisch, »Angela hat große Töne über Sie geredet, dass Sie es mit Fred treiben und sicher schon ein paar Mal mit ihm geschlafen haben. Sie sagte, sie hätte große Lust herzukommen und mit Ihnen den Boden aufzuwischen und Chuck und Ethel ihren Hunden vorzuwerfen. Ich sagte, sie sollte sich um ihre eigenen Angelegenheiten kümmern, und da hat sie mir eine geschmiert.«
»Am besten, wir gehen ihr aus dem Weg.«
»Ich hab keine Angst vor ihr.«
»Aber ich.«

»Ich nehme an, Sie haben gehört, dass Fred zurück ist«, meinte Nancy ein wenig später.
»Ja.«

»Die dort haben ihn wohl wirklich schlecht behandelt.«
»Bestimmt.«
Allzu gut schliefen wir in dieser Nacht nicht. Jedes Mal wenn ich draußen Schritte hörte, glaubte ich, jetzt käme der Angriff. Doch kein Mensch belästigte uns.

19

»Fracht«, sagte ich zu den Kindern. »Der Flussdampfer hatte eine Fracht von Lebensmitteln geladen.« Ich gab ihnen ein Diktat.
»Teacher, Willard schleckt schon wieder das Fenster ab«, rief Joan Simpson.
»Willard«, fuhr ich ihn an. »Ich habe es dir zum letzten Mal gesagt, du darfst das nicht tun.« Gestern hatte er es tatsächlich so weit gebracht, dass Ethel einen Teil ihrer Zunge an der Fensterscheibe gelassen hatte. Eine Weile war ihr das Blut buchstäblich nur so heruntergeronnen, worüber sie so erschrocken war, dass sie einen Schreikrampf bekam. Ich hätte beinahe auch einen bekommen.
»Wenn du dich mit deiner eigenen Arbeit beschäftigen würdest«, rief ich unwillig, »dann würde es dich nicht kümmern, was Willard tut.«
Joan warf mir einen gekränkten Blick zu und machte sich wieder an die einfachen Additionen, die ich ihr aufgegeben hatte.

Ich hätte mit ihr nicht so scharf sein sollen, doch ich war furchtbar nervös. Ich hörte, wie Mr Strong über der Straße die Stalltüren öffnete. In ein paar Minuten würde er aufbrechen, und ich war doch beunruhigt, obwohl ich ihm nicht zutraute, die Kinder mit Gewalt zu holen. In der vergangenen Nacht hatte ich kaum geschlafen. Immer wieder überfielen mich schwere Träume. Ich träumte, dass ich wieder ein kleines Mädchen sei und auf einem Feldbett in der Küche schliefe, und immer wieder erwachte ich mit dem Gefühl, Angela und die anderen Tugendwächter gingen zum Angriff auf das Schulhaus vor.

Auch über Rebekah musste ich mich ärgern. Als sie am Morgen kam, war sie aus irgendeinem Grund schlecht gelaunt und ließ das Chuck und Ethel ausbaden. Ethel hatte sich an sie geschmiegt, während sie zusammen mit Lily Buchstaben aus der Fibel abschrieben. Sie legte den Finger auf die offene Seite und fragte: »Buch?« Rebekah stieß sie so hart weg, dass Ethel zu weinen begann und Nancy sie in meine Wohnung bringen musste. Als ich ein wenig später Rebekah bat, Chuck mit ihr und Lily an ihrem Tisch arbeiten zu lassen, erklärte sie, dafür sei kein Platz. Ich sagte weiter nichts und setzte ihn neben Joan, doch es ärgerte mich.

»Appetit«, fuhr ich fort mit dem Diktat. »Die Kinder hatten Appetit auf die Lebensmittel.«

»Das ist schwer«, murmelte Isabelle.

»Nö, ganz leicht«, widersprach Jimmy Carew zufrieden. Er fing an zu schreiben, und Evelyn Vaughn versuchte, ihm ins Heft zu schauen, doch er hielt die Hand vor.

»Hüoh!«, hörte ich Mr Strong den Pferden zurufen. Alle hoben den Kopf, als draußen die Schlittenglocken vorbeizogen. Der Schlitten war auf dem Weg. Erleichtert setzte ich mich zurück und schaute auf die Uhr. Es war halb elf. Nancy nahm an dem Diktat teil, also bat ich Rebekah, die Kleinen zur Pause hinauszuführen.

Als das Diktat vorüber war, hatte niemand sonst Lust hinauszugehen, also übertrug ich Nancy die Aufsicht und ging selbst hinaus. Chuck und Willard versetzten die Mädchen in Angst und Schrecken, indem sie sie mit Schneebällen bewarfen, und Rebekah schrie Chuck auf Indianisch zu: »Aoniih!«: Komm hierher.

Er hörte nicht auf sie, sondern bewarf Joan mit Schnee. Rebekah näherte sich ihm von hinten, packte ihn an der Parka und schüttelte ihn, dass ihm Hören und Sehen verging.

»Rebekah!«

Sie ließ ihn los, und er fiel aufs Hinterteil, sprang wieder auf und wollte mit Füßen nach ihr stoßen, als ich ihn packte: »Aufhören!«

»Sie mir wehtut. Ich sie verdammt gar nicht mag. Sie Hurenbock, dreckige schwarze Indo.«

»Ich möchte solche Wörter von dir nicht noch mal hören!«

»Sie mich auch so nennen, sagen ich dreckige, schwarze Indo, ich sie auch nennen so.«

»Geh hinein. Wir sprechen uns später.«

Er trampelte hinein und warf die Tür hinter sich zu. Die andern Kinder hatten zugesehen, und ich wies sie an weiterzuspielen. Wir gingen nach ein paar Minuten wieder hinein.

»Rebekah, warum bist du so hässlich zu ihm?«, fragte ich.

»Er dreckiger, schlimmer Junge, er und Schwester. Dreckig und hässlich alle beide.« 345

»Sie sind nicht schmutzig, und hässlich sind sie ganz bestimmt nicht.«

»Mir nix erzählen, Tisha. Ich viele Indianerkinder sehen, und ich dir sagen, du machen viel groß Fehler, dass nicht in Indianderdorf schicken. Chuck er Miststück und Ethel auch.«

»Du hast mir noch immer nicht gesagt, warum du zu den beiden so hässlich bist.«

»Ich dir gesagt, nein? Bälger verdammt nix gut. Beide hässlich wie Onkel Arthur.«

»Von jetzt an lässt du sie in Frieden.«

Ich ließ sie stehen und begann mit den Kleinen ein Kreisspiel. Ethel kannte es nicht, doch sie machte mit, und alle unterhielten sich dabei. Rebekah stellte sich hinter mich.

»Tisha … ?«

»Was ist denn?« Ich drehte mich nicht einmal um.

»Ich nicht mögen, du sahnik mit mir.«

Dieses Wort hatte ich von Chuck gehört und wusste, dass es zornig bedeutet. »Ich bin nicht sahnik mit dir«, log ich.

»Du *sahnik.*«

»Na schön, ja, ich bin zornig«, sagte ich und wandte mich um. »Weil mir scheint, du benützt jede kleinste Gelegenheit, um zu Chuck und Ethel hässlich zu sein, und das gefällt mir nicht. Nein, das gefällt mir gar nicht.«

Sie machte ein so reuevolles Gesicht, dass ich mich schuldbewusst fühlte.

»Du Nummer eins a gute Dame, Tisha, in mein Herz viel gut fühlen für dich. Dich viel sehr mögen. Du sollen glücklich sein.«

»Was hat das mit Chuck und Ethel zu tun?«

»Du nicht wissen viel Sachen hier in Land. Du viel großen Ärger, wenn Kinder behalten. Alle es hassen – nicht mögen sehen Tisha-kein-Mann, Mutta sein für dreckige Indokinder. Ich versuchen dir helfen. Ich gemein sein. Dir sagen Kinder nix gut, vielleicht dann schicken Indianderdorf. Verstehen?«

»Ja.«

»Du nix sahnik mehr?«

»Nein, aber versuch, nett zu ihnen zu sein, ja? Sie brauchen es wirklich.«

»Du sie wirklich behalten?«

»Ja, wirklich.«

»Du keine Angst.« Sie tätschelte mir die Schulter. »Ich sie behandeln sehr gut.«

Bevor wir zurück ins Haus gingen, sagte sie: »Ich machen große Lüge, Tisha. Sie brave kleine Kinder. Gescheit. Ethel sie so hübsch wie Mary. Chuck, er aussehen wie Joe Temple. Jetzt ich sagen Wahrheit.«

»Danke, Rebekah.«

»Is gut.«

Nach dem Lunch wurde es so kalt, dass ich die Kleinen wieder in mein Bett stecken musste, und nach der Schule behielt ich Isabelle und Joan zurück.

Sie waren zu klein, um bei dieser Kälte allein nach Haus zu gehen.

Schon nach ein paar Minuten holte die Mutter Joan ab, doch Isabelle musste noch eine halbe Stunde warten, ehe jemand kam. Irgendwie hatte ich das Gefühl, derjenige würde Fred sein, und tatsächlich, so war es. Ich hatte mich die ganze Zeit über auf ein Wiedersehen vorbereitet, und ich hatte mir vorgenommen, ganz ruhig zu sein und die Haltung zu bewahren. Alles würde ich tun, so sagte ich mir selbst, nur nicht mich aufführen, als ginge die Welt unter, weil alles so gekommen war. Doch sobald er eintrat spürte ich jenes Gefühl, dass einem der

Boden unter den Füßen schwindet, ähnlich, wie wenn man im Dunkeln treppab geht, und da ist eine Stufe mehr als man angenommen hat. Als er eintrat, brachte er den scharfen Atem der Kälte mit, und was ich an Haltung besessen haben mochte, schwand wie der Schnee in der Sonne.

Ihm ging es anscheinend nicht besser. Kaum hatte er Nancy und mir einen Gruß zugerufen, da stürzte sich auch schon Chuck auf ihn und zeigte ihm Verschiedenes, was er in der Schule gemacht hatte. Fred durchforschte Chucks Mineralienheft, als enthielte jede Seite eine wichtige Botschaft für ihn. Schließlich ging Nancy mit den Kindern ins Klassenzimmer, damit wir ungestört sprechen konnten. Zunächst saßen wir da wie zwei Eisblöcke.

»Ich nehme an, du bist froh, wieder hier zu sein«, begann ich.

»Ja, das kann man wohl sagen.«

»Bleibst du jetzt hier?«

»Mmm.«

Wir setzten beide gleichzeitig zum Sprechen an und wollten dann beide wie Personen in einer Komödie dem anderen wortreich den Vortritt lassen. Wir waren so höflich, dass man uns für den König und die Königin von England hätte halten können. »Ich wollte eben sagen«, begann ich schließlich, »dass du wohl gehört hast, dass ich Chuck und Ethel zu mir genommen habe.«

»Ich hab's gehört und auch jeder Mensch im Forty Mile.«

»Was hältst du davon?«

»Es ist genau das, was man von dir erwarten würde.«

Er meinte es als Kompliment, doch ich musste ihn necken: »So denkst du von mir?«

»Ja, so denke ich von dir. So bist du eben.« Sein Ton machte mir innerlich ganz warm, doch dann musste ich wieder ins Fettnäpfchen treten.

»Warum bist du hergekommen?«, stieß ich hervor und schon tat es mir Leid. Ich hätte das Gespräch leicht halten sollen, und nun musste ich wieder meinen großen Mund aufmachen und die Dinge auf die Spitze treiben.

»Ich wollte dich noch einmal sehen«, erwiderte er.

»Gehst du wieder fort?«

»Nein.«

»Ach.«

»Ich bin nur gekommen, um Abschied zu nehmen.«

»Das ist dumm.« Schon wieder geht's mit mir durch, dachte ich, und ich sage genau das Verkehrte. »Ich habe dir doch in meinem Brief geschrieben, ich würde mich dir gegenüber nur wie ein guter Freund geben. Hast du mir nicht geglaubt?«

»Doch, ja, aber …«

»Warum müssen wir dann Abschied nehmen? Können wir uns nicht sehen und gute Freunde sein?«

Er schüttelte den Kopf, als wäre er müde. »Ich hätte nicht einmal heute kommen sollen«, murmelte er. »Ich kann dich nicht zum Verstehen bringen.«

»Nein, das kannst du auch nicht«, rief ich und versuchte mich zu ärgern. Wenn das nicht gelang, fing ich womöglich zu weinen an, und das wollte ich keinesfalls. Ich hatte schon genug geweint. »Ich versteh einfach nicht, warum zwei Menschen, die einander mögen, sich nicht einmal sehen dürfen … Fred, du bist der einzige Mensch hier, der mir wirklich etwas bedeutet … Ich liebe dich. Ich liebe dich aus ganzem Herzen. Ich möchte nicht, dass jemand aus deiner Familie darunter zu leiden hat, und ich schwöre dir, niemand wird durch mich leiden. Glaubst du mir das nicht?«

Sein Ellbogen war auf dem Tisch aufgestützt. Impulsiv legte ich meine Hand darauf. »Hoppla, das war verkehrt«, sagte ich und zog die Hand zurück. »Siehst du, ich lerne schon.«

Beinahe, aber nur beinahe lächelte er. »Weißt du, warum ich von Steel Creek fort bin?«

»Weil man dich dort scheußlich behandelt hat.«

»Das ist nur ein Teil des Grundes. Als ich hinging, wusste ich, dass die Männer nicht besonders freundlich sein würden. Sie hatten mich ohnehin nur eingestellt, weil der Vorarbeiter ein Freund meines Vaters ist, also konnte ich mir die Art der Behandlung vorstellen. Aber schließlich sah ich ein, dass ich keinen Grund zum Bleiben hatte. Ich war ja gegangen, weil ich von dir und Mutter den Druck nehmen wollte, doch dann erkannte ich, dass ich das genauso von zu Hause aus tun konnte. Ich brauchte nur darauf zu achten, nicht mit dir zusammenzukommen. Auf diese Art wären alle glücklich und zufrieden.«

»Alle außer dir und mir.«

Er zuckte die Achseln, dann stand er auf.

»Dann kommst du wohl nicht zum nächsten Tanzabend.«

»Da bin ich draußen bei den Fallen.«

Ich stand gleichfalls auf. »Und zum übernächsten?«

»Gleichfalls.«

Er hatte die Parka nicht abgelegt. Sie war am Hals aufgebunden, und sein Hals hatte die Farbe von Milchkaffee, das Gesicht war etwas dunkler. Ich musste daran denken, wie er jedes Mal, wenn er mich im Arm gehalten hatte, nach Holzrauch geduftet hatte.

Wir hörten aus dem Schulzimmer, wie Nancy mit den Kindern

Seilringe nach dem hölzernen Pfosten warf. Nun hatte Chuck wohl einen Treffer gemacht, denn er schrie begeistert auf.
Fred sagte: »Anne, wenn du mich je brauchst, für irgendwas, egal was, dann bin ich da. Um dir das zu sagen bin ich gekommen.«
»Danke. Sollten wir uns darauf die Hand schütteln oder was?«
Er starrte mich lange an, ohne einen Ton zu sagen. Schließlich murmelte ich: »Ich habe es nicht so gemeint.«
»Ich weiß. Aber ich meine, was ich sagte.«
Er ging an mir vorbei zur Schulzimmertür, öffnete sie und sagte zu Isabelle, es sei Zeit zu gehen. Gleich darauf verließen sie uns.
»Was hat er gesagt?«, wollte Nancy wissen.
»Adieu.«

Ein paar Tage später, es regnete, holte Mr Purdy Isabelle ab und in der Woche darauf Mrs Purdy. In ihrem Charakter lag es genauso wenig wie in Freds, jemandem lange zu zürnen. Wir tranken miteinander eine Tasse Tee, bevor sie Isabelle nach Haus brachte. Sie nahm von Chuck und Ethel überhaupt keine Notiz, ließ nur manchmal, als wären sie nicht vorhanden, die Augen über sie hinweggleiten. Doch sie wusste genau, dass sie da waren. Chuck arbeitete an einem Speer, und was er da vollbrachte, war großartig. Er hatte irgendwo ein Stück Metall gefunden, schnitt eine Kerbe in das Ende des Speers, passte das Metallstück ein und befestigte es mit dünnem Leder, dann bemalte er das Ganze und brachte einige Schneehuhnfedern an. Es wurde ein richtiges Kunstwerk. Als er es Mrs Purdy zeigte, brachte sie wider Willen ein Lob hervor.

»Wie lang Sie für die Kinder sorgen, Ahnne?«, fragte sie mich.

»Sie sind für immer bei mir. Ich würde sie um alles in der Welt nicht hergeben.«

Sie schüttelte missbilligend den Kopf. »Sie sind dumm. Viele Leute nicht mögen das, ein nettes weißes Mädchen, die Lehrer ist, macht Ruf kaputt mit solchen Kindern.«

»Also, ich glaube eigentlich, die Leute haben aufgehört, sich darüber den Kopf zu zerbrechen.«

»Das nicht so. Hier in Wildnis wir leben alle miteinander, wie Leute in Haus mit vielen Zimmern. Sie, Ahnne, haben wichtigstes Zimmer in ganz Haus. Wenn Leute mit Ihnen böse, sie können nicht kommen hier. Leute nicht wollen, dass das geschieht.«

»Sie kommen auch sonst nicht her. Ich pflege mit den meisten Leuten hier keinen Umgang.«

»Ah, da sind Sie in Irrtum. Ich sagen Ihnen vor große Zeit, Sie sind sehr wichtige Person in Chicken.« Sie machte eine kreisende Handbewegung rings um das Zimmer. »Hier Kinder kommen in Schule – meine Isabelle, die Vaughn-Mädchen, andere. Alle diese Leute mit Ihnen müssen freundlich sein, mit Ihnen sprechen. Leute kommen für Tanzabend. Sie mit Ihnen müssen sprechen oder nicht kommen. Sie haben Schlüssel zu Mr Strongs Laden. Leute kommen in Laden, müssen sprechen mit Ihnen. Wenn sie Ihnen Wahrheit sagen, nicht mehr sie können kommen. Also lieber nicht Wahrheit sagen, freundlich sein, sprechen. Doch hier«, sie klopfte sich auf die Brust, »… sie sehr zornig.«

So hatte ich die Dinge nie gesehen, doch Mrs Purdy hatte Recht.

»Ich fürchte, dagegen kann ich nichts tun, Mrs Purdy.«

»Doch, Ahnne, ist etwas macht Sie glücklich, macht alle Leute glücklich.« Sie schaute zu Chuck und Ethel hinüber, nahm eine Handvoll Luft und warf sie in Richtung der Tür.
»Sie hübsche kleine Mädchen«, erklärte Chuck, als sie mit Isabelle gegangen war.
»Sie ist kein kleines Mädchen, Chuck. Sie ist Isabelles Mutter.«
»Sie Mudda? Nicht Witz?«
»Nein, das ist kein Witz.«

Unwillkürlich musste ich beim nächsten Tanzabend an das denken, was sie gesagt hatte. Maggie Carew war der einzige Mensch, der etwas zu mir direkt geäußert hatte, doch wenn ich mich so umsah, erriet ich, dass eine Menge Leute so dachten wie sie.
Das Klassenzimmer war überfüllt wie beim Erntedankfest. Das Wetter war zwar ganz scheußlich jetzt im Februar, doch kein Mensch ließ die geringste Gelegenheit aus irgendwohin zu gehen. Die Tage waren sehr dunkel, und der Wind heulte, da brauchte man besonders die Nähe von Menschen, und ganz besonders, wenn man allein lebte. Zu den Carews waren Elmer und Jeannette Terwilliger gekommen, und sie hatten ihr Baby mitgebracht. Mir schien, ich hätte noch nie etwas so Winziges gesehen wie dieses Baby. Es war jetzt ungefähr zwei Monate alt und hatte ein vollkommenes Körperchen, doch könnte ich wetten, dass es mitsamt seinen Decken nicht mehr als neun oder zehn Pfund wog.
»Neuneinhalb«, erklärte Maggie, die es hielt, während Tochter und Schwiegersohn tanzten. Alle waren herumgestanden, und es hatte viele Ahs und Ohs gegeben, und das war verständlich.

An einem Baby ist etwas, das einem das Herz weitet, und ganz besonders hier in der Wildnis. Es hieß Patricia.

»Darf ich es halten?«, fragte ich.

Maggie reichte es mir. Die Kleine schlief, und ich wiegte sie ein wenig. »Möchten Sie so eins haben, Teacher?«

»Na klar.«

»Das ist ausgeschlossen, solang Sie diese zwei haben.«

Die Musik hörte auf, und die Gruppen trennten sich. Jeannette kam mit ihrem Mann zu uns. Sie lächelte und streckte die Hände nach dem Kind aus. Ich reichte es ihr.

»Wie geht's meinem Schmuckstück?«, gurrte sie dem Baby zu. »Nun, wie geht es dir?«

»Genauso wie vor einer Minute«, erwiderte Maggie trocken.

»Finden Sie sie hübsch?«, fragte Jeannette mich.

»Wunderhübsch.«

»Wenn sie nur mehr äße!«

»Sie isst schon genügend«, erwiderte Maggie.

»Nein, das stimmt nicht, Ma. Sie isst bei weitem nicht genug.«

»Weil du sie zu viel im Arm hast. Jedes Mal, wenn sie schreit oder auch nur einen Muckser macht«, erklärte sie mir, »ist sie schon dort und nimmt sie heraus. Wie soll sie da Appetit kriegen?«

»Ach, Ma«, sagte Jeannette seufzend.

Robert Merriweather kam herüber. »Teacher, die Kinder fragen, ob Sie mit uns zusammen in einem Viereck tanzen.«

»Ja, gern.«

Ich holte Jimmy Carew, Joan Simpson, Elvira, Lily und Chuck zusammen, das waren mit Robert und mir sieben. Dann stieß Onkel Arthur zu uns und nahm sich Lily als Partnerin. Jimmys Partner war Joan, Robert der meine, und Elvira bekam

Chuck. Ich hätte es wissen müssen, dass das mit Chuck und Elvira nicht gut gehen konnte, doch so weit dachte ich nicht. Kaum hatten die beiden einander bei der Hand genommen, als Mr Vaughn so laut, dass jeder zu ihm hinsah, ausrief: »Elvira, komm zu mir.«

Jetzt allerdings begriff ich, doch jetzt war es zu spät. Elvira ging zu ihm. Er saß neben Angela Barrett.

»Bist du blöd?«, schrie er sie an. »Wie oft habe ich dir gesagt, du hast mit dem Balg nichts zu schaffen? Wie oft?« Er wartete keine Antwort ab und schlug sie ins Gesicht. »Nach Haus mit dir«, fuhr er sie an. Sie lief tränenüberströmt hinaus. Ich wäre gern hinterhergelaufen, doch das hätte alles nur noch schlimmer gemacht.

Der ganze Raum war still, alles blickte entweder zu unserem Viereck oder zu Mr Vaughn. Wenn ich Angela Barretts Muskeln gehabt hätte, wäre ich hinübergegangen und hätte ihm kräftig meine Meinung gesagt, und daneben hätte Jake Harringtons Abkanzelung wie eine Sonntagsschulpredigt geklungen. Doch wie die Dinge lagen, blieb ich stehen, wurde vor Verlegenheit feuerrot und wünschte heftig, eine der Frauen, die noch saßen, würde Elviras Platz einnehmen.

Mrs Purdy spielte ein paar Töne auf dem Akkordeon, und das brach das Schweigen. Ben Norvall, der auf einer Kiste stand, deutete auf unser Viereck. »Eine Dame fehlt noch hier«, rief er. »Noch eine Dame.«

Jeannette übergab Maggie ihr Baby, kam herüber, nahm Chucks Hand, und der Tanz ging weiter.

Ich unterhielt mich an diesem Abend nicht mehr. Ich musste immer daran denken, wie Elvira allein in der Hütte saß – und ich war daran schuld.

Als der Walzer »Home, sweet home« erklang, landete ich bei Joe Temple. Inzwischen schliefen Chuck und Ethel fest. Ich ließ Robert zurück, damit er auf sie aufpasste, und ging mit Joe ins Gasthaus. Maggie gab uns wieder den Tisch für zwei Personen. Ich war keine gute Gesellschafterin. Joe versuchte mich aufzuheitern und redete mir zu, ich sei doch an dem Geschehenen nicht schuld. »Ich hätte Ihnen die Kinder von vornherein nicht überlassen dürfen«, sagte er.
»Warum nicht?«
»Das tut weder Ihnen noch sonst jemandem gut.«
»Es verhindert, dass sie ins Indianerdorf müssen.«
»Dafür werden *Sie* verbannt. Sogar mir zeigt man die kalte Schulter, weil ich sie Ihnen überlassen habe.«
»Macht Ihnen das etwas?«
»Nein. Aber an Ihrer Stelle würde es mir etwas machen. Die werden alle von Tag zu Tag verrückter und unangenehmer. Weiß Gott, was sie noch aushecken.«
Ich war der Meinung, mehr könne wirklich nicht mehr geschehen, doch da irrte ich. Als Mr Strong das nächste Mal kam, brachte er mir einen Brief von Nancys Mutter. Mrs Prentiss war in ihren Äußerungen nicht zimperlich: »... ich verlange, dass Sie Nancy sofort mit Mr Strong nach Haus schicken. Ich wünsche nicht, dass sie noch länger bei Ihnen bleibt. Sie sollten sich schämen. Erst nehmen Sie sich einen Mischling als Geliebten, dann adoptieren Sie zwei Sai-wash-Bälger, die Sie nichts angehen. Sie sind keine anständige Gesellschaft für Weiße, die auf sich halten. Es würde mich nicht überraschen, wenn Sie selbst mit einem Sai-wash-Bastard daherkämen, den Ihnen Ihr Geliebter angehängt hat. Tun Sie, was ich sage, und schicken Sie mir Nancy nach Haus.« Den Brief zeigte ich

Nancy nicht, doch ich erzählte ihr einiges. Als wir uns an diesem Abend zum Essen setzten, brach sie, kaum dass wir angefangen hatten, in Tränen aus. Mich traf es auch hart. Sie war mir wie eine Schwester geworden.

Sie flehte mich an, mit Mr Strong zu sprechen, dass er sich bei ihrer Mutter einsetzte und sie davon überzeugte, die Tochter müsse noch etwas länger bleiben. »Bitte, Anne«, bat sie. »Wenn jemand etwas tun kann, dann er. Meine Mutter respektiert ihn, und wenn er ihr vorhält, wie viel ich hier lerne und wie das Zusammensein mit Ihnen mir nur gut tut, dann lässt sie mich wohl bleiben.«

Endlich gab ich nach. Als ich in den Laden hinüberging, war er allein, und er hörte mich ruhig an. Aber dann schüttelte er den Kopf.

»Die Mutter wünscht ihre Rückkehr«, sagte er.

»Nancy hofft, sie würde nachgeben, wenn Sie mit ihr sprächen.«

»Das kann ich guten Gewissens nicht tun, Madam. Sie braucht auch ein bisschen Erholung. Sie hat sehr fleißig gearbeitet.«

»Sagen Sie mir ehrlich: Würde sie die Prüfung in die 8. Klasse bestehen, wenn sie sich ihr heute unterziehen könnte?«

»Die Chance wäre größer, wenn sie noch länger bliebe.«

»Würde sie die Prüfung bestehen oder nicht?«

»… ich denke schon.«

»In diesem Fall ist es für sie besser, nach Haus zurückzukehren. Sie kann allein weiterlernen.«

»Im Grund sind Sie der Ansicht, ich habe einen schlechten Einfluss auf sie.«

»Ich bin der Meinung, Madam, dass es Ihnen gleichgültig ist, welcher Ansicht ich bin.«

»Ich bewundere Sie sehr, Mr Strong. Ich habe Sie immer bewundert und werde es weiterhin tun.«

Er räusperte sich. »Ich kann in dieser Sache nichts tun. Das ist die ganze Wahrheit.«

Bevor ich ging, sagte er noch: »Für gewöhnlich hätte der Schulrat von Eagle um diese Zeit schon beschlossen, ob er im nächsten Jahr Ihre Dienste in Anspruch nimmt. Wir haben das bis jetzt noch nicht getan, aber es wird bis zum Ende des nächsten Monats geschehen. Dann werden wir dem Bezirksschulinspektor in Juneau unseren Beschluss telegrafieren. Ich bin überzeugt, Sie verstehen, was ich damit sagen will.«

»Oh ja, ich verstehe.« Mir blieb noch eine Frist bis Ende März, um mich zu bessern.

»Ich hoffe, Madam, Sie werden uns nicht enttäuschen.«

Am nächsten Morgen teilte ich den Kindern mit, dass Nancy uns verlassen würde. Von da ab taten wir nicht einmal, als arbeiteten wir.

Wir wollten sie alle hier behalten und gaben ihr eine kleine Party, die so lange dauerte, bis wir hörten, dass die Stalltüren geöffnet wurden.

Wir gingen alle zum Abschied mit ihr hinaus. Die Sonne war vor einer halben Stunde aufgegangen, doch die Wolken hingen so tief herab, dass es fast wie Nacht war. »Vergiss ja nicht, alles zu lernen, was ich dir aufgegeben habe«, sagte ich zu ihr. Ich hatte ihr einige Bücher mitgegeben und die betreffenden Seiten angemerkt.

»Gewiss, ich werde alles lernen«, erwiderte sie.

Wir hatten ihre Besitztümer in einen Kissenbezug gepackt.

Den gab sie jetzt Mr Strong, und der schob ihn unter die Plane, die den Schlitten bedeckte.
Als sie sich von Chuck verabschiedete, ermahnte sie ihn, brav zu sein. »Wenn ich nicht mehr da bin«, sagte sie, »musst du mehr mithelfen – Geschirr spülen und so.«
Er schob die Unterlippe vor. »Geschirr ich nicht machen«, erklärte er stolz. »Frauen Geschirr machen.«
»Ist egal, Anne wird jetzt deine Hilfe sehr dringend brauchen, verstehst du?«
»Ich viel helfen.«
Sie hob Ethel auf. »Leb wohl, Süße«, sagte sie und drückte sie fest an sich. Es wurde Zeit zum Aufbruch.
»Also, fleißig lernen!«, rief ich ihr zu.
»Ich möchte nicht fort von hier«, erwiderte sie.
Sie schluckte heftig, um die Tränen zurückzuhalten, dann umarmten wir einander zum Abschied. »Danke, Anne«, flüsterte sie. »Danke für alles.« Sie drückte mich noch fester an sich. »Sie hatten Recht, die Kinder zu nehmen«, flüsterte sie. »Es sind nette Kinder. Hoffentlich geht alles gut.«
Es war eine sehr große Leistung von ihr, das zu sagen, und ich nahm es dankbar auf. Wenn wir noch mehr gesagt hätten, wären wir in Tränen ausgebrochen, also schwiegen wir.
Dann kletterte sie auf den Schlitten, und die Kinder riefen ihr Abschiedsgrüße zu. Sobald Ethel merkte, dass Nancy wegfahren würde, fing sie zu weinen an. Der Schlitten fuhr an. Nancy drehte sich noch ein paar Mal um und winkte, dann war sie verschwunden. Wir gingen alle zurück ins Schulhaus.
Schon jetzt schien es mir ohne sie leer, und als die Zeit zum Abendessen kam, fehlte sie mir wirklich.
Und in den nächsten Tagen fehlte sie mir mehr und mehr, be-

sonders nach der Schule. Nicht nur, dass ich ihre Gesellschaft und ihre Hilfe bei der Hausarbeit vermisste, ich begann auch Schwierigkeiten mit Chuck und Ethel zu bekommen. Schwer zu sagen, wer von den beiden unleidlicher war. Ethel kam mir immer unter die Beine, sie klammerte sich an mich und hob die Ärmchen, um hochgehoben zu werden. Und das wiederum missfiel Chuck gründlich. Er versuchte, sie dauernd von mir wegzustoßen, weil er selbst dicht bei mir sein wollte. Ich versuchte, ihm Ethels Verhalten zu erklären, aber es nützte nicht viel. Seit Nancy weg war, hatten sie nur noch mich, und Chuck wollte sich vergewissern, dass Ethel nicht die erste Stelle einnahm. Es spielte sich ein kleiner Krieg zwischen ihnen ab. Wenn er der Meinung war, ich sähe es nicht, zwickte oder boxte er sie, und sie klammerte sich an mich, sosehr sie nur konnte. Doch trotz dieser Eifersüchteleien und des Streits war ich glücklich mit den Kindern. So lang ich zurückdenken konnte, wollte ich immer eigene Kinder haben, um die ich mich kümmern konnte. Als ich ein kleines Mädchen war, wohnten im Nachbarhaus zwei kleine Kinder, mit denen mich die Mutter nicht spielen ließ, weil sie, wie sie sagte, dreckig und verlaust waren. Als ich einmal mit ihnen über den Zaun sprach – wobei sich beide ständig kratzten –, taten sie mir so Leid, dass ich sie in unseren Hof holte und einen alten Waschtrog mit Wasser füllte. Ich dachte nämlich, wenn ich die beiden säubern könnte, würde mir die Mutter erlauben, mit ihnen zu spielen. Sie ließen sich gern waschen, und mir machte die Sache Spaß – bis mich die Mutter erwischte. Sie war wütend und mein Vater gleichfalls. Er legte mich ordentlich übers Knie und schickte mich ohne Abendessen zu Bett. Das sollte mich lehren, nicht mit solchem Abschaum zu spielen. Ich verstand nicht, was ich

Böses getan haben sollte, und dachte, an mir sei etwas nicht richtig. Wenn das der Fall war, dann hatte ich diesen Fehler immer noch, denn ich hätte mich von Chuck und Ethel ebenso wenig getrennt wie von leiblichen Geschwistern. Ich ging sogar zu Bett, als es erst für die Kinder Schlafenszeit war, das war leichter, als sie jetzt ohne Nancys Hilfe dazuzubringen, allein schlafen zu gehen. Und es wurde zu einer Quelle der Freude. Mit Chuck auf der einen und Ethel auf der anderen Seite saß ich mit einem Märchenbuch im Bett und las vor, bis sie der Schlaf überkam. Ethel hatte nie die geringste Ahnung, wovon die Geschichten handelten, doch sie schien sich ebenso gut zu unterhalten wie Chuck. Und am Morgen stand ich eben früher auf, um mit meiner Arbeit fertig zu werden.

Ein paar Tage nach Nancys Abschied brachen Jeannette und Elmer nach Eagle auf. Jeannette und das Baby waren sicher und warm im Schlitten der Carews verstaut. Bevor sie starteten, hielten sie beim Schulhaus an, damit Jeannette Jimmy und Willard Lebwohl sagen konnte und die beiden Jungen noch einen Blick auf ihre Nichte werfen durften. Die Carews hatten ein recht gutes Hundegespann, doch die Last auf dem Schlitten war zu schwer für die Tiere. Maggie wollte ja das Gasthaus aufgeben, also versuchte sie schon jetzt, so viel Einrichtungsgegenstände wie möglich nach Eagle zu schaffen. Alles in allem musste der Schlitten wohl mit sieben- oder achthundert Pfund beladen gewesen sein.

Ben Norvall bemerkte, sie sollten nicht mit einer so schweren Ladung fahren. »Wir kriegen Sturm«, warnte er. »Und ihr werdet direkt in ihn hineinfahren.«

Als sie noch darüber sprachen, kam Maggie aus dem Gasthaus. Auch ihr waren Bedenken gekommen. Sie schaute sich die Ladung noch einmal sorgfältig an. »Vielleicht solltet ihr wirklich einiges von dem Zeug dalassen«, sagte sie zu ihrem Schwiegersohn. »Sonst werft ihr noch um, und es gibt Verletzte.« Sie redeten darüber noch eine Weile hin und her und entschlossen sich dann, ein paar Bilderrahmen, einen ganzen Stapel eiserner Töpfe und einen kleinen Yukon-Ofen herunterzunehmen. Weitere Diskussionen folgten, bis sie schließlich ungefähr zweihundert Pfund oder mehr vom Schlitten abgeladen hatten.

~

Ein paar Stunden später zeigte sich, dass Ben richtig prophezeit hatte. Ein ganz scharfer Frost fiel so schnell ein, dass man die Nägel in den Wänden krachen hörte, als sie sich zusammenzogen. Der Ofen im Schulzimmer glühte zwar rot, so stark hatten wir eingeheizt, und trotzdem war die Temperatur im Zimmer kaum erträglich. Das kam vom Wind, der von Norden heranstürmte und Hagel mitbrachte, der so heftig gegen die Fenster knallte, dass ich fürchtete, sie würden brechen. In einem solchen Wetter wollte niemand draußen sein, und eine Zeit lang dachte ich, Isabelle und Joan würden über Nacht bei mir bleiben müssen. Doch um sieben holte Mr Purdy Isabelle ab, und ungefähr eine halbe Stunde später kam Joans Vater.

Als ich später Chuck und Ethel zu Bett brachte, klopfte es an der Tür. Ich schrie: »Herein«, doch nichts rührte sich. Als es noch einmal klopfte, ging ich zur Tür. Draußen hagelte es so, dass man kaum den Rand der Veranda sah. Direkt vor der Schwelle lag eine hübsche kleine Schachtel schön in Zellophan verpackt und mit einem glänzenden Band darum. Mein Herz gab mir einen Stoß, ich dachte sofort, dies käme von Fred, und als ich den Kopf hinaussteckte, trug mein Gesicht ein Lächeln, nach dem mir seit Wochen nicht zumute gewesen war. Doch ich hätte es besser wissen müssen, denn dort an der Wand, den Stetson bis auf die Nase heruntergezogen, stand Cab Jackson. Er schob den Hut in den Nacken und lächelte mir mit seinem dümmlichen Lächeln zu, dann hob er die hübsche Schachtel auf und reichte sie mir. »Abend, Teacher.«

Bei dieser Kälte konnte ich nichts anderes tun als ihn hereinbitten, wodurch natürlich die Kinder wieder aufwachten. Chuck sprang sofort aus dem Bett und wollte das Geschenk sehen, Ethel war gleichfalls auf, und sie wollten nicht wieder zu Bett gehen, bis ich Chuck erlaubte, die Schachtel zu öffnen und den Inhalt, ein Parfumfläschchen, herauszunehmen. Sie durften beide riechen, dann hieß es wieder zurück ins Bett. Chuck durfte die Zellophanhülle haben und Ethel das Band. Dann gab ich Cab eine Tasse Kaffee und goss mir selbst Tee ein. »Es tut mir Leid, was letztes Mal geschehen ist«, sagte er. »Ich erinnere mich kaum an etwas, aber ich wäre sehr froh, wenn Sie nicht böse auf mich wären.«

»Ich hab's überwunden.«

»Sie hätten wohl nicht Lust, sich ein bisschen mit dem Parfum anzuspritzen und hinüber ins Gasthaus zu kommen?«

»Ich kann doch die Kinder nicht allein lassen, Cab.«

Er schaute zu ihnen hinüber, und ich spürte, dass er zu einer Predigt ansetzte, also wechselte ich schnell das Thema. »Kommen Sie von Eagle?«

»Von Nulato. Hatte dort geschäftlich zu tun. Von hier geht's nach Eagle, wahrscheinlich morgen früh. Teacher«, fuhr er nach kurzer Pause fort, »darf ich Ihnen mal was sagen?«

»Dazu müsste ich erst wissen, was es ist.«

»Es geht eine Menge scheußlicher Tratsch über Sie um.«

»Dagegen kann ich nicht an.«
»Sie machen Ihre ganze Karriere kaputt, sagen die Leute, und sie haben Recht.«
»Schließen wir einen Pakt, Cab. Ich sage zu Ihnen nichts mehr über die Whiskygeschichte, und Sie schreiben mir nicht mehr vor, was ich tun soll.«
»Ich muss es aber sagen. So ein prachtvoller Mensch wie Sie es sind, da dürften die Leute nicht so reden. Ich hab große Lust, diesem Joe Temple meine Faust vor die Nase zu halten, weil er Ihnen die Bälger gegeben hat.«
»Ich hoffe, Sie lassen das bleiben«, erwiderte ich. »Ich habe ihn selbst darum gebeten.«
»Aber sehen Sie denn nicht, dass Sie Ihre ganze Zukunft kaputtmachen? Wenn der alte Strong nicht wär, hätte der Schulrat in Eagle Ihnen schon längst den Laufpass gegeben. Aber Strong redet ihnen ein, sie sollen noch abwarten ... Und, Teacher, ich möchte nicht, dass Sie die Arbeit verlieren. Ich bin so froh, dass Sie hier sind. Ich hab wirklich sehr viel übrig für Sie, das müssen Sie doch jetzt langsam wissen.«
»Ich schätze das auch, und ich schätze alles, was Sie mir zu sagen versuchen. Aber ich weiß, was ich tue, und ich tue es aus freiem Willen.«
»Das stimmt nicht, Teacher. Sie haben ein Herz so groß wie ganz Alaska, und das rennt Ihrem Verstand davon. Ich bitte Sie als jemand, der wirklich an Ihrem Glück interessiert ist und daran, dass Ihr Ruf nicht leidet – lassen Sie mich die beiden Bälger wegbringen, und Sie werden die glücklichste Frau im ganzen Forty Mile sein. Das schwöre ich Ihnen.«
»Es wird schon ein bisschen spät, Cab. Ich habe noch zu tun.«
Er stand auf und nahm die dicke Überjacke von der Trocken-

stange. Sein Blick verriet mir, dass er sich wirklich Sorgen machte. »Und Sie sind wirklich ganz gesund, Teacher? Ist Ihnen nicht manchmal schlecht oder sonst was? Das kann schon mal passieren …«

»Ich bin nicht auf den Kopf gefallen, falls Sie das meinen.«

Er lächelte. Was er dann sagte, fand ich rührend. »Sie denken wohl, ich bin unbeleckt und derb. Und vielleicht stimmt das auch. Aber ich hab ein starkes Gefühl, ein starkes und gutes Gefühl. Besonders zu Ihnen. Ich möcht was für Sie tun, was richtig Schweres. Ich möcht für Sie eine Hilfe sein. Wenn Sie wissen, was ich mein …«

»Ich glaube schon. Und ich weiß es zu schätzen.«

»Gute Nacht.«

»Gute Nacht.«

Als ich zu Bett ging, raste der Sturm, und die Böen waren so heftig, dass es nur gut war, dass die Fenster in den Rahmen festgefroren waren, sonst hätte ihr Rattern uns alle wach gehalten. Ich erwachte mitten in der Nacht. Es war wärmer, und es hagelte nicht mehr. Ich stand auf, drehte die Ofenklappe kleiner, ging dann ins Schulzimmer und tat dort dasselbe. Draußen war es so still, dass ich zum Fenster ging. Es schneite ruhig. Ich schaute nicht auf die Uhr, doch ich hatte das Gefühl, es müsse ungefähr drei sein. Wenn es so weiterschneite, musste morgen der Schnee zwei Fuß hoch liegen.

Doch es muss bald nachher aufgehört haben, denn am nächsten Morgen lag der Schnee höchstens eine Handbreit höher. Den ganzen Tag war es düster und neblig, also blieben wir auch in der Pause im Klassenzimmer.

Kurz nachdem die Schule aus war, klopfte Harry Dowles an und erklärte, er brauche ein paar Sachen aus dem Laden. Joans Mutter hatte sie noch nicht abgeholt, und ich konnte die Kinder nicht gut allein lassen, also wollte ich ihm die Schlüssel geben. Er lehnte ab. »Hab keine Lust, wie ein Ladendieb auszusehen. Dauert doch nur eine Minute.«

Ich schaute ins Klassenzimmer. Die drei spielten »Trapperhütte«. Chuck hatte eine Decke über ein paar Kisten gebreitet, und Joan und Ethel waren in dieser »Hütte«, während Chuck draußen bei den Fallen war. Sie spielten so versunken, dass ich dachte, ich könnte sie ein paar Minuten allein lassen, und ich sagte Chuck, er sollte dafür sorgen, dass sie alle drei im Klassenzimmer blieben. Dann ging ich hinaus.

Im Laden verlangte Harry blauen Nähfaden. Die Farbe, die er wollte, lag nicht im Kasten mit den anderen Garnen, also musste ich einige Schachteln durchsuchen, ehe ich sie fand. Dann wollte er Tee und fünf Pfund Zucker. Als ich den Zucker abgewogen hatte, ließ er den Blick durch den Laden schweifen und kratzte sich den Kopf. »Da war doch noch was«, murmelte er.

»Vielleicht fällt's Ihnen später ein«, erwiderte ich. Es waren schon mehr als fünf Minuten vergangen, und es drängte mich zurück.

»Nein«, beharrte er. »Etwas, was ich dringend brauch.« Er schaute um sich und machte großes Theater beim Versuch nachzudenken, und spätestens jetzt hätte ich erkennen müssen, dass etwas nicht stimmte, doch ich merkte nichts. Ich betete eine Reihe von Dingen herunter, doch er sagte immer nein, das war's nicht. Schließlich erwähnte ich Zündhölzer, und er meinte, ein paar Schachteln könne er wohl brauchen, doch das sei immer noch nicht das Vergessene. Endlich erklärte ich, ich müsse jetzt zurück, und das machte ihn sichtlich nervös.

In diesem Augenblick hörte ich Cab draußen den Hunden sein »Los!« zuschreien. Ich dachte mir weiter nichts dabei, wunderte mich höchstens, warum er so spät dran war. Am Abend vorher hatte er doch gesagt, er würde ganz früh aufbrechen.

»Na schön«, meinte nun Harry Dowles. »Fällt mir anscheinend nicht mehr ein. Rechnen Sie's jetzt zusammen.« Er legte eine Hand auf den Ladentisch, und sie zitterte. Ich sah ihn an, und er wandte die Augen ab.

Und da fiel es mir wie Schuppen von den Augen. Mein erster Instinkt wollte mir einreden, ich hätte Unrecht, so etwas würde niemand tun. Doch sofort darauf wusste ich, mein Verdacht bestand zu Recht. Es war Harry nur zu deutlich im Gesicht geschrieben. Mir wurde richtig übel.

Ich lief zur Tür und nach draußen auf den schmalen Weg zum Schulhaus und sah eben noch Angela Barrett, die sich in den Windfang des Gasthauses duckte. Cabs Schlitten war schon außerhalb des bebauten Gebietes und fuhr mit beträchtlichem Tempo neben dem Chicken Creek, und er schrie den Hunden allerlei Flüche zu und trieb sie zu immer größerer Geschwindigkeit an. Da er hinter dem Schlitten herlief, sah ich diesen im ersten Augenblick nicht. Dann machten die Hunde, dort wo der Creek ausbog, eine Linkskurve, und ein paar Sekunden lang war der Schlitten in seiner ganzen Länge zu sehen.

Im Schlitten saßen Chuck und Ethel.

20

»Cab, komm zurück!«, schrie ich. »Komm zurück!«

Ich machte ein paar Schritte ihm nach, doch das war sinnlos. Die Hunde waren ausgeruht und der Schlitten sehr schnell. Ich würde ihn nie einholen.

Ich schrie und rief noch eine Weile, doch er wandte sich nicht einmal um. Gleich darauf scherte der Schlitten scharf nach links aus, um ein Gebüsch zu umfahren, dann verschwand er.

Ich stand da wie betäubt, hörte noch, wie Cab die Hunde anfeuerte, dann verstummte auch das. Ich ging zurück.

Niemand war zu sehen außer der kleinen Joan, die vor Kälte zitternd auf der Veranda des Schulhauses stand. Die ganze Siedlung wirkte wie von allen Bewohnern verlassen. In meiner Wohnung fragte ich Joan, was geschehen sei.

Sie war so außer sich, dass sie kaum antworten konnte. Und total verschreckt war sie. »Sie sind da hereingekommen, Teacher«, stammelte sie, »eine ganze Menge Leute. Sie sind gekommen und haben Chuck und Ethel mitgenommen – nur sie. Ich hab Angst gehabt, dass sie mich auch stehlen.«

Sie brach in Tränen aus, und es dauerte ein paar Minuten, ehe sie mir sagen konnte, wer es getan hatte.

»Mr Vaughn. Und Mrs Barrett. Und der Mann, dem der Schlitten gehört … Warum machen sie so was, Teacher?«

Die Tränen saßen ihr wieder ganz locker. »Du brauchst keine Angst zu haben«, tröstete ich sie. »Die kommen nicht wieder.«

Ich gab ihr ein Plätzchen zur Beruhigung und schaute mich um. Die Schubladen standen offen, also hatten sie wenigstens Kleider für die Kinder mitgenommen. Auch die Kleider Ethels, die an der Wand gehangen hatten, waren verschwunden. Chucks Speer allerdings war noch da.

Ich konnte nicht denken. Ich versuchte es, doch alles hatte sich so schnell abgespielt, dass ich meine Gedanken nicht zusammenbekam. Das Zimmer sah leer aus, als wohne niemand darin. Tot.

Ich hörte Joans Mutter auf die Veranda treten und klopfen. Das Geräusch schien mir aus einer anderen Welt zu kommen. Ich muss wohl herein gerufen haben. Als sie eintrat, erkannte sie sofort, dass hier etwas nicht stimmte. Joan lief ihr entgegen und rief, Chuck und Ethel seien gestohlen worden. Sie schaute mich an und fragte, ob das wahr sei. Etwas steckte in meinem Hals, sodass ich ihr nicht antworten konnte.

»Wer hat sie fortgebracht?«, hörte ich sie Joan fragen.

»Mrs Barrett. Und Mr Vaughn und noch ein Mann.«

»Also, das ist schrecklich«, sagte Mrs Simpson. »Anne, das ist schrecklich.« Ich sah, wie sie ihre Hand ausstreckte, und fühlte sie meine Schulter berühren. »Wann ist es geschehen?«

Ich murmelte: »Jetzt eben.«

Sie wollte wissen, ob sie etwas für mich tun könne. Ich erwiderte: »Nein, danke. Vielen herzlichen Dank. Bringen Sie nur Joan nach Haus. Ich komme schon zurecht.«

Als sie gegangen war, saß ich und lauschte der Stille.

Meine Füße wurden kalt, also stand ich auf und suchte nach einer Beschäftigung. Ich begann Ordnung zu machen. Ich dachte, wenn ich nur eine Weile damit zu tun hatte überall Ordnung zu machen, dann würden auch die Gedanken wiederkommen, dann würde ich wieder denken und mir zurechtlegen können, was zu tun sei. Ich schob die Laden hinein, stellte die Stühle ordentlich um den Tisch und ging dann ins Schulzimmer, um nachzusehen, was ich dort tun könne. Doch die Kinder hatten recht ordentlich aufgeräumt, sodass für mich nicht viel übrig geblieben war.

Das Merkwürdige: Ich konnte nicht weinen. Ich wollte es, ich versuchte es sogar, doch es ging nicht. Wenn ich weinte, würde es hinterher mit dem Denken besser gehen, und das war doch so wichtig. Ich musste denken, musste mir etwas einfallen lassen, wie ich Chuck und Ethel zurückbekommen konnte. Als ich dies dachte, fing mein Verstand wieder an zu funktionieren. Ja, das, genau das musste ich tun – ich musste sie zurückbekommen.

Morgen war Freitag, dann das Wochenende. Ich würde jemanden bitten, mich ins Indianerdorf zu bringen. Vielleicht würde Joe Temple es tun. Oder Fred. Gleich nach der Schule würde ich aufbrechen. Da wir erst Dienstag oder Mittwoch zurück sein konnten, würde ich ein paar Schultage fehlen, aber ich hätte die Kinder zurück.

Jemand kam auf die Veranda und klopfte.

Es war Maggie Carew. Sie trat ein und stand mit gekreuzten Armen in ihrem langen, blauen Mantel vor der geschlossenen Tür. Sie ließ einen Laut hören, aus dem man von einer Mitleidsbezeugung bis zu »Na, das wär's« alles herauslesen konnte.

»Haben Sie gewusst, dass sie das tun werden?«, fragte ich sie.

»Ich habe davon gehört«, gab sie zurück. »Aber es war nicht meine Idee, falls Sie das glauben.«

»Wer hat sich das ausgedacht?«

»Ist das nicht egal?«

»Sie können herumsagen, dass Montag und Dienstag keine Schule sein wird.«
»Oh …?«
»Ich fahre ins Indianerdorf und hole Chuck und Ethel zurück.«
»Zum Teufel, das werden Sie nicht tun.«
»Das werde ich tun. Ich fahre gleich morgen nach der Schule.«
»Die Mühe können Sie sich sparen. Gott sei Dank, die Kinder kommen dort nicht mehr weg.«
»Oh doch. Das werde ich schon schaffen.«
»Das schaffen Sie niemals. Sobald Cab diesen Indos gesagt hat, was mit ihnen geschieht, wenn sie Ihnen die Kinder herausgeben, dann wird man Sie eher skalpieren, als dass sie es tun.«
»Was kann er ihnen schon sagen?«
»Wenn man Sie die Kinder auch nur ansehen lässt, ist es mit dem Dorf aus. Ein paar von ihnen arbeiten im Sommer auf dem Flussdampfer. Andere sind im Prentiss-Rasthaus beschäftigt und wieder andere in Eagle. Cab wird ihnen sagen, wenn man Ihnen die Kinder herausgibt, kriegt niemand aus dem Dorf je in der Umgebung eine Arbeit. Er wird ihnen auch sagen, dass Strong nie wieder auch nur einen Fingerhut ins Dorf bringt oder aus dem Dorf herausbefördert. Und auch niemand sonst wird das tun. Falls das immer noch nicht genug ist, wird er ihnen sagen, dass er ihnen den Polizeipräsidenten auf den Hals schickt. Sie können mir glauben, sie werden ihm zuhören. Also, wie ich schon sagte, sparen Sie sich die Mühe der Reise.«
»Ist das die Wahrheit?«
»Sie können Gift drauf nehmen, das ist die Wahrheit. Sie brauchen mir nicht zu glauben, wenn Sie nicht wollen. Fahren Sie nur hin, aber dann wundern Sie sich nicht.«

Mir war schwach in den Knien.
»Ein gutes Ende einer bösen Geschichte, wenn Sie mich fragen«, sagte sie. Dann, etwas weicher: »Sie haben Ihnen einen Gefallen getan, Annie. Ich weiß, Sie haben die Kinder gern gehabt, aber der Tag wird kommen, an dem Sie erkennen, wie viel besser Sie ohne sie dran sind. Jetzt werden Sie nächstes Jahr in Eagle unterrichten, wenigstens, wenn ich was dazu zu sagen habe, und das habe ich. Sie werden sehen, Annie, Sie werden sehen, das ist alles zu Ihrem Besten.«
»So, werde ich das sehen? Ich werde Ihnen sagen, Mrs Carew, was ich jetzt Lust habe zu tun. Am liebsten möchte ich diesen Ort auf der Stelle verlassen und niemals mehr zurückkommen.«
»Reden Sie nicht so daher. Sie meinen das nicht, und das wissen Sie.«
»Oh, ich meine es ganz im Ernst. Sind sie sich klar darüber, was Sie alle getan haben? Nur weil Sie über etwas wütend sind, weil Sie an jemandem Ihren Zorn auslassen möchten, lassen Sie ihn an diesen Kindern aus.«
»Ich weiß nicht mal, wovon Sie reden. Niemand lässt an irgendwem seinen Zorn aus.«
»Sie wissen ganz genau, wovon ich rede. Diese Kinder haben keinem Menschen etwas getan. Sie verlangten nichts als ein Dach überm Kopf und ein bisschen ordentliches Essen. Und vielleicht ein wenig Freundlichkeit von der Umwelt. Was haben sie stattdessen bekommen? Nichts als Gemeinheit.«
»Von mir nicht. Das stimmt nicht! Und auf jeden Fall ist das

jetzt ausgestanden. Hat keinen Sinn, über verschüttete Milch zu weinen.«
»Ist das alles, was Sie dazu zu sagen haben?«

»Jetzt hören Sie mal. Ich bin herübergekommen, um nett zu Ihnen zu sein. Ich weiß nicht, warum Sie *mir* die Schuld geben. Ich habe mit der Geschichte nichts zu tun.«

»Sie hätten eingreifen können. Es handelt sich schließlich um Kinder, Mrs Carew, um kleine Kinder. Was haben sie denn so Schreckliches getan? Wem haben sie Leid zugefügt? Wissen Sie denn nicht, wie es im Indianerdorf zugeht? Ist Ihnen nicht bewusst, dass Sie sie genauso gut hätten auf den elektrischen Stuhl schicken können?«

»Ich stecke meine Nase nicht in anderer Leute Angelegenheiten.«

»Ist es das, was Sie Jimmy und Willard sagen werden, wenn sie fragen – dass Sie zwei Kinder wegbringen ließen, damit sie verhungern und erfrieren, nur weil Sie Ihre Nase nicht in fremde Angelegenheiten stecken? Ich schäme mich für Sie.«

Sie marschierte zur Tür hinaus. Falls sie über meine Worte überhaupt nachdachte, dann behielt sie ihre Gedanken für sich. Meine Hände waren kalt und schwitzten. Ich ging zum Ofen, um sie zu wärmen. Seit Fred mich verlassen hatte, war mir nicht mehr so elend zumute gewesen. Meine Gedanken rasten. Ich versuchte mir vorzustellen, wo Cab jetzt war. Vermutlich schon bei Stonehouse Creek. Von dort …

Schlagartig kam mir eine Idee und ich versuchte, sie zu vertreiben, doch sie drängte so stark zurück in meinen Kopf, dass ich wusste, ich musste ihr nachgeben. Anderes gab es nicht. Ich zog unter die Mokassins noch ein paar Socken an, schlüpfte in die Parka und ging hinaus.

Ein paar dünne Flocken wirbelten durch die Luft. Sie waren trocken wie Sand und wehten wie Schleier über den Boden. Ich kam flott vorwärts, schon in zwanzig Minuten erreichte ich

Freds Haus. Isabelle kam an die Tür. Sie schaute mich erstaunt an.
»Ist Fred zu Haus?«, fragte ich.
»Hinterm Haus, Miss Hobbs. Kommen Sie herein. Ich werde ihn holen.«
»Ich gehe zu ihm hinaus.«
Ich ging ums Haus herum zum Stall. Ich hörte, dass er den Schleifstein laufen hatte. Er saß davor, betätigte das Pedal, und von der Axt, die er hielt, flogen die Funken. Er hob den Kopf, und sobald ich ihn sah, übermannte mich wieder alles, was ich so gut in mir verschlossen geglaubt hatte. Immerhin konnte ich noch hervorstoßen: »Fred, sie haben mir Chuck und Ethel weggenommen«, dann lag ich schluchzend und heulend in seinen Armen. Er versuchte immer wieder, aus mir herauszubekommen, was sich abgespielt hatte, doch ich war nicht fähig es zu erzählen. Jedes Mal, wenn ich dazu ansetzte, brach ein neuer Tränenstrom aus mir hervor. Endlich bekam ich mich unter Kontrolle und berichtete unter ständigem Schluchzen. Mitten drin kam Mrs Purdy heraus und wollte mich ins Haus bringen, doch Fred meinte, ich bliebe vielleicht besser bei ihm.
»In ein paar Minuten kommen wir hinein. Geh nur zurück ins Haus, Ma«, bat er liebevoll.
Sie verließ uns, und es gelang mir, den Rest der Geschichte zu erzählen, dazu auch, was Maggie Carew gesagt hatte – dass ich die Kinder nie zurückbekäme, sobald sie im Indianerdorf seien.
»Sie hatten kein Recht, das zu tun«, sagte er. »Sie hatten nicht das geringste Recht dazu.«
»Fred, willst du mir helfen?«
»Wie?«

»Fahr mit mir Cab nach.«
»Jetzt?«
»Ja, jetzt sofort. Noch in dieser Minute. Bitte, Fred! Wenn wir Cab einholen, bevor er ins Indianerdorf einfährt, kann ich mit ihm reden, ihm meinen Standpunkt auseinander setzen. Ich weiß, er gibt sie mir zurück, wenn ich bloß mit ihm reden kann.«
Er schwieg. »Bitte, Fred! Hilf mir, sonst bekomme ich sie nie zurück.«
»Wann ist Cab weggefahren?«
»Vor ungefähr einer Stunde.«
Ich wusste, dass ich sehr viel von ihm verlangte, und ich beschloss schweigend, ich würde nicht noch einmal bitten, falls er Nein sagte. »Bist du fest entschlossen, ihm nachzufahren?«, fragte er.
»Ganz fest.«
»Was hat er sonst noch auf dem Schlitten?«
»Whisky.«
Er überlegte. Dann sagte er: »Geh nach Haus. Zieh deine wärmsten Kleider an und pack eine paar Reservestücke ein – eine zweite Parka, Mokassins, Socken, Unterwäsche. Ich bin bei dir, so schnell ich kann.«
Ich umarmte ihn so stürmisch, dass ich ihn fast zu Boden riss.
»Geh lieber«, sagte er nur.
Ich flog nach Haus, und in zwanzig Minuten war ich bereit. Von Proviant hatte er nichts gesagt, also packte ich aufs Geratewohl gefrorene Bohnen, Tee und etwas Fleisch ein. Dann setzte ich mich nieder und wartete.
Was mochten seine Eltern wohl sagen?
Sicher würden sie ihn zurückhalten wollen, das konnte ich ih-

nen nicht verdenken. Nach einer halben Stunde fragte ich mich, ob ihre Bedenken gesiegt hätten.

Ein paar Minuten später hörte ich einen Ruf und das Geräusch eines näher kommenden Schlittens. Ich lief zur Tür, doch es war nicht Fred, es war jemand, der einen Passagier beförderte. Der Schlitten fuhr beim Gasthaus vor. Ich schloss die Tür.

Nach einer weiteren halben Stunde war ich so weit, dass ich aufgeben wollte. Und dann plötzlich, war er da.

Ich sagte ihm, was ich an Proviant eingepackt hatte, doch er riet mir, es zurückzulassen, er habe alles, was man für eine Woche brauche. »Für eine Woche!«

»Ich weiß nicht, wie schnell wir Cab einholen und was uns unterwegs widerfährt. Wenn die Piste schlecht ist, brauchen wir sicher alles, was wir haben.«

»Jemand ist eben beim Gasthaus vorgefahren. Vielleicht fragst du ihn.«

Wir gingen gemeinsam hinüber. Der Mann, der gekommen war, ein Händler, brachte einen Passagier nach Fairbanks. Als wir eintraten, aßen die beiden. Der Passagier war ein Bankier aus Dawson. Der Händler versuchte gleichzeitig ein Steak zu verschlingen und Maggie Carews Fragen zu beantworten. Sie machte sich Sorgen und ihr Mann auch. Angela Barrett war gleichfalls da.

»Sie haben nicht das Geringste von ihnen gesehen?«, fragte Maggie Carew den Händler. Sie war ziemlich außer sich.

»Der einzige Schlitten, dem wir begegneten, war der von Cabaret Jackson. Vor ungefähr zwei Stunden.«

Mr Carew versuchte, seine Frau zu beruhigen. »Schau, Maggie, sie können in schlechtes Wetter gekommen sein und sind irgendwo untergekrochen.«

»Kann durchaus sein«, stimmte der Fahrer zu. »Vorgestern war es eine Zeit lang so schlimm, dass ich den ganzen Tag über nicht mehr als eine Meile machte.«

»Und als ihr bei Jamison vorbeikamt«, fragte Maggie. »Haben Sie Rauch gesehen?«

»So nah sind wir nicht herangekommen«, erwiderte der Fahrer. »Ich blieb die ganze Zeit von Bonanza Bar bis hier auf dem Fluss.«

»Wie ist die Piste durch Franklin?«, fragte Fred.

»Stark zugeweht. Wenn Sie nicht ein besonders dringendes Anliegen haben, ist's besser, Sie bleiben, wo Sie sind.«

»Sie fahren Cab nach«, sagte Maggie zu Fred.

Er nickte, und Angela Barrett fauchte: »Hoffentlich bringt er dich um.«

»Halt's Maul«, fuhr Maggie sie an. Vielleicht hätte sie ebenso gedacht wie Angela, doch sie machte sich solche Sorgen wegen Jeannette und Elmer, dass ihr alles andere egal war.

»Bitte, Fred, schau dich um nach ihnen.«

»Wird geschehen«, erwiderte er. »Aber Sie sollten sich nicht solche Sorgen machen. Elmer kennt die Gegend hier. Er würde keinen Unsinn machen.«

»Das weiß ich«, stimmte Maggie zu. »Aber sie hätten mindestens schon in Steel Creek sein müssen, als dieser Mann durchkam, und er sagt, sie waren nicht da. Zum letzten Mal hat jemand sie bei O'Shaughnessy gesehen.«

»In Steel Creek haben sie gesagt, dass seit zwei Tagen niemand durchgekommen ist.«

»Vielleicht hat Elmer dort nicht angehalten«, meinte Fred. »Vielleicht ist er auf dem Fluss geblieben und dann direkt nach Liberty.«

»Haltet gut Ausschau«, bat Maggie.
Fred versprach das, und ein paar Minuten später waren wir beim Schlitten. Die Kufen waren angefroren.
Fred schrie den Hunden zu. Sie stemmten sich ins Geschirr, zogen dann nach rechts, und mit lautem Krachen löste sich der Schlitten vom Eis.
Er rief mir zu einzusteigen, doch ich schlug vor, lieber mit ihm nebenherzulaufen, solange ich es durchhielt, um die Hunde zu schonen.
»Davon wirst du noch genug zu tun kriegen«, sagte er. »Es ist gescheiter, wir schonen dich, sosehr wir können.«
»Los!«, schrie er, sobald ich im Schlitten saß. Und es ging los. Die ersten paar Meilen kamen wir schnell voran. Die Hunde waren eifrig und die Steigungen sanft. Dann wurde die Piste schwieriger, und ich stieg aus, lief daneben her oder half, den Schlitten durch niedriges Nadelgebüsch, auf steile Böschungen hinaufzuschieben oder wieder hinunter und durch die mit überschneiten Grashügeln versetzte Tundra. Ich hielt nach allem Ausschau, was den Schlitten zum Umstürzen oder Steckenbleiben bringen könnte, und ich fühlte mich stolz über meine Leistung. Ich schleppte mein eigenes Gewicht über eine schwierige Piste. Dann wurde ich nachlässig und sah die vereiste Steinplatte nicht. Eine Kufe glitt darüber, der Schlitten stürzte um, und bevor ich ihn aufhalten konnte, rutschte er von der Piste und in eine Schneewehe. Wir konnten ihn nicht bewegen.
»Wir werden etwas von der Ladung herausnehmen müssen«,
 erklärte Fred.
»Aber das braucht so viel Zeit«, wandte ich ein.
»Es ist das Einzige, was wir tun können.«

Langsam gingen wir ans Entladen – zu langsam, fand ich. Ich arbeitete umso schneller, je wütender ich über meinen Fehler war. Fred hielt mich zurück. »Langsamer«, sagte er.
»Er wird uns davonfahren.«
»Du bist jetzt nicht in der Schule, du bist auf der Piste. Mach langsamer und behalte deinen Schal überm Gesicht.«
Ich wusste, dass er Recht hatte. Man musste sich zügeln, nicht so schnell bewegen, sodass man anfing, durch den Mund zu atmen, wodurch die viel zu kalte Luft in die Lunge drang. Die oberste Regel auf der Piste ist – sich nie verausgaben. Wir mussten die halbe Ladung herunternehmen, ehe wir die Kufen freibekamen, dann alles wieder aufladen, und alles in demselben langsamen, auf die Nerven gehenden Tempo.
»Hätten wir das hier nicht umfahren können?«, murrte ich und warf ein Päckchen mit rohem Fleisch auf den Schlitten.
Fred zog seinen Schal herunter. »Schau mal dorthin.« Er deutete in die Ferne. »Siehst du den Einschnitt zwischen den beiden Hügeln?« Ich sah ihn durch die graue Luft – ein Pass zwischen zwei Felszacken, die über die Baumlinie hinausragten.
»Dort wollen wir hin«, sagte er. »Es wird eine lange Fahrt. Du stehst sie nicht durch, wenn du dich anstrengst. Wir fahren so schnell wir können.«
Ich wurde ganz klein. »Entschuldige, bitte«, sagte ich.
»Schon gut. Wir holen ihn ein, da brauchst du keine Angst zu haben.« Sobald wir die Tundra hinter uns gelassen hatten, wurde die Fahrt zu einem Traum. Wie ein Film, der auf »langsam« gestellt ist. Wir folgten einer Piste, die sich endlos vor uns her zu schlängeln schien, hier über einen Bach führte, dort einen Hügel umrundete, und wenn der hinter uns lag, wieder über einen Hügel. Die Hunde ließen nie nach. Wenn wir auf

einem flachen Stück waren, liefen sie schnell und freudig, und wenn die Piste schlecht wurde, legten sie sich erst recht ins Zeug, fast als machte es ihnen Spaß. Es wurde schnell Nacht, und die Nacht war sehr dunkel. Über den sternhellen Himmel wogten die Nordlichter wie Vorhänge, die sich im Wind blähen.

Wir sprachen nicht. Wir brauchten nicht zu sprechen, und das nicht nur, weil wir unsere ganze Kraft für das Gleichgewicht unserer Bewegungen brauchten. Wir befanden uns auf der Piste, wir überquerten mit den Kufen Schnee, der zehn Fuß tief war, wir mühten uns durch Verwehungen und manchmal, wenn die Piste glatt genug war, segelten wir.

Drei Stunden später erreichten wir den Sattel, ein langer, weißer Hang, durch nichts gekennzeichnet als die Zwillingsspuren von Cabs Schlitten. Dann waren daneben die kleinen Fußspuren von Chuck und Ethel zu sehen, und ich fragte mich, wie sie wohl durchhielten und ob Cab sie zu heftig antrieb und ungeduldig mit ihnen war. Auf halber Höhe hörten Ethels Fußspuren plötzlich auf, und ich sah die Stelle, wo sie sich niedergesetzt hatte. Sie war zu müde geworden, um weiterzugehen. Cab war noch ein Stück vorausgestiegen, dann zurückgekommen, er hatte sie aufgehoben und zum Schlitten gebracht. Ich dachte, wenn wir oben auf dem Pass stünden, würde sich vielleicht ein Wunder ereignen und wir könnten Cabs Schlitten vor uns sehen, doch davon war keine Rede. Es war zu dunkel, um mehr zu sehen als endlose schwarze Wälder und die schwarze, gewundene Linie des Forty-Mile-Flusses.

Die Abfahrt belohnte uns für den Aufstieg. Zwei ganze Meilen lang stand Fred auf den Kufen, und der einzige Laut, den man hörte, war das Aufklatschen der Schneeklumpen, die die Hunde aufwarfen. Ich wunderte mich, wie die Hunde so Stunde um Stunde weiterlaufen konnten, immer mit der eisigen Luft in den Lungen. Ab und zu, wenn die Fahrt nicht gar zu schwierig war, bissen sie einander spielerisch in die Flanken.

Zum Fluss führte die Piste in eine Art Schlauch, und sobald wir auf dem Eis waren, ging's darüber hin wie im Expresszug, in leichten Kehren, wenn Schneewehen und grober Eisfläche ausgewichen werden musste. Wieder konnte Fred weite Strecken auf den Kufen stehen, und ich konnte zumeist im Schlitten sitzen. Hätten wir nicht Cab jagen müssen, wäre ich mir wie im Himmel vorgekommen.

Nach einer Weile kam der Mond hervor. Wir fuhren so gleichmäßig dahin, dass sogar Fred für einen Augenblick nicht aufgepasst haben musste, denn plötzlich, ohne Anzeichen schlug Pancake einen Haken nach links und Fred verlor das Gleichgewicht. Er fiel von den Kufen, kämpfte um sein Gleichgewicht und sprang wieder auf. Pancake zog immer noch nach rechts und schlug einen großen Bogen. Fred schrie ihm zu, stehen zu bleiben, doch er lief weiter, bis Fred das ganze Gespann zum Halten brachte.

Fred ging zu seinem Leithund und entlud seinen Zorn über ihn.

»Was zum Teufel ist los mit dir? Hast du ganz den Verstand verloren? Das hätte beinahe ein Unglück gegeben, du verdammter Narr.« Und so weiter noch ein paar andere Dinge, die nicht eben Lobsprüche waren. Pancake ließ den Kopf hängen und nahm alles hin. »So, und jetzt läufst du, verdammt noch mal, dort, wo du laufen sollst«, warnte ihn Fred. Er stieg wieder auf den Schlitten, trieb das Gespann an, doch Pancake zog wieder nach rechts.

Fred brachte den Schlitten wieder zum Stehen, und diesmal dachte ich, Pancake würde Prügel kriegen, doch da irrte ich. Er besah sich die Stelle, die Pancake unbedingt hatte vermeiden wollen, genau und von allen Seiten. Er hatte mir schon früher einmal gesagt, wie oft das Leben eines Mannes vom Instinkt seiner Hunde abhängen kann, und dies war eine solche Gelegenheit. »Ich sollte mich schämen«, murmelte er.

Er ging wieder zu Pancake, ließ sich auf die Knie nieder, legte ihm die Arme um den Hals, rieb seine Wange an der des Hundes und lobte ihn, was für ein guter Hund er sei. Ich begriff das alles erst, als Fred es mir zeigte. »Siehst du das dort – wo der Schnee ein bisschen dunkler ist, fast gelb?« Endlich sah ich es. Es wirkte wie ein Schatten. »Das ist eine warme Stelle. Wasser. Das Mindeste wären nasse Kleider gewesen, aber wahrscheinlich wäre mehr passiert. Pancake hat es gerochen.«

Drei elende Stunden später erreichten wir eine kleine Hütte, bis zur Dachrinne unter dem Schnee. Der Bewohner hatte einen schmalen Weg vor der Tür geschaufelt und Fenster freigemacht, sonst hätte man kaum erkannt, dass da eine Hütte stand. »Bleib du hier«, bat Fred. »Soviel ich weiß, ist der Mann nicht sonderlich freundlich.«

Aus dem Ofenrohr drang Rauch, und durchs Fenster schien ein trübes, gelbes Licht. Als Fred klopfte, knurrte drinnen ein Hund.

»Wer ist da?«, fragte eine grobe Stimme.

»Fred Purdy.«

»Hab gehört von dir. Du lebst in Chicken.«

»Stimmt.«

»Verschwinde wieder«, fuhr die Stimme fort. »Ich kenne dich nicht und will dich auch nicht kennen lernen.«

»Ich habe eine Dame im Schlitten. Wir sind seit über sechs Stunden auf der Piste und würden uns gern ein paar Minuten ausruhen.«
»Hier ist kein Gasthaus.«
»Wir werden Ihnen nichts wegessen. Wir wollen uns nur ein bisschen aufwärmen.«
»Macht euch doch selbst ein Feuer. Verschwindet!«
Fred murmelte etwas, das ich nicht verstand, und ich fiel ein: »Fred, gehen wir. Wir müssen ja nicht hier Pause machen.«
»Hör auf die Dame, Freundchen«, ertönte die Stimme. »Die hat Vernunft. Ich habe meine 306er auf die Tür gerichtet, und wenn ihr versucht, hier reinzukommen, schieß ich euch in tausend Stücke.«
Fred machte einen Satz von der Tür weg. »Ist in den letzten paar Stunden ein anderer Schlitten hier vorbeigekommen?«
Keine Antwort. »Hast du mich gehört?«
»Klar, ich hab dich gehört.«
»Nun, ist einer vorbeigekommen?«
»Ich sage nicht Ja, und ich sage nicht Nein.«
Fred kochte vor Wut. Er ging zum Schlitten zurück, nahm sein Gewehr heraus und zog die Hülle ab. Dann ging er zur Hüttentür und entsicherte das Gewehr. »Hast du das gehört?«, fragte er.
»Hab's gehört«, erwiderte die Stimme eine Nuance weniger grob.
»So, du ungastlicher Dreckskerl«, fuhr Fred fort, »und jetzt frage ich dich noch mal. Kriege ich dann keine Antwort, schlage ich dir alle verdammten Fensterscheiben ein. Ist kürzlich ein anderer Schlitten vorbeigekommen?«
»... ja.«

»Wie lang ist das her?«
»Vielleicht drei Stunden. Es war Cab Jackson. Er wollte hereinkommen, und ich sagte ihm das Gleiche wie euch.«
»Bist du sicher, dass es schon so lang her ist?«
Pause.
»Drei Stunden und vierzehn Minuten. Ich habe hier ein Buch, da schreibe ich immer rein, wann jemand vorbeikommt.«
»Danke.« Er kam zum Schlitten zurück. »Er musste zum O'Shaughnessy-Rasthaus weiter. Dort bleibt er vermutlich über Nacht. Das sind acht Meilen. Wir können jetzt entweder hier Feuer machen und ausruhen oder weiterfahren. Ich bin für Weiterfahren, falls du es schaffst.«
»Ich schaffe es«, erwiderte ich schwach. Er sah so wütend aus, dass ich alles getan hätte, was er verlangte, ich hätte sogar auf dem Schlitten Doppelräder geschlagen. In gewissem Sinn bewunderte ich ihn für seine Härte und Ausdauer, doch andererseits beunruhigten sie mich. Bis dahin hatte ich nicht viel darüber nachgedacht, was sich abspielen würde, wenn wir Cab einholten, sondern hatte irgendwie angenommen, ich würde mit ihm ein vernünftiges Wort reden und ihn so dazu bringen können, mir Chuck und Ethel zurückzugeben. Aber wie, wenn mir das nicht gelang? Cabs Verhalten war manchmal völlig unvorhersehbar. Es war durchaus möglich, dass er sich niederträchtig verhielt und Fred gemein beschimpfte. Vor meinem innern Auge bauten sich alle möglichen Szenen auf, zu denen auch der Gebrauch von Schusswaffen gehörte.
»Fred, bitte versprich mir etwas.«
»Was?«

»Wenn wir zum Rasthaus kommen, lass mich mit Cab verhandeln.« »Ich versprech's.«
»Großes Ehrenwort? Ich möchte nicht, dass du mit ihm in eine Schlägerei verwickelt wirst.«
»Da sind wir einer Meinung.« Er lächelte.
Wir müssen für die acht Meilen zum Rasthaus fast vier Stunden gebraucht haben. Zwar hatte der Händler für Cab die Piste ausgefahren, und Cab sie noch mehr für uns, doch trotzdem war das Weiterkommen schwierig. Und ich hielt uns auf. Für diese Piste brauchte man Ausdauer – jene Ausdauer, die man nur durch langjährige Übung erwirbt. Was ich hätte tun müssen, war, ständig neben dem Schlitten herzulaufen, doch so war ich ein Hemmnis. Fred verlor kein Wort darüber, und er rief mir auch nie zu, schneller zu sein. Er behielt sein gleichmäßiges Tempo bei.
Der Wind half uns auch nicht. Gleich, nachdem wir die ungastliche Hütte hinter uns gelassen hatten, drehte er und blies uns eine Zeit lang so heftig ins Gesicht, dass wir alle paar Minuten das Eis von den Wimpern entfernen mussten. Dann riss eine der Leitleinen, und wir mussten einander ablösen, sie zu flicken. Jeder arbeitete, bis die Finger zu kalt wurden, dann löste ihn der andere ab.
Als das O'Shaughnessy-Rasthaus endlich in Sicht kam, schien mir, ich hätte im Leben nichts so Warmes und Einladendes gesehen wie das gelbe Licht in den Fenstern. Wir hielten in Richtung auf das Begrüßungsjaulen der Hunde, die in der Scheune angebunden waren, und als wir anhielten, sahen wir, wie eine vermummte Gestalt aus der Rasthaustür trat. Es war Mr O'Shaughnessy.
»Hinein mit dir«, überschrie er das Heulen des Windes, als er

erkannte, dass ich ein Mädchen war. »Ich helfe deinem Mann mit den Hunden.«

Er brauchte mir das nicht zweimal zu sagen. Ich lief zur Tür und war so völlig sicher, jenseits von ihr auf Cab zu treffen, dass mein Magen sich augenlicklich verkrampfte. Als ich die Tür öffnete, blies mich der Wind hinein und riss sie mir fast aus der Hand. Ein Mann, der drinnen saß, sprang auf und schloss sie hinter mir. Die warme Luft im Raum überfiel mich mit prickelnder Hitze, und die plötzliche Stille ließ mich fast taumeln. Mr O'Shaughnessys indianische Frau hatte den Tisch schon neben den Ölfass-Ofen gerückt. »Schnell setzen, Teacher. Warm werden«, sagte sie freundlich, dann eilte sie zum Herd, um mir eine Tasse heißen Tee einzugießen. Ich war erstaunt, dass sie sich an mich erinnerte. Es war fünf Monate her, seit wir uns gesehen hatten, als ich mit Mr Strong und Chuck hier Halt machte.

Ich fiel auf den Stuhl und schaute mich um. Von Cab war nichts zu sehen. Hinten im Zimmer war der Schlafraum durch ein paar aufgehängte Decken abgeschirmt. War er mit den Kindern womöglich dahinter? Mrs O'Shaughnessy stellte den dampfenden Tee vor mich hin und half mir aus der Parka. Der Mann räusperte sich.

»Auch eine Nacht zum Spazierenfahren«, sagte er zur Wirtin. In Wirklichkeit galt das mir, doch er wahrte die Form. Wenn jemand von der Piste hereinkam, war er müde und durchfroren, und man wartete, bis er das Gespräch eröffnete. Nun hörte ich es hinter den Decken schnarchen.

Ich sprach leise. »Ist Cab Jackson hier?«

Mrs O'Shaughnessy schüttelte den Kopf. »Nein.«

»Suchen Sie ihn?«, fragte mich der Mann in einem solchen

Ton, dass ich annahm, er wüsste meine Antwort. Er war groß und blass und trug eine Brille. Ein Brillenglas war gesprungen, und er hatte es mit Heftpflaster geklebt.

»Ja.«

»So ein Pech«, erwiderte er. »Er war hier und ist wieder weg. Vor ungefähr einer halben Stunde.«

21

»Nein, den elenden Schurken holt ihr nicht ein, bevor er im Indianerdorf ist«, sagte Mr O'Shaughnessy in seinem unnachahmlichen Irisch-Englisch. Dieser freundliche, gnomenhafte Mann mit den dichten, buschigen Brauen und der rot geränderten Nase versuchte Fred und mich zu überzeugen, dass es sinnlos war, Cab nachzufahren. »Bleibt und schlaft euch ordentlich aus. Der Mann hat zu tüchtige Hunde. Viel zu tüchtige für einen, wie er ist. Deine sind natürlich auch prachtvoll«, fügte er zu Fred gewandt schnell hinzu. »Aber die, die er hat, laufen wie der geölte Blitz. Und bei allen Heiligen, Mann, er hat schon eineinhalb Stunden Vorsprung.«

Cab war nur so lange geblieben, bis er sich aufgewärmt und gegessen hatte, erzählte uns der Wirt, nachdem wir die Kleider gewechselt hatten. Cab sei entschlossen, erst zu schlafen, wenn er das Indianerdorf erreicht hatte.

»Sind Sie sicher, dass er nirgends sonst Pause macht?«, fragte ich ihn. »Ja, wo denn?« Meine Frage schien ihn zu überraschen. »Zwischen uns und dem Indianerdorf ist nichts als eine einsame Hütte.«

Seine Frau hatte uns herrliche, saftige, dicke Steaks gebraten, doch ich brachte von meinem kaum die Hälfte hinunter. Seit ich wusste, dass Cab weitergefahren war, hatte ich den Appetit verloren.

»Warum ist er nicht geblieben?«, fragte ich. »Warum diese Eile?«

Mr O'Shaughnessy warf dem Mann mit der zerbrochenen Brille einen Blick zu, als bäte er ihn zu antworten, doch dann gab er selbst Antwort auf die Frage. »Weil er hirnverbrannt ist. Das hab ich ihm auch gesagt. ›Das ist eine fürchterliche Anstrengung für die kleinen Frösche‹, habe ich zu ihm gesagt. Hat er gehört? Nein, das hat er nicht. ›Ich hab's mir vorgenommen‹, sagte er. ›Ich muss meine Mission erfüllen, und ich schlafe nicht, bis die erfüllt ist. Ich mache keine Pause, bis ich fertig bin mit dem, was ich mir vorgenommen habe.‹ Na, hat er das gesagt oder werde ich in die sieben Höllen geworfen, weil ich lüge?«, fragte er den Mann.

Der Mann nickte. Er war ein Nachbar, hieß Joshua Potter und war nur zu Besuch gekommen. »Das ist genau das, was er sagte«, stimmte er zu.

»Es tut mir Leid, Fräuleinchen«, sagte Mr O'Shaughnessy zu mir.

Mrs O'Shaughnessy kam herüber an den Tisch. »Sie nicht essen«, sagte sie.

»Ich bin nicht hungrig.«

Der Mann, der hinten in einem Stockbett schlief, fing wieder an zu schnarchen und blieb eifrig dabei, bis Mr O'Shaugh-

nessy hinter die Decken ging und ihn anstieß. Er war während der ganzen Zeit unserer Rast nicht aufgewacht.
Ich blickte zu Fred hinüber. Seit wir hier waren, hatte er kaum ein Wort gesprochen. »Und was ist, wenn wir über ›Die Wand‹ fahren?«, fragte er jetzt den Wirt. »Glaubst du, wir könnten ihn dann erwischen?«
»Die Wand?« Er legte den Kopf schief und knurrte. »Jetzt ist eine schlechte Zeit für diese Route. Sehr schlechte Zeit.«
»Wir würden zwei Stunden einsparen.«
Mr O'Shaughnessy schaute seinen Besuch an. »Was sagst du, Josh?«
»Ihr könnt ihn einholen«, sagte dieser zu Fred. »Falls euch der Schlitten nicht auseinander fällt.«
»Habt ihr Ketten, die ihr mir borgen könnt?«, fragte Fred.
»So viel du willst«, erwiderte Mr O'Shaughnessy.
Fred warf mir einen Blick zu. Er war müde. Wir beide waren müde. Er wandte die Augen schnell wieder ab. »Wenn Sie mir sagen, wo sie sind, hole ich sie mir.«
»Ich komme mit dir.«
Fred nahm seine Kleider auf. Als er hinausgehen wollte, rief ich:
»He, du hast etwas vergessen!«
»Was denn?«
»Meine Klamotten«, sagte ich und stand auf. Ich hatte den Ausdruck gebraucht, um ihn zum Lächeln zu bringen.
»Ach ja …«
Ich sammelte meine eigenen Kleider auf und gab sie ihm »Was ist ›Die Wand‹?«, fragte ich Josh, als sie draußen waren.

»Die Schneehuhnwand. Ein Pass. Ein ganz schlimmer.« Er hob eine Hand und hielt sie flach. Dann neigte er sie so, dass sie ein ganz steiles Gefälle andeutete. »Ist so steil, dass es aussieht wie eine weiße Wand. Um diese Jahreszeit besteht sie halb aus Eis.«

Ich dachte an Chuck und Ethel. »Wäre es möglich, dass Cab diesen Weg genommen hat?«

»Ohne den Whisky hätte er's sicher getan.«

»Mit den Kindern?«

»Seien Sie froh, dass er den Whisky mithat.«

Ich hörte die Hunde jaulen, als Fred und Mr O'Shaughnessy sie aus der Scheune brachten. Ich lehnte mich zurück, schloss die Augen und genoss die letzten Augenblicke der Wärme und stellte mir vor, wie herrlich es wäre zu schlafen, bevor ich wieder hinaus musste. Es war fast zwei Uhr morgens, und wir waren mehr als acht Stunden gefahren. Plötzlich fiel mir etwas ein, das mich die Augen weit aufreißen ließ. Fred wäre beinahe ohne meine Kleider hinausgegangen. Ich fuhr bolzengerade vom Stuhl hoch.

Draußen rutschte ich aus und wäre beinahe gefallen, bevor meine Mokassins auf dem festgetretenen Schnee Halt fanden. Die Hunde waren fertig angeschirrt, und Fred bückte sich vorn über den Schlitten. Er überprüfte die Hauptleitleine, ob sie auch sicher halten würde. Damit hatte es Ärger gegeben. Als ich den Schlitten erreicht hatte, wusste ich, dass es richtig gewesen war, herauszukommen. Die Plane war über der Ladung festgebunden, und Mr O'Shaughnessy trug meine Kleider in einem Bündel unterm Arm.

»Du wolltest ohne mich fahren«, sagte ich zu Fred.

»Cab hat einen so großen Vorsprung«, erwiderte er. »Wenn ich allein bin, kann ich ihn leichter einholen.«

»Ich komme aber mit ...«

»Anne …«
»Allein fährst du nicht. Das ist mein voller Ernst.«
»Es wird von hier an noch schwieriger, und du bist müde …«
»Es kommt nicht infrage, dass du ihn allein einholst.«
Ich blieb fest, und er gab nach. Die Ladung musste neu gepackt werden, damit Raum für mich zum Sitzen blieb. Dann gingen wir wieder hinein und verabschiedeten uns von allen.

Ich konnte ungefähr eine Meile im Schlitten sitzen, und jedes Mal, wenn ich an Freds Absicht dachte, schnürte es mir die Kehle zu. Als wir zum Ufer einer morastigen Stelle kamen, die wir überqueren mussten, stieg ich aus. Ich legte ihm die Hand auf den Arm.
»Fred.« Ich zog den Schal vom Mund. »Ich bin stolz auf dich.«
Er nahm mich in die Arme und hielt mich ein paar Augenblicke fest. »Mir geht es ebenso mit dir«, gab er zurück. Dann ließ er mich los, und wir fuhren weiter. Ich hatte jetzt das Gefühl, ich könnte alles auf mich nehmen.
Die nächsten sechs Stunden werde ich mein Leben lang nicht vergessen. Alte Pioniere wie Ben und Onkel Arthur hatten mir Dutzende Geschichten von Gewalttouren mit dem Hundeschlitten erzählt und wie sie öfter, als sie sich daran erinnern mochten, um ein Haar erfroren wären. Aber auf dieser Fahrt wurde mir klar, dass ich keine Ahnung gehabt hatte, wovon sie redeten.
Verglichen mit dem, was jetzt auf uns wartete, war die Fahrt auf dem Fluss ein Spaziergang gewesen. Wir schnitten den Weg über verschiedene Hügel ab, fuhren nicht mehr nur auf dem schmalen Pfad, und immer wieder war der Schlitten nahe

daran umzufallen. Zweimal musste Fred auf eine Distanz von je einer Viertelmeile die Schneereifen anlegen und durch Schnee, der uns sonst bis zur Taille verschluckt hätte, einen Weg vorstapfen. Währenddessen stand ich an den Handgriffen und ließ den Schlitten ganz langsam weitergleiten. Mehrmals mussten wir beide hinten anschieben, während die Hunde ihr Letztes hergaben, ihre Last eine steile Böschung oder das Bruchufer eines Baches hinaufzuziehen. Halb zugeschneites Buschwerk verfing sich in den Kufen und zerriss unsere Mokassins.

Erschöpft vor Schlaflosigkeit, zermürbt vom Ruckeln und Stoßen des Schlittens und steif gefroren vom kalten Wind setzte ich mich einmal in den Schnee und weinte. Ich rief Fred zu, er sollte weiterfahren und mich hier sitzen lassen, ich könne nicht weiter.

Doch nicht die ganze Strecke war so schwierig. Einmal zogen die Hunde plötzlich an, als ich auf den Kufen stand und Fred nebenher lief, und ich ließ die Griffe aus den Händen. Ich flog im Bogen eine Böschung hinunter und machte mich auf einen harten Aufprall gefasst. Stattdessen schlug ich einen Purzelbaum und landete auf dem Rücken wie in einem weichen Federbett, die Beine senkrecht in der Luft. Ich starrte zum Himmel, während Fred dem Schlitten nachlief. Ich lag immer noch in derselben Haltung da, als er die Böschung herunterrutschte und das Gesicht über mich beugte. »Anne, hast du dir wehgetan?«

Ich wusste, wie lächerlich ich aussehen musste – ein auf dem

Rücken liegender Maikäfer. »Wehgetan – dass ich nicht lache.« Ich strampelte mit den Beinen. Das war genau, was wir brauchten. Wir fingen hysterisch zu lachen an. Sogar nachher noch, als wir wieder fuhren, brauchten wir uns nur einen Blick zuzuwerfen, um wieder loszukichern. Dieser Vorfall bezeichnete fast einen Wendepunkt, denn nach einer Weile wurde die Piste leichter, und wir fuhren ein kurvenreiches Bachbett hinauf. Sogar der Wind war jetzt auf unserer Seite, besser gesagt, in unserem Rücken, und gab uns einiges an zusätzlicher Geschwindigkeit.

»Dort ist es«, schrie Fred endlich. »Die Schneehuhnwand.«

Ich verdrehte mir den Hals, sah jedoch nichts, was einer Wand ähnlich sah.

»Wo denn?«

»Auf der anderen Seite von diesem Hügel.«

Von hier aus sah es schon ziemlich steil aus, doch das war nichts dagegen, wie es vor uns aufstieg, als wir den Fuß des Passes erreichten. Der Gipfelpunkt befand sich eine halbe Meile über uns, und es schien mir unmöglich, dass die Hunde imstande sein würden, den Schlitten hinaufzuziehen. Dazu war der Steilhang voll von Hindernissen – Vorsprüngen, Spalten, Felsbrocken und niedrigem Fichtengestrüpp. Es würde auch mit Rückenwind ein harter Aufstieg werden.

»Gibt es keinen anderen Weg hinauf?«

»Ja, das wohl, aber der kostet zu viel Zeit.« Fred musste schreien, um sich verständlich zu machen. »Wir schaffen das schon. Los!«

Ich stellte mich mit ihm hinter den Schlitten, und wir schoben beide an, um den Hunden zu helfen. Nach ein paar Minuten musste ich stehen bleiben und nach Atem ringen. Es war, wie wenn man einen Felsblock bergauf rollen will: die Schultern mit aller Kraft nach vorn stemmen, ein paar hundert Fuß hinaufkeuchen, dann kurz rasten. Ich spürte jeden Weidenast, jeden Stein durch meine Mokassins. Für die Hunde war es genau so eine Plage wie für uns. Sie keuchten und versuchten, mit den Füßen Halt zu finden, wo es keinen gab, sie keuchten und zogen sich dort hoch, wo sie Halt fanden.

Und endlich waren wir oben und fielen alle vor Erschöpfung in den Schnee, als wären wir Teile eines großen Körpers. Meine Füße waren aufgerissen, und ich wusste, dass ein paar meiner Zehen bluteten. Ich lag auf der Seite und schnappte krampfhaft nach Luft. Fred lag neben mir.

»Wenn dir nach Weinen zumute ist«, keuchte er zwischen tiefen Atemzügen hervor, »dann tu's. Ich weine mit.«

Ein paar Minuten später setzte ich mich auf und schaute über das Land, das jenseits des Passes lag. Wir waren auf dem Dach der Welt, und trotz der Erschöpfung hob sich meine Stimmung. Die breite graue Linie des Flusses wand sich nach Nordosten durch Berge, deren Flanken mit Nebel verhangen waren. Über dem Nebel erhoben sich weiße Spitzen, die sich scharf gegen den nächtlichen blauen, von Sternen übersäten Himmel abhoben. Direkt unter uns verlief ein langer, geschwungener Hang, verlockend wie ein Zauberteppich, ein Teppich, der in ein Wunderland entfernter, dunkelgrüner Wälder führte. Es konnte einen schwindlig machen.

Ich hätte gern gewusst, wie weit hinunter der wunderbare Hang verlief. Nach diesem Aufstieg, den wir eben hinter uns gebracht hatten, wirkte er wie der Traum jedes Schlittengespanns. Die Hunde würden ihn in mühelosem Tempo bewältigen, während Fred und ich elegant im Schlitten saßen.

»Das kann doch nicht ›Die Wand‹ sein«, meinte ich verwundert. »Nein. Die ist weiter unten.«

»Wie weit?«

»Ein paar Meilen.«

Diese bewältigten wir so mühelos, wie ich mir gedacht hatte, und der Wind blieb hinter dem Pass zurück. Es war wie eine Fahrt durch Bühnenkulissen in der klaren, scharfen Luft und im Mondlicht, das auf den im Raureif stehenden Büschen flimmerte. Der Hang endete auf einem Plateau, und wir bogen nach rechts, entlang an einer senkrechten Wand, bis der Boden abfiel und wir ein Stück durch eine schmale Durchfahrt fuhren. Nach und nach wurde die linke Seite der Durchfahrt niedriger, die Durchfahrt weitete sich aus, und wir kamen auf einer schmalen Bergrippe heraus. Und dort fiel »Die Wand« ab. Mir fiel ein, welche Angst ich gehabt hatte, mit den Skiern den Hügel vor Joe Temples Hütte hinunterzufahren. Was ich hier sah, ließ diesen Hügel wie ein Stück flaches Land erscheinen. Ich brauchte nicht mehr zu fragen, wie er zu seinem Namen Schneehuhn-Wand gekommen war. Es war offensichtlich: Man brauchte Flügel wie ein Schneehuhn, um heraufzukommen und Flügel für den Abstieg. Er war wie ein langer, gefrorener Wasserfall von Schnee und vereisten Felsen, der eine halbe Meile weiter unten im Schneehuhn-Creek endete. Sogar zu Fuß hätte man den Abstieg hauptsächlich rutschend machen müssen.

»Fred, wir können nicht mit dem Schlitten da hinunter. Das ist Selbstmord!«

Er war schon dabei, die Hunde auszuspannen.

»*Wir* gehen auch nicht da hinunter mit dem Schlitten. *Ich* gehe.«

Jetzt erkannte ich, was Mr O'Shaughnessys Freund gemeint hatte, als er sagte, es könnte gelingen, wenn der Schlitten zusammenhielte. Wenn er außer Kontrolle geriet und zu schnell fuhr, würde er in tausend Trümmer gehen. Der Fahrer könnte schwer verletzt, vielleicht sogar getötet werden.

Ich versuchte mehrmals, Fred davon abzubringen, doch er hörte nicht auf mich. Er sagte, er hätte es schon einmal gemacht, allerdings nicht so spät im Jahr, bei verharschtem Schnee und Eis auf den Felsen. »Aber ich schaff's schon«, sagte er immer wieder. Dabei war er eifrig damit beschäftigt, die Hunde auszuspannen, sodass ich ihm nicht in die Augen sehen und feststellen konnte, ob er seiner selbst wirklich so sicher war, wie er sich gab. Dann drehte er den Schlitten um, sodass er mit dem Vorderende zur »Wand« stand.

Wir waren fast damit fertig, die Kufen mit Ketten zu versehen, als Fred auf etwas in der Entfernung deutete. »Schau.«

Ich sah nichts als das lange, flache Bett des Flusses.

»Es ist Cab«, fügte er hinzu. Mein Herz setzte einen Augenblick aus. »Dort auf dem Fluss, ganz rechts von uns. Siehst du!«

Nun sah ich es – ein flacher, länglicher Fleck, dunkler als das ihn umgebende Grau. Über die große Entfernung sah es aus, als bewege er sich kaum.

»Bist du sicher, dass er es ist?« Ich spürte, wie die Erregung langsam in mir aufstieg.

»Klar ist er es. Wenn wir den Fluss erreichen, wird er uns vielleicht noch ein Stück voraus sein, aber nicht viel.«

Wir beendeten schnell die Arbeit mit den Ketten, dann wies Fred mich an, mit den Hunden an den Abstieg zu gehen. »Ich hole dich schon ein.«

»Fred …«

Ich war hin und her gerissen zwischen der Erregung, Cab einzuholen, und der Angst um Fred.

»Geh nur«, sagte er. »Keine Angst, ich schaffe es schon.«

Ich machte mich mit allen Hunden außer Pancake an den Abstieg. Fred brauchte den Leithund, um den Schlitten in der richtigen Richtung zu halten. Zu gehen brauchte ich nicht, ich musste nur das Gleichgewicht halten und rutschte praktisch hinunter, während die Hunde nacheinander schnappten und tänzelnd neben mir herliefen. Als ich halbwegs unten war, stieß Fred den Schrei aus, der Pancake in Gang setzte. Ich rief den Hunden Halt zu und setzte mich schnell nieder, wobei ich einen Mokassin gegen einen Felsbrocken stemmte. Als ich hinaufschaute, bewegte sich der Schlitten schon abwärts. Pancake war an der langen Leine, und die war straff gespannt. Ob es dem Hund gelänge, sie straff zu halten, sobald die Geschwindigkeit des Schlittens zunahm, war eine andere Sache. Mit klirrenden Ketten, mit Fred auf den Kufen raste der Schlitten in senkrechter Linie hinunter. Unter dem weichen Schnee der Oberfläche lag eine harte Kruste, Pancake hatte also beim Laufen keine Schwierigkeiten, doch eben diese Kruste gab den Schlittenkufen zusätzliche Geschwindigkeit. Trotz der Ketten raste er immer schneller bergab, und wenn die Ketten einen Felsen streiften, flogen die Funken. Doch auch das minderte die Geschwindigkeit nicht, sobald der Fels vorbei war, machte der Schlitten geradezu einen Satz, und weißer Gischt stäubte auf, wenn Fred auf die Bremse trat. Pancake musste rennen wie verrückt, um die Leine nicht durchhängen zu lassen. Es hieß, sie gespannt zu halten oder sich aus dem Weg des Schlittens zu werfen.

»Lauf, Pancake«, schrie Fred. »Schneeeller!«

Als sie an mir vorbeikamen, riss es den Schlitten von einer Seite auf die andere, und Fred musste sich mit aller Kraft aufstützen, damit der Schlitten nicht umkippte. Als sie ein Stückchen voraus waren, traf er auf eine Erhebung, die das Vorderteil zwei Fuß hoch in die Luft schleuderte. Er kam mit entsetzlichem Krachen wieder herunter, das ich in den Fußsohlen spürte, und Fred wurde von den Kufen geschleudert. Ich schrie auf – er konnte doch unmöglich wieder aufspringen, sondern würde wie eine Stoffpuppe mit gebrochenem Hals liegen bleiben. Aber irdendwie gelang es ihm, wieder einen Fuß aufzusetzen, und halb auf Knien erwischte er die Leinen und hievte sich hinauf. Da stand er wieder, hielt den Fuß auf der Bremse und feuerte Pancake an.

Sobald er vorbei war, verschwand der Schlitten in seinem eigenen Dunst von aufgewirbeltem Schnee. Im nächsten Augenblick dachte ich, der Arm würde mir aus der Schulter gerissen. Die Hunde zerrten mich vorwärts, und ich rutschte und fiel ihnen halb nach, den Steilhang hinunter. Sie waren viel zu aufgeregt, um still zu stehen, liefen dem Schlitten nach und zerrten mich mit sich. Das ging so schnell, dass ich keine Zeit hatte zu überlegen oder zu versuchen, meinen Fäustling aus der Leine zu befreien. Ich sah nichts als eine wilde, weiße Welt, die um mich wirbelte. Dann rutschte mir der Fäustling von der Hand, und ich kam rutschend zum Stehen.

Als ich wieder bei Sinnen war, balgten sich die Hunde in einem wüsten Knäuel. Sie hatten sich in die Leinen verwickelt, sie überkugelten sich und wollten nur schnell den Hang hinunter und zum Schlitten. Mir waren sie völlig egal, denn dort unten sah ich Fred. Er hatte es wirklich geschafft und kletterte schon heraf zu den Hunden.

Zwanzig Minuten später fuhren wir wieder dahin, in Richtung zum Schneehuhn-Creek. Mir tat der rechte Arm ziemlich weh,

und zwei Hunde bluteten aus kleinen Wunden von ihrer Rauferei, aber davon abgesehen war niemandem etwas passiert. Als wir durch einen Felskorridor und hinaus auf den Fluss fuhren, war ich enttäuscht. Kein Cab weit und breit.
»Wie weit voraus ist er denn, Fred?«
»Vielleicht eine halbe Meile.«
»Und wie weit ist's bis zum Indianerdorf?«
»Vielleicht noch zehn.«
»Fred, wir *müssen* ihn erwischen.«
»Wir werden – mach dir keine Sorgen. Pancake!«, schrie er. Und sie liefen schnell.
Wahrscheinlich rochen sie die Hunde voraus, denn sie legten sich ins Zeug und flogen dahin, als wüssten sie, dies sei ein Wettrennen und sie müssten gewinnen. Wir rasten wie der Wind über den Fluss.
Bei einer Flussbiegung bekamen wir Cab zum ersten Mal zu sehen. Es war nur ein sehr schneller Blick auf ihn, dann verschwand er wieder hinter etwas, das wohl eine Schotterbank war. Als wir sie ein paar Minuten später ebenfalls umrundeten, war er kaum mehr eine Viertelmeile vor uns. Wir kamen zusehends näher, bis Fred ihm endlich zuschrie: »Cab!« Die Hügel nahmen seine Stimme auf und warfen das Wort zurück: Cab, Cab, Cab.
Er hielt sein Gespann an und wartete. Ethel und Chuck hinter ihm sah ich nicht, aber ich sah, wie er einen Fäustling auszog, sich die Augen rieb und zu sehen versuchte, wer wir seien. Sobald er uns erkannte, fuhr die Hand wieder in den Fäustling, und er raste weiter.
»Cab – warte!«, schrie ich. Auch meine Stimme warfen die Hügel zurück.

Aber er versuchte, uns nicht davonzufahren, er ließ uns langsam näher kommen.
»Guten Morgen«, rief er, als wir neben ihm heranfuhren. Der Schal dämpfte seine Stimme. Von seinem Gesicht sah man zwischen dem Schal und der Pelzkapuze nichts als die Augen, doch er grinste, das wusste ich, Chuck und Ethel waren dick eingepackt. Chuck schaute uns an, als wären wir Gespenster.
»Tisha!«, rief er. Ethel winkte. Jedenfalls war den beiden nichts geschehen.
»Cab«, rief Fred hinüber. »Bleib eine Minute stehen, ja?«
Zur Antwort trieb Cab seine Hunde an. »Cab, bitte, bleib stehen«, rief nun ich.
»Hast du hundert Dollar, Fred?« rief er zurück. »Hundert Dollar, dass ich vor dir in Cross Creek bin.«
»Nein.«
»Kein Rennen, kein Stehenbleiben.«
»Lass die Kinder runter.«
»Kein Rennen, kein Stehenbleiben«, wiederholte er. »Los, Junge, das ist eine leichte Strecke, kaum ein Buckel. Na, wie wär's?«
Ich wartete und fragte mich, wie Fred sich wohl entscheiden würde. Der Flusslauf vor uns wirkte einigermaßen sicher. Hier und da gab es ein paar unebene Stellen und zerissenes Eis, doch das ließ sich vermeiden.
»Gut, es gilt«, antwortete Fred.
Der Schrei, den Cab ausstieß, konnte einem das Blut gerinnen machen. »Los, ihr Faulpelze«, brüllte er. Fast gleichzeitig stieß auch Fred seinen Schrei aus, und unser Schlitten schoss davon. Wir waren auf der Piste mehrmals sehr schnell gefahren, aber das ließ sich nicht mit unserem jetzigen Tempo vergleichen.

Mit Rückenwind flogen wir buchstäblich dahin, und der Schlitten schaukelte wie eine Wiege. »Runter«, schrie Fred mir zu.

Es brauchte nicht erst seinen Befehl. Der Schlitten war knapp zwei Fuß breit, und wenn darin jemand aufrecht saß, konnte er bei der geringsten Unebenheit umkippen. Ich legte mich so flach, dass ich kaum voraus sehen konnte.

Ein Blick zu Cab zeigte mir, dass wir fast Kopf an Kopf dahinrasten, er war höchstens ein paar Fuß voraus. »Los, Pepper«, schrie Cab seinem Leithund zu. »Kannst nicht bisschen schneller sein? Zieh, du verdammte Vogelscheuche, oder ich zieh dir das Fell über die Ohren.«

Beide Gespanne wussten, dass dies ein Wettrennen war, und sie zogen, was das Zeug hielt. Ein paar Sekunden später bogen beide Schlitten auseinander, um eine Stelle mit aufgeworfenem Eis zu vermeiden. Cab nahm den Bogen zu groß und verlor ein paar Fuß. Als es wieder gerade dahinging, lagen wir ein wenig vorn. Die Hunde liefen so schnell, dass sie mich über und über mit pulvrigem Schnee besprühten. Ein Körnchen geriet mir ins Auge und nahm mir für ein paar Minuten die Sicht.

Bevor ich nach Alaska kam, hatte ich gedacht, Flüsse frieren so zu, wie man es auf Weihnachtskarten sieht, glatt und gleichmäßig. Das stimmt aber nicht, zumindest für einen Schlitten ist Flusseis weder glatt noch gleichmäßig. Wenn Cab diese Strecke für leicht und ohne einen Buckel hielt – was nannte er dann wohl schwierig und uneben? Mehrmals dachte ich, es würde uns jetzt umwerfen, doch Fred glich immer wieder aus. Ich schaute zu Cab hinüber: Wie hielten sich Chuck und Ethel? Sie hatten sich so tief wie möglich auf den Boden des Schlittens verkrochen und hatten wohl ihren Spaß an der pfeilschnellen Fahrt.

Eine halbe Meile später war Cab ein wenig voraus, doch dann mussten seine Hunde einigen Zweigen ausweichen, die der Wind auf den Fluss geblasen hatte, und wir waren zwei Gespannlängen vor ihm. Er und Fred brüllten ständig den Hunden zu, und das Echo wurde von den Hügeln zurückgeworfen und fiel über uns her.

Weder er noch wir fuhren in schnurgerader Linie. Wir kreuzten über die ganze Breite des Flusses und versuchten, auf möglichst glattem Eis zu bleiben. In der einen Minute führten Fred und ich, in der nächsten Cab. Einmal, als wir zufällig beide gleichzeitig auf ein Stück mit weichem Schnee gerieten, sprangen Fred und Cab von den Kufen und schoben an. Dabei zog uns Cab wieder davon.

Sobald der Schnee hinter uns lag, sprangen beide Männer wieder auf die Kufen, und jetzt war Cab ein wenig voraus. Wir lagen jetzt links von ihm und näher zum Ufer, als plötzlich direkt vor uns wie aus dem Boden gestampft ein Kaninchen aufsprang. Pancake sah es, geriet einen Augenblick aus dem Rhythmus, als wollte er es verfolgen, und stolperte. Das hätte eine Katastrophe werden können, doch wir verloren nur das Rennen. Die Hunde taumelten übereinander, und der Schlitten fuhr in den Hund, der den Kufen am nächsten war. Der fiel jaulend zu Boden, und wir rasten in drei weitere Hunde, bevor wir anhalten konnten. Den Hunden war nichts geschehen, doch als Fred endlich die Leinen entwirrt hatte, war Cab so weit voraus, dass es hoffnungslos war, ihn einzuholen.

Eine Viertelmeile weiter wartete er auf uns. Er ließ uns ziemlich nahe herankommen, bevor er weiterfuhr, aber wir holten ihn nicht wieder ein. Von Zeit zu Zeit wurde der Abstand ein wenig geringer, doch erreichte Cab Cross Creek volle zwei Minuten vor uns.

Fred hielt in genügend weitem Abstand an, damit die Hunde nicht aneinander geraten konnten, stand ein paar Minuten still und rang nach Luft. Auch Cab war atemlos. Ich stieg aus dem Schlitten und ging hinüber zu Chuck und Ethel. Die lange Fahrt hatte ihnen nicht geschadet, doch sie waren eingeschüchtert. Ethel legte mir die Ärmchen um den Hals, und ich wollte sie aus dem Schlitten heben.

»Lass sie los, Teacher«, rief Cab. »Tut mir Leid, so weit, wie Sie gefahren sind, aber ich geb sie Ihnen nicht.«

»Warum tun Sie so was?«

»Muss schauen, dass Sie nicht Ihr Leben ruinieren.«

Ich versuchte ihn zu überzeugen, dass er Unrecht hatte, doch was ich auch sagte, er schüttelte nur den Kopf: Er handele in meinem Interesse.

»Gib ihr die Kinder«, bat auch Fred.

»Misch dich lieber nicht ein«, knurrte Cab.

»Wenn Anne diese Kinder haben will, dann ist es ihr Recht, sie zu behalten.«

»Ich bring sie dorthin, wo sie hingehören«, erklärte Cab. Er zog die Fäustlinge aus. »Und so geschieht's auch.« Wenn man seine Augen nicht gesehen hätte, würde man nach dem sanften Ton seiner Stimme geglaubt haben, er wäre freundlich.

»Fred …«

Ich versuchte, seinen Arm zu nehmen, doch er schüttelte mich ab. Er ging zum Schlitten und tat, als wollte er Ethel herausheben. Es gelang ihm nicht einmal, sie zu berühren. Cab rannte so heftig in ihn hinein, dass er fast das Gleichgewicht verlor.

»Wenn du's so haben willst, dann kriegst du's auch so«, sagte Cab.
Ich wollte sofort eingreifen. Das konnte kein fairer Kampf werden. Fred war kein Raufer wie Cab. Schon wie er jetzt dastand ließ erkennen, dass er noch nie im Leben einen Kampf ausgetragen hatte. Er hielt seine Fäuste vor die Brust, als wüsste er nicht recht, wie man so etwas angeht. Ganz anders Cab. Der wusste, wie man sich verhält. Er umkreiste Fred mit hochgehobenen Fäusten und kam ihm jedes Mal ein Stückchen näher. Dann, ganz plötzlich, fuhr seine linke Faust vor. Fred riss den Kopf zurück, doch das nützte ihm nichts. Cab traf ihn mit der anderen Faust seitlich am Kinn, und das machte ein so schreckliches Geräusch, dass sich mir der Magen umdrehte. Fred fiel wie betäubt zu Boden, er wusste anscheinend sekundenlang überhaupt nicht, was geschehen war. Er saß da, wiegte den Kopf hin und her, hielt die Beine weit gespreizt. Er spuckte einen Klumpen Blut aus, und darin war ein Zahn. Ich wollte zu ihm hinüber, doch Cab sagte: »Wegbleiben, Teacher.«
Ich dankte Gott, dass Cab nicht betrunken war, denn da hätte er sich über Fred gestürzt und ihn in Stücke gerissen. So stand er ganz ruhig da, die Fäuste, als hielten sie Skistöcke. »Steh auf, Junge, und ich mach dich fertig«, warnte er Fred. »Sei jetzt lieb zu mir, und wir reden nicht mehr davon. In Ordnung?«
Fred sah schrecklich aus. Er wischte sich den Mund und schmierte dabei das Blut über das ganze Kinn, dann betrachtete er seinen Zahn. Ich erkannte Fred kaum wieder. Das lag nicht nur am Blut, es war noch etwas anderes. Er zeigte denselben Ausdruck wie damals in Chicken, als er beinahe mit Cab gerauft hätte. Auch auf der Piste hatte ich diesen Ausdruck an ihm gesehen, wenn das Weiterkommen schwierig war. Es lag

keine Furcht in diesem Ausdruck, er war berechnend und zu allem entschlossen. Sein Gesicht war grau wie der Tod und von einer Grausamkeit wie furchtbare Kälte. Und ganz plötzlich wusste ich, dass von ihm aus nichts »in Ordnung« war.

»Na?«, drängte Cab.

Chuck und Ethel waren neben mir, Ethel klammerte sich schutzsuchend an mich. Sie waren ganz verschreckt aus dem Schlitten geklettert und direkt zu mir herübergelaufen.

Fred stand nicht schnell auf, und er stand nicht auf wie ein Mensch, sondern wie ein Tier, das jeden Muskel seines Körpers betätigt, noch bevor es auf den Beinen steht. Aus seiner Brust brach ein Laut, den ich nie für einen menschlichen Laut gehalten hätte. Als ich ihn hörte, wusste ich, dass sich etwas Schreckliches ereignen würde – wusste es, noch bevor Cab zum ersten Mal getroffen wurde. Cab hatte keine Chance. In dem einen Augenblick stand er da mit erhobenen Fäusten, und im nächsten lief ihm das Blut aus der Nase, und er wich vor dem mörderischen Angriff Freds zurück. Ich kann nicht sagen, wie oft Fred ihn traf, bevor er zu Boden taumelte und sein Kopf mit einem entsetzlichen Geräusch auf das Eis schlug. Und schon war Fred über ihm, das Knie neben Cabs Hals. Seine Angriffslust war so groß, dass er immer wieder ein wenig zurückwich und dann wieder auf ihn eindrosch, als wäre er verrückt geworden und Cab kein Mensch, sondern etwas, das in den Boden geschlagen werden musste. Cab versuchte, sich zu schützen, doch das nützte ihm nichts. Es war Fred egal, wohin er ihn traf, Hauptsache, er traf ihn. Er boxte ihn in die Rippen, und man hörte es krachen, dann hagelte es wieder Schläge ins Gesicht.

Ich versuchte immer wieder, ihn zu packen und wegzuziehen,

doch er hörte erst auf, als Cabs Kopf hin und her rollte wie der eines toten Huhns und sein Gesicht so mit Blut verschmiert war, dass es aussah wie ein zertretener Gelee-Apfel.

Wir lehnten ihn mit dem Rücken an seinen Schlitten, zogen ihm die Fäustlinge an, und dann versuchte Fred, ihn aus der Betäubung zu erwecken. Wir badeten sein Gesicht mit Schnee. Er schaute schrecklich aus, auch noch, als das meiste Blut weg war. Die Nase war gebrochen und das Auge fast zu. Auch wenn alles geheilt war, würde er nie mehr so aussehen wie vor dem Kampf.

Er kam erst nach zehn Minuten zu sich und konnte sich nicht gleich erinnern, was sich abgespielt hatte. Etwas musste man ihm lassen – auch als ihm alles wieder zurückkam – er trug nichts nach. Eigentlich ganz im Gegenteil. Sobald er wieder stehen konnte, teilte er Fred mit, dass er ihn wahrhaftig bewunderte – er hätte keine Ahnung gehabt, dass das in Fred stecke. Fred wiederum erklärte, Cab habe sich sehr gut gehalten, und er hätte ihm hoffentlich nicht zu wehgetan. Cab erwiderte, Hölle und Teufel, er sei einmal in der Redman's Hall in Eagle viel schlimmer zusammengeschlagen worden.

Er musste sich Watte in ein Nasenloch stecken und ließ dabei keinen Laut hören. Ich machte mir wirklich Sorgen, ob er es bis ins Indianerdorf schaffen würde, und auch Fred hatte seine Bedenken, doch Cab sagte, das ginge schon in Ordnung. Alles war fast ein bisschen komisch, wie Fred sich Sorgen machte, ob er fahren könne, und ihn immer wieder fragte, ob das auch wirklich gehen würde, und Cab, der ihn beruhigte, er solle sich keine Sorgen machen, er käme schon zurecht. Eben noch hatten sie versucht, einander den Schädel einzuschlagen, und jetzt waren sie rührend umeinander besorgt.

Cab holte sogar eine Flasche Whisky und bot Fred an. »Halbblut oder nicht«, sagte er, »du bist ein weißer Mann.«
Fred lehnte den Alkohol ab, und Cab nahm ein paar Schlucke, während Fred und ich Chuck und Ethel in unseren Schlitten übersiedelten.
»Ich könnte mit euch bis O'Shaughnessy zurückfahren«, schlug Cab vor. »Sieht mir aus wie mächtig schlechtes Wetter.« Er deutete nach Südwesten, wo die Berge in einem sich verdunkelnden Himmel verschwanden. Fred erwiderte, wir kämen schon zurecht, also lehnte Cab sich zurück und sah uns zu. Wir hatten Chuck und Ethel gut verstaut und waren fertig zur Abfahrt, als Cabs Hunde in den Wind schnüffelten, knurrten und die Zähne fletschten. Unsere verhielten sich ebenso, und ich dachte schon, es sei der Beginn einer Rauferei zwischen den beiden Gespannen, doch das war nicht der Grund. Sie schauten alle zurück zum Fluss.
Etwas näherte sich. Zuerst sah man nur ein Fleckchen weißen Nebels, dann eine gepunktete schwarze Linie, die bald zu einer Reihe von wohl einem Dutzend Hunden wurde. Auf dem Schlitten hinter ihnen stand ein Mann, und ein zweiter lief nebenher. Man konnte die beiden nicht erkennen, die Entfernung war noch zu groß, doch Cabs Hunde wurden so rauflustig und wollten sich nicht beruhigen, bis Cab eine Kette holte und sie damit zur Raison brachte.
»Indianer«, erklärte er, als er die Hunde zur Ruhe gebracht hatte. »Meine Hunde mögen keine Indianer.«
Es waren tatsächlich Indianer, und der eine war Titus Paul. Sie mussten auf dem Rückweg vom Nachsehen der Fallen sein, denn ihr Schlitten war schwer mit Fellen beladen. Sie hielten in einiger Entfernung an, denn ihre Hunde waren ebenso rauf-

lustig wie Cabs. Der andere Mann blieb bei ihnen, und Titus Paul kam herüber.
Es ist seltsam, wie plötzlich einem manchmal eine Erkenntnis kommt. Ich hatte nie darüber nachgedacht, warum Indianer und Eskimos ihre Parka mit bunter Perlstickerei und überhaupt sehr farbig gestalten. Es war eben ihr Brauch, dachte ich immer. Bis ich jetzt Titus auf uns zukommen sah. Seine Rentier-Parka war ein Prachtstück, das weiße Fell war mit braunen Flecken durchsetzt und von einer Wolfspelzkapuze gekrönt, und als er näher kam, merkte ich plötzlich, wie müde ich nach den langen Stunden auf der Piste des ewigen Weiß und Grün geworden war. Als ich Titus ansah, nahm die ganze Welt plötzlich Farbe an, der breite Streifen am Saum der Parka, sogar die geflochtenen Schnüre für die Fäustlinge, die am Kragen befestigt waren. Er sah aus wie ein Prinz des Nordens. Sogar sein Gang war so, die herausgedrückte Brust, die gemessenen Schritte mit den langen Beinen, und über allem der kleine Kopf, der ihn größer wirken ließ, als er war.
»Hallo, Titus«, rief Cab ihm zu. »Du gut Fang gemacht haben? Viel gut Fell genommen haben?« Titus nickte kaum, und er nahm, ohne den Ausdruck zu verändern, Cabs Zustand, mich und die Kinder wahr, schweifte weiter zu Fred und den Hunden und blieb schließlich auf Fred haften. Fred streifte den Fäustling ab und streckte ihm die Hand hin.
»Fred Purdy«, sagte er.
Titus zog seinerseits den Fäustling aus. »Titus Paul«, sagte er. Er war ebenso wie sein Partner ganz in Felle gekleidet. Seine Hosen aus Elchleder steckten in kniehohen »Husky«-Stiefeln – Mokassins, die oberhalb der Knöchel aus dem Beinleder des Wolfs und unterhalb aus Elchleder gefertigt sind.

Cab nahm noch einen Schluck aus der Flasche und bot sie ihm an. Er nahm zwei Schlucke und reichte sie zurück. »Du fahren Indianerdorf?«, fragte er.

»Freilich«, erwiderte Cab.

»Du kommen Cathy besuchen?«, wollte er dann von mir wissen.

»Nein, Fred und ich fahren zurück nach Chicken.«

»Bevor du kamst, Titus, hatten wir gerade eine kleine Meinungsverschiedenheit«, erklärte Cab. Man merkte ihm schon den Whisky an. Auf seinem Gesicht erschien ein sturer Ausdruck, der besagte, dass er stark über etwas nachdachte und zu einem Schluss kommen wollte. Ich ahnte Unannehmlichkeiten und wünschte, Fred und ich seien schon auf dem Weg gewesen.

Titus hatte zweifellos Cabs Schlittenspur weiter oben auf dem Fluss und dann unsere dazustoßen gesehen. Er warf einen Blick auf Chuck und Ethel und fragte sie etwas auf Indianisch.

Chuck deutete auf Cab und erklärte etwas, dann auf mich.

»Du nimmst Kinder von Skooltrai?«, fragte Titus Cab.

»Ja, ich sie nehmen«, erwiderte Cab mit einem Blick auf Fred und mich. »Ich bringe sie zurück in Dorf, wohin sie gehören. Leute in Chicken nicht mögen, sie dort leben.«

Titus blickte Fred an. »Warum *du* sie nehmen von ihm?«

»Anne will sie haben.«

Ich sagte: »Titus, ihr Vater hat sie mir gegeben.«

»Sie Indianerkinder. Indianerkinder gehören Indianerdorf.«

»Freut mich, dass du das sagst, Titus«, warf Cab ein. »Diese kleinen Bälger machen dieser kleinen Dame Masse Ärger. Masse Ärger. Weiße Leute in Chicken nicht mögen, Skooltrai sie behalten. Machen so viel verdammt Ärger auf sie, wenn sie behalten. Machen Ärger mit ganzem Indianerdorf.«

»Cab, du bist ein Schuft«, rief ich.
Cab nahm keine Notiz von mir. »Du nehmen diese Bälger, Titus. Bringen in Indianerdorf, und weiße Leute sein viel sehr glücklich.«
Fred nahm das Wort. »Titus, die zwei Kinder gehören Anne. Sie hat für sie gesorgt, sie will sie haben, und die Kinder wollen zu ihr.«
»Warum du sie wollen?«, fragte Titus mich.
»Weil ich sie lieb habe.«
Im Augenblick, als ich das sagte, spürte ich, wir mir die Tränen kamen, und ich war wütend auf mich. Tränen waren wirklich das Letzte, was ich jetzt brauchte. Ich musste hart sein. Titus wusste von Tränen nichts. Also legte ich mein Gesicht in Falten und sah ihn so tückisch an, wie ich nur konnte. »Darf ich das vielleicht nicht?«, fragte ich. »Ist das vielleicht ein Verbrechen?« Nur kam das leider gar nicht hart heraus.
»Teacher«, sagte Cab wieder mit seinem idiotischen Grinsen. »Sie sind wirklich die Höhe.«
»Cab, wenn Sie nicht den Mund halten …«
»Moment mal, Teacher. Titus, ich frage dich Frage. Ihr habt Gesetz in Dorf, kein Mann verlassen Dorf, wenn Rat nicht sagen ja. Du verstehen?« Titus schwieg. »Dieser kleine Junge gehören in Dorf, bis Rat sagen, er gehen. Stimmt's?«
Titus nickte.
»Nun, dann ist wohl besser, du nimmst ihn und das kleine Mädchen mit.«
Er kam herüber zu mir, wo ich neben dem Schlitten stand, und

ging daran, die Verschnürung zu lösen. Ich weiß nicht, was da über mich kam.
Als Cab die Hand an Ethel legte, sah ich rot.

»Nein!«, schrie ich, und das war das kräftigste Nein, das ich jemals von mir gegeben hatte. Ich dachte nicht, und ich nahm keine Rücksicht. Ich stieß ihn, so fest ich nur konnte, und er fiel in den Schnee. Sein Gesicht zeigte dasselbe Erstaunen wie vorhin, als Fred ihn verdroschen hatte.

»Diese Kinder gehören mir!«, brüllte ich ihn an. »Mir, und niemand wird sie mir wegnehmen.«

Cab blieb liegen, wohin er gefallen war. Er reckte ein Bein in die Luft und spielte den Clown und schaute mich an, als sähe er mich zum ersten Mal. Dann kam Fred herüber und stellte sich neben mich. »Beruhige dich, Anne«, sagte er.

»Ich werde mich *nicht* beruhigen. Die ganze Zeit, seit ich in Alaska bin, sagen mir alle, was ich tun soll und was ich nicht tun darf. Jetzt tue ich endlich, was ich will!«

Titus' Hunde waren um nichts freundlicher als die von Cab, also suchte der Indianer, der bei ihnen geblieben war, einen Eisblock, an den er sie anketten konnte. Dann kam er herüber und stellte sich zu Titus. Er schaute zu Chuck hinüber, sagte etwas, und Titus nickte. Ich stellte mich vor Chuck.

»Gib sie ihnen lieber, Teacher«, sagte Cab. »Sie können sehr unangenehm werden.«

Ich ließ mich nicht beirren. »Titus, bitte, lass mich sie behalten«, flehte ich. »Nimm sie mir nicht weg. Welche Aussichten haben sie im Dorf? Was wird aus Chuck – er wird Englisch immer nur radebrechen, und wenn's hochkommt, kriegt er Arbeit, in einem Gasthaus den Boden zu fegen. Oder er wird auf einem Flussdampfer arbeiten. Was steht Ethel bevor – vielleicht mit einem weißen Goldgräber zusammenzuleben wie ihre Mutter es tat?«

»Sie gehören Indianerdorf«, erwiderte Titus steinern.

»Sie gehören mir! Ihr Vater hat sie mir gegeben.«
Er überlegte einen Augenblick. »Du nehmen Mädchen, wir nehmen Chuck.«
»Und wohin nehmt ihr ihn? Zur lahmen Sarah, die kaum sich selbst ernähren kann?«
»Du kommen, sprechen zu Rat. Nicht meine Sache. Chuck Indianerjunge. Wenn du ihn nehmen, du machen weißen Jungen aus ihm.«
»Ich verspreche dir etwas. Lass mich ihn und Ethel behalten und ich schwöre, ich werde sie das Volk ihrer Mutter nicht vergessen lassen. Ich werde sie nie in ihrem Leben vergessen lassen, woher sie kommen.«
Ich spürte, wie er nachgiebiger wurde. »Titus«, fuhr ich fort. »Nimm sie mir nicht. Ich kann sie stark machen. Ich kann ihnen helfen, stolz zu werden und zu bleiben. Erlaube mir das.«
Er ließ seine Augen lange auf mir ruhen, dann sah er zu Chuck und Ethel hinüber. Bevor er etwas sagen konnte, mischte Cab sich ein.
»Titus«, sagte er warnend. »Du nicht nehmen diese Kinder, dann Leute in Chicken sehr sahnik mit dir. Du kriegst's dann mit Mr Strong und mit allen hier im Forty Mile zu tun. Sei gescheit und tu das Richtige, hörst du? Ich warne dich!«
Eine Bö erhob sich und blies den Schnee in Wirbeln über den gefrorenen Fluss, während Titus die Warnung durchdachte. Dann fragte er Chuck etwas auf Indianisch.
»Aha«, antwortete Chuck. Ja.
Dann, einfach so, machte Titus auf dem Absatz kehrt und ging zurück zum Schlitten. Arthur Jack folgte ihm. Es ging so schnell vor sich, dass mir sekundenlang nicht bewusst wurde, dass Chuck und Ethel nun mir gehörten. Cab brauchte nicht so

lang. »Teufel und Hölle, weißt du auch, was du tust?«, rief er Titus nach.
Titus nahm keine Notiz von ihm, und Cab lief ihm ein paar Schritte nach. »Titus! Verdammt noch mal, bist du taub?«
Titus wandte sich erst um, als er den Schlitten erreicht hatte. Cab stand mit dem Rücken zu mir und Fred. Ich dachte schon, Cab würde wieder etwas aushecken, doch er war ebenso unberechenbar wie stur. »Willst du Wettfahrt zu Dorf?«, rief er Titus zu.
»Du mir geben Vorgabe«, rief Titus zurück.
»Zum Teufel, ich geb dir keine Vorgabe! Ich hab den Schlitten halb voll mit Whisky.«
»Meiner ganz voll Felle.«
»Gut, Vorgabe, Viertelmeile, und Wette gilt fünfzig Dollar.«
»Okay«, erwiderte Titus. »Ich feuern zwei Schüsse.«
Titus' Schlitten fuhr davon, und Cab kam zurück. »Teacher«, sagte er, »sei nicht bös auf mich. Ich hab getan, was ich für richtig hielt.« Ich kümmerte mich nicht um ihn, denn ich hatte mir vorgenommen, nie mehr ein Wort mit ihm zu sprechen.
»Wenn's wichtig ist«, fuhr er fort, »dann sage ich niemandem ein Wort, dass Titus Ihnen die Bälger gelassen hat.«
»Ist das Ihr Ernst?«
»Na klar. Wort ist Wort! Ich hab mich ins Zeug gelegt, und das hässliche Wiesel hat mich reinsausen lassen. Also, begraben wir die Streitaxt?«
»Von mir aus.«
Er sah noch immer übel aus. Woher wollte er bloß die Kraft nehmen, wieder ein Rennen zu fahren! Doch er tat es. Nun lächelte er mir zu. »Teacher, ich sag Ihnen was, und es kommt mir ganz aus dem Herzen. Sie sind eine Alaskafrau.«

»Danke, Cab.«

Fred löste die Bremse des Schlittens, und ich stieg auf die Kufen.

»Wiedersehen, bald«, rief Cab.

»Wiedersehen bald«, rief ich zurück.

Das war unser Abschied.

22

Fred fand eine windgeschützte Stelle ein Stück weg vom Fluss. Dort fütterten wir erst die Hunde, machten Feuer und aßen Bohnen und in Scheiben getrocknetes Pökelfleisch, das Jerky genannt wird. Dazu tranken wir Tee. Ethel war so übermüdet, dass sie mitten im Essen einschlief. Chuck war hellwach.

Ich hatte ihn gefragt, ob Cab ihn und Ethel ordentlich behandelt hatte, und das hatte der Junge bejaht. Doch schien er mir etwas verwirrt. Zu viel war gleichzeitig und zu schnell passiert.

»Wohin wir gehen jetzt?«, fragte er mich.

»Zurück nach Chicken.«

»Ich das nicht gefallen.«

»Warum nicht?«

»Wollen Indianerdorf gehen.«

»Du willst *freiwillig* ins Indianerdorf gehen?!«

»Yiss. Du auch hinkommen.«

»Wenn du das wirklich willst, Chuck, bringe ich dich hin. Ich könnte allerdings nicht bleiben.« Ich war enttäuscht. Einen solchen Wunsch hatte ich von ihm bestimmt nicht erwartet.
»Wir woanders hingehen mit dir. Du kennen wohin?«
Nun erst wurde mir klar, was ihm auf der Seele lag. Er wollte bei mir sein, doch er hatte große Angst, zurück nach Chicken zu gehen – Angst, dass Mr Vaughn und die anderen sich seiner wieder bemächtigen würden. Ich zog ihn dicht zu mir. »Niemand wird dich wieder einfach so wegholen«, versicherte ich ihm. »Hab keine Angst, ich verspreche es dir. Das werden sich die Leute nicht trauen. Hab ich Recht, Fred?«
»Natürlich hast du Recht«, stimmte Fred zu. Sein Unterkiefer war geschwollen und zeigte alle Farben zwischen Blau und Schwarz. »Sie sollen so was nur versuchen, dann schlagen wir sie zusammen.«
»Du das tun?«
»Darauf kannst du Gift nehmen«, erklärte Fred.
Chuck lächelte. Das gefiel ihm. Er drückte den Kopf an meine Schulter, und der Pelzrand seiner Kapuze kitzelte mich.
Dann verpackten wir die Kinder wieder in den Schlitten und brachen auf. Fred und ich standen abwechselnd auf den Kufen, einer lief immer nebenher. Wir wollten die Piste nehmen, die Mr Strong befuhr, hatte Fred mir gesagt, nämlich am Fluss entlang. Wenn das Wetter hielt, konnten wir in sieben Stunden im O'Shaughnessy-Rasthaus sein, dort eine Schlafpause machen und dann weiter nach Chicken fahren. Was sein würde, wenn das Wetter nicht hielt – davon sagte Fred kein Wort, und ich fragte auch nicht, weil ich überhaupt nicht dachte, dass es umschlagen könnte.
Abgesehen vom Wind und der Tatsache, dass wir fast vierund-

zwanzig Stunden nicht geschlafen hatten, wäre es eine leichte Fahrt gewesen. Je länger wir unterwegs waren, desto größer wurde meine Bewunderung für Männer wie Onkel Arthur und Ben. Sie waren als Neulinge in dieses gefrorene Land gekommen, als es noch kaum vermessen war, sie hatten Hütten gebaut und sich ohne Hilfe von irgendjemandem durchgesetzt. Onkel Arthur hatte mir einmal erzählt, dass er in seinen ersten zehn Jahren hier nicht einmal ein Thermometer besessen hatte. Im Winter hatte er einfach ein Fläschchen mit Quecksilber draußen aufs Fensterbrett gestellt. »Und wenn das Zeug fror, wusste ich, dass es zu kalt war, um hinauszugehen.«

Das Land war auch jetzt noch, dreißig Jahre nachdem sie als Pioniere ins Land gekommen waren, genauso unbarmherzig, wie es damals gewesen war. Es war vielleicht ein bisschen dichter besiedelt und hatte mehr Einwohner, doch von dem einen öden, primitiven Vorposten bis zum nächsten waren die Entfernungen immer noch groß.

Wir waren fast eine Stunde auf der Piste. Es musste nach neun Uhr sein, und die Sonne sollte nun aufgehen. Stattdessen wurde es immer dunkler, und der Wind wurde stärker, er riss den Schnee aus den Wehen hoch und schleuderte ihn uns wie Bälle aus Rauch ins Gesicht. Ich war eben dran, neben dem Schlitten herzulaufen, als plötzlich eine so starke Bö über uns herfiel, dass es mich beinahe umwarf. Sogar den Schlitten schüttelte es. Fred hielt ihn an, und die Hunde warfen sich sofort zu Boden und rollten sich ein.

»Jetzt hat's uns«, schrie er mir zu.

Der Schnee fiel über uns wie eine Wand. Wir konnten uns nicht einmal verständigen. Wir kauerten uns hinter den Schlitten und warteten, bis die Bö sich gelegt hatte.

»Ist es jetzt vorüber?«, fragte ich, als es wieder etwas stiller wurde. »Es hat noch nicht mal angefangen«, erwiderte Fred und stand auf. »Das ist nur eine kurze Windstille.«
»Was tun wir?«
»Wir können nur das Beste hoffen. Ungefähr zwei Meilen vor uns ist eine Hütte. Dort können wir uns verkriechen.«
Ein paar Minuten später warf sich der Sturm wieder über uns. Er war nicht so stark, dass er uns am Weiterfahren gehindert hätte, doch es war grausamer und kälter denn je. Ich wurde durstig, und ich musste mich zurückhalten, dass ich nicht Schnee aß. Bei dieser Kälte kostbare Körperwärme abzugeben und dafür nichts zu bekommen, wäre das Ärgste, was man tun konnte. Die Temperatur fiel schnell und saugte jedes bisschen Feuchtigkeit aus der Luft. Auch als wir auf glattes Eis kamen, holperte der Schlitten, und Fred musste hinterherlaufen. Der Sturm biss uns wie eine eisige Peitsche, tat manchmal sanft, dann wieder überfiel er uns wie mit Prügeln. Mein Mund wurde staubtrocken.
Wir umrundeten ein kleines Delta, und Fred steuerte den Schlitten zu einem breiten Einschnitt in der Uferböschung, wo ein Sumpf lag. »Noch eine Viertelmeile bis zur Hütte!«, schrie er mir zu.
Es war eine lange Viertelmeile. Wir hatten kaum den Sumpf erreicht, da verschwanden die Leithunde beinahe. Der Schnee war zu tief und weich, und sie brachen ein. Fred musste für sich und Chuck die Schneereifen hervorholen, und die beiden gingen vor uns her und spurten. Ich fuhr mit dem Schlitten im Schneckentempo hinterher. Nach einer Weile ging's hinüber an den Rand des Sumpfs und an ihm entlang, doch selbst hier war der Schnee für die Hunde zu tief.

Das Land wurde etwas flacher, und schließlich hielt Fred an. Er ging mit Chuck voraus, um sich umzusehen. Wir waren jetzt im Wald, da war der Sturm nicht so arg. Ich ließ einen Ellbogen auf dem Handgriff ruhen und klopfte Ethel hinten auf die Kapuze. Sie wandte sich um, und über der Maske ihres Schals starrten mich ihre braunen Augen erwartungsvoll an.
Ich lächelte, doch dann fiel mir ein, sie konnte ja meinen Mund nicht sehen, also zog ich den Schal hinunter. »Wo ist das Äffchen?«, fragte ich sie. Sofort brachte sie es aus den Pelzdecken, in denen sie steckte, zum Vorschein. Es war ihr Lieblingsspielzeug, ein pelziges, rotes Äffchen mit braunen Knopfaugen. Als man sie fortschaffte, hatte sie es im Arm behalten.
»Affe«, sagte sie.
»Ein braver Affe!«
»Affe«, wiederholte sie und bot ihn mir an. Ich tat, als wollte ich ihn an mich nehmen, da versteckte sie ihn schnell wieder unter den Pelzen. Als er wieder zum Vorschein kam, machte ich wieder einen Versuch, und prompt verschwand der Affe wieder. Fred und Chuck kamen zurück.
»Ich finde diese Hütte nicht«, sagte Fred.
»Bist du sicher, dass sie hier in der Gegend ist?« Für einen Augenblick hatte ich das schreckliche Gefühl, wir könnten uns verirrt haben, doch Fred nickte.
»Irgendwo hier. Vermutlich ganz zugeschneit.« Er legte Chuck die Hand auf die Schulter und deutete in eine Richtung. »Sieh mal dort nach«, wies er ihn an.
Chuck ging in die angezeigte Richtung, Fred in die andere, und

ich wunderte mich wieder einmal, wie schnell sie sich mit den Schneereifen bewegen konnten. Ich selbst war damit schon nach wenigen Schritten todmüde, doch die beiden spazierten auf ihnen mühelos umher. Fred bewegte sich immer weiter weg, er suchte Landmarken, irgendetwas, woran er ersehen konnte, wo wir uns befanden.

Die Hunde waren bis jetzt ruhig gelegen, nun standen sie der Reihe nach auf und schnüffelten in die Luft. Entweder hatte sich der Wind gedreht oder sie rochen etwas, das vorher nicht da gewesen war.

Pancake stieß ein dumpfes Knurren aus, und seine Nackenhaare sträubten sich. Die anderen Hunde taten es ihm nach, und einige winselten. Ich rief Fred, und er kam zurück.

»Was ist denn, Alter?«, fragte er Pancake.

Pancake ließ den Kopf hängen und fuhr fort zu knurren. Er hatte Angst.

»Was es auch ist, wir können uns nicht darum kümmern«, sagte Fred, als Chuck zurückkam. »Wir fahren dort hinüber.« Er deutete in eine Richtung, wo die doppelte Linie von zerzausten Weiden und Birken einen Bachlauf erwarten ließ. »Irgendwo dort muss sie sein.« Er spurte wieder mit Chuck, und ich kam mit dem Schlitten nach. Ein paar Minuten später kamen wir zu einer Lichtung, wo der Schnee nicht so tief war, sodass Fred und Chuck die Schneereifen abnehmen konnten. Fred übernahm den Schlitten. Wir fuhren über die Lichtung, dann weiter auf einem abzweigenden Pfad. Der brachte uns wieder zu dem Sumpf, ein bisschen oberhalb der Stelle, wo wir ihn verlassen hatten. Unter uns sahen wir unsere Spuren.

»Sie muss weiter oben liegen. Wir sind nicht weit genug hinauf gefahren«, meinte Fred. »Los!«, schrie er den Hunden zu. Sie machten ein paar Schritte und blieben dann stocksteif stehen, rührten sich nicht von der Stelle, wie Fred auch mit ihnen schrie. Pancakes Haar war jetzt deutlich gesträubt. Fred lief zu ihm, packte ihn am Halsband und zerrte fluchend an ihm, doch Pancake stemmte die Vorderbeine ein und gab nicht nach. Als Fred es wieder versuchte, fletschte er die Zähne und knurrte. Er meinte es ernst, das merkte man. Ich spürte, wie sich auch mir die Haare sträubten.

»Fred, vielleicht hat er einen guten Grund, dass er nicht weiter will.«

»Er muss aber. Wir können nicht hier bleiben. Wir müssen die Hütte unbedingt finden.« Oberhalb des Halstuches war sein Gesicht mit roten Pünktchen übersät – Blut von den Eiskörnern im Wind.

Er schleifte Pancake ein paar Schritte weiter, doch dann war Schluss. Der Hund legte sich flach nieder und wimmerte. Tu mit mir, was du willst, ich gehe nicht weiter, ließ er Fred unmissverständlich wissen. Die anderen Hunde machten es ihm nach. Es war unheimlich. Was auch vor uns sein mochte, es erschreckte sie so, dass sie nicht von der Stelle wollten.

»Bleibt hier«, rief Fred mir und Chuck zu. Er ging am Rand des Sumpfes entlang, und als er fast außer Sicht gekommen war, sah ich, wie er sich bückte und etwas aufhob. Er brachte es zurück – das Stück einer Hundeleine. Sie war angekaut. »Dort drüben sind die Überreste eines Hundes, nur der Schädel, ein paar Knochen und etwas Haar.«

»Ein Bär?«, fragte ich.

»Wolf«, sagte Chuck kurz.

Was Fred auch denken mochte, er behielt es für sich. Er kettete die Hunde an einen Baum und holte das Gewehr aus dem Schlitten. »Bleib du mit den Kindern hier«, rief er mir zu. »Ich sehe mich ein bisschen um.«

»Oh nein. Wir kommen mit dir.«

Um nichts in der Welt wäre ich ohne ihn hier geblieben. Ich hob Ethel aus dem Schlitten. Wir stapften ihm nach. Ich wusste, dass Wölfe Menschen nicht angreifen – wenigstens nicht lebende Menschen –, und trotzdem war ich nervös. Jeden Augenblick erwartete ich, dass uns etwas von hinten aus dem Buschwerk überfallen würde. Ich hielt Ethels Hand fest in der meinen. Fred ging nicht direkt zum Rand des Sumpfes, sondern schlug einen großen Bogen, der ihn zurück zum Sumpf führte. Bevor wir ihn erreichten, fanden wir die Überreste eines zweiten Hundes. Wieder nur den Schädel, das Übrige hatte der Wind fortgetragen. Noch etwas fanden wir, das heißt Chuck fand es in einem Busch hängend –, ein kleines Stück poliertes Hartholz, an dem Stoffreste hingen. Der Teil eines Schlittens.
Wir gingen noch etwas weiter, bis wir alle gleichzeitig stehen blieben. Etwas oberhalb von uns sahen wir eine Felskante an einer Stelle, an der man keine vermutet hätte. Sie befand sich direkt über dem Weg durch den Sumpf, als hätte jemand von Ufer zu Ufer eine geschwungene Plattform gebaut. Aber nicht dies war es, das uns anhalten ließ, sondern was sich darauf befand: ein Rudel Wölfe, das etwas umkreiste. Der Wind kam aus ihrer Richtung, also hatten sie unsere Witterung noch nicht aufgenommen, und die Geräusche des Windes waren so laut, dass sie uns auch nicht gehörte hatten.
Ich zählte sieben. Noch der kleinste mochte mehr als hundertfünfzig Pfund wiegen. Durch den wirbelnden Schnee wirkten sie geisterhaft. Sie starrten alle etwas an, umkreisten es, als wüssten sie nicht, wie sie es erreichen konnten. Das war das Unheimliche daran. Dort war doch nichts! Wenigstens nichts, was ich sehen konnte.

Zwei waren aufgeregter als die Übrigen. Mit ihren langen Beinen und der katzenartigen Geschmeidigkeit kreisten sie um den Mittelpunkt dieses rätselhaften Etwas und blieben von Zeit zu Zeit stehen, um hinunterzuschauen. Ich weiß nicht, was Wölfe an sich haben, dass der Mensch sie als Feinde empfindet. Es ist eben so. Vielleicht weil sie so klug und gerissen sind und so geschickt zusammenarbeiten, um das zu erjagen, was sie haben wollen. Oder vielleicht ist es eine Reaktion im Unterbewusstsein des Menschen, gegen die er nicht ankann, so wie Fischer den Haien gegenüber. Allerdings empfand ich jetzt, nachdem ich die Überreste der beiden Schlittenhunde gesehen hatte, auch nicht eben freundliche Gefühle für sie.

Ein paar Sekunden später sahen sie uns. Den Gegenstand, der sie interessierte, wollten sie nicht aufgeben, also warteten sie ab, was wir tun würden. Sie maßen uns in einer Art und Weise, die mir eine Gänsehaut verursachte. Bis jetzt hatte ich an Wölfe wie an besonders kluge Hunde gedacht. So aus der Nähe hatten sie mit Hunden nicht die geringste Ähnlichkeit.

Kein Hund hatte einen solch mächtigen Kopf und solche gefährlichen Kinnbacken wie diese Tiere, und kein Hund hatte diesen kalten, verschlagenen Blick. Sie wirkten fast menschlich. Besser gesagt, unmenschlich.

Fred ließ sich auf ein Knie nieder, zielte, und der Schuss krachte. Der größte Wolf, er mag an die zweihundert Pfund gewogen haben, ging zu Boden, rollte zum Rand der Felskante und verschwand in dem weichen Schnee darunter. Die übrigen Tiere liefen davon.

422 Fred hieß uns bleiben, wo wir waren, und ging am Rand des Sumpfes weiter. Er warf einen Blick auf die Stelle, wo der Wolf hinuntergefallen war, und ging dann auf den Felsen hinaus.

Ich konnte noch immer nicht ausmachen, was es mit diesem Felsen eigentlich auf sich hatte, eine Eisbrücke von Ufer zu Ufer oder was sonst?
Fred ließ sich auf Händen und Knien nieder und schob sich langsam vorwärts. Er blieb genau an der Stelle stehen, wo der eine Wolf hinuntergelugt hatte, und mir schien, als rufe er etwas – oder rufe jemandem zu. Ich hielt das Warten nicht mehr aus. »Fred, was ist dort?«, rief ich ihm zu.
Er wandte sich um und winkte mich zu sich. »Lass die Kinder dort!«, rief er.
Ich nahm denselben Weg wie er und trat in seine Stapfen. Was ich zu sehen erwartete, weiß ich nicht, aber eine Ahnung sagte mir, es würde nichts Erfreuliches sein. Der Vorsprung war breiter, als ich gedacht hatte, er weitete sich in der Mitte ein wenig aus. Er war auch nicht ganz fest. Ziemlich genau in der Mitte sah ich ein ausgezacktes Loch, recht groß, vielleicht vier Fuß breit und dreimal so lang. Da unten winselte ein Hund. Bevor ich herankam, schob Fred sich von dem Loch zurück und stand auf, vorn ganz weiß vom Schnee. Er zog den Schal hinunter, und sein Ausdruck war schrecklich. »Schau hinein«, sagte er. »Aber vorsichtig … Es sind Jeannette und Elmer.«
Ich kroch an den Rand des Lochs und schaute hinunter. Mein erster Eindruck war: Das kann doch nicht wirklich sein! Es war wie die Szene aus einer anderen Welt. Unter mir befand sich eine große, überkuppelte Eishöhle, und vielleicht ein Dutzend Fuß tief unten im Dunkeln, das Gesicht teilweise mit einem Pelz bedeckt, mit Augen, die sich in die meinen bohrten, lag Jeannette Terwilliger. Ich hielt sie für tot, doch dann blinzelte sie ein wenig, und ich sah Tränen in den Augen. Ich hörte mich selbst sagen: »Lieber Gott!«

Sie lag zwischen den Felsen im Sumpfbett auf der Seite in ein Pelzgewand gewickelt. Neben ihr sah ich den zertrümmerten Schlitten. Sie zog das Gewand ein wenig hinunter, doch ihr Gesicht war immer noch vom Schal verdeckt. Elmer befand sich nahe bei ihr. Ich sah von ihm nur seine Beine. Er war an den Rand des Sumpfes gekrochen und dort liegen geblieben. Ich konnte nicht erkennen, ob er tot oder lebendig war.

Im Bruchteil einer Sekunde sah ich in meiner Vorstellung, wie sich das Drama abgespielt haben musste: Der beladene Schlitten fuhr über den harmlos aussehenden Schnee, die Eishöhle darunter brach ein und zersplitterte in tausend Teile wie eine hohle Eierschale, der Schlitten fiel hinein und krachte unten am Höhlenboden auf. Es war wohl so schnell gegangen, dass sie fielen, bevor sie das Krachen der Eishülle hörten.

Zwei Hunde wurden mit ihnen in den Abgrund gezogen. Der eine war schon auf den umgestürzten Schlitten geklettert, er winselte vor Aufregung und machte Anstalten, mich anzuspringen. Doch die Entfernung war zu groß. Der andere Hund lag mit gebrochenem Hals zwischen den Felsen. Jeannette nahm die Augen nicht von mir.

»Jennie?« Mühsam krächzte ich ihren Namen heraus.

Sie brachte ein paar Laute hervor. Das war alles.

»Wir holen dich heraus«, sagte ich. Und da ich wusste, ich würde in Tränen ausbrechen, wenn ich auch nur einen Augenblick länger blieb, schob ich mich vorsichtig zurück, und die geisterhafte Szene verschwand.

»Weinen kommt nicht infrage«, sagte Fred rau. »Für so was haben wir keine Zeit. Wir müssen sie dort herausholen.«

Ich biss mir auf die Lippen. »Was werden wir tun?«

Chuck und Ethel waren bis zum Sims herangekommen, und

Chuck setzte schon an, um weiterzugehen. »Bleib weg von dort«, befahl Fred.

»Sehen wollen«, erklärte Chuck.

»Das kannst du später. Jetzt brauche ich dich.«

Wir folgten ihm zu einer großen, umgestürzten Fichte. Dort schaufelte er den Stamm an der windgeschützten Seite vom Schnee frei. Als die Höhlung für mich und Ethel groß genug war, sagte er: »Du bleibst hier mit dem Kind. Chuck nehme ich mit.« Er gab mir sein Gewehr. »Nimm das. Du wirst es wahrscheinlich nicht brauchen, aber behalt es trotzdem.«

»Wohin gehst du?«

»Ich muss die Hütte finden. Jetzt weiß ich, wo sie ist.«

Er ging mit Chuck den Schlitten holen. Ethel und ich konnten von unserem Platz aus den ganzen Sims sehen. Ethel deutete hin und fragte mich etwas auf Indianisch.

»Dort ist ein Loch«, erklärte ich ihr. »Und dort ist ein Unfall passiert. Ein schwerer Unfall.«

»Loch?«

Ich dachte an das Baby. Ich hatte es nicht gesehen, und ich hatte Angst gehabt, Jennie danach zu fragen – Angst, es könnte tot sein. Jetzt überfiel mich eine rasende Folge schrecklicher Bilder. Die Kleine konnte zerquetscht unter dem Schlitten liegen, sie konnte herausgeschleudert worden sein – ich sah vor mir, wie sie aus Jennies Armen flog, als Hunde und Schlitten durch das Eis krachten, und immer wieder sah ich sie im Schnee liegen, und die Wölfe kamen immer näher … Schließlich hielt ich es nicht mehr aus.

»Bleib hier, Ethel«, befahl ich. Dann kroch ich wieder an den Rand des Lochs und schaute hinunter. Elmer lag noch genauso da wir vorhin. Sicher war er tot.

»Jennie … Jennie!«

Sie wandte den Kopf ein wenig, doch die Kapuze verdeckte ihr Gesicht.

»Kannst du mir antworten?«

Sie stöhnte.

»Patricia – wo ist sie?«

Unter dem Pelzgewand, das sie bedeckte, bewegte sich ihr Arm, dann zog die Hand im Fäustling den Schal hinunter, und ich sah, warum sie nicht sprechen konnte. Die untere Hälfte ihres Gesichts war weiß wie Schnee und wirkte tot. Es war erfroren.

»Ee-e-uh-h-«, stöhnte sie.

»Hier? Willst du sagen: hier? Ist sie bei dir? Nicke mit dem Kopf, falls du es kannst, dann weiß ich, es heißt ja.«

Sie nickte ein wenig, und ich dachte: Dem lieben Gott sei Dank. Dann fragte ich mich, ob die Kleine wohl lebte, aber das konnte ich Jennie nicht gut fragen. »Durchhalten, Jennie«, sagte ich in vollem Bewusstsein, wie idiotisch das klang. Doch etwas anderes fiel mir nicht ein.

Ich ging zurück zu Ethel, und während wir beide dort eng beieinander kauerten, kreisten meine Gedanken immer um den Unfall und wie er sich abgespielt haben mochte. Vermutlich war es Elmer und Jennie genauso gegangen wie uns, sie waren in Schlechtwetter gekommen und hierher gefahren auf der Suche nach derselben Hütte. Wie wir fanden sie sie auch nicht gleich und suchten blindlings herum. Vielleicht waren sie in einen Eisnebel gekommen oder in einen Blizzard, jedenfalls hatten sie aus irgendeinem Grund die trügerische Schneebrücke nicht gesehen, die nichts war als eine Decke über einer großen Blase im Eis. Sie hatte sich vermutlich gebildet, als das

Flusswasser blitzartig den Sumpf überschwemmt hatte. Dann hatte irgendetwas das Wasser aufgestaut und es festgehalten. Als es versickert war, hatte sich an seiner früheren Oberfläche eine feste Eisdecke gebildet, die die riesengroße Luftblase darunter überdeckte. Und Elmer hatte das erst erkannt, als es zu spät war. Jedem hätte das passieren können, auch Fred und mir. Ich hatte Ähnliches schon gehört. Wie lang wohl Jennie schon da unten lag? Möglicherweise bis zu drei Tage. Drei Tage in einem Kerker aus Eis mit der geringsten Aussicht, gefunden zu werden – und oben umkreisten sie die Wölfe. Wären die Wölfe nicht gewesen, hätten wir uns der Stelle nie genähert. Dann hätte man sie und Elmer wohl erst im Frühling gefunden, vielleicht nicht einmal dann, denn die Schneeschmelze würde riesige Mengen von Wasser durch den Sumpf wälzen und alle dort in den Fluss reißen.

Erst mehr als eine Stunde später kam Fred mit dem Schlitten zurück. »Wir haben sie gefunden«, rief er. So wie er vermutet hatte, war sie ganz zugeschneit. Er hatte Chuck zurückgelassen, damit er die Tür frei schaufelte. Er hatte einen schlanken, kräftigen Birkenstamm mitgebracht, den er gefällt hatte. Er befestigte in dessen Mitte ein Seil, ging auf den Sims und legte den Stamm über die engste Stelle des Lochs. Sobald er sich vergewissert hatte, dass das Eis zu beiden Seiten halten würde, ließ er sich am Seil hinunter. Ich sah ihm von oben zu.

Der Hund, dem nichts passiert war, gebärdete sich wild vor Freude. Fred musste ihm erst ein paar überziehen, bevor er aufhörte, an ihm hinaufzuspringen. Dann hob er den Schlitten von Jennie. Die halbe Ladung war noch darin, das Übrige – Bilderrahmen, eine Goldwaage, Schürfwerkzeuge, Fallen – lag ringsum verstreut.

Er bettete Jennie so gut er konnte ein und legte noch ein Pelzgewand über sie, bevor er sich umsah. Der Sumpf war unten eben, die Ränder zogen sich dort, wo sie auf das Eis trafen, leicht hinauf. Fred ergriff eine Breithacke, die aus dem Schlitten gefallen war, und schlug aus dem gefrorenen Boden einen ziemlich großen Stein heraus. »Anne, geh ungefähr zehn Fuß weit dort hinüber.«
Er deutete dorthin, wo die Decke der Höhle an die Uferböschung stieß. »Sag mir, ob du diesen Stein aufschlagen hörst.« Seine Stimme klang hohl, als käme sie aus einer Gruft.
Ich gehorchte und lauschte. Bumm, bumm, bumm. Ich kroch zurück zum Loch.
»Ich hab's gehört.«
»Ich will versuchen, mich dort durchzugraben.«
»Sollen wir hinunterkommen?«
»Nein. Es ist besser, du bleibst oben. Man weiß nie.«
»Fred, was ist mit dem Baby?«
»Ist in Ordnung, glaube ich. Sie hat es unter der Parka.«
»Kannst du es mir heraufreichen?«
»Jennies Arm ist offenbar gebrochen. Ich möchte sie nicht bewegen, bis wir sie herausbringen können ... Du musst dich jetzt durchbringen, so gut du kannst. Ich habe keine Ahnung, wie lange es dauert, durch das Eis zu hacken.«
Er verschwand wieder, und ich hörte, wie er das Eis in Angriff nahm. Ich ging zurück zu Ethel, und wir warteten. Sie schlief ein, noch bevor Chuck zurückkam. Als er neben mir stand, sagte ich ihm, was Fred unten tat, und er ging zum Loch, um zu sehen, ob Fred ihn brauchte. Das war wohl der Fall, denn er ergriff das Seil und ließ sich hinunter.
Es fing an zu schneien.

Ein- oder zweimal stand ich auf, um ein bisschen herumzugehen und den Blutkreislauf in den Beinen anzuregen. Die Hunde, noch angeschirrt, hatten sich eingerollt. Denen konnte nichts etwas anhaben, weder Wind noch wirbelnder Schnee. Sie steckten die Nase unter den Schwanz und lagen so gemütlich da wie in einem warmen Wohnzimmer – während sich rings um sie der frische Schnee anhäufte.
Ich schaute immer wieder zu der Stelle hinüber, wo meiner Meinung nach Fred und Chuck herauskommen mussten, bis mir die Augen schließlich Streiche spielten. Endlich, endlich sah ich ein kleines Loch. Dann ging es schnell, der Schnee brach ein wie Treibsand, und ich weckte Ethel. Chucks Kopf kam zum Vorschein, und als ich mit Ethel hinüberging, schob er sich aus dem Loch. »Wir durchgegraben«, schrie er aufgeregt. Der unverletzte Hund kroch gleich hinter ihm heraus und tollte um Ethel und mich herum, dass wir in Gefahr gerieten, umgeworfen zu werden.
Ich rutschte langsam in das Loch. Meine Füße berührten die Uferböschung, und Fred packte mich. Dann glitt ich unter das Eis, und Fred half mir die Böschung hinunter.
Es war eine düstere Welt, in der die Zeit stillstand. Über uns wölbte sich eine Kuppel aus Eis, die sich von einem Ufer zum anderen erstreckte und in der Längsrichtung zu beiden Seiten wohl dreißig Fuß maß. Draußen heulte der Wind, doch hier unten war es still. Durch das Loch in der Decke schwebten einzelne Schneeflocken herab. Elmer lag auf der anderen Uferböschung ausgestreckt, sein Kopf berührte fast das Eis über ihm. Er war steif gefroren; eine Hand war noch erhoben, und in ihr steckte ein Jagdmesser. Über ihm sah man, wo er versucht hatte, das Eis wegzuhauen. Ein Bein war schauerlich verdreht,

abgewinkelt dort, wo es kein Gelenk gab. Es war ihm noch gelungen, die Böschung hinaufzukriechen, und dann war er gestorben.
Ich ging zu Jennie hinüber.
»Jennie …«
Sie öffnete die Augen.
»Jennie, soll ich das Baby nehmen?« Das Eis warf meine Worte als Echo zurück.
Sie nickte. Ich zog die Pelze weg, die Fred über sie gelegt hatte, und hob die Parka hoch. Das Baby lag an ihrer Brust. Irgendwie war es ihr sogar mit dem gebrochenen Arm gelungen, es zu schützen. Die Kleine war noch in die Decke gewickelt. Als ich ihr Gesichtchen freimachte, verlor ich alle Hoffnung. Ihre Hautfarbe war von einem entsetzlichen Blau, der zarte Körper regte sich nicht. Doch sie war nicht tot. Aus ihrem Mund kräuselte ein winziges Dampfwölkchen. Ich steckte sie unter meine eigene Parka und spürte ihre Kälte. Ein eiskaltes, winziges Ding, das sich nicht rührte.
»S-e-e-h«, brachte Jennie heraus. Ihre Augen flehten mich an.
»Lass sie erst warm werden, Jennie«, bat ich. »Sie ist ganz durchgefroren.« Ich wollte nicht, dass sie das Baby in diesem Zustand sah. Ihr Elend war auch so schon groß genug. Sie schloss die Augen.
Ethel und Chuck waren durch das Loch hereingekommen. Fred ließ Chuck das Loch vergrößern, dann kniete er neben Jennie nieder. »Sie ist ohnmächtig«, sagte er. »Gott sei Dank.« Er hob

ein Herrenhemd auf, das mit anderen Kleidern auf einem Haufen lag. »Reiß das in Streifen«, bat er mich. »Ich werde ihren Arm schienen.«

Mit einer Axt ging er Elmers Schlitten an, bis er zwei Stücke Holz hatte, die als Schienen für den gebrochenen Arm taugten. Er rollte Jennie auf den Rücken und zog den gebrochenen Arm vorsichtig aus der Parka. Man erkannte den Bruch deutlich sogar unter dem Ärmel ihrer warmen Unterwäsche. Fred setzte sich, stemmte einen Fuß in ihre Achselhöhle und zog langsam an ihrem Handgelenk. Ich wandte mich ab, bis ich hörte, wie die Knochen sich zusammenfügten. Während er den Arm schiente, ging ich auf dem Sumpfbett auf und ab und hoffte, ich könnte dem Baby die kleinste Bewegung ablocken. Vergeblich. Es lag völlig still da.

Fred arbeitete systematisch weiter, und ich bewunderte ihn für seine Gelassenheit. Wäre alles auf meinen Schultern gelegen, dann wäre ich schon längst zusammengebrochen. Als er fertig war, kletterte er auf die Böschung zu Chuck, nahm ihm die Hacke ab und vergrößerte das Loch weiter. Dann warf er die Hacke weg und schaute müde zu mir herunter.

»Wie geht's dem Baby?«, fragte er.

»Es rührt sich nicht«, sagte ich, doch was ich dachte, war: Es wird sterben.

Aussprechen wollte ich das nicht.

»Gib es jetzt Chuck. Ich brauche deine Hilfe bei Jennie.«

Ich reichte dem Jungen das Bündel.

»Halt es dicht an dich«, wies ich ihn an. Das hätte ich mir sparen können. Er war erst acht Jahre alt, doch wenn ich je einen Jungen sah, der weit über seine Jahre vernünftig und reif war, dann Chuck. Fred nahm Jennie bei den Schultern und ich bei den Beinen. Halbwegs die Böschung hinauf glitt mir ein Bein aus dem Griff, und ihr Fuß schlug gegen einen großen Stein. Das gab ein entsetzliches Geräusch, als bestünde der Fuß ebenfalls aus Stein. Mein Magen krampfte sich zusammen, und ich schaute zu Fred hoch. Seine Lippen waren zu einer dünnen Linie zusammengepresst. Dieses Geräusch konnte nur einen einzigen Grund haben – der Fuß war durch und durch gefroren.

23

Irgendwie gelang es uns, Jennie durch das Loch und in den Schlitten zu bringen.

Wir fuhren ein paar Mal hin und her, um Proviant und Verschiedenes für das Baby zu holen. Dann zerrte Fred den toten Hund heraus und ließ ihn in einiger Entfernung liegen. Auf dem Schlitten waren ein paar Fallen gewesen, und bevor wir die Stelle endgültig verließen, nahm Fred fünf davon an sich und stellte sie rings um das große Loch auf. Das würde die Wölfe hoffentlich von Elmers Leiche abhalten. Als wir die Hütte erreichten, konnte ich mich nur wundern, dass Fred sie überhaupt gefunden hatte. Sie duckte sich so niedrig an einen Hügel, dass ich sie erst sah, als wir praktisch auf ihr standen.

Das schiefe Dach war innen so niedrig, dass wir beide nur an einer Wand aufrecht stehen konnten, und allzu viel Raum war auch sonst nicht. Doch es war eine Unterkunft, die Schutz vor dem Wetter bot, und mehr brauchten wir nicht. In einer verstaubten Lampe fand sich ein wenig Öl. Fred zündete sie an, dann brachten wir Jennie herein und legten sie auf das wackelige Feldbett. Dann ging Fred daran, in dem kleinen Yukon-Ofen Feuer zu machen.

Ich holte Patricia unter meiner Parka hervor. Als ich sie betrachtete, hätte ich fast aufgestöhnt. Gesicht und Händchen waren im Licht der Öllampe von einem schrecklichen Violett, und ich konnte nichts für sie tun als beim Ofen sitzen und sie fest an mich drücken.

Sobald wir unsere Sachen verstaut und ein paar Töpfe mit Schnee gefüllt hatten, ging ich daran, klein geschnittenes Fleisch aufzutauen, um es zu schmoren. Inzwischen bemühten sich Fred und Chuck um Jennie. Fred füllte einen kleinen Zuber mit Schnee und zog ihr die Mokassins und Socken von dem gefrorenen Bein. Es war hart wie Marmor und bis zum Knie ganz weiß. Fred steckte es in den Zuber und begann, es mit Schnee abzureiben, während Chuck mit ihrem Gesicht das Gleiche tat. Sie war noch nicht bei Bewusstsein, und ich hoffte ihretwegen, dass sie so lang wie möglich ohnmächtig blieb. Wenn in ihren Körper erst das Gefühl zurückkam, würde sie entsetzliche Schmerzen leiden.

Es dauerte ewig, bis das Teewasser kochte. Mit dem Ofen musste man äußerst vorsichtig umgehen, da die Blechwände zu verrostet waren und zu stark abblätterten, als dass man ein ordentliches Feuer hätte riskieren können. Jemand hatte zur Verstärkung obenauf kreuzweise zwei Blechstücke gelegt, und das war ein Glück, sonst hätten wir überhaupt nicht kochen können. Trotzdem war die Wärme, die der Ofen lieferte, nur mäßig.

Ich brachte Fred und Chuck Tee und goss dann für Ethel und mich welchen ein. Seit wir in der Hütte waren, hatte keiner von uns ein Wort gesprochen. Wir waren alle völlig erschöpft und hielten uns nur durch übernervöse Energie aufrecht. Jennie stöhnte leise und bewegte den Kopf. Dabei fiel ihr etwas Schnee vom Gesicht.

»Wie schlimm steht es mit ihr, Fred?«

Er brauchte nicht zu antworten. Sein Gesicht sagte genug. Er schüttelte nur den Kopf. »Was ist mit dem Baby?«, fragte er.

»Es hat sich noch nicht gerührt.«

»Wir müssen zu einem Entschluss kommen. Jennies Fuß ist bis auf den Knochen gefroren. Vielleicht auch das Bein. Das kann ich nicht sagen.«

»Was lässt sich da tun?«

»Wir müssen sie zu einem Arzt bringen.«

Draußen heulte der Wind so heftig wie eh und je und verfing sich im Ofenrohr. »Wie können wir das?«

»Wir *müssen* es ganz einfach. *Ich* muss es tun. Selbst wenn sie in die Hände eines Arztes kommt, wird sie den Fuß verlieren. Vielleicht sogar das ganze Bein.«

»Wo ist der nächste Arzt?«

»In Dawson.«

Bis dahin waren es mehr als hundertfünfzig Meilen.

»Ich könnte sie bis Forty Mile bringen«, meinte er. »Dort findet sich bestimmt jemand, der sie nach Dawson schaffen kann.« Forty Mile war die erste kleine Stadt jenseits der kanadischen Grenze, aber auch dorthin waren es noch neunzig Meilen. Es war mir nicht klar, wie er das bei seiner Übermüdung schaffen sollte. Das Wetter war so entsetzlich wie die ganze Zeit über.

»Das ist eine weite Fahrt, Fred.«

»Ich weiß. Ich muss vorher etwas schlafen, wenigstens ein paar Stunden, dann wird es gehen. Auf dem Weg gibt es einige Möglichkeiten, Pause zu machen. Und das Wetter – ich bin schon in schlechterem Wetter gereist.«

»Wann würdest du aufbrechen?«

»Wenn wir gegessen haben und ich ein paar Stunden geschlafen habe. Du musst dich dann hier allein behelfen.«

Es war keine fröhliche Mahlzeit. Ich wusste kaum, was ich aß. Als Chuck und Ethel fertig waren, saßen sie wie benommen da. Sie konnten sich nicht mehr wach halten. In einem Eimer verrichteten sie ihre Notdurft, dann krochen sie beide in einen Schlafsack, der vom Schlitten der Terwilligers stammte. Wir hatten ihn noch nicht einmal zugeknöpft, da schliefen sie schon. Ich trank mit Fred noch eine Tasse Tee.

»Es ist mir schrecklich, dich allein hier zu lassen«, sagte er.

»Wie lang, glaubst du, könnte das dauern?«

»Mr Strong muss in einem oder zwei Tagen den Fluss heraufkommen. Ich werde in Steel Creek Nachricht geben, dass du hier bist. So wie das Wetter jetzt ist, kann es vielleicht zwei Tage dauern. Oder mehr.«

»Dann sieh jetzt lieber zu, dass du schläfst.«

»Glaubst du, du kannst dich wach halten?«

»Ich werde es wohl müssen.« Jemand musste ihn ja wecken. Ich holte Patricia wieder aus meiner Parka hervor, um sie anzusehen. Die blaue Färbung verlor sich ein wenig. Die Händchen waren rosig. Wenn sie aufwachte, musste sie gefüttert werden, und das war ein weiterer Grund, wach zu bleiben.

Fred breitete einen zweiten Schlafsack aus und bat mich, ihn in drei Stunden zu wecken. Er schlief so schnell ein wie die Kinder. Meine Uhr war stehen geblieben, also stellte ich sie auf zwölf, dann setzte ich mich an den Rand des Feldbetts. Auf Jennies Gesicht hatten sich Blasen gebildet. Ihr Fuß steckte noch im Waschzuber, die Haut am Bein fing an runzelig zu werden. Ich bückte mich, holte eine Hand voll Schnee und rieb damit über das Bein. Als meine Hand es berührte, schauderte ich. Nach ein paar Minuten wurde ich schläfrig und stand auf. Der noch lebende Hund der Terwilligers lag zwischen Ofen und Wand. Er hob den Kopf. Wir hatten ihn zuerst draußen mit den anderen Hunden angekettet, doch sie griffen ihn an, also brachten wir ihn herein. Ich stand ein paar Minuten lang bei der höchsten Wand der Hütte, dann setzte ich mich auf einen Hocker neben dem Ofen. Ich nahm das Baby hervor und wiegte es in den Armen, berührte die Wange mit den Lippen. Es fühlte sich jetzt warm und weich an wie ein Blütenblatt. Um Wangen und Augen sah sie Elmer ähnlich, doch den Mund hatte sie von Jennie. »Patricia!«

Ich hatte sie frisch gewickelt und den Körper sorgfältig untersucht, ob sie eine Verletzung erlitten hatte. An der Hüfte fand ich einen blauen Fleck, der auch ein wenig geschwollen war, doch gebrochen war nichts. Bis auf eine kleine wunde Stelle von den nassen Windeln war sie ganz in Ordnung. Ich wiegte sie und sprach zu ihr. Sie wand sich ein wenig, und für den Bruchteil einer Sekunde kam eine rosige Zungenspitze zum Vorschein. Dann gähnte sie. Ich wurde ganz aufgeregt und ging mit ihr auf und ab. Ein Fläschchen mit verdünnter Kondensmilch war vorbereitet und brauchte, wenn sie erwachte, nur noch gewärmt zu werden. »Nun mach schon, Patricia«, redete ich ihr zu. »Das war schon richtig. Aber jetzt wach auf und fang an zu brüllen. Ich weiß, du kannst es …«

Sie lag ganz still.

Neben dem Ofen stand eine kleine Obstkiste mit Reisig. Ich machte sie leer, tat ein paar Zeitungen auf den Boden, wickelte

Patricia in eine Decke und legte sie in die Kiste. Dann schob ich noch mehr Holz in den Ofen. Seine Seitenwände waren so dünn, dass man an manchen Stellen das Feuer durchsah.
Ich setzte mich wieder auf den Rand des Feldbetts und behandelte Jennies Bein. Mittendrin schlief ich ein. Ich erwischte mich dabei, wie ich vornüberfiel, sodass meine Knie fast den Boden berührten. Die nächsten zwei Stunden tat ich mir immer wieder Schnee auf Gesicht und Nacken um wach zu bleiben.

~

Eine halbe Stunde, ehe ich Fred wecken sollte, begann Jennie zu schreien.
Sie stieß den Waschzuber weg, und ich musste sie packen, damit sie nicht aus dem Bett fiel. Es kam so plötzlich, dass ich entsetzliche Angst bekam. Gerade noch war alles ganz still gewesen, und im nächsten Augenblick kämpfte ich mit Jennie und rief hysterisch schluchzend nach Fred. Sie brüllte vor Schmerzen und schlug wild um sich. Und endlich stand Fred auf der anderen Seite des Bettes, hielt sie fest umklammert und sprach ihr zu, wobei sie ihn wild anstarrte. Immer wieder versuchte sie zu sprechen, doch der Mund war zu einer hässlichen Grimasse verzogen, und sie brachte keine Wörter, nur unverständliche Laute, hervor.
»Jennie, du bist bei Anne und mir«, sagte Fred immer wieder. »Du bist in Sicherheit, Jennie. Versuch das zu verstehen.«
Das Wilde verschwand aus ihren Augen. Sie hörte auf, sich gegen uns zu wehren und fiel ermattet zurück. Sie hatte begriffen, wo sie war. Ihre Augen schlossen sich, und Tränen des Schmerzes quollen unter den Lidern hervor. »Iiischa«, stammelte sie leise. »Iiischa.«

»Patricia ist hier, Jennie«, sagte ich. »Sie schläft. Möchtest du sie in den Arm nehmen?«

Sie nickte.

Ich holte das Baby und legte es in ihre Armbeuge. Sie hob einen Augenblick den Kopf und sah es an, dann fiel er zurück, und sie schloss die Augen. Sie musste entsetzliche Schmerzen haben, doch sie lag ruhig da. Sie hatte ihr Kind im Arm.

»Jennie«, fing Fred wieder an. »Ich muss dich zu einem Arzt bringen … verstehst du mich?« Ohne die Augen zu öffnen, nickte sie. »Anne bleibt mit dem Baby hier und kümmert sich um die Kleine.« Sie machte eine winzige Bewegung, die zeigte, dass sie verstanden hatte. Chuck und Ethel waren nicht aufgewacht. Sie hatten ihr Leben lang in engen Verhältnissen gewohnt, und sie waren an den Lärm gewöhnt, den das mit sich bringt.

Während Fred seine Reisevorbereitungen traf, wärmte ich einen Brocken Gemüsesuppe auf und fütterte Jennie damit. Sie konnte nur ganz wenig zu sich nehmen. Ab und zu stöhnte sie leise, doch sonst gab sie, seit sie das Baby im Arm hatte, keinen Laut von sich. Was sie durchmachte, erriet ich nur, wenn ich ihr in die Augen sah. Dort stand die ganze Qual – die Qual über den Verlust von Elmer und die Qual über die Trennung von ihrem Baby, dazu die körperliche Qual durch die furchtbaren Erfrierungen. Als Fred bereit war, trugen wir sie hinaus. Die Hütte und der Hügel dahinter schirmten den Wind ein wenig ab, als wir sie in den Schlitten hoben. Grauer Hagel peitschte uns, und die Kälte drückte gegen uns wie Wasser. Als Jennie sicher angeschnallt war, beugte ich mich über sie und nahm schnell Abschied. »Ich werde gut auf das Baby aufpassen, Jennie. Ich werde gut auf es aufpassen.«

Sie bewegte eine Hand im Fäustling ein wenig und zog den Schal vom Gesicht. Ein Mundwinkel zog sich hoch, bevor die Hand den Schal wieder losließ. Sie hatte zu lächeln versucht. Fred war bereit. Ich hatte ihm so vieles sagen wollen – wie sehr ich ihn bewunderte, wie sehr ich ihn brauchte und nach ihm verlangte, wie innig ich ihn liebte. Das Einzige, was ich herausbrachte, war: »Bitte, gib Acht auf dich, Fred.«

»Natürlich. Schau nur, dass du keine Angst kriegst.«

»Mein Teil ist der leichtere.«

Ich wartete nicht ab, dass er mich küsste. Da hätte ich bis zum Sankt-Nimmerleins-Tag warten können. Ich küsste ihn selbst und so energisch, als könne der Kuss ihn vielleicht warm und sicher und am Leben halten, ihn auf dem weiten Weg begleiten, den er vor sich hatte. Dann brach er auf, und der Schlitten verschwand im grauen Wirbel von Schnee und Hagel. Ich ging zurück in die Hütte.

Nach einer Weile spürte ich, dass ich nicht länger wach bleiben konnte. So lange wie möglich ging ich mit Patricia auf und ab und redete ihr zu aufzuwachen. Es nützte nicht viel. Sie regte sich ein bisschen, öffnete und schloss die kleine Faust, und das war alles. Sie war ein makelloses kleines Ding, und in ihrem Körperchen ging ein Kampf ums Überleben vor sich, doch dabei konnte ich ihr in keiner Weise helfen. Ich spürte, wie ich in mich zusammensank. Erst legte ich im Ofen nach, dann verkroch ich mich mit dem Baby in Freds Schlafsack. Selbst wenn der Ofen ausging, war es immer noch warm genug.

Ich weiß nicht, wie viel später ich mich mühte aufzuwachen, denn mir schien, irgendwo läutete ein Wecker. Halb benommen hielt ich ihn zuerst für den meines Vaters. Warum stellte er ihn nicht ab? Er läutet doch schon stundenlang, und ich ärgerte mich darüber, bis mir plötzlich bewusst wurde, dass von Wecker keine Rede sein konnte. Ein Baby schrie.

Sofort war ich wach. Patricia neben mir schrie ihre Wut in den gellendsten Tönen heraus – der schönste Laut, den ich je gehört hatte! Im Handumdrehen war ich aus dem Schlafsack heraus. Ich stand zu schnell auf und schlug mir den Kopf an der Decke an. Das Feuer im Ofen war zu Asche verbrannt. Ich kratzte sie hinunter, häufte Papier und Späne hinein und legte obenauf etwas Holz. Es brannte sofort an, und ich stellte die vorbereitete Flasche in den Kochtopf. Dann drehte ich die Öllampe groß. Chuck und Ethel schliefen noch. Chucks Kopf ragte ein wenig aus dem Schlafsack heraus. Ich wiegte Patricia in den Armen, sprach mit ihr, erzählte ihr, sie würde bald zu essen bekommen und ganz satt werden. Meine Uhr zeigte auf acht Uhr dreißig. Das bedeutete, ich hatte seit Freds Fortgang fast fünf Stunden geschlafen. Welches mochte wohl die »echte« Zeit sein? War es Tag oder Nacht? Ich hatte völlig den Faden verloren, und es gab keine Möglichkeit, es herauszufinden. Gegen das Fenster schlug der Hagel, das Glas war mit Eis überzogen, doch soviel ich sehen konnte, war draußen Nacht. Ganz sicher war ich allerdings nicht. Ich ging immer wieder zum Ofen, um zu prüfen, wie warm die Flasche geworden war, doch sie schien mir immer gleich kalt zu sein, und Patricia brüllte sich die Seele aus dem Leib. Sie steckte ihre Finger in den Mund und schloss ihn fest darüber. Das beruhigte sie ein paar Minuten, bis sie merkte, dass aus den Fingern nichts herauskam, und nun verlangte sie noch nachdrücklicher nach dem wahren Trost. Als ich ihr die Flasche gab, war sie nur lauwarm. Ich

konnte einfach nicht länger warten. Sie fasste nach dem Sauger, brachte ihn in den Mund und spuckte ihn wieder aus. Ich versuchte es noch einmal, und es war das Gleiche. Ich sah mir den Sauger an – da stimmte alles, doch als ich ihn ihr wieder in den Mund schob, lief ihr die Milch übers Kinn. Sie schluckte sie nicht. In mir stieg hilflose Angst hoch. Irgendetwas hatte ich falsch gemacht, aber was? Patricia brüllte lauter denn je. Chucks Kopf schob sich aus dem Schlafsack. Er schaute schläfrig zu mir herüber, dann verschwand der Kopf wieder.
Ich stellte die Flasche wieder in den Kochtopf. Vielleicht war sie nicht warm genug? Alle paar Minuten prüfte ich sie am Handgelenk. Als sie mir warm genug schien, gab ich sie der Kleinen wieder. Sie wollte sie wieder nicht nehmen. Ich kostete den Inhalt, ob daran etwas nicht stimmte – nein, alles in Ordnung.
Zehn Minuten später schlief sie wieder. Ich saß neben ihr und betrachtete sie und überlegte, was da wohl nicht stimmte. Vielleicht hatte sie innere Verletzungen davongetragen? Wenn das der Fall war, konnte ich nichts tun als neben ihr zu sitzen und zuzusehen, wie sie starb. Ich verkroch mich wieder mit ihr im Schlafsack und lag in halber Betäubung da.
Als ich das nächste Mal erwachte, hatte sie noch nicht angefangen zu schreien. Ich füllte die Flasche mit frischer Milch, und dieses Mal gab ich sie ihr erst, als die Milch die richtige Temperatur hatte. Sie wollte sie immer noch nicht annehmen. Sie wand sich und verdrehte den Kopf, um dem Sauger auszuweichen, und sie brüllte, als leide sie entsetzliche Schmerzen. Krank vor Angst saß ich da und starrte ins Leere. Ich war nicht imstande, ihr zu helfen. Was es auch war, das sie brauchte, ich konnte es ihr nicht geben.

Chucks Kopf fuhr aus dem Schlafsack. Er schlüpfte heraus, schüttelte sich und fuhr dann in die Parka. Er sah zu, wie ich aufs Neue versuchte, Patricia die Flasche zu geben.

»Baby kein Hunger«, meinte er.

»Doch, sie ist hungrig. Deshalb schreit sie ja. Sie hat seit zwei Tagen nichts zu essen bekommen. Ich weiß nicht, was ich tun soll.«

Chuck spielte vor ihren Augen mit seinen Fingern herum. Sie hörte zu schreien auf und sah die Finger an, dann steckte er ihr einen Finger in die Hand. Sie packte fest zu und hielt ihn ein paar Sekunden, ehe sie losließ.

»Klein, ganz klein Baby«, sagte er.

»Hast du so etwas schon mal gesehen?«, fragte ich ihn. »Ich meine, ein Baby, das die Flasche nicht nimmt?« So verzweifelt war ich, dass ich bei einem Achtjährigen Rat und Hilfe suchte.

Er schüttelte den Kopf.

Wieder versuchte ich den Sauger, wieder war es dasselbe. Sie nahm ihn, dann spuckte sie ihn aus und fing zu schreien an. Ich gab Chuck die Flasche und legte mir die Kleine über die Schulter. Wie groß wirkte die Flasche in seiner Hand, wie unheimlich groß. Vielleicht war das der Grund? Sie hatte seit zwei oder drei Tagen nichts gegessen, und sie war schwach. Vielleicht war sie zu schwach zum Saugen? »Chuck, bitte hol mir die Apothekenschachtel. Sie steht dort auf dem Regal.«

Er brachte sie. Darin war ein Glasröhrchen für Augentropfen. Ich nahm den Sauger von der Flasche und bat Chuck, ihn zu halten, dann zog ich etwas Milch in das Röhrchen und steckte es ihr in den Mund. Sie wollte es nicht nehmen, doch ich ließ nicht nach. Für ich weiß nicht wie lange lief ihr immer die Milch aus dem Mundwinkel. Dann, als ich fast aufgegeben hätte, behielt sie ein paar Tropfen. Zuerst wirklich nur ein paar Tropfen, dann mehr.

»Sie trinkt, Chuck!«

Voll Interesse beugte er sich über sie. Sie fuchtelte herum und ärgerte sich, wurde wütend, wenn ich ihr das Röhrchen aus dem Mund zog, um es wieder zu füllen, aber – sie trank. Als sie schließlich einschlief, fehlten in der Flasche ungefähr zwei Finger breit Milch. Nicht alles davon war in ihren Magen gelangt, doch etwas hatte sie zumindest zu sich genommen.

Ich legte sie zurück in die Obstkiste und bereitete dann eine Mahlzeit. Während ich kochte, kam der Hund zu mir. Ich ließ ihn hinaus, damit er sein Geschäft verrichtete, und er war sofort darauf wieder an der Tür und bat kratzend und winselnd um Einlass.

Kurz bevor das Essen fertig war, erwachte Ethel, und wir drei setzten uns zu Tisch und aßen Kekse und Stew – gedünstete Fleischbrocken. Als wir fertig waren, wusch ich mit Chucks Hilfe ab, während Ethel neben Patricia saß und ihr etwas vorplauderte. In meinem Kopf herrschte immer noch Düsternis. Damit die verschwand, brauchte ich zwölf Stunden ungestörten Schlaf. Ich hatte das Gefühl, ich würde jeden Augenblick in Tränen ausbrechen. Immer musste ich daran denken, wo Fred jetzt wohl war, wie es ihm erging. Wenn das Wetter so schlecht blieb wie jetzt, brauchte er mit ein paar Schlafpausen bis Forty Mile sicher vier oder fünf Tage. Wenn es sich besserte, schaffte er es vielleicht in zwei Tagen.

Als alles sauber aufgeräumt war, setzten wir drei uns auf das Feldbett, und ich fütterte Patricia wieder mit dem Tropfröhrchen. Chuck blätterte in einer vergilbten Illustrierten. Er schob sie zu mir herüber und deutete auf eine Seite. Dort stand eine sauber und adrett gekleidete Hausfrau neben einer elektrischen Waschmaschine. Sie schien die Wäsche kaum noch zu berühren, die Wäsche wanderte scheinbar von allein in die Zentrifuge und von da in den Wäschekorb.

»Du haben mögen?«, fragte Chuck.

»Und ob!«, erwiderte ich.

»Ich einmal viel Geld haben. Dann ich dir kaufen.«

»Das ist lieb von dir.«

»Dann du nicht mehr waschen und waschen und waschen.« Er imitierte meine Bewegungen am Waschbrett. »Wie viel das kosten?«

Der Preis stand da. »Hundertundzwei Dollar.«

Er ließ sich das durch den Kopf gehen, sagte aber nichts.

Der Hund der Terwilligers wachte auf und schnüffelte. Dann fing er an zu winseln. Gleich darauf heulte irgendwo ein Wolf. Es war nicht das lang gezogene, einsame Heulen, sondern der aufgeregte Jagdruf, und er wurde sofort von anderen Wölfen beantwortet. Ob sie wohl einen Zugang zu der Unglücksstelle gefunden hatten?

Chuck sagte etwas auf Indianisch zu Ethel. Sie antwortete: »*Aha* – ja.«

Ich dachte, es ging um die Wölfe und fragte ihn, was er gesagt habe. »Ich sagen Ethel hier gute Hütte, sie fragen, ob ihr gefallen, bleiben hier. Sie sagen yiss.«

Er machte sich immer noch Sorgen wegen der Rückkehr nach Chicken. Auch ich fragte mich, was sich da wohl abspielen würde, wenn wir wieder einträfen, und was Mr Vaughn und

Angela Barrett wohl sagten. Nur ging mir das alles nicht wirklich nahe. Nach allem, was wir erlebt hatten, schien es mir nicht mehr so wichtig zu sein. Die Einzige, über die ich mir

Sorgen machte, war Maggie – was sie durchmachen würde, wenn sie von Jennie erfuhr.
Die Zeit verging. Hinaus konnten wir nicht, also machten wir es uns drinnen gemütlich. Wir spielten allerlei: »Ich seh etwas, das du nicht siehst« und »Fingerhut verstecken«. Die Kinder liebten besonders ein Spiel, das sie selbst erfunden hatten. Sie schossen durch die Hütte, und ich musste versuchen, ihnen, wenn sie an mir vorbeikamen, einen leichten Klaps auf den Po zu geben. Wenn es mir nicht gelang, hatten sie gewonnen.
Jedes Mal, wenn Patricia erwachte, was ungefähr alle Stunde der Fall war, trank sie ein bisschen mehr Milch. Ich versuchte es immer wieder mit dem Flaschensauger, und endlich, es muss fast ein Tag später gewesen sein, nahm sie ihn an. Sie trank eine ganze Flasche und brach dann die Hälfte wieder aus, doch sie wurde kräftiger. In den nächsten paar Stunden nahm sie zweimal eine halb volle Flasche zu sich.
Das Einzige, was mir abging, war etwas ungestörter Schlaf. Selbst als Patricia aus der Flasche trank, schlief sie zusammenhängend nie mehr als wenige Stunden. Manchmal schrie sie, wie mir schien, stundenlang, und ich ging taumelnd vor Müdigkeit mit ihr auf und ab, bis sie in einen unruhigen Schlaf fiel und ich ihr das nachmachte. Ich entwickelte Anzeichen von Budenangst, schrie Chuck und Ethel grundlos an und fand mich dabei selbst abscheulich. Sie halfen mir, wo sie nur konnten, brachten Holz und Schnee herein, griffen beim Geschirrwaschen zu und hielten die Hütte in Ordnung. Chuck wärmte sogar das Fläschchen und half mir einmal das Baby füttern.
Nach zwei Tagen war es so weit, dass ich es einfach nicht fertig
brachte aufzuwachen. Patricia begann zu schreien, als wir alle schliefen. Ich stieß Chuck an und bat ihn, das Fläschchen zu

wärmen, dann gab ich ihm Patricia und sagte, er solle mich wecken, wenn die Milch warm sei. Ich verschwand wieder im Schlafsack, und das war das Letzte, woran ich mich erinnerte. Dann kam ich erst wieder zu mir, als ich nach einiger Zeit erwachte und Patricia weinen hörte. Wie lang ich geschlafen hatte, wusste ich nicht, doch Chuck und Ethel waren wach. Sie saß auf ihrem Schlafsack und hielt das Baby. Chuck stand beim Ofen und wärmte die Flasche.

»Chuck, wie lange habe ich geschlafen?«

Er zuckte die Achseln. »Viel lang, ich glaube.«

Ich stand auf und fühlte mich recht wohl. »Hast du gar keine Ahnung wie lang?«

Er schüttelte den Kopf. »Du mir gib Baby. Ich gebe Milch für ihn. Er schlafen ein, ich schlafen ein. Er wachen auf, ich wachen auf, Ethel wachen auf, du nicht wachen auf. Du gut lang Schlaf haben.«

Ich nahm Ethel die Kleine ab. »Du hast sie und Ethel gefüttert?«

»Yiss. Ich gut tun?«

Ich nahm ihn in die Arme. »Du hast es großartig gemacht. Diesen Schlaf habe ich weiß Gott gebraucht.«

»Du mir glücklich, ich froh.« Er strahlte.

»Glücklich? Ich liebe dich aus ganzem Herzen. Und dich natürlich auch«, fügte ich zu Ethel gewandt hinzu.

Erst jetzt bemerkte ich, wie still es war. Der Wind hatte sich gelegt. Ich ging zur Tür und schaute hinaus. Der Himmel war mit Sternen übersät, die Luft war still. Es war so bitterkalt, dass mein Atemhauch sich sofort in Kristalle verwandelte. Ich kam sofort wieder herein.

Von da an machte ich mir keine Sorgen mehr. Ich wusste, wir

würden durchhalten, und jemand würde uns irgendwann holen. Wir brauchten nichts zu tun als zu warten.

Am nächsten Tag war herrliches Wetter. Die Sonne schien hell vom wolkenlosen Himmel, und es war so warm, dass man mit zurückgeschlagener Kapuze herumgehen konnte. Chuck und Ethel liefen schon früh hinaus und beschäftigten sich damit, ein »Gasthaus« zu bauen; dann spielten sie eine Weile Jäger. Am Nachmittag trug ich einen Schlafsack hinaus, legte ihn gegen einen Baumstumpf und saß müßig in der Sonne mit Patricia auf dem Schoß. Die Sonne war so angenehm, dass ich in einen Halbschlaf verfiel und gerade noch hörte, wie Chuck das Knallen von Gewehrschüssen nachmachte, als er versuchte, Ethel-den-Elch oder Ethel-das-Ren zu »schießen«. Ich hörte sie vor Entzücken quieken, wenn er sie verfehlte, dann Stille, wenn sie fiel und er daran ging, sie zum Fellabziehen und Zerteilen zum Gasthaus zurückzutragen. Dann hörte ich ein anderes Geräusch, ein Geräusch, das mir in den vergangenen Monaten so vertraut geworden war, dass ich wusste, es bestand nicht nur in meiner Fantasie. Es kam vom Fluss her. Ich öffnete die Augen und sah Chuck und Ethel lauschen. Sie hatten es gleichfalls gehört.

Es war Mr Strongs Schlitten. Chuck stieß einen gellenden Schrei aus, lief zum Fluss hinunter und verschwand. Ein paar Minuten später hörte ich ihn Mr Strong zurufen, und die Schlittenglocken wurden zunehmend lauter.

Ich lief rasch in die Hütte, legte Patricia in die Kiste und ging wieder hinaus, um zu warten, bis die beiden erschienen und sich mir näherten. Chuck hüpfte und tanzte herum wie ein

Spatz. Mr Strong stapfte ihm nach. So glücklich war ich, ihn zu sehen, dass ich mich in seine Arme warf und ihn dabei fast umgestoßen hätte.

»Nun, Madam«, redete er mir liebevoll zu. »Seien Sie nicht aufgeregt. Es ist alles in bester Ordnung. Wir kommen ganz schnell von hier fort.«

Fred hatte er nicht getroffen, sagte er, doch Fred hatte ihm in Steel Creek Nachricht hinterlassen, wo ich mich befand.

Er blieb lang genug, um Elmers Leiche in die Hütte zu bringen, wo er sie mit einer Decke bedeckt liegen ließ. Das Messer steckte noch immer in der gefrorenen Hand. Dann brachen wir auf. Auf dem Weg hielten wir nur einmal an; bei den O'Shaughnessys, und auch da nur lang genug für eine warme Mahlzeit und kurzes Ausruhen. Dann ging es weiter.

Das Einzige, was mir später, nachdem wir zurück waren und die Schule wieder angefangen hatte, von der Rückfahrt im Gedächtnis haften blieb, war jener Augenblick, als die Siedlung in Sicht kam. Ich war mit Ethel und Patricia hinten seitlich im Schlitten eingepackt gesessen. Mr Strong hatte dort zwischen der Paketpost und den Gewürzen für uns Platz gemacht. Wir waren warm eingewickelt, und die Plane schützte uns wie ein Zelt. Chuck saß vorn bei Mr Strong. Ich wusste gar nicht, dass wir fast angelangt waren, bis Chuck nach hinten gekrochen kam und die Plane aufhob. Er wollte bei der Einfahrt in Chicken nicht allein neben Mr Strong sitzen.

Als er die Plane hob, sah ich die Siedlung in der Ferne liegen. Ruß aus den Rauchfängen hatte den Schnee ringsum geschwärzt, und es sah aus wie eine kleine, graue Insel. Ja, und da warteten alle, lauter schwarze Pünktchen vor dem Postamt. Als wir uns näherten, kam mir alles fremd vor, so, als wäre ich viel länger als die fünf oder sechs Tage fort gewesen. Mir war, als hätte ich es vor unbeschreiblich langer Zeit verlassen, fast noch als kleines Mädchen, und jetzt käme ich als erwachsene Frau zurück.

Als wir uns dem Postamt näherten, wurden die Pferde von selbst langsamer, und ich schob die Plane zurück, um alle sehen zu lassen, dass wir im Schlitten saßen. Doch wir blieben nicht bei der Post stehen. Mr Strong rief den Pferden zu und knallte mit der Peitsche. Der Schlitten machte einen Satz vor, und ich sah die erstaunten Gesichter vorbeihuschen, als wir weiterfuhren – Mr Vaughn voll Missbilligung, als er Chuck und Ethel bemerkte, Angela Barrets Wut. Mr Strong hielt den Schlitten vor dem Gasthaus an, und er war schon hinuntergesprungen und hatte die Plane zurückgeschlagen, als die Leute angerannt kamen.

Ich war zu steif, um mich zu rühren, und alle standen um uns herum und starrten mich und die Kinder an. Mrs Purdy schaute erschrocken drein und wunderte sich wohl, wo Fred steckte. Niemand sprach ein Wort. Patricia lag neben mir, in ein Gewand aus Wolfspelz eingehüllt, aus dem gerade nur so viel von ihr herausschaute, dass sie atmen konnte, also bemerkte niemand sie, bis ich sie hoch nahm. Maggie Carew und ihr Mann waren genau wie alle anderen gelaufen gekommen. Sobald Maggie sah, was ich hielt, wusste sie, dass es Patricia war, und die Lebenskraft schien sie zu verlassen. Auch die anderen begriffen nun und traten zurück, um ihr Platz zu machen. Ich reichte ihr das Baby hinunter, und sie nahm es entgegen. Ihre Augen stellten die Fragen, die sie nicht auszusprechen wagte.

Mr Strong hob mich aus dem Schlitten, und von da an wusste

ich kaum mehr, was vor sich ging. Alle drängten sich um uns, und Mr Carew fragte mit rauer Stimme, wo Jennie und Elmer seien. Mrs Purdy wollte von Fred erfahren, und alle Gesichter um mich herum wirkten wie betäubt, auf keinem war mehr Zorn zu lesen. Dann standen Chuck und Ethel neben mir, und Mr Strong schob uns drei ins Gasthaus und versuchte, die Leute zurückzuhalten. Er sagte ihnen, sie sollten mich doch hineingehen und warm werden lassen, bevor ich alle ihre Fragen beantworten könnte.

24

Maggie Carew lud mich und die Kinder für die ganze erste Woche nach unserer Rückkehr ins Gasthaus zum Abendessen. Sie erklärte, ich sei durch eine schwere Prüfung gegangen, da wolle sie dafür sorgen, dass ich reichlich warmes Essen bekäme und mich nicht überanstrengte. Es war mir nicht recht, dass sie meinetwegen so viel Arbeit hatte, doch sie gab nicht nach. Ihr Mann war am nächsten Tag mit Mr Strong weggefahren, er wollte nach Dawson, und sie war, abgesehen von Patricia und ihren eigenen Kindern, allein. Sie sagte, sie fühle sich wohler, wenn ich da wäre, und Jennie sei ihr näher.

Sie gab sich an dem Geschehenen selbst die Schuld. Es sei die Strafe für etwas, das sie begangen habe. Gott wolle sie strafen, erklärte sie immer wieder, denn Jennie sei das beste und liebevollste Mädchen der Welt und habe nie jemandem etwas zuleide getan. Also müsse sie selbst, Maggie, ein Unrecht begangen haben. Sie versuchte, mich nicht zu fragen, ob Jennie es durchstehen würde oder nicht, doch es brach trotzdem immer wieder aus ihr heraus. »Sagen Sie's ehrlich, Annie«, fragte sie mich unzählige Male. »Glauben Sie, dass sie durchkommen wird?«

Egal, wie oft ich versicherte, Jennie würde sicher durchkommen, sie quälte sich ständig selbst, indem sie mir weitere Fragen stellte: »Wie schlimm waren die Erfrierungen an Jennies Bein? Und an ihrem Gesicht?« Ich konnte ihr nur antworten, ich wüsste es nicht. Als ich ihr erzählte, wie Jennie zu lächeln versucht hatte, brach sie zusammen und weinte.

Viel mehr erfuhren wir auch nicht, als Fred zurückkehrte. Acht Tage später traf er am frühen Nachmittag in der Siedlung ein, völlig verwildert, und ein paar Minuten später waren wir alle im Gasthaus versammelt und hörten uns seinen Bericht an. Er hatte Jennie bis nach Forty Mile gebracht, so wie er es sich vorgenommen hatte. Dort hatte er das große Glück, auf Percy de Wolfe zu treffen, den man den Eisernen Mann des Nordens nannte. Er beförderte die Post auf dem Yukon zwischen White Horse und Eagle, und sein Hundegespann war in diesem Teil des Landes das schnellste. Es hatte nach Freds Ankunft nur Minuten gedauert, bis sie Jennie auf seinen Schlitten gebracht hatten und er mit ihr nach Dawson gerast war. In Forty Mile war eine Telegrafenstation, von dort telegrafierte man nach Dawson, dass Percy eine schwer verletzte Frau brachte, die dringend behandelt werden musste. »Bevor ich zurückfuhr«, berichtete Fred, »kam ein Telegramm aus Dawson, im Krankenhaus stünde ein Arzt bereit, um sofort nach ihrer Ankunft die Behandlung zu beginnen.«

Erst gegen Ende März, drei Wochen später, erhielt Maggie ein Telegramm von ihrem Mann. Nun waren die Tage schon lang und sonnig. Laue Chinook-Winde schmolzen den Schnee so schnell, dass man mit dem Schlitten nur mehr während der Nacht reisen konnte, wenn das Geschmolzene wieder gefror. Mr Strong brachte das Telegramm bei seiner letzten Schlittenreise in dieser Saison. Es enthielt keine Einzelheiten, sondern besagte nur, dass es Jennie eine Zeit lang sehr schlecht gegangen sei, doch dass sie jetzt auf dem Weg der Besserung sei und durchkommen würde. Das Telegramm schloss damit, dass uns Mr Strong die Einzelheiten berichten würde. Mr Strong war dabei so zartfühlend wie nur möglich. An Jennies Gesicht würden keine Narben zurückbleiben, sagte er, doch den Fuß hatte man ihr ein Stück oberhalb des Knöchels abnehmen müssen.

Wie nicht anders zu erwarten, war es für Maggie ein schwerer Schlag, und es veränderte sie beträchtlich. Sie wurde nicht gerade weich, doch immerhin ein wenig toleranter. Ich wusste zwar, dass sie im Innersten immer noch fand, es gehöre sich nicht, dass ich Chuck und Ethel zu mir genommen hatte, und dass ich damit einen großen Fehler machte, doch betrachtete sie die beiden wenigstens nicht mehr so, als hätten sie die Pest. Sie ließ sie sogar öfter ins Gasthaus kommen, um mit ihren eigenen Kindern zu spielen. Auch alle anderen, die entsetzt

über mich gewesen waren, gossen ein wenig Wasser in ihren Wein. Ich bin überzeugt, dass dies zum Teil Maggies Werk war. Ihre Stimme hatte in der Siedlung Gewicht, und als die Leute sahen, wie oft sie mich und die Kinder ins Gasthaus lud, verhielten sie sich auch nicht mehr so feindselig. Dann kam ein Abend, an dem ich hinüberging, um Chuck und Ethel abzuholen, und sie mir eine Frage stellte, die mich verblüffte.

Mr Vaughn und Angela spielten »Cribbage«, und Onkel Arthur half Chuck sein neues Gewehr reinigen, das ich ihm gekauft hatte. So stolz war ich auf ihn und sein Verhalten während unserer »Prüfung«, wie Maggie es nannte, dass ich ihn in den Laden genommen und gesagt hatte, er dürfe sich nach Belieben etwas aussuchen. Als er das Kaliber 22 wählte, zögerte ich, doch er konnte damit umgehen. Er hatte seit seinem fünften Lebensjahr ein Gewehr besessen.

Ethel und Willard veranstalteten im Schlafraum eine Kissenschlacht, und Chucks Gewehr war in sämtliche Teile zerlegt, also trank ich eine Tasse Tee, während Onkel Arthur dem Jungen half, es wieder zusammenzusetzen. Völlig aus heiterem Himmel schoss Maggie ihre Frage heraus.

»Haben Sie schon was unternommen wegen der Hütte, die Sie in Eagle kaufen werden?«

»Nein«, erwiderte ich.

»Warum nicht? In Eagle gibt's keine Wohnung im Schulhaus. Sie müssen sich selbst eine besorgen.«

»Ich weiß«, erwiderte ich, »aber ich weiß schließlich noch nicht, ob ich in Eagle unterrichten werde.«

»Warum nehmen Sie an, dass es nicht der Fall sein wird?«

Sie kannte die Antwort so gut wie ich und jeder andere im Zimmer. Mr Vaughn und Angela schauten von ihren Karten nicht auf, doch sie registrierten jedes Wort. Ich war ihnen nicht sympatischer als zuvor, doch sie riefen mir jetzt wenigstens einen kurzen Gruß zu, wenn wir uns begegneten.

»Nun, noch hat mir niemand mitgeteilt, wie es darum steht«, gab ich zurück, »doch ich halte die Chancen nicht für sehr groß.«

Maggies Lippen verzogen sich zu ihrem mürrisch-höhnischen Lächeln. »Ich kenne jeden Menschen im Schulrat«, knurrte sie. »Und ich möchte wohl hören, ob da wer was dagegen hat … Wie viel möchten Sie für eine Hütte zahlen, wenn es in Ordnung geht?«

»Ich habe noch nicht darüber nachgedacht«, sagte ich.

»Wie groß soll sie denn sein?«

»Nun … groß genug, damit Chuck und Ethel ihr eigenes Zimmer haben können.«

Sie zuckte nicht mit der Wimper. »Was meinst du, Arnold?«, fragte sie Mr Vaughn betont. »Glaubst du, wird es leicht sein, so was zu finden?«

Er murmelte etwas, und Maggie sagte scharf: »Ich hab dich nicht verstanden.«

»Ich sagte: vermutlich.«

»Wir werden eine finden«, erklärte Maggie. »Für mich ist ein Vogel in der Hand so viel wert wie zwei in der Wildnis. Wir wissen, was wir an Ihnen haben. Der Herr allein weiß, was sie uns aus Juneau schicken, wenn wir denen dort freie Hand lassen. Was ich von diesem Weib Rooney höre – die scheint eine richtige Niete zu sein. Zwickt die Kinder, bis sie grün und blau sind, und läuft allem nach, was Hosen anhat.«

X

Dass Maggie an meiner Seite stand, half unendlich. Zwar kam niemand zu mir und erklärte, er dächte jetzt besser über mich als zuvor. Das war einfach nicht die Art dieser Leute. Doch

man spürte es, sie verhielten sich anders. Zum Beispiel bei unserem nächsten Tanzabend. Wir hielten ihn erst ab, als Maggie das Telegramm ihres Mannes bekommen hatte. Bis dahin schien es uns nicht richtig zu sein, zu tanzen und uns zu unterhalten, während ganz in der Nähe Maggie allein saß und sich verzweifelt fragte, ob Jennie leben oder sterben würde.
Als die Leute hereinkamen, begrüßten sie mich laut und herzlich, statt wie früher widerwillig zu nicken, und ein paar sprachen sogar über das Wetter mit mir. Jetzt, wo der Frühling nahe war, hatte jeder seine eigene Ansicht, wann der Fluss aufgehen oder die Bäche fließen würden, sodass man wieder mit dem Goldwaschen beginnen konnte. Dieses Thema war unerschöpflich, doch es wurde für gewöhnlich nicht mit Tschitschakos erörtert und auch nicht mit Leuten, die man nicht gern sah. Ein paar von ihnen bewunderten sogar an der Wand die Karte von Chicken. So groß wie sie war, schien sie vorher niemand bemerkt zu haben. Jetzt erklärten sie, so etwas hätten sie noch nie gesehen und wie geschickt die Kinder seien, die so was gemacht hatten.
Auch Chuck verbesserte seine Position. Vom ersten Schultag an war er in der Hierarchie der Kinder um einige Plätze hinaufgerutscht. Sie verhöhnten ihn nicht mehr und verspotteten ihn auch nicht mehr wegen seiner Aussprache. Mehr noch, in den ersten Tagen drängten sich die Jungen um ihn und wollten alle makabren Einzelheiten wissen, wie er Jennie und Elmer gefunden hatte und wie Elmer als Leiche aussah und ob er wirklich ganz steif gefroren war. Chuck hielt sich in seinen Berichten zurück und prahlte auch nicht, und das beeindruckte die Kinder mehr, als hätte er pausenlos erzählt.
Nicht hingegen änderte sich das Verhältnis zwischen Fred und

mir. »Wenn Sie in Eagle unterrichten wollen«, hatte Maggie mich unter vier Augen gewarnt, »dann führen Sie sich ordentlich auf. Die beiden Bälger hat man jetzt geschluckt. Wenn Sie sich aber noch mal mit dem Halbblut einlassen, ist es aus. Halten Sie mir jetzt keine bolschewikischen Predigten. Ich sage Ihnen nur, was gut ist für Sie.«

Ich sah ihn erst knapp drei Wochen nach seiner Rückkehr wieder, und auch das nur, weil er Eisenwaren abholte, die er durch Mr Strong bestellt hatte. Er hatte sich in den Kopf gesetzt, sich um meinetwegen von mir fern zu halten, und damit Punktum. Er wollte nicht schuld sein, dass mein Ruf nicht tadellos war, Gott bewahre. Er kam zum Tanzabend, und als wir zusammen tanzten, hätte man glauben können, wir tanzten ein Menuett, so weit hielt er mich von sich entfernt. In meinem Herzen lauerte die Hoffnung, Onkel Arthur würde den Walzer »Home, sweet home« für uns auflegen, doch es überraschte mich weiter nicht, dass nichts dergleichen geschah. Egal, dass Fred Jennies Leben gerettet und dabei sein eigenes riskiert hatte – er war noch immer das Halbblut und ich die reine, weiße Frau des Nordens.

Mitte April brachte Mr Strong mir die Nachricht, dass man mich für die Lehrerstelle in Eagle ausgewählt habe. Ich freute mich darüber – und auch wieder nicht. Ich machte mir Sorgen wegen Chuck und Ethel. Seit ich sie nach Chicken zurückgebracht hatte, stimmte es zwischen uns nicht. Mehr denn je wünschte ich mir Nancy zurück. Wir beide gemeinsam hätten bestimmt herausgebracht, woran es lag und was dagegen zu tun sei. Wenn ich mir auch noch so den Kopf zerbrach, ich begriff es einfach nicht. Ich musste die ganze Zeit hinter ihnen her sein, ich musste sie ermahnen, sich ordentlich anzuziehen, sich zu waschen, mir zu helfen, Ordnung in meinem Teil des Schulhauses zu halten und sich vor Leuten anständig aufzuführen. Ich tat das ja nicht, um meine Überlegenheit zu zeigen, ich tat es um ihretwillen. Die kochende Volksseele hatte sich zwar beruhigt, trotzdem betrachteten die meisten Leute sie anders als andere Kinder. Wenn sie etwas anstellten oder einen dummen Streich ausheckten, hieß es nicht: Es sind eben Kinder, die es nicht besser verstehen. Sondern: Es sind eben Indianerkinder. Das war die Einstellung der meisten Leute, sogar jener, die die beiden im Grund mochten.

Eines Tages gab Onkel Arthur Chuck ein paar Bonbons, und als ich Chuck ermahnte, sich zu bedanken, machte der Alte eine abwehrende Handbewegung. »Kümmern Sie sich nicht drum, Missis«, sagte er. »Sie verstehen's eben nicht besser.« Er sagte nicht »er«, er sagte »sie« – diese Indianer. So war es auch bei anderen Leuten. Jedes Mal, wenn Chuck und Ethel etwas falsch machten, geschah das nicht, weil ihnen alles fremd war und sie die Bräuche nicht kannten. »Sie« verstanden es eben nicht besser.

Das trieb mich auf die Palme. Und das war falsch. Ich hätte es durchgehen lassen und als das genommen haben sollen, was es war, nämlich Unwissenheit. Es war dumm von mir, dass ich jede Kritik an den Kindern als Kritik an mir betrachtete, und ich hatte nicht die Absicht, den Leuten Gelegenheit zu geben, mich zu kritisieren. Wenn wir erst in Eagle waren, mussten die beiden gleichwertig neben den anderen Kindern bestehen, und das, so war meine Absicht, sollte sich so schnell und so perfekt wie möglich abspielen. Niemand sollte über sie lachen oder aufzeigen, wie anders sie waren, dafür würde ich schon sorgen. Ich war also ständig hinter ihnen her. Gleichzeitig arbeitete ich mich halb kaputt mit dem Bügeln von Kleidern für Ethel, mit Schrubben, Waschen und meine Wohnung so sauber und ordentlich wie nur möglich zu halten, damit meine Besucher einen guten Eindruck bekamen. Besonders Chuck nahm ich hart her, ermahnte ihn ständig, seine Kleider aufzuhängen, nicht auf den Boden zu werfen, sich ordentlich zu benehmen, richtig zu sprechen, artig zu sein.

Die beiden leisteten mir bei allem und jedem Widerstand. Wenigstens schien es mir so. Ethel fing an, ihre Kleider absichtlich zu beschmutzen, mit den Händen zu essen und sich von oben bis unten mit den Speisen zu besudeln. Sie hörte auch auf, ihr Englisch zu erweitern und tat, als wüsste sie nicht, was »Schuhe« oder »Socken« sind. Einmal stieg sie auf einen Sessel, zerrte ein paar frisch gewaschene und gebügelte Kleider vom Haken und trampelte darauf herum. Auch Chuck veränderte sich. Ich musste ihn ständig zum Waschen zwingen, und das Baden war jedes Mal ein richtiger Kampf. Er wurde nachlässig in der Schule und unwillig im Haushalt. Früher war er mir immer zuvorgekommen und hatte Holz hereingebracht, bevor ich es brauchte, jetzt musste ich ihn immer mehrfach daran erinnern. Ich bekam das Gefühl, er sei mit Ethel gegen mich verbündet. Sie unterhielten sich flüsternd auf Indianisch, sie lachten miteinander. Wenn ich dann Chuck fragte, worüber sie lachten, erwiderte er: »Ach, über nichts.« Manchmal ging mir das Ganze so auf die Nerven, dass ich daran dachte, sie ins Indianerdorf zurückzuschicken.

Etwas lag in der Luft, und nicht lange, da kam es zum Ausbruch.

Sie brannten beide durch. Bei Chuck war das nicht das erste Mal. In der Woche zuvor war er aus dem Haus gelaufen und erst in der Dämmerung zurückgekommen. Ich war am Ende meiner Beherrschung gewesen und hatte ihm gedroht, wenn er es wieder täte, würde er Prügel bekommen.

Dieses Mal kamen sie nicht zurück. Als die Dämmerung um acht voll einsetzte, waren sie immer noch verschwunden. Onkel Arthur half mir mit ein paar anderen Leuten, sie zu suchen. Wir streiften durch nasse Wälder, schrien und riefen, fanden jedoch nichts. Um Mitternacht ging die Suchmannschaft nach Haus und riet, ich solle mir keine Sorgen machen. »Die kommen schon wieder, Missis«, versicherte mir Onkel Arthur. Alle versprachen mir, falls das nicht geschähe, am nächsten Morgen die Suche fortzusetzen. Es war Anfang Mai, die Nächte kurz und mehr dämmrig als dunkel. Ich suchte allein bis nach zwei Uhr weiter, dann gab auch ich zunächst auf und ging nach Haus, um die nassen Schuhe zu wechseln und am Morgen aufs Neue loszuziehen.

An Schlaf war nicht zu denken. Der Gedanke, es könne ihnen etwas zugestoßen sein, brachte mich halb von Sinnen. Immer wieder schwebte mir vor, sie lägen am Fuß einer Felswand, seien von einem Hochwasser führenden Wildbach fortgerissen oder von einem Bären angegriffen worden. Und immer wieder fragte ich mich verzweifelt, warum sie es getan hatten. Ich war streng mit ihnen gewesen, das wusste ich, doch so streng, dachte ich, auch wieder nicht, dass sie einen solchen Schritt unternehmen mussten. Ich trank eine Tasse Tee und zwang mich, ruhig sitzen zu bleiben und logisch zu überlegen, wohin sie gegangen sein konnten. Mein erster Gedanke war gewesen, sie seien auf dem Weg zum Indianerdorf. Damit hatte mir

Chuck nämlich ein paar Mal gedroht, wenn ich mit ihm nörgelte. Wenn sie wirklich dorthin unterwegs waren, dann mochte es einen ganzen Tag brauchen, sie einzuholen.

Die Sonne fiel schräg ins Zimmer und legte über alles einen Goldschimmer. Ich tat, was ich bis jetzt unterlassen hatte. Ich sah mich im Zimmer um. Ethels kleiner roter Affe war nirgends zu sehen. Ich sah im Schulzimmer nach – auch dort war er nicht. Dann stellte ich fest, dass Chucks Gewehr fehlte. Gleichfalls seine Parka. Als ich ihn das letzte Mal gesehen hatte, trug er den dicken Wollmantel, und das ließ darauf schließen, dass er die Parka einige Zeit, bevor er fortlief, hinausgebracht hatte. Je mehr ich mich umsah, umso mehr fehlende Dinge fielen mir auf: ein paar Kleider von Ethel, ein Anzug, den ich Chuck gekauft hatte, zwei Decken, zwei Kissenbezüge. In der Brotbüchse lag nur ein wenig Brot, und ich wusste, da hätten zwei Laibe sein müssen. Chuck musste in den letzten Tagen die Sachen Stück für Stück weggebracht und irgendwo verstaut haben. Plötzlich bekam ich heftiges Herzklopfen: Sie hatten viel zu viel mitgenommen, um es tragen zu können, und erst recht nicht bis zum Indianerdorf. Sie mussten also irgendwo in der Nähe stecken. Und wenn ich richtig riet, dann gab es nur einen einzigen solchen Platz. Ich lief hinaus.

Mary Angus' Hütte war jetzt in noch erbärmlicherem Zustand. Jemand hatte den Fensterrahmen herausgenommen, und auch das Ofenrohr war verschwunden. Doch sobald ich die Hütte sah, wusste ich: Da sind sie. Die Wolfsdecke war über das Loch gehängt, in dem einmal das Fenster war.

Ich stieß die Tür auf, und da waren die beiden. Sie lagen auf Fichtenzweigen, aneinander geschmiegt unter den beiden Decken. Chucks Gewehr hing an der Wand, daneben die Kleider

der beiden. Was sie an Essen mithatten, war in einer Kiste aufgehäuft.
Ich beugte mich über sie und starrte lange auf sie hinunter, bevor ich Chuck weckte. Sie waren so schön. Ich hatte nie bemerkt, wie schön diese Kinder waren. Mir fiel ein, wie sie hier mit der Mutter gelebt hatten. Damals hatten sie die meiste Zeit gehungert und gefroren, doch es hatte ihnen nichts ausgemacht, weil sie die Mutter hatten, den einzigen Menschen auf der Welt, den sie liebten und dem sie vertrauten, der sie kannte und verstand. Hier in dieser elenden Hütte hatte die Mutter sie berührt und im Arm gehalten. Die Mutter. Nicht ich. Sie. Sie hatten nicht nach mir verlangt. Obwohl ich der einzige Mensch auf der Welt war, dem an ihnen lag, hatten sie mich nicht gebeten, dass ich sie zu mir nähme. Für sie war ich eine Fremde. Ich stillte ihren Hunger, und ich gab ihnen Kleidung, trotzdem war ich eine Fremde. Sie waren weggelaufen und hierher gekommen, wo für sie die Erinnerung an jemanden lebte, der sie an sich gedrückt, zu ihnen gesprochen und sie geliebt hatte, wie Großmutter Hobbs mich geliebt hatte.
»Chuck …«
Langsam erwachte er. Ich beobachtete seine Augen, weil ich sehen wollte, was in ihnen stand, wenn er mich bemerkte, ob der Blick auf eine Fremde gerichtet war oder auf jemanden, der sich um ihn kümmerte. Was ich sah, tat weh. Er starrte mich so an wie ich seinerzeit meinen Vater, wenn ich herauszufinden suchte, ob er in Laune für Gemeinheiten war, und ich mir vorhielt, es sei mir egal, was er sagte. »Guten Morgen, Chuck«, sagte ich.
»Was du willst, Tisha?« Es war eine einfache Frage, nicht mehr.

»Ich bin gekommen, um euch wieder nach Haus zu bringen.«
Er schüttelte den Kopf. »Nein.«
»Hier könnt ihr nicht bleiben.«
»Ich für Weile bleiben. Gehen jagen. Haben Fleisch. Dann ich gehen Indianerdorf.«
»Das ist aber ziemlich weit weg.«
»Du denken, ich nicht finden?«
»Doch, das würdest du wohl. Du bis ja ein kluger Junge. Ich möchte nur wissen, warum ihr dorthin wollt?«
»Ich gehe leben bei Indianer-Mudda.«
Er meinte die Lahme Sarah, bei der er damals gewohnt hatte.
»Aha. Das heißt wohl, dass du nicht mehr bei mir sein willst.«
»Nicht mehr.«
»Warum?«
»Ich hasse dich, Tisha«, sagte er schlicht. »Du nicht mir nett. Immerzu du mir sahnik.«
Ethel erwachte, unschuldig und schön wie der Morgen. Sie starrte mich genauso an wie ihr Bruder.
»Bin ich die ganze Zeit böse auf euch?«
»Ganze Zeit. Ganze Zeit mir böse, Et'el auch böse.«
»Hasst mich Ethel auch so wie du?«
»Mehr. Sie sagen, du weiße Teufel-Frau. Machen ihr Angst. Sie nicht mehr wollen bei dir leben. Wir leben bei Indianer-Mudda. Die uns lieben.«
»Chuck, wirst du mir glauben, wenn ich dir etwas sage? Ich liebe dich. Ich liebe dich sehr. Dich und Ethel.«
»Tisha, das ein ganz viel groß Lüge.«

»Ich lüge bestimmt nicht. Ich meine es ehrlich.«
»Oh nein. Du hassen mich, du sagen schlimmer Junge. Immer sagen schlimmer Junge.« Er war jetzt richtig verbittert.

»Das tue ich wirklich?«
»Immer und immer. Ganzen Tag du sagen, Chuck, du schlimmer Junge, du machen Boden schmutzig. Du geben Schmutz auf Kleider. Machen Tisch schmutzig. Chuck, du haben schlechte Manieren, du schmutzig, machen groß Unordnung. Tisha«, sprudelte er heraus, »du bald mir sagen, ich machen ganze Welt schmutzig.«
Ich wollte nicht weinen, doch was er dann sagte, entzog mir den Boden unter den Füßen.
»Früher mal, Tisha, du nett zu mir. Du so nett, ich dich lieben sehr.« Er schüttelte den Kopf. »Jetzt nicht. Du mich schlecht machen. Schlecht machen, wie ich sprechen. Schlecht machen alles bei mir. Du mich nicht lieben. Du mich hassen.«
Er sagte es so einfach und offen, dass ich in Tränen ausbrach und mich über mich selbst schämte. Bevor ich die Tränen zurückhalten konnte, saß ich auf dem Lehmboden, und er und Ethel streichelten mich besorgt. Dann sprachen wir uns aus. Er sagte mir, wie sehr ich mit ihm genörgelt und in den vergangenen Monaten versucht hatte, ihm Dinge aufzubürden, die zu schwer waren für ihn, und je länger wir sprachen, desto mehr sah ich ein, dass er Recht hatte. Ich hatte mich für ihn und Ethel geschämt. Beim Unterricht hatte ich allen geholfen, nur ihm nicht. Beim Lunch hatte ich niemanden wegen schlechter Manieren ermahnt, nur ihn. Es spielte keine Rolle, warum ich es getan hatte. Ich hatte falsch gehandelt. Statt Lob und Liebkosungen für das, was er gut gemacht hatte, war ich wegen dem, was er nicht gut gemacht hatte, über ihn hergefallen.
Es endete damit, dass er und Ethel mit mir nach Haus kamen, und ich versprach ihnen, alles würde anders werden.
Als ich ihn an diesem Abend zu Bett brachte, erzählte er mir, er

habe einmal im Indianerdorf zwanzig Bund Holz gehackt. Ich hatte ihm viele Predigten gehalten, dass man bei der Wahrheit bleiben muss, diesmal aber schwieg ich. Doch er muss mir den Zweifel angesehen haben. »Du nix glauben«, sagte er.

»Doch, ich glaub's schon«, beruhigte ich ihn.

Er war nicht überzeugt. »Du denken, ich sagen verdammte Lüge.«

»Lass mich deine Muskeln fassen.«

Er bog den Arm und biss die Zähne zusammen. »Du hast wirklich allerhand Muskeln. Wenn du sagst, du hast zwanzig Bund Holz gehackt, dann glaube ich dir.«

Er lächelte, verkroch sich und zog die Decke bis zum Kinn. »Ich dich Narren machen«, sagte er. »Nicht hacken zwanzig Bund Holz. Zu viel sehr für mich.«

»Wirklich?«

»Wirklich. Ich hacken vielleicht zehn.«

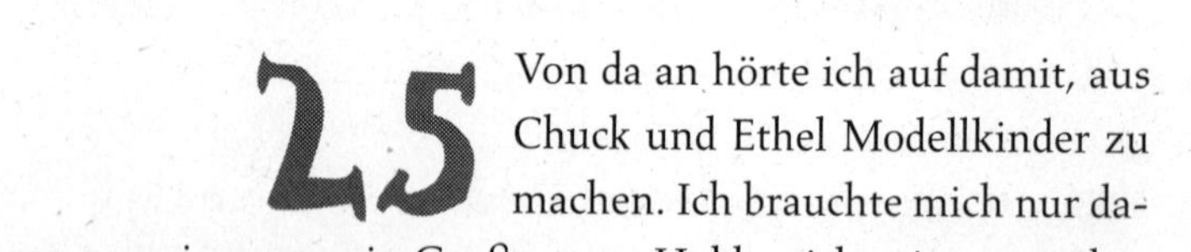

25

Von da an hörte ich auf damit, aus Chuck und Ethel Modellkinder zu machen. Ich brauchte mich nur daran zu erinnern, wie Großmutter Hobbs sich mir gegenüber verhalten hatte, dann wusste ich genau, was ich tun musste. Manieren und Sauberkeit waren das Letzte gewesen, worauf sie Wert gelegt hatte. Die Hauptsache war ihr, mich glücklich zu wissen. Genauso verhielt ich mich jetzt mit Chuck und Ethel. Sie waren vielleicht nicht die saubersten Kinder und ihre Manieren nicht die besten, doch andere waren noch schmutziger, und die meisten hatten noch schlechtere Manieren, also hörte ich auf, mir über diesen Punkt Sorgen zu machen. Auch darüber, wie sie meine Wohnung zurichteten, machte ich mir kein Kopfzerbrechen mehr. Um so etwas würde Großmutter sich nicht im Geringsten gekümmert haben, und im Grund war es mir sowieso egal. Und was andere Leute darüber dachten – es gab niemanden im Ort, an dessen Urteil mir gelegen war, mit Ausnahme vielleicht von Fred, also ließ ich sie wirtschaften, wie sie Lust hatten.

Ein paar Mal stellten sie mich auf die Probe. Sie verschütteten Dinge, verspritzen Wasser aus dem Eimer und wollten schmutzige Kleider nicht ablegen, alles um zu sehen, wie ich darauf reagieren würde. Wenn ich tat, als bemerkte ich es nicht, hörten sie von selbst auf. Und ungefähr eine Woche nach ihrem Durchbrennen, als ich etwas von meinen eigenen Sachen in den Wäschekochtopf steckte, kam Ethel mit einem blauen Kleidchen, das sie besonders liebte.

»Was soll ich damit tun?«, fragte ich sie.

»Tun.«

»Was tun?« Ich wusste genau, was sie wollte, doch ich hörte sie so gern reden.

Sie zeigte auf den Kochtopf. »Tun!«

»Waschen? Meinst du, ich soll es waschen?«

»Yiss«, sagte sie. »Wass.«

Sie folgte Chuck in allem und jedem und vergötterte ihn buchstäblich. Wenn er glücklich war, dann war sie es auch. Und er schien glücklich zu sein. Er brauchte an sich nicht viel, um zufrieden zu sein, und seit er spürte, dass ich auf seiner Seite stand, kam er zur Ruhe. Auch hatte er viel Humor. Als Jimmy Carew einmal bei uns zum Lunch blieb, bat Chuck um ein Stück »Brode«, wie er es immer noch nannte.

»Brode«, äffte Jimmy ihn spöttisch nach. »Es heißt nicht brode, es heißt ›bread‹.« Er kicherte. »Brode ...«

Isabelle und Joan saßen ebenfalls bei ihrem Lunch. Sie fingen zu lachen an, und Chuck warf mir einen schnellen Blick zu.

»Was ist schon dabei, wenn man brode sagt?«, fragte ich Jimmy.

»Es ist falsch.«

»Nun, in Missouri, wo meine Großmutter wohnte, sagten die Leute ›brayd‹, Mr O'Shaughnessy spricht es ›brid‹ aus. Was macht es schon aus, solang die Leute wissen, wovon man spricht?«

Jimmy wand sich. Ich war nicht fair gegen ihn, doch Chuck brauchte meinen Beistand mehr als er. Ich legte ihm eine Scheibe Brot auf den Teller. »Da hast du dein brode«, sagte ich.

»Brode nicht richtig«, sagte Chuck und machte meinen Tonfall nach. »Wir sagen bread.« Eine Woche nach ihrem Ausreißen hätten Chuck und Ethel bei niemand anderem leben wollen als bei mir, ebenso wenig wie ich Mr Vaughn hätte heiraten wollen. Ich hatte sie ganz gewonnen.

Gerade um diese Zeit, Mitte Mai, kam der Frühling. Bis dahin war so wechselhaftes Wetter gewesen, dass man nie wusste, worauf man gefasst sein musste. Der März hatte einen wirklich auf die Probe gestellt. An einem Tag schien die Sonne kräftig und warm, funkelte auf dem Schnee, dass einem die Augen schmerzten, und brachte die Dachrinnen zum Tropfen, und man war überzeugt, der Frühling stehe vor der Tür. Am nächsten Tag und noch viele weitere kam der graue Unhold Winter zurück, als wäre es nie anders gewesen, und man war überzeugt, es würde nie Frühling werden.

Der April war ein Schatz gewesen. Ich hatte Mühe, die Kinder nach der Lunchpause wieder ins Haus zu bekommen, denn sie wollten das letzte Schlittenfahren ausnützen bis zum Äußersten. Überall tropfte es, und der Ofen war umgeben von nassen Schuhen und Socken. Bald erschienen aus dem Schnee die ersten Krokusse, purpurne Gesichter mit Gelb gesprenkelt, und Hahnenfuß überzog die Hänge mit blühenden Kaskaden. Dann brach der Bach auf, und die Menschen wurden ruhelos. So nahe war der Frühling auch wieder nicht, dass wir die Winterwäsche hätten ablegen können, und in der halben Dämmerung, die jetzt in den Nächten herrschte, knirschten immer noch die Schlitten vorbei. Immerhin, der Frühling war näher gekommen. Er lebte in den braunen Stellen, die auf den Hügeln erschienen, und in den Inseln, die sich um die Bäume bildeten. Die Leute verstreuten Asche in den Gärten, damit der Schnee schneller schmolz und sie mit dem Pflanzen des Gemüses anfangen konnten, und auf den Birken bildeten sich blassgrüne Knospen.

Und dann explodierte der Frühling geradezu. Die Sonne kam nicht nur, sie blieb auch, und bald konnten wir die Klassenzimmerfenster öffnen und den herben Geruch des frischen Saftes aus allen Gewächsen und den würzigen Duft der Weiden hereinlassen. Manchmal liefen wir hinaus, um die langen Züge der kanadischen Wildgänse über uns hinwegfliegen zu sehen, und ihr lauter Flügelschlag schien die Luft dick zu machen wie Wasser. Das Klassenzimmer wirkte so muffig und beengend, dass ich ebenso froh war wie die Kinder, wenn es Freitag wurde und wir die Bücher in die Ecke werfen konnten. Jeder lange Sonnentag ging in eine milde, warme Dämmerung über und die Dämmerung in einen lieblichen Morgen.

Und plötzlich war der Schnee verschwunden. Zarte Grashalme überzogen die Hügel mit Grün, und Finken flitzten durch Bäume, die in das erste Grün gehüllt waren. Ich fing wieder an, mit den Kindern Lehrausflüge zu machen, und überall sahen wir Kaninchen, deren weißes Winterkleid sich schon in Aschenbraun verwandelte. Auf einem Ausflug begegneten wir einem Elch, dem man dringend die Haare hätte schneiden müssen. Es war ein männliches Tier, und sein Geweih zeigte noch das winterliche Weiß.

Wir legten uns sogar einen Garten an, obwohl ich nicht mehr hier sein würde, wenn die Samen aufgingen. Doch es machte mir trotzdem Freude.

Ende Mai kam Nancy zurück, um ihre Prüfung zu machen. Die fand in meiner Wohnung am letzten Schultag statt, während ich mit der Klasse das Festspiel probte, das nach dem Lunch vor sich gehen sollte. Die ganze Zeit, während sie hinter der verschlossenen Tür arbeitete, zitterte ich für sie und machte mir Sorgen, obwohl ich wusste, sie würde bestehen. Sie hatte alle möglichen Pläne gemacht, um nach Fairbanks auf die High-School zu gehen. Durchzufallen wäre ein entsetzlicher Schock für sie.

Als sie fertig war, kam sie und gab mir ihre Arbeit und ging hinaus, während ich die Papiere durchsah. Benoten konnte ich ihre Leistung nicht, das geschah in Juneau, und das bedeutete sechs Wochen warten, bis die offizielle Benachrichtigung kam, doch ich konnte ihr wenigstens sagen, ob die Leistung genügte, um zu bestehen. Das tat sie, und sie war auch noch gut, und als ich sie hereinrief, damit sie die erfreuliche Nachricht hörte, ließ die Klasse sie hochleben.

Vor dem Festspiel gab es eine Ausstellung von den besten Arbeiten der Klasse während des Schuljahrs. Aufsätze, Zeichnungen, Buchbesprechungen, Pläne und niedergeschriebene Materialsammlungen schmückten die Wände. Auf den Regalen waren Fossilien und Vogelnester, Topflappen und Sticktücher, Masken aus Papiermaché und alles Mögliche andere zur Schau gestellt, das die Klasse gemacht und gesammelt hatte. Auch von Rebekah hingen Arbeiten an der Wand. Sie hatte schon das Lesebuch der ersten Klasse durchgearbeitet, und ihre Schrift war so schön, dass ich Proben davon ausgestellt hatte. Als ich das alles überblickte und zusah, wie die Kinder es ihren Eltern vorführten, empfand ich Stolz. Ohne großartiges Lehrmaterial, sogar nur mit einem geringen Teil der Bücher, die ich hätte haben müssen, hatte die Klasse trotzdem fleißig gearbeitet und alles in sich aufgenommen, was ich ihnen beibringen konnte. Sie hatten einander geholfen, hatten manchmal sogar sich gegenseitig unterrichtet, sie waren im Wettstreit gelegen und hatten zusammengearbeitet. Und sie hatten gelernt. Es war für alle, mich eingeschlossen, ein großer Tag. Das Festspiel hatte die Tage des Goldrausches zum Inhalt, und es ging ohne Panne über die Bühne. Am meisten Spaß machte es den alten Knaben. Hinterher servierten wir Eiscreme und Kuchen, und als alles vorüber war, half jedermann mit, den Raum für den Tanz in Ordnung zu bringen, der am Abend stattfinden sollte. Als Letzte ging Maggie Carew.

»Nun, jetzt ist's aus damit«, sagte sie und sah sich um. »Federn weg, Bücher weg, wie die Kinder sagen. Mit ihr ist's vorbei.« Damit meinte sie die Schule. Es gab nicht genügend Schüler, um sie weiterzuführen. Chicken würde nie wieder eine Schule haben.

»Was geschieht mit dem Haus?«, fragte ich Maggie.

»Angela will's haben. Möchte daraus, wenn ich fort bin, ein Gasthaus machen. Anne, Sie haben gute Arbeit geleistet.«

»Danke.« Aus ihrem Mund war dies ein großes Kompliment.

»Nur etwas verstehe ich nicht: Warum haben Sie den Kindern keine Noten gegeben?«

»Ich sah keinen Grund dazu. Sie wussten alle, wie viel ihre Leistung wert war.«

»Woher wussten sie das?«

»Sie wussten es eben. Ich sagte ihnen stets, was sie gut gemacht hatten und worin sie sich bessern mussten, aber das war ihnen immer schon bekannt.«

»Angenommen, Sie würden Noten gegeben haben – was hätten die meinen bekommen?«

»Kann ich aus dem Handgelenk nicht sagen.«

»Aber wenn Sie Noten geben müssten?« Sie ließ nicht locker.

»Nun… sagen wir ein A (die beste Note) für Jimmy, ein B für Willard.«

»Und die anderen?«

»Vielleicht ein A für Elvira, C für ihre beiden Schwestern, A für Lily, B für …«

»Wieso geben sie Lily ein A und meinem Willard ein B?«

»Lily ist ein sehr aufgewecktes Kind.«

»Deshalb braucht sie doch nicht gescheiter zu sein als mein Willard. Kein Mischling ist gescheiter als ein Weißer«, sagte

sie, ohne nachzudenken. Ich antwortete nicht, und sie wurde rot.
»Wiedersehn beim Tanz also«, sagte sie und ging hinaus.

Um acht Uhr dreißig, als die Leute der Reihe nach ankamen, war es noch hell, und es würde hell bleiben bis ungefähr elf. Dann fiel für zwei Stunden die Dämmerung ein, bis mitten in der Nacht die Sonne wieder aufging. Ich hatte mich immer noch nicht daran gewöhnt. Fast bei Tageslicht schlafen zu gehen und um den Schlaf zu kämpfen, wenn die Sonne mich um zwei Uhr morgens im Gesicht kitzelte, erwachte in mir eine Art Schuldbewusstsein, als solle ich auf den Beinen und fleißig sein.
Manchmal konnte ich nur ein paar Stunden schlafen und stand dann eben auf und begann um drei Uhr morgens mit der Arbeit und machte lieber später noch ein Schläfchen. In gewissem Sinn war das alles ein großer Spaß, denn so etwas hatte man sich doch als Kind immer gewünscht – dass es niemals dunkel würde. Aber es brachte einen auch aus dem seelischen Gleichgewicht, als lebe man in einer fantastischen Welt, wo nichts mehr stimmte.
Auch andere hatten eine ganz verrückte Tageseinteilung. Goldwäscher arbeiteten die ganze Nacht auf ihrem Claim, schürften und wuschen, gruben Gräben oder hoben Erde aus. Sie hatten für ihre Arbeit nur gute drei Monate, da wollten sie natürlich keine Zeit verschwenden. Einige machten sich nicht einmal die Mühe, sich für diesen letzten Tanzabend fein zu machen. Wachsende Bärte als Schutz gegen die Moskitos, saubere Arbeitskleidung, alles so, dass sie nach dem Tanz sofort an

die Arbeit zurück konnten. Auch Fred kam mit seiner Mutter, und damit war der Abend für mich gerettet.
Immer wieder wurde ich gefragt, ob mir etwas fehle, alle wollten wissen, ob ich mich unterhielte. Das tat ich, und trotzdem war ich traurig. In ein paar Tagen würde ich abreisen, doch wenn ich mich im Zimmer umsah, schien mir, ich wäre gestern erst angekommen. In weniger als einem Jahr hatte ich ein ganzes Leben hier verbracht. An den Wänden hingen noch Arbeiten von den Kindern, und auf einem grünen Fensterladen stand, übrig geblieben vom Klassenfest: »Leben Sie wohl, Miss Hobbs«. Darunter hatte Jimmy Carew ein PS gekritzelt: »Wiedersehen in Eagle.«
Da Fred bei den meisten Volkstänzen das Banjo spielte, tanzte er nur einmal mit mir. Wenn es nach mir gegangen wäre, hätten wir die ganze Zeit miteinander zugebracht. An diesem Abend wollte ich so viel wie möglich mit ihm zusammen sein. Selbst als Onkel Arthur sein Grammophon aufzog und die Paartänze begannen, konnten wir nicht viel miteinander tanzen. Da ich nun wegfuhr, bestanden Onkel Arthur und Joe und noch ein paar andere darauf, dass ich wenigstens einmal mit ihnen tanzte. Anfangs machte es mir nicht viel aus, doch als es spät wurde und sich damit die Aussicht vergrößerte, Onkel Arthur würde »Home, sweet Home« auflegen, begann ich nervös zu werden.
Ich hatte eben mit Jake Harrington getanzt, als Fred zu mir herüberkam. Er sah großartig aus. Er trug ein blauweiß gestreiftes und gestärktes Hemd, und die Sonne hatte ihn dunkel gebräunt. Er lächelte über das ganze Gesicht.
»Du siehst aus wie die Katze, die auf den Kanarienvogel wartet«, sagte ich zu ihm.

»Komisch, dass du das erwähnst. Ich habe mir eben die Lippen geleckt.«
»Weswegen denn?«
»Wegen dem Abendessen, das uns beiden bevorsteht.«
Onkel Arthur hatte schon die nächste Platte aufgelegt und ließ die Nadel darauf herab. Der Walzer »Home, sweet home« lief an. Dann bemerkte ich, dass eine ganze Reihe Leute zu uns beiden herüberstarrte: Jake Harrington und Rebekah, Ben Norvall und Nancy. Alle lächelten. Onkel Arthur blinzelte mir zu. »Das war alles abgemacht«, erklärte mir Fred.
Er legte den Arm um meine Mitte, und die Wände des Klassenzimmers verschwanden wie beim ersten Mal, als wir den Walzer zusammen tanzten, und mit ihnen verschwanden auch die Zuschauer. Sogar die Musik klang anders. Für mich war es nicht mehr eine alte, zerkratzte Platte, die einen altmodischen Walzer spielte, sondern Paul Whitemans großes Orchester. So weit weg war ich im Geist, dass ich erst, als die Platte aus war und alle klatschten, mir bewusst wurde, dass sonst niemand getanzt hatte. Alle hatten aufgehört und Fred und mir zugeschaut.
Chuck und Ethel schliefen auf dem Bett mit Joan Simpson, also blieb Bob Merriweather bei den drei Kindern, während wir alle ins Gasthaus hinübergingen.
Es war fast zwei Uhr morgens, und alles war eben mit Essen beschäftigt, als ein paar Akkorde auf dem Klavier erklangen. Wir alle wandten uns um und sahen, wie Joe Temple zur Küche hin zeigte. Während er einen Marsch spielte, kam Maggie Carew zum Vorschein, in den Händen eine riesige Schokoladentorte mit einer Kerze in der Mitte. Die stellte sie vor mir nieder. »Viel Glück« stand darauf, mit Zuckerglasur geschrieben.

Ich war zu überrascht, um ein Wort zu sagen, und ich war noch überraschter, als Onkel Arthur herüberkam und mir eine wunderschön eingepackte Schachtel übergab. »Wir haben den Hut rumgehen lassen und das für Sie gekauft«, sagte er. »Als kleines Zeichen unserer Wertschätzung.«

In der Schachtel war die teuerste Kamera, die es zu kaufen gab, ganz mit schwarzem Leder überzogen und mit Nickel beschlagen. Alles applaudierte und rief mir zu, ich solle eine Rede halten.

»Wenn ich das nur könnte«, erwiderte ich. »Reden halten kann ich nicht. Ich kann nur sagen – danke, ich weiß es hoch zu schätzen.«

»Nicht mehr, als wir Sie hoch schätzen, Teacher«, gab Ben Norwall zurück. »In diesem Raum ist kein Mensch, der nicht findet, dass Sie ein Prachtmädchen sind, und dazu ein echtes Alaska-Mädchen.«

Jake Harrington rief: »Ben, in all den Jahren, seit ich dich kenne, hast du heute zum ersten Mal die ungeschminkte Wahrheit gesagt.«

Joe begann auf dem Klavier »Auld Lang Syne« zu spielen, und Fred und alle anderen fielen ein. Mir schnürte sich immer die Kehle zu, wenn ich dieses Lied hörte. Als es sein Ende erreichte, war ich drauf und dran zu heulen. Und damit war ich nicht die Einzige. Die Augen von Maggie und Nancy waren feucht, und Onkel Arthur liefen die Tränen herunter.

Als Fred und ich das Gasthaus verließen, war es fast drei Uhr morgens. Wir gingen in meine Wohnung hinüber und sahen nach, ob alles in Ordnung war. Robert schlief auf der Couch, die Kleinen auf dem Bett, so wie ich sie verlassen hatte, also schlich ich auf Zehenspitzen wieder hinaus und machte mit Fred einen Spaziergang.

Sobald wir außer Sicht der Siedlung waren, nahm Fred meine Hand. Die Wälder waren so still, als sei es wirklich Nacht und die Sonne am Himmel nur ein bedeutungsloses Schmuckstück. Wir sprachen ein bisschen über Eagle und wie es wohl sein würde, dort mit Chuck und Ethel zu leben. Ich fragte ihn, wie die Kinder dort die beiden wohl behandeln würden, und er sagte, das wüsste er nicht. Eine Familie mit drei halb indianischen Kindern lebe schon dort, erzählte er, aber er habe keine Ahnung, wie die drei mit den weißen Kindern auskämen. Aber er habe die Absicht, mich nach Eintritt des Frostes einmal zu besuchen.

Wir gingen weiter, bis wir zu einem Rinnsal namens »Fourth of July Pup« kamen. Es war durch das Schmelzwasser fast zum Umfang eines Baches angeschwollen und zum Drüberspringen zu breit. Bevor wir uns auf die mit Gras bewachsene Böschung setzten, tranken wir aus der hohlen Hand. Das Wasser war kalt und süß.

»Ich nehme an, du fühlst dich erleichtert«, sagte ich und streckte mich aus. Der Boden war warm.

»Wieso?«

»Dass ich weggehe.«

»Aber warum denn das?« Er legte sich auf den Bauch und stützte sich auf die Ellbogen.

»Dass ich dir nicht mehr nachlaufen kann.«

»Das hast du doch nie getan!«

»Doch, das hab ich getan. Jetzt im Augenblick tue ich es auch. Was macht das schon aus? In ein paar Tagen reise ich ab. Aber es stimmt.« Er hörte das nicht gern, doch es war mir egal. Ich hatte nicht das kleinste bisschen Schamgefühl, und ich war froh darüber. Mochte er doch ein Gentleman sein, wenn er durchaus wollte, ich war es müde, eine Dame zu sein. »Ich bin dir nachgelaufen fast vom ersten Augenblick an, als wir uns kennen lernten.«

Ihm war sichtlich unbehaglich zumute. »Anne, wenn ich dir ein Heim anbieten könnte, wenn ich genügend Geld hätte, für dich zu sorgen, dann würde ich dich auf der Stelle bitten mich zu heiraten.« Ich hätte ihn am liebsten angefaucht oder ihn geschüttelt oder sonst etwas getan, ihn aufzuwecken, ihm zu beweisen, dass es mir egal war, wie viel oder wie wenig er hatte, und dass ich nichts wollte als ihn. Doch das war alles sinnlos. Das hatten wir alles längst noch und noch besprochen. Also sah ich ihm nur so lang in die Augen, bis er nicht umhin konnte, mich zu küssen. Von da an ließ ich mich von meinem Instinkt leiten. Ich strich mit den Fingerspitzen über seinen Nacken und spielte mit seinem Haar. Mein Instinkt musste richtig gewesen sein, denn er fing an, mich in einer Art zu küssen wie nie zuvor. Ich bekam ein ganz klein bisschen Angst, doch seine Berührung war schöner und angenehmer als alles, was ich bisher gekannt hatte. Er murmelte meinen Namen, und zum ersten Mal in meinem Leben klang er nicht alltäglich. Er klang wunderschön, er wurde eins mit dem Rauschen des Wassers unter uns und dem süßen Duft der Erde. Ich wollte die Augen nicht öffnen. Ich wollte sie geschlossen lassen und nur fühlen, wie er mich berührte. Ganz dunkel hatte ich das Gefühl, nicht genau zu wissen, was ich tat, doch es war mir gleichgültig. Was immer ich tat, es gefiel mir. Und ihm auch. Als ich endlich doch die Augen öffnete und in die seinen sah, war wunderschön, was ich darin las. Er dachte jetzt nicht daran, edel zu sein oder den Heiligen Gral zu bringen oder mir sonst ein großartiges Präsent zu machen. Er war ganz einfach er selbst, und er begehrte mich. Ich dachte, wie schade, dass ich dieses Gefühl nicht schon vor ein paar Monaten gekannt hatte. Gleichzeitig war ich froh, dass das nicht der Fall gewesen war. Dann wär's nämlich aus gewesen mit mir. Er sagte: »Anne«, und seine Stimme war rau und tief, und ich roch den herrlichen Geruch von Holzrauch, der an ihm hing. Meine Finger legten sich auf seine Lippen. »Ich möchte dir etwas sagen.«

Er wartete, während ich mir alles zurechtlegte, dann fing ich an: »Ich weiß nicht, was du glaubst haben zu müssen, bis du mit mir leben kannst, aber vergiss das eine nie: Ich liebe dich. Ich werde dir nicht mehr nachlaufen, weil wir weit getrennt sein werden, aber eines Tages, wenn du so weit bist, sieh zu, dass du kommst und mich heiratest. Denn jemand anderen werde ich nie heiraten. Und das ist mein Ernst, Fred Purdy. Wenn du mich nicht gelegentlich mal heiratest, werde ich eine alte Jungfer.«

»Nein, das wirst du nicht«, sagte er.

»Ist das ein Versprechen?«

»Es ist ein Versprechen.«

»Dann sieh dich vor, dass du es nicht brichst.«

Ein bisschen später machten wir uns Arm in Arm auf den Rückweg, wobei wir alle Augenblicke stehen blieben, um uns zu küssen. Auf diese Art gingen wir, bis wir in Sichtweite der Siedlung waren, dann ließen wir einander los.

16. September 1975

Das war vor vielen Jahren mein Abschied von Fred, mit dem Versprechen, wir würden eines Tages heiraten. Ich muss lächeln, wenn ich jetzt an dieses Versprechen denke. Die Versuche, es zu halten, erinnern mich an eine Fahrt mit dem Hundeschlitten im Schneesturm. Man weiß zwar, wohin man fahren will, aber man hat keine Ahnung, wie lange es dauern wird und was sich alles auf dem Weg ereignet.

Fred und ich heirateten erst mehr als zehn Jahre später, nämlich am 4. September 1938. Damals hatte Chuck schon die Abschlussprüfung der High-School hinter sich gebracht, Ethel hatte mit der High-School begonnen, und ich hatte noch drei Kinder adoptiert.

Das Warten lohnte sich jedoch. Wir hatten ein herrliches Leben miteinander. Fred arbeitete im Sommer als Goldwäscher, und im Winter blieben wir manchmal zu Haus, und manchmal reisten wir hinaus in die Welt. In einem Winter, der vielleicht der beste von allen war, arbeiteten wir als Lehrerin und Aufseher in einem Indianerdorf. Da Fred Kinder ebenso liebte wie ich, adoptierten wir noch mal vier.

Ich bin jetzt 67 Jahre alt. Fred hat mich vor zehn Jahren verlassen, und obwohl der scharfe Schmerz über den Verlust sich jetzt gelegt hat, fehlt er mir oft schrecklich, besonders bei sanftem Regen. Ich muss dann denken, wie dieser Regen so leise über die Hügel fällt und in die Erde dringt und neues Leben weckt, und es ist schwer für mich hinzunehmen, dass ich ihn nie wieder sehen oder sein herrliches Lachen hören werde. Es ist ebenso schwer, wie wenn man versuchte, sich den Frühling ohne den Gesang der Vögel vorzustellen.

Manchmal denke ich an die frühen Jahre zurück, die wir ohne einander verbrachten, und das ist, als wäre ich um etwas betrogen worden. Dann denke ich an die 28 herrlichen Jahre, die wir miteinander lebten, und es wird mir klar, welch unendliches Glück ich hatte, denn ich weiß genau, wenn ich Kinder und Sonnenschein auch noch so liebe, so hätte mir doch die Sonne nie so hell geschienen und das Lächeln der Kinder wäre mir nie so entzückend vorgekommen, wenn ich diese Jahre ohne Fred hätte leben müssen.

Anne Hobbs Purdy
Chicken, Alaska

Bemerkungen des Autors

Im ganzen Verlauf der Arbeit an diesem Buch versuchte ich, mich so eng wie möglich an tatsächliche Vorkommnisse und Fakten zu halten, und habe nur dann, wenn es mir im Sinn der Erzählung wichtig erschien, etwas hinzugefügt oder leicht verändert.

Viele Alasker, besonders jene, die im Forty Mile leben, werden feststellen, dass ich mit der Geografie ein wenig frei umgegangen bin. So liegt zum Beispiel im Buch das Indianerdorf am Forty-Mile-Fluss. Jenes Indianerdorf, aus dem Chuck und Ethel kamen, liegt seit jeher am Yukon. Heute besitzt es eine moderne, gut ausgestattete Schule. Im Jahr 1927 sah es dort jedoch ziemlich genau so aus wie im Buch beschrieben.

R. S.